Hugo Stumm

Der russische Feldzug nach Chiwa

Erster Theil

Hugo Stumm

Der russische Feldzug nach Chiwa

Erster Theil

Unveränderter Nachdruck der Originalausgabe von 1875.

1. Auflage 2022 | ISBN: 978-3-36827-571-6

Verlag: Outlook Verlag GmbH, Zeilweg 44, 60439 Frankfurt, Deutschland
Vertretungsberechtigt: E. Roepke, Zeilweg 44, 60439 Frankfurt, Deutschland
Druck: Books on Demand GmbH, In de Tarpen 42, 22848 Norderstedt, Deutschland

DER RUSSISCHE FELDZUG

NACH

CHIWA

— I. THEIL —

HISTORISCHE UND MILITAIR-STATISTISCHE UEBERSICHT

DES RUSSISCHEN OPERATIONSFELDES

IN

MITTELASIEN

EINE MILITAIR-GEOGRAPHISCHE STUDIE

VON

HUGO STUMM

LIEUTENANT IM 1. WESTFÄLISCHEN HUSAREN-REGIMENT № 8

MIT DREI LITHOGRAPHIRTEN KARTEN IN BUNTDRUCK

BERLIN 1875

ERNST SIEGFRIED MITTLER & SOHN

KÖNIGLICHE HOFBUCHHANDLUNG

KOCH-STRASSE 69, 70.

SEINER EXCELLENZ

DEM GENERAL-FELDMARSCHALL

GRAFEN von MOLTKE

EHRFURCHTSVOLL

ZUGEEIGNET.

VORWORT.

Meine militärischen Berichte „Aus Chiwa" sind seiner Zeit in einer kleiuen Broschüre zusammengefasst veröffentlicht worden. Sie wurden während des Verlaufes des Feldzuges, zum Theil noch in der öden Sandwüste selbst, durchaus ohne das Bewusstsein niedergeschrieben, dass jene flüchtigen Skizzen je an die Oeffentlichkeit gelangen würden. Dieselben versuchten nur, die momentanen Eindrücke und Erlebnisse wiederzugeben, entbehrten dabei natürlich jedes inneren Zusammenhanges, jeder Einheit und ernsten Bearbeitung. Da ich nur persönlich Erlebtes mittheilen wollte, musste ich die Ereignisse und Märsche bei den Colonnen, in denen ich mich nicht befunden hatte, unberührt lassen. Ein zusammenhängendes, übersichtliches Bild über den Gang des gesammten Feldzuges geben die Berichte deshalb in keiner Weise. Manche Dinge, die ich bei Beginn des grossartigen Unternehmens schrieb, stellten sich später als unrichtig oder modificirt dar. Ich sehe es deshalb als eine Art von Verpflichtung an, jenes Büchlein zum Theil aus meinem Tagebuch zum Theil aus officiellen Russischen Quellen einerseits zu berichtigen, andrerseits möglichst zu einem einheitlichen und übersichtlichen Ganzen zu ergänzen. Ich will versuchen, in dem Rahmen einer militärischen Darstellung diese allgemeine Uebersicht über die kriegsgeschichtlichen Vorgänge zu geben, mit möglichst ausgedehnter Rücksichtnahme auf die bisher noch wenig bekannten, hochinteressanten, geographischen, ethnographischen und kulturhistorischen Verhältnisse jenes seltsamen mittelasiatischen Landstriches, der für mehr als dreiviertel Jahr den Kriegsschauplatz für die Russischen Truppen bildete.

Dürfte ich deshalb den nachsichtigen Leser bitten, nie zu vergessen, dass dieser kühne Versuch nur allein aus jenem Gefühl der Verpflichtung, das den Verfasser als einzigen Vertreter des Auslandes überhaupt zum Schreiben ermuthigt, hervorgegangen ist, in keiner Weise aber aus einem Bewusstsein, in der That die Fähigkeiten und Mittel zum Gelingen desselben zu besitzen?

Sollte dennoch der Versuch nicht durchaus misslingen, so würde es mir eine grosse Genugthuung sein, durch diese Schrift der Russischen Armee meine tiefgefühlte Dankbarkeit bezeugen zu können für die liebenswürdige und ausgezeichnet kameradschaftliche Art, mit der ich von derselben überall und zu allen Zeiten aufgenommen worden bin.

Berlin, im Februar 1874.

Der Verfasser.

Einleitung.

Die ersten Nachrichten, die zu Ende des Jahres 1872 sich im Auslande über die Absicht Russlands verbreiteten, nunmehr energisch gegen das Chanat Chiwa vorzugehen und zu dem Zwecke in drei Militairdistrikten zugleich umfangreiche und ganz besonders gründliche Vorbereitungen zu einem grossartigen Feldzuge zu treffen, erregten allerseits das grösste Aufsehen, wogegen das schnelle Vorgehen und die ausgedehnten Gebietserweiterungen des russischen Reiches in dem weiter östlich gelegenen, vielleicht viel wichtigeren Turkestan im grossen Publikum verhältnissmässig wenig Beachtung gefunden hatten.

Dieses so plötzlich erweckte rege Interesse der europäischen Welt an dem asiatischen Wüstenzuge wurde zunächst hervorgerufen durch die ungewöhnliche Aufregung in der englischen Presse über das erneute Vorgehen Russlands im Osten, findet aber wohl hauptsächlich seine Erklärung in dem Umstande, dass man aus der Geschichte der letzten Jahrhunderte sich wohl erinnerte, wie viele ernste Bemühungen und Anstrengungen Russland immer vergeblich gemacht hatte, dauernde Macht und Einfluss in jenem kleinen souveränen Lande zu gewinnen, das beinahe zur Hälfte von der russischen Grenze umgeben, noch immer in seiner ganzen asiatischen Wildheit unumschränkt bestand und jeglichen Einflüssen der Kultur trotzte.

Diese seltsamen Verhältnisse sind um so erstaunlicher, wenn man bedenkt, mit welcher systematischen Gewandtheit Russland in den letzten Jahrhunderten seine Grenzfragen behandelt und erledigt hat. Nach fest vorgeschriebenen strategischen Prinzipien ist das russische Reich

1

durch seine befestigten Grenzlinien, durch sein Cordonsystem bis zum äussersten Osten und bis tief in das Herz Asiens vorgedrungen.

Das mächtige, tapfere und todesmuthige Bergvolk im Kaukasus war bezwungen, längst war der letzte Schlupfwinkel des hartnäckigen, gewaltigen Schamyl gefallen, — als einziges Glied in dieser einheitlichen Kette russischer Eroberungen fehlte bisher noch immer das südlich des Aralsees und der turkestanischen Besitzungen gelegene Oxusland.

Zur Erklärung dieser Zustände möchte es am Platze sein, der eigentlichen Beschreibung der Vorgänge im Jahre 1873 eine geschichtliche Skizze des Vorgehens der russischen Krone nach Osten in den letzten Jahrhunderten vorauszuschicken, durch welche direkt auch manche Vorkommnisse des jüngsten Feldzuges Erklärung finden. Diese geschichtliche Darstellung der russischen Grenzverhältnisse führt uns dann nach den letzten Vorgängen im östlichen Turkestan und schliesslich nach den Vorbereitungen zu dem jüngsten chiwesischen Kriegszuge, die schon in den Jahren 1871 und 1872 zu suchen sind. Die eigentliche militärische Relation wird dann erst mit den Ereignissen im Jahr 1873 beginnen.

Für das Studium der Kriegsgeschichte und Kriegswissenschaft von Expeditionen und Kriegszügen gegen wilde Völkerschaften überhaupt, namentlich in Steppen- und Wüstengebieten, möchte der russische Feldzug vom Jahre 1873 für ewige Zeiten als Vorbild, als Prototyp einer ausgezeichnet vorbereiteten, praktisch und energisch durchgeführten und vollkommen geglückten Wüstenoperation dastehen.

Die Operationen des General-Lieutenants Werewkin (sprich Werowkin) vom 20. Mai bis 10. Juni mit der combinirten Orenburg- und Kaukasus-Abtheilung, die Marsch- und Gefechtsdispositionen, die kleinen Gefechte und forcirten Vormärsche, schliesslich die Berennung des Nordthors von der Hauptstadt Chiwa am 9. Juni, das Bombardement der Stadt in der Nacht vom 9. auf den 10. Juni und die gewaltsame Einnahme des Nordthors am 10. Juni Morgens einerseits, die Gefechte des Generals v. Kauffmann in der wasserlosen Wüste, sein gewaltsam erzwungener Uebergang über den breiten Amu Angesichts des Feindes, andererseits, bilden höchst interessante taktische Momente, die sich denen grösserer Feldzüge wohl zur Seite stellen können.

Die Verhältnisse des russischen Kriegszuges mit seinen langen und fast unbeschreiblich schwierigen Wüstenmärschen sind aber in jeder Beziehung so grundverschieden von allen europäischen normalen Feldzügen, dass die Beschreibung derselben nicht in einen allzu engen Rahmen rein taktischer und strategischer Betrachtung eingefasst werden darf. Die geographischen und ethnographischen, meteorologischen etc. Verhältnisse, die ganze Natur überhaupt jenes seltsamen Landstriches in ihrer ganzen speciellen Eigenthümlichkeit bilden bei der Ausführung und dem Gelingen der russischen Kriegsoperationen so überaus wichtige Momente, dass diesen gegenüber der wirkliche Feind, die wirklich taktischen Streitkräfte des feindlichen Chanats kaum in Betracht kommen. Der schlimmste und hartnäckigste Gegner der russischen Operationskolonnen war hier immer die Natur in ihrer unerbittlichen Strenge und mächtigen, unbeschreiblich hartnäckigen Allgewalt.

Unter diesen Umständen wird es unmöglich sein, an einer rein kriegsgeschichtlichen Darstellung überall ausschliesslich festzuhalten. Die Beschreibung des Terrains, der eigenthümlichen Verhältnisse des Landes, der Kultur, der Vegetation, der Bevölkerung u. s. w. wird fast den grössten Theil der Betrachtung ausmachen. Die Beschreibung der russischen Hülfsmittel gegenüber den Ressourcen der feindlichen Chiwesen sollen eingehend Behandlung finden; die Märsche der verschiedenen Kolonnen werden vorerst bei jeder Abtheilung einzeln beschrieben und nur an einigen besonders wichtigen und ins Auge fallenden Momenten vergleichend zusammengestellt werden. Dann erst nach dem überstandenen Marsch in der Wüste, nach der glücklichen Ankunft im Lande Chiwa selbst, wo die durch die Wüste hervorgerufenen abnormen Verhältnisse nicht mehr mitsprechen, sondern das Operationsterrain den normalen Charakter eines kultivirten Landstriches annimmt, sollen die Kriegsereignisse und das taktische Vorgehen der Kolonnen in einheitlich übersichtlicher Weise zur Darstellung gelangen.

Die Gesammtausführungen beruhen somit auf den vier Hauptgesichtspunkten: Das Land selbst in seiner Eigenthümlichkeit, die Kriegsmittel der russischen und chiwesischen Armee, der koncentrische Anmarsch durch die Wüste, und schliesslich die kriegerischen Operationen, Gefechte u. s. w. im Lande des Chanats Charizm selbst.

Um eine annähernde Uebersicht der Operationen und Marschver-

1*

hältnisse zu ermöglichen, ist am Ende des Buches eine Marschrouten-Tabelle angefügt, in der nach Daten und Etappen die verschiedenen Kolonnen vergleichend zusammengestellt sind. In derselben sind die Positionen der einzelnen Kolonnen nach den vorangeschriebenen Daten für jeden einzelnen Tag des Feldzuges nachzuschlagen.

Dass der historischen Einleitung und der Beschreibung der russischen Operationsbasen, so namentlich der drei Militairdistrikte „Kaukasus", „Orenburg" und „Turkestan", der ganze I. Theil des Buches gewidmet ist, glaubt Verfasser durch den Umstand gerechtfertigt, dass in Deutschland die Kenntniss jener Lande im Allgemeinen eine sehr geringe ist. In Russlaud selbst hat man ja erst ganz in den letzten Jahren begonnen, über die hochinteressanten russischen Provinzen eingehendere Publikationen zu machen. Für den Leser möchte daher die Beschreibung dieser allerdings schon seit längeren Jahren erforschten und bekannten Gebiete von gleichem Interesse sein, als die des bisher fast ganz unbekannten Chanats Chiwa selbst. Bei der grossen Bedeutung der russischen Besitzungen in Central- und Mittel-Asien für die Zukunft, glaubte Verfasser über die russischen Streitkräfte und Kriegsmittel dort nicht zu oberflächlich hinweggehen zu dürfen, obgleich er bei den fortdauernden Umbildungen und Neuformirungen der jungen, kaum ins Leben gerufenen Militairverhältnisse auf präcise Genauigkeit keinen Anspruch machen darf und sich beschränken muss, durch die Angabe von Zahlen nur ungefähr ein allgemeines Bild von den Truppenverhältnissen etc. zu geben. Gerade nach Beendigung des jüngsten Feldzuges sind vielfache Aenderungen in der Organisation und Verwaltung getroffen worden, die Verfasser absichtlich nicht berücksichtigt hat, da er ein Bild der Sachlage geben wollte, wie sie zu Beginn der Operationen obwaltete.

Eine besondere Schwierigkeit bei der Beschreibung der mittelasiatischen Gebiete liegt in der Orthographie, welche in jedem Lande, fast in jedem Buche und auf jeder Karte eine andere ist. Streng wissenschaftlich wäre es wohl das Richtigste, die Namen und Ortsbezeichnungen unverfälscht in ihrer türkisch-tartarischen Urbezeichung und Bedeutung wiederzugeben, ein Prinzip, wie es in den Kiepert'schen Karten mit grosser Klarheit und staunenswerther Sachkenntniss durchweg verfolgt ist. Ob aber praktisch dieses System das bessere ist, oder ob es nicht zweckentsprechender wäre, die russische Schreibweise durchweg anzunehmen, möchte zweifelhaft erscheinen. Den Russen sind die türkischen Laute überhaupt schwer verständlich, noch schwerer aber wird es ihnen, solche mit ihren Buchstaben wiederzugeben; dadurch werden in der russischen Sprache die Namen in ihrer türkisch-tartarischen Bedeutung sehr oft verstümmelt, was bei der sonst so einfachen Bildung der mittelasiatischen Ortsnamen, die meist aus einem Substantiv und einem dieses näher charakterisirenden Adjektiv besteht (so Kysyl-Bulak, Kysyl-Kum = rothe Quelle, rother Sand u. s. w.), den Kenner der türkischen Sprache unangenehm berühren mag. Wenn man jedoch bedenkt, dass Russland jene Gebiete jetzt schon zum grössten Theil beherrscht, solche zu seinen Provinzen gemacht und unter seine Verwaltung gebracht hat, so möchte doch für die Zukunft die russische Bezeichnungsweise und Orthographie allein massgebend werden, gleichviel, ob dieselbe nach der streng türkischen Urbedeutung genau richtig ist. Verfasser möchte deshalb grundsätzlich sich buchstäblich und ausschliesslich an die russische Schreibweise, namentlich an die Orthographie der russischen Generalstabskarten halten und dann die fremdartigen Laute mit Vermeidung allzu komplicirter Doppelkonsonanten u. s. w. möglichst einfach durch die deutsche Schreibart wiedergeben. Wenn er trotzdem an der Kiepert'schen Orthographie fast durchweg festhielt, so geschah dies allein, um eine möglichste Uebereinstimmung des Textes mit den dem Buche beigegebenen Karten zu erreichen, deren Zusammenstellung aus russischen und eigenen Materialien Verfasser ausschliesslich der Güte des Herrn Professor Kiepert verdankt. — Nur in wenigen Ausnahmen weicht die Orthographie des Buches von der der Karten ab. Dies namentlich bei Uebertragung von russischen Worten. Das russische „в" ist mit dem einfachen deutschen weichen s (nach Kiepert = z), das russische scharfe „c" zu Ende und in der Mitte eines Wortes mit dem deutschen ss, zu Anfang eines Wortes mit dem einfachen s gegeben (nach Kiepert = überall s). Das russische doppelte „cc" ist ebenfalls nur durch das einfache deutsche ss bezeichnet, da in der deutschen Sprache die Anwendung von „ssss" doch wohl unthunlich erscheint. Das russische „Ж" ist überall mit sh, das „Ы" mit y übersetzt u. s. w.

Der Mangel an Zeit, die vielfachen, neu auftauchenden russischen

Publikationen haben die Arbeiten für den ersten Theil, dessen statistische Angaben meist russischen officiellen Quellen entnommen sind, derart in die Länge gezogen, dass leider eine die Uebersicht gewiss erschwerende, getrennte Herausgabe des ersten und zweiten Theils nothwendig geworden ist. Eine, zum Theil unliebsame, Kritik seiner „Berichte aus Chiwa" in der „Russischen Revue" haben fernerhin Verfasser gegen seinen ursprünglichen Willen veranlasst, in vielen Anmerkungen seine Angaben möglichst mit Quellen zu belegen, was, obwohl durch vielfache Widersprüche und Ungenauigkeiten in den russischen Publikationen und Angaben um so mehr nothwendig gemacht, andererseits der Uebersichtlichkeit des Textes nicht günstig ist. — Zum Schlusse sei noch erwähnt, dass dies Buch nur vom „rein militärischen Standpunkt" bearbeitet ist und sich jeder „politischen Betrachtung" durchaus zu enthalten bestrebt ist.

Die wenig bekannten russischen Maasse, Gewichte u. s. w., die in dem Buche häufig vorkommen und nicht immer übertragen werden konnten, liessen es zweckdienlich erscheinen, dem Texte folgende Zusammenstellung vorauszusenden:

I. Längenmaasse.

1 russ. Zoll . . . . 2,5399 Centim.
1 russ. Fuss (12 Zoll) . . . . 0,3048 Meter
1 Arschin (2⅓ Fuss). . . . . . 0,7112 „
1 Sajen (3 Arschin). . . . . . 2,1336 „
1 Werst (500 Sajen). . . . . . 1,0668 Kilom.
7,0304 Werst. . . . . 1 deutsche Ml.
104,3387 Werst . . . . 1 Aequ.-Grad

II. Flächenmaasse.

1 russ. ☐ Zoll . . . . 6,4511 ☐ Ctm.
1 russ. ☐ Fuss . . . . 0,0929 ☐ Meter
1 ☐ Arschin . . . . 0,5058 „
1 ☐ Sajen . . . . 4,5521 „
1 Dessiatine . . . . 1,0925 Hectare

III. Körpermasse.

1 russ. K. Zoll . . . . 16,385 K. Ctm.
1 russ. K. Fuss . . . . 0,0284 K. Meter
1 K. Arschin . . . . 0,3597 „
1 K. Sajen . . . . 9,7123 „

IV. Hohlmaasse.

a) Getreidemaass.

1 Garnez . . . . 3,2797 Liter
1 Polutschetwerik (4 Garnitz) 13,1188 „
1 Tschetwerik (2 Polutsch.) . 26,2377 „
1 Osmina (4 Tschetw.) . . . . 1,0495 Hectol.
1 Tschetwert (2 Osmina) . . . 2,099 „
1 Okaw (4 Tschetwert) . . . . 8,396 „

b) Flüssigkeitsmaass.

1 Kruschka . . . . 1,2299 Liter
1 Velte (6 Kruschka) . . . . . 7,3798 „
1 Wedro (10 Kruschka) . . . 12,2989 „
1 Botschka od. Fass (40 Wedro) 4,9196 Hectol.

V. Gewichte.

1 Doli . . . . 0,0445 Gramm
1 Solotnik (96 Doli) . . . . . 4,2669 „
1 Loth (3 Solotn.) . . . . . . 12,796 „
1 Pfund (32 Loth) . . . . . 409,53 „
1 Pud (40 Pfund) . . . . . . 16,3808 Kilogr.

VI. Münzfuss.

1 Kopeke . . . . 3,239 R. Pfennige
1 Silberrubel (100 Kopeken) . . 3,239 R. Mark.

Erster Theil.

Historische Uebersicht vom Ende des 16. Jahrhunderts bis auf den heutigen Tag*).

I. Kapitel.

I. Abschnitt. Vom Ende des 16. Jahrhunderts bis zum Jahre 1840—47: den ersten russischen Erwerbungen am Syr-Darja.

Nicht wenig erstaunt waren die gegen Chiwa vorrückenden russischen Truppen, nach einem langwierigen Marsche durch endlose, nie betretene Sandwüsten, in denen seit Wochen nur zerfallene Grabsteine und bleiche, verwitterte Knochengerippe von der Existenz menschlicher Wesen Kenntniss gaben, inmitten dieser vegetationslosen, sandigen Leere plötzlich ein festgemauertes, trotziges russisches Bastion, nach allen Regeln der Kunst erbaut und fast sturmfrei erhalten, vor ihren Augen auftauchen zu sehen!

Es war ·die kaukasische Kolonne des Oberst Lamakin, die während des jüngsten Feldzuges mehrere Tage um den Brunnen Alan, am Ufer des trockenen Barsa-Kilmas-Sees und zu Füssen eines alten, festen, bastionirten Forts lagerte, das vor über anderthalb Jahrhunderten ein russischer Feldherr, der Fürst Bekowitsch Tscherkaski, auf seinem Kriegszuge gegen Chiwa erbaut hatte. Der damalige Feldzug war

---

*) Siehe Anlage: Das Uebersichtskärtchen der russischen Grenzerweiterungen.

unter denselben Verhältnissen begonnen worden, wie der gegenwärtige, nur endigte er mit dem schauerlichen Untergange der ganzen Expedition bis auf den letzten Mann!

Die muthigen Kriegsschaaren des mächtigen Czars, Peters des Grossen, waren vor mehr als 150 Jahren weiter vorgedrungen, als die Kolonne, die nun, Anfang Mai des Jahres 1873, ermattet und verschmachtend nach mühevollem Zuge hier zur nöthigen Ruhe an dem noch wohlerhaltenen befestigten Denkmal längst vergangener Geschlechter ankam und sinnend hinaufsah zu den mächtigen Steinblöcken des alten Bauwerks, das sie warnend mahnte an das Geschick der Vorfahren, welches nur zu leicht auch das ihrige noch werden konnte. —

Ja, seit zwei Jahrhunderten datiren die Beziehungen des mächtigen Czarenreiches zu dem trotzigen Wüstenländchen, Beziehungen, die eigentlich stets zu Gunsten des kleinen chiwesischen Staates endeten!

Die ersten kriegerischen Zusammenstösse der Russen mit den centralasiatischen Nationen fanden zu Ende des 16. Jahrhunderts statt, als sich am Jaikflusse, dem jetzigen Ural, die sogenannten Jaik-Kosaken ansiedelten, welche früher gleich ihren Stammesgenossen an der Wolga und am Don ein nomadisirendes Räuberleben geführt hatten. Es geschah dies fast zu derselben Zeit, als Anik Strogonoff, der damalige Gouverneur des seit der Regierung Wassil-Joannowitsch II. Russland unterworfenen Theiles des west-uralischen Gebietes, den berühmten Kosakenchef Jermak mit 7000 seiner Steppenreiter herbeirief, um die russischen Ostgrenzen vor den Einfällen der sibirischen Völkerschaften, Tartaren, Ostjäken, Begolutschen, Samojeden u. s. w. zu schützen, gegen welche Leistung ihnen volle Verzeihung für die früher von ihnen verübten Missethaten zugesichert wurde. Eine ähnliche Bestimmung hatten die neuen Ansiedler am Jaik, und kann man diese neu inaugurirte Art von milderer Deportation als die ersten Anfänge des den Krieger mit dem Landmanne verbindenden, für Russland so charakteristischen Kosakenthums betrachten. Ebenso jedoch, wie ihre Brüder im Nordosten von den seit 1579 eroberten Grenzgebieten am Ob aus eigener Initiative und unter selbstgewählten Anführern die unendlichen Gebiete Nordsibiriens bis zum stillen Ocean durchzogen und in kaum hundert Jahren der Macht der moskowitischen Czaren unterwarfen, sollten auch die Kosaken des Jaik den ersten Anstoss zur Ausbreitung der russischen

Herrschaft nach Süden, in die von wenigen Oasen unterbrochene Wüstenei von Turan oder Turkestan hinein geben.

Ihren alten stegreifritterlichen Traditionen getreu, wussten sich die Jaiker Kosacken ihren kirghisischen und kalmückischen Nachbarn bald furchtbar zu machen. Die arme Steppe bot ihnen jedoch zu wenig Begehrenswerthes dar, und so kam es, dass, während Nordsibirien schon lange unterworfen war, und auch im Südwesten Sibiriens die russische Herrschaft bis an den Balchaschsee und das Bergland der Dschungarei festen Fuss gefasst hatte, die weiten Landstriche nördlich des Aralsees, zwischen dem Balchaschsee und dem Uralfluss den Kirghiskaisaken und Kalmücken als unbestrittene Wohnsitze verblieben. Dagegen wagten sich die Kosaken auf das kaspische Meer, um Seeräuberei zu treiben und die am Ufer befindlichen persischen Kolonien zu brandschatzen. Bei einer dieser an die Züge der Normannen erinnernden Razzias erfuhren die Freibeuter durch gefangene Kaufleute von der Existenz eines reichen Landstriches jenseits des Aralsees, Chiwa oder Chowarezm genannt, und sogleich wurde der Entschluss gefasst, einen Kriegszug dorthin zu unternehmen. Der kühne Plan wurde anfänglich von Erfolg gekrönt. Ohne weitere Bagage mit sich zu führen, als die, welche auf den Reitpferden Platz fand, durchmass der Kosakentrupp die Kirghisensteppe und überfiel die Hauptstadt des Landes, damals Urgensch, zu einer Zeit, als sich weder Chan noch Truppen in derselben befanden. Die Stadt gab man der Vernichtung preis, ohne dass jedoch die Kosaken vorher verabsäumt hätten, tausend der schönsten und jüngsten Weiber für ihre häuslichen Bedürfnisse in Beschlag zu nehmen und tausend Wagen voll reicher Schätze mit sich fortzuführen. Diese Habsucht gereichte ihnen zum Verderben. Durch die schwere Bagage am schnellen Entkommen gehindert, wurden sie von den nachsetzenden Chiwesen eingeholt, vom Wasser abgeschnitten und umzingelt. Mehrere Tage hindurch wehrten sich die Kosaken wie Löwen, wobei sie ihren brennenden Durst mit dem Blute der Gefallenen stillten, bis sie schliesslich alle unter den Streichen und Pfeilen der Verfolger fielen. Nur hundert der Kosaken gelang es, sich zum Amu-Delta durchzuschlagen und sich dort in den undurchdringlichen Kamysch-Waldungen zu verbergen. Doch auch dieser Zufluchtsort, von dem sie die Ufer des Jaik wieder zu erreichen hofften, schützte die Flücht-

linge nur 14 Tage, nach Verlauf welcher sie entdeckt und ebenfalls
bis auf den letzten Mann niedergemacht wurden. Kaum hatten sich
ihre Genossen am Jaik von der Schreckensnachricht erholt, als ein
neuer Zug nach Chiwa dem ersten folgte. Es betheiligten sich daran
fünfhundert Kosaken unter dem Ataman Netschai. Der Erfolg war
genau derselbe. Mit reicher Beute zurückkehrend, wurden die Kosaken, welche bereits den Syr-Darja erreicht hatten, vom Feinde beim
Uebergang über den Strom eingeholt und nach verzweifelter Gegenwehr niedergemetzelt. Der dritte, von dem Ataman Schemai unternommene Feldzug endigte wo möglich noch unglücklicher. Das Streif-
korps schlug einen falschen Weg ein und gelangte, anstatt nach Chiwa,
an die Ufer des Aralsees. Dort wurde es vom Winter überrascht, der
Frost begann, Orkane wütheten, und die Kosaken hatten keine Lebensmittel mehr. „Zuerst" — theilt ein Geschichtsschreiber mit —
„schlugen die Unglücklichen einander todt, um Menschenfleisch zu essen', schliesslich aber riefen sie, ganz an den Rand des Verderbens
gebracht, die Chiwesen selbst zu sich und überlieferten sich ihnen freiwillig als Sklaven.

Der vierte von den Russen unternommene Zug fällt bereits in die
Zeiten Peters des Grossen. Der Czar trat im Jahre 1700 zum ersten
Mal in nähere Beziehung zum chiwesischen Reiche. Aus mehreren
Aussprüchen des grossen Herrschers geht es hervor, dass er ganz be-
sonderen Werth auf die Begründung einer dauernden Macht und eines
nachhaltigen Einflusses über die Völker des westlichen Turans legte.
Er betrachtete geradezu das Gebiet des Turkmenen-Landes als den
Schlüssel zu allen turkestanischen Gebieten im Osten. Vor Allem war
es jedoch seine Lieblingsidee, den Amu-Darja mit dem kaspischen
Meere durch Zurückleiten jenes Flusses in sein altes westliches Bett,
dessen Vorhandensein in den Sandwüsten ihm durch Reisende (Aussage des Turkmenen Chodja-Nafs) berichtet worden war, zu verbinden,
um so eine Handelsstrasse in das innere Asien bis nach Indien zu ermöglichen. Dazu kam das ihm als verbürgte Nachricht gemeldete Gerücht, dass an den Ufern des Amustromes grosse und reiche Goldminen*)

---

*) Goldminen giebt es in Chiwa nicht. In einigen Bächen des Amunetzes wird
Goldstaub im Triebsand gefunden.

von den Chiwesen unter sorgsamster Geheimhaltung seit Jahren ausgebeutet würden. Zu jenen Zeiten war Russland in noch weit grösserem
Maasse ein orientalischer Staat als jetzt, und kaum eingetreten in das
europäische Staatensystem. Noch war die Hauptstadt an der Newa
nicht gebaut, noch stand das souveräne Polen, weit im Osten Europas
lag der Schwerpunkt des heute so mächtigen Reiches, fast ohne direkte Berührung mit den Staaten des Westens. Zu der Zeit langte
bei dem Kaiser eine Gesandtschaft des Chans von Chiwa an, der, um
sich von dem Joche der bucharischen Herrschaft zu befreien, dem Czar
einen Tribut und Kriegshülfe anbot, falls Russland den Chan als Vasallen unter seinen Schutz gegen die Feinde nehmen wollte. Das Chanat Chiwa wurde in Folge davon von Peter dem Grossen durch einen
Ukas vom 30. Juni 1700 als Vasallenstaat anerkannt. Drei Jahre später erschien eine chiwesische Gesandtschaft, die nunmehr die officielle
Unterwerfung unter Russland durch ein Dekret des Chans vom Mai
1703 erklärte. Alle diese Verträge blieben jedoch, wie es scheint,
ohne weiteren Erfolg. Einerseits zahlte Chiwa nicht den versproche-
nen Tribut, andererseits unterliess Russland, dem Chan Hülfstruppen
gegen seine vielfachen Feinde zu senden. Als deshalb im Jahre 1714
von Neuem eine Botschaft des Beherrschers von Chowarizm in St. Petersburg mit dringenden Vorstellungen erschien und darum bat, man
möge, um die übermüthigen Turkmenenhorden im Zaume zu halten, befestigte Stationen am Ostufer des kaspischen Meeres, so namentlich
am Balkanbusen, anlegen, entschloss sich Peter der Grosse, eine umfangreiche und gründliche Expedition nach Chiwa auszurüsten, und den
Oberbefehl einem früheren tscherkassischen Häuptling, Devlet-Guirai, an-
zuvertrauen, der zum Christenthum unter dem Namen Fürst Bekowitsch-
Tscherkaski übergetreten war. Die Ausführung der Expedition ward
durch einen Ukas vom 29. Mai 1714 befohlen, in welchem als Zweck
des Unternehmens angegeben wurde, dem neuen Chan eine Beglück-
wünschungsgesandtschaft zu senden, die dann von Chiwa weiter nach
Buchara gehen sollte, um wo möglich mit diesem mächtigen Lande vor-
theilhafte Handelsverbindungen anzuknüpfen. Ausserdem sollte die
Gesandtschaft Näheres über die Stadt Irket, namentlich wie weit solche
vom kaspischen Meere gelegen sei und ob irgend ein Fluss von besagter Stadt nach dem Meere führte, in Erfahrung zu bringen suchen.

Die nun ins Werk gesetzte Expedition bedurfte insofern grösserer Vorbereitungen, als sie nicht vom Jaik, sondern von Astrachan ausging, und es daher zweckmässig erschien: Stützpunkte am Ostufer des kaspischen Meeres zu etabliren, von denen aus man die zu Lande marschirenden Truppen mit Munition und Vorräthen unterstützen konnte. Als geeignete Stellen wurden dazu das Vorgebirge Tjuk Karagan*) (Westspitze der Halbinsel Mangischlak), sowie die Eingänge in den Kaidak- und Balkan-Busen ausersehen. Es entstanden schon in damaliger Zeit die Befestigungen von St. Peter, Nowo-Alexandrowsk und Krassnowodsk, die, obwohl später wieder zerstört und von den Russen lange Zeit aufgegeben, als der erste Schritt anzusehen sind, welchen die Römer des Ostens zur Beherrschung des transkaspischen Gebietes und somit zur Umfassung Chiwa's von der westlichen Angriffsfront her thaten. Bekowitsch wurden zunächst 5000 Rubel und 1500 Mann in Astrachan am kaspischen Meere für die Vorbereitungen des Feldzuges zur Verfügung gestellt. Mit diesen Truppen schiffte er sich in Astrachan nach Gurjew am Ausflusse des Urals ein. Die Eismassen eines strengen Winters zwangen ihn jedoch wieder zur Rückkehr. Im folgenden Jahre, 1715, segelte Bekowitsch die Nordküste des kaspischen Meeres entlang und landete an dem oben erwähnten Kap Tjuk Karagan. Die hier nomadisirenden Turkmenen bestätigten Bekowitsch die Angaben Chodja-Nafs' über den alten trockenen Oxus-Arm; um aber Bestimmtes darüber zu erfahren, sandte er zwei Leute aus seinem Stabe mit Nafs nach Süden zur Erforschung aus. Nach einem Ritt von 17 Tagen auf Kameelen, auf denen sie täglich 30 bis 35 Werst zurücklegten, fanden sie einen Erdwall und weiter südlich einen Erdeinschnitt, welchen die begleitenden Turkmenen als den früheren Lauf des Oxus bezeichneten. Drei Tage folgte man der Einsenkung und bemerkte an den Rändern derselben Spuren von Wohnungen, Ortschaften und Irrigationskanälen, welche Zeugniss von früheren Ansiedelungen der Turkomannen gaben. Nafs behauptete, dass die Schlucht zum kaspischen Meere führe, weigerte sich aber, die Abgesandten Bekowitsch's weiter zu begleiten, aus Furcht vor den räuberischen Horden der Wüste. Bekowitsch kehrte nun nach Russland zurück, um dem Kaiser Bericht abzustatten, der

---

*) Nach anderen Daten „Tjup Karagan".

über den Erfolg des Fürsten sehr befriedigt war. Er gab dem Fürsten die Ordre, nun energisch mit der Ausrüstung der Expedition vorzugehen, und ertheilte ihm folgende Instruction für sein Verhalten in Chiwa: Vorerst sollte er nach dem transkaspischen Gebiete zurückkehren, am Ufer des trockenen Oxusbettes ein Fort für eine Besatzung von über 1000 Mann errichten und in dessen Nähe den Grund zu einer Stadt legen. Er sollte wo möglich ohne Wissen der Chiwesen das alte Bett genau erforschen und versuchen, wieder Wasser hineinzuleiten. In Chiwa angelangt, sollte er den Chan zu Treue und Gehorsam ermahnen, ihm die Erbfolge seiner Dynastie sicher stellen und, wenn jener es wünschte, dauernd im Lande eine russische Schutzmacht zurücklassen. Wenn Bekowitsch sich zweckentsprechend in Chiwa etablirt habe, solle er dem Chan den Vorschlag machen, eine aus Russen und Eingeborenen zusammengesetzte Expedition in die westlichen Wüsten zur Erforschung des Oxusbettes auszusenden. Mit Hülfe des für die russischen Interessen gewonnenen Chans würde es dem Fürsten dann auch leicht werden, eine kaufmännische Kommission nach Indien zu senden, um einen geeigneten Handelsweg vom kaspischen Meer dorthin zu erforschen. Diese Kommission sollte auch an den Hof von Buchara gehen, um, wenn sie den dortigen Emir auch nicht zur Unterwerfung bewegen könne, ihn zur Freundschaft zu gewinnen und ihm, da derselbe auch von aufständischen Unterthanen bedrängt war, ebenfalls russische Hülfstruppen anbieten.

Zur Ausführung dieses wichtigen und vielseitigen Auftrages wurden nun in Astrachan die umfangreichsten Vorbereitungen getroffen. Der Seeoffizier Kojin wurde zur Reise nach Indien bestimmt. Für die Ausrüstung der Expedition verwandte man über 200,000 Rubel. Während der Ausrüstung noch segelte Bekowitsch schon im Jahre 1716 wiederum nach Tjuk Karagan, von wo er eine Gesandtschaft nach Chiwa und Buchara sandte. Nachdem er hier ein Regiment zum Bau eines Forts zurückgelassen hatte, reiste er weiter südlich nach dem Balkanbusen, wo er ebenfalls, an dem Platze des heutigen Krassnowodsk, von den Truppen ein umfangreiches Fort errichten liess. Während nun Bekowitsch zur Beendung der Zurüstungen zum Feldzuge nach Astrachan zurückkehrte, und die Forts am kaspischen Meere ihrer Vollendung entgegengingen, liefen aus Chiwa schlechte Nachrichten für das

Gelingen des bevorstehenden Unternehmens ein. Von Ujuk, dem Kal-
mücken-Chan, der die meisten Turkmenenstämme östlich des kaspischen
Meeres unterjocht, sich dann der russischen Oberhoheit unterworfen
hatte und nunmehr die Hauptstütze der Expedition bildete, kam die
Nachricht, dass die Wege nach Chiwa wegen Mangel an Wasser
und Futter beinahe ungangbar seien und dass man in Chiwa selbst
sich auf das Eifrigste zum Kriege rüste. Dass der Chan von Chiwa
Streitkräfte sammle und feindliche Absichten gegen Russland hege, berichtete nun auch der Gesandte, der von Mangischlak aus nach der
chiwesischen Hauptstadt gereist war. Bekowitsch liess sich jedoch
durch diese ungünstigen Nachrichten nicht beeinflussen, sondern zog
noch Truppen aus Astrachan heran und schiffte sich zu Anfang des
Jahres 1717 mit denselben nach Gurjew ein, von wo er Verstärkungen
nach den neu errichteten Forts am Ostufer des kaspischen Meeres
sandte und vergebens die Freundschaft und Unterstützung der benachbarten Turkmenen- und Kirghisenstämme zu erlangen suchte, welche an
ihrer Neutralität festhielten und wohl schlau genug waren, erst abzuwarten, wie der russische Feldzug gegen Chiwa ausfallen würde. Fürst
Bekowitsch koncentrirte seine Truppen in der Umgegend von Gurjew.
Sie bestanden aus zwei beritten gemachten Infanteriekompagnien, einem
Dragonerregiment und 2500 irregulären Reitern, Kosaken, Tartaren
und Kalmücken; im Ganzen 3300 Mann mit 6 Geschützen (nach anderen Quellen 4000 Mann Infanterie, 2000 Kosaken, 100 Dragoner). Vorräthe waren für drei Monate vorhanden, zu ihrer Fortschaffung ausser
den Handpferden 200 Kameele und 300 an Wagen gespannte Zugpferde
bestimmt. Diese verhältnissmässig sehr bedeutende Streitkraft rückte
Anfang Juni 1717 von Gurjew auf einer Nebenstrasse nach dem Embaflüsschen aus, indem sie die grosse Karawanenstrasse nach Chiwa, auf
der weniger Futter und Wasser zu finden war, links liegen liess. Am
achten Marschtage erreichte die Kolonne den Embafluss, folgte von
hier aus der grossen Karawanenstrasse nach Chiwa, die noch heute
die chiwesischen Kaufleute nach den Märkten von Astrachan benutzen,
und betrat am fünfzehnten Tage das Plateau des Uest-Jurt. Nach
sechswöchentlichem Marsch durch die wüstenartige Hochebene erreichte Bekowitsch das Ufer des trockenen Barsa-Kilmas-Sees an einem
Punkte, den damalige Berichte als Kara-Gatsch bezeichnen, und der

sich, wie die Expedition des Obersten Lomakin (spr. Lamakin) von 1873 ergab, an dem heutigen Brunnen Alan, vier Tagemärsche von der chiwesischen Grenze, befindet. Hier legte Bekowitsch auf Befehl Peters des Grossen ein starkes Fort an und verweilte längere Zeit, um nach den Anstrengungen des Marsches seinen Truppen die nöthige Ruhe und Erholung zu geben, und gleichzeitig für seinen weiteren Vormarsch gegen das Chanat einige befestigte Stützpunkte längs dem Ufer des Aibugir vorbereitend anzulegen. Das Fort Bekowitsch's, ein geräumiges Viereck, aus festen Kalkplatten regelrecht erbaut und an den vier Ecken mit starken Bastionen versehen, ist noch heute wohl erhalten, ebenso wie einige feste Steinthürme an den steilen Abhängen des Uest-Jurt nach dem Aibugirsee zu, so bei Brunnen Kara-Kumbet und Cap Urga*) am Nordende des Sees.

Bisher hatte Fürst Bekowitsch die Absicht gehabt, gleichzeitig eine andere Abtheilung von Krassnowodsk den alten Lauf des Amu-Darja hinauf gegen Chiwa vordringen zu lassen. Krankheiten jedoch, die unter der Besatzung der Ufer-Forts ausgebrochen waren, desgleichen der bei der jüngsten Expedition ebenfalls fühlbar gewordene Mangel an Lastthieren, deren Lieferung die Nomaden verweigerten, liessen den Fürsten sein Vorhaben aufgeben und bewogen ihn, nur mit einer Kolonne vorzugehen. Er hatte dann gleich nach Betreten des Uest-Jurt eine Gesandtschaft an den Chan vorausgeschickt, um ihm seine Ankunft in friedlicher Absicht zu melden. In Chiwa hatten sich seitdem die Dinge wesentlich geändert. Der Chan, der mit dem russischen Kaiser früher in ein Bündniss getreten war, hatte sich nicht zu behaupten vermocht, und ein neuer, den Russen feindlicher Herrscher sass auf dem Throne. Er zögerte nicht, seinem Hass gegen die Ungläubigen den kräftigsten Ausdruck zu geben, setzte statt jeder Antwort die Gesandten Bekowitsch's in Gefangenschaft und liess seine in

---

*) Aeusserste Ostspitze des Tschink oder Randabfalls des Uest-Jurt-Plateaus, am Nordende des trockenen Aibugirsees (tartar. = Urgu-Murun). Die Ruinen eines zweiten, grösseren Forts, das noch heutzutage den Namen „Devlet-Guirai" trägt und ähnlich dem von Alan aus Stein als vierseitige Redoute errichtet war, fanden die Truppen des Generals Werewkin auf ihrem Marsche nach Kungrat, 70 Werst nördlich von Urga.

Bereitschaft stehenden Truppen gegen die russischen Kolonnen anmar-
schiren.

Der Marsch bis Alan hatte sich mit grosser Schnelligkeit vollzogen, da die Befürchtung vorlag, die in der Steppe herrschende grosse
Hitze könnte das zum Futter dienende Gras gänzlich unbrauchbar machen. Nach zwei Monaten war das Expeditionskorps, welches im Ganzen 900 Werst in der heissesten Jahreszeit zurückgelegt hatte, in einem
grossen Bogen um den Aibugirsee marschirend, am linken Ufer des
Amu-Darja etwa 140 Werst von Chiwa, angelangt. Hier in Erwartung
der von allen Seiten in unzählbaren Haufen herannahenden Chiwesen
stellte Bekowitsch sein Detachement mit dem Rücken gegen den Fluss
auf und schirmte es auf den übrigen Seiten durch eine Wagenburg,
hergestellt aus vierrädrigen und zweirädrigen Fahrzeugen, russischen
Telegas und kirghisischen Arben. Nach dreitägigem, erbittertem Kampfe
erachteten sich die Chiwesen als überwunden und liessen sich auf Unterhandlungen ein. Wohl einsehend, dass sie mit Gewalt gegen die
russischen Streitkräfte nichts ausrichten könnten, beschlossen sie, zu
Verrath und Hinterlist ihre Zuflucht zu nehmen. Sie versprachen, auf
alle gerechten Bedingungen des Fürsten einzugehen, und die Friedensunterhandlungen wurden begonnen. Nachdem der Friede officiell im
Lager Bekowitsch's abgeschlossen war, lud der Chan den Fürsten in
sein eigenes Lager ein. Letzterer erschien unter den feindlichen Zelten mit einem Gefolge von 700 Reitern. Hier wurden Geschenke in
der freundschaftlichsten und anscheinend aufrichtigsten Weise ausge-
tauscht, und der Chan beschwor seine Treue und das Halten seiner
Friedensversprechungen auf den Koran. Er forderte den Fürsten auf,
ihm mit seinen Truppen in sein fruchtbares und gastliches Land zu
folgen, um sich dort häuslich niederzulassen und sich von den erdul-
deten Anstrengungen des Wüstenmarsches zu erholen. Bekowitsch,
den verrätherischen Worten trauend, folgte dem Chan bis zu der Stadt
Porsu, wo er auf Wunsch desselben an den Ufern des Porsusees seine
Truppen in fünf Detachements theilte, welche von Leuten des Chans in
auseinander gelegene Lager geführt wurden, um leichter Proviant und
Futter für ihren Bedarf zu finden. Kaum hatte Bekowitsch sein Quartier in Porsu im vollen Vertrauen auf die wohlmeinenden Absichten
des chiwesischen Herrschers bezogen, als auf ein gegebenes Zeichen

die chiwesischen Schaaren sich in der Nacht auf die arglosen Russen stürzten und die Wehrlosen bis auf den letzten Mann erschlugen. In dieser chiwesischen Bartholomäusnacht fiel der Fürst Bekowitsch als erstes Opfer in der Stadt Porsu. Wie russische Geschichtsschreiber erzählen, wurde dem Fürsten die Haut vom Leibe gezogen und auf eine Trommel gespannt, vermittelst welcher man den Sieg gegen die Eindringlinge verkündete. Der Kopf des Fürsten wurde dem Emir von Buchara gesandt, der indessen das tückische Verfahren der Chiwesen missbilligt haben soll. Diejenigen Truppen, welche in den Befestigungen am Kaspischen Meere zurückgeblieben waren, kehrten, als die Nachricht von dem Untergang ihrer Landsleute zu ihnen drang, sofort nach Russland zurück, und zwar mit um so grösserem Grunde, als auch sie durch Wassermangel, Krankheiten und Ueberfälle seitens der Turkmenen, Stammverwandte der Chiwa bewohnenden Usbeken und nominelle Unterthanen des Chans, schwer zu leiden gehabt hatten. Die Reste der Garnison von Tjuk-Karagan erreichten mit der grössten Mühe ihr Heimathland, während die Truppen von Krassnowodsk auf ihrer Ueberfahrt nach Astrachan, von einem heftigen Sturm erfasst, zum grössten Theil ihren Tod in den Wellen fanden.*)

Die Expedition musste als gänzlich verunglückt betrachtet werden. Sie zeigte jedoch: erstens, dass der Marsch eines zahlreichen Detachements durch die Steppe selbst in der ungünstigsten Jahreszeit möglich sei; zweitens, dass die Chiwesen in kriegerischer Tüchtigkeit den Russen nicht im Mindesten gewachsen wären, und drittens, dass der Misserfolg des Unternehmens, weil nur aus der ausserordentlichen Unvorsichtigkeit des Führers hervorgehend, lediglich ein Werk des Zufalls genannt werden müsse. Es ist auch nur den bald darauf folgenden Vorbereitungen zu dem persischen Kriege und diesem Feldzuge selbst zuzuschreiben, dass des Kaisers Aufmerksamkeit von Chiwa abgelenkt wurde, so dass der schreckliche Untergang des kühnen Bekowitsch mit mehreren tausend russischen Kriegern ungerächt blieb. Später aber verursachten es innere Vorgänge und die beständige Theilnahme Russ-

---

*) Potto's „Vorlesungen über die Steppenfeldzüge". Wojeny Sbornik Nr. 5. 1873.

lands an den europäischen Kämpfen, dass die kriegerischen Operationen
in Central-Asien erst im Jahre 1839 wieder aufgenommen wurden.

Obwohl in dieser Zeit jeglicher politische Zusammenhang zwischen
den beiden Staaten aufgehört, eine Abhängigkeit Chiwas auch früher
nur dem Namen nach, nie aber in Wirklichkeit bestanden hatte, so
wurden die socialen Beziehungen zwischen den beiden Nachbarländern
dennoch nicht vollständig unterbrochen. Handelsverbindungen bestanden fortwährend zwischen der Hauptstadt Chowarezms einer-, Astrachan und Orenburg andererseits. Mehrere Russen besuchten und be-
reisten das Ländchen am Amu, und erweiterten dadurch die Kenntniss
über die dortigen Verhältnisse. So wurde schon im März 1718 der
gewandte Italiener Florio Benevini nach Buchara abgesandt. Er kehrte
1725 über Chiwa zurück, wo damals der Chan Schir-Gazi nur mit
Mühe seine Herrschaft gegen den mächtigen Nebenbuhler im Arallande
Schah-Temir-Sultan behauptete. Das Tagebuch und die Berichte des
Italieners geben ein höchst lehrreiches und anschauliches Bild von den
damaligen Zuständen in den Oxusländern. Im Jahre 1731 reiste der
Oberst Herzenberg im Auftrage der russischen Regierung nach Chiwa,
um von Neuem Unterhandlungen anzuknüpfen. Sein Versuch scheiterte
jedoch gänzlich, indem ihm nicht allein der Eintritt in die Hauptstadt
verweigert, sondern er auch auf seiner Rückkehr ausgeplündert wurde
und kaum mit dem nackten Leben davonkam.

Als im Jahre 1741 Abdul-Chair, ein der russischen Regierung be-
freundeter Kirghisen-Sultan, von der Kleinen Horde am unteren Ural
nach der Ermordung des regierenden Chans durch Nadir-Schah auf
den Thron von Chiwa berufen wurde, folgten demselben drei russische
Unterthanen, der Lieutenant Gladitschew, der Ingenieur Murawin und
der Feldmesser Nazimow, durch welche nunmehr Russland wieder in
Beziehung zu Chiwa trat. Murawin wurde in das Lager Nadir-Schah's
abgesandt, um denselben zu bewegen, zu Gunsten Russlands die Stadt
Chiwa an Abdul-Chair, der ein guter und treuer Unterthan des russischen Kaisers sei, abzutreten. Nadir, der grossen Respekt vor der
russischen Macht hatte, nahm den Gesandten freundlich auf, beschenkte
ihn reichlich und gab ihm zur Antwort, Abdul-Chair solle zu einer
persönlichen Zusammenkunft in sein Lager kommen. Letzterer, der
dem Schah misstraute, zog es vor, mit seinem Gefolge und den russischen

Offizieren die Stadt Chiwa zu verlassen und sie dem persischen Eroberer abzutreten. Nadir gab jedoch nach der Besetzung der Hauptstadt
Beweis von seinen lauteren Absichten, indem er die dort vorgefunde-
nen russischen Gefangenen beschenkte und sie in ihre Heimat zurück-
sandte. Abdul-Chair, nun Chan in Chiwa, erklärte sich als Vasall
Russlands, falls dieses ihn gegen Persien unterstützen würde. Er war
aber nicht im Stande, seine Versprechungen Russland gegenüber zu
halten, da sein eigener Sohn Nur-Ali unter dem Vorwande, dass sein
Vater ein Diener der Ungläubigen geworden sei, rebellirte und die
wichtigsten Gebiete des Chanats zu dem sogenannten Aralstaate vereinigte, so dass er bald weit mächtiger wurde als der Vater, welcher
fast nur auf die Hauptstadt Chiwa beschränkt blieb. Die interessante-
sten Einzelheiten über die damaligen Zustände giebt das Tagebuch des
nach Russland zurückgekehrten Lieutenant Gladitschew.

Im Jahre 1770 finden wir wiederum einen russischen Unterthanen,
den Kirghisen-Chan Haib, auf dem chiwesischen Thron. Obwohl somit
im Verlauf des 18. Jahrhunderts nicht weniger als fünf russische Unterthanen — 1700 Chan Nias, 1703 Arab-Muchammed, 1741 Abdul-
Chair, nach ihm Nur-Ali, und schliesslich 1770 Haib-Chan — zur Herrschaft im Chanat gelangt waren, war Russland dennoch nicht im Stande
gewesen, auch nur den allergeringsten dauernden Einfluss am Oxus zu
erlangen. Auch schien die russische Regierung damals jedes Vorgehen
gegen die transkaspische Bevölkerung aufgegeben zu haben. Im Jahre
1745 kamen Abgesandte von sechs auf der Halbinsel Mangischlak nomadisirenden Kirghisen- und Turkmenenstämmen nach St. Petersburg,
wo sie um Aufnahme in den russischen Unterthanenverband und um
Erbauung einer russischen Station auf Mangischlak baten. Die Regierung liess die Gesandten unverrichteter Sache wieder zurückkehren.
Im Jahr 1767, als abermals von den Turkmenen des Uest-Jurt Bitten
in vorhin erwähnter Weise laut wurden, finden wir sogar ein Mémoire
des auswärtigen Ministeriums, welches der russischen Regierung die
Erfüllung dieser Bitten für alle Zeiten entschieden abräth: „Die Gewinnung solcher Unterthanen bringt der Regierung keinerlei
Vortheil," sagt das Schriftstück, „sondern legt ihr nur die Verpflichtung auf, jene mit Lebensmitteln zu versehen. Bei
dem wilden, räuberischen Charakter der Turkmenen ist das

Anknüpfen von Handelsbeziehungen ganz unmöglich, und
das einzige Mittel zur Erreichung dieses Zweckes und der
thatsächlichen Unterwerfung dieser Horden, die Anlage von
befestigten Niederlassungen am Kaspischen Meere, ist, wie
alle Rekognoszirungen berichten, wegen gänzlichen Wassermangels undurchführbar." Nach diesen Grundsätzen wurde nun
auch in der That verfahren. Alle Beziehungen zu den Turkmenen un-
terblieben, und auch eine 1798 von den Mangischlakstämmen neuerdings gestellte Bitte wurde wiederum abschlägig beantwortet. Schon im
Jahre 1802 wurde diese Bitte wiederholt, und die Mangischlaker pro-
klamirten sich nunmehr selbst als russische Unterthanen, was die russische Regierung bewog, im Jahre 1803 ein Dekret zu erlassen, wonach
der Turkmenenstamm Abdallah als unter Russlands Schutz stehend erklärt ward.

Zu Ende des 18. Jahrhunderts hören wir noch einmal von Chiwa
durch den russischen Arzt Blankennagel, der im Jahre 1793 auf Bitte
des chiwesischen Chans, dessen Onkel Fazil an einer schweren Augen-
krankheit litt, nach dem Oxuslande gesandt wurde. Als der deutsche
Arzt in der Hauptstadt anlangte, die Augen des chiwesischen Granden
für unheilbar erkannte und seinen Wunsch aussprach, nunmehr wieder
in seine Heimath zurückzukehren, wurde er von den Chiwesen zurückgehalten. Von den bösen Absichten der herrschenden Partei, die ihn
aus dem Wege räumen wollte, damit er nicht in Russland über das
Land und dessen Geheimnisse berichten könne, durch russische Gefangene unterrichtet, entfloh er heimlich aus der Stadt und suchte Zuflucht
bei den Turkmenen. Mit Hülfe derselben erreichte er glücklich Mangischlak und von da Astrachan. Blankennagel gab nach seiner Rückkehr eine Schrift heraus, in der er den Reichthum und die Ergiebigkeit
der Gold- und Silberminen Chiwas eben so sehr preist, als die Leichtigkeit, mit der sie ausgebeutet werden könnten. In Bezug auf den
asiatischen Handel meint er, dass dieser durchaus vom Besitze Chiwas
abhängig sei. Indem er die Ueberzeugung ausspricht, dass der Besitz
des Chanats weder die Ausrüstung einer bedeutenden Flotte, noch viel
Blut und Geld kosten könne, dagegen Russland grossen Reichthum,
den Eingeborenen aber Ruhe und Frieden bringen würde, glaubt er,
dass man mit 5000 Mann ohne Schwierigkeit das ganze chiwesische

Gebiet besetzen könne. Grosses Interesse rief damals die Versicherung Blankennagels hervor, dass mit Leichtigkeit das Wasser des Amu wieder in das alte Oxusbett geleitet und so Aral- und Kaspi-See dauernd verbunden werden könnten. Interessant waren ausserdem die Beschreibungen, welche der deutsche Arzt über die Verhältnisse des Landes und namentlich über den Charakter und die Lebensart der Einwohner lieferte, obwohl es scheint, dass die ungastliche Aufnahme, die er in der Hauptstadt Chowarezms gefunden, ihn nicht ganz unparteiisch in seinem oft harten Urtheil gelassen hat.

Der Beginn des 19. Jahrhunderts ändert in Nichts das feindschaftliche Verhältniss Chiwas zu Russland. Obwohl im Jahre 1802 der russenfeindliche, mächtige Aralstaat ein Ende nahm und wieder in die Hände des Herrschers von Chiwa fiel, so hatten sich die früheren Sympathien für Russland hier bis zu dieser Zeit längst wieder geändert. Der neue Chan hasste die Christen nicht minder als der fanatische Nur-Ali. Blicken wir nochmals auf die Ereignisse in der letzten Hälfte des 18. Jahrhunderts zurück, so hatte Russland ausser wenigen geringfügigen Beziehungen keinerlei Einfluss auf die Verhältnisse des chiwesischen Reiches gewonnen. Während dieser Zeit gingen jedoch in den weiten, von den Kirghisenstämmen bevölkerten Steppengebieten nördlich des Aralsees bedeutende politische Veränderungen vor sich, die, wenn auch für Russland nur in beschränktem Sinne günstig, doch auf das künftige Geschick des südlicher gelegenen Centralasiens von grossem Einflusse sein sollten, und deshalb eine eingehendere Betrachtung verdienen.

Schon im Jahre 1696 hatte der russische Doppelaar, dem Laufe der grossen sibirischen Ströme folgend, seinen Flug bis zum Stillen Ocean vollendet.*) Schon war Kamtschatka von den Pionieren der russischen Kultur, repräsentirt durch kühne Kosakenchefs mit ihren Reitern, denen andere Ansiedler, Landleute, Soldaten, Strafgefangene etc.

---

*) Unter Peter dem Grossen wurde im Jahre 1696 durch Atlassow aus dem Anadyrlande Kamtschatka eingenommen. Wenjukow: „Allgemeine Uebersicht der allmäligen Erweiterung der russischen Grenzen in Asien." — Wojeny Sbornik Nr. 2. 1872.

folgten, besetzt; schon war in den Jahren 1650—1689*) auch das herrliche Amurland vorübergehend in russischem Besitze gewesen, und alle
nordsibirischen Völkerschaften bis zu den im äussersten Osten wohnenden Korjäken und Tschuktschen hatten sich theils freiwillig, theils
durch Waffengewalt gezwungen der Oberhoheit des weissen Czaren
unterworfen. Die russischen Grenzen in Ostasien hatten schon damals
gegen die Mongolei hin fast die jetzige Gestalt.**)

Die Periode der kosakischen Abenteurerzüge war vorüber, und
die Erweiterung und Befestigung der asiatischen Grenzen ging von nun
an direkt von der Regierung selbst aus. Erst in der zweiten Hälfte
der Regierung Peters des Grossen, d. h. zu Anfang des 18. Jahrhunderts, gelang es indessen den Russen, auch in dem südlichen Theile
von Westsibirien festen Fuss zu fassen, eine Thatsache, die eigenthüm-
lich erscheint, sich aber dadurch erklärt, dass diese Gegenden dichter
und von kriegerischern Stämmen bevölkert waren, als Ostsibirien, dann
aber auch dadurch, dass die Russen aus Handelsinteressen bisher mehr
nach dem Ostmeer und nach Verbindung mit dem reichen Kitai oder
China, als nach Süden gestrebt hatten. Im Jahre 1715 drangen die
Russen den Irtisch aufwärts, gegen den Altai, den Saisan-See und
das Dsungarische Bergland vor, und es wurde eine Expedition zur Auf-
suchung des Weges nach dem durch blühenden Handel weit und breit
berühmten Jarkand ausgerüstet. Die sogenannte Irtischlinie wurde
weiter nach Süden gerückt, es entstanden die Befestigungen Semipalatinsk, Ust Kamennogorsk und andere längs der Ostgrenze der Kirghisensteppe, dieselbe immer tiefer hinab von Osten flankirend. Die Steppe
selbst blieb aber noch frei, ja, man kann sagen, von den Russen un-
betreten. Dort herrschte in unbeschränkter Freiheit das Hirtenvolk
der Kirghisen, Stammverwandte jener Tartaren, welche im 13. Jahrhundert Europa überschwemmten und im östlichen Russland bis zu den
Zeiten Iwans des Grausamen eigene Reiche gebildet hatten. Sie re-
präsentirten früher eine einzige grosse Nation, die, unter Chanen ste-

---

*) Das Amurland ging im Jahre 1660 zum ersten Mal verloren. Durch den
Vertrag von Nertschinsk, 1689, kam es wieder in chinesischen Besitz. In den Jahren 1854—59 wurde der ganze Lauf des Amur und Ussuri wieder für Russland gewonnen. Vergl. Wenjukow.

**) Siehe das Uebersichtskärtchen der russischen Grenzerweiterung.

hend, eine gemeinsame Sprache redete und sich nach Süden bis zum
Amu-Darja in den Uest-Jurt und in die Gebiete von Chokand, Buchara
und Chiwa nomadisirend erstreckte. Einer ihrer Chane, Namens Alatsch,
soll der Tradition nach seine Völker und sein Gebiet in drei ungleiche
Theile getheilt, seinen drei Söhnen hinterlassen und somit die drei sogenannten Ordi oder Horden, die Grosse, die Mittlere und die Kleine,
gebildet haben. In zahlreiche Sippen gespalten, erstreckten sich diese
ohne genaue Abgrenzung und vielfach unter einander gemischt, derart
von Osten nach Westen, dass die Kleine Horde den russischen Besitzungen am südlichen Ural, dem Gebiet von Orenburg am nächsten
befindlich war, die Grosse Horde dagegen ihre Weideplätze in der
Nähe des Balchasch-Sees an der chinesischen Westgrenze und innerhalb des Gebietes der centralasiatischen Chanate hatte, während die
Mittlere Horde nördlich und östlich des Aralsees hauste. Da boten
im Jahre 1732 die Chane der Kleinen und Mittleren Horde, Abulchair
und Schemjaka, um Schutz gegen ihre eigenen Unterthanen zu finden,
der Kaiserin Anna ihre Unterwerfung an. Die Kaiserin, dem Einflusse
ihres ehrgeizigen Günstlings Biron von Kurland folgend, nahm dieses
Danaergeschenk, wie man es wohl nennen kann, an und lud dadurch
dem Reiche, anstatt es zu. stärken, eine bis auf den heutigen Tag ver-
hängnissvolle Last auf. Nicht allein nämlich, dass die neuen Unterthanen nun doch auch regiert und vor ihren Feinden geschützt werden
mussten, gerieth Russland auch mit den centralasiatischen Chanaten in
so fern in Kollision, als die Grenzen des kirghisischen Gebiets nach
Süden zu in diejenigen Steppenregionen übergingen, welche Chokand,
Buchara und Chiwa als zu ihren Territorien gehörend betrachteten.
Es entstanden aus dieser Unbestimmtheit der Grenzen, sowie aus der
wachsenden Eifersucht der Chanate gegen die drohende Macht der
Russen eine Menge von Reibungen und Verwicklungen, in Folge deren
Russland fast wider Willen Centralasien gegenüber zu Massregeln ge-
trieben wurde, die, wenn sie dem Czarenreich auch territoriale Erwei-
terung und vermehrtes Ansehen einbrachten, andererseits immense Opfer
an Geld und Menschenleben gekostet haben.

Im Jahre 1734 suchte man auf Veranlassung Münichs, der ein ent-
schiedener Anhänger des bereits in Ostsibirien angewendeten Cordon-
systems war, den Zwischenraum zwischen der Orenburgischen und der

in den Jahren 1716 bis 1719 angelegten Irtisch-Linie durch Anlage der sogenannten Uisk-Linie auszufüllen und dadurch wenigstens den nördlichen Theil der Kirghisensteppe mehr zu sichern, sowie eine Verbindung zwischen den Gebieten von Orenburg und Semipalatinsk herzustellen. Die Umstände machten jedoch ein stetiges Weitervorschieben der Befestigungslinien nach Süden zu nothwendig, ohne dass man den Russen bei diesem Vorgehen irgendwelche offensive Absichten hätte unterlegen können. Von besonderem Interesse für die Regulirung der russischen Grenzverhältnisse ist die glänzende Regierung der Kaiserin Katharina II. Obwohl durch die europäische Politik von Eroberungen in Asien abgezogen und mehr darauf bedacht, das Gewonnene zu befestigen, instruirte sie die Gouverneure von Orenburg und Westsibirien dahin, den nationalen Antagonismus der Baschkiren, Kalmüken und Kirghisen zur Befestigung der russischen Macht zu benützen und vermittelst der bewährten Maxime *divide et impera* die eine dieser Völkerschaften durch die andere im Schach zu halten. Dieses System wurde bis zur Beendigung der napoleonischen Kriege mit Glück durchgeführt, und nur selten war es nöthig, gegen die so zu sagen eigenen Unterthanen Kosakenstreifkorps zur Bestrafung von Unruhen und Räubereien auszuschicken.

Als aber im Jahre 1820 Russland nicht mehr durch europäische Kriege abgezogen war, hielt es der sibirische General-Gouverneur Speranski für rathsam, die nominelle Unterwerfung der dortigen Kirghisen in eine faktische zu verwandeln und zu diesem Behufe in den von ihm projektirten Verwaltungscentren neue Befestigungen anzulegen. Diese Befestigungen, welche, verlorenen Posten gleichend, die ersten Krystallisationspunkte zu festen Ansiedelungen bildeten, wurden gewöhnlich von der dahinter liegenden festen Grenzlinie aus mit Kosaken und Infanterie besetzt. Da aber der Unterhalt dieser Truppen durch die Entfernung von der Linie sehr theuer wurde, kamen die Behörden auf den Einfall, Kosaken, die den Wehrstand mit dem Nährstande vereinigen sollten, als Ackerbauer in der Umgegend der Forts anzusiedeln. So breitete sich die russische Machtsphäre in Westsibirien immer weiter nach Süden hin aus. Neue Streifcorps mussten zum Schutz gegen Räubereien in die Steppe geschickt werden, neue Festen (Aktau und Ulutau) entstanden weiter vorwärts; kurz, es bildete sich in na-

türlicher Weiterentwickelung das System, welches die Russen später
nach dem Balchasch-See, dem Ili, dem Tianschan, und schliesslich bis
nach Turkestan führte!

Eigenthümlicher, wenn auch erklärlicher Weise nahm die Befestigung der russischen Grenze in den westlichen, Orenburg näher gelegenen Theilen der Steppe einen langsameren Verlauf als im Osten. Obwohl
nämlich auch in diesen Gebieten von den seit dem Jahre 1735 in Orenburg residirenden Generalgouverneuren eine Anzahl sich reihenweise
längs den Flüssen weiter nach Süden und Osten erstreckender fester
Plätze errichtet und mit Kosaken besetzt wurden, so glaubten diese
Machthaber doch mehr Gewicht auf Anknüpfung friedlicher Handelsbeziehungen mit den Steppenbewohnern und den centralasiatischen
Chanaten legen zu müssen, als auf die eigentliche Kolonisation der
eingenommenen Landstriche. Die Ruhe in der Steppe suchte man durch
Aussendung fliegender Kosaken-Detachements herzustellen. Ein der-
artiges Palliativsystem, obwohl seinen Zweck theilweise erfüllend, ermöglichte es der Regierung jedoch nicht, eine reguläre Verwaltung in
jenen Gebieten einzuführen, vielmehr wurde ihr Einfluss fortdauernd
durch Aufstände der Baschkiren und Kalmüken in Frage gestellt.
Eine grosse Einbusse erlitt das Ansehen Russlands namentlich in dem
Jahre 1773 durch die ausgedehnte Revolution des donischen Kosacken
Pugatscheff, der sich für den verstorbenen Peter III. ausgab, aber allerdings schon im Jahre 1775 gefangen und hingerichtet wurde. Auch
später, als bereits Handelsverbindungen mit Centralasien angeknüpft
waren, liessen die ungebändigten Kirghisen nicht davon ab, ihren räuberischen Trieben zu folgen. Die Hauptursache zu dieser ungünstigen
Umgestaltung der Zustände war die Nachbarschaft des Orenburgischen
Gebietes mit Chiwa, dessen Machtsphäre sich damals sehr weit nach
Norden über den Uest-Jurt hinaus erstreckte, und das aus alter Eifersucht und Feindschaft die nur zu willfährigen Kirghisen unausgesetzt
zum Ueberfall der vereinzelten russischen Grenzposten, der Karawanen
und Fischeransiedelungen aufstachelte, ihnen dabei stets einen gesicherten Rückzug in das chiwesische Gebiet und wohl gar bewaffnete Unterstützung gewährend. Im Jahre 1809 sah sich Russland deshalb zur
Anlage der sogenannten Ilezkischen Linie genöthigt, welche das Gebiet
zwischen den Flüssen Ural, Ilek und Berdjanka, und namentlich die

Ilezkischen Salzgewinnungsanstalten zu schützen bestimmt war. Karawanen sollten sich fortan nur noch unter militairischer Eskorte in die
Steppe begeben; auch mussten die mit der Gemeindeverwaltung be-
trauten kirghisischen Sultane und Beis stets von Militair unterstützt
und begleitet werden.

Während zu Beginn des 19. Jahrhunderts also die Russen in den
Orenburger Gebieten nordöstlich des Kaspi-Sees durch allmäliges weiteres Vorrücken der befestigten Linien mehr und mehr ihre Grenzen
gegen die Einfälle wilder Steppenvölker zu schützen begannen, war für
ein Festsetzen am Ostufer des Kaspischen Meeres noch immer Nichts
geschehen. Allerdings hatte Russland, wie wir früher gesehen haben,
1803 einen kleinen Stammeszweig der Turkmenen von Mangischlak in
den russischen Unterthanenverband aufgenommen. Bei dieser nominel-
len Anerkennung war es bisher aber einzig geblieben. Im Jahre 1811
war wieder eine Deputation in Astrachan erschienen, welche für 2300
Kibitken (1 Kibitke als Familie zu durchschnittlich 5 Seelen gerechnet)
des Tschaudorstammes um die Erlaubniss bat, in das Wolgagebiet über-
siedeln zu dürfen. Da die Abgesandten jedoch verlangten, dass wegen
der Unsicherheit der Karawanenstrasse die Familien mit ihren Heerden
auf russischen Schiffen zu den neuen Wohnsitzen übergeführt werden
sollten, so beschränkte sich das Ergebniss der Unterhandlungen auf
die Uebersiedelung weniger Hundert Kibitken, während der Rest sich
damit begnügen musste, zu Russlands Unterthanen erklärt zu werden.
Zur Zeit des russisch-persischen Krieges, im Jahre 1813, erschienen
Gesandte der Turkmenen aus der Gegend nördlich des Atrek im russischen Hauptquartier, gerade als über einen Friedensabschluss zwischen
beiden Ländern verhandelt wurde. Sie boten Russland ihre Bundes-
genossenschaft in diesem Kriege an, und meldeten dem kommandirenden General Rtischtschew, dass sie schon das feindliche Gebiet von
Astrabad überfallen hätten. Auf Protest des persischen Bevollmäch-
tigten wurden die Gesandten ablehnend, obwohl reichlich beschenkt
entlassen, was die Steppenbewohner auf das Aeusserste gegen Russland erbittert haben soll. Man sieht hieraus, wie bei Beginn der russischen Beziehungen zu den Nomadenvölkern es Turkmenen waren,
welche die Oberhoheit, die Hülfe und den Schutz Russlands als eine
besondere Gunst bittfällig zu erlangen strebten.

Seltsam ist nun der Wechsel dieser Verhältnisse im Verlaufe des 19. Jahrhunderts. Die Turkmenen ihrerseits nun setzten den erbittertsten und fanatischsten Widerstand dem Bestreben Russlands entgegen, in der Nähe ihrer Weideplätze festen Fuss zu fassen. Die ersten Versuche hierzu, die im Jahre 1819 vom Kaukasus aus geschahen, wurden anfangs noch von denselben günstig aufgenommen. Der dortige kommandirende General Jermolow sandte zu dieser Zeit den Generalstabskapitain Murawjew, der später durch die Eroberung von Kars ein berühmter Mann wurde, und den Major Ponomarew nach der Ostküste des Kaspischen Meeres, um dort einen geeigneten Platz zur Errichtung eines Forts, das gleichzeitig als Handelsfaktorei dienen sollte, zu suchen. Murawjew sollte dann weiter nach Chiwa reisen, um einerseits das Land der Turkmenen kennen zu lernen, andererseits den damaligen Chan für die russischen Handelsinteressen zu gewinnen, namentlich aber dem chiwesischen Handel die Richtung nach dem einzurichtenden Waarendepot zu geben. Die beiden Officiere unternahmen genaue Untersuchungen längs den Ufern des Meeres, worin sie auf das Freundschaftlichste und Bereitwilligste von den dort nomadisirenden Turkmenen unterstützt wurden. Sie fanden zwei geeignete Punkte für die zu errichtende Befestigung, der eine in der Nähe der Mündung des Gürgen, der andere an der Bálkanbucht gelegen. Murawjew gelangte mit einer Eskorte von Turkmenen glücklich nach Chiwa. Er war nur von einem russischen Diener begleitet, hatte mit einer kleinen Karawane von nur 17 Kameelen den Weg durch die Wüste in 18 Tagen zurückgelegt und war überall von den Turkmenen gut aufgenommen worden. In der Hauptstadt angekommen, wurde er jedoch von dem Chan in dem Fort Ilgeldi eingesperrt und dort 48 Tage gefangen gehalten. Obgleich er dann wieder seine Freiheit und sogar eine Audienz bei dem chiwesischen Alleinherscher erlangt hatte, konnte er dennoch den letzteren in keiner Weise für die Interessen seiner Regierung gewinnen, erhielt auf alle seine Vorschläge kurz und entschieden abschlägige Antwort und kehrte unverrichteter Sache, von seinen treuen Turkmenen bis zum Kaspischen Meere geleitet, nach den mannigfachsten Abenteuern nach dem Kaukasus zurück. Murawjew, der eine schreckliche Beschreibung von dem Elend der russischen Gefangenen in Chiwa machte, brachte von seiner kühnen, wenn auch erfolglosen Reise einen

Abgesandten der Turkmenen, Kiat-Bek, mit, der die Bereitwilligkeit
seines Stammes erklärte, Russlands Oberhoheit anzuerkennen. In Folge
dessen wurde Murawjew im Jahre 1821 noch einmal nach Osten gesandt und ihm zu weiteren Rekognoscirungen wie zur Anknüpfung
freundlicher Beziehungen 10,000 Rubel zur Verfügung gestellt. Er
wirkte mehrere Jahre nicht ohne Erfolg; seine Vorschläge in Betreff der
Anlage von Befestigungen an der Landzunge von Krassnowodsk und auf
den Höhen des Balkan-Gebirges kamen jedoch nicht zur Ausführung,
da durch einen Wechsel des Kommandirenden der Kaukasus-Armee
ein Stocken in der ganzen Angelegenheit eintrat.

Während hier im Süden in keiner Weise ernstliche Fortschritte
zu verzeichnen sind, schritt die Ordnung der Grenzverhältnisse im
Norden am Ural stetig fort und fand eine festere Stütze durch eine
neue Regelung in der Verwaltung der Nomadenvölker. Die Kirghisen
wurden so getheilt, dass die Stämme der Kleinen Horde in den Bezirk
des General-Gouvernements von Orenburg, die der Mittleren Horde in
den Bezirk des westsibirischen Gouvernements fielen. Ein neues Statut
für die Eintheilung der westsibirischen Kirghisen wurde im Jahre 1822
ausgegeben, trat jedoch erst 1824 in Kraft.

Nach demselben wurden die sibirischen Kirghisen in zwei Kreise,
den Karkaralinskischen und den Kokchetawskischen, getheilt. Die
ältesten Sultane des Stammes wurden zu Verwaltern der Kreise, die
wieder in verschiedene Gerichtsbezirke zerfielen, ernannt und zum
Schutze ihrer Autorität ihnen ein Rath der Aeltesten des Stammes,
ein sogenannter Diwan, zur Seite gestellt. Die Orenburger Kirghisen
erhielten in demselben Jahre ihre neue Organisation. Die Chanswürde
wurde abgeschafft und die ganze Steppe in der Richtung von Nord-
Westen nach Süd-Osten in drei Sektionen getheilt. Mit der Verwaltung einer jeden Sektion wurde ein Sultan-Aeltester betraut, der später
den Namen Regierender Sultan erhielt. Unbegrenzte Machtbefugniss
und namentlich das Recht wurde denselben zuertheilt, die ihnen unterstellten Kirghisen für Raubanfälle an den Grenzen zu bestrafen, zu
welchem Zweck man ihnen ein Detachement von 200 Kosaken zur
Verfügung stellte. Diese Kosakenwache sollte die Stelle des Diwans
in dem sibirischen Distrikte vertreten, die Sultane benutzten solche

aber nunmehr meistens zu Privatzwecken in ihren eigenen Streitigkeiten und kümmerten sich wenig um den Schutz der russischen Grenzen und die Herstellung von Ruhe und Ordnung in der Steppe. Im Jahre 1824 wurde deshalb trotz aller dieser Massregeln die erste nach Buchara abgesandte Karawane von den Kirghisen, die durch Chiwesen verstärkt waren, am Dshany-Darja überfallen und ihrer sämmtlichen Waaren im Werth von über 500,000 Rubel beraubt, worauf die Dreistigkeit der Kirghisen so wuchs, dass sie fortan nicht nur die längs der Linie und am Kaspischen Meere wohnenden Russen brandschatzten, sondern ihre Raubzüge bis nach Orenburg selbst ausdehnten. Die Gesandtschaft des Obersten Grafen Berg nach Chiwa im Jahre 1825, welcher über die Halbinsel Mangischlak nach dem Aral-See seinen Weg nahm und nach 3 Monaten wieder glücklich in Orenburg anlangte, schien keinen besonderen Erfolg zu haben, denn die Raubzüge nach den russischen Grenzen hörten nicht auf und viele Hundert Russen wurden hier an den Gestaden des Kaspischen Meeres aufgegriffen, um auf den Märkten von Chiwa als Sklaven verkauft zu werden. So sollen im Jahre 1835 mehrere Tausend Russen sich in chiwesischer Gefangenschaft befunden haben. Um diesen Kalamitäten einigermassen zu steuern, namentlich zum Schutze der Fischer, legte man im Jahre 1832—34 an dem Nord-Ost-Ufer des Kaspischen Meeres, am Kaidak-Busen, die sogenannte Neu Alexandrowski'sche Befestigung an, welche später nach dem zur Halbinsel Mangischlak gehörigen, schon früher befestigten Kap Tjuk Karagan übergeführt wurde und jetzt Fort Alexandrowsk heisst. Die Lage am Kaidak-Busen war sehr ungesund und das Meeresufer dort so seicht, dass die Verbindung mit den Schiffen ungemein schwierig und gefährlich war. Um aber auch die übrigen ungeschützten Grenzen gegen die Steppe zu sichern, kam General Perowski auf den ungeheuerlichen Gedanken, längs der ganzen Steppengrenze eine Art von chinesischer Mauer mit davorliegendem Graben zu errichten. Zu dieser Arbeit wurde thatsächlich im Jahre 1836 geschritten. Die Unruhen hörten jedoch nicht auf, und als Ursache dazu diente diesesmal die Abgrenzung von bedeutenden, den Kirghisen gehörigen fruchtbaren Landstrichen, auf denen man Kosaken ansiedeln wollte. Es waren dies die Kosaken der sogenannten Neuen Linie, welche man, um die

Grenzen nach Süd-Ost zu befestigen, wohl zu spät und gewissermassen
aus der Noth eine Tugend machend, weiter vorwärts in die Wüste
hinein verlegt hatte. Allerdings wurde der militärische Zweck, nämlich die Sicherung der dahinter liegenden Oberuralischen und Uiskischen
Linien, erreicht, dagegen brachen jedoch die geschädigten Kirghisen,
nicht minder aber die in eine gefährliche Situation versetzten kosakischen Kulturträger in offene Empörung aus. Letztere traten sogar den
Behörden mit Waffengewalt entgegen und konnten nur schwer zur
Ruhe gebracht werden. Von den Kirghisen wurde ausserdem versuchs-
weise ein Zoll von 1 Rubel 50 Kopeken per Kibitke erhoben, was sie
so in Wuth versetzte, dass sie, sich zusammenrottend, nicht nur die Russland ergebenen Kirghisen und die Linie überfielen, sondern sogar Karawanen in der Nähe von Alexandrowsk beraubten. Die Haupträdels-
führer waren die beiden ehemals zur sogenannten Bukejewski'schen
Horde gehörigen Ueberläufer Kaip und Issetai, welche in Chiwa Zuflucht und Schutz gefunden hatten. Um diesen Unbotmässigkeiten
strengere Massregeln entgegenzusetzen, drangen Kosaken-Abtheilungen
im Jahre 1836 bis zur Halbinsel Mangischlak, einem Hauptheerde der
Unruhen, vor, während in südöstlicher Richtung die feindlichen Haufen
bis zur Barsuki-Wüste, nördlich des Aral-Sees, verfolgt und gestraft
wurden. Ausserdem wurden in demselben Jahre alle chiwesischen
Kaufleute, welche von den Märkten in Nijni-Nowgorod über Orenburg
und Astrachan heimzukehren im Begriffe standen, mit ihren Waaren
von den russischen Behörden festgehalten. Gleichzeitig wurde der Chan von
Chiwa, dessen ganze Subsistenzmittel durch die Sperre der chiwesischen
Ausfuhr nach Russland in Frage gestellt wurden, benachrichtigt, dass
die Kaufleute nicht eher in Freiheit gesetzt werden sollten, bis alle
russischen Gefangenen freigegeben und alle Feindseligkeiten ein für
alle Male aufgehört haben würden. Für ein Jahr half das. Dann
erschienen plötzlich Kaip und Issetai mit neuen Schaaren, um von den
russischen Kirghisen Tribut einzufordern und den Ilek und Tobol
hinauf in die eigentlichen russischen Grenzen einzufallen. Wieder wurden ihnen Kosaken-Abtheilungen entgegengeschickt, deren einer es
gelang, am oberen Irgiz-Flusse auf die Hauptmacht der Feinde zu
stossen, sie zu schlagen und auch Issetai bei dieser Gelegenheit zu

tödten. Kaip aber floh nach Chiwa. Da zweifellos die Kirghisen in dem Chan von Chiwa eine Hauptstütze für ihre Empörungen, sowie in Chiwa selbst einen stets offenen Markt für ihre Beute an Gütern und russischen Sklaven gefunden hatten, so befahl Kaiser Nikolaus im Jahre 1839 nun endlich, um den ewigen Fehden ein Ende zu machen, dem Gouverneur von Orenburg, General Perowski, einen Feldzug nach der bisher stets straflos ausgegangenen Oase zu unternehmen.

II. Kapitel.

Als ein besonderes Moment in der Entwicklung der russischen Verhältnisse in Mittelasien mag der Zug des Generals Perowski im Jahre 1840 gelten, weil seit jener Zeit eine neue Aera in dem Vorgehen der russischen Regierung an den südöstlichen Grenzen eintritt, die namentlich durch das energische Auftreten und die zweckmässige und einsichtsvolle Initiative des Generals Perowski hervorgerufen wurde. Ein noch entschiedenerer Abschnitt in der Geschichte der russischen Grenzfrage trat durch die Gründung des ersten befestigten Stützpunktes am Ufer des Syr-Darja unter der Verwaltung des Generals Perowski im Jahre 1847 ein; ein Schritt, dem im Verlaufe von wenigen Jahren die Erwerbung des grössten Theils von Turkestan bis über Samarkand hinaus und schliesslich die Bezwingung des jungfräulichen, bis jetzt noch nie besiegten Chiwa in allerneuster Zeit folgen sollte!

Als Perowski, ein scharfer Beobachter und eingehender Kenner der mittelasiatischen Verhältnisse, von der Regierung den Auftrag bekam, die Vorbereitung zu seinem grossartigen Zuge zu treffen, der seit dem unglücklichen Untergang des Fürsten Bekowitsch 1717 wieder die erste militärische Operation gegen Chiwa werden sollte, standen die Dinge dort nicht gerade ungünstig für sein kühnes und gewagtes Unternehmen. Es schien, dass die energischen Massregeln der russischen Regierung gegenüber den chiwesischen Handelsleuten, namentlich die Ausfuhrsperre, den grossmächtigen Trotz des Chans allmählich wankend zu machen begannen. Es erschienen nun wohl in

Orenburg Gesandtschaften mit Geschenken und einigen russischen Gefangenen; — die Forderung Russlands, alle russischen Unterthanen in Freiheit zu setzen, wurde aber immer noch nicht erfüllt. Ob der Chan die russischen Sklaven nicht ausliefern wollte, oder ob er es überhaupt nicht konnte, da viele derselben im Besitz unabhängiger Turkmenenstämme sein mochten, darüber ist nichts bekannt geworden. Die Ausfuhrsperre bewirkte jedoch, dass der chiwesische Handel und Ackerbau vollständig darniederlagen, Armuth und Noth im Chanat zunahm und dadurch der Chan selbst in seinen Einnahmen so sehr geschmälert wurde, dass er sich gezwungen sah, Abgaben von den Turkmenen und Kirghisen aus der Nachbarschaft des Chanats zu erheben. Zu allen diesen Kalamitäten trat noch die Niedergeschlagenheit der abergläubigen Usbeken in Folge eines unheilvollen Zeichens vom Himmel, das den Chiwesen den Untergang durch die Russen weissagte. Nach einer alten Sage sollte die heilige Stad Chiwa durch die russische Waffengewalt nur dann fallen, wenn je die Gewässer des Amu wieder in ihr altes verlassenes Bett einströmend die Mauern der Stadt Kone - Urgends*) bespülen würden. In der That soll zu jener Zeit der Amu-Darja dermassen angeschwollen sein, dass er seine Fluthen bis nach der uralten nördlichen Hauptstadt sandte. Die entsetzten Einwohner der Oase, deren fanatischer Aberglaube bekannt ist, erwarteten nun mit Schrecken das Ende der bösen Weissagung. Alle diese Umstände liessen Perowski den Moment als besonders günstig erscheinen, um seine Expedition baldmöglichst in's Werk zu setzen, um so mehr, als er sicher auf die allgemeine Unzufriedenheit der durch die auferlegten Steuern erbitterten Turkmenen rechnete und es nicht für unmöglich hielt, dass diese selbst, noch ehe er Chiwa erreicht haben möchte, die Hauptstadt überfallen und geplündert hätten!

Perowski begann also die Vorarbeiten zur Ausrüstung der Expedition, über die er vorerst noch an die zu diesem Zwecke eingesetzte Specialkommission, bestehend aus dem Kriegsminister, dem Minister des Auswärtigen und dem General-Gouverneur von Orenburg, Perowski selbst, berichten musste. Er bewies dabei, dass er die Verhältnisse

---

*) Von den Russen gewöhnlich „Kunja-Urgensch" genannt, d. h. „Alt-Urgends", zum Unterschiede von Jangi-Urgends, Neu-Urgends, östlich von Chiwa gelegen.

der Steppe genau kannte. Er wusste wohl, dass es sich hier weniger
um eine taktisch wohl eingeübte und starke Armee handelte, als um
die Möglichkeit, eine verhältnissmässig kleine Truppe schnell, sicher
und ohne Aufenthalt direkt in das Chanat hineinzuführen. War die
Truppe einmal in der Oase angelangt, so konnte das Gelingen des
Unternehmens als gesichert betrachtet werden.

Es handelte sich also vor Allem darum, durch richtige Combination
und ein präcises Abschätzen der Märsche, der Provisionen und Fou-
ragen den Unterhalt der Truppen, Pferde und Lastthiere zu garan-
tiren. Die vorwiegende Verwendung von Infanterie erkannte hier
Perowski zum ersten Male. Einmal war der Bedarf derselben an
Wasser und Fourage erheblich geringer als der der Kavallerie, andererseits konnte sie in dem durch Tausende von Irrigationskanälen,
Sümpfen, dichtem Urgestrüpp und Schilfwäldern koupirten Terrain des
Chanats viel leichter und zweckentsprechender operiren als jene.
Perowski ahnte schon damals, wie gross der moralische Einfluss einer
disciplinirten, mit guten Gewehren bewaffneten Infanterie gegenüber
den wilden, ungeregelten Reiterhorden sein würde, die von einem ge-
schlossenen Bajonetangriff bisher noch keine Ahnung gehabt hatten.

Von diesen Grundgedanken geleitet, bestimmte Perowski für die
Expedition 3½ Bataillone ausgewählter Mannschaften der 22. Division,
22 Geschütze, 2 Regimenter Uralkosaken und 5 Sotnien Orenburg-
Kosaken und Baschkiren mit 4 Raketengestellen, im Ganzen **4413**
Mann. Der Train der Kolonne war ungeheuer gross und bestand
neben 2012 Pferden aus 10400 Kameelen, mit deren Leitung und Be-
packung allein 2000 kirghisische Führer betraut wurden. Den Vormarsch beschloss man von Orenburg resp. Iletzkaja am Ilekflusse aus
auf der Route nach Chiwa zu unternehmen, die, längs des Mugadshar-
Gebirges führend, das Uest-Jurt-Plateau in der Nähe des Tschegan-
Flüsschens erreicht und dann direkt südlich parallel der Westküste
des Aralsees nach dem Chanate hinläuft; die allerdings kürzeren Wege
über Mangischlak und Saraitschik, westlich des Kaidakbusens, wollte
man nur als Hülfslinien, namentlich zur Zufuhr von Provisionen benutzen. Die Entfernung von Orenburg nach Chiwa auf besagtem Wege
wurde auf 1250 Werst geschätzt, und gedachte man, auf jeden Marsch
25 Werst gerechnet, in 50 Etappen die Hauptstadt des Chanats zu

erreichen, wobei für die Strecke von dem Dongus-Tau (wahrscheinlich Tschink, in der Nähe des Tscheganflüsschens, gemeint) bis zum Ufer des Aibugirsees ungefähr achtzehn durch die gefürchteten Steppen des Uest-Jurt führende Märsche in Anschlag gebracht worden waren. Der Oberst Berg, der zuletzt die Reise durch die Steppen glücklich vollbracht hatte, hatte verschiedentlich darauf aufmerksam gemacht, dass der Winter*) die geeignetste Jahreszeit für den Marsch einer grösseren Truppenabtheilung sein würde, weil zu dieser Zeit die beiden Hauptschwierigkeiten der Operation, der Wassermangel nebst der erdrückenden Hitze bei anhaltendem Staubnebel, vor Allem aber die grauenhaft wüthenden Sandstürme des Hochsommers, durch den im Winter reichlich auf dem flachen Uest - Jurt - Plateau fallenden Schnee vermindert würden. General Perowski erkannte die Richtigkeit dieser Ansicht, die, wie wir später sehen werden, auch die leitende für die Ausführung des Feldzugs von 1873 wurde und von glänzenden Erfolgen begleitet war, und fasste deshalb den Entschluss, gegen Ende März auszumarschiren, während der Zeit der grössten Hitze im Chanate ruhig zu rasten und zu Anfang des Monats September den Rückzug wieder anzutreten. Trotzdem sollte gerade diese an sich vortreffliche Disposition des Generals durch einen ganz unvorherzusehenden Schlag des Schicksals, den selten strengen Winter und den furchtbaren, ungewöhnlich heftig auftretenden Buran (Eissturm) des Jahres 1839/40, später verderblich werden und das Scheitern des ganzen Feldzugs zur Folge haben.**)

Seine Hauptsorgfalt verwendete Perowski auf die Organisation der Provisions- und Transportmittel. Nicht mit Unrecht sah hierin der umsichtige General den Schwerpunkt des ganzen Unternehmens. Er hielt es für unmöglich, für die verhältnissmässig sehr grosse Stärke

---

*) Unter „Winter" ist hier die zweite Hälfte des Winters und der Beginn des Frühjahrs gemeint.

**) Allerdings blieb der General ausserdem seinem ersten Plane, den er für März 1839 gefasst hatte, nicht getreu. Statt in der zweiten Hälfte des Winters 1840 vom Ural abzumarschiren und somit zu Beginn des Frühjahrs an dem schwierigsten Theile des Wüstenweges anzulangen, rückte er schon im November 1839 aus und gerieth somit auf dem Uest-Jurt-Plateau in die rauhste und strengste Winterzeit, — ein Umstand, der allerdings einen ernsten Fehler des Generals begründen möchte.

seiner Abtheilung, über 6500 Köpfe, die Kameelführer mit eingerechnet, den gesammten Proviant für die ganze Dauer des Feldzuges, also auf über 6 Monate, mit sich zu führen.

Er schlug deshalb der obengenannten Kommission vor, den verschiedenen Kolonnen nur Provisionen (Proviant und Fourage) für zwei Monate mitzugeben, während der Rest für die andern vier Monate auf der Marschlinie vertheilt in geeigneten Etappenstationen zur Disposition der Truppen für den Hin- und Rückmarsch untergebracht werden sollte. Zur Aufnahme der nöthigen Magazine sollten am Südende des Mugadshar-Gebirges ca. 300 Werst von Orenburg und 300 Werst weiter südlich am Fusse des Uest-Jurt befestigte Etappen angelegt werden. In beiden Orten konnten während des Feldzugs von Orenburg her Lebensmittel, Heu und Grünfutter für die Lastthiere aus der Nachbarschaft angesammelt werden. Ein Hauptmagazin zu diesem Zwecke sollte in Ak-Bulak errichtet werden und dieser Ort auch eine passende Befestigung erhalten. Um die Zufuhr während des Aufenthaltes der Truppen im Chanat Chiwa selbst zu sichern, sollten der Abtheilung Proviantkolonnen auf vorhin erwähnten Routen vom Kaspischen Meere aus folgen und deshalb jetzt schon 2500 Tschetwert (ca. 10000 Scheffel) Zwieback und 250 Tschetwert (ca. 1000 Scheffel) Grütze (Hafergrütze) als Depot nach dem neu angelegten Fort Nowo-Alexandrowsk am Kaidak-Busen abgehen. Für die Marschkolonne waren enorme Quantitäten Proviant bestimmt, unter Anderm 11889 Tchetwert Zwieback, 3223 Tschetwert Grütze, 4605 Tschetwert Mehl, 16098 Tschetwert Hafer, in Summa 35815 Ttschetwert = 143260 Scheffel, 6511 Pfund Salz, 4199 Wedro*) Spiritus (Alkohol) und ausserdem ein möglichst grosses Quantum gepressten Heus. Ganz besondere Sorgfalt wurde auf die Pesonalverpflegung des einzelnen Mannes verwandt. Zu dessen Unterhalt sollten Fleischconserven, Speck, getrockneter und präparirter Kohl (Kraut), Rettig, Pfeffer, Essig, gewürzter Honig, Sbiten genannt, getrockneter Käse, um das schlechte Wasser geniessbar zu machen, ausserdem eingemachte Früchte als Mittel gegen

---

*) 1 Tschetwert = 209,902 Liter = ca. 4 Scheffel.
   1 Wedro = 12,298 Liter = 10³/₄ Quart.
   1 russ. Pfund = 0,819 Kilogr.

den gefürchteten Skorbut mitgenommen werden. Den nöthigen Fleisch-
bedarf wollte man durch Rinder- und Schaafheerden decken, die durch
kontraktlich geworbene Lieferanten auf deren eigene Verantwortung
der Kolonne zu folgen hätten. Zum Transport dieses allerdings sehr
grossen Trains wurde Anstalt getroffen, 12600 Kameele zu requiriren,
wobei man auf jedes Kameel 12 bis 15 Pud (1 Pud = 40 russ. Pfund)
Last rechnete.

Diesen trefflichen Operationsplan, der Alles vorsah und bis in's
kleinste Detail eingehendes Studium der schwierigen Verhältnisse
bewies, legte der General Perowski zu Anfang des Jahres 1839 der
Specialkommission zur Genehmigung vor. Gleichzeitig bat der General
um Instruktionen, in welcher Weise er, wenn er das feindliche Land
besetzt hätte, sich gegenüber der Regierung des Chanats zu verhalten
habe. Sollte er sich mit der Herausgabe der russischen Gefangenen
und einer zweckentsprechenden Bestrafung der Chiwesen begnügen,
oder sollte er dauernde Anordnung im Lande selbst treffen, um
russische Macht und Einfluss, vor Allem aber Ruhe und Ordnung
dauernd in den Oxusgebieten zu etabliren? Schliesslich wünschte er
Verhaltungsmassregeln zu empfangen, für den Fall, dass, bevor der
Marsch durch die Wüste vollendet sei, ehe also die Kolonne noch die
Grenzen des Reiches erreicht haben würde, der Chan die russischen
Sklaven ausliefern und auf alle russischen Forderungen eingehen sollte,
ein Fall, den der General für sehr wahrscheinlich hielt! Der General
selbst erklärte in der Kommission, dass er es für das Zweckdienlichste
halte, einen der regierenden Sultane der Russland vollständig ergebenen
Kirghisenhorden auf den Thron von Chiwa zu setzen, ein Verfahren,
das mit den Traditionen jener Völker im Einvernehmen stehe und welches der Regierung einen dauernden Einfluss im Chanate für immer sichern
würde. Für den Fall, dass der Chan es nicht zum Kriege kommen
liesse, sondern gleich bei Beginn der russischen Operation, zu einer
Zeit, wo die Truppen den anstrengenden und gefahrvollen Marsch
durch die Wüste noch nicht angetreten haben würden, Unterwerfung
und Erfüllung aller diesseitigen Forderungen anböte, würde es vortheilhaft sein, das ganze Unternehmen diesmal noch zu unterlassen und
wieder umzukehren. Andernfalls jedoch hielt er es für durchaus
nöthig, das Land und die Hauptstadt zu besetzen, um einerseits dem

Volke die Macht Russlands zu beweisen, andererseits den Truppen Zeit zur Erholung und Stärkung für den Rückmarsch im Herbste zu lassen.

Die Kommission trat im März 1839 zur endgültigen Beschlussfassung zusammen, deren Ergebniss nunmehr die Instruktion für den Chef der Expedition wurde. Die Kommission erklärte, dass sie eine Expedition nach Chiwa nunmehr für durchaus unvermeidlich hielte, um vor Allem den russischen Einfluss in Central-Asien erneut zu stützen. Drohte derselbe doch durch die langjährigen, immer ungestraft gebliebenen Frevel der Chiwesen, sowie durch die fortwährenden Anstrengungen Englands vom Süden her in Turkistan zum Schaden des russischen Handels festen Fuss zu fassen, vollständig verloren zu gehen. Es sei jedoch, meinte man, besser, mit der Ausführung der Expedition noch zu warten, bis die englische Expedition in Afganistan gegen Dost Mahommed beendet wäre. Das Resultat des britischen Unternehmens kennend, würde es dann nicht schwer fallen, der Konkurrenz Englands zu begegnen. Durch eine Unterwerfung Chiwa's könne man ferner die Turkmenen und Kirghisen am Oxus von dem Joche des Chans, Buchara von den ewigen Raubzügen und Gewaltmassregeln der Chiwesen befreien, Persien die vielen Tausende von Gefangenen und Sklaven zurücksenden und so das Interesse und die Freundschaft aller Reiche Central-Asiens gewinnen.

Von diesem Gesichtspunkte geleitet, beschloss die Kommission, sofort alle Anordnungen und Massregeln zu treffen, so dass die Vorbereitungen für den Feldzug, namentlich die Etablirung der Proviantmagazine bis zum Herbst 1839 beendet sein könnten. Die Details der Ausrüstung blieben dem General Perowski überlassen, der im Frühjahr 1840 die Operationen definitiv zu beginnen den Auftrag erhielt. Für den Fall der Besetzung von Chiwa hatte der General die Instruktion, vor Allem die Herausgabe der Gefangenen zu bewerkstelligen und dann zur dauernden Garantie der russischen Machtstellung im Chanate den regierenden Chan Allah-Kuli, nach Andern Taksir-Chan, abzusetzen, als Gefangenen mit nach Russland zu führen und den kirghisischen Sultan Bei-Mahommed-Aichubakow auf den chiwesischen Thron zu erheben. Die Art und das Mass der Bestrafung des Landes, sowie die Wahl der zu ergreifenden Mittel, um die Handelsinteressen Russlands. in Central-Asien zu wahren, sollte im Uebrigen dem Ermessen des Generals überlassen bleiben. Sollte der Chan, ehe die Truppen die Grenzen des Landes erreicht hätten, Friedensvorschläge machen und seine vollständige Unterwerfung versprechen, so sollte Perowski sich dadurch in seinem Vormarsch durchaus nicht aufhalten lassen, da ähnliche Versprechen früher schon öfter ohne jeden Erfolg gegeben worden seien. Sollte es unmöglich sein, die Auslieferung der Gefangenen zurückzuweisen, so sollte der General als Strafe vom Chan die Bestreitung der gesammten Kriegskosten verlangen und demselben eine möglichst kurze Frist zur Zahlung derselben stellen. Die wirkliche und völlige Beendigung des Feldzuges und die Besetzung des Landes müsse unter allen Umständen durchgeführt werden. Ueber anderthalb Million Rubel wurden für die Expedition ausgesetzt und davon 700000 Rubel dem General sofort zur Verfügung gestellt. Ueber die Verwendung dieser Summen, sowie über alle zu ergreifenden Mittel und Massregeln erhielt Perowski unumschränkte Vollmacht und wurde ihm dringend anempfohlen, die gesammten Vorbereitungen möglichst geheim zu halten, damit die Kunde von dem Feldzuge nicht allzufrüh zur Kenntniss der Chiwesen gelange.

Im Laufe des Sommers 1839 wurden nun alle Vorbereitungen im beschriebenen Sinne getroffen. Die zu Etappen bestimmten Punkte wurden befestigt und mit Garnisonen versehen; Magazine und Lazarethe erstanden dort in wenig Wochen, in denen aller Bedarf auf das Sorgfältigste angesammelt wurde. Das rege Treiben, das durch das Entstehen aller dieser neuen Verhältnisse in den Orenburger Distrikten überall eintrat, suchte man dadurch zu verdecken, dass man eine wissenschaftliche Expedition als Zweck jener Vorbereitungen vorgab, die auch wirklich ausgerüstet wurde, um später der militärischen Expedition zu folgen. Bei ihr befand sich auch der deutsche Reisende Alexander Lehmann.

Trotzdem war es nicht gelungen, die Vorbereitungen geheim zu halten. Die Errichtung des Forts am Nordabfall des Uest-Jurt hatte die Aufmerksamkeit der Chiwesen erregt und, sehr bald die Absichten der russischen Krone durchschauend, schickte der Chan schon im Monat September .80 russische Gefangene an General Perowski. Obwohl die Chiwesen officiell ihre Unterwerfung erklärten, hörten deshalb die Raubzüge der Turkmenen nicht auf, sondern erstreckten sich bis über die Ufer des Kaspischen Meeres hinaus, indem selbst die russischen Fischer auf dem Meere abgefangen und in grausame Knechtschaft geschleppt wurden.

Perowski liess sich durch die Versprechungen der chiwesischen Gesandten nicht in seinen Dispositionen beeinträchtigen, und die Vorbereitungen wurden ununterbrochen fortgesetzt. Um aber für die Zukunft ein für allemal die ungeordneten Verhältnisse in Chiwa zu regeln, wurde der Wortlaut eines Vertrages festgestellt, den der General mit dem nun in Chiwa eingesetzten Chan abschliessen sollte und dessen Kenntniss, obwohl er niemals in Kraft trat, nicht uninteressant sein möchte, da er zur Erklärung vieler Verhältnisse des Jahres 1873 dient, die beinahe durchweg dieselben, wie zu Zeiten des ersten verunglückten Zuges geblieben waren:

I. Alle Feindseligkeiten gegen Russland, ob offene oder geheime, sollen seitens Chiwa's ein für allemal aufhören, namentlich keine Raubzüge unternommen und keine russischen Unterthanen mehr als Sklaven zurückgehalten werden.

II. Chiwa soll seine Oberhoheit weder über die Kirghisen und Turkmenen ausdehnen, die unter russischem Schutze stehen, noch Abgaben von ihnen erheben.

IV. Chiwa soll weder den flüchtigen Sultan Kaip-Gali, noch Andere seines Gleichen beschützen und dadurch die Kirghisen zur Empörung verführen.

V. Karawanen sollen unter keinem Vorwande gezwungen werden, ihren Weg durch Chiwa zu nehmen; diejenigen, welche das Land betreten wollen, sollen nicht mit Abgaben belastet werden.

VI. Die Forts am Ufer des Syr, die ganz ausserhalb des chiwesischen Gebietes liegen und nur dazu dienen, die benachbarten Nomaden und vorbeiziehenden Karawanen zu brandschatzen, sollen zerstört werden.

VII. Die russischen Unterthanen gehörigen Waaren sollen nicht mit drei- oder sogar vierfachen Abgaben belegt werden, sondern russische und chiwesische Kaufleute in jeder Beziehung gleichberechtigt sein.

VIII. Es soll Russland sowohl wie Chiwa gestattet sein, ihre Konsuln in Chiwa und in Orenburg zu haben. Der russische Konsul soll ohne jede Beschränkung das Recht haben, Schiffe auf dem Amu-Darja zu halten.

Zu Beginn des Monats November 1839 waren nun endlich alle Vorbereitungen vollendet. Am 26. November*) wurde eine allgemeine Proklamation an die Bevölkerung des Orenburger Distriktes gerichtet,

---

*) 14. November russischen oder alten Stils.

in der noch einmal die Nothwendigkeit betont wurde, die Seine Majestät den Czar zur Ausführung des Feldzuges bewogen habe. Am selben Tage rückten die ersten Echelons der Kolonne aus ihren Quartieren am Ural nach ihrer ersten Etappe dem Embaflüsschen ab; — und so sicher erschien dem Führer der muthigen Schaar das Gelingen des kühnen Unternehmens, dass er in seiner Abschiedsrede in Orenburg sagte: „In zwei Monaten werden wir unter Gottes Beistand in die feindliche Hauptstadt eingezogen sein und dort das Zeichen des Kreuzes errichtet haben."

Dieser siegesgewisse Ausspruch des gewiss nicht prahlerischen Generals beweist von Neuem, mit welcher Sorgfalt und Genauigkeit alle Vorbereitungen getroffen sein mussten. Perowski konnte allerdings nur mit menschlichen Kräften und Verhältnissen rechnen; gegen die Allgewalt der unerbittlichen, unberechenbaren Naturkräfte vermochte er nicht zu kämpfen und konnte nicht voraussehen, dass gerade der Winter von 1839—40 für jene Gegenden ein ungewöhnlich, fast beispiellos strenger werden sollte. Es ist hierbei zu erwähnen, dass die Witterungserscheinungen des Jahres 1839 in Folge der mit besonderer Heftigkeit auftretenden verschiedenen Luftströmungen sogar noch heutzutage von den Gelehrten als seltenes Phänomen angesehen werden. Während im Winter 1839—40, so schreibt Professor Dove, im südlichen Deutschland der Aequatorialstrom mit solcher Beständigkeit herrschte, dass man von München schrieb, man hoffe die Erzählung einer alten Chronik sich verwirklichen zu sehen, dass die Mädchen mit Rosen im Haare zur Christnacht in die Kirche gekommen seien, so suchte von Norden her aus der Barabinski'schen Steppe der eisige Luftstrom nach dem Aral- und Kaspischen See seinen Abfluss, um über das niedrige Plateau des Uest-Jurt als mit dichtem Schneetreiben verbundenen Buran die Temperatur bis — 32° R. unter den Frostpunkt des Quecksilbers in die Breite von Neapel herabbringend, den Truppen des russischen Expeditionsheeres an den Ufern der Emba, in der Gegend, die die Kirghisen „das Thal des Todes" nennen, Tod und Verderben zu bereiten*). Ein solches Missgeschick hatte nun allerdings der General

---

*) H. W. Dove, „Das Gesetz der Stürme." pag. 196. 1873.

Perowski trotz seiner weitgehenden Umsicht nicht voraussehen können!

Zur Zeit des Abmarsches war die Witterung gelinde. Am 3. Dezember herrschte noch Thauwetter, in der Nacht vom 4. sank das Quecksilber des Thermometers schon auf 8°,5 R. unter Null, am folgenden Tage schon auf —24° R. Während des ganzen Marsches bis zum Embafort zeigte das Thermometer nur an drei Tagen —9°,8 R. unter Null, an elf Tagen bis —20° R., an zwölf Tagen —20 bis —25°,5 R., und an den letzten sechs Tagen sogar von —25°,8 bis —32° R. Kälte. Ohne auf den rasenden Sturm und den furchtbaren Frost zu achten, marschirten die überaus braven und wohldisciplinirten russischen Truppen ohne Schutz und Obdach, ohne Weg und Steg durch den knietiefen weichen Schnee vorwärts, mühsam und beinahe erstarrend sich Bahn machend und in dem dunkeln Schneegestöber die Richtung ihrer Marschroute suchend! Die fast übermenschlichen Anstrengungen der zum Tode erschöpften Leute, namentlich der Infanterie, müssen fürchterlich gewesen sein, wenn man bedenkt, dass am Abend im Lager den erstarrten Soldaten nicht einmal ein Bivouakfeuer erwartete, da das wenige vorhandene Holz sparsam zur Zubereitung der unentbehrlichsten Nahrungsmittel verwendet werden musste. Während bei Beginn des Marsches trotz der anhaltenden Kälte der Gesundheitszustand der Mannschaften ein verhältnissmässig guter genannt werden konnte und nur wenige leichtere Erkältungsfälle vorgekommen waren, so begann zu Ende des Marsches selbst die vielleicht einzig in der Welt dastehende Zähigkeit der braven Infanterie nachzulassen, und wenige Tage vor Ankunft im Fort Embensk zählte man schon 650 Kranke, von denen 532 sogleich starben! In noch stärkerem Masse begann die Sterblichkeit unter den Kameelen, deren grosser Bedarf seiner Zeit eine besondere Auswahl unmöglich gemacht hatte, in erschrecklicher Weise um sich zu greifen. Vor der Ankunft in der ersten Etappe hatte man schon $\frac{1}{5}$ der gesammten Lastthiere verloren.

Trotz alledem war die Kolonne noch immer voller Zuversicht am Embaflusse angekommen. Man hoffte, dass in den Steppen jenseits des Flusses, in die alle Jahre Tausende von Kirghisen zur Ueberwinterung ziehen, die Verhältnisse, wenigstens was die Menge der Schneemassen anbeträfe, besser werden würden. Allerdings stellte es sich später heraus, dass die Umstände sich geändert hatten und dass selbst die Kirghisenstämme, die nach Süden in die Wüste gezogen waren, zum grössten Theile sammt ihren Heerden dem ungewohnten Froste unterliegen mussten. Die Nachrichten, die Perowski bei seiner Ankunft in Embensk erhielt, waren auch nicht gerade ermuthigend. Schon hatten feindliche Schaaren die Magazine von Ak-Bulak überfallen, waren aber allerdings zurückgeschlagen worden.

Die Transportschiffe, die schon im Oktober den Proviant nach Nowo-Alexandrowsk führen sollten, waren theils in der Nähe von Gurjew, zum Theil vor dem Hafen des Forts im Eise stecken geblieben. Die Ladung der Fahrzeuge wurde allerdings mit grosser Mühe gerettet und glücklich an's Land gebracht; die an der Uralmündung eingefrornen Schiffe jedoch fielen den Chiwesen in die Hände und gingen, von ihnen angezündet, in Flammen auf. Obgleich Dispositionen getroffen wurden, sofort neuen Proviant mit dem Aufgang des Eises abzusenden, und obwohl der Militärgouverneur von Astrachan die energischsten Anstrengungen machte, die erneute Verproviantirung der Expedition durch die Flotte zu unterstützen, sah General Perowski den Untergang jener Vorräthe als einen unersetzlichen, unseligen Verlust an, da er im äussersten Nothfalle — namentlich, wenn seine Kameele den furchtbaren Frösten des Uest-Jurt unterliegen sollten — seine erste Marschrichtung aufgeben und direkt auf Nowo-Alexandrowsk hatte marschiren wollen, um von da event. bei Eintritt besserer Witterungsverhältnisse den Zug nach Chiwa wieder aufzunehmen. Die Berichte des Generals aus Embensk sind deshalb schon weniger zuversichtlich. Schon klagt er darin über die überaus schwierigen Verhältnisse, die für Kameele und Mannschaften aus dem unerwartet starken Schneefall entstünden. Die dadurch verlängerten und. verzögerten Märsche brächten grosse Verluste an Zeit und demzufolge an Vorräthen und Kameelen. Schon fürchtet er, Pontons, Böte und alle seine Fuhrwerke zurücklassen zu müssen. Trotzdem schien Perowski damals noch nicht alles Vertrauen verloren zu haben und hoffte noch immer „mit Gottes Hülfe" sein vorgestecktes Ziel erreichen zu können. Er befahl den Ausmarsch der Abtheilung vom Embaposten zum 12. Januar. So anstrengend auch der Marsch bisher gewesen war, so war er doch Nichts im Vergleich

zu den schrecklichen Anstrengungen, welche die unerschrockene, todesmuthige Schaar auf dem kaum 160 Werst weiten Wege bis zum
Nordrande des Uest-Jurt-Plateau erwarten sollten. Der Frost und die
Stürme, statt auf dem Vormarsch nach Süden hin abzunehmen, wurden
stärker und heftiger. Der Schnee erreichte eine solche Höhe, dass
Kameele und Pferde bis zum Knie, oft sogar bis an den Bauch versanken. Dabei hatte sich eine feste, eisige Kruste über der Schneedecke gebildet, welche die Thiere mit dem Hufe bei jedem Schritt
durchbrachen und dadurch sich die Fesseln wund und blutig scheuerten.

Die Kameele fanden auch nicht das geringste und magerste Grünfutter mehr; um sie nur einigermassen zu erhalten, war man gezwungen, den grössten Theil der Lasten fortzuwerfen. Selbst die Kirghisen,
die als Kameelführer die Kolonne begleiteten, begannen zu verzweifeln
und weigerten sich plötzlich, inmitten der unbekannten, mit Schnee
bedeckten Gegend die Truppen noch weiter zu führen, um so mehr,
als sich unter ihnen das Gerücht verbreitet hatte, dass feindliche
Schaaren aus Chiwa und Chokand in unzähliger Menge dicht in der
Nähe und im Begriffe seien, die erschöpfte und geschwächte russische
Kolonne von allen Seiten zugleich zu überfallen. Nur durch die energischsten Massregeln gelang es Perowski, die dringende Gefahr abzu-
wenden und das Entweichen der unentbehrlichen Führer zu verhindern.
Zwei der Rädelsführer mussten für den Ungehorsam der Widerspän-
stigen durch den Tod büssen. Die Kirghisen, denen seitdem der Tod
auf die eine wie auf die andere Art gewiss war, blieben und der Marsch
wurde fortgesetzt. Der Schnee wurde von Tag zu Tag tiefer und die
Eiskruste so fest, dass die Kavallerie, die dem Kameeltrain vor-
ausmarschirte, um einen kleinen Pfad durch den Schnee festzutreten,
kaum voran konnte und alle zwei Werst abgelöst werden musste. Es
blieb nichts übrig, als eine Bahn von den Mannschaften ausschaufeln
zu lassen. Kaum hatte die Vorhut dieselbe passirt, so wurde sie
wieder von den heftigen Schneestürmen verschüttet und musste
von den nachfolgenden Truppen von Neuem geöffnet werden. Die
Kameele bewegten sich nur mit der grössten Mühe vorwärts, stol-
perten und fielen jeden Moment zur Erde. Die Fahrzeuge, namentlich
die der Artillerie, kamen dadurch fortwährend in Stillstand. Nur mit
grosser Anstrengung konnten die Geschütze wieder durch die Infan-

teristen flott gemacht werden, die bei dieser Arbeit bis über die Kniee in den Schnee versanken und ihre besten Kräfte verbrauchten. Menschen, Thiere, die ganze Bagage waren mit einer Eiskruste überzogen. Die furchtbaren Schneestürme, die, den Himmel verdunkelnd und scharfe Eisnadeln mit sich forttragend, die Gesichter der Mannschaften blutig rissen, zwangen die Abtheilung mehrmals am Tage zum Halten und zerstörten oft Tage lang jede Verbindung zwischen den einzelnen Echelons. Bei alle dem raubte die furchtbare Kälte, gegen die keine Kleidung, nicht die dichtesten Pelze schützten, den Leuten die letzte Lebenskraft und Energie. Trotz alledem legte das Gros der Abtheilung in 18 Tagen den 160 Werst weiten Weg bis Ak-Bulak zurück. Die Arrièregarde aber, die den Embafluss erst am 29. Januar verlassen hatte, war am 11. Februar, zu einer Zeit, wo Perowski anfänglich schon im Chanat Chiwa zu sein hoffte, noch nicht an der Etappe angekommen.

In Ak-Bulak liess Perowski eine Musterung der Kameele vornehmen, bei welcher sich von den 8900 Kameelen, mit denen man von der Emba abmarschirt war, nur noch 5000 als zum Weitermarsch fähig erwiesen. Unter diesen Umständen trat die entscheidende Frage an den General heran, ob er noch weiter marschiren könne. Man befand sich nunmehr gerade auf dem halben Weg bis zur chiwesischen Grenze. Die noch übrigen 5000 Kameele konnten Proviant und Fourage für einen Monat tragen; in einem Monate aber konnte die Truppe in dem traurigen Zustande, in dem sie sich schon befand, unmöglich die Grenze erreichen, und selbst wenn sie es im Stande gewesen wäre, würde sie ohne jegliche Provisionen im feindlichen Lande angekommen sein, wo die schlechten Wege in der frühen Jahreszeit schnelle Zufuhr fast unmöglich machten. Und nahm man selbst den unwahrscheinlichen Fall an, dass die Truppen die zweite Hälfte des Weges schneller als die erste zurücklegen und vielleicht in 40 bis 50 Tagen das Chanat erreichen würden, dass ferner für die Pferde 1 Garnetz Hafer pro Tag ohne Heu und Grünfutter genügte, man somit den grössten Theil der Fourage hätte zurücklassen und statt dessen einen Proviant für zwei Monate auf den vorhandenen Kameelen mitführen können, so vermochten im glücklichsten Falle die Truppen allerdings mit einem Minimum von Vorrath an der Grenze anzulangen. Die Kavallerie würde aber

dann gewiss zum grössten Theile unberitten und der Zustand der übrigen
Truppen ein so jämmerlicher sein, dass sie kaum im Stande sein
möchten, sich nur die nöthigsten Vorräthe zu verschaffen, geschweige
denn gegen einen hundertfach überlegenen Feind noch mit Nachdruck
zu kämpfen. Der kleinste Zwischenfall, nur eine geringe Verzögerung
des Marsches oder ein unbedeutender Verlust an Kameelen, der sowohl
durch den Mangel an Grünfutter, als auch durch die auf dem Uest-
Jurt sicher bevorstehenden täglichen Angriffe der Chiwesen gerade auf
die Trains unvermeidlich war, machten das ganze Calcul zu Schanden
und mussten die gesammte Colonne inmitten des wüsten Uest-Jurt
einem sicheren Verderben rettungslos Preis geben. Diese Verhältnisse
erwägend, hielt es Perowski geradezu für ein verwegenes und straf-
bares Unternehmen, weiter zu marschiren und damit nutzlos die
russischen Truppen einem sicheren Untergange entgegenzuführen. Am
13. Februar gab er den Befehl zum Rückmarsch. Die furchtbaren Leiden
dieses Rückmarsches, die schauerlichen Scenen, die sich jeden Augenblick den fast erstarrten Blicken der täglich kleiner und kleiner wer-
denden Schaar darboten, mögen die Gräuel und Schrecken eines Napoleonischen Rückzuges im Jahre 1812 noch bei Weitem übertroffen
haben. Unerbittlich wüthete der furchtbare Buran, welcher mit der
gewaltigen Wucht seiner Schnee- und Eismassen unwiderstehlich Kameele, Pferde und Menschen erfasste, sie in wildem Knäuel Tausende
von Schritt hinwegreissend, weithin in die Steppen schleuderte und
unter der tiefen weissen Decke begrub! Nach unsäglichen Anstrengungen, und nachdem man 8 Monate im Schnee umhergeirrt war, rückten die Ueberreste der so prächtig ausgestatteten Colonne am 20. Juni*)
endlich in Orenburg ein. 1054 Mann waren todt in den Steppen zurückgeblieben, 609 Schwerkranke wurden in den Lazarethen von Orenburg untergebracht. Der Feldzug des Generals Perowski vom Jahre
1839/40 war somit durchaus verunglückt. Kaiser Nicolaus gab jedoch
mit diesem ersten Misserfolg die Regelung der Chiwafrage noch keineswegs verloren, sondern befahl sogleich die Ausrüstung einer zweiten
Expedition. Dieselbe sollte jedoch nicht zur Ausführung kommen.

---

*) 8. Juni russ. Stils.

Kaum hatte man in Chiwa die Absicht des Kaisers vernommen, ein neues Unternehmen ins Werk zu setzen, als man den Entschluss fasste, nachzugeben und sich Russland in Frieden zu unterwerfen. Die Chiwesen hatten mit Staunen den heroischen Vormarsch der Russen im Winter 1839 verfolgt, und der Umstand, dass trotz der furchtbaren Hindernisse, die Natur und Klima dem Feinde entgegenstellten, dieser bis auf den halben Weg sich den Grenzen hatte nahen können, mochte sie von der Macht, Ausdauer und Energie des Gegners überzeugt und mit Angst und Schrecken für die Zukunft erfüllt haben. Sie zogen es vor, nicht einen zweiten vielleicht erfolgreicheren Versuch abzuwarten und betraten wieder den Weg der Unterhandlungen. Im Sommer 1840 kam eine Gesandtschaft mit über 400 russischen Gefangenen in Orenburg an. Zu gleicher Zeit erliess der Chan von Chiwa ein Dekret, in dem nicht allein der Raub russischer Unterthanen, sondern sogar der Verkauf derselben überhaupt in seinem Lande ein für allemal verboten wurde. Dieses willige Entgegenkommen des Chans beruhigte die Regierung des Kaisers, und auf Vorschlag Perowski's wurde beschlossen, noch einmal den Weg friedlicher Unterhandlung zu betreten. In Folge dessen ging am 30. Mai 1841 Nikiforow als Gesandter nach Chiwa, mit der Vollmacht, einen Friedens-Vertrag mit Allah-Kuli-Chan abzuschliessen. Obwohl die Gesinnungen der chiwesischen Regierung russenfreundlich waren, so gelang es Nikiforow trotzdem nicht, über einen festern Vertrag mit dem chiwesischen Herrscher übereinzukommen. Erst im folgenden Jahre, nach dem Tode Allah-Kuli's, schloss der Oberstlieutenant Danilewski, der Mitte Oktober 1842 in der chiwesischen Hauptstadt anlangte, einen dauernden Vertrag mit dem neuen Chan ab. In dem Tractat verspricht der regierende Chan von Chiwa, Rachim-Kuli-Chan:

I. In Zukunft keine Feindseligkeiten, weder offen noch versteckt, gegen Russland zu unternehmen.

II. Raub- und Plünderungs-Züge in die Steppen oder nach den Ufern des Kaspischen Meeres weder zu veranlassen, noch zu dulden; wenn aber derartige verbrecherische Handlungen von Chiwa unterworfenen Turkmenen begangen würden, die Schuldigen zu sofortiger strenger Strafe zu ziehen und das geraubte Gut den Besitzern sofort zurück zu erstatten.

III. Keine Russen als Sklaven im Lande zu behalten, dagegen für Gut und Blut eines jeden russischen Unterthanen im Bereich seiner Besitzungen zu haften.

4

IV. Bei dem Tode eines russischen Unterthanen dessen Hinterlassenschaft
    durch die russischen Grenzbehörden an seine Erben auszuliefern.
 V. Keine russischen Flüchtlinge und Rebellen in dem chiwesischen Gebiete
    aufzunehmen, sondern sie den russischen Grenzbehörden auszuliefern.
VI. Nur einmal im Jahre von Waaren, die durch russische Unterthanen
    nach Chiwa importirt werden, Abgaben, nicht höher als 5 Procent von
    dem wirklichen Werthe zu erheben.
VII. Keinerlei Abgaben von Waaren russischer Kaufleute auf der Strasse nach
    Buchara und anderen Ländern Centralasiens längs des Syr-Darja zu erheben.
VIII. Immer und unter allen Umständen ein guter Nachbar und treuer Freund
    Russlands zu bleiben und diese Bande der Freundschaft mit dem mäch-
    tigen russischen Reiche immer fester gestalten zu wollen!

Obgleich also die militärischen Operationen durchaus missglückt
waren, so hatte man in Russland nun doch einstweilen erreicht, was
man durch den Feldzug gewollt hatte. Ein officieller Frieden war
geschlossen worden, und obwohl dieser in den folgenden Jahren eigentlich nie wirklich in Kraft trat, sondern die chiwesischen Herrscher
sehr bald schon wieder thaten und liessen, was sie für gut fanden, so
war doch für den Moment ein friedliches Verhältniss zwischen beiden
Staaten an den Grenzen eingetreten. Was aber vor Allem wichtig
war, man hatte durch die vielfachen Unternehmungen und Botschaften
Kenntniss über die früher fast unbekannten geographischen, topo-
graphischen, wie auch politischen Verhältnisse der Oase sowie der um-
grenzenden Wüstengebiete und deren Bevölkerung erworben. Diese
Kenntniss und die unglücklichen Erfahrungen gerade in den letzten
Jahren mögen wohl Perowski und durch ihn die russische Regierung
bestimmt haben, ihre Strategie für das Vorgehen gegen Turan zu ändern.
dern. Man sah ein, dass es mit zu grossen Schwierigkeiten und Opfern
verknüpft sein würde, ohne jegliche Stützpunkte im Osten und Westen
von Orenburg direkt südlich längs des Westufers des Aralsees durch
die wasserlosen Steppen militairisch mit Erfolg vorzudringen. Man
gab daher vom Jahre 1840 an die alte Politik auf und wandte sich
nach Osten, nach dem heutigen Turkestan, wo die Natur und geographische Beschaffenheit einem Vordringen weniger Schwierigkeiten entgegenzusetzen versprachen. Man wurde später in dieser Absicht doppelt bestärkt, als im Jahre 1849 eine Grenzexpedition von mehreren
tausend Mann, welche zur Beschützung der Kirghisenstämme sich dem
benachbarten Chiwagebiete noch einmal zu nähern versucht hatte, im
Schnee begraben wurde, ein Umstand, der auf die leicht erregbare

Phantasie der Asiaten grossen Eindruck machte und den Uebermuth der Wüstenbeherrscher unbegrenzt erhöhte!*) Der erste Gedanke, das Cordonsystem des Orenburger Militairdistrictes statt direct nach Süden nach Südosten vorzuschieben, mit dem Aralsee in Verbindung zu bringen und dann längs der strategisch günstigen Syrlinie weiter vorzurücken, um auf diese Weise das feindliche Wüstenland auch von Nordosten zu umfassen, mag wohl General Perowski zuzuschreiben sein. Die Absicht, Turkestan zu erwerben, lag damals dem General durchaus fern. Die Bedrückung der Russland tributären Kirghisen am Syr durch die Chiwesen, die Anlagen von chiwesischen Forts und Zwingburgen zur Unterjochung dieser Nomadenstämme führte ihn zuerst zu dem erfolgreichen Gedanken, der später im Verlauf von wenigen Jahren den Besitz der ganzen Provinz Turkestan bis tief in das Herz von Central-Asien nach sich ziehen sollte.

Obwohl das Vorgehen Russlands gegen Turkestan direct nichts mit unseren Betrachtungen über die Entwickelung der chiwesischen Verhältnisse zu thun hat, so können wir uns einer kürzern Schilderung desselben nicht enthalten, da einmal die Erwerbung der turkestanischen Stützpunkte am Aralsee und Syr - Darja entschieden durch die Chiwafrage hervorgerufen wurde, auf der andern Seite gerade jene Linie die Hauptbasis zur Ausführung des zu besprechenden Feldzuges im Jahre 1873 wurde. Die Fortschritte Russlands in Turkestan am Syrstrome und auf dem Aralsee galten ausserdem ebensosehr der Oase Chiwa wie den Chanaten des eigentlichen Centralasiens und ist die Gründung der Schifffahrt auf beiden Gewässern, desgleichen die Anlage eines russischen Forts im Syrdelta der erste entscheidende Schritt, durch den Russland sich seit 150 Jahren zum ersten Mal der Lösung der Chiwafrage factisch genähert hat. Dieser wichtige Schritt, nach welchem eine Umkehr auf dem betretenen Pfade nicht mehr möglich war, wurde überdies durch fortgesetzte Aufstände der Kirghisen motivirt und ist als der vorläufige Schlussstein einer Reihe von andern Abwehrmassregeln anzusehen.

---

*) Diese Episode wird übereinstimmend bei Hellwald „*Die Russen in Central-Asien*" 1873 pag. 78 und „*Centralasien*" pag. 407 1875 erwähnt. Ich habe Näheres darüber in keiner einzigen russischen Quelle finden können.

Ein neuer Kirghisenhäuptling, der Sultan Kenissar Kassimow, ein hochbegabter und von seinen Landsleuten fast vergötterter Mann, hatte den von Kaip und Issetai gegen die Russen begonnenen Kampf wieder aufgenommen und die Empörung in der Steppe weit und breit zu hellen Flammen angefacht. Die Russen, welche den unzählbaren und vortrefflich geführten Schaaren der Aufständischen nur eine verhältnissmässig geringe und schlecht basirte Streitmacht entgegenzusetzen vermochten, waren fast rathlos und konnten sich der Angriffe und Räubereien ihrer Gegner kaum erwehren. Erst im Jahre 1844 fand Kenissar in dem Oberstlieutenant Lebedew von der Orenburgischen Linie einen mehr als ebenbürtigen Gegner, der ihn wie ein Wild in der Steppe umherjagte und in allen seinen Schlupfwinkeln aufzuspüren wusste. Leider verfolgte sein Nachfolger Oberst Dunikowski ein weniger energisches System. Er wollte es mit Güte versuchen und versammelte daher die Sultane, Beis und andere Notabeln der loyalen Kirghisenstämme in grosser Anzahl um sich, um aus ihnen eine Art Avantgarde zu bilden, die durch ihren moralischen Einfluss und ohne Waffengewalt die abgefallenen Aule wieder beruhigen und zurückführen sollte. Der Calcul erwies sich als falsch. Kenissar gewann Zeit, neue Streitkräfte zu sammeln, erwartete das anrückende Expeditionscorps am oberen Tobol und fiel die Avantgarde mit solchem Ungestüm an, dass die von panischem Schrecken ergriffenen Sultane, Beis etc. fast vor den Augen des zu spät herankommenden Gros ohne Rücksicht auf die Stammvetterschaft niedergemacht wurden. Oberst Dunikowski begann sofort eine hitzige Verfolgung bis in die Steppen hinein und beging dadurch einen neuen Fehler. Kenissar schlug in der Nacht einen Haken, wandte sich gegen die russische Grenzlinie, brachte Alles in Verwirrung, brannte einige Kosakenposten nieder und drohte sogar die ganze Linie „als unrechtmässig auf kirghisischer Erde errichtet" mit Feuer und Schwert zu vernichten. Den Russen zum Glück wurde „der kirghisische Schamyl", dessen Macht im Jahre 1845 auf ihrer Höhe stand und dessen Freundschaft von den bisher so stolzen centralasiatischen Herrschern gesucht zu werden begann, bei einem Zuge erschlagen, den er gegen die Grenzen des chinesischen Reiches hin unternommen hatte, um die dort nomadisirenden Kiptschaken und Kara-Kirghisen seiner Herrschaft zu unterwerfen. Diese

besorgnisserregenden und sich mit dem Auftreten eines neuen Steppen-
helden, des nicht weniger gefährlichen Isset Kutebar, wiederholenden
Empörungen veranlassten die Russen, ihren Befestigungsgürtel noch
weiter in die Steppe hinein zu verlegen, und es entstanden in den
Jahren von 1846—48, zur Zeit, als General Obrutschew Generalgouverneur in Orenburg war, die weiter dem Aralsee zu liegenden Forts
Orenburgskoje, Uralskoje und Kara-Butak. General Obrutschew ging
dabei von der Ansicht aus, dass, da das weiter nach Süden, Westen
und Osten zu liegende Gebiet von dem Gürtel der fast unpassirbaren
Hungersteppe umschlossen sei, die lange erstrebte natürliche Grenze
nunmehr erreicht wäre. Die Lawine der russischen Macht musste
jedoch noch weiter rollen; denn um wirklich Herr der Steppe zu sein,
galt es eben: Alles oder Nichts. Zwar wurden die innerhalb der
neuen sehr weitläufig angelegten Linie liegenden Steppengebiete durch
das Vorschieben der Forts wesentlich pacificirt. Auf die im Südwesten, d. h. die an der Emba und dem Uest-Jurt, desgleichen auf die
am untern Syr weidenden Nomadenstämme hatte jedoch die neue Massregel so gut wie gar keinen Einfluss. Die Einfälle in das russische
Gebiet und die Beraubung der Karawanen dauerten fort. General
Obrutschew schlug vor, eine neue Befestigung an der Emba anzulegen,
doch wurde dieser Plan auf specielle Veranlassung des Kaisers Nikolaus verworfen und liess der Czar, die unausbleiblichen Consequenzen
dieses Unternehmens wohl kaum ahnend, die Hungersteppe im Jahre
1847 von einem Expeditionscorps unter Kapitän Schultz überschreiten,
in der Nähe der Mündung des Syr in den Aralsee die sogenannte
Raimskische Befestigung errichten und gleichzeitig auch den Grund
zu der Aralseeflottille legen. Zu Beginn des Jahres 1847 wurden
in Orenburg zwei Segelschiffe, das Kriegsschiff „Nikolaus," und
das Handelsschiff „Michael" erbaut und, in Stücke zerlegt, nach dem
Aralsee transportirt.*) Am Ufer des Sees wieder zusammengesetzt,
erhielten sie vorerst die Bestimmung, die Ufer zu erforschen und
Fischereistationen dauernd zu etabliren. Wegen der späten Jahreszeit
gelangte der „Nikolaus" nur bis zur Mündung des Syr; im folgenden
Frühling erforschte er jedoch schon die ganze Nordküste des Sees.

---

*) Vergl. „Khiwa and Turkestan" by Capt. H. Spalding. London 1874.

Mittlerweile war ein drittes, grösseres Schiff, der „Konstantin", auf
dem See angelangt, und auf ihm unternahm nun der berühmte Butakow seine bekannten Fahrten, durch die bis zum Jahre 1849 die Erforschung des ganzen Sees, seiner sämmtlichen Ufer sowie eines Theiles des Amu-Delta's erreicht wurde.

Die Aufnahmen und Aufzeichnungen Butakow's bilden noch heutzutage die einzigen Grundlagen und Daten für die geographische
Kenntniss des Binnenmeeres. Die Lage des Forts Raimsk (oder Aralsk)
erwies sich als ungünstig und wurde es deshalb im Jahre 1848 weiter
östlich an die Stelle des heutigen Kasalinsk über 800 W. Luftlinie (über
1000 W. Postroute) von Orenburg, verlegt und zunächst Fort Nr. 1 genannt.
Ein Blick auf die Karte genügt, um die exponirte Lage dieser weit von
den übrigen russischen Zwingburgen abgelegenen, ganz auf sich selbst an-
gewiesenen Feste zu begreifen. Alle Vorräthe mussten aus Orenburg,
ja selbst das Holz zu den Schiffen vom Ural herbeigeholt werden,
und die kleine Besatzung erwies sich der ihr gestellten polizeilichen
Aufgabe so wenig gewachsen, dass die aus Buchara und Chiwa nach
Norden ziehenden Karawanen oft in unmittelbarer Nähe des Forts
von den Steppenräubern geplündert wurden. Grösser noch war die
Gefahr, welche den neuen Vorposten russischer Macht durch die
Eifersucht der central-asiatischen Chanate Chokand und Chiwa er-
wuchsen. Letzteres sah sich mehrfach durch die russischen Schiffe
bedroht, welche, den Aralsee durchkreuzend, sich bis in die Amu-
mündung hineinwagten; ausserdem fürchtete es, seinen Einfluss auf die
bisher dem Chan nominell tributären Kirghisenstämme zu verlieren.
Die Chiwesen errichteten daher ebenfalls ein Fort, genannt Chodshi-
Nijas, nur etwa 10 Meilen vom Syr entfernt, und begannen von dort
aus die Feindseligkeiten dadurch, dass sie fort und fort den Syr überschritten und die russischen Kirghisen brandschatzten. Erst vermittelst
der vom Norden herbeikommenden Verstärkungen gelang es den
Russen, die Chiwesen zu vertreiben und sie so weit zu verfolgen, dass
der Chan sich in seiner Hauptstadt bedroht glaubte und sich nicht nur
dazu verstand, die Ueberfälle einstellen, sondern auch das Fort
Chodshi-Nijas schleifen zu lassen. Die Feindseligkeiten mit Chiwa
und den unterworfenen Kirghisen ruhten danach etwa bis zum Jahre
1853, wogegen die mit Chokand im Jahre 1850 begannen.

Dieses nordöstlichste der central-asiatischen Chanate sah sich damals nicht nur in seinen Nordostgrenzen von Westsibirien aus bedroht, woselbst im Jahre 1847, nach Unterwerfung der früher zu Chiwa und Chokand gravitirenden Grossen Kirghisenhorde, neue sich weiter nach Südwesten erstreckende Städte und Forts, namentlich Kopal, errichtet worden waren, sondern nach der Einnahme der Syr-Mündung durch die Russen auch von Nordwesten her. Es geschah das um so mehr, als sich Chokand nominell selbst bis an die Syr-Mündung erstreckte und längs des bis in die reichsten Gebiete des Landes hinaufführenden Stromes eine Reihe von Forts und Ansiedelungen besass. Ausserdem lag es in seinen Interessen, möglichst viele der nomadisirenden Kirghisen des Handels und des von ihnen zu zahlenden Tributes wegen in seiner Machtsphäre zu erhalten, was durch Weitervorschiebung der russischen Grenze nach Süden erschwert wurde. So war denn die ausserdem durch Religionshass genährte Feindschaft unvermeidlich und zwar um so mehr, als Russland, um sein Fort Nr. 1 nicht allzusehr als verlorenen Posten hinzustellen, bestrebt war, den Syr hinauf mehr Terrain zur Anlegung einer neuen Befestigungslinie zu gewinnen. Nachdem die Russen die zu Anfang offensiv vorgehenden Chokandzen mehrfach mit blutigen Köpfen heimgeschickt und bei einer dieser Gelegenheiten eins ihrer Forts, Kosch-Kurgan, verbrannt hatten, ergab es sich, dass der Hauptausgangspunkt der feindlichen Unternehmungen die am Syr an der Stelle des heutigen Forts Perowski gelegene Festung Akmedsched war. Diese Feste musste, um das russische Ansehen nicht auf's Spiel zu setzen, unbedingt genommen werden. Der erste dazu auf Befehl des mehrfach erwähnten Generals Perowski unternommene Versuch misslang. Oberst Blaramberg musste mit seinem 450 Mann und 2 Geschütze zählenden Detachement, nachdem er die Stadt selbst in Brand geschossen hatte, umkehren.

Da den Central-Asiaten gegenüber ein Nachgeben oder ein Misserfolg irgend welcher Art die allerschlimmsten und das bereits Gewonnene gefährdenden Consequenzen unfehlbar nach sich zieht, so wurde im Frühjahr 1853 die Expedition unter dem persönlichen Befehl des Generaladjutanten Perowski in grösserem Umfange erneuert und von Erfolg gekrönt. Die eingenommene Festung wurde hergestellt, armirt, mit Garnison belegt und hiess fortan zu Ehren des Eroberers

Fort Perowski. Gleichzeitig legte man zwischen Kasalinsk (Fort Nr. 1) und Fort Perowski am Syr noch zwei andere Forts (Nr. 2 u. 3), und zwar an Stelle der früheren von Chokand errichteten Befestigungen Karmaktschy und Kumisch-Kurgan am Flüsschen Kasaly an.

Die Syr-Darja-Linie, vorläufig bestehend aus den Forts Nr. 1, 2, 3 und Perowski, war somit gegründet und wurde dieselbe in administrativer Hinsicht einem besonderen Kommandeur unterstellt. Die Expedition des Generals Perowski wurde hier zum ersten Mal auf dem Syr von zwei Dampfschoonern begleitet, die, in Schweden erbaut, im Mai 1852 in St. Petersburg angekommen und, in Stücke zerlegt, mit unsäglicher Mühe über Nijni und Samara nach dem Aralsee gebracht worden waren. Die Schifffahrt auf dem Fluss war somit dauernd etablirt und gewann für die Unterhaltung einer ununterbrochenen Kommunikation zwischen den einzelnen Forts der Syr-Linie eine sehr grosse Bedeutung. Noch zwei Mal, im Jahre 1853, versuchten es die über den Verlust Akmedsched's wüthenden Chokandzen die Feste mit ungeheurer Uebermacht von Taschkend her zu überfallen, doch vergebens. Das erste Mal, im August, schlug sie der Kosakenchef Borodin mit einem kleinen Häuflein seiner Tapfern in die Flucht; und als sie, ihren Versuch im December erneuernd, die Feste mit 19,000 Mann belagerten, machte der Kommandant, Oberst Ogarew, einen Ausfall und, obwohl von allen Seiten von den Feinden umzingelt, trieb er den Feind zu Paaren. Siebzehn Geschütze blieben in seinen Händen zurück. Die Feindseligkeiten mit Chokand ruhten danach bis zum Jahre 1860, und die neue Syr-Linie erfüllte einigermassen den in Abwehr räuberischer Einfälle von Seiten Chiwa's und Chokand's, desgleichen im Schutz des Transithandels bestehenden Zweck.

Abgesehen jedoch davon, dass die Linie zu weit von den übrigen russischen Besitzungen entfernt und somit nur mit ausserordentlicher Schwierigkeit zu unterstützen und zu verproviantiren war, schwebte sie namentlich mit ihrer linken östlichen Flanke vollständig ohne irgend welche Anlehnung und Verbindung in der Luft. Nichts hinderte somit die Chokandzen und die mit ihnen gemeinsame Sache machenden sogenannten Kara-Kirghisen die Linie im Osten zu umgehen und sie von den rückwärts gelegenen Befestigungen am Irgis und Turgai-Fluss und somit vom russischen Gebiet überhaupt abzuschneiden. Der Zwischenraum zwischen dem östlichen Punkte der Syr-Linie, Fort-Perowski und den westlichsten befestigten Punkten Südwest-Sibiriens, Wiernoje und Kostek, war durch eine über 850 Werst weite Sandwüste ausgefüllt, über welche hinweg sich die General-Gouverneure von Orenburg und Westsibirien die Hand unmöglich reichen konnten.*) Was blieb übrig, als einen Umweg nach Süden hin zu versuchen? Die Chokandzen hielten es jedoch für gerathen, das sich über ihnen zusammenziehende Netz im Voraus zu durchlöchern und überfielen im Jahre 1860 mit 4000 Mann die schwache westsibirische Grenzfeste Kostek. Oberst Zimmermann schlug sie jedoch auf's Haupt und benutzte den erreichten Waffenerfolg, um seinerseits über den Tschu-Fluss hinweg in das feindliche Gebiet einzufallen und zwei Festungen, Tokmak und Peschpek, zu vernichten. Im nächsten Jahre überfielen die immer noch nicht gedehmüthigten Chokandzen aus Rache den zwischen Wiernoje und Kostek gelegenen Usun-Agatskischen Posten; sie wurden aber vom Oberst-Lieutenant Kolpakowski mit einer bisher kaum dagewesenen Gründlichkeit geschlagen, und war das Vertrauen der Russen auf ihre eigene Ueberlegenheit bereits soweit gediehen, dass die Infanterie die feindliche Reiterei mit dem Bayonnett angriff und vertrieb. In demselben Jahre hielt es der auf General Perowski gefolgte Orenburgische General-Gouverneur, General-Adjutant Besak, aus den bereits angedeuteten Nützlichkeits-Rücksichten für angemessen, die Chokandzen auch durch Fortnahme der Forts Dshulek und Jany-Kurgan zu schädigen, wodurch die Syr-Linie wesentlich nach Südosten verlängert wurde. Da die bisher mit Chokand geführten Kämpfe die militärische Schwäche des Landes nur zu deutlich erwiesen hatten, und der Besitz des nördlichen Theiles des Chanats als eine Brücke von der Syr-Linie nach Südwest-Sibirien, ausserdem seiner Fruchtbarkeit wegen für Russland in hohem Grade wünschenswerth war, so wurde der entscheidende Schlag im Jahre 1864 geführt, und zwar gleichzeitig von Osten und Westen.

Eine Circularnote vom russischen Reichskanzler Fürsten Gortschakow, die zu Ende des Jahres 1864 erlassen wurde und wohl hauptsächlich gegen die Aufregung der Engländer über das energische und systematische Vorgehen der Russen in Turkestan gerichtet war, giebt

---

*) Vergl. die sehr anschaulichen Aufsätze *Russland und Chiwa* von A. v. Drygalski in der Nationalzeitung.

besser als alles Andere ein Bild der damaligen Verhältnisse, ein Bild, das zum grössten Theil auch noch für das Jahr 1873 und die Gegenwart von frappanter Richtigkeit geblieben ist. Die Note*) lautet der Hauptsache nach:

„Die Stellung Russlands in Central-Asien ist die aller civilisirten Staaten, welche sich in Kontakt mit halbwilden, umherstreifenden Völkerschaften ohne feste sociale Organisation befinden. In dergleichen Fällen verlangt das Interesse der Sicherheit der Grenzen und der Handelsbeziehungen stets, dass der civilisirte Staat ein gewisses Uebergewicht über Nachbarn übe, deren unruhige Nomadensitten sie äusserst unbequem machen. Zunächst hat man Einfälle und Plünderungen zurückzuweisen. Um denselben ein Ende zu machen, ist man genöthigt, die Grenzbevölkerung zu einer mehr oder minder direkten Unterwürfigkeit zu zwingen. Sobald dieses Resultat erreicht ist, nehmen die Grenzbewohner ruhigere Gewohnheiten an. Nun sind sie aber ihrerseits den Angriffen der entfernteren Stämme ausgesetzt. Der Staat ist verpflichtet, sie vor Plünderung zu schützen und diejenigen, die sie verüben, zu züchtigen. Daher entspringt die Nothwendigkeit entfernter, kostspieliger, wiederkehrender Expeditionen gegen einen Feind, den seine Organisation unangreifbar macht. Wenn man sich darauf beschränkt, die Plünderer zu züchtigen, und sich zurückzieht, wird die Lektion bald vergessen und der Rückzug der Schwäche zugeschrieben; die asiatischen Völker besonders achten nur auf die sichtbare und fühlbare Gewalt; die moralische Gewalt des Rechts und der Interessen der Civilisation hat bei ihnen noch kein Gewicht. Es ist daher immer wieder von vorne zu beginnen.“

„Um diesen andauernden Unordnungen ein Ende zu machen, errichtet man einige befestigte Punkte unter den feindlichen Volksstämmen; man übt über sie ein Uebergewicht, welches sie zu einer mehr oder weniger erzwungenen Unterwürfigkeit führt. Aber gleich rufen andere entferntere Volksstämme jenseits dieser zweiten Linie dieselben Gefahren und dieselben Sorgen zur Beseitigung derselben hervor. Der Staat befindet sich in der Alternative: diese nie endende Aufgabe aufzugeben, und seine Grenzen beständigen Unordnungen, die daselbst jedes Gedeihen, jede Sicherheit, jede Civilisation unmöglich machen, preiszugeben, oder mehr und mehr in das Innere wilder Gegenden vorzudringen, wo die Schwierigkeiten und Lasten welche er auf sich nimmt, mit jedem Schritte sich vermehren.“

„Dieses Loos hatten alle Staaten, welche sich in ähnlichen Verhältnissen befanden: Die Vereinigten Staaten in Nordamerika, Frankreich in Algier, Holland in seinen Kolonien, England in Indien; sie haben alle unvermeidlich diesen fortschreitenden Gang verfolgen müssen, an welchem der Ehrgeiz weit weniger Antheil hat als eine gebieterische Nothwendigkeit, und wo die grösste Schwierigkeit darin liegt, im richtigen Augenblick Halt zu machen.“

„Dies ist auch der Grund gewesen, welcher die Kaiserliche Regierung veranlasst hat, sich zuerst einerseits am Syr-Darja, andererseits am Issik-

---

) Cirkular-Note vom 3. Dezember 1864, wie sie übereinstimmend bei Vambéry („Central-Asien“ 1873*), Hellwald (*„Die Russen in Central-Asien“ 1873*) und Petzholdt (*„Turkestan“ 1874*) aus den officiellen russischen Blättern abgedruckt, mitgetheilt wird.

Kul festzusetzen und diese beiden Linien durch vorgeschobene Forts zu befestigen, welche allmählich in das Herz dieser entfernten Gegenden gedrungen sind, ohne dass man dahin gelangt wäre, jenseits derselben die für unsere Grenzen unerlässliche Ruhe herzustellen. Die Ursache dieser Erfolglosigkeit lag zunächst in dem Umstande, dass zwischen den Endpunkten dieser doppelten Linie ein ungeheurer wüster Raum unbesetzt blieb, wo die Einfälle der räuberischen Stämme jede Colonisirung und jeden Karawanenhandel unmöglich machten. Dann zeigte sich in den Schwankungen der politischen Lage dieser Gegenden, wo Turkestan und Kokan sich bald im Kriege untereinander, bald vereinigt im Kriege gegen Buchara, aber stets im Kriege befanden, keine Möglichkeit, feste Beziehungen herzustellen, oder irgend welche regelmässige Verhandlungen zu pflegen."

„Die Kaiserliche Regierung hat sich also wider ihren Willen in die Alternative versetzt gesehen, welche wir oben angedeutet haben, d. h. entweder jenen Zustand bleibender Unordnung, der jede Sicherheit und jeden Fortschritt lähmt, fortdauern zu lassen, oder sich zu kostspieligen und entfernten Expeditionen ohne praktisches Resultat, die stets von vorne zu beginnen gewesen wären, zu verurtheilen, oder endlich den unabsehbaren Weg der Eroberungen und Annexionen zu betreten, welcher England zur Beherrschung Indiens geführt, indem es nach einander die kleinen unabhängigen Staaten, deren räuberische Gewohnheiten, unruhige Sitten und beständige Revolten den Nachbarn nicht Ruhe und Rast gaben, durch Gewalt der Waffen zu unterwerfen gesucht."

„Keine dieser Alternativen entsprach dem Ziele, welches sich die Politik unseres erhabenen Herrn vorgesteckt, und welches nicht darin besteht, die seinem Scepter unterworfenen Länder über jedes Verhältniss hinaus auszudehnen, sondern vielmehr darin, seine Herrschaft in diesen Ländern auf dauernde Grundlagen zu stellen, ihnen Sicherheit zu gewähren und ihre sociale Organisation, ihren Handel, ihren Wohlstand und ihre Civilisation zu entwickeln."

„Unsere Aufgabe war es, ein System aufzufinden, welches dieses dreifache Ziel erreichen konnte. Zu diesem Zwecke wurden folgende Grundsätze aufgestellt:"   •

„1. Es wurde für unerlässlich befunden, unsere beiden Grenzlinien, von denen die eine von der chinesischen Grenze bis zum Issik-Kul, die andere vom Aral-See längs des Syr-Darja ging, in solcher Weise durch befestigte Punkte zu verbinden, dass unsere Posten im Stande wären, sich gegenseitig zu unterstützen, und keinen Zwischenraum liessen, durch welchen die Nomadenstämme ungestraft Raubanfälle ausführen könnten."

„2. Es war wesentlich, dass die auf diese Weise vervollständigte Linie unserer vorgeschobenen Forts sich in einer Gegend befand, die fruchtbar genug war, um nicht nur ihre Versorgung mit Lebensmitteln sicher zu stellen, sondern auch um eine regelmässige Kolonisirung zu erleichtern, welche allein dem besetzten Lande eine sichere und gedeihliche Zukunft bereitet, indem sie die benachbarten Stämme dem civilisirten Leben gewinnt."

„8. Endlich war es nothwendig, diese Linie endgültig festzustellen, um der fast unvermeidlichen Gefahr zu entgehen, von Repressalien zu Repressalien zu schreiten, die zu einer unabsehbaren Ausdehnung führen konnten."

„Zu diesem Zwecke musste man die Grundlagen zu einem System le gen, welches nicht nur auf vernünftiger Ueberlegung, welche elastisch sein kann, sondern auf geographischen und politischen Bedingungen, welche fest und bleibend sind, beruhte. Dieses System wurde uns durch eine sehr einfache Thatsache angedeutet, die das Resultat einer langen Erfahrung ist: dass nämlich die Nomadenstämme, welche man nicht greifen, nicht züchtigen, nicht in wirksamer Weise zusammenhalten kann, für uns die allerunbequemste Nachbarschaft sind, und dass dagegen ackerbauende und handeltreibende Völkerschaften, welche am Boden ihrer Heimath haften und eines entwickelten socialen Organismus theilhaftig sind, uns die Chance einer erträglichen Nachbarschaft und verbesserungsfähiger Beziehungen darbieten. Die Linie unserer Grenzen musste daher die ersteren einschliessen; sie musste bei der Berührung der letzteren Halt machen."

„Diese drei Prinzipien geben eine klare, natürliche und logische Erklärung der Militair-Operationen, welche sich neuerdings in Central-Asien vollzogen haben."

„In der That bot die anfängliche Linie unserer Grenze längs des Syr-Darja bis zum Fort Perowsk auf der einen Seite und bis zum Issik-Kul auf der andern Seite den Uebelstand dar, dass sie beinahe an die Wüste stiess. Sie war auf einer ungeheuren Strecke zwischen den beiden äussersten Punkten unterbrochen; sie bot unseren Truppen keine genügende Menge von Hülfsmitteln dar und liess Stämme ausserhalb der Grenze, mit welchen ein Zusammenhang nothwendig war, wollte man nicht auf jede Stetigkeit verzichten. Trotz unserer Abneigung, unserer Grenze eine weitere Ausdehnung zu geben, waren diese Beweggründe doch mächtig genug, um die Kaiserliche Regierung zu veranlassen, die Kontinuität dieser Linie zwischen dem Issik-Kul und dem Syr-Darja herzustellen, indem die kürzlich von uns besetzte Stadt Tschemkend befestigt wurde. Indem wir diese Linie annehmen, erhalten wir ein doppeltes Resultat: einerseits ist die Gegend, welche sie umfasst, fruchtbar, holzreich, von zahlreichen Gewässern durchströmt sie ist theilweise von kirghisischen Stämmen bewohnt, welche unsere Herrschaft bereits anerkannt haben; sie bietet deshalb günstige Elemente für die Kolonisation und für die Verproviantirung unserer Besatzungen. Andererseits giebt sie uns zu unmittelbaren Nachbarn die angesiedelte ackerbau- und handeltreibende Bevölkerung von Kokan. Wir befinden uns einer socialen Bevölkerung gegenüber, welche solider, kompakter, weniger beweglich und besser organisirt ist, und diese Erwägung bezeichnet mit geographischer Genauigkeit die Linie, zu welcher uns Interesse und Vernunft vorzugehen rathen und hier still zu stehen heissen, weil einerseits jede fernere Ausdehnung unserer Herrschaft weiterhin nicht auf solche unbeständige Bevölkerungen, wie die nomadischen Stämme, sondern auf regelmässiger eingerichtete Staaten stossen, beträchtliche Anstrengungen erfordern und uns von Annexion zu Annexion, zu unabsehbaren Verwickelungen fortreissen würde, und weil wir andererseits bei der Nachbarschaft solcher Staaten, trotz ihrer zurückgebliebenen Civilisation und der Unbeständigkeit ihrer politischen Lage, dennoch sicher sein können, dass regelmässige Beziehungen eines Tages zu beiderseitigem Vortheile an die Stelle der beständigen Unruhen treten werden, welche bis jetzt den Aufschwung dieser Gegenden niedergehalten haben."

„Das sind die Interessen, welche der Politik unseres erhabenen Herrn in Centralasien als Beweggrund dienen."

„Ich habe nicht nöthig, auf das augenfällige Interesse hinzuweisen,

welches Russland hat, sein Gebiet nicht weiter zu vergrössern und besonders sich an den Grenzen keine Verwickelungen zuzuziehen, welche seine
innere Entwickelung nur zurückhalten und lähmen können. Das Programm,
das ich soeben gezeichnet, entspricht diesem Ideengange." —

„In den letzten Jahren gefiel man sich nicht selten darin, die Civilisation der Gegenden, welche auf dem asiatischen Continent an Russland
grenzen, als seine Mission zu bezeichnen."

„Die Fortschritte der Civilisation kennen keine erfolgreicheren Agenten
als die Handelsbeziehungen. Diese verlangen zu ihrer Entwickelung überall
Ordnung und Stetigkeit; in Asien verlangen sie jedoch eine gründliche
Umwandlung der Sitten. Vor allen Dingen muss man den asiatischen
Völkern begreiflich machen, dass es vortheilhafter für sie ist, den Handel
der Karawanen zu begünstigen und sicher zu stellen, als dieselben zu
plündern. Diese Grundwahrheiten können nur da in das öffentliche Bewusstsein eindringen, wo ein Publikum vorhanden ist, d. h. ein socialer Organismus und eine Regierung, welche ihn leitet und vertritt."

„Wir erfüllen den ersten Theil dieser Aufgabe, wenn wir unsere Grenze
bis zu einer Linie vorschieben, wo sich diese unabweisbaren Bedingungen
vorfinden."

„Wir erfüllen den zweiten Theil, wenn wir uns bemühen, den benachbarten Staaten in Zukunft zu beweisen (durch ein System der Festigkeit,
was die Unterdrückung ihrer Uebelthaten betrifft, gleichzeitig aber auch
der Mässigung und der Gerechtigkeit in der Anwendung der Macht und
der Achtung für ihre Unabhängigkeit), dass Russland nicht ihr Feind ist,
dass es keine Eroberungspläne ihnen gegenüber nährt und dass friedliche
Handelsbeziehungen mit ihm vortheilhafter sind als Unordnung, Plünderung,
Feindseligkeiten und fortdauernder Krieg."

„Das Kaiserliche Kabinet, indem es sich dieser Aufgabe widmet, hat
die Interessen Russlands im Auge. Es glaubt aber gleichzeitig den Interessen der Civilisation und Humanität zu dienen. Es hat das Recht, auf
eine gerechte und loyale Würdigung des Ganges, den es verfolgt, und der
Principien, die es leiten, zu zählen."

Vom Ili-Thale und dem Becken des Balchasch-See aus drang der
Generalstabs-Oberst Tscherniajew in südwestlicher Richtung vor und
nahm die am Talas, östlich des Karataugebirges liegende wichtige
Festung Aulie-Ata, während Oberst Werewkin*) von Dshulek am Syr
ausgehend, sich südöstlich wandte und die der ganzen Landschaft den
Namen gebende Stadt Hazret oder Turkestan eroberte. Nach diesen
Waffenthaten vereinigten sich die beiden siegreichen Detachements
westlich des Karatau unter dem Kommando des Oberst Tscherniajew,
um gemeinschaftlich die weiter südlich an einem östlichen Nebenflusse

---

*) Derselbe, der im Jahre 1873 als General-Lieutenant die Orenburger und Man-
gischlaker Abtheilung befehligte und die Unterwerfung der Hauptstadt zuerst erzwang.

des Syr gelegene starke Festung Tschemkend mit Sturm zu nehmen.
Auf den ersten Blick könnte es scheinen, dass mit der Einnahme von
Hazret und Tschemkend einerseits, von Aulie-Ata andrerseits die Kette
der russischen Südgrenze vom Aral-See bis zum oberen Ili und Wiernoje nach Möglichkeit und zwar um so mehr geschlossen sei, als die
über das Karatau hinwegführende Linie fast überall durch grössere
oder kleinere Flüsse, welche die Passage erleichtern, markirt wird.
Mochte es nun aber sein, dass das vom Klima begünstigte und namentlich in der Nähe des Wasser spendenden Gebirges sehr fruchtbare
Land den bisher in ihren Bemühungen nur kärglich belohnten Erobe-
rern als eine des Besitzes würdige Oase erschien, mochte ihnen der
Gegner immer noch zu kraftvoll und gefährlich erscheinen, oder der
momentane bei dem Expeditionskorps herrschende Mangel die Ursache
sein, genug: General Tscherniajew glaubte den sich von allen Seiten
zusammenziehenden feindlichen Schaaren gegenüber noch einen Haupt-
trumpf ausspielen und vorwärtsstossen, anstatt stehenbleiben oder gar
zurückweichen zu müssen. Das Ziel war das weiter südlich am Tschirtschik, rechtem Nebenfluss des Syr liegende Taschkend, nächst Chokand selbst die bedeutendste, durch Handel blühendste Stadt des Chanats. Die Mauern der Feste hielten jedoch die nicht im Besitz von
Sturmleitern befindlichen Angreifer auf, und der trotzdem am 2. Oktober versuchte Sturm wurde mit solchem Erfolg abgeschlagen, dass die
Russen auf Tschemkend zurückweichen mussten. Der Muth und die
Zuversicht der leicht erregbaren, sanguinischen Central-Asiaten wuchsen
durch den Misserfolg des Feindes in solchem Maasse, dass der Chan
Alim-Kul Tschemkend, wo die russische Hauptmacht stand, umgehend,
mit 10,000 Mann gegen die Stadt Turkestan vorzurücken wagte. Die
Einnahme dieser nur schwach besetzten Festung scheiterte an dem
Heldenmuth des Kosaken-Jessaul's Särow, der einem Leonidas gleich
mit nur 112 Kosaken und einer schlechten Kanone das Heer des Feindes drei volle Tage aufhielt und Alim-Kul dadurch zur Umkehr nach
seinem Gebiet nöthigte. Die Russen hielten es nunmehr für gerathen,
sich vorläufig mit dem Erlangten zu begnügen und sich daselbst mit
der ihnen eigenen, durch viele Uebung erworbenen Routine häuslich
einzurichten. Es wurde daher im Jahre 1865 aus dem neu eroberten
Gebiet unter Hinzunahme der Syr-Linie der sogenannte Turkestanische

Grenzbezirk gebildet, den ein unter dem General-Gouverneur von Orenburg stehender Militair-Gouverneur zur Verwaltung erhielt. Die neue
Provinz wurde nach der Stadt Turkestan genannt, erhielt eine geordnete Verwaltung und Eintheilung und, was vor Allem wichtig war,
eine geregelte Postverbindung mit Orenburg über die Forts der Syr-
Linie.

Vielleicht — hätte die russische Grenzerweiterung nach Süden,
dem Hindukusch zu, nunmehr eine Zeit lang geruht, wenn nicht der
Herrscher des südlich von Chokand gelegenen, mächtigsten aller cen-
tral-asiatischen Chanate, Seid Mosaffar von Buchara, die momentane
Schwächung von Chokand und innere Unruhen zu einem Fischzug im
Trüben hätte benutzen wollen. Er fing mit Chokand an der Grenze
Händel an, und die Russen, befürchtend, er könnte die Einnahme des
nur 15 Meilen von dem russischen Gebiet entfernten Taschkend beab-
sichtigen, sahen sich in die unangenehme Nothwendigkeit versetzt, die
Waffenruhe brechen und das weiter aufwärts am Tschirtschik liegende
Fort Nijasbeg einnehmen zu müssen, welches insofern von Wichtigkeit
war, als man von hier aus Taschkend das Wasser abschneiden konnte.
Da die Bucharen von Süden anrückten, marschirte General Tscherina-
jew, um ihnen zuvorzukommen, am 7. Mai nach Taschkend, unter dessen Mauern er einen heissen Kampf mit den unter Alim-Kul ausfallen-
den Chokandzen zu bestehen hatte. Bei dieser Gelegenheit fiel Alim-
Kul, und es gelang einem Theil der herangekommenen bucharischen
Streitkräfte in Taschkend einzudringen. Die Russen, welche vorher
noch das auf dem Wege nach Buchara liegende Fort Tschinas eingenommen hatten, entschlossen sich nunmehr, Taschkend zum zweiten
Mal zu stürmen, was nach dreitägigem heissen Kampfe gelang. Dadurch, dass bucharische Truppen mit den Chokandzen bei der Vertheidigung der Stadt gemeinschaftliche Sache gemacht hatten, war auch
das Geschick dieses Chanats besiegelt. Buchara's Herrscher, der als
Nachfolger Tamerlans sich als Suzerain der übrigen meist zu dessen
zweiten Reiche gehörigen Chanate und als Schützer der muhamedanischen Religion betrachtete, gedachte überdies den Russen Trotz zu
bieten und den nicht von ihnen eingenommenen Theil von Chokand zu
annektiren. Er eroberte dann auch thatsächlich schnell hintereinander
die wichtigen Städte Chodshend und Chokand, setzte einen neuen Chan,

Chudajar-Chan, der, schon zweimal hier abgesetzt, nach Buchara geflohen war, als seinen Beg oder Statthalter ein und schrieb an General Tscherniajew einen hochfahrenden Brief, worin er ihn aufforderte, Taschkend, da es fortan zu Buchara gehöre, zu räumen. Tcherniajew's Antwort war derartig deutlich, dass Seid Mosaffar sich zu Unterhandlungen herbeiliess. Um diese zu einem entscheidenden Resultat zu bringen, wurde im November 1865 eine Gesandtschaft unter dem Oberst v. Struve*) an den Emir abgesandt. Die Gesandtschaft war begleitet von dem Rittmeister v. Gluchowski, dem Oberst-Lieutenant Tatarinow und dem Topographen Kolesnikow, und sollte lange Zeit in dem bucharischen Lande die seltsamsten Abenteuer erleben. Es folgte nunmehr ein eigenthümliches Spiel von Ränken, Ausflüchten, List und Verrätherei, gemischt mit Uebermuth und religiösem Fanatismus, wie es die Diplomatie der moralisch verkommenen Usbeken - Staaten in nicht vortheilhafter Weise charakterisirt und wie wir es auch bei den späteren Verhandlungen mit Chiwa wiederfinden werden. Seid Mosaffar nahm die russischen Gesandten zwar an, liess sie dann aber nicht wieder fort, sondern behielt sie — allerdings unter nicht schlechter Behandlung — in Gefangenschaft zurück. Die Gefangenen zu befreien, zog Tscherniajew im Januar 1869 seine Truppen, 14 Kompagnien Infanterie, 6 Sotnien Kosaken und 16 Geschütze, circa 2500 Mann, zusammen und marschirte nach Dshisak an der bucharischen Grenze. Da er aber vom Emir benachrichtigt wurde, die Gesandtschaft sei schon auf dem Rückwege, kehrte er nach Tschinas zurück. Seid Mosaffar hielt die Gesandten jedoch ruhig in Buchara gefangen und rüstete, der Leichtgläubigkeit der Russen spottend, gegen dieselben Reiterschaaren aus, denen sie fast zum Opfer gefallen wären.**)

---

*) Der Oberst v. Struve war derselbe, der im Jahre 1873 als Diplomat im Stabe des Generals v. Kauffmann den Feldzug nach Chiwa mitmachte, jetzt Gesandter in Japan und nicht zu verwechseln mit seinem Verwandten, dem berühmten Astronomen Hofrath v. Struve. Einen sehr interessanten Bericht über die Gesandtschaft veröffentlichte Gluchowski 1868 in dem „Bulletin de la Société de géographie". Paris. September 1868. unter dem Titel: „Captivité en Boukharie", par M. Gloukhovsky, traduit du russe par M. P. Woelkel, avec Notes par M. N. de Khanikof.

**) Der Emir von Buchara, der sich damals in Samarkand befand, gerieth durch die schnellen und energischen Massregeln Tscherniajew's in nicht geringe Angst und

Im Frühjahr 1866 wurde General Tscherniajew durch General Romanowski abgelöst, der sofort an den Emir die energische Aufforderung richtete, die Gesandten herauszugeben und seine Truppen aus dem russischen Gebiet zu entfernen. Als Antwort erschienen bucharische Reiter bis dicht vor Taschkend. Nunmehr machte General Romanowski Ernst, und das linke Ufer des Syr mit seinem Detachement aufwärts marschirend, lieferte er den Bucharen am 8. Mai das entscheidende Treffen bei Irdschar. Romanowski hat hier mit 14 Kompagnien, 5 Sotnien Kosaken, 20 Geschützen, 8 Raketengestellen, zusammen mit kaum 3600 Mann, die Armee des Emirs, die etwa 35,000 Kirghisen, 5000 gut bewaffnete Bucharen und 21 Kanonen stark, auf einer Anhöhe an der Strasse nach Samarkand eine pomphafte und siegesgewisse verschanzte Stellung eingenommen hatte, glänzend geschlagen, unter Abnahme reicher Beute nach allen Seiten hin versprengt und total aufgerieben! Die bisher für unüberwindlich angesehene, sehr zahlreiche Armee des Emirs floh in panischem Schrecken und in voller Auflösung nach Samarkand zu, so dass Romanowski unschlüssig war, ob er den Flüchtigen nach Südwesten folgen oder erst die weiter aufwärts am Syr gelegenen festen Städte Nau und Chodshend einnehmen sollte, welche, obwohl zu Chokand gehörig, von den nach ihrem Besitz lüsternen Bucharen besetzt worden waren. Es wurde der letztere Plan zur Ausführung gebracht und zwar deshalb, weil durch Vorschiebung der russischen Grenze bis über Chodshend hinaus das südwestlich gelegene bucharische Gebiet wie durch einen Keil von dem am oberen Syr gelegenen Rest des Chanats von Chokand in einer

---

liess auf die erste Nachricht von den herannahenden russischen Truppen die Gefangenen von der Hauptstadt Buchara, wo sie bisher in einem Hause streng bewacht gehalten worden waren, schleunigst nach Samarkand bringen. Er mochte wohl damals die redliche Absicht gehabt haben, sie in Freiheit zu setzen. Als der schlaue Emir jedoch kurz darauf durch Kundschafter aus dem russischen Lager die Nachricht erhielt, dass die russischen Truppen bei Mangel an Lebensmitteln und Brennmaterial ohne Zelte bei tiefem Schnee und einem Frost von 17—18° R. unter Null so sehr litten, dass sich Tscherniajew zum Rückzug gezwungen sähe, behielt er die Gefangenen zurück und kerkerte sie nun doppelt streng ein. Nach Aussagen Struve's, dessen überaus liebenswürdige und kameradschaftliche Gastfreundschaft 1873 im Hauptquartier Kauffmann's Verfasser nicht genug rühmen kann, verzweifelten damals die verlassenen Gefangenen an aller Hoffnung auf Rettung und sahen mit Schrecken einem unvermeidlichen, martervollen Tode entgegen! —

strategisch für Russland vortheilhaften Weise getrennt wurde. Die
Einnahme Chodshend's erfolgte am 6. Juni*), nach vorhergegangener
achttägiger Belagerung und Beschiessung der Stadt mit 2 Mörsern und
18 Feldgeschützen, durch Sturm. Weithin in die Steppe trugen die
kirghisischen Unglücksboten die Kunde von Chodshend's Fall und der
noch blutigeren Niederlage von Irdschar. Doch der Stolz des Emirs
von Buchara war durch diese Schläge noch nicht gebrochen, die Kriegs-
partei behielt am Hofe die Oberhand.

Allerdings setzte der Emir nunmehr am 14. Juni die gefangene
russische Gesandtschaft in Freiheit und sandte an Romanowski ein
Schreiben, in dem er seinen aufrichtigen (?) Wunsch aussprach, mit
Russland in Frieden und Freundschaft zu leben. Man erfuhr jedoch
gleichzeitig durch Kundschafter, dass man in Buchara mit allem Eifer
zu einem neuen Feldzuge rüste. Romanowski sandte deshalb ein Ultimatum an den Emir ab, in dem er ihm erklärte, dass er nur dann auf
ernsten Frieden rechnen könne, wenn er ein für alle Mal die Gleichstellung der russischen Unterthanen in seinem Lande proklamire und
feste Garantien für die Sicherstellung des Handels mit Russland böte.

Seid-Mosaffar würdigte die Friedensvorschläge der Russen keiner
Antwort, sondern liess, von seinen fanatischen Mullahs aufgestachelt,
die Gasawata, den Rachekrieg, im ganzen Lande verkünden. Die
Rüstungen nahmen ungeheure Dimensionen an. Unter diesen Um-
ständen begab sich der General-Gouverneur von Orenburg, General-
Adjutant Kryshanowsky, zur Uebernahme des Oberbefehls selbst nach
Turkestan. Es galt den beiden bucharischen Grenzfesten Uratübe und
Dshisak, welche an Pässen**) des das Sarafschangebiet im Norden be-
grenzenden Gebirges gelegen, die einzigen dem Emir noch verbleiben-
den Stützpunkte im Gebiet des Syr bildeten. Beide Festungen, die
eine am 2. Oktober, die andere am 18., mussten der europäischen
Kriegskunst, namentlich dem unwiderstehlichen schweren Geschütz
unterliegen, so dass am Ende des Jahres 1866 der eroberte
Rayon sich nach Süden bis zu dem schneebedeckten Rücken des nach
Westen streichenden Kaschgar-Dawan***) erstreckte. Doch noch im-

---

*) 24. Mai russ. Stils.
**) Tamerlan's Pforte und Awtschy Pass.
***) Aksai-Tau, Kamanbaran-Tau; Fan-Tau u. a.

mer fühlten sich die Russen nicht genügend strategisch gesichert; die dem Herzen Central-Asiens geltenden Operationen wurden daher fortgesetzt. Im Frühling 1867 wurde Jany-Kurgan genommen, weil es unweit Dshisak's gelegen, den Bucharen bei etwaiger Belagerung dieser Grenzfestung gestattete, den Belagerten das Wasser abzuschneiden und sie dadurch zur Aufgabe der für den Besitz des Syr-Beckens wichtigen Position zu nöthigen. Zwei Mal versuchten es die zur äussersten Wuth gereizten, 45,000 Mann starken Bucharen die Feste dem kleinen Häuflein der russischen Eroberer zu entreissen, doch zwei Mal wurden sie von dem Vertheidiger, Oberst Abramow, unter grossem Verlust zur Aufgabe ihres Vorhabens genöthigt.

In Folge der bedeutenden territorialen Erweiterung des Syr-Darja-Gebietes wurde um diese Zeit auf Allerhöchsten Befehl dasselbe vom Orenburgischen General-Gouvernement abgetrennt und mit dem ebenfalls neu erworbenen, östlich des Karatau liegenden Alatauischen oder Semirjetschenskischen Gebiet zu einem General-Gouvernement Turkestan mit der Hauptstadt Taschkend vereinigt.*) Der General-Gouverneur — es war der aus dem Feldzuge von 1873 bekannte General von Kauffmann — erhielt die wichtigen Prärogative, ganz selbstständig mit den Monarchen der östlich des Kaspischen Meeres und im Gebiet des Syr-Darja gelegenen Chanate zu verhandeln. Gleichzeitig wurde ihm die Administration des westlichen Theils der Kirghisensteppe übertragen, während der Gouverneur Westsibiriens mit der Verwaltung des östlichen Theiles und mit dem Schutze der russischen Grenzen gegen den westlichen Theil von China betraut wurde.**) General v. Kauffmann langte im August 1867 in Tasch-

---

*) Dies geschah im Juli 1867. Im Mai war noch einmal eine Gesandtschaft des Emirs mit Friedensvorschlägen nach Orenburg gekommen. Die begonnenen Friedensunterhandlungen wurden jedoch unterbrochen, da inzwischen General v. Kauffmann zum General-Gouverneur ernannt und der bucharische Bevollmächtigte deshalb von Orenburg abberufen worden war, um mit Kauffmann selbst zu unterhandeln.

**) Die politische Abgrenzung der neuen Provinz und ihrer Verwaltung wurde durch einen Ukas vom 11./23. Juli 1867 befohlen, der der Hauptsache nach wie folgt lautete:

„Da Wir es für nützlich halten, die Civil- und Militair-Organisation der an China und die centralasiatischen Chanate angrenzenden, einen Theil der General-Gouvernements von Orenburg und West-Sibirien ausmachenden Gebiete zu modificiren, so befehlen Wir: 1. Es wird sofort ein General-Gouvernement in Turkestan organisirt, das aus der Provinz Turkestan, dem Kreise Taschkend, den

kend an und fand, dass, obwohl Chokand, dem ein Theil von Unabhängigkeit gelassen worden war, sich anscheinend passiv verhielt, die
Beziehungen zu dem mächtigen Chanat Buchara noch viel zu wünschen
übrig liessen.   Nicht allein, dass unaufhörlich von Buchara aus-
geschickte Kirghisenhaufen die russischen Posten längs des Syr-Darja
anfielen und zum Theil Gefangene mit fortschleppten, zeigte auch die
Stimmung der Bevölkerung in den von den Russen eingenommenen
Städten, namentlich in Taschkend, dass der gegenwärtige Status quo
von ihr nur als vorübergehend angesehen wurde, und sie der Ueberzeugung lebte, ihre Unterdrücker über lang oder kurz wieder los zu
werden.   Als   ein   eigenthümliches   Zeichen   derartiger Befreiungs-
hoffnungen verdient der Umstand Erwähnung, dass die den Russen
höchst lau entgegenkommenden Sarten die, es stets mit der herrschenden Macht haltenden und auch den Muhamedanern unsympathischen

---

jenseits des Syr-Darja gelegenen, im Jahre 1866 occupirten Landschaften und
dem südlich von der Bergkette Tarbagatai gelegenen Theil der Provinz Semipalatinsk besteht. — 2. Die Grenzen des General-Gouvernements Turkestan sind:
a) gegen das General-Gouvernement von West-Sibirien die Kette des Tarbagatai
und ihre Zweige bis zu der jetzigen, die Provinz Semipalatinsk von der der Sibirischen Kirghisen scheidenden Grenze, diese Grenze bis zum Balchasch-See,
weiterhin eine Bogenlinie durch die Mitte des Sees, gleich weit von den Ufern
entfernt, eine gerade Linie bis zum Flusse Tschu, endlich der Lauf dieses Flusses bis zu seiner Confluenz mit dem Sary-Su; b) gegen das General-Gouvernement Orenburg eine Linie, die von der Mitte des Golfs Perowski im Aral-See
über den Berg Termembes, den Terekli genannten Ort, den Berg Kalmas, den
Ort Muzbill, die Berge Akkum und Tschubar-Tubia, die Südspitze der Sandwüste Myin-Kum und den Ort Myin-Bulak bis zur Confluenz der Flüsse Sary-Su
und Tschu verläuft. — 3. Das neue General-Gouvernement wird in zwei Provinzen getheilt, die des Syr-Darja und die Provinz Semirjetschensk, und die Grenzlinie zwischen beiden bildet ungefähr der Fluss Kuragaty. — 4. Die oberste
Verwaltung des so gebildeten Landes wird einem General-Gouverneur anvertraut,
die Provinzen Syr-Darja und Semirjetschensk Militair-Gouverneuren; in Bezug
auf die Verwaltung der Truppen und Militair-Etablissements bilden die beiden
Provinzen den Militairbezirk Turkestan, und das Kommando über die daselbst
garnisonirenden Truppen haben der General-Gouverneur mit dem Titel Comman-
dant der Truppen des Bezirks und die Militair-Gouverneurs mit dem Titel Com-
mandant der Truppen in den Provinzen. — 5. Bei der Errichtung der Provinzen
Syr-Darja und Semirjetschensk bleiben die jetzt daselbst befindlichen Civilbehör-
den wie früher unter dem Befehle der respectiven Militair-Gouverneurs, bis ein
allgemeines Reglement für die Verwaltung des ganzen Landes erlassen wird."
(„Journal de St. Petersbourg" 16. Juli 1867; vergl. Fr. v. Hellwald, „Die Russen
in Central-Asien" 1873.)

Kinder Israels, wo sie ihnen nur irgend ungestraft beikommen konnten, durchbläuten und plünderten.

So erwiesen sich denn auch für General v. Kauffmann die Nothrufe der misshandelten und Schutz suchenden Juden als ein Barometer der im Lande herrschenden Stimmung, lauter Gründe, die ihn veranlassten, der sich immer weiter verbreitenden Gährung durch entscheidende Schläge zu begegnen. Und weiter fort rollte die Lawine der russischen Macht nach Süden, dem herrlichen Thal des Sarafschan-Flusses, der Sommerresidenz des Emirs von Buchara, Samarkand, dem heiligen Begräbnissplatze Tamerlan's, zu, während Seid Mosaffar, seiner alten Politik getreu, die Eroberer durch listige Agenten und trügerische Versprechungen hinzuhalten suchte.*) Am 13. Mai ergab sich die reiche und blühende Stadt ohne Schwertstreich, nachdem die bucharischen Kriegshaufen am Tage vorher durch das 3000 Mann starke

---

*) Es wäre hier wohl am Platze eine Ansicht zu erwähnen, die Vambéry in der sonst höchst anschaulichen „Beschreibung des Samarkand'schen Feldzuges" (Monatsschrift für deutsche Literatur 1869) ausspricht. Nach Vambéry soll der General-Gouverneur v. Kauffmann in den Jahren 1867/68 die mehrfach bei ihm erscheinenden Gesandten des Emirs stets mit leeren Versprechungen hingehalten haben, nur um Zeit zu gewinnen, einen umfangreichen Feldzug gründlich vorzubereiten und dann anfangs April 1868 plötzlich unerwartet über Samarkand herzufallen. Dem war nicht so!

General v. Kauffmann hatte bis Ende März 1868 zweimal Friedensvorschläge an den Emir abgesandt, und denselben dabei dringend aufgefordert, seine definitiven Entschlüsse ihm nun endlich endgültig mitzutheilen, da er Ende März nach St. Petersburg reise, um Sr. Majestät dem Kaiser über sein Ultimatum zu berichten. In diesem Ultimatum waren unter anderen folgende Punkte hervorgehoben:

1. Gleichstellung der Handeltreibenden in allen Städten Buchara's,
2. Gleichstellung des Zolls ($2\frac{1}{2}$% des Waarenwerthes) für Russen wie für Inländer,
3. die Erlaubniss in Buchara russische Karawanseraien anzulegen und Karawanbasch (Handelsagenten) anzustellen,
4. eine Kriegsentschädigung von 125,000 Tilla (= 500,000 Rubel),
5. die Grenze sollten die Nuratanynschen Berge bilden,
u. a. m.

Auf diese wiederholt gemachten Friedensvorschläge war bis Ende März noch immer keine Antwort seitens des Emirs erfolgt. Im Gegentheil, als nun endlich Kauffmann anfangs April seine Reise nach St. Petersburg beschlossen hatte, als die Pferde zur Abreise schon bestellt waren, erhielt man plötzlich die Nachricht, dass statt jeder Antwort der Emir Truppen ansammle mit der Absicht, sobald der General-Gouverneur abgereist sei, Dshisak zu überfallen. Kauffmann gab deshalb seine Reise sofort auf und rüstete sich nun seinerseits, der Offensive des Emirs zuvorzukommen! —

Heer Kauffmann's auf den vor der Stadt liegenden Höhen entscheidend
geschlagen worden waren; ja die wetterwendischen Sarten baten sogar
selbst, in den russischen Unterthanenverband aufgenommen zu werden
und bereiteten den erstaunten Siegern schwelgerische Gastmahle. Um
die gewonnene Position im Sarafschan-Thale mehr zu stützen, wurden
demnächst die Städte Urgut und das auf dem direkten Wege nach
Buchara liegende, 65 Werst von Samarkand entfernte Katty-Kurgan
eingenommen.

Der Widerstand der Bucharen liess trotz dieser fortwährenden
Niederlagen nicht nach, im Gegentheil nahmen nunmehr auch die kriegerischen Bewohner der unter bucharischer Oberhoheit fast selbstständigen Provinz Schehrisebs an dem Religionskriege gegen Russland
Theil und sammelten ihre Schaaren östlich von Samarkand bei Kara-
Tübe, während die Sarbassen (reguläre Truppen) und die Reiterschaaren des bucharischen Heerbannes gegenüber Katty-Kurgan, nord-
westlich von Samarkand, Posto fassten. Während zur Begegnung dieses doppelten Angriffes Oberst Abramow aus Samarkand trotz vielfacher, wiederum von den scharfsichtigen Juden ausgehender Warnun-
gen mit dem grössten Theil der disponiblen Streitkräfte den Schehri-
sebsern entgegenzog, drohten die Bucharen, Katty-Kurgan zu nehmen,
auf welche Nachricht hin Oberst Abramow, von der Verfolgung der
Schehrisebser ablassend, am 2. Juli die letzte Armee des Emirs auf
den sogenannten Serabulinschen Höhen vernichtete. Es war die
höchste Zeit, denn kaum hatten die Russen Samarkand nach Zurück-
lassung von nur 700 Mann Garnison nebst vielen Kranken und Ver-
wundeten den Rücken gekehrt, als die Bewohner, auf die Vernichtung
des feindlichen Hauptheeres rechnend, die Fahne der Empörung auf-
pflanzten und einer wie aus der Erde erstandenen kirghisisch-bucha-
rischen Streitmacht von 15,000 Mann die Einnahme der Stadt zu erleichtern suchten. Sieben Tage lang leisteten die Russen in der von
feindlichen Kugeln überschütteten Citadelle, deren Thore sie kaum zu
schliessen Zeit fanden, unter Oberstlieutenant Nasarow und Major von
Stempel heroischen Widerstand. Schon 200 Mann waren todt und ver-
wundet, Vorräthe und Munition drohten auszugehen, die Erschöpfung
war bis zum äussersten Grade gediehen, da verkündeten Geschützfeuer
und aufsteigende Raketen das Herannahen des aus siegreicher Schlacht

zurückkehrenden Entsatzes. Samarkand blieb den Russen, die zur Strafe für die verübte Verrätherei viele der Schuldigen an den Thüren ihrer Häuser aufknüpfen liessen.

Seid Mosaffar war durch das ihn verfolgende unablässige Missgeschick so gebrochen, dass er nicht nur bei'm Friedensschlusse in die Abtretung des von den Russen eroberten Sarafschan-Gebietes (jetzt ein besonderer Kreis des General-Gouvernements Turkestan) an den weissen Czaren willigte und den Transithandel in den ihm gebliebenen immer noch sehr beträchtlichen Landestheilen gestattete, sondern auch um die Erlaubniss bat, die Krone niederlegen und nach Mekka pilgern zu dürfen. Es lag jedoch in Russlands Interesse, in Buchara einen Herrscher zu haben, der sein Uebergewicht in unzweideutiger Weise kennen gelernt und die Lust zu weiteren Feindseligkeiten verloren hatte. Seid Mosaffar wurde daher nicht nur als Herrscher in Buchara bestätigt, sondern die Russen halfen ihm sogar, einen unter seinen Unterthanen ausgebrochenen und von des Emirs herrschsüchtigem Sohne Kati Tjura geleiteten Aufstand niederzuwerfen. Wieder war es der General-Major Abramow, Chef des Kreises Samarkand, der von Katty-Kurgan aus südwärts den Aufständischen entgegen zog, die Stadt Karschi nahm und die Feinde auseinandersprengte. Da die Begs von Schehrisebs den Flüchtigen in ihren Bergen Schutz gewährt hatten und die Schwächung des Emirs zum Abfall benutzen wollten, so rückten endlich im August 1870 russische Truppen unter grossen Schwierigkeiten in das zu steten Unruhen geneigte Bergland ein, nahmen die Städte Schari und Kitab, vertrieben die meuterischen Begs und luden Seid Mosaffar höflichst ein, die Regierung auch über diesen Theil seiner Staaten wieder zu übernehmen. Der ehemals so stolze Emir ist jetzt, obwohl nominell selbstständig, seit Jahren ein gehorsamer Vasall Russlands, welches für zweckmässiger erachtet, die Bewachung seiner dem oberen Lauf des Oxus und dem Hindukusch nicht mehr fernen Südgrenzen einem verantwortlichen Satrapen zu überlassen, als selbst Geld und Menschen dazu zu verwenden.

Ganz ähnlich verhält es sich mit Chokand, das dem russischen Handel grosse Vortheile bringt und dessen selbstständige Existenz nur dem Umstande zuzuschreiben ist, dass Chokand ein vortheilhaftes Bollwerk gegen das vom Jakub-Beg beherrschte Kaschgar bildet. Als die letzten territorialen Acquisitionen an der Ostgrenze Turkestans ist die Annexion des oberen Sarafschangebietes, des sogenannten Kohistan durch General Abramow 1870 und die im Jahre 1871 endgültig erfolgte Einnahme des früher China tributären Chanats Kuldsha am Ili zu betrachten, wodurch die Grenze des Semirjetschenskischen Gebietes nach Osten in gewünschter Weise gesichert ist.

Nach erfolgter Darstellung des die Kirghisen - Steppe und die Kysylkum - Wüste im Osten umfassenden Vorgehens auf der nach Süden gerichteten und vom Ural-Fluss bis zum Balchasch-See sich erstreckenden Angriffsfront haben wir uns nunmehr wieder zu dem durch den Aral-See markirten Centrum und der zwischen Kaspi- und Aral-See liegenden rechten Flanke zurückzuwenden. Wir gelangen dabei zu dem dritten Abschnitt der historischen Betrachtung, welcher die jüngste Vergangenheit, namentlich aber die die Eroberung von Chiwa im Sommer 1873 direkt vorbereitenden und einleitenden Ereignisse umfasst.

III. Kapitel.

Die territorialen Erweiterungen der russischen Macht in den Gebieten des Kaspischen Meeres, nach der westlichen, Europa zunächst liegenden Flanke des chiwesischen Reiches zu, haben mit den, dem Laufe des Syr nach Südosten folgenden, verhältnissmässig schnellen Eroberungen im Osten keineswegs gleichen Schritt gehalten, und zwar aus Ursachen, die mit der Natur der keinerlei Stützpunkte darbietenden Wüstenlandschaften, sowie mit dem Charakter ihrer unstäten Bewohner in direktem Zusammenhange stehen. Ausser Chiwa befindet sich in dem ganzen, weiten Gebiete östlich des Kaspischen Meeres bis an den Fuss des Tian-Schan und des Pamir-Plateaus, in meridionaler Richtung vom südlichen Ural bis an die Berge von Chorassan keine einzige Oase, die des Besitzes aus anderen als besonders wichtigen politischen oder strategischen Gründen werth wäre. Das ganze Ostufer des Kaspischen Meeres ist mit wenigen Ausnahmen fast ohne jede Vegetation und bietet kaum andere Existenzmittel, als die, welche sich aus dem Fischfang ergeben; Häfen sind der seichten Ufer wegen selten und schlecht, das Klima ist vielfach ungesund. Das Binnenland hat bis zur Oase Chiwa nirgends sesshafte Bewohner und wird nur von den Nomadenstämmen der Kirghisen und Turkmenen mit ihren Heerden zu bestimmten Jahreszeiten besucht. Das ganze zwischen Syr- und Amu-Darja liegende ausgedehnte Gebiet ist bis unmittelbar an den Aralsee von steriler Sandwüste ausgefüllt, deren spärliche Vegetation

kaum den genügsamen Kameelen und Steppenpferden der je nach der
Jahreszeit nord- oder südwärts ziehenden Kirghisen ausreichende Nah-
rung darbietet. Die Thiere sollen oft in grosser Anzahl vor Hunger
und Durst umkommen, und dennoch sind nur wenige Nomaden aus
Noth dazu zu bewegen, das ganze Jahr hindurch auf demselben Terrain zu verbleiben und ihre Existenzmittel durch Ackerbau zu vermehren. Ja sogar die wenigen in der Nähe der russischen Grenzlinien an
der Emba, am Ural, im Orenburger Gouvernement und am Syr angesiedelten Kirghisen werden zu bestimmten Zeiten des Jahres wie die
Zugvögel von dem alten Wandertrieb ergriffen und ziehen mit ihren
Heerden entweder nach Norden in die grasreichen Fluren Westsibiriens, in die die Südausläufer des Ural begrenzenden Steppen, oder
nach dem Uest-Jurt.

Da derartige unstäte, allen möglichen Unruhen, Empörungen und
Räubereien Vorschub leistenden Neigungen seiner Unterthanen Russland im höchsten Grade unbequem waren, so ist die ganze administra-
tive Thätigkeit des General-Gouvernements von Orenburg während der
letzten Jahrzehnte dahin gerichtet gewesen, die Wanderlust der Nomaden in bestimmte, nicht zu überschreitende Grenzen zu bannen und sie
thatsächlich in möglichst grossem Umfange tributär zu machen. Unzweifelhaft würden diese höchst kostspieligen Bemühungen bereits früher von grösserem Erfolg begleitet worden sein, wenn nicht das, wie
eine Spinne in ihrem Netze lauernde, den Russen seit Alters her feindlich gesinnte Chiwa auch nach dem Friedensschluss von 1842 stets bestrebt gewesen wäre, den russischen Einfluss in den Steppengebieten
östlich und westlich des Aralsees zu paralysiren und namentlich die
auf dem Uest-Jurt, auf der Halbinsel Mangischlak und in den Steppen
an der Emba hausenden Kirghisen zu steter Empörung und zu Raubzügen ins russische Gebiet aufzureizen. Chiwa war stets ein Markt
für die russischen Karawanen entstammenden Güter und die Gefangenen, welche den in die Steppe zu polizeilichen Zwecken entsandten
Detachements von den Nomaden abgejagt und als Sklaven verkauft
wurden. So hatte sich auch der bereits erwähnte Meuterer Isset Kutebar, ein Sohn des in den dreissiger Jahren nach Chiwa entwichenen
Isset, des entschiedenen Schutzes des Chans von Chiwa zu erfreuen und
begann nach vorübergehender Unterwerfung im Jahre 1857 seine Raub-

züge auf's Neue. Dieselben dauerten, von Chiwa unterstützt, bis zum Jahre 1859 fort, zu welcher Zeit es dem damaligen General - Gouverneur von Orenburg, General-Adjutant Katenin, gelang, ihn durch Uebertragung einer amtlichen Stellung an das russische Interesse zu fesseln. In der Steppe trat nun für geraume Zeit Ruhe ein, und auch Chiwa zeigte wenigstens keine offenen Feindseligkeiten, so dass im Jahre 1859 sogar eine Gesandtschaft unter dem Flügel - Adjutanten Oberst Ignatiew, zur Anknüpfung kommerzieller Verbindungen, dorthin geschickt wurde. Diese Gesandtschaft, die nebenbei auch wohl militärische Zwecke verfolgen mochte, wurde von einem in die Mündung des Amu-Darja einlaufenden Dampfer der Aralflottille sekundirt. Ausserdem hielt es General - Adjutant Katenin für gerathen, die Expedition durch ein von ihm selbst in die Steppe geführtes grosses Rekognoscirungsdetachement moralisch und materiell zu unterstützen. — Dass Chiwa trotz anscheinender Ruhe Russland nie freundlich gesinnt gewesen war und die Chanate von Chokand und Buchara bei ihrer Abwehr wenigstens mit seinen Sympathien unterstützt hat, geht daraus hervor, dass es dem über die Nachgiebigkeit seines Vaters unzufriedenen Sohn des Emirs von Buchara, Kati-Tjura, im Jahre 1868 Zuflucht in seinem Gebiet gewährt hat. Im Jahre 1863 wurde unter der Verwaltung des ausserordentlich thätigen Generals Besak ein neuer Stützpunkt in den nordwestlichen Steppen und zwar die sogenannte Embabefestigung angelegt, die wesentlich zur Pacificirung des Distrikts und zur Sicherung der vom Uralfluss nach den Nordufern des Aralsees führenden Karawanenstrasse beitrug.

Die neuesten, dem Feldzuge gegen Chiwa vorangehenden und denselben herbeiführenden Ereignisse in den westlichen Steppengebieten haben unter dem noch jetzt in Orenburg residirenden General-Gouverneur Kryshanowski stattgefunden, der, wie bekannt, in dieser Eigenschaft auch an den Feldzügen gegen Chokand und Buchara seit den Jahren 1865 bis zum Eintreffen des Generals v. Kauffmann hervorragenden Antheil genommen hat. — Nachdem nämlich der Feldzug gegen Buchara im Jahre 1868 beendet worden war, hielt es General-Adjutant Kryshanowski für zeitgemäss, die zu seinem General - Gouvernement gehörigen und seit ihrer Zugehörigkeit zu Russland noch in fast der alten patriarchalischen Weise von ihren einheimischen Sultanen und

Bei's administrirten Kirghisen einer Verwaltung zu unterwerfen, die, analog der für die ländliche Bevölkerung Russlands geltenden, mit Eintheilung in Bezirke und Woloste verbunden war. Da durch diese neuen Einrichtungen die Existenz der Kirghisen in übereilter Weise alterirt, die Vorrechte der Sultane, Beis etc. sowie auch der Geistlichkeit aufgehoben wurden, und namentlich fortan auch jede Nomadenfamilie eine jährliche Steuer von 3 Rubeln 50 Kopeken zahlen sollte, so gerieth die Steppe bald wieder in helle Empörung, die um so schwerer zu dämpfen war, als eine grosse Anzahl der früher im Orenburgischen Generalgouvernement stationirten Linienbataillone und Kosakenpolks zu dem neu gebildeten Generalgouvernement Turkestan abgegeben worden und neue Truppentheile erst in der Bildung begriffen waren. Verstärkungen aus dem Innern Russlands konnten erst nach Monaten an Ort und Stelle gelangen. Nichtsdestoweniger wurde durch die ausserordentliche Energie der Oberleitung, sowie durch die Tapferkeit und Umsicht der in die Steppe gesandten Detachementsführer, ferner durch Errichtung neuer Befestigungen am oberen Ilek und am mittleren Uil die Ruhe, wenn auch unter grossen Schwierigkeiten, wieder hergestellt. Dass bei diesen Unruhen Chiwa seine Hand nicht nur heimlich mit im Spiele hatte, sondern die Aufständischen sogar offen unterstützte, dafür mag die Anwesenheit chiwesischer Schaaren in der Barsuki-Wüste und auch nördlich des Uest-Jurt als Beweis dienen.

Da aber die in der Nähe der Barsuki-Wüste weidenden und von Isset-Kutebar administrirten mächtigen Tschiklinsk-Kirghisen sich weigerten, mit dem Erbfeinde Russlands gemeinschaftliche Sache zu machen, und ausserdem die russischen Expeditionscorps unter dem gemeinschaftlichen Oberbefehl des Generalmajors v. Ballusek schnell zum Entsatz herbeieilten, so konnten die Chiwesen ihren Plan, die Emba-Befestigung zu nehmen, nicht ausführen und begaben sich auf den Heimweg, wodurch die Situation für Russland wesentlich gebessert und der Aufstand auf das Uralische Gebiet beschränkt wurde, welches durch seine Nähe zu den Schlupfwinkeln des Uest-Jurt und in Folge steter Aufreizungen durch die chiwesischen Emissäre erst im Spätherbst 1869 pacificirt werden konnte.

In der Voraussicht, dass sich die Unruhen im nächsten Jahre erneuern würden, hatte man russischerseits, um den Chiwesen den Zuzug zu sperren, den Plan, längs des Nordrandes des Uest-Jurt eine Linie von Forts anzulegen, doch begnügte sich General Kryshanowski nach näherer Ueberlegung vorläufig damit, im Frühjahr 1871 an der Mündung der Emba und bei Tschuschka-Kul an dem Steppenflusse Tschegan nördlich des Uest-Jurt zwei selbstständige Posten zu errichten, deren Aufgabe darin bestand, den Unruhen zu steuern, Plätze zur Anlegung von Forts auszusuchen, namentlich aber so viel Nachrichten als möglich über Chiwa und die Pläne dessen Regierung zu sammeln.

Während also im Osten längs des Syr die kriegerischen Operationen mit grosser Energie verfolgt wurden, und zur Umfassung des chiwesischen Reiches von dort führten, ruhten die militärischen Fortschritte von Norden und Westen beinahe ganz. Man beschränkte sich zunächst darauf, ein energisches Vorgehen durch wissenschaftliche Erforschungen und militärische Recognoscirungen vorzubereiten. So finden wir in den Jahren 1854—55 den Stabscapitän Antipow in dem südöstlichen Theile des Gouvernements Orenburg mit Aufnahmen beschäftigt. Borszow und Säwerzow reisten von 1857—58 in den Gebieten zwischen Ural und Irgisfluss, zwischen Aral- und Kaspi-See und gaben wichtige Aufschlüsse über die Mugadshar - Berge und das Uest-Jurt-Plateau. 1858 ging eine Expedition unter Nikolaus von Khanikow nach Persien, 1858—60 fanden genaue Aufnahmen am östlichen Ufer des Kaspi-Sees und an dem Uest-Jurt, dem Kara-Bugas entlang bis zum Balkanbusen statt. Die Küsten wurden zu derselben Zeit von Kapitän Iwaschintzow, die Halbinsel Mangischlak durch Dandeville erforscht. Manche andere Forschungen und Reisen in den verschiedensten Gebieten Turans wären in diesem Zeitraum noch zu erwähnen, die alle neben wissenschaftlichen Aufträgen das Ziel hatten, die unbekannten Gebiete, die das feindliche Land rings umgebend, dasselbe stets unnahbar gemacht hatten, möglichst genau zu erforschen, um für spätere Eventualitäten vorbereitet und genau orientirt zu sein.*) Der grösste Theil der Re-

---

*) Die berühmten Reisen des kühnen und unerschrockenen ungarischen Orientalisten, Professor's Vambéry, dessen Spuren Oberst Markosow sowohl wie Verfasser selbst während des Feldzuges von 1873 vielfach fand, sind allbekannt. Obwohl dieselben zur Kenntniss des wenig bekannten Chanats wesentlich beitrugen,

kognoscirungen war vom Orenburger Gouvernement ausgegangen; nur
wenige hatten das Kaspische Meer und den Kaukasus zur Basis. Wie
wir früher gesehen haben, bestand seit dem Jahre 1832—34 das kleine
Fort Nowo-Alexandrowsk am Kaidak-Busen, gehörte aber damals
noch zu der Verwaltung des General-Gouverneurs von Orenburg. Als
zu Ende der zwanziger Jahre Russland durch einen Vertrag mit Persien in den Besitz aller Inseln des Kaspischen Meeres gelangte, begann
man auf die Entfaltung der Kriegsflottille mehr Werth zu legen; sie
wurde um mehrere Kriegs- und Transportfahrzeuge vermehrt und ver-
mittelte nunmehr, wenn auch nur auf beschränkte Weise, eine Kommunikation mit den Ostufern des Sees. Um mit dieser Seemacht einigermaassen festen Fuss zu fassen, wurde, nachdem zuerst kurze Zeit eine
kleine Flottenstation auf der Insel Sara bestanden hatte, im Jahre 1842
die Erlaubniss von Persien erlangt, auf der persischen Halbinsel Miun-
Kale in Aschurade eine Station zu errichten. So wurde es Russland
doch einigermaassen möglich, die russischen Fischer, denen noch immer
so viele Gefahren durch die räuberischen Chiwesen bereitet wurden,
sowie diejenigen Turkmenen, welche seit 1813 in den Jahren 1833 bis
1856 wiederholt sich zu russischen Unterthanen erklärten, zu schützen.
Obwohl später das Meer die äusserste Spitze der Halbinsel, auf der
Aschurade gelegen, abriss und vom persischen Festlande trennte, nach
dem früheren Vertrage also Aschurade nunmehr als Insel in russischen
Besitz gelangen sollte, kam doch der Plan der Regierung, dort ein
Fort zu erbauen, nicht zur Ausführung, da Persien die Insel trotzdem
für sich beanspruchte. Ein umfangreiches Marinedepot wurde dagegen
errichtet und eine ständige Station von 2 bis 3 Schiffen dort erhalten,
die um so nöthiger und wirkungsreicher gegenüber den ewigen Räubereien der Turkmenen wurde, als Persien nach dem Vertrage keine
Flotte auf dem Kaspischen Meere halten durfte. Seit Gründung der

---

standen sie jedoch natürlich in keiner Beziehung zu dem russischen Vorgehen. Die
sehr anziehenden und fesselnden Schriften Vambéry's geben ein höchst anschauliches
und zum Theil wahrheitsgetreues Bild von den Zuständen des Landes. Man muss staunen,
wie es dem als Mullah verkleideten, von allen Seiten bewachten und beargwöhnten
Fremdling möglich wurde, trotz der unsäglichsten und ungewohntesten Mühseligkeiten
in der kurzen Zeit so umfangreiche Nachrichten und Notizen zu sammeln. Sein
übersichtliches Reisebuch verliess während der ganzen Kampagne niemals die Sattel-
tasche des Verfassers und war ihm zur Orientirung von unschätzbarem Werthe! —

Station soll nur noch ein einziges Mal ein russischer Unterthan, ein Matrose der Marine selbst, in jenem Gebiete in chiwesische Gefangenschaft gerathen sein. Seit Murawiew's Reisen nach dem Balkan-Busen im Jahre 1821 war bisher keine Expedition nach Osten mehr vom Kaukasus, der natürlichen und eigentlichen Basis aller solcher Unternehmungen, ausgegangen. Eine Verbindung der Ostküste des Kaspischen Meeres mit der Kaukasischen Westküste trat zuerst im Jahre 1846 wieder ein, als das Fort Nowo - Alexandrowsk nach der Mangischlak-Halbinsel unter dem Namen Alexandrowsk in die Nähe des früher zu Tscherkaski's Zeiten schon erwähnten Nikolajewskaja verlegt wurde.*) Das alte Fort am Kaidak-Busen wurde vollständig aufgegeben, da das dortige Klima so ungesund war, dass die Sterblichkeit der Garnison z. B. in den Jahren 1835—36 ungefähr 20 pCt. betrug, ausserdem die Verwaltung des Postens von Orenburg der im Winter absolut fehlenden Kommunikationen wegen fast unmöglich geworden war. Das neue Fort Alexandrowsk trat später in die Verwaltung des Kaukasischen Militärdistrikts ein, und hatte durch die Flottille nunmehr regelmässige Verbindungen mit dem Kaukasus und der Wolga. Immer blieb jedoch dei Lage von Alexandrowsk eine sehr isolirte, und war sowohl von dem Centrum des feindlichen Landes, der Hauptstadt Chiwa, als dem des Kaukasus, Tiflis, verhältnissmässig weit entfernt. Der alte Plan Murawiew's, am Balkan-Busen eine russische Niederlassung zu gründen, tauchte deshalb wieder auf, als die energische und endgültige Bezwingung der Kaukasischen Völker die Herstellung geordneter und ruhiger Verhältnisse in der Provinz möglich gemacht hatte. Es wurde deshalb im Jahre 1859 der Oberst Dandeville mit einer Expedition nach dem Balkan-Busen abgesandt, um Unterhandlungen mit den Turkmenen anzuknüpfen und vor Allem die Küstengegenden des Balkan-Gebirges und das alte Oxusbett zur Ermittelung von Niederlassungspunkten zu erforschen. Die Bemühungen Dandeville's blieben ohne Erfolg, da auf Anstiften des Chans von Chiwa die Küstennomaden mit ihren Heerden und ihrer ganzen Habe vor Ankunft des Obersten in das Innere des Landes fortgezogen waren und hierdurch die Expedition aller Trans-

---

*) Das 1846 neu errichtete Fort hiess zuerst Nowo-Petrowsk und erhielt erst im Jahre 1858 wieder den alten Namen Alexandrowsk.

portmittel und somit jeder Möglichkeit, sich vom Meere zu entfernen, beraubt hatten.

Die ewigen Bedrückungen und Raubzüge der Chiwesen gegen die russische Schifffahrt, die durch die fortwährend zunehmende Ausdehnung des Fischfangs an den östlichen Küsten und die Reichhaltigkeit der Naphtaquellen auf der Insel Tscheleken grössere Wichtigkeit gewonnen hatte, zwangen nun endlich im Jahre 1868 die Verwaltung in Tiflis zu dem Entschluss, energisch mit dem früheren Plane vorzugehen. Dieser Entschluss war zu einer um so dringenderen Nothwendigkeit geworden, als das Fort Alexandrowsk hoch im Norden auf der Mangischlak-Halbinsel so gut wie gar keine Wichtigkeit erlangt und noch keinen Fuss breit Terrain nach Osten zu gewonnen hatte. Bis zu den Jahren 1869 und 1870 war der russische Einfluss über die auf Mangischlak nomadisirenden Stämme deshalb nur ein nomineller. Die Machtsphäre der Garnison erstreckte sich auf eine nur sehr geringe Entfernung vom Fort Alexandrowsk, dem administrativen Centrum des Landes, und wenngleich die Mangischlak - Kirghisen (vornehmlich vom Stamme der Adai) zu den russischen Unterthanen gezählt wurden, so war doch dieser Unterthan-Charakter bei der ungehinderten Verbindung mit Chiwa und der unstäten Lebensweise der Nomaden in Wirklichkeit von durchaus zweifelhaftem Werthe. Es bewiesen dies zu Ende des Jahres 1869 zahlreiche kleine Aufstände der Adai, die die ihnen auferlegte Kibitkensteuer zu zahlen verweigerten. Das Jahr 1870 brachte eine allgemeine Erhebung der Kirghisenstämme auf der Halbinsel, in Folge deren sich Kirghisenbanden in feindlicher Absicht bis an die Mauern des kleinen Forts wagten. Der damalige Kommandant von Alexandrowsk, Oberst-Lieutenant Rukin, zog mit einem Detachement gegen die Aufrührer in die östlich gelegenen Steppen des Uest-Jurt, wurde aber von Chiwesen überfallen und die ganze Abtheilung theils niedergehauen, theils in Sklaverei geschleppt. Der Kommandant schoss sich, um nicht in die grausame Gefangenschaft zu gerathen, nachdem er jede Vertheidigung als nutzlos erkannt hatte, eine Kugel durch den Kopf.

Nachdem schon eine Handels - Kompagnie den Vorschlag gemacht hatte, Krassnowodsk zur Etablirung einer Faktorei und Handelsverbindung zwischen Russland und Mittel - Asien besetzen zu wollen, wurde zu demselben Zwecke der Oberst Staljetow im Jahre 1869 mit

1 Bataillon, 4 Geschützen und ca. 50 Kosaken nach der Bucht von Krassnowodsk ausgesandt, an der bisher Russland seit den gescheiterten Unternehmungen des Fürsten Bekowitsch zu Peters des Grossen Zeit noch nie hatte festen Fuss fassen können.

Das Jahr 1869 wird für die Entwickelung der späteren Verhältnisse von grosser Bedeutung, denn mit ihm ist der Beginn der Unternehmungen verknüpft, die direkt zu den vorbereitenden Operationen der Eroberung des Chanats Chiwa im Jahre 1873 zu zählen sind. Obwohl allgemeine Handelsinteressen und der Schutz der Russland unterstellten Turkmenenstämme anfangs als die Ursachen jenes ersten Vorgehens vom Kaukasus aus erschienen, so blieb sich die Regierung doch stets wohl bewusst, dass Chiwa immer das Thor für alle Handelswege nach dem Innern Asiens bleiben würde. Dass solches Thor aber nicht durch friedliche Unterhandlungen, sondern nur durch Gewalt für Russland sich öffnen würde, das hatte man aus der Geschichte der früheren Feldzüge gelernt. Eigentlicher Zweck des Unternehmens im Jahre 1869 war es deshalb, nach Gründung einer befestigten Niederlassung an der Küste von dieser Etappe als Basis, energisch gegen Chiwa vorzugehen, nachdem die Routen dahin möglichst genau und vollständig erforscht und von allen entfernbaren Hemmnissen gesäubert worden wären. Um dies vorerst zu erreichen, sollten mit Hülfe der, den Russen freundlich gesinnten Stämme sogenannte Razzias gegen die zunächst liegenden erbittertsten Feinde, die Jomud- und Tekke - Turkmenen, erstere in den Gebieten parallel zur Küste, letztere längs des oasenartigen nördlichen Fusses des Küren - Tau - Gebirges (Kjurjan-Dag), unternommen werden.

Oberst Staljetow landete glücklich im Busen von Krassnowodsk, dem westlichsten, nur durch eine lange schmale Halbinsel vom Meere getrennten Theile des Balkan - Busens, und legte dicht am Ufer den Grund zu dem heutigen gleichnamigen Fort. Da die Umgebung von Krassnowodsk ohne Vegetation und gutes Trinkwasser war, sich deshalb bald Mangel an Lebensmitteln fühlbar machte, namentlich als neue Verstärkungen von 2 Kompagnien und 2 Geschützen von Baku aus angekommen waren, entschloss sich Staljetow, nachdem er in Krassnowodsk ein kleines Fort angelegt hatte, einen zweiten günstigeren Stützpunkt aufzusuchen. Die vom Kaukasus angelangten Verstärkungen als Garnison in Krassnowodsk lassend, zog er mit seinem Detachement

6

weiter östlich, dem Nordufer der Balkan-Bucht folgend und begann den
Punkt Tasch-Arwat-Kala zu Füssen des Westabhanges des grossen Balkan zu besetzen und zu befestigen. Der Oberst hielt diesen Ort als
Aussenposten von Krassnowodsk für günstig, weil derselbe einerseits
wegen der grösseren Produktivität und des relativen Wasserreichthums
der Balkanhöhen Aussicht auf leichtere Beschaffung der für die Truppen
nöthigen Existenzmittel bot als Krassnowodsk, und er andererseits glaubte,
von hier aus die Jomuden besser im Zaume halten zu können, da er von
Turkmenen gehört hatte, dass diese im Sommer mit ihren Heerden stets
nach dem Balkan zögen. Staljetow hatte sich hierbei in doppelter Hinsicht geirrt. Die Turkmenen hatten mit der Bezeichnung Balkan nicht
die isolirten Berggruppen am Ostende der gleichnamigen Bucht gemeint,
sondern überhaupt die hochgelegenen Weideflächen des Uest-Jurt. Allerdings ziehen die Jomuden und Tekkes im Sommer nach dem nördlichen
Uest-Jurt, sie benutzen aber zu ihren Zügen die über 100 Werst weiten Ebenen östlich des Balkans, ohne diesen Höhenzug zu berühren,
so dass Tasch-Arwat, da es am Westabhange des Gebirges lag, ohne
besondere Bedeutung blieb. Ausserdem hatte der Oberst keineswegs den
gehofften Reichthum an Trinkwasser und Lebensmitteln im Gebirge gefunden, im Gegentheil stellte sich bald ein so grosser Mangel ein, dass
zur Beziehung derselben Verbindung mit Krassnowodsk hergestellt werden musste. Da ein Transport zu Lande zu weit und zu schwierig gewesen wäre, so wurde in der Bucht von Michailowsk eine Flottenstation
und ein Depot errichtet, durch welche die Garnison per Schiff aus Krassnowodsk anfänglich ihren Unterhalt bezog. Doch auch dieser Punkt erwies sich als höchst ungünstig, da er absolut kein Trinkwasser besass
und das gesammte Wasser für die 100 Köpfe zählende Depotbesatzung
von Krassnowodsk herbeigeschafft werden musste, so dass der Eimer bis
zu 3 Rubel gekostet haben soll. Es wurde deshalb sehr bald eine zweite
Zwischenstation, Molla-Kari, unweit der Mündung des Usboi oder alten
Oxusbettes in den Balkanbusen angelegt, die später wegen ihres guten
Trinkwassers allein von Bedeutung für die Operation des Oberst Markosow blieb.

Schon im Frühjahr 1870 kam in Tiflis beim General-Gouvernement
der ausdrückliche und deutliche Befehl aus St. Petersburg an, die Linie
Alexandrowsk-Krassnowodsk näher in's Auge zu fassen, um geeignete

Stützpunkte zur Anlage einer befestigten Linie längs des Kaspisees aus-zuwählen, da eine solche Linie bald als Basis von Operationen, die nach Osten hin gleichzeitig mit einem ähnlichen Vorgehen aus den turkestani-schen Besitzungen nach Westen in Aussicht ständen, von grossem Werthe sein würden.

Fürst Mirsky, der zu dieser Zeit mit der Führung der Ge-schäfte des Kaukasus betraut war, gab Staljetow die Ordre, nun-mehr Krassnowodsk zu einem ausgedehnten Fort als dauernden Stütz-punkt auszubauen und gleichzeitig gegen die Turkmenen des Jomuden- und Tekkestammes energisch vorzugehen. Grund dazu gab ein Ueberfall der Tekke aus der Oase Kjurjan-Dag auf Michailowsk zu Anfang des Jahres, der von der Garnison glücklich abgeschlagen worden war. Staljetow zog mit seinem Detachement von dem Balkan nach dem Nordabhange des Kjur-jan-Dag und diesem folgend bis zu dem Haupt - Tekkefort Kysyl - Arwat (zu deutsch „Rothe Frau"), das jedoch, sowie die ganze durchzogene Landschaft, vom Feinde mit Hinwegschaffung seiner gesammten Habe verlassen war. Der Oberst musste unverrichteter Sache nach dem Bal-kanbusen zurückkehren, nachdem er nutzlos über 250 Werst auf seinem Marsche zurückgelegt hatte.

Der Misserfolg dieses Unternehmens, sowie die ungünstigen Verhält-nisse des neu errichteten Forts am Balkan veranlassten wahrscheinlich die Ankunft einer Experten - Kommission von Tiflis, aus General Swistu-now und Oberst Markosow bestehend, deren Ergebniss in Tiflis den Be-schluss im Jahre 1873 hervorrief, den neugegründeten Etappenplatz auf-zugeben und die Truppen nach Krassnowodsk zurückzuführen.

Von grösserem Erfolge war ein Rekognoscirungsritt weniger Ko-saken unter Führung des Oberst - Lieutenant Skobelew. Es ist dies derselbe, der wiederholt bei wichtigen Rekognoscirungen in den fol-genden Jahren genannt wird, eine hervorragende Rolle bei dem Feld-zuge 73 im Lager Werewkins spielte und der erste war, der mit stür-mender Hand die Mauern der Hauptstadt Chiwa erstieg. Skobelew sollte den besten Weg nach dem Chanat Chiwa erforschen, der, wie man da-mals glaubte, von Krassnowodsk direkt nordöstlich über das Uest - Jurt-Plateau, über den Betendal-Göl (See) nach Köne-Urgendsh am Südende des Aibugirsees führen sollte. Der unerschrockene Generalstabsoffizier gelangte unter den anstrengendsten und abenteuerlichsten Erlebnissen

6 *

über Usun-Kuju und Sary-Kamysch an oben erwähnten See, von wo er, von drei Kosaken begleitet, in der Vermummung usbekischer Kaufleute, die Kühnheit so weit trieb, mitten durch die feindlichen Nomaden, die hier ihre Heerden bewachten, über den Brunnen Dektscha hinaus bis dicht an die Grenze der chiwesischen Kulturoase heranzureiten. Skobelew kehrte im Sommer glücklich nach Tiflis zurück und bereicherte die geringen Kenntnisse über jene Gegenden durch ein genaues Croquis seiner Routen.*)

Im Frühjahr 1871 wurde Staljetow durch Oberst Markosow ersetzt, welcher den Auftrag hatte, die neuen Beschlüsse des General-Gouvernements zur Ausführung zu bringen. Damit die Tekke jedoch nicht glauben sollten, das Zurückgehen der Garnison aus Tasch-Arwat-Kala sei Folge des missglückten Feldzuges und geschehe aus Furcht — immer der nächstliegende Gedanke der Asiaten —, so wollte man gleichzeitig mit der Truppendislokation eine Expedition nach Osten vornehmen, um den Rückmarsch des Detachements zu maskiren. Markosow erhielt deshalb die Autorisation von Tiflis, mit einer Expedition nach Tuar, einem Brunnen nordöstlich von Krassnowodsk, 48 Werst östlich des Karabugasbusens, vorzugehen, um vorerst nur die östlichen Gebiete zu erforschen.

Mit diesem Auftrage begann nun Markosow die Reihe seiner ausgedehnten, erfolgreichen Expeditionen, die, abgesehen von den reichen Ergebnissen für die Wissenschaft, die der die Züge begleitende Oberst Steb-

---

*) Oberst Skobelew, für seine Verdienste im Feldzuge 1873 mit dem russischen Georgenkreuz, dem preussischen Rothen Adler-Orden 2ter Klasse mit Schwertern dekorirt und zum Flügeladjutanten Sr. Maj. des Kaisers von Russland ernannt, ist als ein echter und vollkommenster Typ eines kühnen, unerschrockenen und unternehmenden Steppenoffiziers der mittelasiatischen Armee anzusehen, eines Typs, wie ihn die abnormen Verhältnisse der centralasiatischen Länder und Völker, die kühne und schnelle Art, wie die Russen dort mit geringen Hülfsmitteln vorzugehen pflegen, hervorgebracht hat.

Skobelew stand als Generalstabsoffizier im Hauptquartier des General Lomakin bei der Mangischlak-Abtheilung (siehe meine Berichte „Aus Chiwa" 1873), bei welchem gastlichen Stabe ich die schwersten Anstrengungen und Entbehrungen des Wüstenmarsches durchzumachen den Vorzug hatte. Oberst Skobelew war der einzige deutschredende Offizier der Kolonne, ein seltner Kenner der mittelasiatischen Kriegsführung, die er in den verschiedensten Campagnen geübt hatte. Seiner kameradschaftlichen Gastlichkeit und Freundschaft in den oft kritischen Momenten der Wüstenepisode auf dem Uest-Jurt und seinen auf langjährige Erfahrung und Kenntniss mittelasiatischer Verhältnisse gestützten Rathschlägen hatte ich seiner Zeit sehr viel zu verdanken! —

nitzky sammelte, den russischen Generalstabsoffizier zwei Jahre vor dem wirklichen Feldzuge von 1873 bis dicht an die Grenze Chiwas führten, die später im entscheidenden Momente zu erreichen demselben nicht vergönnt sein sollte. ·

Die Züge Markosow's in den Jahren 71 und 72 sind deshalb für unsere spätern Betrachtungen so interessant, weil sie uns in das System einführen, mit dem nunmehr, gestützt auf die frühere Erfahrung und die Forschungen der Wissenschaft, der russische Generalstab die Wüstenoperationen ausführte. Die Rekognoscirungen Markosow's bilden somit gewissermassen ein direktes Vorstudium zu dem Feldzuge von 1873, und die Erfahrungen, die hier täglich gemacht wurden, kamen dem Gelingen des jüngsten Unternehmens vielfach zu gute.

Eine ausführlichere Beschreibung möchte deshalb als Einleitung für den Feldzug von 1873 hier am Platze sein.*)

Bewunderungswürdig sind die Erfolge, die der Oberst trotz der damaligen Unkenntniss des Terrains und der Verhältnisse mit seinen geringen Mitteln an Mannschaften, Proviant, Lastthieren sowohl, als an strategischen Stützpunkten und Kommunikationen nach rückwärts in jenen Jahren erreichte. Seine Operationsbasis war einzig und allein Krassnowodsk, ein Ort, dessen Anlage kaum begonnen war, und der durch die kleine Flottille des Kaspischen Meeres nur ein Minimum von Verbindung mit dem weit westlich gelegenen Tiflis über Baku und die öden Steppenlandschaften der Kurebene ermöglichte. Während also eine wirkliche Operationsbasis noch gar nicht geschaffen, resp. vollendet war, begann Markosow seine Operationen schon tausende von Werst in die Steppen und Wüstengebiete hinein. Wie der Seefahrer in einem unbekannten Weltmeere auf Erforschungen ausgeht, seinen Lebensunterhalt für Monate, vielleicht Jahre auf dem Schiff mitführend, von aller Kommunikation nach rückwärts vollständig isolirt, ähnlich zog Markosow mit seiner Kolonne, die für die Dauer der ganzen Expedition nicht die geringste Aussicht hatte, unterwegs Existenzmittel, ja kaum das allernöthigste Trinkwasser zu finden, sondern Alles dies, von dem ersten bis auf den letzten Tag genau ausgerechnet, auf

---

*) Siehe Karte III. „Operations- und Marschrouten-Karte". Die Routen Markosows sind hier roth punktirt angegeben.

Kameelen mit sich führen musste, in das unbekannte Wüstenmeer, geleitet einzig und allein von seinem Kompass und wenigen unbestimmten Angaben unzuverlässiger, vielleicht verrätherischer Djigiten oder Turkmenenführer. Das System, wenn man so sagen darf, fliegender, befestigter
Etappenposten, die nur für den momentanen Aufenthalt dienten und beim
Rückmarsch wieder aufgegeben wurden, brachte Markosow dabei zum
ersten Mal in der Wüste nicht ohne Erfolg in Anwendung, und
erreichte dadurch mit einem Minimum von Proviant und Provisionsmitteln, was im Jahre 73 nur durch Anhäufung immenser Depots, Anlagen grösserer Steppenforts und Mitführung ausserordentlich grosser Trains
ermöglicht wurde.

Markosow sammelte Anfangs September seine Truppen, 4 Kompagnien kaukasischer FeldInfanterie*) à 100 Mann, 2 Geschütze, leichte
gezogene Vierpfünder, und ca. 50 Kosaken, im Ganzen kaum 500 Mann,
in MollaKari und brach am 13./25. September auf dem Wege über Gösly
Ata (zn deutsch „VaterAuge") nach Tuar auf. Er erreichte glücklich
GöslyAta, nachdem er die Ausläufer des grossen Balkan und die flache
Wüstenstrecke MahmedKum, deren tiefes flugsandartiges, mit vielen Sandhügeln durchsetztes Terrain den Vormarsch sehr erschwerte, mühsam
durchschritten hatte. Der Oberst fand auf dieser Strecke die Brunnen
meist mit süssem trinkbarem Wasser in gutem Zustande, in der Umgegend von GöslyAta sogar eine spärliche Vegetation, Kameelfutter und
zerstreut wachsende Grasbüschel. Er errichtete deshalb hier in der Nähe
eines kleinen turkmenischen Forts und einer verfallenen Moschee einen
befestigten Posten für 40 bis 50 Mann, um einen Theil seiner Provisionen und die Fusskranken der Kolonne zurückzulassen. Die Kolonne ging
dann in zwei Echelons nach Tuar weiter. Der Weg durch das zerklüftete und von tiefen Spalten durchzogene Terrain, durch die Salzsümpfe
bei Bulmudsir und an Brunnen, die zum Theil mit Regenwasser, oft aber
mit bitterem Wasser spärlich versehen waren, vorbei, war kein sehr guter gewesen. In Tschagyl fand man jedoch in dem sandigen Grunde gut

---

*) Die Bezeichnung FeldInfanterie wird hier für den bei uns gebräuchlichen
Ausdruck LinienInfanterie gebraucht, da man im Russischen mit Linientruppen die
Grenztruppen, Linien oder Kordonbataillone bezeichnet, die seiner Zeit zur Besetzung
der sogenannten befestigten Linien (Kordons) an den asiatischen Grenzen formirt
worden waren (siehe Kap. IV., V., VI. u. VII.).

ausgegrabene Brunnen, die in einer Tiefe von 12 bis 14 Fuss ausgezeichnetes Wasser von angenehmem Geschmack enthielten, und nicht weit davon eine mit Gras und Strauchwerk bewachsene Ebene, so dass Markosow es für gut fand, hier (19 Werst von Tuar) ein kleines Fort für eine Garnison von wiederum 40 Mann zu errichten.   Der Oberst selbst war am 21./3. September in Tuar, das in einer muldenförmigen, wüstenartigen Vertiefung und zu Füssen eines nach Oglamisch sich erstreckenden steilen Gebirgskammes liegt, angekommen und hatte auch hier eine Befestigung angelegt.

Die eigentliche Aufgabe, bis nach Tuar rekognoscirend vorzugehen, die Markosow von Tiflis aus erhalten hatte, war somit gelöst. Da jedoch der Oberst den Gesundheitszustand der Truppen, die in 8 Tagen circa 160 Werst zurückgelegt hatten, sowohl wie die durch Klima und Wassermenge der Brunnen bedingten Verhältnisse als besonders günstig beurtheilte, glaubte er auf eigene Verantwortung — *„l'appétit vient en mangeant"* — seine Rekognoscirungen noch weiter nach Osten ausdehnen zu können, um den schon durch Skobelew in dem Jahre vorher erforschten Weg nach Chiwa über Sary - Kamysch zu verfolgen. Nachdem für jede Kompagnie 10 Fässer Trinkwasser zu 5 bis 7 Wedro (à 17 Flaschen) auf die Kameele verladen worden waren, rückte er am 23. September mit 3 Kompagnien, 50 Kosaken und den beiden Vierpfündern weiter nach Kum-Sebschen (53 Werst). Die Brunnen Kum-Sebschen, welche in einer salzhaltigen Sandniederung, einer ellipsenförmigen Einsenkung, die vor Zeiten wahrscheinlich das Bett eines Sees gebildet hatte, liegen und im Süden von dem Begendshali-Kyr, im Norden von dem das Uest-Jurt-Plateau begrenzenden Kaplan - Kyr oder Tschink (nach Skobelew's Schätzung 1000') begrenzt werden, erreichte man nach viertägigem Marsche am 27./9. September und machte hier zur Anlage eines Forts wiederum einen kleinen Aufenthalt. Das Emplacement wurde zur Aufnahme von 50 Mann Infanterie und 20 Kosaken, einem Geschütz nebst reichlichem Proviant eingerichtet, da man einen grossen Theil desselben hier zurücklassen wollte, um den schwierigen Transport auf dem Weitermarsche zu verringern. Hier sowie auch in den andern kleinen Forts wurde das Proviantdepot so eingerichtet, dass es die zurückbleibende Garnison auf 2 Monate mit Lebensmitteln versorgte und ausserdem noch die nöthigen Rationen für den Rückmarsch des Gros der Expedition auf 2 Ruhetage und den Marsch bis zum nächsten Fort lieferte.

Die Zeit, die bei diesen Zurüstungen verging, benutzte Markosow zu einer Rekognoscirung mit der Kavallerie nach den 29 Werst weiter nördlich gelegenen Brunnen Depme und Dirin (4½ Werst), zwischen denen nach Markosow's Aussage die Grenze zwischen den Weideplätzen der Kirghisen und Turkmenen liegen soll. Murawiew, der im Jahre 1819 der Südküste des Karabugasbusens entlang auf dem Wege nach Chiwa an den beiden Schwesterbrunnen vorbeigekommen, von Turkmenen überfallen und beinahe getödtet worden war, erwähnt diese in seinen Memoiren.

Von hier zurückgekehrt, erreichte Markosow mit 250 Mann, einem Geschütz und 30 Kosaken in einem Tage ohne Hemmniss Kasakly (34½ W.), am Nordende der vorhin erwähnten seeartigen Einsenkung liegend. Er liess von hier das Detachement selbstständig nach dem Brunnen Usun-Kuju (53 W.) über das kahle und nackte Uest-Jurt-Plateau vormarschiren und ritt selbst, von wenigen Kosaken begleitet, nach dem südlich gelegenen Brunnen Daghly, den Vambéry auf seiner Reise nach Chiwa passirte und dessen Verhältnisse mit den Vambéry'schen Angaben verglichen werden sollten. Markosow holte das Detachement noch auf dem Marsche nach Usun-Kuju (zu Deutsch „zu tiefe Brunnen") ein, welcher Brunnen nach grosser Anstrengung erreicht wurde, da man unterwegs an grossem Wassermangel und Durst zu leiden hatte. Die Brunnenschachte waren 25 Faden tief, enthielten aber gutes Wasser bis zur Tiefe von zwei Faden. Der Wassermangel auf dem letzten Marsche hatte den Führer zur Vorsicht gemahnt, und da auf dem Wege bis Sary-Kamysch fast kein Wasser anzutreffen sein sollte, baute man hier wieder eine befestigte Etappe und liess darin sämmtliche Pferde mit ihren Reitern und ausserdem 50 Mann Infanterie zurück.

Mit nur 200 Mann Infanterie, einem Geschütz und 6 Pferden, die Offiziere waren mit Kameelen beritten, wurde der Marsch nach dem Betendal-Göl fortgesetzt (65 W.). Der Weg, der von dem auf einem halbinselartigen Vorsprunge des Tschink gelegenen Usun-Kuju noch 25 Werst auf dem Uest-Jurt fortläuft, tritt nun in die weite hügelige Sandwüste von Chiwa, die bis zum grossen Salzsee Betendal-Göl ohne jede Vegetation und Trinkwasser, durch ihren weichen, tiefen und heissen Sand den Marsch zu Fuss unendlich erschwerte. Vor Betreten dieses öden, unwirthlichen Gebietes hielt die Kolonne an einem Wasserloche am Abfalle des Tschink an. Hier fand man jedoch kein Wasser, und Markosow glaubte anfangs, unter so schwierigen Verhältnissen nicht noch weiter marschiren zu können. Als er jedoch den Wasservorrath auf den Kameelen untersuchen liess und noch ein unerwartet reichliches Quantum Trinkwasser vorfand, ausserdem die Temperatur sehr günstig war — 4° Morgens 8 Uhr —, entschloss er sich, den Weitermarsch zu wagen. Am 16/28. Oktober wehte ein starker kühlender Wind, und diesem war es wohl zu verdanken, dass die Kolonne, allerdings sehr erschöpft, aber doch wohlbehalten am 17/29. Oktober in Hadshi-Kujussy (73 W.), an dem Westufer des Betendal-Göl-Sees anlangte. Das Wasser des Sees war stark salzig und konnte deshalb den durstigen und stark erschöpften Mannschaften keine Erquickung bringen. In der Nähe des Sees gegrabene Löcher gaben jedoch eine Art filtrirten Seewassers, mit dem Thee und Suppe bereitet werden konnte. Die Truppen erreichten nun frisch gestärkt am andern Tage glücklich den Brunnen Sary-Kamysch, der am Ufer eines alten in den südlichen See führenden trockenen Flussbettes (alter Oxuslauf, Urun-Darja oder Sarkrauk genannt) gelegen, das Ziel der Expedition war.

Der Oberst war somit an dem Ufer des trockenen Amu-Armes an derselben Stelle angekommen, die Skobelew im vergangenen Jahre recognoscirt hatte und die im Jahre 73 der Endpunkt der Gluchowsky'schen wissenschaftlichen Expedition werden sollte. Die Umgebung von Sary-Kamysch war sandig, mit vielen kleinen Glimmerstückchen (wahrscheinlich Trümmern von Gipskrystallen, die an den Rändern der Uest-Jurt- Höhen überall auftreten) bestreut und vielfach, namentlich in der trockenen Flusshöhlung, mit Saxaulgebüsch, sogar Laubbäumen bis zu 21 Fuss Höhe und 6—8 Zoll Durchmesser bewachsen.[*]) Das Wasser der Brunnen war stark bitter, konnte aber zum Kochen benutzt werden.

Da Markosow vernommen hatte, dass das Bett des Urun-Darja weiter nordöstlich reicher an Vegetation und gutem Trinkwasser sei

---

[*]) Vergl. F. Marthe „*Russische Recognoscirungen in der Turkmenensteppe*", Zeitschrift der Gesellschaft für Erdkunde zu Berlin. 1873. 8. I. (Siehe Karte II. u. III.)

und die westlichen Ausläufer der kultivirten Oase sich ganz in der Nähe befänden, beschloss er, noch eine kleine Recognoscirung über den Brunnen Dektscha hinaus zu machen. Er liess deshalb das Gros des Detachements in Sary-Kamysch zurück und gab ihm die Ordre, geschlossen im Lager zu verweilen und alle möglichen Sicherheitsmass- regeln zu treffen, da man die Nachricht erhalten hatte, dass der Chan von Chiwa mit' einem grossen Gefolge von Turkmenen in der Nähe jage, von der Anwesenheit der Russen Kunde erhalten und 600 Reiter gegen sie ausgesandt habe. Der Oberst brach am 18/30. Oktober mit nur 50 Mann, allen Kameelen, 400 an der Zahl, und den gesammten Wasserfässern nach Dektscha im trockenen Bette des Urun-Darja auf, den er nach einem Marsche von 18 Werst erreichte, nachdem er bei Sary-Kamysch die Höhlung des Urun-Darja verlassen, den sandigen Abfall des linken Ufers erstiegen hatte und direkt durch die Wüste marschirt war. Bei Dektscha traf man wiederum die Ufer mit Büschen bekleidet und in unmittelbarer Nähe auf der Sohle des trockenen Bettes mehrere Süsswassertümpel, in denen nach Aussage der Djigiten Fische lebten. In der That fand man auch im Sande des Ufers die Knochenreste eines grossen Fisches. Markosow sah hier somit die Angaben des Oberst-Lieutenant Skobelew bestätigt, dessen Spuren er früher schon entdeckt hatte. — Hatte er doch beim Brunnen Tschagyl sogar einen silbernen Theelöffel mit dem Namenszuge des vor mehr als Jahresfrist hier rastenden Offiziers aufgefunden!

Markosow's Absicht war es, noch über Dektscha hinaus vorzu- dringen; ein kleiner Ueberfall von Turkmenen jedoch, wahrscheinlich eines Theils der vom Chan ausgesandten Schaar, den man kurz nach Ankunft am Brunnen zu bestehen hatte und der glücklich abgeschlagen wurde, bewog den Oberst, trotzdem die Leute durch das gute Wasser wunderbar erfrischt und gestärkt waren, mit seinen geringen Streit- kräften einem überlegenen Feinde und völlig unbekannten Terrain gegenüber auf Sary-Kamysch zurückzugehen. Am 19/31. Oktober langte er dort an, verfolgt oder vielmehr gefolgt von chiwesischen Reitern, die vor den russischen Gewehren grossen Respect zu haben schienen und sich stets in gemessener Entfernung von den marschiren- den Truppen hielten. Markosow, der den eigentlichen Zweck seines Vormarsches vollständig erreicht hielt, beschloss nun, nach allmäliger

Concentration der in den verschiedenen kleinen Forts zerstreut liegenden Truppen, auf Krassnowodsk zurückzugehen, nachdem er noch eine
kleine Recognoscirung nach dem Usboi und dem Atrekthale gemacht
haben würde.

Noch am 19/31. October verliess das ganze Detachement
Sary-Kamysch, um direct nach dem Brunnen Daghly (155¼ W.)
auf einer neuen Route, demselben Wege, den Vambéry 1863 zurückgelegt hatte, zu gehen. Von dem früher genannten Wasserloche unweit Usun-Kuju ging ein Theil der Cavallerie des Detachements rechts
auf dem Wege nach Usun-Kuju und Kum-Sebschen ab, um die Garnisonen der beiden befestigten Etappen zu avertiren, dass der Rückmarsch beschlossen sei, sie sich zum Rückmarsch nach Daghly rüsten
und dazu nur noch die Ankunft von Kameelen abwarten sollten, die
der Oberst von dort ihnen schicken würde. In Daghly wurde schnell
eine flüchtige Verschanzung aufgeworfen, da die Kriegsschaar des
Chans noch immer der Colonne gefolgt war. Das Detachement rastete
hier 3 Tage, bis die nach Kum-Sebschen und Usun-Kuju abgesandten
Kameele die Garnisonen beider Orte zurückgeführt hatten.

Am dritten Tage war die Concentration der Truppen beendet und
die nunmehr vereinigte Colonne ging in 3 Tagen weiter nach Tschagyl
(85½ W.) zurück. Hier empfing der Oberst einen Rapport aus Tasch-
Arwat-Kala, der ihm berichtete, dass die dort zurückgebliebenen
100 Kosaken noch nicht ihren Rückmarsch nach Krassnowodsk angetreten hätten. Er sandte deshalb eiligst den Befehl dahin, dass dieselben, statt nach dem Kaspischen Meere zu gehen, sofort nach Gösly-
Ata kommen sollten. Er selbst marschirte auf dem früher schon betretenen Wege nach Fort Tuar. Von hier aus wurde der Capitän
Witzel mit einem Geschütz und einer Compagnie auf einer neuen
Route über Portokup (28 W.) und Jangy-Su (22 W.) nach Krassnowodsk zurückgeschickt, um die Wege und Terrainverhältnisse der
Halbinsel zwischen Balkan- und Karabugasbusen kennen zu lernen.
Um die Operationslinien des Karabugas-Sees zu erforschen, machte
Markosow noch mit 50 Mann Infanterie und der gesammten Cavallerie
eine Excursion nach den Salzquellen von Kulmughyr (48 W.) am Ufer
des genannten Sees, dessen Verhältnisse, sowie sein Fahrwasser bis
jetzt noch durchaus unbekannt geblieben waren, und rückte dann mit

dem Rest der Colonne von Tuar nach Gösly-Ata. Auch hier ging wieder ein Detachement, die 100 Kosaken, die von Tasch-Arwat-Kala angekommen waren, unter dem Befehl des Capitäns Malama nach Krassnowodsk ab, wo dasselbe nach einer Recognoscirung von über 135 Werst, den steilen Abhang des Kuwa-Dag herabsteigend, am 4/16. November anlangte.

Mit dem Rest der Colonne, nunmehr nur noch 3 Compagnien, 1 Geschütz und 50 Kosaken, ging Markosow nach dem Brunnen Topiatan (zu Deutsch „Ort, bis wohin eine Kanone gebracht worden ist"), um das alte Oxusbett, hier Usboi genannt, zu erkunden. Der Name des Brunnens hat in der That eine historische Berechtigung, denn bis hierher soll ein chiwesischer Herrscher seiner Zeit ein Geschütz geschleppt haben, um dem Vordringen der Russen zu begegnen. Wo das asiatische Mordinstrument später geblieben ist, darüber hat man nichts erfahren.

Die Reiter des Chans hatten die Verfolgung schon seit dem Brunnen Tschagyl aufgegeben, bei Topiatan stiess man aufs neue auf Turkmenentrupps, die mit ihren Heerden von den Weideplätzen des Uest-Jurt nach Süden zurückkehrten und mit denen man mehrere kleine Scharmützel zu bestehen hatte. Der Weg nach dem Usboi führte längs des nordöstlichen Randes der früher schon erwähnten Wüste Mahmed-Kum entlang, anfangs über tiefen Flugsand, dann über Sandhügel und Salzsümpfe bis zum Brunnen Kemal (32³/₄ W.), der reichlich gutes Trinkwasser enthielt.

Auf circa 50 Werst nördlich des Ufers des Usboi zeigte der Sandboden schon Anflüge von Graswuchs, Gebüsch und Bäumen (bis zur Höhe von 20 Fuss). Das Bett des Usboi hatte zahlreiche Brunnen und oft ausgedehnte Teiche und Tümpel, die mit gutem süssem Trinkwasser angefüllt waren, so bei dem Brunnen Seid-Kujussy und Tachly. In letzterem Punkte kreuzte man die grosse Karawanenstrasse, die von Chiwa nach Tschykyschlar und den Weideplätzen der Tekke führt. Nachdem die Route längs des Usboi überall als sehr gut und namentlich reich mit Trinkwasser und Kameelfutter versehen befunden worden war, zog die Colonne den Usboi wieder abwärts bis Bugradshy (25 W.). Eine Compagnie mit einem Topographen ging von hier, um das Balkangebirge zu erforschen, einen nördlichen Weg nach Molla-Kari, während

Markosow mit dem Gros die Route längs des Usboi abwärts verfolgend, besagte Etappe (ca. 40 W.) am 13/25. November über Alty-Kuju (19 W.), Tenderly (12³/₄ W.) und Kara-Ischan (20 W.) von Süden erreichte.

Nach kurzem Aufenthalte rückte Markosow schon am 17/29. November weiter nach Süden, um nun seinen bekannten Zug nach dem Atrek zu unternehmen und das Fort Tschykyschlar zu gründen.

Der Weg dahin hatte die Länge von 249³/₄ Werst und wurde von dem Oberst hier zum ersten Male betreten. Da derselbe in den folgenden Jahren öfters benutzt wurde, wird es nicht uninteressant sein, Näheres darüber zu hören. Die ganze Route hat ungefähr 20 Brunnen, deren Schächte sorgfältig mit Reisig bekleidet, zum Theil mit gebrannten Ziegeln eingefasst sind und auf eine Tiefe von 2 bis 8 Fuss meist gutes trinkbares Wasser enthalten. Die weiteste Entfernung, die ohne Wasser marschirt werden musste, war bis nach Schairdy (90¹/₂ W. von Molla-Kari), von hier bis Bogdaili 49¹/₂ W.; vom letzten Brunnen Tschychyryk bis Tschykyschlar 42 W. Der Weg überschreitet bei Bala-Ischem unweit von Kara-Ischan den Usboi und führt theils über Flugsandstrecken, theils über oft bis 11 Werst breite Salzsümpfe, deren Ufer von Sandhügeln begrenzt sind, an dem westlichen Rande des Buja-Dag-Berges vorbei. Die Route geht dann über den kleinen seichten, an manchen Stellen bis 14 Fuss breiten Bach Giaur, der in den Kjurjan-Dag-Bergen entspringend, bevor er das Meer erreicht, in einem ausgedehnten Salzmoraste endigt, in dessen Mitte Schairdy liegt. Hier in der Nähe wächst wohl noch an wenigen Stellen einiges Busch- und Strauchwerk, weiter nach Süden an den „Weissen Hügeln“, einem grossen Schlammvulkan vorbei, zeigt der Weg absolut keine Vegetation mehr, bis er Tschykyschlar, ungefähr 30 Werst nördlich der Mündung des Atrek erreicht.

Markosow langte am 1/13. December, also nach 14tägigem Marsche hier an und begann sofort mit der Erbauung eines Forts, nachdem er durch ein kleines Gefecht feindliche Turkmenenbanden versprengt hatte. In der folgenden Nacht wurde das Lager der Colonne von allen Seiten überfallen und es schien speciell auf das Leben des Obersten, dessen kühnen Unternehmungsgeist die Nomaden wohl am meisten fürchten mochten, abgesehen zu sein. Eine kleine Schaar brach in das

Zelt Markosow's ein, schlug die Wachen nieder, musste aber unverrichteter Sache umkehren, da der Oberst zufällig zur Controlirung der
Posten sein Lager verlassen hatte.

Nach wenigen Tagen ging die Colonne nach dem Atrek vor, um
denselben ungefähr 8 Werst von der Mündung zu überschreiten. Der
Fluss war jedoch durch starken Regen so angeschwollen, dass selbst
Pferde kaum schwimmend hinüberkommen konnten. Die Djigiten führten Markosow zwar an eine andere Stelle, wo ein schmaler Steg die
bis zu 150 Fuss auseinanderliegenden beiden Ufer verband; doch auch
hier konnte der Uebergang nicht bewerkstelligt werden, da die Brücke
von den Fluthen weggeschwemmt worden war. Ueber die Halbinsel
Hassan-Kuli am Ufer der gleichnamigen Bucht kehrte man deshalb unverrichteter Sache nach Tschykyschlar zurück. Zwei Compagnien und
zwei Geschütze blieben hier als Garnison, mit dem Reste schiffte sich
Markosow nach Krassnowodsk ein, nachdem er während der ganzen
Expedition eine Strecke von über 2007 Werst zurückgelegt und mit
der Messkette, die auf dem Marsche an einer Laffete befestigt war,
vermessen hatte.

Der Oberst reiste dann unmittelbar nach seiner Rückkunft in einer
Mission nach Persien und langte am 26./7. Dezember*) in Teheran an, wo
er über die Regelung der Grenzverhältnisse am Atrek mit der persischen
Regierung in Unterhandlung trat. Am 20./1. Januar 1872 war er wieder
in Tiflis zurück, um neue Instruktionen für die Unternehmungen des begonnenen Jahres entgegenzunehmen.

Die nördliche Etappe der russischen Occupation am Ostufer des Kaspischen Meeres, Fort Alexandrowsk, hatte während dieser ganzen Zeit
keine besonderen Fortschritte zu verzeichnen gehabt. Nach dem Aufstande der Mangischlak-Kirghisen und dem Tode des Oberst-Lieutenants
Rukin, war letzterem anfangs der General-Major Komarow, dann Oberst
Lomakin im Oberbefehl gefolgt. Der allerdings bald unterdrückte Aufstand des Jahres 1870 hatte hier den Befehl veranlasst, unter den Nomadenstämmen eine besondere Familien- und Stammverwaltung einzuführen, um dadurch eine sorgsamere, einflussreichere Aufsicht über die unstäten Bewohner zu ermöglichen. Zu diesem Zwecke wurden in den Jah-

---

*) 7. Januar 1872 neuern Stils.

ren 1870 bis 72 sowohl von Komarow wie später von Lomakin (Herbst 1871) mehrere kleine Expeditionen nach den Steppen der Halbinsel mit Erfolg unternommen. Das beste Mittel zur Erhaltung der Ruhe war das wiederholte Erscheinen russischer Militairkolonnen inmitten der Kirghisen-Auls. Das Vordringen der russischen Truppenmacht bis nach den entlegensten Weideplätzen brachte allmälig die nomadisirenden Stämme zur Ueberzeugung, dass sie nun nicht mehr bloss nominell, sondern thatsächlich der russischen Herrschaft unterthan seien, und nahm ihnen das Misstrauen, das sie bisher stets gegen die Verwaltung und Anordnungen der Regierung bezeugt hatten. Die Rekognoscirungen der beiden genannten Befehlshaber brachten Kenntniss und Aufklärung über die bisher fast unbekannten Mangischlak'schen Gebiete, was dem Feldzuge von 1873, speciell der Mangischlak-Abtheilung, später vielfach zu Gute kam.

Die Intentionen der russischen Regierung für das Jahr 1872 scheinen keine besonderen Aenderungen erfahren zu haben. Die Nothwendigkeit, energische Massregeln gegen Chiwa zu ergreifen, war immer dringender geworden, und dass man nicht schon nach dem Friedensschluss von Samarkand 1869 den Feldzug mit allem Ernste in's Werk gesetzt hatte, lag einzig darin, dass man durch die von Chiwesen unterstützten Aufstände der Kirghisen im Norden zu sehr beschäftigt war, um eine nachhaltige Operation umfassend vorzubereiten. In Turkestan war man neuerdings wieder durch die Intervention des Oberst Abramow in Buchara in Anspruch genommen worden, ein nachhaltiger Druck auf Chiwa selbst war somit nur vom Kaspischen Meere aus zu erreichen. Einen solchen Druck auszuüben, sich in der Hyrkanischen Steppe noch genauer zu orientiren, vor Allem aber sich der Gebiete der Jomuden und Tekkestämme nördlich des Atrek, die als Operationsbasis, resp. offene rechte Flanke bei einem möglicherweise in der allernächsten Zeit bevorstehenden Feldzuge gegen Chiwa von besonderer Wichtigkeit waren, zu versichern: dies mochten die leitenden Gedanken sein, welche die leitende Behörde in Tiflis bewogen, den Oberst Markosow im Frühjahr 1872 wiederum, mit ausgedehnten Subsistenzmitteln versehen, in die transkaspischen Gebiete zu entsenden. Obwohl die Instruktionen an Markosow officiell in keiner Weise einen Zug nach der Hauptstadt Chiwa vorschrieben, so scheint es doch, dass Fürst Mirsky den Oberst speciell beauftragte, so weit als möglich nach Osten vorzudringen, ein Auftrag, dessen Grenzen

nicht genau gesteckt waren und ein Erscheinen der russischen Truppen
vor den Mauern der Stadt nicht geradezu ausschlossen. Wie sehr der
moralische Eindruck solcher Expeditionen in Chiwa wirkte, ersah man
aus Gesandtschaften, die zu Anfang des Jahres verschiedentlich an den
russischen Grenzen vom Chan ankamen, dem die beängstigende Nähe der
russischen Soldaten am Sary - Kamysch - See im vergangenen Herbste die
harmlosen Freuden seiner Jagdliebhaberei doch wohl etwas getrübt zu
haben schien. Wohl wissend, wie wenig man von Gesandtschaften und
Versprechungen aus Chiwa zu halten habe, hatte man die Gesandten
schon an der Grenze wieder zurückgeschickt. Man war also damals schon
darüber schlüssig geworden, dass auf friedlichem Wege nicht mehr mit
Chiwa zu verhandeln sei, sondern dass die russischen Forderungen durch
einen Feldzug mit Gewalt erzwungen werden müssten. Wann die Ausführung dieses entscheidenden Kriegszuges stattfinden sollte, darüber war
man allem Anscheine nach zu Beginn des Jahres 1872 noch nicht einig.
Wahrscheinlich wollte man das Ergebniss der Expedition Markosows,
dessen energisches und umsichtiges Vorgehen im vergangenen Herbste
für dieses Jahr das Beste zu versprechen schien, erst abwarten und erst
dann einen endgültigen Beschluss fassen. War es ja doch nicht unmöglich, dass es Markosow glückte, bis nach Chiwa vorzudringen und den
Chan zur Annahme der russischen Forderungen zu zwingen! Die Ausrüstung des umfangreichen, im grossen Massstabe projectirten Feldzuges
wurde dann vielleicht überhaupt überflüssig.

Die Operationen des Obersten bestimmten sich deshalb nach zwei
Hauptgesichtspunkten. Mit dem Aufwande aller Mittel und Kräfte wollte
er versuchen, auf den im vergangenen Jahre als nicht durchaus ungangbar befundenen Wegen bis nach Chiwa vorzudringen und somit ein für
alle Mal den Streitigkeiten mit dem feindlichen Lande ein Ende zu machen. Sollte dieser Versuch jedoch nicht gelingen, so wollte er wenigstens in seinem Operationsgebiete sich eine offene und feste Basis gründen, um bei dem in Aussicht gestellten, endgültigen, gemeinsamen, von
allen Seiten concentrisch zu unternehmenden Feldzuge mit sicherem Erfolge Chiwa zu erreichen.*) Die Haupthindernisse für einen solchen

---

*) Verfasser hatte Gelegenheit, auf seiner Reise durch den Kaukasus längere
Zeit mit Oberst Markosow zusammenzusein. Die hier gegebenen Angaben stammen aus dem Munde des Herrn Obersten.

Erfolg lagen allerdings in den überaus schwierigen Marsch- und Temperaturverhältnissen des Weges durch die wasserlose, unwirthsame Hyrkanische Steppe; sie wurden jedoch bedeutend vergrössert durch die feindliche Gesinnung der Turkmenen, Tekke und Jomuden, die an Muth, Unternehmungsgeist und kriegerischer Tüchtigkeit alle anderen Stämme Mittel-Asiens weit übertreffen und die bei einem Kriege gegen Chiwa den von Allen am meisten zu fürchtenden Feind ausmachen. Markosow hatte gehofft, in Teheran ein Vorgehen der persischen Regierung gegen die Turkmenen erwirken zu können, welche bis tief in die Provinz Chorassan ihre Raubzüge erstreckten, unter schrecklichen Gräuelthaten Tausende von persischen Unterthanen mit Weib und Kind alljährlich in Sklaverei schleppten und denen gegenüber die persischen Bezirkstruppen bisher immer machtlos geblieben waren. Dies war aber nicht der Fall gewesen, im Gegentheil hielt man es in Persien für unmöglich, den frechen Räubern in den schrecklichen Sandwüsten nach Norden folgen zu können. Markosow blieb also nichts Anderes übrig, als allein mit seiner kleinen Schaar den kühnen Tekkehorden, die am Nordabhang des Kjurjan-Dag-Gebirges eine lange Reihe kleiner Festungen angelegt hatten, die Stirn zu bieten und sie mit Gewalt zu unterwerfen, da gerade die Gebiete nördlich des Atrek schon allein wegen Beschaffung von Lastthieren, Proviant und Fourage für einen grösseren Feldzug gegen Chiwa von einem ganz besonderen Werthe waren.

Markosow kehrte nunmehr im Frühjahr 1872 nach Tschykyschlar zurück, mit der Absicht, das Frühjahr und den Sommer wegen der erdrückenden Hitze und des Mangels an Wasser vorübergehen zu lassen und erst im Herbst die Operation energisch wieder aufzunehmen. Die Zeit vom September bis December hielt Markosow überhaupt immer für die einzige, in der ein Zug durch die südlich gelegene Wüste der Hyrkanischen Steppe, deren klimatische Verhältnisse durch ihre weit südlichere geographische Lage ganz andere waren, als die des Uest-Jurt und der Kirghisensteppen am Aralsee, unternommen werden konnte. Sein Missgeschick im Jahre 1873 schrieb er deshalb einzig und allein der frühen Jahreszeit zu, in der er vom Kaspischen Meere abmarschiren musste, um Chiwa zu gleicher Zeit mit der Kolonne zu erreichen, die von Norden kam und für die speciell das Frühjahr und nicht der Herbst die geeignetste Jahreszeit war. — Im Herbste wollte der Oberst dann die Truppen von Krassnowodsk und Tschykyschlar zugleich ausmarschiren lassen, sie in Topiatan vereinigen, um dann von hier aus dem Usboi folgend über Igdy und Orta-Kuju auf Chiwa vorzurücken.

Die Zeit des Sommers wurde zur Erforschung der Küsten nördlich Tschykyschlar und zum Eintreiben von Kameelen benutzt. Zu diesem Zweck landete Markosow im Juni mit 60 Mann und 10 Kosaken im Chiwinskibusen, ziemlich in der Mitte der Küste zwischen Krassnowodsk und Tschykyschlar gelegen. Hier fand man ungefähr 300 Kameele, mit denen man noch einige Rekognoscirungen in der Umgegend des Meerbusens machte, um dann nach Tschykyschlar zurückzukehren.

Während man hier im Süden des transkaspischen Gebietes mit emsiger Thätigkeit die Expedition nach Osten vorbereitete, blieb man auch im Norden im Gebiete des Forts Alexandrowsk nicht unthätig. Die früher erwähnten Rekognoscirungen des Obersten Lomakin wurden im Herbst durch eine umfangreiche Expedition nach den östlich der russischen Ansiedlung gelegenen Steppen ergänzt. Die Kenntniss der strategischen Verhältnisse, der Operationsmittel, namentlich was Brunnen, Brennmaterial, Futter, überhaupt Produktionsfähigkeit des Landes für militairische Zwecke betraf, wurde durch dieses Unternehmen einerseits wesentlich bereichert, andererseits die Beruhigung und Freundschaft der Kirghisenstämme, deren Haltung noch immer nicht zuverlässig war, zum Theil dauernd erreicht.

Ein Detachement von 2 Sotnien Kosaken und 2 gezogenen Geschützen, mit 10tägigen Rationen versehen, verliess unter dem Oberbefehl des Oberst Lomakin am 20. September 1872 das Fort Alexandrowsk und trat den Landweg nach dem circa 290 Werst südlich gelegenen Kinderli-Busen an, während der Kriegsschooner „Buchare" zu derselben Zeit 1 Schützen-Kompagnie des Apscheronskischen Regiments und die für den Steppenmarsch bestimmte Verpflegung dahin führte. Nach einem Marsche von 10 Tagen langte Oberst Lomakin glücklich in Kinderli an, wo er auf das freundlichste und unterwürfigste von den dort nomadisirenden Turkmenen (an 280 Kibitken), die seine Truppen mit Lebensmitteln und Erfrischungen reichlich versahen, empfangen wurde, und wo er den Schooner schon mit Ausladen der Truppen und Verpflegungsgegenstände beschäftigt fand. Die Kinderlibucht erwies sich als ein höchst bequemer und günstiger Ankerplatz, um so mehr als man seltsamer Weise dicht an dem Meeresstrande auf der kaum 50—60 Schritte breiten Landzunge eine grosse Anzahl Süsswasserbrunnen entdeckte. Der Oberst beabsichtigte von hier aus bis nach dem Brunnen Bisch-Akti in nordöstlicher Richtung vorzugehen, um dann nach einem kurzen Besuche des Kaidak-Busens über die Halbinsel Busatschi und die Kaschak-Bay nach Alexandrowsk zurückzukehren. Nachdem deshalb der Schooner seine Ladung gelöscht hatte, wurde derselbe nach dem Fort zurückbeordert, um dort neuen Proviant zu laden und nach dem Kaschakbusen zu bringen, wo ein Depot für die Rückkehr der Expedition angelegt werden sollte.

Nach zweitägiger Rast brach Oberst Lomakin mit dem Detachement nach dem Brunnen Bisch-Akti auf. Bis zum Brunnen Senek hatte man eine völlig wasserlose Steppe von 70—80 Werst zu durchwandern. Die Kavallerie legte diese Strecke in 1 Tag, die Infanterie in 2 Tagen glücklich zurück, auf das freundschaftlichste unterstützt von eingebornen Kirghisen, die den durch Hitze und Durst empfindlich leidenden Truppen während des Marsches Schläuche mit gutem, frischem Trinkwasser brachten. Trotz des beschwerlichen Weges, trotz des raschen Wechsels der Temperatur von —4° R. des Nachts und +30° R. gegen Mittag und, obgleich das Wasser der Brunnen meist spärlich und bitter-salzig war, erreichte die Kolonne gesund und frohen Muthes Bisch-Akti. Hier fand man Brunnen mit gutem Wasser, in der Nähe sogar magere Weideplätze und kleine Flächen, die, mit Sträuchern und Saxaul bewachsen, an manchen Stellen kleine Wäldchen bildeten und reichlich Brennmaterial lieferten. Einige hundert Kibitken der Kirghisen fand man hier auf den Weideplätzen der thalartigen Einsenkung, in der die Brunnen liegen. Nach kurzem Aufenthalte rückte Oberst Lomakin längs des Fusses des Tschink weiter nördlich nach den Brunnen Terentsche und Dshangidsha vor, die nach zwei glücklichen Tagesmärschen erreicht wurden. Die Kolonne machte hier zwei Rasttage, um eine kleine Abtheilung von 25 Kameelen, die unter einer Bedeckung von 9 Kosaken schon vorher nach Kaschak (120 Werst) zur Verproviantirung abgesandt worden waren, abzuwarten. Am 12. Oktober unternahm der Oberst mit den 2 Sotnien Kosaken einen kleinen Ausflug nach dem Kaidakbusen, nachdem er die Infanterie mit den beiden Geschützen nach dem Ankerplatze des „Buchare" vorausgesandt hatte, um dort seine Rückkehr abzuwarten.

Nach 7tägigem Ritte durch Gegenden und Gebiete, die bisher zum Theil noch unbekannt geblieben waren, langte Oberst Lomakin am 18. Oktober am Kaschkabusen an, wo die Infanterie inzwischen mit Hülfe der Bemannung des Schooners in der Nähe des Ortes, an dem Oberst Rukin mit 14 im Jahre 1870 erschlagenen Kosaken beerdigt worden war, ein Lager aufgeschlagen hatte.*) Die Mannschaften hatten über dem Grabe eine grosse Steinpyramide errichtet, die mit einem Kreuze geziert nun ein dauerndes Denkmal für die braven, im Dienst des Vaterlandes gefallenen Krieger geworden ist. Die eingeborenen Kirghisen, obgleich sich unter ihnen mehrere Theilnehmer an jenem Angriff auf Rukins Abtheilung befanden, betheiligten sich freiwillig an der ehrenvollen Arbeit, wodurch sie speciell dem Chef des Detachements ihr Bedauern über die damaligen Ereignisse und einen Beweis ihrer jetzigen aufrichtigen Freundschaft bezeugen wollten!

Am 19. Oktober wurde die Infanterie und Artillerie auf dem Kriegsschooner eingeschifft. Sie erreichten am 20. Oktober ihre Garnison Alexandrowsk. Oberst Lomakin kehrte am folgenden Tage mit der Kavallerie auf dem Landwege nach dem Fort zurück. Die Expedition war somit als eine vollständig gelungene anzusehen, nachdem man in den 32 Tagen einen nicht leichten Steppenmarsch von 1005 Werst (144 Meilen) ohne irgend welche Verluste an Menschen und Pferden zurückgelegt hatte. Das Ergebniss der Expedition, eine ausführliche Skizze des durchschrittenen Landes und reichliches Material für die Kenntniss der wenig bekannten Gegend einerseits, die Beruhigung der Bevölkerung, die den russischen Truppen überall auf das freundlichste und ehrerbietigste entgegengekommen war, andererseits, war in jeder Beziehung werthvoll. Das Erscheinen der Kolonne des Oberst Lomakin bis in das entfernteste Gebiet von Bisch - Akti, eines der bestgelegenen Winter-Lagerplätze der Nomaden, hatte sichtbaren Eindruck auf Letztere gemacht. Den Truppen der Alexandrowsker Garnison ausserdem war die nicht zu unterschätzende Gelegenheit geworden, sich zu dem nahe bevorstehenden Kriegszuge gegen Chiwa durch zeitiges Gewöhnen an die abnormen und ungünstigen Verhältnisse des Wüstenmarsches vorzubereiten!

Während dieser Vorgänge auf Mangischlak waren die Arbeiten und

---

*) Vergl. Tod des Oberst Rukin pag. 80.

Vorbereitungen bei Markosow im Süden schnell vorgeschritten. Man hatte inzwischen in Tschykyschlar einerseits und in Belek am Balkanbusen, ungefähr in der Mitte zwischen Krassnowodsk und Molla‑Kari andererseits, die Truppen zu der Herbstexpedition concentrirt. Die Krassnowodsker Kolonne, 7 Kompagnien kaukasischer Feld‑Infanterie à 100 Mann, 80 Kosaken (Irreguläre), 10 Geschütze unter dem Kommando des Oberst v. Klugen, den der als Geograph und Naturforscher bekannte Dr. Sievers begleitete, rückte von Belek am 29/10. August auf der bekannten Route über Bugradshy nördlich des grossen Balkan nach Topiatan, dem bestimmten Vereinigungspunkte, aus. Die andere Kolonne unter persönlicher Führung von Markosow, 5 Kompagnien Infanterie, 20 Kosaken und 4 Geschütze, verliess Tschykyschlar auf der im vergangenen Jahre begangenen Route über Aidin und Alty‑Kuju am 11/23. September. Von jeder Kompagnie blieben 50 Mann, darunter die schlechtesten Leute und die Kranken, zusammen also 600 Mann, als Besatzung in Krassnowodsk zurück. Für die Mannschaften wurden Zelte nach französischem Muster (tentes d'abri), sowie ein kleines Feldlazareth auf Kameelen mitgenommen. 12 Geschütze, kleine Dreipfünder‑Bergkanonen, wie sie seiner Zeit im Kaukasischen Gebirgskriege benutzt worden waren, wurden auf Kameele verladen. Die beiden anderen, Vierpfünder‑Hinterlader (Krupp), waren mit Pferden bespannt. Die Truppenstärke betrug demnach ca. 1450 Mann im Ganzen ohne Kameeltreiber und Führer.

I. Kolonne Oberst v. Klugen ab Belek am 29/10. Aug.	7 Komp. Inf.	80 Kosaken	10 Geschütze	= ca. 850 M
II. Kolonne Oberst Markosow ab Tschykyschlar am 11/23. September	5 Komp. Inf.	20 Kosaken	4 Geschütze	= ca. 600 M.
Summa in Topiatan vereinigt am 25/7. September	12 Komp. Inf. à 100 M.	100 Kosaken	14 Geschütze	= ca. 1450 M.

Am 25/7. September war die Kolonne in Topiatan versammelt, und gerade als Markosow im Begriffe stand, mit dem vereinigten Detachement seinen Vormarsch auf Chiwa zu beginnen, langte ein Adjutant des Grossfürsten aus Tiflis im Lager an, der dem Oberst den strikten Befehl überbrachte, unter keiner Bedingung dieses Jahr irgend welches Unternehmen gegen Chiwa auszuführen. Der erste Theil des Markosowschen Planes war somit suspendirt; es blieb nur der zweite Theil, die Bezwingung der Tekke am Kjurjan-Dag. Markosow beschloss jedoch, nicht direkt nach Kysyl-Arwat zu marschiren, sondern vorerst den Lauf des Usboi weiter nach Osten zu verfolgen, um zunächst die Route nach Chiwa über Orta-Kuju zu rekognosciren, dann aber gegen eine Abtheilung der Tekke-Turkmenen zu Felde zu ziehen, die, wie er von Kundschaftern erfahren hatte, von seiner Absicht Kunde erhalten und sich bei dem Brunnen Dshamala in Hinterhalt gelegt hatten, um die durch den mühsamen Marsch ermattete Kolonne unerwartet von allen Seiten zu überfallen.

Am 4/16. Oktober verliessen die Truppen Topiatan, um am 5. in Dshamala anzulangen. Kaum hatte man hier den Bau eines kleinen Forts begonnen, als das russische Lager am 8/20. Oktober von allen Seiten von einer Schaar Tekke's, ungefähr 2000 an der Zahl, überfallen wurde. Die Turkmenen hatten es vornehmlich auf die Kameele und den Train der Kolonne abgesehen, die gewöhnliche und gewiss sehr zweckentsprechende Taktik der Asiaten, die wir bei allen Kriegszügen in Asien immer wiederfinden. Wirklich gelang es ihnen, einige Kameele mithinwegzuführen. Durch die Kosaken hitzig verfolgt, wurden die Tekke jedoch gezwungen, ihre Pferde zu verlassen und in einem Gebüsch Schutz zu suchen, von dem aus sie gegen die herankommenden Kosaken ein starkes Feuer eröffneten. Nun griff die Infanterie ein, vertrieb den Feind mit dem Bayonnett aus dem Gesträuch, warf ihn in wilde Flucht und entriss ihm wieder neben anderer Beute die geraubten Kameele. 13 der Tekke fielen als Gefangene in die Hände der Russen, während 43 Todte auf dem Platze blieben, viele Todte und Verwundete führten die Flüchtigen mit sich fort. Russischerseits zählte man nur einen Todten und zwei Verwundete, worunter ein Offizier.

Nachdem man in dem neu errichteten Fort 80 Mann und 3 Geschütze zurückgelassen hatte, wurde der Weitermarsch nach Igdy fortgesetzt, welchen Brunnen man am 16/28. Oktober erreichte. Die Tekke hier hatten wohl indessen Kunde von der Niederlage ihrer Stammesgenossen bei Dshamala erhalten. Sie unternahmen keine Feindseligkeiten gegen die herannahende Kolonne, sondern schickten friedlich ihre Aeltesten an den Oberst, die ihn der Freundschaft des Stammes versicherten, um Rückgabe der Gefangenen baten und dagegen jedwede Hülfeleistung, soweit es in ihren Kräften stände, versprachen. Einen höchst originellen Entschuldigungsgrund für das feindliche Verhalten ihres Stammes sprachen die Gesandten bei dieser Gelegenheit dem Oberst Markosow aus; sie erklärten nämlich, sie hätten sich immer seither in dem Irrthum befunden, die russischen Truppen für nicht besser als die persischen zu halten!

Der Oberst, der noch einmal einen letzten Versuch machen wollte, die Turkmenen durch Güte und Vertrauen zu gewinnen, lieferte ihnen die bei Dshamala gemachten Gefangenen aus, die ihm ausserdem auf dem Weitermarsche des Bewachens und des grossen Wassermangels wegen nur hinderlich sein konnten, und versprach ihnen Schonung ihres Distrikts und ihrer Auls,*) wenn sie ihm binnen drei Tagen 300 Kameele liefern würden, an denen der grossen Sterblichkeit halber empfindlicher Mangel einzutreten begann. Den Marsch nach Chiwa weiter fortzusetzen, hielt Markosow aus zwei Gründen für unrathsam. Da er einmal den strengen Befehl hatte, gegen Chiwa selbst Nichts zu unternehmen, so durfte er doch nicht bis an die Grenze des Landes, an welche dicht heran die wasserlose Wüste sich erstreckte, vorrücken, sondern musste auf halbem Wege inmitten der subsistenzlosen Sandsteppen umkehren, was einerseits bei der geringen Anzahl und schlechten Qualität seiner Kameele an sich schon ein gewagtes Unternehmen war, ausserdem aber gar keinen nachhaltigen Zweck haben konnte, es sei denn, das kleine Stückchen der bis jetzt noch unbekannten Route zu erforschen. Diesem verhältnissmässig geringen Vortheil gegenüber konnte man sich jedoch durch die plötzliche Umkehr dicht an den Grenzen des feindlichen Landes moralisch nur sehr schaden, da die Chiwesen ihrer Gewohnheit nach die Rückkehr der Kolonne den Russen als Furcht auslegen und dadurch in ihrem Uebermuthe nur noch neu bestärkt werden würden.

Markosow wartete deshalb in Igdy noch drei Tage auf die Tekke

---

*) Stehende Lager aus Kibitken oder Filzjurten, die gewissermassen die Nomaden-dörfer der Steppe bilden.

und deren versprochene Kameele. Als sie, wie ja zu erwarten war, am
dritten Tage nicht erschienen waren, rückte er mit der Abtheilung am
19/31. Oktober nach Kysyl-Arwat, um die treulosen und wortbrüchigen
Turkmenen in ihren eigenen Nestern und Schlupfwinkeln am Nordabhange des Küren - Dag aufzusuchen. Die kleinen Lehmfestungen der
Tekke mit ihrer kriegerischen Besatzung galten im ganzen Lande für
so furchtbar und unbezwinglich, dass die den Oberst als Führer begleitenden Jomuden, als sie die Absicht ihres Chefs erfuhren, ihn in naiver
Weise flehentlich baten, doch ja keine Feindseligkeiten gegen die un-
bezwinglichen Tekke unternehmen zu wollen. Die Abtheilung rückte
trotzdem aus, um nach absolut wasserlosem Marsche von 43$\frac{1}{4}$ Werst
den Brunnen Dinar zu erreichen und von hier am 25/6. Oktober die Turk-
menenfeste Kysyl-Arwat (36$\frac{3}{4}$ W.) auf einem Wege, dessen Brunnen nur
wenig und schlechtes Wasser enthielten. Die kleine Lehmfestung liegt
in einem von den Ausläufern des Kjurjan - Dag begrenzten Thale, das
von einem wasserreichen Bach durchflossen wird. Die Festung besteht
aus einem von Lehmmauern eingeschlossenen Viereck. Feste Gebäude
hat der Ort nicht; innerhalb der Befestigung sowie ringsherum stehen
die turkmenischen Zelte und Kibitken. Von Kysyl - Arwat ziehen sich
auf einer Strecke von über 400 Werst dem nach Südosten verlaufenden
Gebirge entlang die Auls, feste Wohnplätze und kleine Lehmfestungen
der Tekke. Es giebt deren 59, worunter die beiden Städte Kysyl-
Arwat und Aschabad die bedeutendsten sind. Die Bewohner, obwohl
von Charakter und Gewohnheiten vornehmlich Nomaden, geben sich
gleichzeitig mit Ackerbau ab und ziehen in dem oasenähnlichen Nordabhange des Kjurjan-Dag, dessen Boden durch kleine Rinnsale aus dem
Gebirge nothdürftig bewässert wird, unter dem Schutze der kleinen
Festungen Gemüse, Getreide und Baumwolle.

Beim Herannahen Markosow's nahmen nun die Tekke wieder zu
derselben Taktik ihre Zuflucht, die sie früher gegen Staljetow mit Erfolg in Anwendung gebracht hatten. Mit Heerden, Hab und Gut verliessen sie eiligst ihre Wohnsitze und verschwanden in der Steppe; Markosow fand somit Kysyl - Arwat von allen Bewohnern verlassen. Ohne
sich hier weiter aufzuhalten, setzte er den Marsch nach der sogenannten
Festungslinie der Tekke nach Südosten fort und erreichte über die
Festen Kara Singer, Kodsch, Sau, Kysyl, Tscheschmo und Dshengi am

26/7. Oktober das grössere Lehmfort Bami, nachdem er kleinere und grössere Gefechte mit Tekkeschaaren glücklich bestanden hatte. Aus allen diesen Orten waren die Einwohner geflohen und von ihrem panischen Schrecken zeugte die noch rauchende Asche auf den Heerden. Nachdem die Kibitken überall verbrannt worden waren, so allein in Bami über 1000, langte man in der Nacht zum 27/8. Oktober vor der Feste Beurma (1000 Kibitken) an, die unter allen festen Plätzen der Tekke am meisten geschätzt wird. Die Bewohner hatten in der Eile des Anmarsches der russischen Truppen nicht mehr die Zeit zur Flucht gehabt und waren in ihren Kibitken zurückgeblieben. Die Dunkelheit der Nacht verhinderte jedoch eine Umgehung der Wohnplätze, am andern Morgen waren alle Einwohner verschwunden und konnten selbst nach hitziger Verfolgung bis tief in's Gebirge hinein nicht wieder eingeholt werden. Sämmtliche Auls, soweit sie erreichbar waren, wurden auch hier verbrannt, wodurch sich eine furchtbare Panik unter den Turkmenen verbreitete.

Am 28/9. Oktober brach man von Beurma wieder nach Kysyl-Arwat auf, das man am andern Tage erreichte, nachdem man 60 Werst auf dem alten Wege zurückgelegt hatte. Markosow hatte nunmehr seinen Zweck, die Bestrafung der Tekke, erreicht und konnte ungestört seine andern Pläne am Atrek verfolgen und zur Ausführung bringen. Vorerst musste jedoch die in Fort Dshamala zurückgelassene Besatzung an das Gros herangezogen werden. Oberst v. Klugen ging mit einem kleinen Detachement und 1000 Kameelen zu diesem Zwecke über die Brunnen Gjaur und Emerali-Adshi dahin ab. Er langte noch gerade zur rechten Zeit am 5/17. November hier an, um die kleine Besatzung von nur 80 Mann mit 3 Geschützen zu entsetzen, die von über 1500 Tekke überfallen, seit mehreren Tagen eingeschlossen und hart bedrängt worden war. Da der Weg durch die Sandwüste sich als sehr schlecht erwiesen hatte, wählte Oberst v. Klugen eine andere Route zum Rückmarsch über Topiatan, Eschan und Kasandshik, um sich mit dem nach dem Atrek marschirenden Gros Markosow's wenige Werst westlich von Kysyl-Arwat am Fusse des Kjurjan-Dag-Gebirges wieder zu vereinigen.

Markosow hatte in der Zwischenzeit noch einen Ausflug in das südliche Gebirge gemacht und dort die Feste Kara-Kir mit Sturm genommen. Er hatte gehofft, durch die Thäler des Gebirges hier einen guten

Weg nach dem Atrek zu finden; die Route war jedoch so schlecht, stei-
nig und uneben, dass sie sich für die Truppe, namentlich für den Transport von Geschützen, als total unpraktikabel erwies. Der Oberst kehrte
deshalb wieder in die Ebene zurück, um nach Vereinigung mit dem
Oberst v. Klugen einem schmalen, sich nach Südwesten hinziehenden
Längsthale zu folgen und über die Brunnen Koschljuk - Tscheschme und
Uila-Tscheschme den oberen Lauf des Flüsschens Sumbar, Quellfluss des
Atrek, zu erreichen. Der Weg war sehr schlecht und musste verschiedentlich durch die Infanterie erst geebnet und für den Marsch gangbar
gemacht werden. Die Abtheilung folgte nun geschlossen auf dem rechten Ufer dem Laufe des Atrek abwärts bis nach Uja-Tepe und Bajat-
Chadshi, die Routen abmessend und die Verhältnisse des Landes und des
Flusses erforschend. Markosow liess einen Theil des Detachements an
genannten Orten dem Laufe des Stromes noch weiter nach dem Meere
zu folgen, während er selbst den direkten Weg nach Tschykyschlar an
dem Karaul-Tepe vorbei einschlug, nachdem er während der ganzen Expedition ungefähr 1870 Werst neuer Routen durchwandert und erforscht
hatte. Am 18./30. Dezember erreichte Markosow Tschykyschlar, fand
hier die Nachricht vor, dass der Feldzug nach Chiwa für das Frühjahr
1873 nunmehr in St. Petersburg definitiv beschlossen sei, und reiste deshalb sogleich nach Tiflis weiter, wo er am 28. Dezember (9./1. 1873
n. St.) anlangte.

Wir sind nunmehr mit der historischen Betrachtung bis zu
dem Zeitpunkte gelangt, wo der Beschluss zur Ausführung des gross-
artig angelegten Feldzuges von 1873 in St. Petersburg definitiv gefasst und der erste Befehl zur Ausrüstung der verschiedenen Operationskolonnen nach den drei Generalgouvernements von Turkestan, Orenburg und dem Kaukasus abgesandt wurde. Werfen wir einen Blick
auf die in den vorstehenden Kapiteln enthaltenen Vorgänge zurück
und fassen wir die dort beschriebenen Verhältnisse zu einem Ergebniss zusammen, so brauchen wir nicht erst die Ursachen zur Kriegs-
erklärung fernher in weittragenden und verwickelten Plänen russischer
Politik zu suchen. Die Besetzung Chiwa's war seit Jahrhunderten

eine sociale und politische Nothwendigkeit geworden, und ergab sich
naturgemäss und logisch aus der Geschichte der asiatischen Verhältnisse. Russland war zur Sicherung seiner vollständig in der
Luft schwebenden Grenzen, zum Schutze seines asiatischen Handels
über die leeren Steppen hinaus, die keinen Anhalt zu Stützpunkten,
zu fester Niederlassung und staatlicher Begrenzung möglich machten,
bis nach Turkestan vorgedrungen, um dort eine feste und geordnete
Basis seiner südöstlichen Grenzen zu formiren. Nachdem die Regierung diesen Weg einmal betreten hatte, konnte sie nicht mehr auf halbem Wege stehen bleiben, sondern musste versuchen, nun auch die getrennten Grenzlinien zu einem möglichst zusammenhängenden Ganzen zu
vereinigen. Als die Grenzposten des russischen Gebietes noch am Ural
standen, war es schon Chiwa gewesen, das durch Aufwiegelung der
Kirghisen - Stämme, durch Raub- und Plünderungszüge die Ordnung
und Ruhe der russischen Grenzbewohner fortwährend störte. Weder
durch friedliche, noch durch gewaltsame Mittel war es Russland seit
dem Beginne des 18. Jahrhunderts gelungen, diesem Treiben der
feindlichen Chiwesen ein Ende zu machen. Immer und immer waren
sie es wieder, die bei allen dem russischen Staate feindlichen und
Nachtheil bringenden Händeln ungestraft ihre Hand boten und dessen
Feinden in ihrer Hauptstadt ein Asyl bereit hielten. Als Russland
dann später bis zum Syr - Darja vorgedrungen war, die Turkestanischen Besitzungen längs des Flusses mit den grössten Opfern erworben
und zu geordneten Verhältnissen und friedlicher Verwaltung gebracht
hatte, war es wiederum Chiwa allein, das den hergestellten Frieden in
Zweifel stellte und von seinem, vor jeder Bestrafung gesicherten Raub-
neste aus die nun noch ausgedehntere und blossgestelltere Flanke
der russischen Grenzen durch die Gebiete der Kysyl-Kum-Wüste bis
nach Taschkend hin bedrohte. Die Verwaltung und militärische Sicherung
der erworbenen Steppen und Oasengebiete hatten ausserordentliche
Opfer an Geld und Menschen verursacht; betrug doch nach Angabe
des „Golos" das jährliche Deficit allein für Turkestan fast 2 Millionen
Rubel, während jährlich Russland 3000 seiner Söhne zur Rekrutirung
der in Turkestan stehenden Truppen, man kann fast sagen, unwieder-
bringlich opfern musste. Russland hatte den Trotz der Herrscher von

Buchara gebrochen — sollte es dulden, dass der kleine freche Raubstaat dicht an seinen Grenzen noch immer gerade wie vor 200 Jahren zum Schaden der Ordnung, des russischen Handels und der Sicherheit russischer Unterthanen sein frevelhaftes Spiel unbestraft forttrieb? Friedensverträge und Freundschaftsversicherungen waren zwar häufig gemacht worden; sie stammten aber immer nur aus momentaner Noth und Furcht, waren nie aufrichtig gemeint und wurden sofort wieder gebrochen, sobald man in Chiwa es für zweckdienlich hielt und Russland selbst in Verwickelungen und Bedrängniss andern Staaten gegenüber sah. Russland konnte diesem Wesen nicht länger thatlos zusehen. Als deshalb im Jahre 1869 das Vorgehen in Turkestan sein Ende erreicht und man mit dem Emir von Buchara Frieden geschlossen hatte, wurde der Feldzug nach Chiwa endgültig beschlossen und mit den Vorarbeiten der umsichtige und erfahrene General v. Kauffmann definitiv beauftragt.

Warum Kauffmann nicht sogleich mit der Ausführung des Feldzuges begann, haben wir soeben gesehen. Einerseits wurde man durch die Kirghisenaufstände im Norden beschäftigt, andererseits wollte Kauffmann sich in ausgedehnterem Maasse der Freundschaft und Unterstützung Buchara's versichern. Obgleich von Chiwa aus der Kriegszustand seit dem Jahre 1869 nach allen Seiten hin offen unterhalten wurde, so verhielt sich General v. Kauffmann doch einstweilen noch ruhig und suchte, nur um Zeit zu gewinnen, noch einmal mit dem Beherrscher des feindlichen Chanats auf friedlichem Wege zu unterhandeln.

Die Bemühungen des Generalgouverneurs, einstweilen noch in erträglichen Beziehungen zu Chiwa zu bleiben, waren jedoch vollständig fruchtlos, obwohl er sich seinerseits durchaus nachsichtig und entgegenkommend erwies. So wurde gleich nach Bildung des Turkestanischen Generalgouvernements dem Chan von Chiwa hiervon durch General v. Kauffmann officielle Anzeige gemacht und ihm bei dieser Gelegenheit vorgeschlagen, mit Russland in Frieden und Freundschaft zu leben, und zwar unter folgenden Bedingungen: „Freigebung aller in Chiwa gefangen gehaltenen russischen Unterthanen, Verbot an alle Untergebenen des Chans, sich in die Angelegenheiten der russischen Grenzkirghisen zu mischen und schliesslich Abschluss von für beide

Theile gleich vortheilhaften Handelsverträgen!"*) Dieser letzte Punkt
war seit jeher die Hauptforderung Russlands gewesen, die niemals
durch die Regierung in Chiwa Würdigung gefunden hatte. Diese Forderung allein schon ist im Stande, einen Angriff auf Chiwa zu recht-
fertigen, da dieses Land gleich den uncivilisirten Ländern im östlichsten Asien dem geregelten europäischen Handelsverkehr stets hindernd in
den Weg trat und wie alle asiatischen Staaten das seltsame Princip
aufstellte: „Meine Leute dürfen ungehindert mit ihren Karawanen, mit
ihren Waarenballen in eurem Reiche umherziehen, wir können bei euch
aus- und eingehen, wenn es uns beliebt, ihr aber dürft keinen Fuss
auf unsern Boden setzen, sonst seid ihr Kinder des Todes."**)

Unter diesen Umständen waren die Forderungen Kauffmann's gewiss so gelinde und nachsichtig wie irgend möglich. Der Chan jedoch,
welcher wie alle Asiaten in der maassvollen Forderung des Gegners nur
Schwäche sah, würdigte das Schreiben keiner Antwort. Im Gegentheil
sandte Chiwa um dieselbe Zeit räuberische Haufen in die Orenburger Steppe und die Niederungen des Syr - Darja, um die russischen
Kirghisen zur Empörung aufzureizen und von ihnen im Namen des
Chans Tribut einzusammeln; die widerstrebenden Auls wurden
geplündert und verbrannt. Auch die Jahre 1869 und 1870 gaben
von den übeln Gesinnungen Chiwa's lautredendes Zeugniss. Wieder
zeigten sich in der Orenburgischen Steppe eine Menge chiwesischer
Emissäre mit hasserfüllten Aufrufen gegen Russland, die vom Chan
und seinen Grossen unterzeichnet waren. Die von Chiwa ausgeschick-

---

*) Nach Sarauw's „Russischem Reich", Leipzig 1873, war in den Jahren 1864
bis 1867 der Handel Russlands mit Buchara, Chiwa und der Kirghisensteppe folgender:

ab Russland:

		1864	1865	1866	1867		1870	1871	1872
Buchara	Ausfuhr	4,655	2,251	877	4,310				
	Einfuhr	6,868	3,890	3,454	6,214				
	Zusammen	11,523	6,141	4,331	10,425				
Chiwa u. Taschkend	Ausfuhr	85	1,523	4,753	5,965		21,732	2,966	4,285
	Einfuhr	831	815	1,551	2,289		11,784	623	16,555
	Zusammen	915	2,338	6,304	8,254		33,516	3,589	20,841 *)
Kirghisensteppe	Ausfuhr	1,783	2,483	5,252	6,359				
	Einfuhr	4,193	4,483	4,518	4,244				
	Zusammen	5,976	6,966	9,770	10,703				

Für Chiwa allein. Die Zahlen
geben die vollen Werthe in
Rubeln an.

Die Zahlen geben den Waarenwerth in Tausenden von Rubeln an.

*) Russische Revue II. 10. 1873
und III. 4. 1874.

**) Vambéry, Central-Asien 1873.

ten Haufen gefährdeten nicht nur das Leben und Eigenthum von Privatpersonen, sondern bedrohten auch die Karawanen auf dem von Orenburg nach Taschkend führenden Wege. Kasalinskische, Turkestanische Kaufleute und andere Reisende wurden theils getödtet, theils in die Sklaverei geschleppt; der Handel begann gänzlich zu stocken. Nachdem der Aufstand in der Steppe und auf Mangischlak (siehe historische Uebersicht) unterdrückt war, fanden die Hauptträdelsführer Zuflucht in Chiwa und wurden vom Chan belohnt. Der Unverstand und die Feindseligkeit der Chiwesen ging im Jahre 1870 so weit, dass der Chan die Ausfuhr von Getreide aus den Kasalinsk zunächst liegenden Territorien verbot.*) Nochmals wandte sich der Generalgouverneur von Turkestan direct und indirect schriftlich an den Chan mit der Aufforderung, die Feindseligkeiten in seinem eigenen und im russischen Interesse einzustellen, wobei auf die Folgen aufmerksam gemacht wurde, die ein so ungerechtfertigtes Verhalten der Chiwesen unbedingt über kurz oder lang nach sich ziehen müsste. Die Rathschläge wurden nicht berücksichtigt, vielmehr antworteten die chiwesischen Grosswürdenträger auf die russischen Schriftstücke in beinahe frecher und herausfordernder Weise, indem sie Bedingungen stellten, die von den Russen unmöglich angenommen werden konnten. So sollten sich die Russen alles Einflusses auf die Kirghisen enthalten, die, wie der Chan behauptete, seine Unterthanen wären etc. etc.

Im Jahre 1869 war, um die centralasiatischen Karawanen nach dem Kaspischen Meere zu lenken und um einen Stützpunkt zum Schutze des russischen Handels am Ostufer des Kaspischen Meeres namentlich gegen Chiwa zu gewinnen, die Befestigung am Busen von Krassnowodsk, später Tschykyschlar am Atrek, wie wir vorhin gesehen haben, angelegt worden. In der That wirkten die Recognoscirungen von dieser neuen Seite aus auf Chiwa entschieden niederschlagend, denn im Anfang des Jahres 1872 erschienen im Fort Alexandrowsk auf Mangischlak und in Orenburg selbst zwei Gesandtschaften Seid-Muchamed-Rachim-Chan's, um friedliche Beziehungen mit Russland zu verein-

---

*) Auf der Karawanenstrasse von dem östlichen Theil des Amu-Deltas nach dem unteren Syr wird vielfach Getreide aus den fruchtbaren Tschimbeier Gebieten der Karakalpaken nach Kasalinsk und Umgegend ausgeführt.

baren. In Anbetracht der Thatsache, dass die centralasiatischen Machthaber hinsichtlich ihrer Versicherungen wenig Glauben verdienen, und dass sie zu Unterhandlungen nur dann zu schreiten pflegen, wenn sie Gefahr ahnen, stellte die russische Regierung als Basis der zu schliessenden Verträge nachstehende Bedingungen:

I. „Sollte der Chan alle sowohl von den Chiwesen selbst, als auch von Kirghisen und Turkmenen gemachten Gefangenen, die sich noch auf chiwesischem Gebiet befänden, freigeben."

II. „Sollte der Chan dem Generalgouverneur von Turkestan befriedigende Erklärungen in Betreff der von seinen Ministern ausgegangenen groben Briefe geben!"

Diese mässigen Bedingungen wurden abgelehnt und die Gefangenen auch ferner zurückbehalten (sie wurden später erst ausgeliefert, als dem Chan das Messer an der Kehle sass, d. h. als die Russen sich schon den Grenzen seines Landes genähert hatten). Den russischen Friedensvorschlägen zum Trotz sandte der Chan zu den Nomadenstämmen des Uest-Jurt, so namentlich zu den Russland immer feindlich gesinnten Adai's mehrere Truppenabtheilungen mit dem Auftrage ab, dort für ihn Abgaben zu erheben und alles Land südlich vom Embaflusse wiederholt als zum Chanat Chiwa gehörig zu erklären. Demnach schien es kaum mehr zweifelhaft, dass Chiwa schon im Laufe des Jahres 1872 den Kampf beginnen wollte, zu welchem die fanatischen Mollah's trieben, während Schaaren von Flüchtlingen aus dem von den Russen besetzten Theil Turkestan's das Volk für den heiligen Kampf begeisterten.

Ein weiteres energisches Vorgehen von Seiten Chiwa's wusste Kauffmann vorläufig noch zu paralysiren, indem er Unruhen im Gebiete des Chanats selbst zu erwecken verstand. Durch russischen Einfluss dazu veranlasst, erhob sich Mamurat-Bei, zog mit einer Schaar russenfreundlicher Turkmenen unter dem Vorwand ungerechter Besteuerung nach Chiwa und machte, indem er die Hauptstadt selbst bedrohte, ein nachhaltiges Unternehmen des Chans gegen Russland für den Augenblick noch unmöglich. Die Chiwesen fuhren trotzdem fort, russische Karawanen zu berauben und in die Kirghisensteppen plündernd einzufallen, so dass die Poststrasse zwischen Orenburg und Taschkend vollständig unsicher und die Verbindung zu Ende des Jahres 1872 mehrfach tagelang unterbrochen war. Reisende und Kaufleute wurden mehrfach getödtet oder in grausame Gefangenschaft geschleppt, und Niemand wagte sich schliesslich mehr auf die gefahrvolle Reise nach Turkestan.

Die Nachsicht und Langmuth Russlands hatten nunmehr ihr Ende erreicht, und die Regierung, als Vertreterin einer grossen Macht, konnte nicht länger, ohne ihrer Würde etwas zu vergeben, zusehen, dass ein kleiner Herrscher wie der Chan von Chiwa, jedweden Einvernehmens mit Russland spottend, in offener Feindschaft nicht allein die Grenzen des Landes verletzte, sondern auch die Freunde und Nachbarn des Reiches zu Feindseligkeiten aufstachelte. *)

Der Feldzug von 1873 war eine unvermeidliche Nothwendigkeit geworden!

---

*) „*Der Feldzug von Chiwa*", nach officiellen Quellen zusammengestellt vom Russ. Generalstab. Petersburg 1873.

Die Russischen Operationsbasen in Mittelasien.

IV. Kapitel.

Das Operationsfeld und die russischen Operationsmittel im Allgemeinen. —
I. Der Kaukasus als westlicher Operationsabschnitt.

Die Gebiete, welche die russischen Operationen im Jahre 1873 umfassten, mit einem Gesammtausdruck zu bezeichnen, möchte fast nicht möglich sein. Es giebt kaum einen Theil des Globus, in dem man so willkürlich und widersprechend mit Namen und Gebietsbezeichnungen umgegangen ist, wie gerade in jenem Theil des westlichen Asiens. Fast jede Karte zeigt andere Benennungen, die sich oft auf das seltsamste widersprechen. Im Allgemeinen umfasst das Kriegsterrain dasjenige Ländergebiet, welches gewöhnlich mit dem Namen Mittelasien bezeichnet wird und zum grössten Theil dem Turanischen Tieflande angehört. Da natürliche Grenzen kaum zu fixiren sind, so möchte es zweckentsprechend sein, zur grösseren Deutlichkeit das Operationsterrain durch bestimmte Linien zu begrenzen.

Im Westen bildet der Ostrand des Kaspischen Meeres die natürliche Grenze. Denken wir uns den übrigen Theil in folgender Weise eingeschlossen: im Süden durch eine gerade Linie von der Mündung des Atrek in's Kaspische Meer bis nach Samarkand, im Osten durch eine Linie von Samarkand bis zum Nordrande des Balchasch-Sees, und schliesslich von genanntem See an bis zur Mündung des Ural in den

8

Kaspi-See bei Gurjew. Durch diese Begrenzung wird ein unregel-
mässiges Viereck gebildet, das ungefähr alle Gebiete umgreift, die
bei unseren Betrachtungen zur Sprache kommen. In der Mitte dieses
Vierecks liegt das Chanat Chiwa, ein langer schmaler Oasenstreif, der
die beiden Ufer des Amu-Darja umfassend, von der Stadt Kükurtlü an
der bucharischen Grenze bis zum Südufer des Aral-Sees sich hinzieht.
Das eigentliche Centrum des ganzen Gebietes bildet die Hauptstadt
des Chanats, die Stadt Chiwa selbst, fast am Südostende der Oase gelegen. Denken wir uns um die Stadt Kungrat als Mittelpunkt mit
einem Radius von 80—90 geographischen Meilen einen Kreis beschrieben, so finden wir innerhalb der Peripherie dieses Kreises ungefähr
dieselben Gebiete wie in dem vorher construirten Viereck.*) Die Peripherie selbst möchte annähernd dem Maximum der Machtsphäre der
chiwesischen Herrschaft entsprechen und alle diejenigen Distrikte berühren und umfassen, die bei den russischen Operationen als Ausgangs-
punkte der Expeditionskolonnen oder als Stützpunkte zur Beschaffung
der nöthigen Kriegs- und Operationsmittel dienten. Fast durchweg
ist der Kreis von Wüsten oder wüstenartigen Steppen ausgefüllt.
Nur die Peripherie reicht an die kultivirten Gebiete des Atrek, von
Buchara und Turkestan heran. Ein Gürtel von durchaus specifischem
Wüstencharakter, dessen Radius über 50 geogr. Meilen (350 W.) beträgt, umschliesst das Chanat Chiwa nach allen Seiten hin, wie Graben
und Wall eine sturmfrei angelegte Festung. An manchen Stellen erreicht der Wüstengürtel sogar die Breite von 4 bis 600 W. Berechnet man den Quadratinhalt jenes Kreises, so übertrifft derselbe den
Flächeninhalt Deutschlands, Frankreichs und Italiens zusammengenommen.**) Bedenkt man, dass der grösste Theil dieses ungeheuren Gebietes Wüste ist, so kann man sich annähernd eine Vorstellung von

---

*) Die Peripherie dieses Kreises reicht allerdings weit in das Gebiet des Cha-
nats Buchara, dessen westliche Theile aber fast durchweg aus Wüstenlandschaften bestehen. Andererseits ziehen sich dagegen die wüstenartigen Steppengebiete nördlich des Aralsees weit über die Peripherie hinaus nach Norden.

**) Deutschland = 9818 geogr. ☐ M.
    Frankreich = 9599 „   „   Inhalt des mit dem Radius 90 geo-
    Italien   = 5375 „   „   graph. ☐ M. construirten Kreises:
                 ‾‾‾‾‾‾
                 24,792 geogr. ☐ M.   25,446 geogr. ☐ M.

der Abnormität der Terrainverhältnisse des mittelasiatischen Operationsfeldes machen. Nach Osten und Westen ist das Chanat durch totale Sandwüsten vollkommen abgeschlossen; östlich durch die Wüste Kysyl-Kum, westlich durch das Uest-Jurt-Plateau und die Hyrkanische Steppe. Von Osten nähern sich die Gebiete von Buchara der chiwesischen Oase, bilden jedoch, da sie gleichfalls von wüstenartigem Charakter sind, verbunden mit dem hier mehrere Werst breiten Amu-Strome, eine vollkommene Schutzmauer der östlichen Grenzen gegen jenes Land, eine Grenzmarke, die nur in seltenen Fällen kriegerische Schaaren beider Chanate zu überschreiten vermochten. Nach Südosten verbindet allerdings der Lauf des Amu-Darja die beiden mittelasiatischen Staaten; die Ufer des Flusses zeigen jedoch südlich der Stadt Chiwa zum grössten Theil Wüstencharakter, die Kommunikation auf dem Flusse selbst scheint bei der niedrigen Stufe, auf der die asiatische Schifffahrt steht, niemals von Bedeutung gewesen zu sein. Die ganze südliche Flanke ist auf Hunderte von Werst durch ungangbare Sandwüsten, die sogenannten Turkmenen-Steppen, gegen Persien gedeckt. Den Norden begrenzt der Aral-See, der seiner seichten und sandigen Südküsten, seines wilden und der Schifffahrt ungünstigen Charakters wegen bisher wenig bekannt, kaum als ein Communicationsmittel zu betrachten ist und westlich von dem kahlen unwirthlichen Uest-Jurt-Plateau, östlich von der Wüste Kara und Kysyl-Kum eingeschlossen wird. Ausserdem wird der Aral-See selbst noch weit nach dem Norden hinauf durch die Kirghisensteppe des Orenburger Districtes, so namentlich durch die Barsuki-Wüste vollständig abgesperrt. Die einzigen strategischen Communicationslinien bilden somit von Norden her der Aral-See, von Südost der Amu-Darja. Da letztere Linie ihre Basis im Herzen von Buchara und Afghanistan hat, so bleibt für russische Interessen einzig und allein der Aral-See durch den Syr-Darja in Verbindung mit der russischen Provinz Turkestan. Was nun den beschriebenen Wüstengürtel selbst betrifft, so wird er allerdings von der russischen Machtsphäre zum grössten Theil umschlossen. Im Südwesten, Westen, Norden und Nordosten stehen die Posten russischer Forts und russischer Truppen. Nur nach Südosten ist der Gürtel frei und vollständig gesichert, da er an die unbekannten, fast nie betretenen Gebiete Chorassans, Afghanistans und Bucharas grenzt. Von Wichtig-

keit hätte die Südfront nur dann werden können, wenn Persien und
Buchara aus ihrer neutralen Stellung herausgetreten wären und
thatsächlich an den Vorgängen des Jahres 1873, sei es zu Gunsten
der Russen oder der Chiwesen, Theil genommen hätten. Für unsere
Verhältnisse kommen nur die Ost-, Nord- und Westfront in Betracht. Obwohl der Wüstencharakter der mittelasiatischen Gebiete
fast überall derselbe ist, so treten doch verschiedene Abschnitte als besonders charakteristisch hervor und bilden gewissermaassen einzelne
besondere Operationsfelder. Es möchten vornehmlich vier besondere
Hauptabschnitte zu unterscheiden sein:*)

I. Der westliche, Kaspische oder Kaukasische Abschnitt.
1. Der Mangischlaker Abschnitt, die Westfront Chiwa's zwischen
Kaspischem Meer und Aral-See begrenzend, durch das Uest-Jurt-
Plateau in seiner ganzen Ausdehnung und die Halbinsel Mangischlak und Busatschi gebildet. Dieser Abschnitt gehört den Operationen
der Kinderli-Colonne unter Oberst Lomakin an.

2. Der Balkan-Abschnitt, das Chanat von Südosten ein-
schliessend und gebildet von der sogenannten Hyrkanischen Steppe und
den Gebieten der eigentlichen Turkmenensteppen. Charakterisirt
wird dieser Abschnitt durch das Balkan- und Küren-Dag-Gebirge und
den Usboi, d. i. den alten Lauf des Oxus. Im Süden ist er gegen
Persien zu durch den Atrek begrenzt und bildet das Gefechtsfeld für
die Krassnowodsker Colonne unter Oberst Markosow.

II. Der nördliche, Orenburgische Abschnitt. Er umfasst
als Centrum den Aral-See mit seinen Ost- und Westufern und die
nördlich gelegene Kirghisensteppe. Theile des Ostrandes des Uest-
Jurt-Plateaus, die Barsuki-Wüste mit den Südausläufern des Ural, so
namentlich dem Mugadshar-Gebirge, Theile der Kara- und Kysyl-Kum-
Wüste charakterisiren diesen Abschnitt. Er ist speciell als das Operationsgebiet der Orenburger Colonne unter General-Lieutenant Werewkin anzusehen.

III. Der östliche, Turkestanische Abschnitt. Er begrenzt die

---

*) Siehe Operations- und Marschrouten Karte III. Die Centren der drei
Hauptabschnitte sind roth markirt.

durch den Amu-Darja von Nordwest nach Südost flankirte Ostfront des Chanats Chiwa und ist charakterisirt durch die Wüste Kysyl-Kum, die Bukanschen Gebirge und die Nordgrenze des Chanats Buchara. Die Basis dieses Abschnittes bildet der Syr-Darja mit der Reihe der an seinen Ufern angelegten russischen Forts und der Provinz Turkestan. Er diente der Taschkender Colonne des Generals v. Kauffmann zum Operationsfelde.

Diese Abschnitte werden durch natürliche und örtlich-gouvernementale Verhältnisse gebildet und lassen sich, wie wir später bei genauerer Betrachtung finden werden, bestimmt unterscheiden und begrenzen. Klima, Vegetation und allgemeiner Naturcharakter sind, wenn auch im grossen Ganzen übereinstimmend, doch in mancher Beziehung verschieden. Da die Abschnitte die getrennten Operationsfelder der einzelnen, vollständig von einander isolirt operirenden russischen Colonnen wurden, so war die Verschiedenartigkeit derselben nicht ohne Einfluss auf den Gang der Ereignisse, namentlich aber auf die Formirung und Ausrüstung der einzelnen Expeditionscorps. Strategisch begrenzt werden von russischer Seite die verschiedenen Abschnitte durch die zwei Generalgouvernements von Turkestan und Orenburg und die Statthalterschaft des Kaukasus. So bildet das Generalgouvernement von Turkestan die Basis für den dritten Abschnitt, das Generalgouvernement von Orenburg die für den zweiten und schliesslich der Kaukasus die für die beiden ersten, die man strategisch wohl zu einem, dem Kaspischen Abschnitt, zusammenfassen könnte. Um das Centrum Chiwa können wir uns somit bezüglich des Operationsterrains einen dreifachen Umfassungsring oder Halbgürtel vorstellen:

1. den durch die vier Abschitte gebildeten Wüstengürtel, im Westen bis zum Kaspischen Meere, im Norden bis ungefähr zur Emba-Linie, im Nordosten und Osten bis zum Syr reichend;

2. den mehr oder minder durch russische Colonisation, Befestigung und Truppenbesatzung markirten Grenzring dieses Gürtels, im Westen die Ostküste des Kaspischen Meeres, mit dem Kaspischen Meer und der Wolga als Communicationslinien, im Norden die Emba-Irgis-Linie, zum Theil der Aral-See und die Poststrasse Orenburg-Orsk-Kasalinsk als Communicationslinie, schliesslich im Osten die Provinz Turkestan und die befestigte Syr-Linie bis nach Samarkand und der Nordgrenze des

Chanats Buchara hin, mit dem Syr und der Poststrasse von Kasalinsk
nach Samarkand als Communicationslinie;

3. als erste Basis aller Unternehmungen im Westen der Kaukasus mit dem Centrum Tiflis, im Norden das Generalgouvernement
Orenburg mit dem Centrum Orenburg und im Osten das General-
gouvernement Turkestan mit Taschkend als Centrum.

Der geistige Mittelpunkt der Gesammtoperationen, die Hauptstadt
des russischen Reiches mit dem Sitze des Glawny- oder Hauptstabes*)
St. Petersburg liegt dann ungefähr in dem Schnittpunkte der beiden
Tangenten, die man sich an die soeben beschriebenen dreifach concentrisch sich umschliessenden Operationshalbgürtel gezogen denkt.

Halten wir zunächst St. Petersburg als ersten und ursprünglichen
Ausgangspunkt der Gesammtunternehmungen fest.   In der Luftlinie
beträgt die Entfernung von St. Petersburg nach Tiflis 308 g. M. (ca.
2156 W.), nach Orenburg 244 g. M. (ca. 1708 W.), nach Taschkend über
Orenburg 436 g. M. (3052 W.) Diese Zahlen klingen fast unglaublich und
doch stellen sie nur die direkten Entfernungen dar und würden sich für
die wirkliche Marschrichtung noch bedeutend vergrössern.**) Telegra-
phische Verbindung mit St. Petersburg haben Tiflis und Orenburg. Taschkend hatte keine solche bis zum Beginn des Feldzuges; der Telegraph dahin
über Tschemkend im Anschluss an die sibirische Linie ist erst während
des jüngsten Kriegszuges vollendet worden.   Den nächsten Telegraphen
für das westliche Turkestan erreicht man erst an der Station Orsk am
Ural (von Kasalinsk nach Orsk 738 W. = 105 M.), für den mittleren
und östlichen Theil an der in der Nähe von Tschemkend gelegenen Endstation der grossen sibirischen Linie.   Eine Depesche von Kasalinsk
braucht z. B. über acht Tage bis nach St. Petersburg.   Für die Westfront von Mittelasien bilden die am weitesten östlich gelegenen Tele-
graphenstationen: Asterabad auf persischem Gebiete und der Siemens

---

*) Einen Grossen Generalstab nach preussischem Sinne hat Russland nicht. Der
Glawny-Stab entspricht ungefähr dem preussischen Allgemeinen Kriegsdepartement.
Die einzelnen Abtheilungen dieses Departements sind mit Generalstabs - Offizieren
besetzt.

**) Nach der Postroute betragen die Entfernungen von:

St. Petersburg nach Tiflis	= 365 g. M. (2556 W.)
" " Orenburg	= 302 " (2116 W.)
" " Taschkend	= 579 " (4052 W.)

und Halskeschen Linie nach Indien*) angehörend, Astrachan an der
Wolga (264 M. Luftlinie von St. Petersburg), Petrowsk und Baku am
Westufer des Kaspischen Meeres.   Direkte Eisenbahnverbindung hat
keine der drei Hauptstädte. Für Taschkend und Orenburg reichen die
Eisenbahnlinien blos bis zur Wolga. Es münden hier die drei Haupt-
linien in Zaritzyn, Saratow und Nijni-Nowgorod. Von diesen Punkten
erreicht man im Sommer vermittelst der überreichen Communikations-
mittel der ausgezeichnet eingerichteten Schifffahrtsverbindungen der
Wolga - Gesellschaften mit Leichtigkeit Samara a. d. Wolga, den Beginn der Strasse nach Orenburg. Von Samara führt die Poststrasse
nach Orenburg und von hier über Orsk nach Kasalinsk und Turkestan.
Unter den russischen Poststrassen hat man sich jedoch nicht eine
geebnete Chaussee vorzustellen, sondern streng genommen nur die
Richtung des einzuschlagenden Weges, die durch die Postrelais und
wenige Ortschaften und Städte bezeichnet wird.**) Spuren von Wege-
bau findet man im Osten höchstens im Gebirge oder da, wo die Strasse
Schluchten und Wasserläufe überschreitet. Das russische Postrelais
besteht in belebten Gegenden aus einer Art Posthalterei, deren Inhaber gewöhnlich ein reicher Kosakenlandmann ist, der neben seiner
Landwirthschaft und der Stanizenschenke die Beschaffung der nöthigen
Postpferde gegen die gesetzlich festgestellte Taxe, zwei bis drei Kopeken pro Pferd und Werst, und eine gewisse Anzahl oft sehr bau-
fälliger Postequipagen, die sogenannte Telegas, zu besorgen hat. Ein
solcher Posthalter hat für eine bestimmte Anzahl Relais kontraktlich
die Pferde und Kutscher zu stellen. Die eigentliche amtliche Postver-
waltung versieht der von der Krone bestellte Smotritel (sprich Sma-

---

*) Diese Linie, welche ausschliesslich die Beförderung der Anglo-Indischen De-
peschen übernimmt, geht von der Station Alexandrowo über Warschau, Odessa, Sim-
feropol, Kertsch, Suchum-Kale, Kutaiss und Tiflis bis nach Djulfa an der Persisch-
Russischen Grenze. Die Drahtlänge dieser Linie betrug am 1. Januar 1872 7083 W.
(Russische Revue III. 1. 1874).

**) Das ungeheuere Netz der russischen Wege und Strassen, das nach Lengen-
feldt nicht weniger als 130000 Werst Wege (beinah 20000 deutsche Meilen) ein-
schliesst, zerfällt im europäischen Russland in zwei Hauptabtheilungen:

1) die Staatswege (Chausseen, Eisenbahnen und Kanäle) und

2) die Landschaftswege, die von der Landschaft (Semstwo) unterhalten werden.
In Kaukasien und in den asiatischen General-Gouvernements steht die Administration der Wege ausschliesslich unter dem Statthalter resp. General-Gouverneur.

tritjel), gewöhnlich ein alter gedienter Soldat, ungefähr mit dem Range eines niederen Postsekretärs bekleidet. Er besorgt die Schreibereien, untersucht die Podoroshnas und bildet die höchste Behörde. Zur Bequemlichkeit des Reisenden bietet die Poststation ein kahles, weiss getünchtes Zimmer mit einem Tisch, wenigen Holzschemeln, dem bekannten Samowar (Theekessel) und wenigen Gläsern. Die Besorgung und Instandhaltung des Theekessels — des wichtigsten Gegenstandes im östlichen Russland — fällt dem Smotritel zu, der dafür vom Reisenden wenige Kopeken erhält. In den Steppen und Wüsten, durch welche die Poststrasse führt, fehlen diese Stationen oft ganz. Ein Kirghisenzelt, manchmal nur ein mit den russischen Farben bestrichener Pfahl und ein Wasserfass bilden dann oft die ganze Station. Hier wird der Postdienst zum Theil allein durch den Smotritel und Kronspferde (Eigenthum der Krone) oder kontraktlich von den Nomaden zu liefernde Kirghisenpferde versehen.*)

So lange die Postroute durch die Steppe führt, giebt es absolut keinen geebneten Weg; die russische Relaispost, die sogenannte Perekladnaja, meist mit drei Kosakenpferden bespannt, folgt einfach der Wagenspur des vor ihr denselben Weg gekommenen Gefährts. Im Winter fahren die Schlitten quer durch die Steppe über den Schnee, mühsam den Weg durch Richtezeichen auffindend, die zwischen den 20 bis 40 Werst auseinander gelegenen Relaisstationen errichtet sind. Ist im Winter die Wolga zugefroren, hat sie im Frühjahr starken Eisgang, so bleibt zur Reise nach Orenburg nur noch die Benutzung der Eisenbahn bis Saratow. Von hier muss Samara per Schlitten erreicht werden.

Für den Kaukasus führen die Eisenbahnlinien über Odessa und Rostow bis zum Nordufer des Schwarzen Meeres. Von hier erreicht man zu Schiff Poti an der Ostküste genannten Meeres, und dann weiter auf der Poti-Tiflis-Eisenbahnlinie oder von Rostow aus per Telega auf der Poststrasse über Wladikawkas und die Pässe des Kaukasus-Gebirges die Hauptstadt Tiflis. Im Winter, wo die heftigen Stürme

---

*) Nach Lengenfeldt's „Russland im 19. Jahrhundert" beträgt die Zahl der Kronspferde im ganzen russischen Reiche über 71000, eine Zahl, die aber noch bedeutend zu niedrig gegriffen sein möchte!

des Schwarzen Meeres wüthen, die Eisenbahnlinie Poti - Tiflis beinahe
stets unterbrochen ist, auch die Alpenpässe des Kaukasus durch furchtbare Schneewehen gesperrt sind, kann es vorkommen, dass die Communikation mit dem europäischen Russland wohl Tage lang vollständig
unterbrochen ist. Zu diesen Zeiten bleibt die Postroute von Rostow
über Stawropol und Mosdok nach Petrowsk am Kaspischen Meer, die
parallel dem Zuge der Kaukasuskette durch die Steppen Ciskaukasiens
führt, die einzige für Schlitten praktikable Strasse. Die Route ist über
880 Werst lang, und selbst ein Courier gebraucht auf derselben mit
seiner Troika, dem russischen Dreigespann, Tag und Nacht durchfahrend, drei Tage und vier Nächte. Die Post dagegen braucht von Rostow bis Temir-Chan-Schura z. B., der Hauptstadt der Provinz Daghestan, oft über acht Tage. Nur auf der ersten Hälfte des Weges berührt die Route Städte und Kosakenstanizen der Kubanschen und Terekschen Kosaken. Von Trochladnaja an, wo die grosse Route über
Wladikawkas und den romantisch wilden Pass des Kasbek südlich nach
Tiflis sich abzweigt, werden die Ortschaften immer spärlicher, bis am
Ufer des Terek nur noch eine elende Kalmükenkibitke die Stelle der
verhältnissmässig eleganten Kosakenstation vertritt. Hier liegen die
Relaisstationen wohl öfter 40 W. auseinander. Nur wenige abgejagte
und abgemagerte Kalmükenpferde versehen den Postdienst, so dass es
nicht selten vorkommt, dass bei einer Bespannung von fünf bis sieben
Pferden eine nur wenig bepackte Telega mitten auf dem Wege hülflos
liegen bleibt, da die Pferde nicht mehr vorwärts zu bringen sind oder
wohl gar todt an der Erde liegen bleiben.

Um uns ein annäherndes Bild von diesen kolossalen Entfernungen
zu machen, folgen wir z. B. dem Cours eines Couriers von St. Petersburg nach Tiflis resp. Petrowsk am Kaspischen Meere. Der russische
Militärcourier, gewöhnlich ein Lieutenant oder junger Capitän — denn
zu diesem Dienste gehören Nerven von Stahl und Muskeln von Eisen
— sobald er seine Depeschen empfangen hat und expedirt worden ist,
hört fast auf, Mensch zu sein, und wird nur allein noch Träger der
Depeschen, die absolut in möglichst kurzer Zeit an ihren Bestimmungs-
ort gelangen müssen, ganz ohne Rücksicht auf den menschlichen Organismus des Trägers. Mag der Courier halbtodt niederstürzen — wenn
nur die Depesche befördert wird. Derselbe wird dadurch den Post-

behörden gegenüber eine Art geheiligter Person. Er ist mit einer
Courier-Podoroshna, einem Postpass*) ausgerüstet, und sobald der Verwalter der Postrelaisstation, der vorhin erwähnte Smotritel, dieses all-
mächtige Papier erblickt hat, dessen mit der Unterschrift eines General-
Gouverneurs oder des Kriegsministers versehene Befehle auf Kamtschatka ebenso pünktlich und gewissenhaft befolgt werden, als auf
einer der chaussirten Poststrassen des Königreiches Polen, so eilt er
diensteifrig und zitternd, schleunigst alles zu thun, um den Courier
möglichst schnell weiter zu befördern. Selbst die Post steht hinter
Jenem zurück. Sind auf einer Station nicht genügend Pferde vorhanden, so muss das Postfelleisen wohl Tage lang liegen bleiben, während
die letzte Troika für den Courier angespannt wird. Es ist Letzterem
sogar gestattet, im Nothfalle von seiner Waffe Gebrauch zu machen, um
eine schnelle Beförderung zu erzielen. Gepäck hat er fast gar nicht;
ein kleiner Sack mit Wäsche, ein Pelzmantel und die allernöthigsten
Lebensmittel — denn auf der Poststation giebt es nur heisses Wasser
zum Theekochen, selten Eier oder Milch — das ist ziemlich das ganze
Reisegepäck. Das Transportmittel des Couriers, die Perekladnaja, zu beschreiben, ist kaum möglich. Man muss eine solche Equipage selber gesehen
haben. Sie besteht aus dem gewöhnlichen Bauernwagen der Russen,
der sogenannten Telega. Die Telega ist ein kleiner, offener, hölzerner
Karren von kaum fünf Fuss Länge. Er ruht auf vier kleinen Holz-
rädern, die in zwei Holzachsen laufen. In der Steppe haben die Rä-
der oft weder eiserne Reifen noch metallene Büchsen, so dass sich das
Holz der Achse in der Holzbüchse des Rades reibt, wodurch bei dem
rasend schnellen Fahren nur zu häufig trotz ununterbrochenen
Schmierens Entzündung verursacht wird. In dem oberen Kasten
der Telega kann man eben aufrecht sitzen. Der Kutscher (Jemschtschik)
sitzt auf dem vorderen Rand des Kastens. Ein Bund Stroh oder der Reise-
sack des Couriers, der mit einem Strick am Hinterende des Wagens

---

*) Man hat drei Arten von Podoroshnas oder Reisepässen:
    1) Für Couriere.
    2) Für im Auftrage der Regierung Reisende.
    3) Für Privatpersonen.
Letztere möchten kaum in der dreifachen Zeit befördert werden als Erstere. Ohne
Podoroshna reisen zu wollen, ist geradezu ein tollkühnes Unternehmen. Man ist dann
der Willkür eines jeden Kosaken oder Kirghisen ausgesetzt.

befestigt ist, dient dem Reisenden als Sitz, auf dem er bei dem wüthenden Rennen der Kosakenpferde über die ungebahnte Steppe, über
Bäche, Hügel und Baumstämme hinweg in der total jeder Elasticität
entbehrenden Equipage, ob wachend oder schlafend, sich nur durch eine
gewandte Balance zu erhalten vermag. In der Nacht kann er sich nur
dadurch einigermassen ein Lager bereiten, dass er den Kasten der Telega mit Stroh ausfüllt. Auf diesem Strohlager vermag er jedoch nur
mit hoch emporgezogenen Knien mühsam sich zu betten. Die Stellung
ist so unbequem, dass die Meisten vorziehen, die ganze Reise sitzend
zu vollenden. Nachdem man acht Tage und acht Nächte ununterbrochen so sitzend gefahren ist, wird man fast zu einem gefühllosen
Gegenstand, der kaum noch ein menschliches Empfinden besitzt. Alle
20 bis 30 Werst reicht der Courier an der Station stumm sein Podoroshna hervor, zahlt den Betrag für die Postpferde, setzt sich in eine
andere bereitstehende Telega, falls er sich nicht eine eigene bei Beginn
der Reise erworben hat, frische Pferde werden vorgespannt, und fort
geht's in sausendem Galopp bis zur nächsten Station, wo wieder dieselbe monotone stumme Procedur vorgenommen wird. So legt der Courier oft bis 250 Werst an einem Tage zurück und ruht während dieser
ganzen Zeit vielleicht eine halbe Stunde, um sich ein Glas Thee zu bereiten. Ein Glas Thee, ein paar Zwieback und wenige Eier bilden die
gewöhnliche Mahlzeit für einen ganzen Tag, und man ist oft glücklich,
wenn man nur dies noch findet.*) Ausser dem Stationsverwalter und
einigen wilden Nomadengestalten sieht der Courier oft Tage lang kein
menschliches Wesen. Glücklich ist er, wenn er vielleicht einmal einen
Kameraden unterwegs antrifft. Dann wird Halt gemacht und neben dem
gemüthlich dampfenden und brodelnden Samowar in Gemeinschaft ein
kameradschaftliches Glas Thee geschlürft. Das ist aber auch die einzige Erholung und Erheiterung, die dem Courier auf seiner ganzen
Reise in Aussicht steht. Sehen wir nun, in welcher Weise der so beschriebene Courier, dessen Beförderung nächst der telegraphischen Depesche die schnellste im asiatischen Russland ist, den Weg von Petersburg nach Petrowsk zurücklegt!

---

*) Verfasser fuhr auf der Strecke von Kasalinsk nach Orsk über 40 Stunden,
ohne mehr zu sich zu nehmen als einen Schluck salzigen Steppenwassers.

Im Frühjahr 1873 ging der direkte Zug nach dem Schwarzen Meer Abends 8 Uhr von Petersburg ab. Am vierten Tage langt man um dieselbe Tagesstunde mit diesem Zuge über Moskau und Kursk in Rostow am Don an, also nach einer Fahrt von 3 mal 24 Stunden. Ehe in Rostow die Postreise bis Petrowsk genügend vorbereitet ist, vergehen mehrere Stunden, so dass der Courier vor Sonnenaufgang des fünften Tages schwerlich wird weiterfahren können. Im allergünstigsten Falle, wenn die Steppe trocken und gut, überall genug Pferde vorhanden sind und sonst keiner der gewöhnlichen Unfälle an Wagen oder Pferden stattfindet, kann der Courier, vorausgesetzt dass er in der Stunde über 18 Werst zurücklegt, in weiteren 4 Tagen, also am neunten Tage, Petrowsk am Kaspischen Meere oder Tiflis selbst erreichen. Im Winter, wenn harter, fester Schnee die ciskaukasischen Steppen bedeckt, wird der Landweg wohl noch schneller zurückgelegt. Oft ist dann aber allerdings der Kasbek-Pass vollständig durch den Schnee gesperrt.

Für den Seeweg kann der Courier von St. Petersburg mit dem Expresszuge Abends von St. Petersburg über Moskau, Kursk und Kiew nach Odessa fahren, wo er am fünften Tage Morgens anlangt. Von hier geht einmal die Woche ein Schiff der russischen Dampfschifffahrts-Gesellschaft über die Krim und Kertsch in 8 Tagen nach Poti. Im allerbesten Falle kann der Reisende, wenn er am Morgen der Abfahrt des Schiffes in Odessa anlangt, was immer schon ein grosses Risiko ist, am dreizehnten Tage in Poti sein. Erreicht er hier noch den Anschluss an den direkten Zug nach Tiflis, so langt er am Abend des dreizehnten Tages in der Hauptstadt des Kaukasus an. In den seltensten Fällen werden die Anschlüsse so möglich sein, und muss man deshalb allermindestens für den günstigsten Fall 15 Tage rechnen. Dieselbe Zeit wird beansprucht für die Route über Rostow resp. Taganrog, Kertsch und Poti. Auch hier geht nur einmal die Woche ein Dampfschiff. Während der Seeweg somit 15 Tage Minimum erfordert, kann man den Landweg im Nothfall in 9 bis 10 Tagen zurücklegen. (Die Briefpost braucht im günstigsten Falle mindestens 10 Tage.) Zwischen 9 und 14 Tagen liegt also das Mittel der schnellsten Beförderung. Alle grösseren und ausführlicheren Befehle müssen so expedirt werden, da dem Telegraph, der bei den orkanartig wehenden Stürmen der ciskaukasischen Steppe oft Tage lang unterbrochen ist und bei den immen-

sen räumlichen Verhältnissen oft nur mit dem Aufgebot der energischsten Mittel wiederhergestellt werden kann, nur kürzere Instruktionen
anvertraut werden können.

Ohne näher auf die Details einzugehen, kann man sich schon aus
diesen Daten einen Begriff machen, welche Schwierigkeiten und welcher
Zeitverlust mit dem Transport von Truppen und Kriegsmaterial auf dem
beschriebenen Land- oder Seewege verknüpft sind. Der Transport auf
dem Seewege von Odessa oder Taganrog bis Poti ist ein vollständig
normaler und wird durch die reichen Ressourcen der ausgezeichnet ver-
walteten Linie der russischen Gesellschaft, die das Monopol der Schifffahrt nach dem Kaukasus besitzt, vollständig gesichert. Poti hat jedoch
keinen praktikablen Hafen. Sandbänke ziehen sich bis weit in's Meer
hinein und verhindern die Seeschiffe, in die schmale und seichte Rion-
Mündung einzulaufen. Alle Waaren müssen auf Lichterschiffe verladen
und dann auf die Rhede von Poti und von da auf die Eisenbahn nach
Tiflis verladen werden. Der Transport zu Lande von Rostow ist noch
schwieriger. Kameele werden in Ciskaukasien selten verwendet. Alles
muss, auf Telegas verladen, von Ochsen, Büffeln und Pferden gezogen
werden. Grosse Wagenkarawanen werden formirt, die, mit unsäglichen
Schwierigkeiten kämpfend, mit grosser Langsamkeit durch die wegelo-
losen und sumpfigen Steppen hinziehen. Im Sommer bildet deshalb
noch immer die beste Linie die Wolga über Astrachan im Anschluss
an die russischen Dampfschiffslinien des Kaspischen Meeres nach den
Hafenstädten Petrowsk und Baku an der Westküste des Meeres. Von
hier allerdings müssen die Waaren durch die genannten Wagenkarawanen (von Baku aus mit Kameelen) weiter in's Innere des Kaukasus befördert werden. Auch Personen können diese Linie wählen, doch ist
sie bei weitem länger als der Landweg über Rostow. Man nimmt
dann von einem der drei Eisenbahn-Endpunkte Nijni, Saratow oder
Zaritzyn das Wolga-Dampfschiff bis Astrachan. Von hier bringt
zweimal die Woche ein kleiner Dampfer die Wolga-Passagiere bis vor
das Delta über die Barre des Stromes, wo man dann den Kaspi-
Dampfer besteigt, der den Weg von der Wolga-Mündung bis Petrowsk
z. B. in ungefähr 18 Stunden zurücklegt. Für Waaren, wie gesagt, ist
dieser Weg nach den Küstenorten hin der beste, aber eben auch dann
nur praktikabel, wenn die Wolga und das Nordende des Kaspischen

Meeres, das im Winter auf weite Strecken hin zufriert, eisfrei und schiffbar ist. Der Landweg von Astrachan nach Petrowsk ist wenig geeignet und nur in den seltensten Fällen benutzt, da der Verkehr der tiefen Sumpf- und Wüstengebiete wegen so gering ist, dass Poststationen und Postrelais sich meist in jämmerlichem Zustande befinden.

Dies sind die russischen Communicationsmittel für den Kaukasus. Für die östlichen Gouvernements Orenburg und Turkestan gestalten sich die Verhältnisse noch viel ungünstiger. Im Kaukasus begegnet man überall der europäischen Cultur; Tiflis ist gleichzeitig eine Stadt echt asiatischen und echt europäischen Charakters, in der neben dem orientalischen Bazar des persischen und centralasiatischen Händlers das feine Café eines pariser Restaurateurs friedlich zusammenstehen. Ueber Orenburg hinaus hört dagegen jede Spur europäischer Cultur auf, man tritt nunmehr den rein asiatischen Verhältnissen in ihrer ganzen Wildheit entgegen.

Wie wir früher gesehen haben, reichen die normalen Communicationsmittel, so namentlich die drei Eisenbahnlinien für die Route nach Orenburg und Turkestan bis zur Wolga. Die Station an der Wolga für die turkestanische Strasse ist ausschliesslich Samara. Im Sommer erreicht man diesen Ort wie gesagt mit Leichtigkeit von den genannten drei Eisenbahnstationen Saratow, Nijni und Zaritzyn mittelst der Wolga-Dampfschiffe in wenigen Tagen. Einen grossen Theil des Jahres ist die Schifffahrt auf dem Strome jedoch unterbrochen, weil derselbe von November bis April theils mit Eis bedeckt ist, theils starken Eisgang hat. Für Saratow rechnet man den Aufgang der Wolga am 7. April, die Zeit des Zufrierens am 26. November a. St.*) Für diese ganze Zeit ist die Communication mit Samara eine viel ungünstigere. Zur Reise von Petersburg bleibt dann nur die Station Saratow. Von hier aus muss man mit Posttelega zu Lande die Poststrasse über Wolsk, Sysran und Simbirsk auf dem rechten Ufer oder über Wolsk und Nikolajewsk auf dem linken Ufer benutzen. Der

---

*) Nach dem Petersburger Kalender für das Jahr 1873 (a. St.) für die Orte:
Kasan   Durchschnittszeit des Aufgangs der Wolga 10. April, des Zufrierens 8. Nov.
Saratow   „   „   „   „   „   7. „   „   „   26. „
Astrachan   „   „   „   „   „ 13. März, „   „   2. Dec.

Weg von Saratow über Sysrar (Endpunkt der im Bau begriffenen
Eisenbahn) beträgt 384 Werst, über Nikolajewsk 411 Werst; auf
beiden Strassen braucht der Courier im allergünstigsten Falle
zwei Tage und zwei Nächte und muss die Eisdecke der Wolga
per Schlitten passiren. Für den Eisenbahn-Endpunkt Nijni giebt es
zwei Landrouten nach Samara. Die eine führt von Nijni dem rechten
Wolga-Ufer folgend nach Kasan, 408 Werst, und von hier über Simbirsk nach Samara, 436 Werst, in Summa also 844 Werst (über
120 Meilen). Ein andrer Weg führt von Nijni direct über Sergatsch
und Korsun nach Simbirsk, 466 Werst, und von hier nach Samara,
242 Werst, zusammen 708 Werst (101 Meilen).*) Für beide Routen
würde der Courier mindestens 4 Tage und 4 Nächte ununterbrochener
Fahrt gebrauchen. Eine directe Landverbindung von der unteren
Wolga, Astrachan und Zaritzyn nach Samara giebt es durchaus nicht.
Als einzige Route bleibt somit nur die Linie St. Petersburg-Moskau-
Saratow-Samara. Von Samara führt eine gute Poststrasse über Busuluk grösstentheils dem Flüsschen Samara folgend bis nach Orenburg. Eine Chaussee ist nicht vorhanden, der Weg führt meist durch
sandige Steppen, aber an reichen Ortschaften und Dörfern vorbei und
hat gute und mit Pferden reichlich versehene Relaisstationen. Die
Gegend ist reich an Hülfsquellen und hat nur in den letzten Jahren
durch grosse Trockenheit stark gelitten. Die Entfernung beträgt
421 Werst, und zu ihrer Zurücklegung sind mindestens 36 bis 48
Stunden nöthig. Von den übrigen Strassen, die in der Gouverne-
mentsstadt Orenburg concentrisch zusammenlaufen, ist für eine directe
Communication keine einzige von Wichtigkeit. Eine Strasse führt von
Orenburg über Busuluk, 253 Werst, wo sich der Weg nach Samara
abzweigt, über Tschistopol nach Kasan. Ihre Länge beträgt jedoch
773 Werst, und man müsste somit, um die Eisenbahn bei Nijni zu erreichen, 1168 Werst mit Postpferden zurücklegen. Die beiden andern
Hauptstrassen Orenburgs, von denen die eine nach Norden parallel
dem Uralgebirge auf Perm, die andere längs des Uralflusses auf

---

*) Officielle Russische Postkarte. St. Petersburg 1872. Seltsamerweise ist hier
der nähere Weg Nijni-Arsamas-Korsun nicht markirt.

Uralsk und Gurjew am Kaspischen Meere führt, sind für unsere Betrachtung ohne Bedeutung, da sie zu einer directen Communication unpraktikabel sind und nur zu dem inneren Verkehr des Generalgouvernements benutzt werden.

Verfolgen wir nun auf der soeben beschriebenen Route über Saratow die Reise des Couriers. Derselbe verlässt St. Petersburg mit dem Expresszuge über Moskau Abends 7 Uhr und erreicht am 4. Tage Morgens Saratow. Im Sommer per Schiff langt er am 5. Tage (Minimum 45 Stunden Fahrt) Abends in Samara, wenn Alles gut geht, am 7. Tage in Orenburg an. Im Winter, wenn der Courier den Landweg von Saratow nach Samara einschlagen muss, wird er erst am 8. oder 9. Tage Orenburg erreichen können. Von Reisenden, der Post und grösseren Wagentransporten wird dieselbe Strasse alleinig benutzt. Grosse Wagenzüge, die vermittelst Relaisstationen von den Pferden und Ochsen der Kosaken unendlich langsam vorwärts bewegt werden und ähnlich wie die Karawanen organisirt sind, vermitteln die Verbindung von der Wolga nach Orenburg, der End- und Anfangsstation des Handelsverkehrs zwischen Russland und Asien. Bis Orenburg, höchstens Orsk gehen diese Wagenkarawanen. Dann wird der grösste Theil auf Kameele verladen und weiter durch das Innere Asiens geführt. Endlos zieht sich oft der lange, schlangenartig gewundene Zug der Wagen durch die einförmige sandige Steppe, langsam bewegt sich der schwerfällige, mächtige russische Ochse oder schwarze, gigantische asiatische Büffel unter dem Joche — und nur zuweilen wird das eintönige Knarren der ungeschmierten Holzräder unterbrochen durch das Schreien der in einer Art kleiner Hundehütten von Stroh hoch oben auf den Waarenballen thronenden wilden und rohen Kosakenkutscher. Vor der Kosakenstanize bleibt der seltsame Zug halten. Die Zugthiere werden abgespannt, eine Wagenburg wird aus dem bunt zusammengesetzten Wagenpark errichtet, die Führer lagern sich beim lustig flackernden Feuer zu dem kärglichen Steppenbivouak, bis am andern Morgen die Kosaken des neuen Relais mit ihren Ochsen und Pferden die Wagenkolonne zur Weiterführung nach der nächstliegenden Stanize von neuem bespannen.

Für die Verbindung von St. Petersburg mit den turkestanischen Besitzungen und deren Hauptstadt Taschkend, die als Centrum derselben zu betrachten ist, dient fast ausschliesslich die Strasse über Orenburg. Die Route durch Sibirien ist so unvergleichlich viel länger, dass sie eigentlich nur für den Fall, dass die Postrelais auf der Orenburger Linie in Unordnung oder die Sicherheit durch chiwesische und kirghisische Räuber zu sehr gefährdet ist, von einzelnen Reisenden oder Courieren benutzt werden kann. Von Taschkend führt die sibirische Route, die erst in der neueren Zeit etablirt worden ist, über Tschemkend, 114 Werst, Aulie-Ata, 154 Werst, und Semipalatinsk, 1771 Werst, nach Omsk. Die Entfernung von Taschkend bis Omsk beträgt 2496 Werst oder 356 $\frac{1}{2}$ Meilen. Dann theilt sich die Strasse. Die eine Route geht westlich nach Orenburg über Orsk auf eine Distanz von 1496 Werst, die andere nördlich nach Tobolsk und beträgt 610 Werst. Wir erhalten also für die eine Strasse bis Orenburg die fast unglaubliche Zahl von 3992 W. = 570 geogr. M., für die andere bis Tobolsk die von 3106 W. = 444 geogr. M., Entfernungen, die von einem Courier, selbst wenn er Tag und Nacht durchfahren würde und an allen Relaisstationen Pferde bereitstehend fände, kaum in 17 und 20 Tagen, d. h. 20 mal 24 Stunden, zurückgelegt werden könnten.*)

Die directe und Hauptstrasse nach Turkestan führt von Orenburg, den Lauf des Uralflusses bis Orsk entlang, direct nach der Nordostspitze des Aralsees, berührt dann bei Kasalinsk (Fort Nr. 1) das rechte Ufer des Syr-Darja, dem sie bis zur Stadt Turkestan folgt, um von hier über Tschemkend, Taschkend und schliesslich Samarkand zu erreichen. Von Orenburg bis Orsk (Endstation des Telegraphen) ist die Strasse auf 265 W. gut und führt durch reiche Stanizen, angebautes Land der Uralkosaken und mit leistungsfähigen Relais versehene Stationen. Die Route bildet bis Orsk wenigstens einen erkennbaren Weg, der längs des Ural-Ufers mit Brücken, Dämmen und Geländen versehen ist, im Ural-Gebirge selbst sogar dem Reisenden die Kunst-

---

*) Trotzdem wird auch dieser Weg benutzt, so von vielen Officieren, die im Jahre 1873 nach dem Kriegsschauplatze reisten oder von demselben zurückkehrten, da die Pferde der Orenburger Route durch den anstrengenden Dienst während des Feldzuges fast unbrauchbar geworden waren und die Reisenden deshalb oft Tage lang mitten in der Wüste liegen bleiben mussten. Von Tobolsk bis Perm sind ausserdem noch fast 1000 W. (5—6 Tage Fahrzeit) in Anrechnung zu bringen.

strasse des westlichen Russlands in schwache Erinnerung bringt. Von Orsk an bis Kasalinsk am Syr hört jedoch jeglicher gebahnte Weg auf, und die Route wird nur durch oft 30 bis 40 Werst auseinanderliegende Steppenstationen und Richtezeichen angedeutet, die für den Sommer aus kleinen pyramidenförmigen Erdaufwürfen, für den Winter, wenn die Steppe von einer einförmigen, überall gleichartig aussehenden Schneelage bedeckt ist und absolut gar kein Merkmal zur Orientirung aufweist, aus hohen Richtepfählen oder mit Steppensteinen errichteten Pyramiden bestehen. Diese Route führt bei Orsk über den Uralfluss und folgt dann direct südlich dem Laufe des Or-Flüsschens auf dem rechten Ufer, westlich der niedrigen Steppenhügel des Tschaman-Tau (südlichen Ausläufer des Ural und in dem schon erwähnten Mugadshar-Gebirge endend) bis Domdy, von wo sie sich nach Osten wendet und das Flussgebiet des Irgis bei dem kleinen Fort Karabutak erreicht. Die Route läuft dann in südöstlicher Richtung bis zum Fort Uralskoje am Irgis, nachdem sie die Ufer des im Sommer fast trockenen, nördlichen Armes dieses Steppenflusses mehrfach gekreuzt hat, um von hier an den Salzseen Kyty-Kul und Meldy-Kul vorbei direct südlich durch die Sandwüsten Kara - Kum nach der Nordspitze des Aral-Sees zu führen. Von Uralskoje bis Kasalinsk an dem Sary-Tscheganak-Busen entlang ist der Weg beständig von Sandwüsten eingeschlossen und berührt weder menschliche Wohnplätze noch vegetationsfähige Landstriche. An der Station Dshuljuss, wo sich das einzige aus Stein errichtete Amtsgebäude der ganzen Route befindet, tritt die Strasse in das Gebiet des turkestanischen Gouvernements ein, dessen erster Ort von Bedeutung Fort Nr. 1 oder Kasalinsk ist. Die Entfernung beträgt nach der officiellen russischen Postmarschroute, welche die Distanzen zwischen den einzelnen Stationen aber sehr häufig zu niedrig angiebt, von Orenburg bis Orsk 265 W., von hier bis Fort Karabutak 210 W., bis Fort Uralskoje 182$\frac{1}{4}$ W. und bis Kasalinsk 345$\frac{3}{4}$ W., in Summa also von Orenburg bis Kasalinsk 1003 W. = 143 geogr. Meilen. Die Forts Karabutak und Uralskoje, die aus kleinen verfallenen Erdforts, von wenigen Steinhäusern und etlichen Holzbaracken umgeben, bestehen und ausser der kleinen Besatzung vielleicht kaum 100 Einwohner besitzen, sind

die einzigen bewohnten Orte auf der ganzen Strecke, die als Zwischenstationen oder Etappen für Truppenbewegungen und Transporte benutzt werden könnten. Alle übrigen Stationen bestehen nur dem Namen nach und liegen mitten in der Grassteppe oder Sandwüste ohne
jegliche Ansiedlungen und Ressourcen. Eine kellerartig in die Erde
eingegrabene Erdhöhle, ein Filzzelt, oft nur ein Pfahl, Wasserfass
oder zerbrochene Telega bilden die einzigen Kennzeichen der Station.
Existenzmittel haben die Stationen fast keine, ja an mehreren Stellen
muss das Trinkwasser Meilen weit herbeigeholt werden. Die einzigen
Lebensmittel liefern die Nomaden der Kirghisensteppe, die je nach der
Jahreszeit und den Weideplätzen abwechselnd in der Nähe einer der
Stationen ihre Kibitken für kurze Zeit aufschlagen. Die beiden genannten Forts enthalten spärliche Magazine, die durch Kameele oder
Wagenkarawanen jährlich von Orenburg aus mit allem Lebensunterhalt
versorgt werden müssen und kaum die nöthigen Mittel haben, ihre
eigenen Garnisonen zu unterhalten. Eine marschirende Truppenabtheilung muss ihren Bedarf an Lebensmitteln, Brennmaterial u. s. w. für
die ganze Reise auf Wagen oder Kameelen mit sich führen, und ihr
Marsch gleicht einer vollständigen Expedition. Jede Station soll nach
officieller Bestimmung 15 Relaispferde besitzen. Da solche nur von den
Nomaden bezogen werden können, diese aber in ihren Lieferungen und
ihrem Aufenthaltsort sehr unregelmässig sind, so ist selten die durch
Vorschrift bestimmte Anzahl von Pferden vorhanden. Manche Stationen haben gar keine Pferde; die Post muss dann mit Kameelen bespannt
werden, so namentlich in der Nähe des Aral-Sees, wo Pferde sogar die
kleine Telega durch den tiefen heissen Flugsand der Kara-Kum-Wüste
wohl kaum zu ziehen vermöchten. Die Pferde sind oft so schwach, dass
sie mitten zwischen zwei Stationen liegen bleiben, und da bei den
grossen Entfernungen neue Pferde sehr schwer zu beschaffen sind, der
Reisende wohl Tage lang in der öden Wüste halten bleiben muss.
Speck, Kumiss im allergünstigsten Falle bilden dann die einzigen Lebensmittel des Reisenden, wenn derselbe überhaupt noch das Glück
hat, ein Kirghisenzelt in der Nähe aufzufinden.

Folgende Tabelle der Stationen möchte besser als Worte im
Stande sein, dem Leser einen Begriff von den abnormen und ungün-

9*

stigen Communications - Verhältnissen der Turkestanischen Strasse zu machen:

(7 russ. Werst = ca. 1 deutsche Meile)

Taschkend

Tschemkend	6 Stationen	= 114³/₄ Werst
Turkestan	6 · „	= 155¹/₂ „
Dshulek	5 „	= 204³/₄ „
Fort Perowski	5 „	= 110 „
Fort No. II.	8 „	= 195 „
Kasalinsk (Fort No. I.)	7 „	= 175³/₄ · „

Summa = ... 955³/₄ Werst

Stationen: Junijskaja	14 Werst	
Bik - Baul	16 „	
Golowskaja	13¹/₂ „	
Kamyschly - Basch .	16³/₄ „	
Andrejewskaja . . .	17 „	
Sapak	17 „	
Ak - Dshulpass	17 „	Wüstenstationen
Alti - Kuduk	16¹/₂ „	
Nikolajewskaja . . .	16 „	
Kul - Kuduk	16 „	
Dungurljuk - Sor . . .	15¹/₂ „	
Constantinowskaja .	16¹/₂ „	
Kara - Kuduk	16 „	
Dshuljuss	17 „	(Einziges Stationsgebäude)
Terekli	17 „	
Dshalowli	30 „	(über 40 W. in Wirklichkeit)
Katy - Kul	36 „	(do.)
Dshalangatsch	18 „	(ca. 25 W.)
Fort Uralskoje (Gorod Irgis)	20 „	

345³/₄ „

Stationen: Bus - Gumer	20 Werst	
Kysyl - Jar	14³/₄ „	
Seraly	30¹/₂ „	Wüstenstationen
Kara - Sai	32¹/₂ „	
Kut - Sai	26³/₄ „	
Tschulak - Kairakti .	25¹/₄ „	
Fort Karabutak	32¹/₂ „	

182¹/₄ „

Latus 1483³/₄ Werst

Stationen: Basch-Karabutak . . 20 Werst ⎫   Transport   1483³/₄ Werst
           Domdy . . . . 28¹/₄ „ ⎪
           Bugaty Sai 19   „ ⎪
           Sary-Kamysch 22   „ ⎬ Steppe
           Aral Tjube . . . . . 36¹/₄ „ ⎪
           Istemiss . . . . 25¹/₂ „ ⎪
           Tokan 32   „ ⎭
Orsk am Ural-Flusse 27   „

                                                             210   „

Orenburg am Ural 265   „

Busuluk . . . . 253³/₄ „

Samara a. d. Wolga . . . . 166¹/₂ „

       Von Taschkend bis Samara in Summa 2379 Werst
                                    = 340 Meil.[*]

Diese Tabelle zeigt uns, dass man von Orsk bis Kasalinsk ein Wüstengebiet von 738 Werst oder über 105 Meilen, das ausser den beiden Forts absolut keine Ressourcen bietet und dessen zahlreiche Stationen nur durch klangreiche Namen, keineswegs aber durch wirkliche Orte oder Gebäude bezeichnet werden, zurückzulegen hat.   Von Kasalinsk an tritt der Weg nun allerdings in die wasserreichen Gebiete des Syr - Darja, im Allgemeinen ändert sich der Charakter desselben jedoch wenig bis Tschemkend.   Grosse staubige Sandflächen wechseln mit weiten Grassteppen.   Die Stationen bestehen, wie in der Kirghisensteppe, meist nur aus kleinen Erdhütten.   Die vielfachen Sümpfe und sumpfigen Steppengebiete, so namentlich die ausgedehnten Sümpfe von Bakali - Kora, welche die Strasse vor Fort Perowsk berührt, machen durch ihre fieberschwangeren Lüfte, verbunden mit der grossen Hitze, die Reise längs des Syr - Flusses oft sehr gefährlich.   Im Allgemeinen jedoch ist die Route von Kasalinsk an günstiger als die der vorhin beschriebenen Kirghisensteppe.   Die Syr-Darja-Gebiete sind zum Theil

---

[*] Die Angaben der Distanzen sind nach der officiellen *„Russischen Postkarte St. Petersburg 1872"* und der *„Marschroutentabelle"* Taschkend 1872 möglichst genau zusammengestellt.   Beide Quellen stimmen jedoch nicht absolut genau mit einander überein und zeigen auch kleine Abweichungen von neueren russischen Privatkarten (1874), dem Suworin'schen und St. Petersburger Kalender von 1873 und 1875.   Für die hier maassgebenden immensen Entfernungen, die meist nach Tausenden gemessen werden, können Differenzen von wenigen Wersten kaum in Betracht kommen.   Ausserdem würde es auch schwer zu entscheiden sein, welcher von den verschiedenen officiellen Quellen, von denen keine mit der anderen absolut übereinstimmt, der Vorzug zu geben ist.

cultivirt, zeigen wenigstens noch die Spuren früherer Cultur und Colonisation; Pferde sind hier weniger kärglich vorhanden als in der Kara-
Kum-Wüste. Günstige Zwischenstationen bieten die längs des Flusses
angelegten russischen Befestigungen; und hat man erst die Stadt Turkestan erreicht, so ist man schon im Herzen der Provinz, deren mit
ausgedehnten und wohl bewässerten Gärten und Culturpflanzungen umgebene Städte dem Reisenden oder einer marschirenden Truppe in
jeder Beziehung die nöthigen Subsistenzmittel reichlich zu liefern im
Stande sind. Die Strasse folgt von Kasalinsk bis Fort No. II dem
rechten Ufer des Syr-Darja, läuft von hier um die Bakali-Kora-Sümpfe
herum nach Fort Perowsk, wo sie wiederum dem rechten Ufer des
Stromes entlang über Fort Dshulek bis zur Station Tasch-Suat führt und
dann, sich dem Innern der Provinz zuwendend, die Stadt Turkestan
am Fusse des Kara-Tau-Gebirges erreicht. Von hier bleibt die Route
im Innern des Landes bis Tschemkend und Taschkend und berührt
überall colonisirte und bewohnte Landstriche.   Von Taschkend trennt
sich die Postroute.   Ein östlicher Weg führt am Fusse des Gebirges
nach Chodshend und überschreitet den Syr vor dieser Stadt; ein zweiter, westlicher Weg überschreitet den Syr bei Tschinas und erreicht,
nachdem er ein wüstenartiges, vegetationsloses Gebiet von mindestens
100 Werst zwischen letzterem Orte und Dshisak durchlaufen hat und
durch die gigantische Tamerlans-Pforte*) in das Sarafschan-Gebiet eingetreten ist, die Stadt Samarkand am Nordfusse des bucharischen
Kara - Tau - Gebirges, den Endpunkt der turkestanischen Poststrasse.
Die Gesammtlänge dieser Strasse, von Samara bis Samarkand, beträgt
2651 Werst oder 379 geogr. Meilen.

Will man die Zeit berechnen, die ein Courier von St. Petersburg
nach Taschkend zur Zurücklegung dieser Strecke gebraucht, so kann
man für die gebahnten Strecken, so z. B. zwischen Samara und Orenburg,
die relative Durchschnittsfahrzeit von 9 bis 10 Werst pro Stunde
annehmen, wenn man natürlich die allernöthigsten Aufenthaltszeiten an
den Stationen zum Umspannen, zur Regelung der Postgebühren und
zur Einnahme von Mahlzeiten mitrechnet; denn mit guten Pferden kann

---

*) Die Tamerlans-Pforte, russisch Tamerlanovija Vorota genannt, wird von den
steilen Abfällen des westlichen Nuratanyn - Kara - Tau und östlichen Sansar - Tau
gebildet.

die absolute Entfernung von 20 Werst in einer Stunde im allergünstigsten Falle zurückgelegt werden.*) Für die Wüstenstrecke von Orsk an
bis Taschkend kann man jedoch allerhöchstens und für die günstigsten Fälle 7,5 Werst pro Stunde rechnen. Nehmen wir für den
Courier die allernöthigste Aufenthaltszeit zur Erholung und zur Beschaffung der Post- und Reiserequisiten von 5 Stunden in den Haupt-
stationen Samara, Orenburg, Orsk, Kasalinsk und Fort Perowsk, in
Summa also 25 Stunden als Minimum an, so würde der Courier von
Samara aus, ununterbrochen durchfahrend und ohne aussergewöhnlichen
Aufenthalt oder Unfall, in ca. 13 Tagen und 14 Stunden oder 326 Stunden Taschkend erreichen. Da der Courier, wie wir früher nachgewiesen
haben, am fünften Tage von St. Petersburg aus Samara erreicht, würde
er für die ganze Reise von der russischen Hauptstadt bis Taschkend
19 bis 20 Tage gebrauchen, eine Zeit, die dem absoluten Maximum der
allerschnellsten Beförderung entsprechen würde.**) Postsendungen, die
in gleicher Weise wie die Couriere befördert werden, sind gewöhnlich
einen Monat unterwegs.

Aus diesen Zahlen kann man sich ungefähr ein Bild für die Verhältnisse einer marschirenden Truppenabtheilung, eines Wagentrains
oder einer Karawane machen. Wenn man dabei bedenkt, dass die
Provinz Turkestan alle ihre europäischen Waaren über Orenburg auf
beschriebener Route bezieht, dass ausser den Lebensmitteln eben fast
aller Bedarf von Europa dahin gebracht werden muss, so wird man

---

*) Verfasser, der mit umfangreicherem Gepäck als der eigentliche Militärcourier
reiste und deshalb nicht immer das Maximum der Schnelligkeit erreichte, rechnete
stets 9,2 Werst pro Stunde Fahrzeit. Er langte z. B. in Samara von Kasalinsk aus
erst in 10 Tagen an, während ein Courier diese Entfernung in 8½ Tagen zurücklegen kann. Nach dem Gesetz soll der Fahrer der Posttelegas im Sommer 10 Werst
pro Stunde, im Herbste und zu Beginn des Frühlings 8 Werst pro Stunde zurücklegen, Vorschriften, die aber im asiatischen Russland selten eingehalten werden und
auch kaum zu erreichen sind.

	Stunden Fahrzeit (mit Aufenthalt)		Werst Entfernung		Werst durchschnittl. Fahrzeit pro Stunde
**) Von Samara bis Orenburg	45	=	420	zu	9,3
„ Orenburg „ Orsk	34	=	265	zu	7,8
„ Orsk „ Kasalinsk	94	=	738	zu	7,8
„ Kasalinsk „ Taschkend	128	=	956	zu	7,5
Aufenthaltszeit	25				
Von Samara bis Taschkend	326	=	2379		(8,1 im Mittel)
(13 Tage u. 14 Stund.)					

die schwierige Lage dieses Landes in Bezug auf seine Communicationsverhältnisse annähernd beurtheilen können. Der Syr - Darja, obwohl
schiffbar und sogar von Dampfschiffen befahren, ist als Communicationslinie von nur geringer Wichtigkeit, da das Fahrwasser oberhalb Fort
No. II ein sehr schlechtes ist. Grosse Sümpfe, Sandbänke und Kata-
rakte sperren die Schifffahrt den grössten Theil des Jahres. Das
Fahrwasser in der Nähe von Perowsk ist im Sommer oft kaum einen
Fuss tief, im Frühjahr höchstens 3—4 Fuss. Zahlreiche Irrigationskanäle
führten in alten Zeiten dem Hauptstrome im Sommer drei Viertel seines
Wassers hinweg, um die Culturen der Ufer bis weit in die Wüste hinein zu bewässern und zu erhalten. Wenn auch die Russen einen grossen Theil der Kanäle verstopften, dadurch die Existenz und die Culturen von ganzen Gebieten zerstörten und wieder in Wüste verwandel-
ten, so konnten sie doch nicht alle Bewässerung sistiren, so dass der
grösste Theil des Flusswassers noch immer alljährlich verdunstet.
Eine regelmässige Dampfschifffahrtverbindung für Passagiere oder Waaren existirt deshalb auf dem Syr bis jetzt nicht. Die russischen Dampf-
schiffe werden nur im Dienste der Krone verwandt. Reisende benutzen
die beschriebene Postlinie, Waaren werden ausschliesslich auf Kamec-
len durch eine Karawanengesellschaft auf dem Landwege transportirt.
Ein solcher Waarentransport braucht dann oft von Taschkend nach Samara bis über ein halbes Jahr. Eine marschirende Truppenabtheilung,
die ihren Proviant auf einem Wagentrain mit sich führt, täglich 20
Werst zurücklegt und an jedem vierten Tage einen Ruhetag hat, könnte
im günstigsten Falle den Weg von Orenburg bis Taschkend = 1959
Werst, wenn sie ohne Aufenthalt durchmarschirt, in ungefähr 4¹/₃ Monat zurücklegen.

　　Wir haben bis jetzt die directen Communicationslinien von St. Petersburg nach den Centralpunkten der drei russischen Provinzen, Tiflis,
Orenburg und Taschkend betrachtet. Die Verbindungen zwischen den
einzelnen Hauptstädten untereinander gestalten sich noch viel ungünstiger. Der Kaukasus hat mit Turkestan durchaus keine Verbindung.
Die äussersten Vorposten desselben nach Osten, die kleinen Steppenforts an der Ostküste des Kaspischen Meeres waren bisher durch Sandwüsten und das feindliche Chiwagebiet durchaus von dem Taschkender
General-Gouvernement getrennt. Mit Orenburg steht der Kaukasus nur

von Petrowsk und Baku aus über Astrachan und Samara auf der Wolgalinie, und wie wir früher gesehen haben, nur im Sommer in Verbindung. Im Winter fehlt also eine direkte Communication gänzlich. Nur das General-Gouvernement von Orenburg und Turkestan stehen einigermassen in Berührung miteinander. In administrativer Beziehung und zu Operationszwecken für einen Feldzug nach Central-Asien ist somit eine zuverlässige und praktikable Verbindung zwischen den drei Provinzen eigentlich nur über das gemeinsame Centrum, die russische Hauptstadt St. Petersburg, möglich. Das geistige Centrum für die oberste Leitung, namentlich aber für die gegenseitige Verbindung und das gemeinsame Einverständniss zwischen den Operationen der drei Provinzen bildete während des Feldzuges von 1873 stets St. Petersburg, so dass Meldungen und Instruktionen für die einzelnen Colonnen, so lange sie in der Wüste standen und noch nicht in der Oase Chiwa selbst vereinigt waren, von dem einen Hauptquartier über die betreffende Provinzialhauptstadt nach St. Petersburg zurück und von hier aus wieder über die bezügliche Gouvernementshauptstadt zu dem bezüglichen Stabe gehen mussten.*) Betrachten wir demnächst die Verhältnisse der drei Provinzen einzeln für sich, speciell in Bezug auf Kriegs- und Operationsmittel. —

I. Die Provinz Kaukasus, als Basis für den ersten, den Kaspischen Operations-Abschnitt.

Geographische Lage, Bevölkerung und Eintheilung.

Die Länder des Kaukasus, die zu einer Provinz unter einer die Civil- und Militär-Verwaltung umfassenden Statthalterschaft in administrativer und gouvernementaler Beziehung vereinigt sind, werden im Westen und Osten von dem Schwarzen und Kaspischen Meere, im Süden von Armenien und Persien, im Norden von dem Gebiete der Don-

---

*) So kam es, dass z. B. die bestimmte Nachricht von dem Unglück und der Rückkehr der Markosow'schen Colonne erst anfangs Juli im Hauptquartiere Kauffmann's anlangte.

schen Kosaken und der Kalmüken des Astrachaner Gouvernements eingeschlossen. Im Norden beginnt die Grenze der kaukasischen Provinz
an der Mündung des Kuru - Jeja - Flüsschens in das Asow'sche Meer,
folgt diesem Steppengewässer aufwärts, berührt das Manytschflüsschen
in der Nähe von Jekaterinowskoje und läuft dann den Steppen- und
Salzseen von Manytsch und Sary-Kamysch entlang, ungefähr parallel zu
dem Hauptzuge des Kaukasusgebirges bis zur Mündung des Kumaflusses
in das Kaspische Meer. Die Begrenzung nach Süden und Westen gegen Armenien wird von der Natur nicht genau markirt. Sie beginnt
bei dem kleinen Posten Nikolaja an der Westküste des Continents,
folgt dann zum Theil dem Kamme des armenischen Gebirges über die
russische Stadt Alexandropol, um am kleinen Ararat die persische Provinz Aderbeidshan zu berühren. Die Grenze gegen Persien wird zum
grössten Theil durch den Lauf des Arasflusses, Hauptnebenfluss des
Kur, gebildet. Bis zum Karadulinskischen Posten folgt sie diesem
Flusse, um von hier durch die Mugansteppe dem Kamme der westlichen
Ausläufer des Elbrus - Gebirges entlang an dem Grenzorte Astara das
Kaspische Meer zu erreichen. Das so begrenzte Gebiet, das die verschiedenartigsten Länder und Völker umschliesst und zur Hälfte dem
europäischen, zur Hälfte dem asiatischen Welttheile angehört, umfasst
7981,55 Quadratmeilen mit 4,716,157 Einwohnern, wovon demnach circa
591 Einw. auf 1 □ M. zu rechnen sind.*) Das Kaukasusgebirge durch-
zieht in zwei parallel laufenden Gebirgszügen, wovon das südliche, das
Schwarze Gebirge, sich nicht zur Schneelinie erhebt, das nördliche,
das Weisse Gebirge, durch den Elbrus die Höhe von 17382 Par. Fuss**),

---

*) Nach der Zusammenstellung der kriegstopographischen Abtheilung des Ge-
neralstabes zu Tiflis 1870. (Karte des Kaukasus. 1 : 840.000 — 20 W.)
Nach der Registrande des grossen Generalstabes, Berlin 1873, ist für das Jahr
1867 das Areal incl. innere Gewässer:
Länder des Kaukasus = 7978¹/₆ □ Meilen und 4,661,824 Einwohner.
Nach den neuesten Berechnungen Strelbizki's 1874 wären gegenwärtig für die
Gesammtländer des Kaukasus „8129,73 □ M.“ incl. inneren Gewässer und Inseln des
Kaspischen Meeres mit „4.893.332“, also circa 602 Seelen auf 1 □ M. zu rechnen. —
(Die Berechnungen Strelbizki's erschienen erst während des Druckes.)
Die *Iswestija* der K. Russ. Geogr. Ges. rechnet für das Jahr 1871:
Länder des Kaukasus = 7895,69 □ M. (incl. Binnengewässer) und 4.893.332 Einw.,
so dass hiernach 613 Seelen auf 1 □ M. kommen.
**) Nach der neuesten russischen „*Grossen Generalstabskarte des Kaukasus*“, Tiflis,
Maassstab 5 Werst (1 : 210.000 in 49 Blättern).

durch den Kasbek die von 15524 Par. Fuss erreicht, das beschriebene
Ländergebiet von Nordwesten nach Südosten in seiner ganzen Ausdehnung. Der nördliche ʻdieser beiden Gebirgszüge, unter dem man sich
gewöhnlich den Kaukasus als die Weltscheide zwischen Asien und
Europa, die heilige Grenze der alten Culturwelt vorstellt, theilt das
ganze Gebiet zwischen Schwarzem und Kaspischem Meere von Anapa
an der Meerenge von Kertsch an bis nach Baku im äussersten Osten
auf eine Entfernung von circa 116 geogr. Meilen in die cis- und transkaukasischen Lande und bildet dadurch drei geographisch, ethnographisch und kulturhistorisch durchaus von einander verschiedene Abschnitte. Nach den Abdachungen zu ist das Gebirge kuppig und zeigt
meist kegelartige, nebeneinanderstehende Spitzen und wenig langgezo-
gene Bergrücken. Die in der Mitte steil aufsteigende Gletscherlinie
bildet aber eine fest zusammenhängende unübersteigliche Mauer mit
einzelnen jäh hervorragenden Gipfelzacken. Die Vorberge dieser Central-
kette fallen nach Norden wie nach Süden fast senkrecht zu den Thälern
hin ab und sind nach Süden mit undurchdringlichen Wäldern bedeckt.
Reissende Gebirgsbäche, deren Ränder steil begrenzt und oft kaum
den Raum für einen schmalen Saumpfad bieten, winden sich durch die
engen Thäler; grössere Flüsse dagegen, die breite zugänglichere Thäler oder grössere Gebirgsseen bilden, giebt es gar nicht. Scharf geschieden sind dadurch die Abschnitte, verbunden nur durch die Schifffahrtsverbindungen auf den beiden Meeren, durch den mittleren Haupt-
pass des Gebirges, die sogenannte kaukasische Pforte, durch welche
die kunstvoll angelegte prachtvolle Poststrasse über Wladikawkas nach
Tiflis führt und eine wenig benutzte Poststrasse, die von Petrowsk
nach Baku dem schmalen Küstenrande des Meeres, den das Gebirge
frei lässt, folgt. Die übrigen Gebirgspässe sind nur dem kühnen Saum-
pferde der Gebirgsvölker zugänglich und können als wirkliche Communicationslinien nicht in Betracht kommen. In alten Zeiten waren auch
diese wenigen Verbindungswege durch die sogenannte kaukasische
Mauer, die von Derbend bis hinauf nach der Meerenge von Kertsch
führte und deren Ueberreste noch heutzutage zu erkennen sind, voll-

---

Elbrus = 18526 russ. Fuss = 5646,54 Meter = 17382,52 Par. Fuss.
Kasbek = 16546 „ = 5043,05 „ = 15524,70 „
Nach Klöden 1869: Elbrus = 17425 Par. F. und Kasbek = 15552 P. F.

ständig abgesperrt. Der nördlichste der erwähnten, durch den Kau-
kasusstock hervorgerufenen, streng abgesonderten Abschnitte, gewöhnlich Ciskaukasien genannt, bildet den südlichsten und am tiefsten gelegenen Theil der grossen europäischen Tiefebene.*) Der bei Weitem
grössere nördliche Theil dieses Abschnittes wird von steilen baumlosen
Salzsteppen ausgefüllt, deren Grundwasser, sowie stehende und flies-
sende Gewässer zum grössten Theile salzig sind. Unzweifelhaft war
diese Ebene in vorhistorischer Zeit Meeresboden und bildete mit
den nun getrennten beiden Meerestheilen ein gemeinsames Wasser-
becken. Die Ebene macht festen Anbau und Colonisation nur oasenartig längs der fliessenden süssen Gewässer möglich, alles übrige Gebiet muss den nomadisirenden Stämmen und ihren Viehheerden überlassen bleiben. Nur im Westen, in der Nähe des Asow'schen Meeres,
trifft man Ansiedelungen der Kuban'schen und Don'schen Kosaken, der
ganze mittlere und östliche Theil gehört den Weideplätzen der Nogai-
und Kalmüken-Nomaden an.**) Am Kaspischen Meere zwischen Kuma-
und Terek-Mündung hausen tatarische Stämme, Kirghisen und Turkmenen. Während der ganze Norden der ciskaukasischen Tiefebene ve-
getationslos und fast productionslos ist, zieht sich im Süden längs der
langen Linie des Nordfusses der Kaukasuskette ein 20—25 Meilen brei-
ter fruchtbarer und vegetationsreicher Landstrich hin, dessen üppige
Vegetation durch die beiden dasselbe charakterisirenden Gebirgsströme
Kuban und Terek hervorgerufen wird. Der Kuban, am Fusse des Elbrus entspringend, fliesst westlich, mündet in's Asow'sche Meer und
bildet das fruchtbare, reich bebaute Gebiet der Kuban'schen Kosaken.
Der Terek, unter dem majestätischen Kasbek hervorströmend, wendet
sich östlich, mündet in's Kaspische Meer und umfasst die Länder und
Ansiedelungen der Terek-Kosaken. Beide Flüsse nehmen eine grosse
Anzahl Nebenflüsse aus dem Gebirge auf und bilden in der Ebene ausgedehnte Sümpfe und Wasseradern, die mit fast baumartigem und un-

---

*) Von der Küste des Asow'schen Meeres, die nur wenig über das Niveau des
Schwarzen Meeres sich erhebt, senkt sich die ciskaukasische Ebene allmählich nach
Osten hin, bis sie an den Kuma- und Wolga-Mündungen fast bis zum Niveau des
Kaspischen Meeres herabsinkt, das bekanntlich nach den Iwaschinzow'schen Messun-
gen (1862) 88,2 engl. Fuss unter dem Spiegel des Schwarzen Meeres liegt.

**) Klöden (*Handbuch der Erdkunde, 1869*) rechnet von diesem Gebiet nur 1/10 als
culturfähiges Land, 2/5 völlig unfruchtbaren Boden und die andere Hälfte Weideland.

durchdringlichem Schilfrohr durchwachsen sind. Charakterisirt wird
das ganze ciskaukasische Gebiet durch seine Kosaken- und Nomadenbevölkerung, die (zum grossen Theil) der slavischen, mongolischen und
tatarischen Race angehört und circa 1 Million Köpfe zählen möchte.

Den zweiten, mittleren Abschnitt der kaukasischen Länder bildet
der nördliche Hauptzug des Kaukasusgebirges selbst; er wird von
den wilden, kriegerischen Bergvölkern bewohnt, die so lange Jahre
hartnäckig sich dem Vordringen der Russen aufopfernd entgegensetzten. Die Südabhänge nach Transkaukasien, seine Westabhänge nach
dem Schwarzen Meere hin, bilden von der Natur im höchsten Grade
gesegnete Landstriche. Hoch auf den Bergen herrliche Viehweiden,
in den Thälern fruchtbarer Ackerboden. Die Hänge des Gebirges sind
von dichten wundervollen Wäldern bedeckt, die neben der majestätischen nordischen Buche den südlichen Lorbeer beherbergen, überall
durchrankt und durchschlungen sind von der wild wuchernden Weinrebe und mit all' den hier wild wachsenden Obst- und Zierbäumen
Europa's das vielleicht einzige Bild eines europäischen Urwaldes geben
möchten. Hier ist die Wohnstätte aller Arten des Wildes, die gleichzeitig dem asiatischen und europäischen Welttheile angehören, das
Vaterland der Fasanen. Auf Höhen, wo in der Schweiz längst die
ewige Schneelinie begonnen hat, stehen hier noch wohlhabende Ansiedelungen, üppige Grasweiden und dichte Kiefern- und Laubholzwälder.
Die Mitte des Hochgebirges, zum Theil auch der Nordrand desselben,
ist baumlos und zeigt mehr den Charakter des hohen Alpengebirges.
Das beschriebene Gebiet ist die Heimath der Tscherkessen, Abchasen,
Osseten, Tschetschenzen und Lesgier. In dem Gebiete dieser letzteren, Daghestan, dem nordöstlichen am Kaspischen Meere gelegenen
Theil des Abschnitts, fiel vor wenigen Jahren der letzte Kämpfer für
die Freiheit und Unabhängigkeit der Bergvölker, Schamyl, in russische
Gefangenschaft. Seitdem herrscht die russische Krone im ganzen Gebirge bis in die fernsten Schlupfwinkel und engsten Alpenschluchten
hinein. Die charakteristische Bevölkerung dieses mittleren Gebirgs-
abschnittes, den man als den centralkaukasischen bezeichnen könnte,
ist die seit Urzeiten eingesessene kaukasische, die seit Jahrhunderten,
ja seit Jahrtausenden vielleicht schon in dem Gebirge gehaust und bis
zur Gegenwart sich unverfälscht trotz der grossen Völkerströme, die

aus dem Innersten Asiens nördlich und südlich derselben sich nach
Westen erstreckten, erhalten hat. Der Ursprung der verschiedenen
Völkerstämme, die zusammen ungefähr 1½ Millionen zählen mögen und
hier in dem wilden Gebirge zusammenhausen, ist ein sehr verschiedener
und problematischer. Von Westen nach Osten gehend, trifft man die
tscherkessische, die abchasische, ossetische Sprache; im Osten, in
den Gebieten der Tschetschenzen und Lesgier, zählt man sogar 30
verschiedene Sprachen und Dialekte. Gleichheit oder Aehnlichkeit
der Sitten und Trachten, vor Allem aber der Religion, die bei den 53
Völkerschaften und 14 verschiedenen Stämmen (mit sehr geringen Ausnahmen ist das Christenthum in das Gebirge eingedrungen) durchweg
dieselbe, die muhamedanische, ist, schlingt ein gemeinsames Band um
das grosse Völkerconglomerat, das vor der Zeit der russischen Herrschaft durch den gemeinsamen fanatischen Slaven- und Christenhass
und gleiche Kampfeslust innig verknüpft war! Seit dem Jahre 1864,
dem Falle Schamyl's, hat der offene Widerstand der Gebirgsvölker gegen die russische Herrschaft aufgehört. Man kann deshalb aber noch
nicht sagen, dass Russland vollständig und unumschränkt Einfluss in
dem Gebirgsdistrikt gewonnen habe. Ein grosser Theil der Bevölkerung, im Jahre 1864 allein 318000, wanderte nach der Türkei aus
und entzog sich so der russischen Gewalt. Ein grosser anderer Theil
hat in vielen Dingen seine Unabhängigkeit bewahrt, trägt z. B. noch
Waffen, welche Russland, allgemeine Auswanderung befürchtend, ihnen
nicht zu nehmen wagt, und wird durch ein System kleiner detachirter
Forts beherrscht, welche den grössten Theil der kaukasischen Armee
dermassen engagiren, dass diese zu einem ausländischen Kriege Russlands kaum Verwendung finden könnte!

Südlich des soeben beschriebenen Gebirgszuges bis zu der persisch-
türkischen Grenze hin erstreckt sich der dritte Abschnitt, meist Transkaukasien genannt und schon dem asiatischen Welttheile geographisch
sowohl, als was Vegetation, Thierwelt, Bevölkerung und Volksleben
anbelangt, angehörig. Dieser Abschnitt ist charakterisirt durch die
Georgischen Fürstenthümer Georgien, Mingrelien, Gurien und Kachetien,
die sich über die wunderbar fruchtbaren, paradiesischen Südabhänge
des Kaukasus und die Thäler des nach Westen in's Schwarze Meer
fliessenden Rion und des nach Osten dem Kaspisee zuströmenden Kur

ausdehnen. Unbeschreiblich herrlich sind die Thäler und Hänge Mingrelien's und Kachetien's. Wer kennt nicht das von dem Dichter ver-
herrlichte Georgien, das so hoch gepriesene Schirwan, die heilige
Ebene des Kur und Araxes, wer nicht das wunderbare Weideland der
Karabag, das Vaterland des dem arabischen Vollblut wenig nachstehenden Pferdes? Nach Süden zu steigt das Land wieder zu den kaukasischen und anatolischen Alpen auf, in deren Mitte der majestätische hohe
Ararat isolirt hervortritt. Hier ist das Gebiet des russischen Arme-
niens, dessen Land, so lange es gute Bewässerung hat, ausserordentlich
fruchtbar ist, dessen Höhen aber kahl und leer, ohne irgend eine Vegetation sind. Dieser dritte, südliche, transkaukasische oder asiatische
Abschnitt wird charakterisirt durch den georgischen Volksstamm, der
vornehmlich aus den Kachetiern, Imeretiern, Mingreliern und Guriern
besteht, seit den ältesten Urzeiten unter souveränen Fürsten lebte, die
in den frühesten Zeiten schon das Christenthum annahmen und dann
freiwillig sich der russischen Krone unterwarfen, als sie sich zu schwach
zu fühlen begannen, ihre Unabhängigkeit gegen die Einfälle persischer
Tyrannen oder Räuber einerseits, gegen die raub- und kriegslustigen
Gebirgsvölker des Kaukasus andererseits zu behaupten. Der südlichste
Theil des Abschnittes wird von Armeniern bewohnt. Ausser dieser
eingesessenen Bevölkerung beherbergen die kaukasischen Länder Tataren, Türken, Kurden, Perser, Russen, Deutsche (Colonien), Franzosen
und Juden. Die transkaukasische Bevölkerung möchte ungefähr 2,2 Millionen Köpfe umfassen.

Diese drei durch Natur, Lage und Bevölkerung so durchaus verschiedenen und heterogenen Abschnitte sind zu einem gouvernementa-
len Ganzen, der Provinz oder Statthalterschaft Kaukasus mit dem Centralpunkt und Stabsquartier Tiflis vereinigt. Welch' ein buntes Gemisch
von Racen, Stämmen und Völkerfamilien in diesem staatlichen Verbande
zusammengedrängt ist, geht schon allein daraus hervor, dass die kaukasische Bevölkerung über 68 Sprachen und Dialekte besitzt, während
das ganze Russland inclusive des Kaukasus nur deren 115 zählt! Der
Statthalter, der direkte Vertreter der russischen Majestät, ist Seine
Kaiserliche Hoheit der Grossfürst Michael Nikolajewitsch, der im Winter
in der Hauptstadt Tiflis, im Sommer auf seinem paradiesischen Land-
sitz Borschom residirt und dem als militärischer Adlatus (Adjoint) der

Fürst Mirsky, als Verwaltungschef Baron Nikolai zur Seite steht. In den Händen des Statthalters ist die oberste Civil- und Militair-Verwaltung, wovon erstere sich in mehrere Special-Abtheilungen theilt, in Verbindung mit dem kaukasischen Comité des Reichsrathes in St. Petersburg steht, welchem die specielle Durchsicht und Beurtheilung aller der auf das Kaukasusgebiet sich beziehenden Angelegenheiten obliegt, letztere in einer Art kleinen kaukasischen Generalstabes unter Leitung des Generalstabschefs, Generals v. Swistunow, gipfelt. Die Militärverwaltung ist im grossen Ganzen analog der in allen 14 Militärbezirken (Okrugs) des ganzen russischen Reiches nach territorialem Princip überhaupt eingeführten. Ausserdem besteht aber im Kaukasus eine besondere Abtheilung für die Militärverwaltung und Organisation der Militärcommandos in den Gebirgsgebieten, wo die noch immer nicht ganz gefügige Haltung der noch Waffen tragenden, unbotsmässigen und freiheitsliebenden Gebirgsvölker, so namentlich der Provinz Daghestan und Suchum, besondere militärische Maassregeln verlangt. Das unsichere Verhalten jener Gebirgsvölker, die ihre alte Unabhängigkeit noch immer nicht ganz verschmerzen können, sowie die Verschiedenheiten und Contraste der Bevölkerung und örtlichen Verhältnisse haben in der Verwaltung eine normale Eintheilung wie im europäischen Russland noch nicht ermöglicht. Der ganze Kaukasus ist eingetheilt in sechs Gouvernements (Militär- und Civil-Verwaltung ähnlich der des europäischen Russlands), die wiederum in Kreise oder Bezirke (Ujäsd) zerfallen, in 3 Gebiete (Oblasti), 2 Militärkreise (Okrugs) und eine Kriegsabtheilung, wovon die letzteren eine Verwaltung von vorwiegend militärischem Charakter haben.*) Die Eintheilung der kaukasischen Provinz gestaltet sich demnach wie folgt:

---

*) Im Allgemeinen ist Russland in Gouvernements, Gebiete und Länder eingetheilt; an Orten, wo zufolge besonderer politischer Bedingungen eine erhöhte lokale Thätigkeit der Regierung nöthig ist, sind Generalgouvernements oder Statthalterschaften eingerichtet, welche mehrere Gouvernements oder Gebiete umfassen. Mit dem Namen „Gebiete" (Oblasti) werden solche Theile bezeichnet, die, in administrativer Beziehung den Gouvernements ähnlich, entweder erst kürzlich mit dem Reiche vereinigt sind und deshalb abweichende örtliche Einrichtungen behalten haben, oder in welchen die Gouvernementsverfassung nicht vollständig durchgeführt werden konnte. „Länder" (Semli) bilden die Länder der Kosaken, welche halb militärisch, halb civil verwaltet werden. Im Kaukasus sind ausnahmsweise die Kosaken des Kuban und Terek in Gebieten zusammengefasst. Diese sowie das Gebiet Daghestan stehen unter einem Militärgouverneur und zerfallen in verschiedene Militärkreise (Okrugs),

Bezeich-nung.	Name und Bezirksstadt.***)	Eintheilung.	Geogr. ☐ Meilen excl. innere Gewässer **) 1870.	incl. inn. Gewäss. u. Ins. Strelbizki*) 1874.	Einwohnerzahl nach Quellen: **) 1870.	1871.
I. Nord - Kaukasus 4095,54 ☐ M. ncl. innere Gewässer (1874)	Strawropol St. = 23.612 Einw.	Gouver-nement 3 Ujäsds 3 Semlis	1283,83	1252,76	382.965	437.118
	Kuban	Gebiet (Oblast) 5 Ujäsds	1697,00	1748,35	606.808	672.224
	Terek (Ter'sches) Wladikawkas = 15.000 Einw.	„ 7 Okrugs	1069,00	1094,43	477.299	485.237
II. Süd-Kaukasus 4031,98 ☐ M. incl. innere Gewässer (1874) 2,21 ☐ M. Inseln des Kaspischen Meeres.	Tiflis St. = 70.501 Einw.	Gouver-nement 6 Ujäsds	732,80	734,41	599.098	606.584
	Kutaiss St. = 12.165 Einw.	„ 7 „	378,06	376,06	592.061	605.691
	Eriwan St. = 15.040 Einw.	„ 5 „	497,44	501,80	445.682	452.001
	Elisabethpol St. = 16.167 Einw.	„ 5 „	794,57	805,12	513.006	529.412
esammt-Land-Areal*) = 8051 ☐ M. seln des Kasp. M. = 2,21 „ an. Gew. = 76,52 „ ————— 8129,73 ☐ M.	Baku St. = 15.604 Einw.	„ 6 „	708,54	712,68	496.073	513.560
	Daghestan Schura = 5.094 E.	Gebiet 9 Okrugs	519,17	541,91	469.189	448.299
	Suchum St. = 1612 Einw.	Kriegs-abthei-lung 3 „	132,85	156,71	66.151	70.701
	Sakatali	Okrug	—	72,39	76,19	57.945	56.802
	Tschernomorsk Noworossysk = 1.862 Einw.	„	—	96,00	129,31	9.880	15.703
Total.	**Gesammt-Länder des Kaukasus**)**		7981,55	8129,73	4.716.157	4.898.332

denen wiederum höhere Offiziere, Obersten oder Generäle, vorstehen. Das Suchum-gebiet hat noch strengere militärische Organisation und bildet eine sogenannte Kriegsabtheilung.

    *) Das Areal der inneren Gewässer beträgt nach Strelbizki 76,52 ☐ M. für den ganzen Kaukasus (Berechnung der Oberfläche des russischen Reiches unter Kaiser Alexander II. von Strelbizki, Oberst im Generalstab, Petersburg 1874). In der Ta-belle für die Kaukasusländer giebt Strelbizki das Gesammtareal für die Summe der einzelnen Provinzen in der Werst-Rubrik zu 393.353,8 ☐ Werst oder in der Meilen-Rubrik = 8.129,73 ☐ Meilen an. Rechnet man den Werth einer russischen ☐ Werst = 0,0206743 geogr. ☐ Meilen, so stellt sich eine kleine Differenz mit der Strelbizki-

Nach den neuesten Angaben beträgt somit das Areal der kaukasischen Länder 8129,₇₃ oder genauer 8129,₆₁ geographische ☐ Meilen, mit

schen Reducirung von ☐ Werst in geogr. ☐ Meilen heraus. 393.353,₈ ☐ Werst sind = 8129,₆₁ geogr. ☐ Meilen. (Aehnliche Differenzen, vergleiche folgende Anmerkung, Petermann's Ergänzungsheft No. 35 und St. Petersburger Kalender 1875.)

**) Nach der Zusammenstellung der „*Karte der kriegs-topographischen Abtheilung des Generalstabes zu Tiflis* pro 1870 (Areal und Bevölkerung). Während des Druckes erschien die Strelbizkische Berechnung pro 1874 zu 8129,₇₃ oder richtiger 8129,₆₁ ☐ M., welcher dann die Bevölkerungsangabe pro 1871 der Iswestija noch vergleichend gegenüber gestellt wurde. Die Städtebevölkerung ist dem *St. Petersburger Kalender* pro 1875 entnommen. Nach den „*Iswestija*" der kaukasischen Section der Kaiserl. Russ. Geogr. Gesellschaft beträgt für das Jahr 1871 die Bevölkerung Kaukasiens 4.893.332 auf 7895,₆₉ ☐ Meilen (inclusive Binnengewässer), so dass danach 613 Seelen auf 1 ☐ Meile kommen. Bei dieser Berechnung sind jedoch ebenfalls kleine Abweichungen von den russischen Angaben in Quadratmeilen zu berücksichtigen, welche sich bei der Reducirung von russischen Quadratwerst in geogr. Quadratmeilen ergeben. (Ergänzungsheft zu Petermann's *Mittheilungen* No. 35, pag. 36, 1874.) Wie wenig die neuesten Areal-Berechnungen von Strelbizki mit den älteren Angaben übereinstimmen, ist schon aus der vorhergehenden Anmerkung ersichtlich. Und selbst der neueste Suworin'sche Kalender für 1875 giebt abweichend von Strelbizki 1874 noch das Areal der Kaukasusländer zu 7.943 ☐ M. (pro 1871) an. Der St. Petersburger Kalender 1875 hat offenbar nur die neueste Strelbizkische Berechnung benutzt. Die Arealangaben für die einzelnen Provinzen der kaukasischen Länder stimmen zur Hälfte absolut genau mit Strelbizki überein, zur Hälfte zeigen sie Differenzen in den Decimalstellen. Die Strelbizkische Summenzahl für den Kaukasus ist 8129,₇₃, die des St. Petersburger Kalenders richtiger 8129,₆₁. (Wahrscheinlich Correctur der Strelbizkischen Reducirung von ☐ Werst in geographische ☐ Meilen [?].)

***) Die Angaben für die Städtebevölkerung des St. Petersburger Kalenders 1875 stimmen nicht immer mit denen des Suworin'schen Kalenders 1875 überein. Ersterer giebt z. B. für Tiflis 61.591 (?) Einw., für Kutaiss 12.165 Einw.; Letzterer für Tiflis 70.591, für Kutaiss 10.525 (?).

Die Zusammenstellung der beiden statistischen Kalender lässt in interessanter Weise erkennen, wie sehr die Städtebevölkerung in den letzten Jahren zugenommen hat. Wir finden:

	1873		1875	
In Tiflis	=	69.937 Einw.	—	70.591 Einw.
„ Stawropol	=	20.927	„	— 23.612 „
„ Kutaiss	=	8.263	„	— 12.165 „
„ Wladikawkas	=	8.924	„	— 15.000 „
„ Eriwan	=	14.342	„	— 15.040 „
„ Baku	=	12.380 ·	„	— 15.604 „

Eine Ausnahme hiervon macht Noworossysk im Tschernomorsker Kreise. Die Einwohnerzahl wird 1873 zu 4531 Seelen, 1875 blos noch zu 1862 Seelen angegeben. In gleicher Weise ist eine Abnahme der Bevölkerung in dem centralkaukasischen Abschnitte, dem Gebiete der ureingesessenen muhammedanischen Bergvölker, die, wie schon erwähnt, noch immer nach den türkischen Ländern auswandern, wahrnehmbar. Bisher waren genaue statistische Angaben über dieselben zu sammeln sehr

4.893.332 Einwohnern, wonach 602 Köpfe auf 1 geogr. ☐ M. zu rechnen
sind. Ausser diesen Gebieten gehören nun noch die russischen Ansiedelungen und militärischen Stützpunkte an der Ostküste des Kaspischen
Meeres zu der Verwaltung der kaukasischen Statthalterschaft. Wie
die geschichtliche Uebersicht schon nachwies, bestanden dieselben im
Norden aus den Gebieten, die das Fort Alexandrowsk umgeben und
gewöhnlich mit dem Namen Mangischlakgebiet bezeichnet werden, und
im Süden aus den Balkan- und Atrek-Distrikten, gebildet durch den
Küstenstrich, der sich von dem Fort Krassnowodsk nach Süden bis
zum Fort Tschykyschlar hinzieht. Eine feste Grenze nach Osten hin
besassen diese Gebiete, die zum grössten Theile Wüste sind, keineswegs. Sie bezeichneten überhaupt weniger einen bestimmten Terrain-
abschnitt, als vielmehr den Rayon der russischen Machtsphäre, soweit
er sich auf die benachbarten Kirghisen- und Turkmenenstämme erstreckte und im Stande war, diese dauernd tributär zu machen. Nur
die allernächste Umgebung der kleinen Forts konnte vor dem Jahre
1873 eigentlich als russisches Land betrachtet werden; und selbst
dieses kleine Gebiet war, wie wir früher schon gesehen haben, vor
chiwesischen Ueberfällen und Raubzügen nie ganz sicher gewesen. Bis
1874 gehörte der Mangischlak-Distrikt in administrativer Beziehung zu dem
Ural'schen Kreise des Generalgouvernements Orenburg. Thatsächlich aber,
namentlich was die militärische Verwaltung betraf, stand derselbe unter dem
Commandanten des Alexandrowsker Postens, Oberst Lomakin, der seinerseits wieder dem Gouverneur von Daghestan in Temir-Chan-Schura, General-
Adjutanten Fürst Melikow unterstellt war. Oberst Markosow, ein kauka-

---

schwierig und zum Theil unmöglich, da sich statistischen Untersuchungen mancherlei
Vorurtheile und Hindernisse bei den strenggläubigen Anhängern des Islam in den
Weg stellten. So z. B. werden bei den Muhammedanern keine Geburtsregister geführt, Nachfragen über Geburten oder Bestand der Familien werden als beleidigende
Neugierde oder Verletzung der Sitte und des Anstandes betrachtet, Volkszählungen
erregen den Verdacht und die Befürchtung, man wolle neue Steuern erheben oder
die bestehenden erhöhen u. a. Nach dem kürzlich veröffentlichten *„Sbornik"* der Verwaltung der kaukasischen Bergvölker in Tiflis betrug die Einwohnerzahl der kaukasischen Bergvölker nur noch 907.633 Seelen (vergl. pag. 142), wovon 41.015 männ-
liche und 38.444 weibliche auf das Kuban'sche Gebiet, 147.510 m. und 138.059 w. auf
das Terek-Gebiet, 28.009 m. und 24.206 m. auf den Bezirk Sakataly, 213.229 m. und
212.228 w. auf das Daghestan'sche Gebiet und 34.848 m. und 30.085 w. auf den Suchum'schen Militärbezirk zu rechnen sind. *(Russische Revue* III. 12. 1875. Kleine
Mittheilungen.)

sischer Generalstabsoffizier, verwaltete den Krassnowodsker Distrikt und
stand direkt unter dem Generalstab zu Tiflis. In beiden Distrikten
herrschte der Kriegszustand und die Truppen standen in mobilem Verhältniss. Neuerdings, seit dem März 1874, sind dieselben nun zu einem
gemeinsamen Militär- und Civilbezirke (Otdjil), dem sogenannten Trans- oder
Hinterkaspischen vereinigt und direkt der Verwaltung und dem Oberbefehl des Statthalters in Tiflis unterstellt worden.*) Dieser neue
Transkaspische Bezirk ist nunmehr ganz von dem Uralschen Kreise abgetrennt, gehört zu Kaukasien und hat seine bestimmte Begrenzung erhalten;
er ist im Westen vom Kaspischen Meere, im Norden von dem Mertwy-
Kultuk oder todten Meerbusen, im Süden vom Atrek und im Osten vom
Aralsee und der allerdings sehr unbestimmten Grenze des Chanats Chiwa
eingeschlossen und umfasst ausserdem noch die sämmtlichen Inseln an
der Ostküste des Kaspischen Meeres, so namentlich Swjatoi, Kuljaly,
Podgorny und die durch ihre Naphtaquellen bekannte Insel Tscheleken.
Das ganze Gebiet ist nun in zwei Aufsichtsbezirke eingetheilt, wovon
der eine unter dem aus den Wüstenzügen der Mangischlak-Abtheilung
1873 bekannten Obersten Nawrodski in Alexandrowsk, der andere in
Krassnowodsk unter der Verwaltung des Generals Lomakin steht, der
ausserdem der Chef des ganzen Hinterkaspischen Gebietes ist. Der
Mangischlaker Distrikt (Prisstawstwo) zerfällt in 3 Kreise (Wolosste),
den Mangischlak-, Busatschi- und Turkmenen-Kreis.**) Statistisches ist bis jetzt über jene Lande kaum mitzutheilen, da eine ge-

---

*) Correspondenz „Vom Kaspischen Meer“, Moskauer Zeitung. 1874.

**) Ein Ukas vom 22. December 1874 bestimmte auf den Vorschlag des Gene-
rals Lomakin die neue Eintheilung des Mangischlaker Distrikts: 1. Der Turkmenen-
kreis umfasst die Weiden und Fischerei-Anstalten der Turkmenen, die sich in langer
Linie längs dem Ostufer des Kaspischen Meeres vom Fort Alexandrowsk an bis zum
Nordende des Karabugas-Busens hinziehen.

2. Die Grenzen für den Kreis Mangischlak sind: Im Norden, eine Linie, die
vom Brunnen Dshuss-Su am Kaschak-Busen über die Höhenzüge Ak-Tau und Ak-
Dshul hinläuft. Im Osten, der Tschink, Steilabfall des Uest-Jurt bis zum Brunnen Kara-Kin. Im Süden, eine Linie, die vom Brunnen Kara-Kin an durch die
Brunnen Tamly, Bak-Ujuk, Temir, Defe, Tschaganak und Kara-Schagly bezeichnet
wird. Im Westen, der lange Küstenstrich des Turkmenenkreises.

3. Der Kreis Busatschi wird von der Halbinsel gleichen Namens gebildet und
findet nach dem südlichen Continent seine Abgrenzung durch die beschriebene Nordgrenze des Mangischlakkreises.

Jeder Kreis erhält einen Verwaltungs-Chef mit einem Gehalt von 300 Rubel.
(Russischer Invalide No. 3. 1875.)

regelte Ordnung in den ausserdem von Natur und Bevölkerung sehr vernachlässigten Landstrichen noch immer nicht eingetreten ist. Eine ungefähre Idee von den Verhältnissen kann man sich aus den Mittheilungen des „Kaspischen Correspondenten" über das Budget machen, das nunmehr in der neugebildeten Provinz maassgebend sein soll. Dasselbe soll mit 40133 Rubeln Ausgaben abschliessen, worunter 9000 Rubel für Wege, Jahrmärkte, Schulen, Ausbau der befestigten Orte und allgemeine Colonisation gerechnet werden. Für die Centralverwaltung sind nur 18763 Rubel und für die Mangischlak'sche Verwaltung 10200 Rubel ausgesetzt, Summen, die gegenüber dem Budget der turkestanischen Provinz sehr gering erscheinen. Diesen Ausgaben steht ein Einnahme-Etat von 41000 Rubel entgegen. Unter den Einnahmen figuriren vor Allem 36000 R. Kibitken‑Steuer der Kirghisen und ungefähr 1950 R. der Turkmenen, deren regelmässiger Eingang jedoch auch jetzt noch ein sehr ungewisser sein möchte. Eine Verbesserung der Bevölkerungsverhältnisse soll ausserdem durch eine Uebersiedelung der in zwei Kreisen des Astrachan'schen Gouvernements nomadisirenden Turkmenen nach der Halbinsel Mangischlak bewirkt werden (siehe Historische Uebersicht). — Strelbizki rechnet für das Areal des Transkaspischen Bezirks, den er im Süden durch den Atrek, im Osten durch das Chanat Chiwa begrenzt, 5939,85 $\square$ M.*) incl. 25,94 $\square$ M. für die zu genanntem Bezirke gehörigen Inseln des Kaspischen Meeres.

Nach den allerneuesten Daten hätten wir somit pro 1875 für das Gesammtareal, das unter der Verwaltung der kaukasischen Statthalterschaft steht, 8129,61 + 5939,85 = 14.069,46 $\square$ M. inclus. innere Gewässer und Inseln des Kaspischen Meeres zu rechnen.**) Die Bewohner des Transkaspischen Gebietes, durchweg kriegerische, Russland zum Theil in offener Feindschaft gegenüberstehende Turkmenen und Kirghisen, sind ihrer Anzahl nach nicht festgestellt, wären ausserdem jetzt noch nicht als russische Unterthanen zu rechnen. Die Einwohnerzahl des ciskaspischen Verwaltungsrayons, neuerdings zu 4.893.332 angegeben, liefert den Beweis, dass trotz der vorher erwähnten Auswanderung der kaukasischen Bergvölker (siehe Anmerkung 3 pag. 147) die Einwohner-

---

*) Nach Strelbizki = 287.401,3 $\square$ Werst, was für $\square$ Meilen 5939,85 und nicht 5939,91 ergiebt.
**) Exclus. Kaspisches Meer ohne Inseln = 7980,20 $\square$ Meilen (386.124,3 $\square$ Werst).

schaft in den letzten 10 Jahren sich ganz bedeutend, beinahe um $\frac{1}{3}$ vermehrt hat. Brix z. B. giebt die Einwohnerschaft des Kaukasus für das Jahr 1863 zu 3.800.000 Seelen an.*) Wahl rechnet noch 1875 blos 4 Millionen Seelen auf den Kaukasus, wovon $1^3/_4$ Millionen Christen und $2^1/_4$ Millionen Muhammedaner. Die kaukasische Bevölkerung setzt er aus 530 Tausend Georgiern, 650 Tausend Lesgiern, 150 Tausend Tschetschenzen und 500 Tausend Tscherkessen, die iranische Race aus 30 Tausend Osseten, 18 Tausend Persiern, 11 Tausend Kurden, 365 Tausend Armeniern zusammen. Ausserdem zählt er 900 Tausend Tataren, 32 Tausend Kalmüken, 11 Tausend Juden, 5 Tausend Griechen, 5 Tausend Germanen und 3 Tausend Zigeuner. Die russische Bevölkerung giebt er zu 760 Tausend Seelen inclusive Kosaken an.**) Die Angaben Wahls entstammen jedenfalls älteren Quellen; denn nach ihm zählten die kaukasischen Bergvölker, die er unter Lesgier, Tschetschenzen und Tscherkessen zusammenfasste, 1.300.000 Seelen, während, wie aus vorstehender Anmerkung ersichtlich, der kaukasische Sbornik, gewiss die authentischste Quelle, neuerdings nur 907.633 Seelen rechnet. Die Wahl'sche Berechnung möchte somit für die Mitte der sechziger Jahre gelten und in interessanter Weise einen Beleg für die Seite 142 erwähnte grosse Ausdehnung der muhammedanischen Auswanderung seit dem Falle Schamyl's in dem letzten Jahrzehnt bilden. —

Allgemeine Verhältnisse und Truppenstärke des kaukasischen Militärbezirks.

Der Kaukasus ist der einzige von den drei hier zu besprechenden Militär - Distrikten, überhaupt von allen asiatischen Militär - Bezirken, dessen Kriegsmacht neben Grenz- und Irregulär - Truppen zum hervorragendsten Theile aus Truppen der russischen Linien- oder Feldarmee besteht. Der hartnäckige Widerstand, den die kriegslustigen und tapferen Bergvölker des Kaukasus fast ein halbes Jahrhundert dem Vordringen russischer Herrschaft entgegensetzten, mag der Grund hiervon gewesen sein. Die kaukasischen Truppen bilden jedenfalls den besten Bestandtheil, gewissermaassen die Perle der russischen regulären Armee, weil sie sich seit ihrem Bestehen durch langjährige

---

*) Brix, *Die Kaiserlich Russische Armee*, 1863.
**) *The Land of The Czar* by O. W. Wahl. London 1875. Vergleiche Anmerkung 1 pag. 138 und Anmerkung 2 und 3 pag. 145 und 146.

Kämpfe in den Schlupfwinkeln des Kaukasus fortdauernd im Kriegszustande befunden, in demselben sich herangebildet und während langer Jahre bewährt haben. Fast jedes Regiment trägt einen historischen Namen, der die Erinnerung an berühmte Gefechte, heisse Kämpfe und Belagerungen aus den Zeiten der kaukasischen Gebirgskriege bei jedem Russen wachruft. Die Leute haben in den alten Regimentern nach der neuen Organisation vielfach schon gewechselt, so dass man in den Feldregimentern nur wenige Veteranen findet, die noch Schmarren aus den heissen, kaukasischen Feldzügen aufzuweisen haben. Wohl bekannt aber ist den Ersatzmannschaften und Rekruten der Ruhm der alten Regimenter, stolz tragen sie die Regimentsnummer ihrer heldenmüthigen, kriegserprobten Vorgänger und sind ihrerseits ängstlich bemüht, den vergangenen Vorbildern rühmlichst nachzueifern. Die ersten und ehrenvollsten Posten der Civil-Verwaltung bekleiden jene mit dem Kaukasuskreuz auf der Brust geschmückten Veteranen, denen als alten Kriegshelden der Nationalstolz von Jung und Alt mit Ehrerbietung und Bewunderung huldigt. Unterofficiere und Officiere tragen noch heute die Brust voller Orden und Medaillen, die alle in heissen Gebirgsschlachten erworben sind, und frisch leben in aller Munde die Historien und Lieder der vergangenen Ruhmeszeit. Das kaukasische Officierkorps macht hervorwiegend einen guten und gewinnenden Eindruck. Alles, was Unternehmungsgeist, Kampfeslust und Thatendrang besass, ging zur kaukasischen Armee, um mit dem Schwert in der Hand Carriere zu machen. Officiere fast aller Nationen*) sind in demselben vertreten und bilden, was militärisches Streben und Rührigkeit betrifft, vielleicht die besten Elemente des russischen Heeres. Strafcommandos und die Nothwendigkeit, die theure Hauptstadt St. Petersburg aus Vermögensverhältnissen zu verlassen, rekrutirten allerdings vielfach aus der Garde das Officiercorps, doch bekanntlich sind solche Elemente für mobile Verhältnisse oft die besten. Der Stolz des kaukasischen Officiercorps auf seine Geschichte ist ein vollständig gerechtfertigter; ausserdem hat in jeder Beziehung der kameradschaftliche Geist als ein durch Mühsalen und Gefahren gemeinsam errungener unter den Officieren des Kaukasus dauernd feste Wurzeln gefasst. Die aus der kriegsgeübten und tapferen Urbevölke-

---

*) Frühere französische, österreichische, englische, dänische, auch preussische Officiere stehen im Dienst der kaukasischen Armee.

rung des Landes, den Chans der Gebirgsvölker, den Fürsten- und
Adelsgeschlechtern Georgiens rekrutirten Officiere bilden einen sehr
guten, assimilirenden Bestandtheil des kaukasischen Officiercorps, der
dem europäischen in dieser Ausdehnung fehlt. Dazu kommt noch das
prachtvolle paradiesische Land mit seinen romantischen und phantasti-
schen Völkern, Sitten und Gewohnheiten, die zum Theil ausgezeichneten Garnisonen, die im Vergleich zu den monotonen, verlassenen Land-
garnisonen des russischen Flachlandes eine mächtige Anziehung auf den
jungen Offizieraspiranten auszuüben im Stande sind.*) Der Kriegszustand besteht im Kaukasus in manchen Gebieten noch fort, zum Mindesten leben die Truppen hier in einem steten „au qui vive" den noch immer
mit Waffen versehenen fanatischen, muhammedanischen Gebirgsvölkern
gegenüber. Aufstände und kleine Volkserhebungen finden fast alljährlich statt, die Ebenen Cis- und Transkaukasiens sind fortwährend von
Steppenräubern, namentlich von Persien aus, stark heimgesucht, seit
langen Jahren währt der Kampf mit den Kirghisen- und Turkmenenstämmen im Osten. Alles Dieses zusammengenommen giebt der kaukasischen Feldarmee im Allgemeinen, dem kaukasischen Officiercorps
im Speciellen einen Anstrich von besonderer Kriegstüchtigkeit, von ganz
besonderer militärischer Gewandtheit und Eleganz. Der Allerhöchste Chef
der Truppen, der als Statthalter des Kaukasus die ausgezeichnetsten militärischen Eigenschaften in grossem Maasse mit einem hohen militärischen Charakter und gewinnender Liberalität vereint und als Bruder des Kaisers von dem Soldaten fast abgöttisch verehrt wird, giebt der kaukasischen Armee noch einen erhöhten Stolz und ein ganz specielles Selbst-
bewusstsein. Das wechselnde Klima, das von den fast tropischen transkaukasischen Ebenen bis hinauf zu den mit ewigem Schnee und Eis
bedeckten Gebirgen und Schluchten des Kaukasus beinahe alle Zonen
der Erde vertritt, die mühsamen, gefahrvollen Märsche und Expeditionen in den wegelosen, sterilen Gebirgslandschaften, der anstrengende,
aufreibende Dienst, den die Truppen in den kleinen Posten und Ge-

---

*) Wunderbar erscheint es trotzdem, dass gerade Transkaukasien, dieses zum
Theil paradiesische Land zum Verbannungsorte russischer Verbrecher ähnlich wie
Sibirien dient. Für die letzten Jahre wird die jährliche Durchschnittszahl der nach
Transkaukasien verbannten Verbrecher auf circa 100, die nach Sibirien verbannten
auf über 2000 angegeben, Zahlen, die aber alljährlich geringer werden.

birgsforts, die Monate lang von aller Verbindung mit der Cultur abgeschnitten sind und in denen der Soldat alle seine Bedürfnisse selbst beschaffen, alle Arten von Arbeit der mangelnden Handwerker wegen bis zu Schneider-, Maurer-, Schmiede- und selbst Grubenarbeiten selbst verrichten muss, geben dem kaukasischen Soldaten, namentlich dem Infanteristen eine Zähigkeit, Ausdauer und Gewandtheit für jedwede Verhältnisse und Lebenslagen, wie man sie kaum bei einem Soldaten irgend einer anderen Armee trifft. In dem mit ewigem Schnee bedeckten frostigen Sibirien marschirt der kaukasische Soldat in der eisigsten Kälte ebenso munter und unverdrossen, wie in der versengenden Hitze der glühenden Sandsteppen Centralasiens.

Ausser den beschriebenen Feldtruppen, die den eigentlichen Kern der kaukasischen Streitmacht bilden, stehen im Kaukasus wie auch im Generalgouvernement Orenburg und Turkestan Grenztruppen, durch die sogenannten Linienbataillone gebildet, Irregulärtruppen, aus den Heeren der verschiedenen Kosakengebiete, und schliesslich Besatzungstruppen und Milizen. Die gesammte Streitmacht des Kaukasus zerfällt wie im ganzen europäischen Russland in die Feldarmee und die Localtruppen, welche beiden Abtheilungen reguläre und irreguläre Bestandtheile enthalten können, und in die Marine, soweit letztere überhaupt in Bezug auf die den Kaukasus berührenden Meere in Betracht kommen kann. Die neuerdings im europäischen Russland proklamirte allgemeine Wehrpflicht ist im Kaukasus nicht eingeführt worden. Die Feldregimenter der kaukasischen Armee werden zum grössten Theil aus Grossrussland rekrutirt.

1. Die kaukasische Feldarmee.*)

1. Feldtruppen.

Infanterie. Die kaukasische Armee besteht aus der kaukasischen Grenadier-, der 19., 20. und 21. Infanterie-Division. Ausserdem

---

*) Die Angaben über die Organisation der Armee beziehen sich auf die Zeit vor dem Ausbruch des chiwesischen Krieges, Ende 1872 und Anfang 1873. Seit dieser Zeit haben vielfache Veränderungen stattgefunden. Durch Befehl vom 13. August 1874 wurde die Formirung einer neuen, der 41. Armee-Infanterie-Division, im kaukasischen Militärbezirke angeordnet. Die Reorganisation der Kaukasusarmee

stehen im Gebiete der Statthalterschaft momentan noch die 38. und 39. Division, die eigentlich zu dem europäischen Russland gehören. Jede Division hat 2 Brigaden zu 2 Regimentern. Die 16 Regimenter der vier erstgenannten kaukasischen Divisionen haben abweichend von allen übrigen Regimentern à 3 Bataillone, 4 Bataillone zu 5 gleich starken Compagnien, deren 5. die Schützencompagnie ist. Zum Regimentsstabe gehört die Nichtkombattanten-Compagnie (Schreiber, Professionisten, Trainsoldaten, Officierdiener). Die Schützen-Compagnien, welche die Elite des Bataillons bilden, können in ein Bataillon zu 3 oder 4 Compagnien unter einem Major zusammengestellt werden.*) Die Compagnie, deren Commandeur ein Kapitän oder sogar ein Stabskapitän sein kann, wird eingetheilt in zwei Züge zu zwei Halbzügen, und diese letzteren wieder in je zwei Sectionen oder Corporalschaften. Die Infanterie hat verschiedene Etats per Bataillon:

1) Cadre-Etat   zu 320 Gemeinen u. 40 Gem. ohne Gewehr,
2) Gewöhnl. Friedensetat   „ 480   „   u. 60   „   „   „
3) Verstärkter Friedensetat „ 640   „   u. 80   „   „   „
4) Kriegsetat   „ 840   „   u. 100   „   „   „

Die Nichtkombattanten-Compagnien sind im Cadre-Etat nur 119, im Kriegsetat nur 159 Köpfe stark. Die vier kaukasischen Divisionen stehen auf dem dritten, dem verstärkten Friedensetat, die 38. und 39. Division aber auf gewöhnlichem Friedensetat. Die kaukasische Infan-

---

hat im Laufe des Jahres 1874 begonnen. Zu den allgemeinen Reformen gehören vorzüglich:

1) Aenderung der taktischen Eintheilung der Friedensbataillone (à 4 Komp.).
2) Reorganisation der Festungs- und Lokaltruppen.
3) Neue Bestimmungen für Mobilisirung der Reservetruppen (Abschaffung resp. Verwandlung derselben).
4) Verstärkung der Artillerie und der Ingenieurtruppen.
5) Theilweise Reorganisation der Kavallerie (Kuban- und Terek-Kosaken).
6) Möglichste Egalisirung der kaukasischen Feldarmee mit der des europäischen Russlands.

Die Einführung des Armeecorps-Verbandes hat einstweilen noch keinen Einfluss auf die Eintheilung der kaukasischen Feldarmee. Die Formation der Armeecorps ist bis jetzt nur für einige europäische Militärbezirke an den westlichen Grenzen des russischen Reiches beschlossen worden. (Vergl. „Russ. Invalide" Nr. 5. 1875.)

*) (Registrande des Grossen Generalstabs, Berlin 1873.) Nach durchgeführter Reorganisation werden nunmehr alle kaukasischen Armee-Infanterieregimenter 4 Bataillons à 4 Kompagnien haben.

terie soll wie die ganze russische Infanterie mit dem Berdangewehr
Nr 2 (Metallpatronen), Kaliber 0,106 M., ausgerüstet werden. Da
die Herstellung der nöthigen Anzahl derselben ,noch nicht vollendet
ist, so hat solche bis jetzt nur die Grenadier-Division; die übrigen
haben noch durchweg das Karlegewehr (Papierpatronen).*) Das
Karlegewehr ist ein nach dem Chassepotsystem aus alten Vorder-
lader-Gewehren umgeänderter Hinterlader mit Stichbajonnet und steht,
was Rasanz, Feuergeschwindigkeit und leichte Handhabungen anbe-
trifft, dem Berdangewehr bei Weitem nach. Die Gemeinen der Gre-
nadierregimenter, die Unterofficiere und Spielleute sind mit Seitengewehr, der sog. Tessak (zweischneidiges Haumesser), bewaffnet,
letztere führen statt des Gewehrs 'eine Perkussionspistole mit glattem
Lauf. Die Officiere und Feldwebel tragen ordonnanzmässig Revolver
und Säbel in Lederscheiden. Die Uniformirung der kaukasischen
Infanterie ist die der gesammten russischen Armee: doppelreihige
Waffenröcke mit weissen Knöpfen (neuerdings einreihig). Charakteristisch wird ihr Anzug dadurch, dass den Leuten während des
grössten Theils des Sommers das Tragen der Leinwandmontirung,
der sogenannten Kittel, wegen der grossen Hitze gestattet ist. Die
Officiere bis zu den höchsten Chargen hinauf tragen diese Leinwand-
überröcke, eine höchst elegante und zweckmässige Uniform, ausser
Dienst fast ausschliesslich in der heissen Jahreszeit. Jedes Infanterie-
bataillon führt fünf dreispännige Patronenkarren mit, pro Compagnie
einen, welcher circa 50 Schuss pro Gewehr enthält. Die Regimenter
sind nach den Städten, in welchen sie gewöhnlich garnisoniren, be-
nannt, ohne dass sie an diese Garnisonen, welche durch die grösseren
Orte Tiflis, Eriwan, Stawropol. Pjatigorsk, Derbent, Kutaiss, Baku
u. s. w. bezeichnet sind, gebunden wären. Einige Regimenter führen
auch die Namen derjenigen Provinzen, in denen sie stehen oder an die
sich besonders historische Erinnerungen knüpfen, so das Apscheronsche,
das Kabardasche, Schirwansche Regiment oder die Namen ihrer Chefs.

Die Eintheilung und Dislokation der kaukasischen Divisionen gestaltet sich wie folgt:**)

---

*) Gouv.-Bat., Local- u. Etapp.-Comp. haben das alte 7linige Gew. m. glattem Lauf.
**) Die Regimentsstandorte sind dem Suworin'schen Kalender 1875 entnommen.
Die Dislokation der Divisonsstäbe, wie sie in dem ausgezeichneten, selten klar,

1) Die Kaukasische Grenadier-Division.   Divisionsstab: Tiflis, Gouvern. Tiflis.

13. Leibgren.-Reg. Eriwan des Kaisers in Mangliss.
14. Gren.-Reg. Grusien (Konstantin Nikolajewitsch) in Bjäly-Kljutsch.
15. Gren.-Reg. Tiflis (Konstantin Konstantinowitsch) in Lagodechi.
16. Gren.-Reg. Mingrelien (Dmitri Konstantinowitsch) in Chan-Kendy.

Kaukasische Grenadier-Artillerie-Brigade.   Brigadestab: Gori.

2) Die 19. Kaukasische Infanterie-Division.   Divisionsstab: Stawropol, Gouvern. Stawropol (Kuban-Gebiet).

73. Inf.-Reg. Krym (Alexander Michaelowitsch) in Jeissk (u. 4 kl. Orten).
74. Inf.-Reg. Stawropol in Krymskaja (u. 2 kl. Orten).
75. Inf.-Reg. Sewastopol in Psebai (u. kl. 4 Orten).
76. Inf.-Reg. Kuban (Kubanski) in Maikop (u. 3 kl. Orten).

19. Kaukasische Fussartillerie-Brigade.   Brigadestab: Stawropol.

3) Die 20. Kaukasische Infanterie-Division.   Divionsstab: Wladikawkas; Ter'sches Gebiet.

77. Inf.-Reg. Tenginsk (Alexis Alexandrowitsch) in Wladikawkas (u. 2 kl. Orten).
78. Inf.-Reg. Nawaginsk in Wosdwishensskoje (u. 1 kl. Orte).
79. Inf.-Reg. Kura (Paul Alexandrowitsch) in Weden.
80. Inf.-Reg. Kabarda (Feldmarschall Barjätinski) in Chassaw-Jurt.

20. Kaukas. Fussartillerie-Brigade.   Brigadestab: Wladikawkas.

4) Die 21. Kaukasische Infanterie-Division.   Divisionsstab: Deschlagar; Daghestan-Gebiet.

81. Inf.-Reg. Apscheron (Georg Michaelowitsch) in Ischkarti.
82. Inf.-Reg. Daghestan (Nikola Michaelowitsch) in Tschir-Jurt.
83. Inf.-Reg. Samursk (Wladimir Alexandrowitsch) in Deschlagar.
84. Inf.-Reg. Schirwan (Nikolai Konstantinowitsch) in Kussari.

21. Kaukas. Fussartillerie-Brig.   Brigadestab: Temir-Chan-Schura.

5) Die 38. Infanterie-Division.   Divisionsstab: Pjatigorssk, Gouvern. Stawropol.

149. Inf.-Reg. Tschernomorski (Michael Nikolajewitsch) in Prochladnaja (u. 2 kl. Orten) (Ter'sches Gebiet).
150. Inf.-Reg. Taman in Grosnaja Michaelowskaja (u. 2 kl. Orten) (Kuban-Gebiet).
151. Inf.-Reg. Pjatigorssk in Podgornaja (u. 3 kl. Orten).
152. Inf.-Reg. Wladikawkas in Newinnomysskaja (u. 2 kl. Orten) (Kuban-Gebiet).

38. Fussartillerie-Brigade.   Brigadestab: Kislowodsk.

---

präcis und sachgemäss zusammengestellten Buche „Russlands Wehrkraft im Mai 1871" (Wien 1871) angegeben wird, ist zum grössten Theil noch für die Gegenwart richtig geblieben.

6) Die 39. Infanterie-Division. Divisionsstab: Tiflis, Gouvernement Tiflis.

153. Inf.-Reg. Baku (Sergius Michaelowitsch) in Orlowka (u. 2 kl. Orten).
154. Inf.-Reg. Derbent in Delishan (u. 1 kl. Orte).
155. Inf.-Reg. Kuba (Kubinski) in Woronzowka u. Dshelal-Ogly.
156. Inf.-Reg. Elisabetpol in Achalzych (u. 1 kl. Orte).

39. Fussartillerie-Brig. Brigadestab: Georgiewsk (Ter'sches Geb.).

Die Regimenter 157—160, Imeritien, Kutaiss, Gurien und Abchasien bilden die 40. Infanterie-Division und stehen im europäischen Russland (Kasan, Samara, Stawropol und Pensa).

Elite-Infanterie. Im Kaukasus steht eine Schützenbrigade zu 4 Schützenbataillonen, die, was Uebung im Schiessen, Beweglichkeit und taktische Ausbildung, namentlich in der zerstreuten Gefechtsart betrifft, der kaukasischen Infanterie rühmlichst voranstehen. Diese wie alle russischen Schützenbataillone à 4 Compagnien haben drei verschiedene Etats:

1) Den gewöhnlichen Friedensetat à 384 Gemeine mit 16 Gem. ohne Gewehr;
2) Den verstärkten Friedensetat à 512 „ „ 32 „ „ „
3) den Kriegsetat à 672 „ „ 48 „ „ „

Die kaukasischen Schützenbataillone stehen auf verstärktem Friedensetat und sind mit dem Berdangewehr Nr. 1 ausgerüstet.

Cavallerie. Die reguläre Cavallerie besteht aus der kaukasischen Dragonerdivision zu 4 Regimentern mit 6 Escadrons à 4 Zügen, wovon 2 Reserve-Escadrons sind*); 2 Escadrons bilden eine Division, 2 Züge eine Halbescadron, 2 Pferde eine Rotte. Sie hat nur zwei Etats:

Den verminderten Etat zu 14 Rotten pro Zug = 112 Pferde) excl. Chargen
„ vollen Kriegsetat „ 16 „ „ „ = 128 „) u. Trompeter.

Die kaukasische Dragonerdivision (Regimenter Twer, Nijni-Nowgorod,

---

*) Die taktische Eintheilung des mobilen Kavallerieregiments wohlverstanden ist 4 Escadrons pro Regiment. Nur im Kaukasus haben die Regimenter 2 Reserve-Escadrons; die übrigen Armee-Kavallerieregimenter haben nur eine, die 5. Reserve-Escadron. Die Reserve-Escadrons sind bei der neuen Reorganisation der Reservetruppen bestehen geblieben. Nach der neuen Bestimmung von 1874 liegt den Reserve-Escadrons nun aber nicht mehr ausschliesslich die Ausbildung der Rekruten und Remonten für die activen Escadrons ob, sondern jede Escadron hat sich mit der Ausbildung ihres Ersatzes selbst zu befassen. Der Etat der Reserve-Escadrons ist: 100 Stamm-Mannschaften und 180 Reitpferde.

Sjawer und Perejasslawl) steht auf dem Kriegsfusse und ist mit dem gezogenen Krnkakarabiner kleinen Kalibers mit Bajonnet und dem Säbel kaukasischer Form, Schaschka genannt, der stark gekrümmt, ohne Korb und
in Lederscheide an einem Tragriemen um die Schulter, die Schleppe
nach vorn getragen wird, ausgerüstet. Die Flankeure haben Pistolen
ausserdem. Auch sie sollen später ein leichtes Berdangewehr bekommen. Die Dragoner werden in der Infanterietaktik ausgebildet
und besitzen Fertigkeit im Gefecht zu Fuss. Die Pferde werden aus
dem Kaukasus selbst remontirt, haben viel arabisches Blut, sind von
ausgezeichneter Race und stammen meist aus der Provinz Karabag.
Der ordonnanzmässige Sattel ist ähnlich dem Kosakensattel; die Officiere reiten nur zum Theil auf englischen Sätteln, die meisten ziehen
den bequemen Kosakensattel, namentlich für weite Märsche vor. Auf
Zäumung wird kein grosser Werth gelegt. Der Dragoner reitet am
liebsten wie alle Kosaken auf Trense mit der Peitsche.

Die Dragoner-Divison ist folgendermassen dislocirt:

1) 15. kaukasisches Dragoner-Reg. Twer (Nikola Nikolajewitsch).
   Garnison: Zarsskije-Kolodzy.

2) 16. kaukasisches Dragoner-Reg. Nijni-Nowgorod (König von
   Würtemberg). Garnison: Pjatigorssk (Marinsskaja, Staro-
   Pawlowskaja).

3) 17. kaukasisches Dragoner-Reg. Sjawer (König von Dänemark).
   Garnison: Pjatigorssk (Gorjatchewolsskaja u. Bekeschewskaja).

4. 18. kaukasisches Dragoner-Reg. Perejasslawl (Grossfürst-
   Thronfolger Cäsarewitsch). Garnison Mosdok (Magomet, Jur-
   towskaja, Dukowskaja).

Feldartillerie. Da zu jeder russischen Infanteriedivision eine
mit der gleichen Nummer bezeichnete Artilleriebrigade von 6 Batterien, worunter eine Mitrailleusenbatterie (nach durchgeführter neuester
Reorganisation) gehört, so zählt die kaukasische Armee neben der
reitenden Kosakenartillerie und den beiden Brigaden der 38. und 39.
Division 4 Fussartilleriebrigaden: die kaukasische Grenadier-, die 19.,
20. und 21. Brigade, welche auf gewöhnlichem Friedensetat stehen
und bei denen 4 Munitionswagon zu 3 Pferden bespannt sind. Die
Brigaden sollen nach dem neuen Reorganisationsplan drei neun-
pfündige, Nr. 1, 2, 3, zwei vierpfündige, Nr. 4, 5, und eine Mitrailleusen-

batterie, Nr. 6, haben*), deren Geschütze bronzene Hinterlader neuesten russischen Systems sind und in Russland allein angefertigt werden sollen. Die Kaukasusbatterien bestehen hauptsächlich aus den Krupp'- schen Gussstahlvierpfünder-Hinterladern mit doppelter eiserner Wand- laffete, den russischen bronzenen Neunpfünder - Hinterladern und den Mitrailleusen, System Gatling mit Berdan- Kaliber, 10 Stahl- läufen und 4 Mann Bedienung. Die reitende Batterie hat nur Vier- pfünder. Die Kosaken-Artillerie hat ausserdem verschiedene Geschütze, worunter vierpfündige bronzene Vorderlader alten Systems. Ausser- dem treten hierzu noch 2 Bergbatterien, die aus dreipfündigen bronze- nen Hinterladern bestehen. Jede Batterie der genannten Brigaden hat 8 Geschütze, von denen je zwei einen Zug, je zwei Züge eine Di- vision bilden. Die Batterie hat drei Etats:

1) Gewöhnlicher Friedensetat: 4 Geschütze und 4 Munitionskarren (ausnahmsweise 4 Munitionskarren nur im Kaukasus).

2) Verstärkter Friedensetat: 8 Geschütze und 8 Munitionskarren.

3) Kriegsetat: Gesammter Train.

Die schweren Geschütze der Fussbatterien, die Kosakengeschütze der Reitenden Batterien sind mit 6 Pferden bespannt, die leichten Fuss- geschütze**) und Mitrailleusen mit 4 Pferden, die zweirädrigen Munitions- karren mit 3 Pferden. Das Geschütz speciell der Fussbatterien hat 8 Num- mern, das der reitenden 10 Nummern Geschützbedienung, die Mitrailleuse 4 Mann pro Geschütz. Die gesammte Bedienungsmannschaft kann auf Laffete, Protze und Munitionskarren aufsitzen und ist mit Dragonersäbel und Pistole resp. Revolver bewaffnet. Von Geschossen hat die Feldartillerie Granaten, Brandgranaten, Shrapnels und Kartätschen. Die Granaten haben einen Percussionszünder russischen Systems, der dem preussi- schen vollständig gleicht und sich im Feldzuge 1873 ausgezeichnet be- währt hat. Ordonnanzmässig führt sie in Summa 120 Schuss, wovon 12 in der Protze und 108 in den Munitionskarren sind, mit sich. Die Feldartilleriebrigaden umfassen somit:

---

*) Die Formirung der 5. und 6. Batterien ist bei allen Artilleriebrigaden im Laufe des Jahres 1874 beendet worden. („Russ. Invalide" Nr. 5. 1875.)

**) Die 4pfündigen Geschütze sollen der neuesten Bestimmung nach auch 6 Pferde Bespannung haben. Verfasser fand Anfangs 1873 überall deren nur 4.

I. In Wirklichkeit nach dem **gewöhnlichen Friedensetat.**	6 Brigaden = 36 Batterien: Kaukasische Grenadier-, 19., 20., 21. und 38. und 39. Artillerie-Brigade zu 3 9pfdge Batt. No. 1, 2, 3 à 15 M. Bedienung u. 6 Pferde pro Geschütz zu 2 4pfdge Batt. No. 4, 5 à 12 M. Bed. u. 4 Pf. zu 1 Mitrailleusen-Batt. No. 6 à 4 M. Bed. u. 4 Pf. alle à 4 Geschütze; 4 Mun.-Karren.
II. Nach durchgeführter Reorganisation:*) **Kriegsetat.** (excl. Offic., Unteroff., Mannschaften, Reit- und Trainpferde und Munitionscolonne.	dito Jede Batterie zu 8 Geschützen, Bedienungs-mannschaften zu 8 Geschützen, 8 Munitionskarren à 3 Pferde. (Dem gesammten Train.) Ausserdem 2 Bergbatterien mit 3pfdg. bronz. Hinterladern.

Die Tabelle, wie gesagt, vertritt den modernen Etat, wie er nach Durchführung der Reorganisation besteht. Zu Beginn des Jahres 1873 war dieselbe nur zum Theil zur Ausführung gebracht worden. Vor dieser Reorganisation bestanden nach dem normalen Etat die kaukasischen Fussartillerie-Brigaden aus der 1. 9pfdg., der 2., 3. und 4. 4pfdg. und der 5. Mitrailleusen-Batterie, die beiden Fussartillerie-Brigaden (38. und 39.) aus der 1. 9pfdg., der 2. und 3. 4pfdg. und der 4. Mitrailleusen-Batterie. Zur Zeit des kaukasischen Bergkrieges z. B. im

---

*) Die Zusammenstellung versucht nur eine annähernde Uebersicht über das Artilleriematerial zu geben, wie es nach den neuesten Bestimmungen und nach durchgeführter Reorganisation zusammengesetzt sein wird. Verfasser fand zu Anfang 1873 bei den im Kaukasus dislocirten Artilleriebrigaden nur 1 9pfdge, 3 4pfdge und 1 Mitrailleusen-Batterie. Bei dem Brigade-Exerciren der 21. kaukasischen Fussartillerie-Brigade in Temir-Chan-Schura, Daghestan fand ich Frühjahr 1873 weder Mitrailleusen- noch Berg-Batterie. Neuerdings sollen die 20., 21. und 39. Brigade statt der Mitrailleusen-Batterie je eine Bergbatterie erhalten. — Geschütze und Ausrüstungsmaterial für die beiden Berg-Batterien befanden sich bisher bei der Grenadier-Fussbrigade in Tiflis. Im Kriegsfall soll ihre Eintheilung zu den kaukasischen Artillerie-Brigaden nach Umständen verfügt werden.

9pfünder	4pfünder	Mitrailleusen resp. 3pfünder	Munitionskarren	Summa
18 Battr.	12 Battr.	6 Battr.		36 Batterien
72 Geschütz.	48 Gesch.	24 Gesch.	144 Karren	144 Geschütze
				144 Munitionskarren
1080 Mann	576 Mann	96 Mann	144 Mann	1896 Mann Bedienung
432 Pferde	192 Pferde	96 Pferde	432 Pferde	1152 Pferde
18 Battr.	12 Battr.	6 Battr.		36 Batterien
144 Geschütz.	96 Gesch.	48 Gesch.	288 Karren	288 Geschütze
				288 Munitionskarren
2160 Mann	1152 Mann	192 Mann	288 Mann	3792 Mann
864 Pferde	384 Pferde	192 Pferde	864 Pferde (ohne Trains und Officiere)	2304 Pferde (ohne Trains, Officiere u. Parks)

Jahre 1863 waren die kaukasischen Artillerie-Brigaden aus den sogenannten Schweren, Leichten, Erleichterten und Berg-Batterien zusammengesetzt. So hatte die Grenadier-Brigade damals 2 schwere, 1 erleichterte und 1 leichte Batterie mit 1 fliegenden Park, die anderen Brigaden, 19., 20. und 21., je 1 schwere, 2 erleichterte, 1 leichte Batterie
mit 1 fliegenden Park, die 19. Artillerie-Brigade ausserdem noch 1 Ge-
birgs-Batterie. Die Brigaden 38 und 39 bestanden damals noch nicht
im Kaukasus. Als Uebergangsstadium der Artillerie aus der alten in
die neue Formation mag gerade das Jahr 1873 gelten. Zu Ende dieses Jahres hatten die Brigaden 2 9pfdge, 2 4pfdge und 1 Mitrailleusen-
Batterie. Die Etats der Batterien inclusive Officiere, Unterofficiere,
Schreiber, Professionisten etc. sind wie folgt:

Verpflegungs-Etat einer Batterie	Kriegsetat	Verstärkter Friedensetat	Gewöhnl. Friedensetat	Kriegsetat		Gewöhnlicher Friedensetat	
	Köpfe Verpfl.-Stand			Pferde und Fuhrwerke			
4pfdge Fuss-Batterie	261	208	183	160 Pf.	24 F.	48 Pf.	4 F.
9 „ „	322	258	223	214 „	33 „	56 „	4 „
3 „ Berg-Batterie*)	328	206	117	194 „	— „	36 „	— „
4 „ Reitende Batterie.	337	274	269	324 „	24 „	219 „	4 „
Mitrailleusen-Batterie	221	188	165	140 „	16 „	56 „	4 „

Ausser den angeführten Geschützen befinden sich im Kaukasus noch eine Anzahl glatter bronzener 10pfdger Vorderlader alten Modells, die sogenannten Jedinorog, d. h. Einhorngeschütze, auch gusseiserne ½ und 1pudige Jedinorogen und sogenannte erleichterte Geschütze, achtzöllige gussstählerne, die speciell zu Gebirgsbatterien, Ortsvertheidigung oder zur Armirung von kleinen befestigten Posten (bei Steppenexpeditionen) bestimmt sind. Ausserdem haben die kleinen Gebirgsforts ein im Allgemeinen ziemlich werthloses Geschütz-Material alter Construction. So alte glatte Vorderlader, wie z. B. 12pfdge Kanonen, Bombenkanonen, 12 und 24pfdge Korronaden, 2pudig gusseiserne Mörser und andere mehr, die der regulären Festungs- und Belagerungs-Artillerie des europäischen Russlands entnommen sind.

Belagerungs- und Festungs-Artillerie. Die Belagerungsartillerie des Kaukasus ist in der Umformung begriffen. Nach der neuen Bestimmung vom 25. Mai 1871 soll der Kaukasus einen Halb-Belagerungs-Park und einen Munitions-Park formiren.

Ingenieurtruppen. Die kaukasische Sappeurbrigade zählt zwei Sappeurbataillone und 1 Reserve-Sappeur-Bataillon zu je 4 Compagnien, welche ihr Ingenieurdepot in Tiflis haben. Ein Sappeurbataillon zählt im Frieden 600, im Kriege 900 Mann.

---

*) Die Gebirgs-Batterien haben keine Fahrzeuge im Etat. Ihre Munition ist für den Kriegsetat in 112 Kisten, für den Friedensetat in 28 Kisten verpackt, die auf Lastthiere (Pferde, Maulthiere oder Kameele) verladen werden. (Vergl. *Russlands Wehrkraft*. Wien 1871.)

2. Grenztruppen.

Die kaukasischen Grenztruppen bestehen ebenso wie in den andern asiatischen Militärdistricten aus den sogenannten Linienbataillonen, deren Zweck früher schon erläutert wurde. Im Kaukasus stehen 22 solcher Bataillone, die neben dem Namen der Bezirke eine fortlaufende Nummer führen (in ganz Russland 48 Linienbataillone) und 3 Etats haben:

Gewöhnlicher Friedensetat: 22 Offiziere, 577 Unteroffiz. und Mannsch., 84 Nichtkombattanten.

Verstärkter   „   22 Offiziere, 777 Unteroffiz. und Mannsch., 89 Nichtkombattanten.

Kriegsetat: 27 Offiziere, 1026 Unteroffiz. und Mannsch., 94 Nichtkombat.

Die Grenztruppen sollten eigentlich nur in der Provinz, in der sie stehen, verwendet werden; bei allen asiatischen Feldzügen jedoch machten sie den Hauptbestandtheil der Offensivtruppen aus und sind somit mit zur Feldarmee zu rechnen. Linienbataillone stehen z. B. in Wladikawkas, Kumuch, Gunib, Derbent, Petrowsk, Chunsach, Schura, Suchum, Poti, Sakataly u. a.*)

3. Die Irregulär - Truppen des Kaukasus

könnten sowohl zu den Feldtruppen als auch zu den Localtruppen gezählt werden. Hauptsächlich wird nur die Cavallerie bei der Feldarmee verwendet, während die Infanterie vorwiegend die Besatzung der Kosakengebiete bildet. Sie werden einzig und allein aus den Kosakenländern rekrutirt und bilden die sogenannten Kosakenheere. Für alle Kosakenländer gilt die gleiche Bestimmung, dass jedes Individuum männlichen Geschlechtes, welches zum Militärdienst tauglich ist, zum Kriegsdienst verpflichtet ist. Dafür ist jedem Kosakenstamme ein so grosses Ländergebiet zugewiesen, dass er dadurch den Unterhalt der ganzen Bevölkerung und ihrer Heerden, sowie die Kriegsausrüstung der Kosakenheere bestreiten kann. Nach der normalen Vorschrift soll jeder Kosakengeneral 1600, jeder Stabsoffizier 400, jeder Oberoffizier 200, jeder

---

*) Bei der Reorganisation und Vermehrung der kaukasischen Feldarmee ist ein Theil der Linienbataillone zur Formirung der neuen Regimenter resp. Completirung der alten verwandt, die Grenztruppen somit zum Theil in Feldtruppen umgewandelt worden.

Unterofficier 100, jeder Kosak 30 Dessiatinen Land besitzen. Die Kosakendistrikte stehen, was ihre Verwaltung und militärische Organisation betrifft, unter einem sogenannten Ataman, dem Kosakenhetman, der gewöhnlich ein russischer General oder General-Lieutenant der Armee ist und dessen Einkommen wohl über 20.000 R. geschätzt wird. Jeder Kosak ist somit militärpflichtig, vom 17. Jahre zum Dienst auf den Stanizen, vom 20. in den Regimentern. Früher war die Dienstzeit auf Lebensdauer, der Kosak war überhaupt ausschliesslich nur Soldat, schon als Soldat geboren. Neuerdings ist die lebenslängliche Dienstzeit auf 20 bis 25 Jahre ermässigt. Die Aushebung geschieht stanizenweise durch das Loos. Die Freigelassenen zahlen für die Dauer der Dienstpflicht Abgaben. Ausrüstung und Pferde beschaffen die Kosaken auf ihre eigenen Kosten und bekommen dafür von der Krone bestimmte Entschädigung. Im Frieden steht ein Drittel der Ausgehobenen im Dienst, der Rest ist beurlaubt und kann seiner Beschäftigung auf dem Lande nachgehen, muss aber stets dienstbereit sein. Jeder der Dienstpflichtigen wird zu grössern Truppenübungen herangezogen. Die Kosaken stellen Kosaken-Reiterregimenter, Kosakenbataillone und reitende Batterien. Die reitenden Regimenter bestehen aus 4 oder 6 Sotnien*) zu 600 bis 800 Pferden. Der Etat eines Kosaken-Regiments ist zu 6 Sotnien: 21 Officiere, 873 Unterofficiere und Mannschaften, 873 Reit- und 90 Pack- und Trainpferde. Die Kosaken des Kaukasus, die wegen ihres langjährigen, aufreibenden Dienstes im Kriege gegen die kaukasischen Bergvölker längs der Nordlinie des Kaukasus, gewöhnlich Linienkosaken genannt werden, und wegen ihrer Tapferkeit, Kriegstüchtigkeit und Gewandtheit in ganz Russland bekannt sind, bilden 2 Heere:

I. Das Kuban-Heer:

    10 Reiter-Regimenter zu 6 Sotnien.

    2 Fussbataillone.

    5 reitende Batterien zu 4 Geschützen (im Kriege 8 Geschütze), (ausserdem die 2 Leib-Garde-Kuban-Kosaken-Escadrons, die als Convoi des Kaisers in St. Petersburg stehen).

---

*) Eine Sotnie bedeutet im Russischen eine Zahl von 100 und vertritt bei den irregulären Regimentern die Escadron.

II. Das Terek-Heer:

5 Reiter-Regimenter zu 4 Sotnien (3 Regimenter im Dienst).

2 reitende Batterien zu 4 Geschützen (im Kriege 8 Geschütze).

(1 Leib-Garde-Terek-Kosaken-Escadron als Convoi des Kaisers.)

In Summa stellt der Kaukasus somit 15 Reiter-Regimenter, 2 Fuss-bataillone und 7 reitende Batterien zu 56 Geschützen.*) Die Kosaken-Regimenter führen zum Theil die Namen ihrer Bezirke. So z. B. Regiment-Kisljar, -Grebenski, -Wladikawkas und -Sunjewski des Terek-Heeres, von denen einzelne Sotnien unter Lomakin am Feldzuge nach Chiwa theilnahmen. Eine provisorische Artillerieschule für das Kuban- und Terek-Heer besteht ausserdem noch in Maikop. Die kubanschen und terekschen Kosaken haben im Frieden einen doppelten Stand an Officieren, um im Kriege die zweifache Anzahl von Truppentheilen formiren zu können.

II. Die kaukasischen Localtruppen.

Hierhin gehören 1. die Reserve-Truppen, denen als Ersatz-truppen die Completirung der Feldarmee an Mannschaften und Pferden und die Ausbildung der Rekruten und Remonten schon im Frieden obliegt. Sie bestehen aus den Reserve-Infanterie-Bataillonen, die den 6 Infanterie-Divisionen den Ersatz liefern, 8 Reserve-Dragoner-Escadrons, welche die 5. und 6. Escadron der 4 kaukasischen Dragoner-Regimenter bilden, und einem kaukasischen Reserve-Sappeur-Bataillon. Durch Befehl vom 24. Juli 1873 sind die Reserve-Infanterie-Bataillone, wie überhaupt die Reserve-Truppen, mit Ausnahme der Dragoner-Reserve-Escadrons, aufgehoben worden.

2. Festungsbataillone und Festungsartillerie. In den kaukasischen Festungen Alexandropol (Gumry) und Achalzych stehen permanent 2 Festungs-Bataillone, die selbstständige Truppenkörper bilden und 900 Mann constanten Kriegsetat haben. In den übrigen Festungen befinden sich ausserdem zwei Festungs-Verwaltungen I. Classe, zwei II. und zwei III. Classe mit je einer Festungscompagnie von constantem Kriegsetat:

---

*) Reorganisation der Kuban- und Terek-Kosaken durch Befehl vom 8. Aug. 1870.

Festungs-Artillerie-Ver-waltungen und Compagnien	Fest.-Compagnie Constanten-Etat's		Fest.-Verwaltung		Total Combattanten
	Offiziere	Gemeine	Offiziere	Gemeine	
I. Cl. in Alexandropol (No. 1 u. 2)	20	1356*)	8	36	1348
I. Cl. in Tiflis (No. 1 u. 2)	10	568	8	36	564
II. Cl. in der Prov. Terek (No. 1 u. 2)	10	458	4	25	454
II. Cl. in d. Prov. Daghestan	5	339	4	25	337
III. Cl. in der Prov. Kuban	5	229	3	20	227
III. Cl. in Achalzych	5	339	3	20	337

*) Nur Alexandropol im Fr. 458 Mann.

(Wien. *Wehrkraft.* 1871.)

3. Im Kaukasus stehen ausserdem noch 5 Gouvernementsbataillone, 6 Bataillone kaukasischer Bezirks- und Kreis-Commandos, welche zu Polizei- und Wachtdienstzwecken auf die verschiedenen Städte und Bezirke vertheilt sind. Die 5 Gouvernementsbataillone bilden die Besatzung der Städte Stawropol, Tiflis, Baku, Eriwan und Kutaiss. Von Kreis-Commandos stehen 13 in Transkaukasien, 5 in der Provinz Terek und 1 im Gouvernement Stawropol.

4. Die „kaukasischen Milizen", zum grössten Theile aus eingebornen georgischen oder tatarischen Freiwilligen bestehend. Dahin gehören die 3 kaukasischen Druschina-Bataillone, welche in Grusien, Kachetien, Gurien und im Daghestan beständig formirt sind, und die ähnlich den Kosaken-Regimentern zusammengesetzten „irregulären Reiter-Regimenter" in Kutaiss, Daghestan und dem Terekgebiete, so z. B. die Daghestan'schen Reiter, welche am Feldzuge von Chiwa theilnahmen. Die Regimenter bestehen aus 3 Divisionen zu 2 Sotnien, die aus Freiwilligen der dem Namen des Gebietes entsprechenden Bevölkerung completirt werden. Das Terek'sche Irreguläre Reiter-Regiment z. B besteht aus der Kumyk'schen, Tschetschenzischen und Ossetischen Division, das Daghestan'sche Regiment hauptsächlich aus Lesgiern. Eine Escadron aus diesen Freiwilligen-Bergvölkern bildet die bekannte elegante tscherkessische Leibgarde des Kaisers; sie haben gleich den Kosaken-Reiter-Regimentern die tscherkessische Nationaltracht, Bewaffnung und Ausrüstung. Die Natschalniks oder militärischen Verwalter der Okrugs haben ausserdem neben kleinen Infanterieposten, welche den Schutz der

Natschalniksresidenzen bilden, eine Art berittener Leibgarde, die aus eingebornen Gebirgsvölkern rekrutirt ist, oft die Zahl von über 100 Pferden erreicht und im Sold des Militärchefs steht. Aehnliche Söldner stehen in den meisten Stäben höherer, commandirender Offiziere im Dienst, wie denn fast jeder russische Offizier oder eingeborne Edelmann mehrere Bewaffnete (Dshigiten) in seinem Haushalte führt, die stets bewaffnet dem Herrn und seiner Familie neben Privatdiensten militärischen und persönlichen Schutz gewähren. Als der kaukasische Bergkrieg gegen Schamyl noch wüthete, dienten die Milizen hauptsächlich zum Schutz der friedlichen Landbewohner an den Grenzmarken russischer Occupation gegen die Einfälle der feindlichen Kaukasier. Nach dem Falle Schamyls im Jahre 1859 hat ihre Bedeutung sehr verloren und trat nach und nach eine starke Verminderung derselben ein. Zu Beginn der sechziger Jahre bestanden im Kaukasus ausser genannten Reiter-Regimentern und Druschina-Bataillonen: 3 aus Eingebornen Daghestans formirte Sotnien, 1 Labesche, Kubansche und Dshara - Lesgische Sotnie, ebenfalls aus Bergvölkern zusammengesetzt.*)

5. In Tiflis befinden sich ausserdem eine kaukasische Lehr-Infanterie-Compagnie, ein Ingenieur-Depot, eine bewegliche Artillerie-Werkstätte und ein Laboratorium zur Instandsetzung schadhaft gewordener Geschütze, Handfeuerwaffen und Munition und ein Medicin-Apotheken-Material-Magazin, sowie sämmtliche Bureaus und Stäbe der Central-Militär-Verwaltung.

---

*) Die Provinzen Daghestan, Gurien und Terek hatten ausserdem Fussmilizen zur Landespolizei etc. ohne bestimmte Formation. Brix giebt für das Jahr 1863 den Stand aller dieser dem Oberbefehlshaber der kaukasischen Armee unterstellten Milizen zu 7767 Mann, die Zahl der im Nothfall für den Krieg möglicher Weise aufzustellenden Milizen ausserdem noch zu 22.950 Mann an, unter welcher Zahl jedoch nur sehr wenig kriegsbrauchbare Mannschaften sich befunden haben müssen! Gegenwärtig, wie gesagt, ist ein Theil dieser stehenden Milizen eingezogen.

Uebersicht der russischen Streitkräfte im Kaukasus.¹)

	Momentaner Stand der Truppen			Kriegs-etat	Gesch.	Friedens-etat	Gesch.	Summa			
	Kriegsetat	Verstärkter Friedens-etat	Gewöhnlicher Friedensetat					Kriegs-etat	Gesch.	Frie-dens-etat	Gesch.
I. Feld-Armee.											
Armee-Infant.	16 Regim. d. Gren.-, 19, 20, 21. kaukas. Infanterie-Division = 64 Bataill.	*(Infanterie)*	8 Regim. der 38. u. 39. Infanterie-Division = 24 Bataill.								
Schützen	1 Schützenbrig., die 4 kaukas.Schützen-bataillone = 4 Bataill.										
Grenztruppen	Die kaukasischen Linienbataillone = 22 Bataill.		114 Bataill. =	132.499		93.098		155.399	288	103.720²)144	
Sappeure			1 Sappeur-Brig. (incl. Res.-S.-Brig.) = 2 Bataill.	2.355		1.661					
Feld-Artillerie			6 Artill.Brigaden 16 Parks	16.730	288	5.572	144				
Cavallerie	1 kaukas. Dragoner-Divis. zu 4 Reg.			3.815		3.389					
II. Irreg.-Truppen		1) Kuban-Heer		12.428	40	11.588	20	16.349	56	15.509	28
		2) Terek-Heer		3.921	16	3.921	8				
III. Local-Truppen			Reserve-Truppen Fest-Bat., Gou-vern.-Bezirks-Com-mando-Bataill.	2.221		1.483		17.883		15.911²)	
			3 Druschina-Bat.	15.662		14.428					
IV. Milizen.	3 Irreguläre Reiter-Regimenter		(Pauschquantum)	3.000		1.500		6.700		5.200	
	Bewaffn. Leibgarden			1.700		1.700					
	Allgem. Landesmilizen			2.000		2.000					
				—		?					
Für das Jahr 1873. — **Total** der kaukasischen Streitkräfte excl. der Stäbe, Verwaltung etc. =								196.831	344	140.340	172

Die durch vorstehende Tabelle charakterisirte kaukasische Armee, die nunmehr eine abgeschlossene, selbstständige Kriegsmacht darstellt, verdankt ihre Formation und Organisation den langjährigen kaukasischen Bergkriegen. Der Kern dieser tüchtigen Armee, die vier kaukasischen Infanterie - Divisionen, die Dragoner - Division und die Linienbataillone, bestand nach der Beendigung jener blutigen Kriege durch den Sturm des Gunib und die Gefangennahme Schamyls am 25. August 1859 fast in derselben Form wie noch heutzutage. Einerseits sind die disponiblen Streitkräfte im Kaukasus durch die Dislocirung der 38. und 39. Infanterie - Division seitdem vermehrt, andererseits jedoch durch eine beträchtliche Reducirung der Linienbataillone und Milizen vermindert worden. Es wird nicht uninteressant sein, einige Daten hier zu erwähnen, die Premier - Lieutenant Brix in seiner „Kaiserlich Russischen Armee am 1. Jan. 1863" über die Kaukasus - Armee giebt. Zu jener Zeit bestand im europäischen Russland noch die Corpseintheilung, die Territorialeintheilung in Militärbezirke war erst im Entstehen begriffen. Die kaukasische Armee aber hatte keinen Corpsverband, sondern wurde, aus allen überhaupt im Kaukasus stehenden Truppen wie noch gegenwärtig gebildet, entsprechend der damaligen militär-administrativen Eintheilung des Landes in 5 Abtheilungen getheilt. Sie bestand demgemäss aus den Truppen: 1. in Transkaukasien, 2. in der

---

[1]) Verfasser hat mit dieser Zusammenstellung den Versuch gemacht, ein Bild der Gesammt - Streitkräfte des Kaukasus zu geben. Es bleibt dies immer ein mangelhafter Versuch und darf man eine präcise Genauigkeit nicht erwarten. Viele Veränderungen und neue Pläne sind seither gemacht worden. Für das Jahr 1874 ist wie gesagt die Neuformation der 41. Infanterie-Division befohlen worden. Zwei neue kaukasische Ulanen-Regimenter sollen ausserdem im Kaukasus gebildet werden u. a. (Vergl. pag. 153.)

[2]) *Registrande* des Grossen Generalstabs, Berlin 1873. Nach dem Suworin'schen Kalender von 1875 beträgt die Gesammtstärke der kaukasischen Streitkräfte laut den Listen = 154.046 Mann, bei welcher Berechnung aber die Reorganisation schon berücksichtigt zu sein scheint, und nicht bemerkt ist, ob gewöhnlicher Friedensetat, verstärkter oder Kriegsetat gemeint ist, und ob Kosaken und Milizen miteingerechnet sind.

In *Russlands Wehrkraft*, Wien 1871, wird für Mai 1871 der Kriegsetat der kaukasischen Armee zu 196.414 Mann mit 248 Rohr- und 48 Mitraille-Geschützen angegeben. Hierbei sind jedoch alle Officiere, Stäbe, Intendanzen, Sanitätsstäbe etc. ebenso wie die Astrachaner Kosaken miteingerechnet, dagegen die kaukasischen Milizen nicht berücksichtigt. Besagte Zusammenstellung ergiebt für Infanterie 124.829 Mann, für Cavallerie 39.209 Mann mit 40.899 Reit-, 7.665 Zug- und 9.838 Trainpferden.

Kuban'schen, 3. der Terek'schen, 4. der Daghestan'schen Provinz und
5. in dem General-Gouvernement Kutaiss. Ausser den erwähnten 4 Infanterie-Divisionen und der 1 Cavallerie-Division bestanden damals schon
4 Artillerie-Brigaden, 2 Sappeur-Bataillone, 1 Train-Brigade, 2 mobile
Ersatzparks, 37 Linienbataillone. Brix rechnete pro 1863 für die reguläre Feldarmee inclusive Offiziere, Unteroffiziere und Spielleute
135.049 M. Combattanten (152.776 Total mit Nichtcombattanten) Kriegsetat und 126.260 M. Combattanten (144.152 Total mit Nichtcombattanten) Friedensetat. Vollständig getrennt hiervon rechnet Brix die „Irregulär-Truppen unter dem Commandeur der kaukasischen
Armee", worunter er Kosaken und alle Milizen zusammenfasst. Den
Kriegsetat dieser Truppen zählt er zu 77.583 M. Combattanten (78.976
Total mit Nichtcombattanten), den Friedensetat zu 39.595 M. Combattanten (40.599 M. Total mit Nichtcombattanten).

Für die gesammten mobilen Streitkräfte würde sich somit pro 1863
die Zahl von 212.632 Combattanten Kriegsetat und 165.855 Combattanten
Friedensetat ergeben. Wir erkennen hieraus, dass obwohl numerisch
der Bestand der kaukasischen Streitkräfte sich seit 1863 verringert hat,
der taktische Werth derselben jedoch durch Vermehrung der regulären
Feldtruppen und Verminderung der irregulären Elemente, namentlich
der Milizen, bedeutend gestiegen ist.

Von erwähnten Streitkräften garnisoniren die irregulären Truppen
in ihren Kosakenbezirken am Kuban und Terek, die Localtruppen in
ihren permanenten Garnisonen, die Milizen meistens in den betreffenden Gebieten, wo sie sich formirt haben. Die Truppen der eigentlichen Feldarmee stehen theils in den grösseren Städten und Festungen
abwechselnd in Garnison, zum grössten Theile dienen sie aber zur
strategischen Besetzung derjenigen Gebiete des Kaukasus, die durch
den hartnäckigen und unbeugsamen Charakter der Bergbewohner noch
immer gefährdet sind. Sie stehen dann theils im Regimentsverband in
Orten, die strategisch besonders geeignet sind, so namentlich an der
Westküste des Kaspischen Meeres und im östlichen Theile des Gebirges, theils ausser Regimentsverband, bataillons- oder compagnie-
weise in den kleineren und grösseren Forts und Posten, die längs den
über den Kaukasus führenden Strassenzügen im Gebirge an allen wichtigen Pässen, Thalmündungen und Strassenknoten zur Beherrschung der

Gebirgsvölker, in den Ebenen am Laufe der Flüsse, an besonders bedrohten Grenzpunkten (nach Persien und Kurdistan zu) und an den Häfen des Schwarzen Meeres angelegt sind. Die Posten im Gebirge bestehen niemals aus sturmfrei angelegten Erdwerken. Sie datiren aus der Zeit der russischen Bergkriege, wo man durch viele, nahe bei einander liegende befestigte Etappen sich allmälig eine festere Bahn in das ungangbare Gebirge eröffnete. Feldgeschütze hatten die Gebirgsvölker nicht. Ihre Geschütze verwandten sie durchweg nur in der Defensive (so bei der Vertheidigung der Gunibs durch Schamyl). Die Feuerwaffen der Eingebornen sind von geringer Rasanz und Trefffähigkeit; sie bestehen durchweg aus türkischen Feuerstein- auch wohl Luntenschloss-Gewehren mit sehr langem, gezogenem Laufe und sehr kleinem Kaliber. Die Hauptkraft der Kaukasier bestand in der blanken, wie die Russen sagen, in der kalten Waffe, und im Handgemenge. Gegen solche Waffen genügte Mauerwerk einfacher Construction. Sämmtliche Kreposten*) des Gebirges bestehen deshalb nur aus gemauerten Geschütz-Emplacements, den sogenannten Kaukasischen Thürmen, deren gewöhnlich mehrere durch krenelirte und mit Scharten versehene Mauern verbunden sind. In dem dadurch eingeschlossenen Raume befindet sich dann die Wohnung des Commandanten, die Kasernements für den grössten Theil der Besatzung, namentlich aber die Brunnen und Magazine für einen mehrmonatlichen Vorrath an Lebensmitteln und Munition, Pulver und Geschossen, die oft nur mit der allergrössten Anstrengung in die steilen unzugänglichen Gebirge hinaufgeschafft werden können. Oft haben diese Kreposten nicht einmal Gräben und werden nur durch feste Eichenthore geschlossen, oft bestehen sie blos aus einem einzigen freistehenden, runden Thurme, der für die gedeckte Aufstellung von mehreren Geschützen eingerichtet ist. Vielfach stehen die Geschütze, meist der alte 12pfünder, der 10pfünder Jedinorog oder auch die verschiedensten Modelle alter Systeme, ganz frei und sind nur durch ein kleines Holzdach vor der Witterung geschützt, oft wohl liegen sie auch demontirt

---

*) Krepost bezeichnet im Russischen jede Festung und jedes grössere Fort. Kleine Gebirgs- oder Steppenforts passageren Charakters, auch im Russischen Forts genannt, bezeichnet der Russe meist kurz mit dem Ausdruck „Posten". So z. B. der Embensker, der Kasalinsker, der Alexandrowskische u. a. m.

in dem inneren Raume des Postens. An besonders wichtigen Punkten, wie z. B. Wladikawkas, Petrowsk, das als einziger guter Kriegshafen am Kaspischen Meere wichtig ist, und auf dem Gunib, der durch natürliche Lage schon sturmfreien, jetzt durch permanente Werke un- einnehmbar gewordenen Felsenfeste, die als letzter Schlupfwinkel Schamyls Berühmtheit erlangt hat, sind ausgedehnte Festungsanlagen gemacht. Als wirkliche Festungen nach modernen Begriffen sind eigent- lich nur Alexandropol und Achalzych zu betrachten.*) In den Ebenen Ciskaukasiens findet man wohl auch Posten mit Erdwall und Graben. So namentlich sind die Mehl- oder Getreidevorräthe, die Bäckereien und Pulvermagazine, die in allen Stanizengarnisonen sich befinden, von niedrigen, im Viereck angelegten Erdwällen mit kleinen Gräben eingeschlossen. An dem mittleren und unteren Terek bestehen sogar noch die im Kaukasuskriege so viel benutzten Kosakenwachtposten. Sie sind aus kleinen Redouten gebildet, in deren Mitte sich ein Bretterhaus zur Aufnahme der Vorräthe und der kleinen, oft nur 10 — 20 Mann starken Kosakenbesatzung und ein bis 60 Fuss hohes, leuchtthurmartiges Holzgerüst befindet, auf dessen meist durch ein kleines Bretterdach gedeckter Plattform ein mit geschultertem Gewehr

---

*) Von grösseren Festungen besitzt der Kaukasus:

In dem Gebiet von Eriwan: Alexandropol (Gumry) . . . . mit 20.600 Einw.		
„ „ „ „ Tiflis: Achalzych . . . . „ 13.775 „		
„ „ „ der Terek-Kosaken: Wladikawkas . . . . . . „ 15.000 „		
„ „ „ „ Baku: Schuscha . . . . „ 19.945 „		

Zu den Posten grösserer Ausdehnung sind zu rechnen:

Im Gebiet Daghestan: Petrowsk am Kaspischen Meer . . . . . . „ 4.263 „		
„ „ „ Temir-Chan-Schura u. Gunib . . . . „ 5.094 „		
„ „ „ Derbent . . . . „ 15.191 „		
„ „ Terek: Grosnoje (soll 1875 geschleift werden) . . . . „ 2.615 „		
„ Gouv. Tiflis: Gori . . . . „ 5.183 „		
„ „ Eriwan: Eriwan . . . . „ 15.040 „		
„ „ Kutaiss: Poti . . . . „ 3.023 „		

Befestigte Häfen sind:

„ Gebiet Schwarzes Meer: Anapa . . . . „ 4.898 „ und Gagry.

Ausserdem noch viele andere, wie z. B. Redout-Kale, Wnesapnoje, Wosdwi- shenskoje u. s. w. Kleine Gebirgsforts, oft nur durch einen kaukasischen Thurm gebildet, giebt es im Kaukasus eine sehr grosse Anzahl, namentlich längs des Kuban und im Daghestan. So z. R. Chunsach, Ischkarty, Chodshalmachi u. m. a.

Tag und Nacht auf- und abgehender Kosak die Rundschau und Wacht über die weite, flache Ebene hinaus hält. Diese Wachtposten sind auf Sehweite in langer Linie zwischen den grösseren Forts in der Ebene echellonirt. Die Allarmzeichen eines einzigen Wachtpostens allarmiren in wenigen Minuten, gleich einem optischen Telegraphen, die ganze Gegend und warnten die friedlichen Landleute und die Garnisonen vor dem Herannahen feindlicher, plünderungssüchtiger Bergvölker in frühern Zeiten; jetzt avisiren sie Raubschaaren oder aufrührerische Bewegungen und Erscheinungen, die hin und wieder in der Terekgegend auftauchen. Es sind dies gefährliche Posten; denn nahen sich die feindlichen Trupps in der Ueberzahl, so sind die wenigen Kosaken der Wache trotz Wall und Graben und hartnäckigster Gegenwehr verloren. Die Ueberfälle der Bergvölker geschehen so unerwartet und schnell, dass der Wachthabende kaum Zeit hat, das Allarmsignal zu geben und im seltensten Falle auf seinem stets gesattelt bereit stehenden Pferde die Flucht zu ergreifen. Wie gesagt, heutzutage haben die Wachtposten nur noch polizeiliche und private Zwecke; so avisiren sie unter Anderem auch Feuer in den Ortschaften oder die oft mit rasender Geschwindigkeit um sich greifenden Steppenbrände.

Der Stamm und die Elite der kaukasischen Linienregimenter stehen im Daghestan, in Kabarda und an der Ostseite des Kaukasusgebirges, so die berühmten Regimenter Apscheron, Schirwan, Samursk, Kabarda u. s. w. Ein Theil dieser und der berittenen Kosaken bilden die Garnisonen der transkaspischen Steppenforts, wie Alexandrowsk, Krassnowodsk und Tschykyschlar an der Ostküste des Kaspischen Meeres, deren nähere Verhältnisse wir später kennen lernen werden. Die Truppen in den transkaspischen Gebieten stehen in mobilem Verhältniss, somit auf dem Kriegsetat!

Was schliesslich die Mortalität bei den kaukasischen Truppen betrifft, so ist dieselbe im Vergleich zu der der anderen Militärbezirke eine höchst günstige zu nennen. Nach dem Suworin-Kalender von 1875 betrugen die Erkrankungsfälle bei der regulären Armee (zu 154.046 M. gerechnet) für 1872: 183,4 pCt., die Todesfälle 1,36 pCt. Nächst dem Westsibirischen und Warschauer Militärbezirk gehören demnach die Sanitätsverhältnisse der Kaukasus-Armee, was Krankheiten mit tödtlichem Ausgange betrifft, mit zu den besten des russischen Reiches. Die reiche Natur, die gesunde Bergluft und die günstigen Kantonnements daselbst mögen hauptsächlich die Ursache davon sein. In Bezug auf leichte Erkrankungen ergiebt der Kaukasus allerdings die höchste Ziffer von allen Militärbezirken.

III. Die Marine des Schwarzen und Kaspischen Meeres.

Neben den beschriebenen russisch-kaukasischen Streitkräften zu Lande wäre ausserdem noch die Marine der beiden den Kaukasus begrenzenden Meere zu erwähnen, die bei Kriegsoperationen allein für den Transport von Truppen und Kriegsmaterial, namentlich für die Ostküste des Kaspischen Meeres, oder zum Schutze der Küsten und zur Communication nach rückwärts von nicht zu unterschätzender Bedeutung ist. Die Flotte des Schwarzen Meeres besteht aus:

5 Schrauben-Korvetten und Jachten mit zusammen 47 Geschützen,

1 Schrauben-Transporter,

8 Transportdampfschiffen,

14 Dampfschiffen der Küstenflottille,

28 Schiffen mit 53 Kanonen in den Häfen Odessa, Sewastopol, Kertsch.

Der normale Etat für die Schiffsequipage der Flotte, die in 2 Abtheilungen zerfällt, ist 3500 Matrosen. In dem Jahre 1873—74 standen hiervon 9 Schiffe mit 320 Officieren und 3000 Matrosen im Dienst.

Die des Kaspischen Meeres aus:

17 Kaspi-Dampfschiffen {
3 Schrauben-Schoner,
3 Kanonenbote,
7 kleine Dampfer,
Mehrere Transportdampfer und Dampfbarkassen,

14 armirten Segelschiffen zum Kreuzen an den Küsten,

31 Schiffen mit 45 Kanonen, vertheilt auf die Häfen Petrowsk, Baku,. Aschurade, Derbent und Astrachan, der grösste Theil auf Stationen an den Küsten.*)

*) Nach den neuesten Angaben des russischen „See-Magazins" 1874 hat die Flotte des Schwarzen Meeres 2 Panzerschiffe mit je 4 Kanonen, 29 ungepanzerte mit zusammen 45 Kanonen; die des Kaspischen Meeres 20 ungepanzerte Dampfer, von denen eins noch im Bau und neun nicht armirt sind.

Der Etat der Schiffsequipage war pro 1873/74 1436 Mann. Im Dienst standen 11 Schiffe mit 140 Officieren aller Grade und 1150 M.

Für den Verkehr und die Communication auf der Wolga und dem Kaspischen Meere stehen dem Oberkommando in Tiflis für einen Kriegsfall die ausgedehnte Handelsflotte und zahlreichen Passagierböte der verschiedenen Dampfschifffahrt-Gesellschaften zur Disposition. Diese werden nach Bedarf von der Krone gemiethet und stehen im Frieden schon unter Aufsicht der Marineverwaltung, die alljährlich einen grossen Theil ihrer See-Officiere, Kapitäns und Seelieutenants an den Civildienst abgiebt. Dieselben behalten ihre Uniform und Avancements, stehen aber vollständig in dem Dienst und der Besoldung der Privatgesellschaften. Directoren und Hauptagenten sind häufig solche active Marineofficiere. In dem Feldzuge 1873 verrichteten die so befehligten Schiffe der Gesellschaft „Kaukasus — und — Merkur" ausschliesslich den Dienst zwischen dem Kaukasus und den östlichen Steppenforts, Ausgangspunkten der kaukasischen Operationscolonnen. In Astrachan bestehen zwei ausgedehnte Dampfschifffahrts-Gesellschaften für das Kaspische Meer, die vornehmlich den Handel mit Persien über Asterabad und die Rhede von Enseli und den Personenverkehr an den Küsten vermitteln. Ausserdem wird dasselbe von Hunderten von kleinen Fischerböten befahren, die an der Westküste sich mit der Gewinnung des bekannten Kaviars, an der Ostküste mit dem ergiebigen Fischfang und dem Transporte des Naphta's beschäftigen. Eigentliche Häfen haben die kaspischen Küsten nur in Petrowsk (mit Leuchtthurm und einzigem praktikablen Kriegshafen) und Baku, Rheden in Nisow, Derbent, Enseli (Rhede für Rescht), Sarinski und Kurinski. Die übrigen Haltestellen oder Stationen für die Schifffahrt bestehen aus einfachen Ankerplätzen, so für die Kriegsflotte in Aschurade auf der Halbinsel Sara, wie die historische Uebersicht schon gezeigt hat. Günstige Punkte für solche bilden der Busen von Kinderli, der Golf von Krassnowodsk, der Chiwinskibusen und der Golf von Enseli. Für den Binnenverkehr sind ausserdem die kleinen Häfen an der Kumamündung und dem Terekdelta wie Schandrukow und Scherebriakow von besonderer Bedeutung, indem sie speciell die Versorgung der östlichen Gebiete des Kaukasus mit Manufactur- und Kurzwaaren aus den inneren Gouvernements des europäischen Russland über das Kaspische

Meer, sowie in Verbindung mit Petrowsk und Baku die Verproviantirung und Beschaffung des Kriegsmaterials für Theile der
kaukasischen Armee durch das russische Kriegsministerium vermitteln. In manchen Jahren betrug in diesen Häfen die Einfuhr an
Getreide aus den Wolgaprovinzen ausschliesslich zu Militärzwecken bis
zu 600.000 Tschetwert.

　　Die Wolga hat 4 Gesellschaften*) für den Personenverkehr,
welche grosse und mit dem grössten Luxus ausgestattete Passagierböte im Dienst haben. Sie wird allein von 357 Dampfschiffen befahren, wovon 60 Passagierböte sind. Die Schifffahrt auf dem Kaspischen Meere kann allerdings nur den Binnenverkehr vermitteln, da
mit dem Schwarzen Meere direct keine Verbindung existirt;**) derselbe
wird jedoch von grosser Bedeutung, weil er vom Kaspischen Meere
vermittelst der Wolga durch die Wyschni-Walotschek'schen, Tich-
winschen und Mariaschen Verbindungskanäle nach dem Baltischen Meere,
durch den Herzoglich Würtembergischen Kanal nach dem Weissen
Meere geleitet wird. Ein Haupthinderniss für die Schifffahrt ist das
Delta der Wolga, das wie bei allen Mündungen der asiatischen Binnenflüsse ein sehr ausgedehntes und verzweigtes Netz von kleinen Mündungsarmen bildet, die so versandet sind und deren Versandung jährlich dermassen zunimmt, dass die meisten derselben für die Schifffahrt vollständig
unbrauchbar bleiben. Ein Hauptarm der Wolga wird nur befahren, und
auch dieser hat vor seiner Mündung in das Meer eine so ausgedehnte
Barre, dass nur kleine Böte von 1 bis 2 Fuss Tiefgang den Personen-

---

*) Die Gesellschaften sind: „Samoletk", „Kaukasus u. Merkur", „Dampfschiff-Ges.
Auf der Wolga" und „Kama-Wolga-Leow".

**) Die geniale Idee, den Kaukasischen Isthmus zu durchstechen, so die beiden
Meere durch einen Schifffahrtskanal dauernd zu verbinden und den immensen
Binnenverkehr Russlands, zum Theil Mittel-Asiens, durch Wolga und Kaspisches
Meer direkt in den grossen Strom des mittelländischen Weltverkehrs zu leiten, ist
bisher immer nur im Bereiche der Projekte geblieben. Die Projekte hatten jedoch
den Vortheil, dass sie zu einem Nivellement des Isthmus führten, das die genaue
Niveaubestimmung des Kaspischen Meeres ergab. Der geringe Niveau-Unterschied
zwischen Schwarzem und Kaspischem Meer soll, in Verbindung mit anderen lokalen Verhältnissen, einer Kanalanlage nicht günstig sein. Die neuerdings in Russland so viel besprochenen Pläne für den Bau einer centralasiatischen Eisenbahn, die
baldige Vollendung der Bahnstrecke Rostow-Wladikawkas haben die Kanalprojekte
nunmehr in Vergessenheit gebracht.

verkehr zwischen den grossen Wolgaschiffen und den Kaspischen See-
schiffen über dieselbe hinaus vermitteln können. Für die grösseren
Handelsfahrzeuge müssen alle Waaren auf Lichterschiffe verladen und so
über die Wolgamündung transportirt werden. Da sich zwischen Barre
und Meer kein Hafen befindet, so liegen die Seeschiffe im offenen
Meere vor Anker, und müssen die Waaren auf hoher See umgeladen
werden. Im Winter sperrt das Eis natürlich den Verkehr vollständig.
Die Dampfschifffahrt des Kaspischen Meeres konnte früher nie eine
grosse Bedeutung gewinnen, da Kohlen nur schwer zu beschaffen
waren, die Holzheizung aber eine sehr kostspielige und unpraktische
ist. Erst neuerdings beginnt dieselbe zu floriren durch die ungeheure
Ergiebigkeit der Naphta- und Petroleumquellen an der Westküste des
Kaspischen Meeres bei Baku, deren Abfallsprodukte von sehr geringem Preise man durch eine sinnreiche Erfindung zur Heizung der
Dampfböte zu verwenden gelernt hat.*)

Die russische Handelsflottille besteht nach Lengenfeldt:

Auf dem Schwarzen und Asowschen Meere aus:

876 Schiffen incl. 111 Dampfern mit 80.134 Tonnen.

Auf dem Kaspischen Meere aus:

267 Schiffen incl. 18 Dampfern mit 17.566 Tonnen.

Die Productionsfähigkeit und die Ressourcen des Kaukasus in Bezug auf Armee- und Kriegsbedarf.

Die Production des Kaukasus an Rohproducten, insofern sie die
Naturalverpflegung und die Bedürfnisse der kaukasischen Armee betrifft, möchte im Allgemeinen den Bedarf im Lande selbst decken, namentlich wenn man das Land der benachbarten und mit den Kosakengebieten Ciskaukasiens eng verwachsenen Don'schen Kosaken in Bezug
auf seine ländlichen Erzeugnisse zu dem Kaukasusgebiet mit hinzu-

---

*) Welche Ausdehnung die Transportverhältnisse des Kaspischen Meeres in den
letzten Jahren gewonnen haben, geht aus einer Angabe des russischen „Statistischen
Jahrbuchs" hervor, das die „Russische Revue", I. Jahrgang, p. 143, mittheilt. In
der fünfjährigen Periode von 1865—1869 wurden im System des Kaspischen Meeres
allein 36.190 Fahrzeuge im Werthe von 16.619.276 Rubeln erbaut, wovon allerdings
der grösste Theil auf die Wolga zu rechnen ist.

rechnet. Die Länder der Don'schen, Kuban'schen und Terek-Kosaken, sowie die georgischen Fürstenthümer Kachetien, Mingrelien, Grusien u. s. w. besitzen einen ausgedehnten und eifrig betriebenen Ackerbau, letztere namentlich einen ausgezeichneten und blühenden Weinbau, dessen Ertrag den Bedarf des Landes weit übertrifft und noch eine bedeutende Ausfuhr möglich macht. Die Haupterzeugnisse des Landmanns bilden neben Getreide Krapp, Reis, Baumwolle und Seide. Der grösste Theil des Kaukasus, so die nördlichen Steppen Ciskaukasiens, die trockenen und heissen Sandsteppen der Kurebene, sowie das vegetationslose armenische Gebirgsland dagegen haben fast gar keinen Ackerbau. Die Völkerstämme des Kaukasusgebirges betreiben denselben allerdings durchweg, jedoch ist er in dem wilden, steinigen Gebirge, wo die kleinen Aecker hoch an Felsenabhängen fast nur mit Lebensgefahr begangen und bestellt werden können, mit so grosser Mühe und Arbeit verbunden und von so geringem Ertrage, dass er kaum ausreicht, die sehr geringen Bedürfnisse der einfachen und anspruchslosen Bergvölker zu befriedigen. Die Armuth hier wird jedoch reichlich durch die grosse Productionsfähigkeit der genannten Kosakengebiete und der wunderbar fruchtbaren, paradiesischen Fürstenthümer Georgiens ersetzt. Die Kornproduction der Kosakengebiete ist eine sehr bedeutende, und der Ueberschuss derselben allein im Gebiete der Don'schen Kosaken möchte genügen, den ganzen Kaukasus zu versorgen. Für das Jahr 1871 betrug die Ausfuhr von

Weizen aus dem Hafen von Taganrog   1.531.893 Tschetwert,

„   „   „   „   „   Rostow   1.262.443   „

Roggen „   „   „   „   Taganrog   104.297   „

„   „   „   „   „   Rostow   276.986*)   „

Welche ausgedehnten Mittel den Kosakengebieten für den Ackerbau im Allgemeinen zur Verfügung stehen, ersieht man aus folgenden statistischen Details:

	Bevölkerung	Männlichen Geschlechtes	Culturfähiges Land Dessiatinen	Unbrauchbares Land Dessiatinen
Don'sche Kosaken =	990.619	485.857	12.788.962	1.728.052
Terek'sche „ =	120.165	60.899	1.639.718	831.282
Kuban'sche „ =	470.258	244.101	9.508.000 Dessiat. zusammen.	

*) Russische Revue II. 7. 73. „Der auswärtige Handel Russlands" von F. Matthäi.

Hiervon beträgt die Kornproduction der Don'schen Kosaken allein 5.386.000 Tschetwert.

Wenn dennoch, trotz dieser immensen Getreidemassen in den nahen Häfen des Asow'schen Meeres, wie auf Seite 176 erwähnt, die Getreide-Einfuhr über die Wolga blos für Militärzwecke in manchem Jahre bis 600,000 Tschetwert betrug, so muss dies der mangelhaften Kommunikationsmittel wegen nicht erstaunen. Trotz der geringen Entfernung des Asow'schen Meeres sind für den östlichen Kaukasus und die Kaspische Westküste die Transportkosten des Getreidebezugs aus den mittleren Wolgaprovinzen geringer als aus Rostow oder Taganrog. Ausserdem möchten Preisverhältnisse resp. Missernten in den Ländern der Don'-schen Kosaken der Grund für die erwähnte, verhältnissmässig sehr grosse Einfuhr von der Wolga gewesen sein.

Der Bau des Tabaks ist im ganzen Kaukasus verbreitet. Derselbe ergab nach der russischen Revue für des Jahr 1871:

Für das Land der Don'schen Kosaken auf 6 Dessiat. Land 253 Pud Tabak.
„ Stawropol, d. Terek-u. Kuban-Gebiet	„	938	„	„	53.244 „ „
„ Kutais	„	407	„	„	8.492 „ „
„ Baku	„	81	„	„	5.270 „ „
„ Elisabethpol	„	62	„	„	3.842 „ „
„ Tiflis	„	144	„	„	2.693 „ „
„ Eriwan	„	126	„	„	2.085 „ „
„ Derbent	„	3	„	„	151 „ „

Summa: 1767 Dessiat. Land 76.030 Pud Tabak.

An Wein produciren die Don'schen Kosaken über 1 Million Hektoliter, der Kaukasus, vornehmlich Kachetien, dessen rothe und weisse Weine weltberühmt sind, über 100 Millionen Hektoliter.

An Vieh erzeugten:

	Pferde	Rindvieh	Schafe	Schweine	Ziegen
Das Land der Don'schen Kosaken	370.000	1.012.000	2.246.000	220.000	40.000
Stawropol	98.000	822.000	1.032.000	64.000	51.000
Tiflis	78.000	301.000	1.388.000	209.000	57.000
Kutais	33.000	139.000	86.000	100.000	59.000
Eriwan	33.000	225.000	575.000	2.000	—
Baku	143.000	544.000	1.486.000	13.000	82.000
Kubangebiet	113.000	543.000	1.013.000	160.000	43.000
Terekgebiet	34.000	102.000	94.000	40.000	—
Summa:	902.000	3.188.000	7.920.000	808.000	332.000*)

*) Bericht der Kaukasischen Abtheilung der Kaiserl. Geographischen Gesellschaft für 1869.

12*

Nach diesen Angaben ist die Pferdezucht eine sehr grosse und dürfte in der Gegenwart doch wohl eine kleinere Zahl ergeben, da dieselbe gerade im Kaukasus in den letzten Jahren sehr abgenommen hat. Jedenfalls aber liefern die benannten Districte ein unschätzbar werthvolles Material für die Kosakenheere, sowie für die reguläre kaukasische Armee, ein Material, das genügen würde, die doppelte und dreifache Anzahl Truppen beritten zu machen. Von den Pferde-Racen dieser Gebiete, die überhaupt in Russland ebenso verschieden sind wie die Lebensart ihrer angesiedelten und nomadisirenden Bewohner, sind vornehmlich drei Hauptarten zu erwähnen, das Steppenpferd, wozu das Don'sche, das Kalmüken- und Kirghisenpferd gehört, das kaukasische Gebirgspferd, worunter vornehmlich das Karabag'sche und Kabardinische zu rechnen ist, und schliesslich das Don'sche Kosakenpferd. Das Don'sche Pferd bildet zwei Racen: das einheimische aus altem tatarischen Stamme und das durch Kreuzung mit türkischem, arabischem, persischem und tscherkessischem Blute veredelte, das sich als Kosakenpferd von allen russischen Racen durch seine Leichtigkeit und Schnellfüssigkeit auszeichnet. Die vorzüglichste Eigenschaft des Don'schen Pferdes ist eine grosse Ausdauer und Zähigkeit in Bezug auf Witterung und Klima und eine grosse Genügsamkeit in Betreff des Futters und der Pflege. Den grössten Theil des Jahres bleiben die Kosakenpferde auf den Weiden der Steppe sich vollständig selbst überlassen, und nur im Winter, wenn die Ebene mit Schnee bedeckt oder der Boden hart gefroren ist, werden sie in eingefriedigte und bedeckte Räume zusammengetrieben. Die Gewohnheit und Lebensart macht das Don'sche Pferd somit allein schon zu einem vorzüglichen Campagnepferde. Das Kalmükenpferd ist in der nördlichen Ebene Ciskaukasiens bis nach Astrachan hinauf zu Hause und hat ausschliesslich mongolisches und tatarisches Blut. Die Thiere sind klein, struppig, langohrig und von wenig schönem Aeussern, dagegen von grosser Ausdauer und Zähigkeit. Sie eignen sich ausschliesslich nur zu Reitpferden, und wenn sie auch in der Ruhe ein faules und träges Aussehen haben, so zeigen sie sich geritten und getummelt voller Feuer und Emsigkeit. Ihm am meisten ähnlich sieht das Kirghisenpferd, das womöglich noch unschöner als jenes ist. Dadurch dass es das ganze Jahr im Freien bleibt und sogar im Winter sich das spärliche Futter der Steppen und Wüsten unter dem Schnee

hervorsuchen, im Sommer oft tagelang Durst leiden muss und fast nur
mooriges Salzwasser zu trinken bekommt, erträgt es Hunger und
Strapazen eines Wüstenfeldzuges bei grosser Gewandtheit und Rührigkeit, ja sogar erstaunlicher Schnelligkeit noch besser als das vorher-
beschriebene Kalmükenpferd. Seine eigentliche Heimath ist die Kirghisensteppe südlich des Orenburger Gouvernements und an der Ostküste des Kaspischen Meeres. Es findet sich jedoch auch in der
Steppe Ciskaukasiens, namentlich bei den Nomaden in den Gebieten
des Kumaflusses.*) Die edelste Race von vorwiegend arabischem Blute
repräsentirt jedoch das kaukasische Pferd. Das vorzüglichste dieser
Zucht ist das Karabagsche, das dem arabischen Vollblut am nächsten
steht und zum grössten Theil in der Provinz Karabag südlich der Kuma
gezüchtet wird. Dasselbe nimmt unter den asiatischen Pferden neben
dem Turkmenenpferde ungefähr denselben Rang ein, wie das englische
Vollblut unter den europäischen. Es ist eher klein als gross, aber
stark und dabei von feinem und elegantem Wuchs mit edlen und
schnittigen Formen. Die Karabags haben feinen Instinkt, scharfen Sinn
und einen elastischen und sichern Tritt, weshalb sie für die gefährlichen
und steilen Gebirgspfade des Kaukasus von grossem Werthe sind.
Leicht und gewandt ist dies prächtige Pferd, voll Feuer und Energie,
und doch zahm, gelehrig und gehorsam. In wilder Carriere saust der
Tscherkesse oder Lesgier auf seinem Streitrosse den steilsten Saum-
pfaden an schwindelnden Abgründen und Gletschern entlang, über.jähe
Steingerölle und abschüssige, steinige Abhänge hinab, ohne zu stolpern,
ohne ein einziges Mal zu zaudern oder ängstlich nach vorwärts zu
blicken. Ruhig nimmt er am Abend dem braven Thier Sattel und
Zaum ab und lässt es frei in das Gebirge und auf die schmalen, steilen
Grashalden laufen, unbekümmert um sein Schicksal. Ein kurzer Pfiff
genügt, um mitten in der Nacht das Pferd von den steilsten Höhen, den
duftigsten Weiden gehorsam zum Dienste seines Herrn zurückzurufen!
Das Kabardinische, gewöhnlich das tscherkessische Pferd genannt,
ist von weniger edler Race und repräsentirt eine Mischung des Gebirgs-
pferdes mit arabischem Vollblut. Es ist dabei stark und feurig und steht
dem Karabagpferde wenn auch an Eleganz und Grazie, so doch an Ausdauer

---

*) Näheres über das Kirghisenpferd werden die späteren Abschnitte noch bringen.
(Vergl. Kap. VII.)

und Leistungsfähigkeit nicht nach. Strapazen und Wechsel der Witterung und des Futters möchte das tscherkessische Pferd vielleicht besser ertragen als das edle arabische Karabagpferd. Die Heimath des Tscherkessenpferdes ist vornehmlich die Prozinz Kabarda. Ich selbst ritt während des ganzen Feldzuges ein kabardinisches Pferd, das ich im Daghestan von einem alten Lesgischen Krieger gekauft hatte. Ich ritt das tüchtige Pferd jeden Tag und versagte dasselbe trotz der schrecklichsten Anstrengungen und Entbehrungen nicht ein einziges Mal. Ein schönerer, eleganterer Karabag dagegen, den ich von einem Tscherkessenoffizier aus der Kurebene erstand, ertrug die ungünstigen Wasser- und Futterverhältnisse der Wüste weit weniger gut, langte im Chanat Chiwa vollständig als Skelett an und konnte sich erst nach Wochen auf den saftigen und duftigen Weiden der Oase wieder erholen.

Die Zucht genannter Pferde geschieht fast durchweg in Privatgestüten. Ausserdem züchtet fast jeder Kosak für sich im Kleinen, denn er ist ja ein geborner Kriegs- und Reitersmann. Im Lande der Don'schen Kosaken rechnet man allein über 38 Pferde auf je 100 Einwohner. Die Anzahl der Gestüte ist:

	Gestüte	Hengste	Stuten
Im Lande der Don'schen Kosaken . . .	116	1526	19.529

Ausserdem in Händen der Privatzucht

in den Steppen:

im Gebiete der Don'schen Kosaken	—	911	13.667
„ „ „ Terek'schen „	—	549	5.986
„ „ „ Kuban'schen „	—	2.049	24.326
„ „ „ Kalmüken „	—	42.367	331.531*)

Neben der Pferdezucht ist für das Transportwesen in Transkaukasien die Zucht der Kameele und asiatischen Büffel zu erwähnen, welche letztere hauptsächlich in den sandigen Gebieten des Kur, in dem östlichen Theile Georgiens und in der Provinz Schirwan zum Ackerbau und Transport der grossen Wagencolonnen statt des europäischen Ochsen vielfach verwendet werden. Für den Kaukasus rechnet man un-

---

*) v. Sarauw „Russisches Reich".

gefähr 38.000 Kameele, die sich hauptsächlich auf die Gouvernements Baku, Eriwan und Tiflis vertheilen.

Die enorme Ergiebigkeit und Ertragsfähigkeit Georgien's an Früchten und köstlichem Obst, das die Cultur von Nord- und Süd-Europa gleichzeitig umfasst, braucht kaum erwähnt zu werden. Wer kennt nicht die Zaubergärten Kachetiens, Mingreliens und Georgien's, wo die Trauben, Kirschen, Pfirsiche und Melonen des Nordens mit den Feigen, Arbusen*) und Mandeln des Südens nebeneinander gedeihen. Nicht zu gering sind diese Producte anzuschlagen, denn getrocknet oder als Conserven geben sie ein treffliches Material für die Naturalverpflegung der Truppen bei Wüstenfeldzügen. Sie bieten das einzige Mittel, die Leute vor dem Scorbut zu schützen. Die eingemachten Früchte werden von den russischen Kriegern fast auf kindliche Weise geliebt und fehlen fast nie den Taschen der Feldsoldaten. Ein Hauptbedürfniss der Armee, den Thee und Zucker, liefert der Kaukasus allerdings nicht. Die ausgedehnten Schifffahrtverbindungen des Schwarzen Meeres mit dem Welthandel — aus dem Hafen von Odessa laufen jährlich mehrere Ostindienfahrer des Thees wegen — decken, verbunden mit dem Karawanenhandel durch Persien, diesen Bedarf vollständig. Versuche, den Thee im Kaukasus zu acclimatisiren, sind ausserdem an der Ostküste des Schwarzen Meeres, wie man sagt, mit Erfolg gemacht worden. Das Mehl für die Armee liefern fast durchweg die ausgedehnten Dampfmühlenanlagen von Rostow am Don. Steinsalz wird in grosser Masse im Kaukasusgebirge und in der Provinz Eriwan, Seesalz im Gebiet der Don'schen Kosaken, ausserdem in Ciskaukasien am Manytschflüsschen und bei Stawropol gewonnen. Der ausgedehnte Fisch- und Caviarfang an dem Ufer des Kaspischen Meeres bedarf als allbekannt wohl kaum der Erwähnung; beträgt doch der Ertrag der Kaspischen Fischerei nach Danilewsky's Berechnung im Durchschnitt jährlich 12 Millionen Pud im Werthe von mindestens $10^1/_2$ Million Rubel!

Wir sehen somit die Existenz der Armee, was Naturalverpflegung betrifft, durch die Production des Landes reichlich gesichert. Anders ist es mit dem Kriegsmaterial und der Ausrüstung. Wenn auch der

---

*) Die Arbuse ist eine grosse, saftige Wassermelone, das unentbehrlichste Nahrungs- und Erquickungsmittel der Asiaten.

Handel, namentlich mit Asien, in hohem Flor steht, so ist dem gegenüber die Industrie noch sehr weit zurückgeblieben trotz der grossen,
allerdings wohl zum grössten Theil noch nicht aufgedeckten Reichthümer des Kaukasus an Mineralien und Rohproducten. Silber, Blei,
Kupfer und Eisen ergiebt der Bergbau im Kaukasus. Seidenzucht und
sogar Baumwollculturen hat das Flachland aufzuweisen. Zwei ausgedehnte
Grubengebiete giebt es in dem Bassin des Kaukasus, die jährlich über
190.000 Pud Kohlen fördern; eine grosse Menge von Soda liefern durch
Verbrennen die Salzpflanzen der Steppen, genügende Quantitäten Salz
die Salzseen des ciskaukasischen Flachlandes. Unschätzbare, ungeheure
Quantitäten Petroleum und Naphta werden aus den Bohrlöchern und
Quellen bei Baku und an der Ostküste des Kaspischen Meeres gewonnen.*) Trotz alledem ist die Industrie und Manufactur noch immer
im Stadium der allerjüngsten Kindheit geblieben. Mangel an Arbeitern,
Unsicherheit der Verhältnisse und Schwierigkeit der Communication
mögen daran bis jetzt Schuld gewesen sein. Dennoch zählt man im
Kaukasus unter Anderem:

19 kleine Tuchfabriken mit   10.000 Rubel Ertrag,
99 Baumwollfabriken .   „   249.055   „   Productionswerth,
206 Lederfabriken . . „ 358.000   „   „
2 Eisengiessereien . „   61.792   „   „

Jedenfalls genügt die Landesindustrie in keiner Weise dem Bedarf
der territorialen Armee in Bezug auf Ausrüstung und Montirung. Geschütze, Handfeuerwaffen und kalte Waffen, sowie alles zugehörige
Material wird aus dem europäischen Russland, zum grössten Theil aber
aus dem Auslande bezogen. Nur für die irregulären Truppen, so
namentlich für die tscherkessischen Irregulär-Reiterregimenter und die
Milizen liefert die alte Gebirgsindustrie Säbel und Dolche, Schaschka

---

*) Die Naphtagewinnung betrug: (n. d. Russischen Revue III. 1. 74.)
  Im Jahre 1871 im Gouvernement Baku . . . . . = 1.165.258 Pud.
  „   „   1868 „ Kubangebiet (Halbinsel Taman) = 975.650 „
  „   „   1868 „ Daghestangebiete . . . . . . =   15.717 „
  „   „   1871 „ Gouvernement Tiflis . . . . . =   59.522 „
  „   „   1871 im ganzen Kaukasus . . . . . . = 1.375.523 „
Die Productionsfähigkeit der Naphtaquellen bei Baku hat sich im Jahre 1873
durch neue Bohrungen sehr bedeutend vermehrt. 1871 wurde Naphta aus 697 Quellen
gewonnen. Aus den Salzseen des Gouvernements Stawropol, Baku und des Kuban-
gebietes wurden 1872 925.749 Pud Salz gewonnen.

und Kindshal. Die alten langgeschäfteten türkischen Feuersteingewehre, welche die Eingebornen ausschliesslich benutzen und allen andern modernen Percussionsgewehren und Hinterladern noch immer wegen der leichten Beschaffung der Munition hartnäckig vorziehen, werden nur in geringer Zahl im Kaukasus fabrizirt. Die meisten sind aber alte traditionelle Erbstücke, die vom Vater auf den Sohn erben und den verschiedensten Ursprung haben. Neue Feuersteingewehre werden meist aus den türkischen Ländern eingeführt.

Der Bedarf an Waffen ist im Kaukasus ein unvergleichlich grosser, da die Gebirgsvölker in ihrem Privatleben noch immer bis an die Zähne bewaffnet sind. Der ärmste und gewöhnlichste Tagelöhner hat seine complete Bewaffnung, zum mindesten Gewehr, Schachka, Kindshal und Pistole. Die Reicheren besitzen mindestens ein Streitross und treiben grossen Luxus in, mit Gold, Silber und Türkiesen reich verzierten Waffen. Im Gebiete der Lesgier, der zuletzt von Russland unterworfenen Völkerschaften, sieht man Niemand ohne Waffen. Die Waffen gehören mit zur Kleidung. Nur verachtete und elende Schacherjuden gehen unbewaffnet. So sieht man den Landmann mit schleppendem Säbel, den grossen Dolch um die Hüfte am Pfluge gehen, mit umgehängtem Gewehr seinen Heuwagen beladen. Selbst beim Jagen und Spielen lässt der Lesgier seinen Kindshal nicht von sich. Wie gefährlich diese seltsamen Verhältnisse für die militärische Administration in einem Lande werden können, in dem die alten Ideen der Freiheit, Unabhängigkeit und des fanatischen Islams sammt Christenhass und Blutrache noch immer rege sind, wo das Volk, noch immer streng an den alten Sitten und Gebräuchen festhaltend, die der Choran einerseits, die streng religiöse Zucht Schamyls andererseits vorschreibt, der aufrührerischen Anreizung und gefährlichen Fanatisirung der Strenggläubigen von Stambul oder Mekka her ausgesetzt ist, kann man sich vorstellen. Trotzdem wagt es die Administration der Bergvölker in Tiflis nicht, mit den alten Traditionen ganz zu brechen. Wenn man sich dort auch mächtig genug glaubt, mit Gewalt dem Volke die Waffen zu nehmen, mit Gewalt die Ausübung der Blutrache u. s. w. zu verhindern, so thut man es schon allein deshalb nicht, weil man allgemeine Auswanderung befürchtet und dann die Verwilderung der ganzen sterilen Gebirgsgegenden voraussieht, die kein anderes Volk als gerade die ureingesessenen Kaukasier zu bebauen und zu bewohnen sich

verstehen würden. Nur allmälig sucht man vermittelnd auf das zum
Theil noch sehr wilde Volksleben einzuwirken.

Die Montirung und Ausrüstung der Landescavallerie geschieht gleichfalls im Lande selbst. Bekleidung und Montirung der Feldarmee besorgen
die einzelnen Truppenkörper. Der Soldat fertigt sich selbst seine Bekleidung und sein Schuhwerk und erhält von der Krone nur das Roh-
material geliefert, Tuche, Leder, Drillich u. s. w., die zum Theil aus
dem europäischen Russland, zum Theil aus dem Auslande geliefert
werden. Die kleinen Montirungsstücke werden sonst durchweg von dem
Auslande beschafft. Die Reparatur der Waffen, die namentlich bei der
mit dem neuen, difficilen Gewehr bewaffneten Infanterie, der eine
schonende und sorgsame Behandlung der Verschlüsse nur schwer bei-
zubringen ist, in Russland eine sehr bedeutende Rolle spielt, ruht ausschliesslich in den Händen von deutschen Büchsenmachern. Pulver und
Munition liefert das europäische Russland. Dem Kaukasus fehlen die
Materialien zur Pulverfabrication, Salpeter und Schwefel, vollständig.
Beide müssen für die allernothwendigste Fabrication zum grössten
Theil, gleichwie auch im europäischen Russland, aus dem Auslande bezogen werden. Salpeterfabriken von geringer Productionsfähigkeit besitzt Russland nur bei Samara und Simbirsk. Lazarethgeräthe, namentlich Zelte, liefert das Ausland, letztere speciell nach französischem
Muster (tentes d'abri) Frankreich; Medizinalmaterial sowie Verpflegungsgegenstände für Feldzüge und Expeditionen, wie Fleisch-, Frucht- und
Gemüse-Conserven, Zwieback u. s. w. die Militärfabriken St. Peters-
burgs, vornehmlich aber die Privatindustrie Moskaus.

Trotz dieser, im Allgemeinen günstigen Verhältnisse im Kaukasus
darf es nicht erstaunen, wenn dennoch der Import in den letzten
Jahren den Export wohl bis über das dreifache übertroffen hat. Der
Export beschränkt sich fast ausschliesslich auf Seide, Schafwolle, Getreide und neuerdings Naphta und Steinöle. Der Import umfasst Woll-
manufakturen, Tabak, Gemüse und überhaupt alle europäischen Waaren
und Luxusgegenstände. Es wird nicht uninteressant sein über die Im-
portverhältnisse der letzten Jahre Näheres zu erfahren. Es betrug für
Transkaukasien z. B. in den Jahren:

1870 der Export 3.927.335 R., der Import 11.461.384 R.

1871 „   „   4.810.167 „   „   „   8.443.065 „

1872 „   „   5.629.413 „   „   „   9.457.029 „

f. d. Jahre 1870—72 „   „   14.366.915 „   „   „   29.361.478 „

Dass hierbei selbst in manchen Jahren Getreide aus den Wolga-Provinzen in ganz beträchtlichen Quantitäten eingeführt wird, haben wir vorher schon erkannt.

Wie gross die Kosten, namentlich für die militärische Administration trotz der reichen Production des Kaukasus und der reichlich eingehenden Steuern noch immer sind, wird aus folgender Zusammenstellung ersichtlich.*)

Staatseinnahmen:	Kosten der Administr. für Transkaukasien:	Deficit:
1872 = 5.831.554 R.	— 6.077.295 R.	— 245.741 R.
1873 = 5.885.059 „	— 6.166.604 „	— 281.545 „
1874 = 6.570.888 „	— 7.111.139 „	— 540.251 „
1875 = — —	— 6.727.125 „	— — —

wobei die noch unbekannten Einnahmen pro 1875 eine Reduction von 162.412 R. wegen der Herabsetzung der Zölle und Tabakssteuer erlitten haben, welche Einbusse 561.000 R. beträgt und nicht durch das Mehreinkommen von den übrigen Branchen gedeckt wird. Das Budget für die Verwaltung der Kanzlei des Kaukasischen Comités in St. Petersburg ist allein pro 1873 mit 28.517 R. verzeichnet. Wie wir hieraus ersehen, muss der Handel, die Industrie und überhaupt die Production der von der Natur so reich gesegneten transkaukasischen Länder noch sehr zunehmen, wenn jemals die ganzen Kosten der Administration gedeckt werden sollen.

---

*) Aus Daten des „Suworin Kalenders", der „Russischen Senatszeitung" und des „St. Petersburger Journals" zusammengestellt.

V. Kapitel.

II. Das General-Gouvernement von Orenburg, als Basis für den zweiten und nördlichen, den Orenburgischen Operationsabschnitt.

Geographische Lage, Bevölkerung und Eintheilung.

Das Centrum des Orenburger Militärbezirks (Okrug) bildet das den mittleren und oberen Lauf des Uralflusses und den südlichen Theil des Uralgebirges umfassende Gouvernement gleichen Namens, mit der Hauptstadt, Festung[*]) und dem Stabsquartier Orenburg. Die unter der Civil- und Militär-Verwaltung des General-Gouverneurs, General-Adjutanten v. Kryshanowski, stehenden Territorien ziehen sich zu beiden Seiten der Grenze zwischen Asien und Europa hin und gehören, wie im Kaukasus, beiden Welttheilen gleichzeitig an. Die Verwaltungssphäre des General-Gouvernements erstreckt sich nach Norden und Nordwesten bis zu den dem Kasaner Okrug angehörenden Gouvernements Perm und Samara, nach Westen bis zum Gouvernement Astrachan, ohne hier durch natürliche Grenzen bestimmt zu werden. Im Osten reicht dieselbe bis an das General-Gouvernement Westsibirien. Die Grenze für die Kirghis-Kaissaken beider General-Gouvernements läuft zwischen dem Orenburger Oblast Turgai und dem westsibirischen Oblast Akmolinsk hindurch, wird zum Theil durch den Ubaganfluss, den Dengis-See, Sary-Zufluss und den Hauptzug des Ulu-Tau-Gebirges bezeichnet und trifft in der Nähe des Saumal-Sees die Grenze des turkestan'schen General-Gouvernements.[**]) Von hier folgt sie in nordwestlicher Richtung der Nordgrenze des Syr-Darja-Districts, bis sie am Perowski-Busen den Aralsee

---

[*]) Orenburg als Festung, nach dem Vauban'schen System, sogar mit Mauerbekleidungen erbaut, ist nunmehr aufgegeben. Die Werke waren bei meiner Durchreise im Juni 1873 zum Theil schon abgetragen.

[**]) Vergl. Histor. Uebers. II. Kap. pag. 67. Anm. 2. Ueber die Begrenzung des General-Gouvernements Turkestan.

erreicht. Die südliche Grenze wird zum Theil durch das Kaspische Meer und den Aralsee gebildet, auf dem aralo - kaspischen Zwischenlande dagegen ist sie bis jetzt noch nicht genau bestimmt worden, da sie hier die Gebiete der nomadisirenden Kirghisen trifft, deren Stellung zu Russland noch keine klare geworden ist und die 1873 zum Theil sogar sich zur Abhängigkeit von Chiwa bekannten. Eine Linie, die man von der östlichsten Bucht des Mertwy - Busens sich nach dem Cap Urga am Aralsee gezogen denkt, möchte ungefähr die Demarkationslinie für das Orenburger Gouvernement bilden, die gleichzeitig auch die Grenzlinie für das zum Kaukasus gehörige Hinterkaspische Gebiet (Mangyschlaker Bezirk) ist. Von den so begrenzten Gebieten gehört der bei Weitem grösste Theil dem südrussischen, sogenannten aralo - kaspischen Tieflande an, das fast durchweg Wüsten- oder Steppencharakter trägt und gewöhnlich mit dem Namen Kirghisensteppe bezeichnet wird. Der östliche grössere Theil gehört dem asiatischen Continente an und zerfällt in zwei Gebiete, den uralschen und turgaischen Oblast, deren Bewohner durchweg Nomaden sind, vom Stamme der Kirghis - Kaissaken, oder Kleinen Horde. Zu Europa gehört das Gebiet der Ural-Kosaken, das sich westlich des Uralflusses in einem langen von Norden nach Süden sich hinziehenden Streifen erstreckt und das Gebiet der Bukejewschen Kirghisen, der sogenannten Innern Horde, die sich in frühern Zeiten mit dem Stamme der Kleinen Horde entzweit hatte und westlich nach dem Astrachaner Gouvernement gezogen war. Den nördlichen Theil des Militärbezirks von entschieden europäischem Charakter bilden die beiden zum europäischen Russland gehörigen Gouvernements Orenburg und Ufa, welches letztere früher zum Orenburger Gouvernement gehörte und erst im Jahre 1865 als selbstständiges Gouvernement abgetrennt wurde. Die Grenze zwischen den beiden Gouvernements bildet im grossen Ganzen die Richtung des Uralischen Bergrückens. Die Länder der Ural - Kosaken gehören zu dem Ural - Gebiet, während die der Orenburger Kosaken zum Theil längs des mittleren Uralflusses, zum Theil westlich vom obern Ural auf asiatischem Boden liegend, auf das Gouvernement Orenburg vertheilt sind. Das General-Gouvernement Orenburg umfasst ein Ländergebiet von 22.012 geogr. Quadratmeilen mit einer Einwohnerzahl von ca. 3.105.900 Seelen, also ca. 142 Seelen auf die □Meile, und zerfällt in 2 Gouvernements, 2 Kosakenländer und 3 Gebiete:

	Eintheilung	Name	Kreise
In Europa	Gouvernement	Orenburg Gouverneur: Gen.-Major Boborykin	1. Orenburg 2. Orsk 3. Werchne-Uralsk 4. Troizk 5. Tscheljabinsk
	Gouvernement	Ufa Gouverneur: Staatsrath Schtscherbatski	1. Menselinsk 2. Birsk 3. Belebei 4. Sterlitamak 5. Ufa 6. Slato-Ustowsk
	Land der (Semlja) Gebiet der	Uralschen Kosaken[4] (zum Ural'schen Gebiet) Bakejewschen Kirghisen	Hauptstadt Uralsk (Ujäsds)
In Asien	Gebiet (Oblast)	Ural Gebietschef: General-Lieut. Werewkin (Theile in Europa)[5]	1. Uralsk 2. Kalmükowsk(Fort) 3. Gurjew (16.462 E.) 4. Embensk
	Gebiet	Turgai Gebietschef: General-Major Ballusek excl.Ins.d.Aral=22,11g.□M.	1. Ilezk (Ilezkaja) 2. Irgis (Fort Ural- skoje) 3. Nikolajewski 4. Turgai
	Land der (Semlja)	Orenburger Kosaken (Theile in Europa auf Gouver- nement Orenburg)	Hauptstadt (zu Oren-

exclusive Aralsee = 1216,74 geogr. □ Meilen. **Summa** für die gesammten Gebiete

---

[1] Auf 1 Kibitke 5,1 Bewohner gerechnet, nach Oberst A. Tillo's Schätzung. (Petermann'sche *Mittheilungen*, Ergänzungsheft No. 35, pag. 37) und St. Petersburger Kalender 1875.

[2] v. Sarauw, „*Russisches Reich*".

[3] Die Arealangaben sind nach Strelbizki durch Reducirung der bei ihm ange-

nement Orenburg.
General-Adjutant Kryshanowski.

Gleichnamige Kreisstadt[3]) Einwohner	Steppen-Forts	Geogr. □ Meil.[3])	Einwohner 1870	Kibitken [1])
St. = 33.431 St. = 3.088 St. = 6.166 St. = 7.741 St. = 5.187	exclusive der Orenburger Kosakenländer[5])	2.599,50[5])	658.893	inclusive der Kirghisen und Kalmüken
St. = 4.879 St. = 3.841 St. = 2.129 St. = 5.582 St. = 20.166 St. = 15.674		2.212,20	1.251.859	
St. = 15.455	{ 113.066 Einw. auf 5.251.625 Dessiat. Land	1.228,90[5])	113.066	
		1.377,14	203.800	Innere Horde in 40.000 Kibitken
St. = 15.455 Fort Uilskoje Fort Nijne-Embenskoje Fort u. Garnison	exclusive Ural-Kosakenländer[5])	5.425,31	346.715	Kleine Horde in 61.767 Kibitken
Fort = 2.493 Fort u. Garnison	Fort Ak-Tjubinskoje Fort Karabutak			
Fort u. Garnison Fort Orenburgskoje	Fort Konstantinowskoje	8.293,31	289.930	in 56.797 Kibitk.[1])
Orenburg burg)	{ 241.654 Einw.[2]) auf 7.678.204 Dessiat. Land	875,88[5])	241.654	
des General-Gouvernements **Orenburg**		22.012,19[3])	3.105.917	158.564 Kibitken = 809.184 Einw.

gebenen □ Werst in geographische □ Meilen zusammengestellt. Es ergeben sich hier dieselben Differenzen wie bei der kaukasischen Tabelle.

Bei den Arealangaben in Quadratmeilen sind die innern Gewässer miteingerechnet. Der Aralsee = 1216,74 □ M. inclusive Inseln = 22,11 □ M., den Strelbizki mit zum Turgai-Gebiet einrechnet, ist hier nicht mitgezählt. Die Einwohnerzahlen

Bei dieser Zusammenstellung ist der Aralsee mit seinen $22{,}_{11}$ ☐ M. umfassenden Inseln nicht miteingerechnet. Mit demselben umfasst das Areal des Gouvernements von Orenburg $23.228{,}_{93}$ geogr. ☐ M. Dabei wäre das wirkliche Landareal zu $22.012{,}_{19} + 22{,}_{11} = 22.034{,}_{30}$ geogr. ☐ M. zu rechnen.

Die historische Entwickelung des Generalgouvernements Orenburg, namentlich in Bezug auf seine Ausdehnung südlich und östlich nach Asien hin, hat die historische Einleitung ausführlich beschrieben. Das Centrum der ganzen Entwicklung jener Grenzverhältnisse war immer die Stadt und Festung Orenburg, deren Lage als Hauptwaffenplatz der Kosakenlinie seit Beginn des vorigen Jahrhunderts für die russischen Grenzoperationen von ganz besonderer Wichtigkeit war. Die Stadt Orenburg wurde am 12. August 1735 am Einfluss des Or in den Ural an der Stelle des heutigen Orsk zuerst gegründet*), 1740 ward die Stadt 184 Werst unterhalb auf die Krasnaja - Gora, 1742 von Neuem

---

für die Städte sind dem St. Petersburger Kalender für „**1873**" entnommen. Die Bevölkerung dieser Städte hat in den letzten beiden Jahren durchweg eine bedeutende Zunahme erfahren. Der Suworin'sche Kalender für „**1875**" rechnet schon für die Städte Orenburg = 35.623, Orsk = 5.584, Ufa = 20.917, Uralsk = 17.590 Einwohner. — Seltsamer Weise stimmen die Arealangaben, die der Suworin'sche Kalender für 1875 giebt, nicht genau mit der authentischen Zusammenstellung von Strelbizki von 1874. Für das Gouvernement Orenburg z. B. rechnet Strelbizki $3475{,}_{37}$ ☐ M. incl. Kosakenländer, der Suworin'sche Kalender $3477{,}_9$ ☐ M.

4) Der „*Russ. Invalide*" 1. Januar 1875 giebt pro 1. Januar 1874 die Bevölkerung des Ural'schen Kosakengebietes exclusive Kirghisen und Kalmüken zu 50.925 männlichen und 49.656 weiblichen Individuen, in Summa 100.581 b. Geschl. an.

5) Das Gesammtareal des Ural'schen Kreises beträgt $6654{,}_{21}$; hier ist nur das Areal auf dem linken Uralufer, also der asiatische Theil, gerechnet worden, während der europäische Theil besonders als das Land der Uralkosaken in Anrechnung gebracht wurde. Aehnliches geschah bei der Berechnung des Gouvernements Orenburg. Das Gesammtareal des Gouvernements beträgt = $3475{,}_{33}$, wovon $875{,}_{33}$ für die Orenburger Kosakenländer in Abrechnung gebracht wurden. Bei der Strelbizkischen Arealberechnung des Uralschen Kreises ist die Vergrösserung desselben schon berücksichtigt, die durch die Verschiebung der Grenzen nach Süden hin im Jahre 1873 nach Erwerbung des Amu-Darja Gebietes bedingt wurde. Früher war die Südgrenze durch eine Linie gebildet, die man sich von dem Mertwy-Busen nach dem Brunnen Kysyl-Bulak am Aralsee gezogen dachte. Nach der statistischen Karte von Strelbizky 1874 geht erwähnte Demarkationslinie vom Mertwy-Busen direkt bis nach dem Kap Urga und berührt hier das russische Armu-Darja und Transkaspische Gebiet.

*) So berichtet das Reisejournal von John Castle, „eines Engländers und gewesenen Kunstmalers bei der Orenburgischen Expedition"! 1737. (*Materialien zur russischen Geschichte, III.*)

nach ihrem gegenwärtigen Platze in der Nähe der Mündung der Sakmara verlegt. Orenburg ist nicht allein das Centrum für die Civil- und
Militärverwaltung, sondern vor Allem der Mittelpunkt des Handels zwischen Russland und Centralasien, der Mittelpunkt überhaupt des Ver-
kehrs aller jener verschiedenen Völkerstämme und Racen, die hier an
der Grenze der beiden Welttheile ihre Wohnsitze aufgeschlagen haben
oder ihren Interessen nachgehen.*) Wie Tiflis im Kaukasus, so ist
Orenburg gleichzeitig eine Stadt europäischen und asiatischen Charakters. Das Centrum der Stadt hat elegante vielstöckige Häuser, Gouver-
nementspalais, Museen und Theater. Ueber ein wohlgepflegtes Pflaster
wandelt man an Cafehäusern, Hotels und Kaufläden vorbei, die alle er-
denklichen Luxusgegenstände der europäischen Cultur im reichsten Masse
darbieten. Prächtige Gärten und Anlagen umgeben die Stadt nach dem
erhöhten Uralufer hin, in deren mit allem Comfort ausgerüsteten Restau-
rants man am Abend die Orenburger Damen in der modernsten Pariser
Toilette bei dem Klange der Militärmusik lustwandeln sieht. In diese
feine Welt mischt sich unbekümmert das Kirghisenweib in seiner seltsamen Tracht, still und ernst wandelt mit dem faltenreichen Chalat der
Buchare und Chiwese, geschäftig und listig der Tatare und Baschkire,
devot und unterwürfig der Geschäfte suchende Perser. Eine Werst südlich der Stadt auf dem linken Ufer des Ural steht ein grosser Bazar,
dessen Umfassungsmauern und Kaufhallen mehrere Morgen Areal umfassen; er ist es, der gleichsam mit Zaubergewalt alle diese Völkerschaften aus den fernsten Gebieten Asiens zu einem gemeinsamen Zweck,
dem Handeln und Schachern hier an einem Orte zusammenruft. Alle
Waaren Centralasien's, Persien's und Russland's und sogar China's stellen sich hier vereint dem verwunderten Blicke des Kauflustigen dar,
dessen Auge und Ohr kaum das Gewirr der verschiedenen Trachten
und Sprachen, die sich hier bunt und mit lautem Getriebe untereinander
mischen, zu fassen vermögen. Verlässt man die Stadt, überschreitet
man den Rayon der alten zum Theil verfallenen Festungsenceinte, so
tritt man wiederum in ein ganz neues Gebiet. Hier tritt der provin-
ziale Charakter der russischen Gouvernements, der Charakter der Kosakenstanizen an den Fremden frappant heran. Kleine einstöckige, ernst

---

*) Siehe Ex- und Import zwischen Orenburg und Chiwa-Kap. III. pag. 109.

aber doch friedlich aussehende Holzhäuser umfassen weite, oft 100 Fuss breite Strassen, deren pflasterloser, sandiger Grund an die Postrouten der Steppe erinnert. Hier ist das Quartier der Altrussen, der Kosaken, Colonisten und Einwanderer der verschiedensten Nationen: Deutsche, Engländer, Franzosen u. s. w. wohnen hier friedlich zusammen, gewissermassen im Kleinen die Träger europäischer Cultur nach dem fernen asiatischen Osten. Der grossartige Handel und Verkehr, das bunte Gewirr und Getriebe eines Welthafens vermag wohl bei dem unerfahrenen Beschauer unbegrenzte Bewunderung zu erregen, obwohl jener die ungeheuren Transportmittel kennt, die dem Menschen durch die Schifffahrt gegeben sind. Wie muss aber erst der intensive Verkehr einer Stadt wie Orenburg erstaunen, deren continentale Lage inmitten endloser Steppen und Wüsten, ohne Strassen-, Eisenbahn- und Schifffahrtverbindung den Handel einzig und allein auf den Karawanentransport beschränkt, so dass jeder einzelne Waarenballen auf tausende von Werst, auf Märschen von 3—4 Monaten täglich mindestens einmal auf den Rücken des geduldigen Kameels aufgeladen und von demselben wieder abgeladen werden muss.

Sowie die Hauptstadt durch eine Dreitheilung der Bewohner, ihrer Sitten und Gebräuche charakterisirt wird, in ganz ähnlicher Weise ist eine Dreitheilung der Gebiete und Bevölkerung in den ihr unterstellten Provinzen erkennbar. Die Länder am rechten Ufer des Uralflusses gehören geographisch sowohl, wie auch was Bevölkerung, Natur und Cultur anbelangt, vorzugsweise dem europäischen Russland an; die Gebiete des linken Ufers sind gebildet von weiten, endlosen Ebenen und Steppen, die nur im Norden Graswuchs und Steppencharakter zeigen, in ihrer ganzen Ausdehnung nach Süden salzige und öde Sandwüsten bilden und verbunden mit den auf ihnen hausenden Nomaden, den Kirghis-Kaissaken, das Bild echt asiatischer Wildheit und Uncultur darstellen. Auf beide Gebiete vertheilt liegen schliesslich die Länder der Kosaken, am rechten Ufer des untern Ural das Land der Ural-Kosaken, zum grössten Theil am linken Ufer des oberen Ural die zersprengt liegenden Länder und Gebiete der Orenburg-Kosaken, untermischt mit dem Volksstamme der Baschkiren, aus denen sie durch Vermischung mit den altrussischen Kosaken hervorgegangen sind (siehe historische Uebersicht). Die Baschkiren, eigentlich Basch-Kurt, d. h. Bienenzüchter, sind ein tatarisch-musdisches

Volk von mongolischem Wuchs und Typus, das hauptsächlich das Uralgebirge des Gouvernements Orenburg bis in die Grubenreviere von Samara und Perm hinein bewohnt. Die Lebensweise der Baschkiren ist zur Hälfte eine nomadisirende, ähnlich der der Kirghis-Kaissaken. Im Winter leben sie im Gebirge in Dörfern zusammen. Im Sommer bleiben dort die Greise, Frauen und Kinder zurück, während die Männer mit ihren Pferden und Schafen, den weltberühmten Fettschwänzen, nomadisirend nach den Grasfluren des Südens ziehen. In und neben dem Gebiete der Baschkiren wohnt der tatarische Stamm der Meschtscherjäken, die steuerfrei, aber wie die Kosaken (siehe kaukasischen Operationsabschnitt) zum Kriegsdienst bis zum 40sten Lebensjahre verpflichtet sind.

Die altrussischen Gebiete erstrecken sich vornehmlich über den Kreis Orenburg, über die zu Europa gehörenden auf dem rechten Uralufer liegenden Theile der Kreise Orsk, Werchne-Uralsk und das gesammte Gebiet des Gouvernements Ufa, das, obwohl nicht ganz aus dem Grenzverkehr mit Asien entlegen, doch schon vielmehr den uniformen Typus des flachen Grossrussland trägt. Der Hauptverkehr der Provinz Ufa folgt dem Stromsystem der in die Kama, Nebenfluss der Wolga, strömenden Bjelaja und den durch Bergbau und Industrie verhältnissmässig belebten Thälern des nach Westen in die Ebene sich verlaufenden Ural'schen Bergrückens. Ausgedehnte prächtige Grasfluren, fruchtbare Aecker, wohl auch weithin von uncultivirten salzigen und sandigen Strecken durchzogen, bedecken die Ebenen, dichter Baumwuchs und Wälder füllen die Thäler des Gebirges aus. Den Kreis Orenburg charakterisirt mit ihren zahlreichen dem Ural entspringenden Nebenflüssen die Sakmara, die sich etwas unterhalb Orenburg in den Ural ergiesst und die Producte des Gebirges auf kleinen Flössen besagtem Flusse zuführt, der bis Orenburg gar nicht und weiter unterhalb nur wenig schiffbar ist. Die Höhen des seltsam geformten, aus reihen- oder gruppenweise nebeneinander gelegenen Kuppen oder abgerundeten Kegeln bestehenden Uralgebirges sind meist kahl und nur mit kleinem Buschwerk oder Grase bewachsen, das im Sommer ausgetrocknet, dem Gebirge eine eigenthümliche gelblich-blaue Färbung verleiht. Dieses eigene Colorit, verbunden mit der seltsamen Form der einzelnen, nebeneinander gereihten Bergzüge macht den ersten Eindruck beim Erblicken

des gewaltigen Gebirges, das zur Grenze der beiden Welttheile bestimmt
ist, für immer unvergesslich. Die Vegetation und der Anbau folgen
fast ausschliesslich den zahlreichen Wasseradern, die sich durch die
Gebirgsgruppen in vielen Windungen hinziehen. Reich und parkähnlich
bewachsen mit den prächtigsten Ulmen, Linden, Erlen und Platanen
sind die Ränder dieser Wasserlinien, und von weither für das entzückte
Auge erkennbar ziehen sie sich gleich grünen, blühenden Adern durch
das öde und vegetationsarme Hügelgewirr. Die Thäler des Ural mit
ihren grünen duftenden Grasfluren, ihren lieblichen Baumgruppen, die,
wie von Gärtnershand hier hingesetzt, in reizendem Zusammenwirken
die Wiesengründe malerisch begrenzen, die reinlichen und friedlichen
Kosakenstanizen, deren Häuschen im Gebirge, ähnlich den Sennhütten
der Schweiz, aus Holz anmuthig gefertigt und mit geschmackvollen
Farben verziert sind, das herrliche krystallklare Gebirgswasser, das an
den gastfreundlich winkenden Kosakenhäuschen vorbeirauscht, Alles
dies zusammengenommen vermag dem aus den wilden sandigen Steppen
Centralasiens nach monatelanger beschwerlicher Fahrt heimkehrenden
Europäer, der bei der Uralbrücke von Orsk endlich den lang ersehnten
europäischen Boden zum ersten Male wieder betritt, das Entzücken und
die Seeligkeit des so lang entbehrten Heimathsgefühls, wie kaum
an irgend einem andern Orte, in der froh aufathmenden Brust wohl
zu erwecken. Die Kosakenstanizen und Bauernortschaften der beiden Gouvernements machen überall den Eindruck grossen ländlichen
Fleisses und regen Ackerbau-Betriebes. Von der grossen Wohl-
habenheit der Landbevölkerung zeugen die oft mit besonderer Pracht
und gradezu Luxus erbauten mächtigen Kirchen. Sie sind gewöhnlich im griechischen Styl erbaut und schauen mit ihren grünen
kupfernen, wohl auch vergoldeten Kuppeln und hohen weiss ge-
tünchten Thürmen, die kleinen Kosakenhäuschen verhältnissmässig
hoch überragend, weit hinaus in die flache, eintönige Ebene. Diesem
Bilde freundlicher Cultur und behäbigen Wohlbefindens, das dem Reisenden in den Gebieten des rechten Uralufers entgegentritt, stehen
schon die linken Ufer in schroffem Contrast gegenüber. Sie sind
am obern Laufe bis zur Hauptstadt Orenburg hin noch zum Theil
von Orenburg-Kosaken und Baschkiren bewohnt; schon aber beginnt
die flache Steppengegend den wilden und einförmigen Character der

Kirghisensteppe anzunehmen und hin und wieder die Auls der Kaissaken zu beherbergen. Die vertieft liegenden Ränder des Uralflusses zeigen grünen und frischen Baumwuchs, namentlich hohe und üppig wuchernde Erlengruppen. Ackerbau zeigt sich hier jedoch selten, da im Frühjahr der Fluss das ganze Thal auf viele Werst hin überschwemmt und sein reissender Strom alle Culturen unmöglich macht.*) Wiesen und Weideland ist hier vorzüglich. Der Fischfang in dem Stromgebiet des Ural ist ein in hohem Grade einträglicher.

Verlässt man das zum Theil landschaftlich noch freundliche und liebliche Uralufer und wendet sich nach Süden, so tritt man in die weiten wüstenartigen Ebenen des sogenannten aralokaspischen Flachlandes, des südlichen Theils des General-Gouvernements von hervorragend asiatischem Character, der von Westen ausgehend das Gebiet der Bukejewschen Kirghisen und die beiden, die Uralkosaken und die Kirghis-Kaissaken der Kleinen Horde beherbergenden Oblaste Uralsk und Turgaisk umfasst. Dieses über 17.000 Quadratmeilen bedeckende ungeheure Gebiet wird gewöhnlich mit dem Namen Kirghisen-Steppe allgemein bezeichnet, ein Ausdruck, der nicht ganz richtig ist, da zunächst die Bewohner dieses Landes, die Kirghis-Kaissaken, keine Kirghisen und wohl zu unterscheiden sind von den eigentlichen Kirghisen, die, Kara-Kirghisen genannt, in den centralasiatischen Gebirgsländern, namentlich in Tian-Schan und seinen Vorbergen, nomadisiren, andererseits das Land zum grössten Theil den Character der Wüste trägt und nicht dem, das Vorhandensein von Grasfluren und Weideland voraussetzenden Begriff der eigentlichen Steppe entspricht. Eine vollständig correcte Bezeichnung für diese weiten aralo-kaspischen Ebenen zu geben, möchte allerdings nicht leicht sein, denn ihr Character ist

---

*) Die Flüsse Ural und Samara, sowie die meisten ihrer Nebenflüsse veranlassen im Frühjahr stets grosse Ueberschwemmungen, welche die Communication auf der grossen asiatischen Strasse Samara-Orenburg-Turkestan in dieser Jahreszeit sehr erschweren. Der Reisende muss dann oft an dem bis 4 Werst weit überschwemmten Ufer seinen Wagen verlassen, um seine Reise manchmal 1—2 Stunden in einem kleinen, schwankenden Ruderboote durch die reissende Strömung wohl nicht ohne Lebensgefahr fortzusetzen. Im Sommer dagegen wieder zeigen die Flüsse grosse Wasserarmuth, ja trocknen zum Theil ganz aus; — eine Erscheinung, die wohl in dem Mangel an Waldungen, die grade in jenen Theilen des russischen Reichs durch leichtsinnige Forstwirthschaft sehr ruinirt oder zum grössten Theil verschwunden sind, eine Erklärung finden möchte! —

auch nicht der einer vollkommen vegetationslosen Wüste, wie z. B. der
grossen Salzwüste in Central-Persien oder der Wüste Gobi. Am meisten
möchte sie dem Begriffe einer wüstenartigen Sandsteppe entsprechen.
Die Orenburgische Kirghisensteppe bildet einen Theil des grossen südrussischen Tieflandes, das schon bei Gelegenheit der Kalmükensteppe
im nördlichen Ciskaukasien besprochen wurde. Die transkaspischen
Gebiete gleichen vollständig den früher beschriebenen ciskaspischen,
vielleicht tritt bei ersteren der Wüstencharakter in seiner ganzen Wildheit noch mehr hervor. Die aralo-kaspische Senkung, die durchschnittlich kaum die Höhe von 300 Fuss erreicht, an vielen Stellen sogar
unter dem Niveau des Kaspischen Meeres liegt, bildet eine wellenför-
mige Terrainformation, deren Abhänge sehr ausgedehnt sind und sich
ganz allmählich in die Ebene verlaufen. Tiefe und breite Einschnitte
ziehen sich zuweilen plötzlich durch die einförmigen Ebenen, zum Theil
mit salzigem Wasser, zum Theil mit moorigem und sumpfigem Grunde
angefüllt. Keinen Baum, keinen Strauch findet das suchende Auge,
an denen es haften könnte. Nur selten sind die öden Sand- und
Lehmflächen mit niedrigen Kräutern und Gräsern bewachsen. Nur die
von Nord nach Süd sich hinziehenden Mugadshar'schen und Djaman'schen
Berge, die eine südliche Verlängerung des Ural bilden, und einige
kleine Bergkuppen unterbrechen die endlose monotone Einförmigkeit
dieser ungeheuren Sand- und Lehmflächen. Der höchste Gipfel derselben,
der Aïruk, erreicht kaum die Höhe von 1000 Fuss. Fast sämmtliche
stehenden Gewässer sind wie in der früher beschriebenen Kalmükensteppe stark salzig und bitter. Viele der kleinen Rinnsale bilden
sogar Salzbäche. Gefährliche Miasmen ausströmende Sümpfe und Moräste begleiten die vielen kleinen und grossen Salzseen, die im Sommer
zum Theil austrocknen und das feste Salz krystallinisch in ihrem harten
Bette zurücklassen. Die Vegetation ist ausschliesslich auf die Ufer
und die allernächste Umgebung der Süsswasserflüsse beschränkt. Hier
allerdings trifft man saftige Grasfluren und hohen Schilfwuchs. Ueppig
wuchert an den seichten Stellen der stillen Wässer das Kamyschrohr,
aus dem die Kirghisen ihre zierlichen Matten flechten. Die meisten
fliessenden Gewässer des Innern verlaufen im Sande oder bilden
Steppenseen und Salzseen ohne Abfluss. Nur eine geringe Zahl erreicht den Ural, das Kaspische Meer oder den Aralsee. Ural und

Emba sind die einzigen Flüsse, die dauernd und ununterbrochen ihre Gewässer dem Kaspischen Meere zuführen. Ulu-Uil und Sagys lösen sich auf in eine Menge kleiner Wasserläufe und Seen, die im Sommer meist im Sande verdunsten. Die Wasserscheide bildet ungegefähr der mittlere Theil des Mugadshar Gebirges. Von hier nach Osten fliesst der in der Steppe sich verlaufende Irgis, nach Norden in dem dem Gebirge parallel laufenden breiten Längsthale der Or zum Ural, nach Nordwesten gleichfalls in den Ural der Ilek mit seinem Nebenflusse Chobda und die Utwa, nach Westen der Ulu-Uil und Sagys und schliesslich nach Südwesten die Emba, das bedeutendste Gewässer des Flachlandes. Alle genannten Flüsse werden charakterisirt durch eine geringe Tiefe, sehr schwache Strömung und zahlreiche Krümmungen der sandigen flachen Ufer, Bildung eines verzweigten Netzes von Nebenflüssen, zahlreiche Aenderungen des Flussbettes und Umgestaltungen des Delta's. Zum Theil verlieren sie an der Mündung ihre Strömung ganz und bilden dann Lagunen und ausgedehnte Moräste; andere verschwinden unter dem Flugsande, fliessen so verdeckt oft mehrere Werst weit, um dann plötzlich wieder zu erscheinen. Die meisten Flüsse des Innern haben ein kaum trinkbares, brakisches Wasser, alle aber sind verhältnissmässig reich an Fischen. An den Ufern dieser Flüsse und ihrer meist sehr zahlreichen Nebenflüsse liegen die wenigen Weideplätze und Grasfluren, die den Nomaden und ihren Heerden einzig und allein den spärlichen Lebensunterhalt ermöglichen. Alle andern nicht bewässerten Gebiete sind wie gesagt Wüste, deren spärliche, meist salziges Wasser enthaltende Brunnen, versengende Hitze und furchtbar wüthende Sandstürme im Sommer, deren ungeheure Schneemassen, strenge Kälte und schrecklicher, eisiger Buran im Winter den schleunigen Durchzug der Karawanen und Nomaden-Familien fast unmöglich machen. Die historische Uebersicht hat bei Gelegenheit der Expeditionen von Bekowitsch und Perowski schon die Natur dieser unwirthlichen Gebiete zu beschreiben versucht. Der grösste Theil der Bukejewschen Gebiete, die Südhälfte des Uralkosakenlandes, die Landstriche nördlich des Uest-Jurt Plateaus und Aralsees werden auf diese Weise von Wüstenstrecken ausgefüllt. Die gefürchtetsten und unzugänglichsten derselben sind die Barsukiwüste im Norden des Aralsees und die Kara-Kum- (Schwarze Sand-) Wüste zwischen Irgis und Syr-

Darja. Im grossen Ganzen nimmt der Wüstencharakter und die Vegetationsarmuth von Norden nach Süden hin zu. Die Ufer des Uralflusses zeigen noch prächtige Grasfluren, weiter nach Süden an den Ufern des Or werden diese immer spärlicher und magerer, bis sie schliesslich südlich des Irgis in die totale Sandwüste Kara-Kum und Barsuki im Osten, im Westen in das bekannte Uest-Jurt-Plateau übergehen.

Die Art und Entwickelung der Bevölkerung dieses Gebietes, der Kirghis-Kaissaken oder Qazaq der Kleinen und Innern Horde und der Uralkosaken hat die historische Uebersicht eingehend behandelt. Näheres über die Kirghisen wird die Betrachtung der chiwesischen Verhältnisse später noch bringen. Ausser den Kaissaken beherbergt die Kirghisensteppe noch Tataren und namentlich im Kalmükowschen Ujäsd Kalmüken, die zu dem Stamme der Astrachaner Kalmüken gehören, sich zum Lamaismus bekennen und wie die Kirghisen ausschliesslich nomadisiren. Wenige Russen leben nur in den Bezirkshauptstädten und als Garnisonen in den kleinen Forts der Steppen. Die gesammten Kaissaken der Kleinen Horde sind, wie die historische Uebersicht nachwies, schon wenige Jahre nach Peters des Grossen Tode 1731 dem Namen nach russische Unterthanen geworden, factisch aber eigentlich erst in der ersten Hälfte dieses Jahrhunderts. Jetzt sind sämmtliche Nomaden, die zwischen Uralfluss, Syr und dem Nordabhang des Uest-Jurt-Plateaus nomadisiren, treu ergebene Unterthanen der russischen Krone, was aus den bereitwilligen und vielfachen Hülfeleistungen hervorgegangen ist, die sie dem Vormarsche der russischen Truppen im jüngsten Feldzuge erwiesen. Einen grossen Nutzen und Gewinn hat die Einverleibung dieser nomadisirenden Bevölkerung dem General-Gouvernement Orenburg nie gebracht. Die geringen Erzeugnisse der Viehzucht und Handarbeit genügten kaum, um die anspruchslosen und bescheidenen Bedürfnisse der Nomadenfamilien nothdürftigst zu befriedigen. Die wenigen Steuern, einige Rubel pro Kibitke*) oder Jurte, wie die Filzzelte derselben genannt werden und

---

*) Die erste Abgabe von den Kaissaken der Kleinen Horde war im Jahre 1837 von 15.506 Kibitken eingesammelt worden. 1846 wurden die Abgaben, 1½ Rubel vom Zelte, von 67.780 Kibitken gezahlt. Die Nomaden an den südlichen Grenzen zahlten zum Theil im Jahre 1873 2 Rubel, bis 3 Rubel 50 Kop. per Kibitke oder Jurte.

womit gleichzeitig der Begriff einer in einem solchen Zelte wohnenden Familie, durchschnittlich zu 5 Köpfen gerechnet, bezeichnet wird, möchte kaum die Verwaltungskosten der beiden Oblaste decken, abgesehen von den Summen, die jährlich die Unterhaltung der Steppenforts mit ihren Garnisonen verschlingt. Wie wenig trotzdem die Linie dieser Posten, als einzige Marken russischer Macht und russischen Einflusses im südlichen Theile der Kirghisensteppe, die der Krone unterthänigen Nomadenfamilien gegen das räuberische chiwesische Chanat zu schützen vermochte, beweist der Umstand, dass die Raubhorden vom Uest-Jurt aus bis nach Irgis, ja bis in die Nähe von Orsk verheerend und plündernd noch in den letzten Jahren vordrangen. Die südlichste befestigte Linie bilden die Forts Nijne-Embenskoje an dem Embadelta, Fort Embensk an der mittleren Emba und Fort Uralskoje (Stadt Irgis) am Irgisflusse. Alle drei Posten liegen über 300 Werst in Luftlinie von einander, über 300 Werst von dem Nordabhange des Uest-Jurt-Plateaus und noch weiter von der früher angegebenen südlichen Demarkationslinie entfernt. Das Gebiet zwischen mittlerer Emba und dem Tscheganflüsschen kann deshalb nur dem Namen nach zu dem russischen Territorium gerechnet werden; denn hier galt der Einfluss der entfernt liegenden russischen Forts unter den Nomaden so viel wie Nichts, Steuern wurden nicht gezahlt und sogar Chiwa tributäre Kirghisen weideten dort ihre Heerden. Der in der Mitte liegende und bei Weitem wichtigste Punkt, der Embensker Posten, der gleichfalls der Centralpunkt und die Aufsichtsstation für den Embakreis bilden sollte, war vor dem Jahre 1873 sehr vernachlässigt worden. Es bestanden allerdings hier vier Kasernen, in denen die kleinen Garnisonen nothdürftig ihr Unterkommen fanden. Andere Gebäude ausser kleinen baufälligen Magazinen gab es für Beamte mit ihren Familien nicht, so dass z. B. der Kreischef in Orenburg, der Adjunct desselben in dem Iletzkojer Posten, der Arzt und Richter in Uralsk wohnten. Diesem Uebelstande soll nunmehr abgeholfen werden, und es sind grössere Bauten am Embafluss seitens des General-Gouvernements projectirt, die den Bau einer wirklichen kleinen Ortschaft oder Stadt zur Folge haben möchten.

Allgemeine Verhältnisse und Truppenstärke des Orenburger Militärdistrikts.

Die geschichtliche Einleitung der drei ersten Kapitel beschrieb ausführlich die Art und Weise, wie die russische Macht vermittelst der befestigten Kosakenlinien nach Süden und Osten in die Gebiete der nomadisirenden Kirghisen vordrang. Hier in der ewig flachen, gebirgs- und abschnittslosen Steppe war der Widerstand der Bevölkerung nur ein verhältnissmässig schwacher und konnte allein durch kleine Kosaken- expeditionen überwunden werden. Hier handelte es sich nicht um einen langwierigen Krieg gegen eine, in befestigten Schlupfwinkeln einge- nistete, hartnäckige Urbevölkerung wie im Kaukasus, die um jeden Fuss- breit in dem unzugänglichen Gebirge todesverachtend kämpfte. Während im Kaukasus deshalb eine wohlgeschulte und disciplinirte Feldarmee den Stamm der Streitkräfte bildet, finden wir im Generalgouvernement Orenburg den Hauptwerth der militärischen Machtentwickelung zunächst in die Kosakenheere und nebenbei in die Grenztruppen (jetzt Linien-, früher Cordon- und Garnisonsbataillone) gelegt, während die eigentlichen Linien- oder Feldtruppen des Kaukasus ganz fehlen*). Die historische Uebersicht zeigte, wie die Kosaken gerade im Orenburger Bezirke als die äussersten Vorposten, gewissermassen als die Pioniere bei dem Vorgehen Russlands nach Asien hin, den Schwerpunkt der militärischen Grenzoccu- pation bildeten. In neuerer Zeit, nachdem nun die damaligen Grenz- gebiete durch die weiteren Erwerbungen in Mittelasien mehr in das Innere gerückt sind, tritt die dominirende Stellung der Kosakentruppen mehr in den Hintergrund und sehen wir sie allmälig durch reguläre zum Theil ersetzt. Auch wird jetzt schon das Streben in den asiatischen Generalgouvernements erkenntlich, die bisher im Dienste der vielen kleinen Garnisonen, Verwaltungen und Bezirke weitversprengten und zerstückelten Elemente der regulären Truppen möglichst zu einheit- lichen asiatischen Armeekörpern zusammenzufügen und deshalb mehr

---

*) Ausser dem zu Turkestan gehörenden Schützenbataillon — das seit 1873 nun- mehr auch das Orenburger Gebiet verlassen hat — besitzt das Generalgouvernement durchaus keine Bestandtheile der russischen regulären Feldarmee. Drei Infanterie- regimenter der 27. Infanteriedivision führen allerdings die Namen von im General- gouvernement liegenden Städten, so Regt. Nr. 105 den Namen Orenburg, Nr. 106 Ufa und 107 Troizk; die Division steht aber in Wilna.

in den grösseren Orten zu concentriren, während der Garnisondienst in den kleinen Steppenposten vorwiegend der Kosakeninfanterie überlassen bleibt. Die allgemeine Wehrpflicht ist nur auf die Gouvernements Orenburg und Ufa ausgedehnt.*) Befreit davon sind die Länder der Ural- und Orenburg-Kosaken und die beiden Oblaste Turgaisk, Uralsk und das Gebiet der Bukejew'schen Kirghisen. Die Grenztruppen bestehen aus dem 1., 2. und 3. Orenburgischen Linienbataillon, wovon das 2. und 3. in Orenburg, das 1. in Orsk steht. Ausserdem befinden sich in Ufa und Orenburg je ein Gouvernementsbataillon. Armee- resp. Linien - Cavallerie und Artillerie hat der Militärbezirk nicht, diese stellen ausschliesslich die Kosakenheere.

Das Orenburger Heer zählt:

15 Reiter-Regimenter (Polks) zu 6 Sotnien, 40 Sotnien im Dienst,
17 Sotnien in Turkestan.

1 Lehr-Sotnie;

9 Kosaken-Fussbataillone zu 5 Rotten, 2 Bataillone im Dienst,
1 Bataillon in Turkestan.

1 Orenburg-Reitende Artillerie-Brigade zu 3 Batterien, gleich 24 Feld-Gesch., 2 Batterien im Dienst,
1 Batterie in Turkestan.

Das Ural'sche Heer:*)

12 Reiter-Regimenter zu 6 Sotnien, 23 Sotnien im Dienst stehend,
3 Sotnien in Turkestan.

1 Commando Fusskosaken zu 200 Mann als Garnison von Uralsk.

Der Grund zum Ural'schen Kosakenheer wurde in den Jahren 1613/14 gelegt. Die Jaikschen Kosaken erhielten damals bestimmte Ländergebiete als Eigenthum zugetheilt, wofür dann gleichzeitig ihre Verpflichtungen und Rechte der Krone gegenüber fixirt wurden.

Die Formation des Orenburger Heeres fand viel später, erst im Jahre 1748 statt. —

---

*) Ueber das erste Rekrutirungsgeschäft im Jahre 1874 theilt der russische Invalide mit, dass im Gouvernement Ufa 13.785 junge Leute zur Auslosung kamen, wovon 2917 ausgelost und 2904 zum Dienst in der Feldarmee eingestellt wurden. Im Gouvernement Orenburg kamen 7572 zur Auslosung, wovon 1506 ausgelost und 1495 eingestellt wurden.

Organisation und Stärke-Verhältnisse dieser Kosakentruppen sowie
der vorhin erwähnten Grenztruppen sind im Allgemeinen gleich den
früher bei dem Kaukasus-Abschnitt beschriebenen. Von den erwähnten
Kosakentruppen soll gewöhnlich im Frieden nur ein Drittel im Dienst
sein, ein Etat, der aber meist überschritten wird, da die Verwaltung
von Turkestan wie gesagt einen grossen Theil derselben beansprucht.
Die Kosaken - Sotnien sind auf die grösseren Städte Orenburg, Orsk,
Uralsk, Ufa, Turgaisk, Ilezk und Orenburgskoje vertheilt. Die Kosaken-
Infanterie, ein Bataillon, wovon im Orenburger Gebiet 3 bis 4 Compagnien
immer in Dienst stehen, bildet die Garnisonen der kleinen Steppenposten,
wie Troizk, Karabutak, Embensk, Uilskoje, Uralskoje u. s. w. Ausserdem
steht ein Bataillon der Turkestanischen Schützenbrigade in dem Orenburger General-Gouvernement in Garnison. Von der Orenburger Reitenden Kosaken-Artillerie-Brigade stehen nur zwei Batterien in Dienst;
die 1. Batterie auf Kriegsetat à 8 Geschütze in Turkestan, die 2. auf
Friedensetat à 4 Geschütze in Orenburg. Die Geschütze sind gezogene
bronzene 4Pfünder, Hinterlader neueren Modells. Auch im Frieden ist
der complete Etat von 8 Geschützen pro Batterie vorhanden. Nur von
den Mannschaften stehen nach der allgemeinen Bestimmung blos 1/3 im
Dienst. Die Friedensbatterien haben für die 4 Geschütze einen dreifachen completen Mannschaftsetat, ein Drittel davon kommt alle zwei
Jahre zur Ablösung. Die Dislokation der Orenburger Kosaken-Truppen,
namentlich in dem Gebiete der Kirghisensteppe, ist keine bestimmt fest-
stehende, sondern steten Aenderungen unterworfen. Ein Theil der Truppen
befindet sich fortwährend unterwegs und bildet kleine mobile Detachements,
die zur Sicherung der weiten schutzlosen Ebenen zwischen den entfernt
auseinander liegenden russischen Stützpunkten gegen räuberische Einfälle
gewöhnlich im Frühjahr ausgesandt werden, um bis zum Herbst die ex-
ponirtesten Gebiete, wie die Barsukiwüste und die Wüsten nördlich des
Aralsees und des Uest-Jurt zu durchziehen.

Die Gesammtstärke der Orenburgischen Streitkräfte beträgt somit:

Uebersicht der russischen Streitkräfte im General-Gouvernement Orenburg.

pro 1873.	Truppenverband.	Ver-stärkter Friedens-etat.	Kriegs-etat.	Friedens-etat.	Kriegs-etat.
I. Feldtruppen.[4]	1 Bataill. der Turkestan. Schützenbrig. — 1 Bat.	544	813		
II. Grenztruppen.	1., 2., 3. Orenburgische Linienbat. — 3 Bataill. (mit Offic. u. Nichtcomb.)	2.664	3.450		
III. Localtruppen.	2 Gouvernem.-Bataill. Ufa und Orenburg zu 4 Comp. à 1000 und 800 Mann, permanenter Etat	1.800	1.800		
	1 Reserve-Infanterie-Bat. No. 70 Ufa[4]	192	192		
	Bezirks-Commandos (Ufa-Orenburg) und in Prov. Uralsk u. Turgai	1.286	1.286	(6.486)	(7.541 M.[1])
	Etappen-Commandos	ca. 100	211		
IV. Orts-Comman-dos.	Local-Artill.-Commando	344	488		
	Genie-Bau-Verwaltung I. Classe.	25	25		
				6.955	8.265[1])
V. Irregulär-Truppen Orenburg-Heer . .		9.028	21.075[3])		
Ural-Heer . . .		3.815	11.129		
(excl. der in Turk. steh. Theile.) = 93.343 .				12.843[2])	32.204
Total der Orenburger Streitkräfte, incl. der in der Provinz Turkestan stehenden Kosaken-Truppen = ca. 3.500 M. . .				19.798	40.469

Die in Turkestan stehenden Truppen des Orenburger Militärbezirks sind hier mit angeführt, obwohl sie nicht zur Disposition des General-

---

[1]) Registrande des grossen Generalstabes 1873 und Russischer „Wojenny Sbornik." Rechnet man noch Stäbe, Officiere, Intendanzen, Sanitätsverwaltungen etc. hinzu, so möchte die runde Zahl von ca. 8500 annähernd die richtige sein.

[2]) Der Suworin'sche Kalender giebt für den Friedensetat des Orenburger Militärbezirkes pro 1872 die Zahl von 16.298 Mann an. (Excl. der 3500 M. Kosakentruppen in Turkestan.)

[3]) Nach dem Wojenny Sbornik 1874 beträgt das Kosakenheer 27.000 Mann.

[4]) Die Reservetruppen sind seit 1873 aufgelöst. Unter Feldtruppen ist hier speciell das verstanden, was wir Linientruppen nennen.

Gouvernements von Orenburg stehen. Rechnen wir dieselben ab, so erhalten wir für die disponiblen Streitkräfte Orenburgs die Zahl von 16.298 M. Friedensetat und 37.969 M. Kriegsetat. Wie hieraus ersichtlich, ist der Bestand der Orenburger Truppen ein verhältnissmässig sehr unbedeutender. Seit der Gewinnung der Turkestaner Besitzungen wurde das Bedürfniss bedeutender Streitkräfte im Orenburger General-Gouvernement immer geringer, wogegen man auf die Organisation des turkestanischen Heeres um so mehr Werth legte. Wie wir später sehen werden, gab das General-Gouvernement den grössten Theil seiner Truppen an Turkestan ab. Vor der Besitzergreifung Turkestans, Anfangs der 60er Jahre waren die Truppen Orenburgs, damals das sogenannte „Abgesonderte Orenburgische Corps" bildend, beträchtlicher. Das Abgesonderte Corps bestand im Jahre 1863 aus der 32. Infanterie-Division: 3 Linienbataillonen auf Feldfuss, 2 Bataillonen und 3 Halbbataillonen im Dienst der inneren Wache, ausserdem aus einem Commando unter dem Chef der Syr-Darja-Linie zu 1¹/₂ Bataillonen und unter dem Oberchef der Ural'schen Bergfabriken zu 3 Bataillonen. Der Etat dieser Truppe war damals in Summa 12.519 Mann. Die Irregulär-Truppen Orenburgs bestanden zu dieser Zeit aus 3 getrennten Corps, dem Orenburger, dem Ural'schen und dem Baschkirencorps und wurden zu 43.928 M. (12.612 M. Friedensetat) angegeben.*) Für die Gesammt-Streitkräfte nach dem Kriegsetat ergäbe sich also für das Jahr 1863 die Summe von 56.447 M. disponibler Truppen. Seit dieser Zeit nun hat Russland seinen Besitz über mehr als 18.000 geogr. ☐M. in Mittelasien ausgedehnt, ein Gebiet, dessen Areal den Flächeninhalt Frankreichs, Preussens, Bayerns, Würtembergs und Badens zusammengenommen noch übertrifft und in welchem es neuerdings über 30.000 M. Truppen stehen hat.**)

---

*) Nach Brix, die Kaiserlich russische Armee 1863.

**) Die bis zum Sommer 1873 von Russland seit dem Beginn der ersten Eroberungen an der Mündung des Syr-Darja, also in wenig über 10 Jahren neu erworbenen Gebiete in Mittelasien sind:

1.	Das Syr-Darja-Gebiet	=	7807,91	geogr. ☐ Meilen.
2.	„ Sarafschan- „	=	924,96	„ „
3.	„ Ili- „	=	1293,53	„ „
4.	„ Amu-Darja-Gebiet 1873	=	1880,29	„ „
5.	„ Transkaspische Gebiet	=	5939,91	„ „

Excl. Theile vom Semirjetschensk-Gebiet = 17846,58 geogr. ☐Meilen.
Vergl. nachfolgende Tabelle für Turkestan in Cap. VI.

Die Gouvernements-Bataillone Ufa und Orenburg haben im Allgemeinen dieselbe Organisation wie die des Kaukasus; während sie dort jedoch einen zweifachen Etat besitzen, den vollen und Cadre-Etat, haben sie hier nur einen permanenten Etat. Von den Bezirks-Commandos stehen 4 Commandos mit 621 Mann, worunter 4 Officiere, im Gouvernement Orenburg, 5 mit 660 Mann, worunter 4 Officiere, im Gouvernement Ufa, und je ein kleines Commando in den Provinzen Ural und Turgai. Ausserdem bestehen im Orenburger General-Gouvernement 4 Etappen-Commandos mit 4 Officieren, die direct unter dem Befehl des Chefs des Militär-Gouvernements stehen. Die Etappen-Commandos sind an den Hauptorten der Orenburger Steppenstrasse stabil formirt und haben den Etappendienst, auch was Unterkunft und Verpflegung betrifft, bei Ergänzungs-, Rekruten- und Arrestanten-Transporten zu versehen. Unter dem General-Gouverneur steht ausserdem in der Stadt Orenburg zur Verwaltung des dortigen Artillerie-Materials und der Laboratorien 1 Local-Artillerie-Commando unter 1 Oberst-Lieutenant mit ca. 7 Artillerie-Officieren. Zur Ausführung und Instandhaltung von Festungs- und Militärbauten hat die Stadt Orenburg noch 1 Genie-Bau-Verwaltung I. Classe, die aus ca. 16 Mann, 2 Beamten und 6 Stabsofficieren besteht.

Wie aus dieser Uebersicht ersichtlich, sind bei den Wehrkräften des General-Gouvernements die Gebiete der Kirghis-Kaissaken gar nicht vertreten. Bis jetzt haben die Streitkräfte der Nomaden, die zum grössten Theile zum Schutze ihrer eigenen Familien und Heerden gegen die Steppenräuber, wohl auch zur Schlichtung innerer Stammeszwistigkeiten nothdürftig bewaffnet sind, noch keine bestimmte militärische Organisation erhalten und würden Russland für einen Kriegsfall keine Unterstützung bieten. Zu Zeiten des russischen Vorgehens nach Osten hin wussten die russischen Befehlshaber wohl den einen oder den andern Stamm als Bundesgenossen gegen ein feindlich gesinntes Nomadengebiet zu gewinnen, um so die inneren Zwistigkeiten und Streitigkeiten unter den verschiedenen Stämmen und Auls geschickt benutzend, die Kirghisensteppe durch ihre eigenen Bewohner allmählich zu unterwerfen und der russischen Krone dauernd tributär zu machen. Zu fernen Feldzügen oder Expeditionen über die Kirghisensteppe hinaus, wie bei den turkestanischen Eroberungszügen verstanden sich die an bestimmte

Lager und Weideplätze seit Jahrtausenden durch Tradition und Sitte gefesselten Nomaden niemals. Wenige bewaffnete Dshigiten oder Führer höchstens entschlossen sich, die russischen Truppen als Dolmetscher, Kundschafter oder Karawanenführer zu begleiten.

Die Kirghis-Kaissaken sind im Allgemeinen gut beritten und besitzen einen erstaunlich feinen und scharfen Orientirungssinn, der in den weiten öden Sandflächen, die dem Reiter oft tagelang nicht den kleinsten Anhalt, nicht das geringste Orientirungszeichen bieten, es allein begreiflich macht, wie es den Nomaden möglich ist, auf Tausende von Werst alljährlich genau dieselbe Route, dieselben Lagerplätze und Brunnen wiederzufinden, die für einen europäischen Reisenden weder durch irgend ein Merkmal, noch eine besonders charakterisirende Terrainformation erkennbar sind. Die traditionellen Waffen der Kirghisen sind Säbel, Streitaxt und Lanze; jeder Kirghise trägt ein oft reich verziertes Dolchmesser. Selten sind alle diese Waffen bei einem Reiter vereinigt; der eine führt die Lanze, der zweite trägt den Säbel, ein dritter die eiserne Streitaxt oder hölzerne Keule. Die Säbel sind sehr primitiver türkischer Construction, starkgekrümmte Klingen mit einfachem schutzlosen Griffe und in einer ledernen Scheide an breiten Tragriemen zum Theil um die Hüfte, meistens aber über die Schultern getragen, und werden zum grössten Theil aus dem innern Asien oder aus Persien, neuerdings wohl auch aus dem europäischen Russland bezogen. Die Lanze ist entschieden die wirksamste und gefährlichste Waffe der Nomaden. Der Schaft ist aus festem Eschenholz, wohl auch aus starkem zähen Schilfrohr gebildet und misst mit der über einen Fuss langen eisernen Spitze wohl bis zu 20 Fuss. Die unverhältnissmässig grosse Länge dieser Waffe giebt dem kleinen mit hochangezogenen Knien auf dem winzigen Steppenpferdchen hockenden Lanzenreiter oft ein höchst komisches Aussehen. Erstaunlich ist die Gewandtheit, mit welcher der Kirghise die so weit entfernte Spitze nach dem Ziele zu führen versteht. Sie erreicht die Brust des Feindes sicherer als die Kugel aus der Schusswaffe, mit der die Nomaden sich bis jetzt noch immer nicht recht vertraut zu machen verstanden. Die Pistolen und alten ausrangirten Gewehre, die auf den Märkten von russischen Speculanten, namentlich Juden, an die unkundigen Steppenbewohner verschachert werden, taugen zum grössten Theile schon an sich Nichts

und würden selbst in kundigster Hand kaum brauchbar sein. Ein gutes
Gewehr dagegen würde bei der ersten Reparaturbedürftigkeit für den
Kirghisen ein vollkommen werthloser Gegenstand werden, abgesehen
davon, dass Pulver und Blei in jenen Gegenden von enormem Preise
sind und nur an wenigen russischen Grenzorten bezogen werden können. Der Verkauf von Gewehren ist ausserdem von der russischen
Regierung verboten und wird an den Bezirksorten scharf überwacht,
was aber allerdings nicht verhindert, dass russische Gewehre zu Hunderten bis zu den Turkmenen an der persischen Grenze gelangen.
Grösseren Nutzen als von den Feuerwaffen haben die Steppenvölker
von der Handhabung des urwüchsigen Bogens und der Armbrust, ja
sogar die Benutzung der Steinschleuder wird nicht verschmäht. In
militärischer Hinsicht würden aus diesen Bestandtheilen organisirte
Milizen kaum irgend welche Bedeutung gewinnen, wohl aber wie gesagt möchten die aus denselben entnommenen Dshigiten als Kundschafter
und Kameeltreiber für eine Expedition oder einen Steppenfeldzug unentbehrlich und von grosser Wichtigkeit sein. Der Charakter der Orenburger Kirghisen ist ein stiller und im Allgemeinen ein friedlicher.
Sie folgen arglos der durch die Tradition vorgeschriebenen Marschrichtung nach den bekannten Weideplätzen ihres Stammes und begnügen
sich gewöhnlich mit den Erzeugnissen ihrer Heerden und der Handarbeit
ihrer Frauen. Zu den Waffen greifen sie ernstlich und energisch nur
dann, wenn sie von feindlichen Raubschaaren angegriffen werden und
die Sicherheit ihrer Familien und ihres geringen Eigenthums gefährdet
sehen. Dann auch sind sie im Stande, eine hartnäckige Verfolgung
aufzunehmen und die Offensive gegen den frechen Räuber ihres Eigenthums oder ihrer Ehre zu ergreifen. Stammesstreitigkeiten und Blutrache ausserdem können den sonst friedlichen Nomaden zur Kampfeslust ermuntern. Wenn er im Gebiete seiner Weideplätze in Frieden
gelassen wird, wird er niemals ohne Ursache oder aus Plünderungs-
und Gewinnsucht einen Kampf aufsuchen oder einen Kriegszug unternehmen; er unterscheidet sich darin wesentlich von den Nomaden des
iranischen Flachlandes, wo die Turkmenenstämme der Tekke und Jomuden ausschliesslich von Raub und Plünderung leben und sich durch
besondere Bravour, Kampfesgewandtheit und Kriegslust auszeichnen.
Der Kirghis-Kaissak liebt das Gefecht nicht und geht ihm aus dem

Wege, wo er es irgend kann. Man hatte im Feldzuge 1873 bei der Orenburger Kolonne versucht, aus den, den Stab des Generals Werewkin begleitenden Kirghis-Dshigiten eine Orts-Miliz zu bilden, die man als Avantgarde gegen die feindliche chiwesische Reiterei verwenden zu können hoffte. So lange Nichts vom Feinde zu sehen und zu fürchten war, während des Marsches durch die Wüste bewährte sich dieser kleine Kirghisentrupp zum Kundschafter- und Führerdienst ausgezeichnet. Sobald aber die chiwesischen Truppen sich zeigten, sobald ein Gefecht oder Scharmützel begann, waren sie die ersten, die in panischem Schreck vor den als unüberwindlich und grausam gefürchteten Jomuden die Flucht ergriffen, sich in den Gebüschen versteckten und nicht eher wieder zum Vorschein kamen, bis das Gefecht beendet war und die Russen den Feind in die Flucht geschlagen hatten. Jämmerlich waren oft die ängstlichen Geberden anzusehen, wenn das Geschütz- und Gewehrfeuer begann. Weniger ängstlich und feige waren die in ähnlicher Weise organisirten Milizen bei der Colonne des Oberst Lomakin, die aus den Nomaden des Uest-Jurt formirt worden waren, deren Bewohner, namentlich von dem bekannten Stamme Adai, durch die ewigen Kämpfe mit Chiwa und den Turkmenenhorden seit Jahrhunderten an Krieg und Kampf gewöhnt sind. Die dortigen Dshigiten sind auch besser bewaffnet, und man findet bei ihnen oft ganz gute europäische Jagdgewehre und eine ziemliche Kenntniss bei Handhabung derselben.

Die Kirghis-Kaissaken zeichnen sich durch grosse Gastfreundschaft und strenge Religionsübung aus. Eine gewisse natürliche Treuherzigkeit, Wahrhaftigkeit und ein treues Halten gegebener Versprechen oder eingegangener Contracte ist schon verschiedenen Reisenden bei den einfachen und schlichten Nomaden als erfreuliche Erscheinung aufgefallen. Leider hat die slavische Cultur, die Berührung mit den slavischen Elementen keinen guten Einfluss auf dieselben ausgeübt; namentlich an den russischen Grenzen tritt die Erscheinung der Corruption deutlich hervor. Die Kirghisen nehmen die schlechten Eigenschaften der slavischen Kolonisten, Trunksucht, übermässigen Genuss des Wodka, Gewinnsucht und Uebervortheilung im Handel an, um ihre eigenen guten Eigenschaften aufzugeben. Auf's höchste erstaunt waren die Offiziere der russischen Armee, im Jahre 1873 einen jungen Amerikaner, Herrn

Mac-Gahan*) ganz allein, nur von 3 Dienern begleitet, den ganzen Weg durch die von feindlichen Kirghisen besetzte Wüste Kysyl-Kum von Kasalinsk bis Chiwa ungefährdet und unverletzt zurücklegen und wohlbehalten am rechten Ufer des Amu-Darja anlangen zu sehen. Mac Gahan stützte sich bei seinem abenteuerlichen und gewiss anerkennenswerth kühnen und waghalsigen Ritt allein auf die Gastfreundschaft der braven Nomaden, die den einsamen, oft halb verschmachtenden fremdländischen Reiter niemals im Stiche liess und von welcher der unternehmende junge Amerikaner nicht genug Gutes und Anerkennenswerthes zu erzählen wusste.

Ueber die Charakteristik der Orenburger Grenztruppen lässt sich im Allgemeinen wenig sagen. Sie gleichen, soweit sie in den Gebieten der Orenburger Steppe kantonniren, genau allen jenen russischen Grenztruppen, die im fernen Asien und Sibirien von aller Cultur, von allem Luxus, von aller Verbindung mit Europa abgeschlossen in monotoner Einförmigkeit und grenzenlos apathischer Langenweile ihren Wacht- und Garnisondienst auf den kleinen jämmerlichen und schmutzigen Stanizen oder Steppenforts Jahr aus Jahr ein versehen. Hier sind die Leute jetzt mehr zu Handwerkerarbeit und Privatverrichtungen im Fort u. s. w. verwandt als zum eigentlichen Militärdienst.**) Die wenigen gebildeten Officiere, die ein böses Geschick aus der Cultur des europäischen Russlands in jene unwirthlichen Gebiete verstossen hat, werden von Jahr zu Jahr durch das ewige Einerlei, die ewige Einsamkeit so abgestumpft, dass sie kaum mehr Interesse für das Leben in der grossen Welt besitzen. Die übrigen Officiere stammen zum grossen Theile aus dem Unterofficierstande. Dies gilt für die Steppengebiete südlich und östlich des Uralflusses. In den Stäben wie in Orenburg, Orsk, Uralsk und Ufa und in den Militärverwaltungen sind natürlich viele Officiere angestellt, die früher der Feldarmee und Garde angehörten, ebenso werden jene häufig in die Kosakenheere commandirt, so dass die Gar-

---

*) Mac-Gahan. „Campaigning on the Oxus and the fall of Khiva," Correspondent of the „New York Herald", London 1874.

**) Neuerdings ist viel für die Verbesserung des Militärdienstes in den Steppengarnisonen gethan worden. Verfasser war erstaunt, oft inmitten der ödesten, vegetationslosesten Steppe oder in der Nähe eines verfallenen alten Forts die wohlunterhaltenen Gerüste einer militärischen Turnanstalt zu entdecken!

nisonen von Orenburg und Uralsk z. B. Officiercorps besitzen, die sich
von denen des übrigen Russland wenig unterscheiden. Höhere Chargen
werden fast ausschliesslich mit Officieren der Feldarmee und Garde
besetzt.

Im Allgemeinen möchten die Orenburger Grenztruppen nicht in dem
Maasse den hohen Grad von Kriegstüchtigkeit besitzen, wie die Feldtruppen im Kaukasus. Bis zur Mitte dieses Jahrhunderts wurde für ihre
Organisation und Ausbildung verhältnissmässig wenig gethan. Der
Schwerpunkt des Militärlebens lag ja damals in dem noch unbezwun-
genen Kaukasien. Erst zu Kaiser Nikolaus Zeiten in den 40er Jahren
begann man den bisher vernachlässigten asiatischen Truppen mehr Interesse zuzuwenden. So wurde unter seiner Regierung in Orenburg ein
Kadettencorps gestiftet, das nunmehr den Stamm zu einem stabilen und
tüchtigen Officiercorps bildete. „Vor dieser Zeit", so erzählt uns Wenjukow*), „konnten eine Menge Local-Chefs, besonders solche, die Kosaken
waren, kaum lesen und schreiben, während die aus dem europäischen
Russland stammenden sich besonders durch eine schlechte Moral oder
durch geringe Fähigkeiten zum Dienste auszeichneten." Den Grenztruppen war nicht wie der Kaukasus-Armee die reichliche und langjährige Gelegenheit geboten, sich in der Gefechtsthätigkeit gegen einen
nur einigermassen ebenbürtigen Gegner zu üben. Dass die Linienbataillone deshalb in ihrer taktischen Ausbildung auf einer niedrigeren
Stufe stehen, ist nicht zu verwundern. Um so mehr zeichnen sich dieselben jedoch durch grosse Ausdauer und in hervorragender Weise
durch die Fähigkeit aus, Strapazen und Entbehrungen, so namentlich
die Härten und Drangsale des asiatischen Klimas zu ertragen, das die
extremen Temperaturerscheinungen des nördlichen Sibiriens im Winter
mit denen der südlichen Wüsten Centralasiens im Sommer in sich
vereint. Das Leben inmitten der nomadisirenden Steppenbewohner,
zum Theil die Annahme ihrer Sitten, Gewohnheiten, Lebensart und
Nahrungsweise, ihr früheres oft kriegerisches Auftreten gegen die
aufständischen Kirghisen und Steppenräuber, macht sie deshalb, was
Terrainkenntniss, Findigkeit und taktische Praxis anbelangt, dennoch

---

*) Oberst Wenjukow: „*Die russisch-asiatischen Grenzlande*", pag. 30, deutsch von
Krahmer, Hauptmann im Grossen Generalstabe.

ganz besonders zum Kampfe mit den Steppenvölkern Mittelasiens geeignet. Die Geschichte der Eroberungszüge den Syr aufwärts bis
ins Herz Turkestans und die jüngsten Vorgänge in Chiwa haben zahlreiche Beweise für ihre Tüchtigkeit und Leistungsfähigkeit in dieser
Hinsicht aufzuweisen.

Die Garnisonen und Cantonnements der Orenburger Truppen sind
früher schon besprochen worden. Diesseits des Ural sind dieselben
von denen des gesammten europäischen Russland wenig verschieden
und befinden sich meistens in grösseren Orten und Städten von mehr
oder weniger europäischer Cultur. Die transuralischen Cantonnements
dagegen sind meist trauriger und höchst primitiver Natur. Sie bestehen aus verlassenen Stanizen oder Colonien und im Süden ausschliesslich aus den kleinen Steppenforts oder Posten, wie sie dort
meist genannt werden. Dieselben gleichen ganz den früher beschriebenen Gebirgsfesten des Kaukasus. Während sie dort jedoch meist
aus Stein oder Mauerwerk erbaut sind, bestehen sie hier gewöhnlich
aus niedrigen Erdwällen mit kleinen trockenen Gräben, die einige un-
ansehnliche und meist verfallene Gouvernementsgebäude, Magazine und
Kasernen umschliessen. Wenige einstöckige Häuser oder Filzjurten
liegen zerstreut um die Enceinte herum und beherbergen nothdürftig
die Stanizenschenke, die Poststation, die Ortsschmiede und die Kauf-
bude eines jüdischen Krämers. Die kleinen Feldprofile dieser Werke
(Vauban'sches System) genügen hier in der Steppe auch vollständig
ihrem Zwecke, der in keiner Weise Sturmfreiheit oder die Fähigkeit,
eine ernstliche Belagerung auszuhalten, erfordert. Die Steppenbefestigungen sollen nur den Sitz des Militärcommando's, das von hier aus
theils durch die mobilen Detachements, theils durch häufige Streifcorps
und Patrouillen die Umgegend in Ordnung zu halten hat, und die Stützpunkte für Depots und Magazine der Truppen bilden. Auf die Armirung dieser Werke ist deshalb auch keine grosse Sorgfalt gelegt. Nur
wenige alte glatte Geschütze liegen demontirt auf dem Wallgang, meist
nur ein einziges Geschütz steht auf erhaltenem Gestelle, unter einem
kleinen Bretterdach geschützt, kampfbereit an der Hauptfront des
Walles und schaut einsam und traurig in die wilde öde Sandebene
hinaus. Die beschriebenen Steppenbefestigungen haben in der Neuzeit
auch ihre Bedeutung zum grossen Theile verloren, da die Gefährdung

der Ordnung nicht mehr aus der Kirghisensteppe hervorgeht, sondern vielmehr fast ausschliesslich aus dem Süden, von Chiwa und den mit dem Chanate sympathisirenden Steppenvölkern herstammt. Zum Schutze gegen die chiwesischen Raubschaaren liegen die südlichsten russischen Forts, wie die Embabefestigungen*), Karabutak, Uilskoje, Ak-Tjubinskoje einerseits viel zu weit nördlich, andererseits zu weit auseinander, um die grossen Zwischenräume und die ganzen Gebiete bis zum Aralsee und den Uest-Jurt schützen zu können. Das Hauptthor für alle Raub- und Streifzüge der Chiwesen bildete immer die Strecke zwischen dem Aral- und Kaspisee, welches nach Norden zu vollständig offen stand, da trotz der verschiedentlichsten Recognoscirungen dort nie Stellen aufzufinden waren, deren Terrain zur Anlage von Stützpunkten geeignet gewesen wäre.

Die Bewaffnung der Orenburger Grenztruppen wird später bei Besprechung des Orenburger Detachements während des Feldzuges gegen Chiwa eingehend behandelt werden. Im Allgemeinen sollen die Schützenbataillone mit dem Berdangewehre, die übrige reguläre Infanterie mit Hinterladern, gezogenen Zündnadelgewehren System Karle, bewaffnet sein, eine Bestimmung, deren Ausführung jedoch noch nicht durchgeführt ist. Die Festungs-Artillerie hat glatte Geschütze der verschiedensten alten Systeme, hauptsächlich wie auch im Kaukasus und in Turkestan Jedinorogen und glatte 12pfdr. (erleichterte Geschütze).

Den charakteristischen Bestandtheil der Orenburger Truppen bilden jedenfalls die Kosakenheere, deren Formation und Heranbildung genau der historischen Entwickelung des Orenburgischen General-Gouvernements gefolgt ist. Obwohl die folgenden Betrachtungen über die gesammten mittelasiatischen Streitkräfte (Kap. VII) zu eingehenderen Schilderungen und Vergleichen der verschiedenen Kosakentruppen namentlich in taktischer Beziehung führen wird, erscheint es trotzdem am Platze, an dieser Stelle Näheres über das Entstehen und die Charakteristik speciell der Orenburger Kosaken mitzutheilen.

Heutzutage bestehen, wie schon erwähnt, im General-Gouvernement

---

*) Die Embabefestigungen bestehen aus zwei kleinen Forts: dem Embensker Posten an der oberen Emba im Uralsker Kreise und Nijne-Embenskoje an der unteren Emba im Gurjewer Kreise.

Orenburg nur noch zwei besondere Arten Kosakentruppen, die sich äusserlich allein durch geringe Abzeichen von einander unterscheiden. Ihre historische Entwickelung und in Folge dessen ihr militärischer Werth und ihre Kriegstüchtigkeit sind jedoch zweifellos verschieden. Die Uralkosaken, die wir früher in der historischen Einleitung unter dem Namen Jaik-Kosaken zuerst kennen gelernt haben als die Vorkämpfer russischen Vordringens nach Osten, als im höchsten Grade unternehmende und kriegerische Reitersleute, die zum ersten Male zu Peter's des Grossen Zeiten bis in das unbekannte chiwesische Reich vorgedrungen waren, haben auch heutzutage ihre alten kriegstüchtigen Traditionen grösstentheils bewahrt. Weniger kriegerisch und verwegen sind die Orenburger Kosaken. Sie traten erst später auf, als die Grenzen soweit befestigt waren, dass man hinter der Linie der Steppenforts mit einer geordneten Kosakencolonisation beginnen konnte. Die Vertreter dieses theilweise friedlichen Vorgehens durch Ansiedelung und Ackerbau an den östlichen Grenzen sind die Orenburger Kosaken. Bei ihnen ist daher der Sinn für geordnete Verhältnisse, Ackerbau, Grundbesitz, Familienleben und Heimath in höherem Masse ausgebildet und vorherrschend; der Kriegsdienst ist ihnen weniger zur zweiten Natur geworden. Wenn auch gewandt und rührig im Felde, ist bei ihnen jedoch die stete Sehnsucht nach der Heimath, nach ihrem Besitz, eine gewisse Unzufriedenheit, ein gewisses Missbehagen, in fernen Landen weit von den Ihrigen und unter fremden Sitten und Gewohnheiten längere Zeit zu kämpfen, unverkennbar. Der Grund hiervon lag zum grossen Theil auch wohl in der Zusammensetzung des Orenburger Kosakenheeres, das nicht wie das Uralische aus einem bestimmten durch kriegerische Traditionen verbundenen Stamme hervorgegangen ist, sondern aus den verschiedensten Bestandtheilen zusammengesetzt wurde und im Laufe der Zeit vielfache nachtheilige Vermischungen mit, ihrem Stamme durchaus fremdartigen Elementen zu erfahren hatte. Einen drastischen Beweis von der Verschiedenheit der beiden Kosakentypen liefert der von mir im Feldzuge häufig constatirte Umstand, dass bei den mittelasiatischen Truppen, namentlich bei der hier massgebenden Infanterie, die Uralkosaken ihres muthigen, unternehmenden wie auch praktischen und thätigen Sinnes wegen beliebter und geschätzter waren als die Orenburgkosaken.

Wenden wir uns deshalb, um für diese eigenthümlichen Verhältnisse eine Erklärung zu finden, speciell der Entwickelung des Orenburger Heeres zu, da wir ja in den ersten Kapiteln die Uralkosaken
nach ihren Thaten schon kennen gelernt haben.

Vor der Gründung des General-Gouvernements Orenburg bestanden
die Orenburger Kosaken weder in ihrer jetzigen Form noch überhaupt
dem Namen nach. Die Länder zwischen Wolga und Ural wurden von
Kosakenstämmen bewohnt, die nach den betreffenden Hauptstädten
Samara-, Ufa- und Isset'sche Kosaken hiessen. Aus diesen drei Bestandtheilen wurde dann später ein Kosakenheer zusammengesetzt, das
durch einen Ukas vom Jahre 1748*) zuerst den Namen Orenburger
Kosakenheer erhielt und zu dem General-Gouvernement gehörte. Erst
im Jahre 1755 befahl ein zweiter Ukas die Formation und Organisation
des neuen damals 5887 Kosaken zählenden Heeres. Die Dienstzeit der
Kosaken war damals auf Lebenszeit. Man unterschied drei Kategorien,
Besoldete, wenig Besoldete und Unbesoldete. Bezüglich der Verpflichtungen der Mannschaften hiess es damals bezeichnend: „Der Kosak
muss so lange dienen, als er überhaupt Kräfte hat". Als Gegenleistung
gab ihm die Krone dafür, wie schon erwähnt, freien Landbesitz und
Steuerfreiheit. Da die Bevölkerung des neu gebildeten Kosakengebiets
sehr schwach war, wurden Anfangs Kosaken vom Don, ebenso Edel-
leute aus Polen, Russland und dem Auslande herangezogen und zur Ansiedelung bei Orenburg veranlasst. Als dies noch nicht ausreichte,
suchte man aller Orte neue Ansiedler zu gewinnen, wodurch eine
grosse Anzahl Abenteurer sich unter den neuen Ansiedlern festsetzte.
Um den Handel zu heben, wurden sogar ganze Tatarendörfer aus dem
Kasan'schen zur Uebersiedelung nach dem Osten bewogen. Die Länder
der neu gebildeten Kosaken erhielten hierdurch keineswegs vortheil-
hafte und gute Volksbestandtheile. Die Massregel erwies sich später
als so ungünstig, dass man bestrebt war, die Tataren möglichst wieder
zu entfernen.

Im Jahre 1840 trat eine vollständige Reorganisation in den Verhältnissen der Orenburger Kosaken ein. Die Länder, sowie die Administration derselben wurde vollständig von dem General-Gouvernement

---

*) „Das Orenburger Kosakenheer", Wojenny Sbornik 1874.

getrennt. Die Verwaltung, eine rein militärische und von der bürgerlichen geschieden, trat unter einen Militärchef, einen sogenannten Ataman. Das ganze Gebiet erhielt eine militärische Eintheilung, wonach zwei Polk - oder Regiments - Kreise unterschieden wurden, von denen jeder fünf Polks oder Regimenter zu stellen hatte. An der Spitze dieser Abtheilungen standen Kreischefs und Regiments-Kommandanten. Der Bestand des Heeres wurde damals auf 10 Regimenter zu Pferde, 1 Artillerie - Brigade zu Pferde, 3 Batterien zu 8 Geschützen: No. 16, 17, 18, festgestellt. Abweichend von dem früheren Vorrechte der Kosaken, nur im eigenen Lande oder an dessen Grenzen verwandt zu werden, trat nun die Bestimmung ein, dass sie auch nach andern Provinzen abcommandirt und dislocirt werden könnten. Die Dienstzeit wurde auf 30 Jahre festgesetzt, wovon 25 im Felde und 5 Jahre an der Linie (Grenze, Cordon) abzudienen waren. Aus den nicht Dienenden bildete man eine Art Landesreserve. Diejenigen russischen Bauern, die sich den neuen Bestimmungen nicht unterwerfen und sich als Kosaken nicht einschreiben lassen wollten, waren gezwungen, die Gebiete der Orenburger Kosaken zu verlassen.

Zu Zeiten der Perowski'schen Verwaltung, des Beginns der ersten Unternehmungen in Turkestan, suchte man von Neuem die Bevölkerung der Kosakenländer durch Aufnahme von Kronsbauern und Kalmüken zu vermehren. In Folge dessen wurde der Effektivstand des Kosakenheeres durch einen Ukas vom 1./13. Januar 1858 um 2 Regimenter zu Pferde und 6 Bataillone Kosaken zu Fuss vermehrt. Obwohl der Kosak, von Natur und Tradition Reitersmann und allem zu Fusse Gehen Feind, mit der Formation der Kosaken-Infanterie höchst unzufrieden war, hielt man die Neuorganisation dennoch für vortheilhaft, um namentlich dem unbemittelten Theile der Kosaken seine Verpflichtungen zu erleichtern und ihn von der Stellung und Unterhaltung des Dienstpferdes zu befreien. Obwohl man diesen Vortheil nur zum Theil erreichte, indem, wie es scheint, auch die Reicheren zu dem Infanteriedienst herangezogen wurden, trat im Jahre 1865 schon eine Vermehrung der Kosakenbataillone ein.

Das Jahr 1865 und die Verwaltung des General-Adjutanten Besak als Chef des Orenburger Militärbezirks brachte wiederum eine vollständige Umgestaltung in den Kosakenverhältnissen. Auf Veranlassung des General-Gouverneurs wurde durch einen Ukas vom 10./22. September 1866 wiederum die Verwaltung der Orenburger Kosakenländer, was Gerichts- und Polizeiwesen betraf, mit der des General-Gouvernements vereinigt. Nur die militärische Verwaltung blieb von der civilen Administration getrennt. Das selbstständige Amt des Ataman hörte auf und ging in die Hände des Militärchefs des Orenburger Gouvernements über.*) Für die militärische Verwaltung bestand eine besondere Militärkasse, die, Gemeingut der Kosaken, das Militärbudget bestritt. Für Gerichts- und Polizeiwesen zahlte diese Kasse an die Civilverwaltung jährlich die Summe von 60.000 Rubeln. Der Effektivbestand des Heeres wurde nunmehr auf den Etat gebracht, wie er in vorstehender Tabelle angeführt ist. Ein Theil der Kosakentruppen wurde ständig nach dem Syr-Darja-Gebiet abcommandirt.

Auch die Dienstverhältnisse erfuhren eine neue Gestaltung und Regelung. Die Rekrutirung der jungen Leute bestimmte das Loos. Die Freigeloosten wurden zu den Civillasten herangezogen und mussten neben den üblichen Kommunalsteuern die Summe von 4 Rubeln 56 Kop. jährlich an die Militärkasse zahlen. Eine Ablösung im Dienste trat alle 2½ Jahre ein. Zur Besetzung der Grenze, der sog. Linie (Cordondienst) wurden seit 1866 nur noch 2½ Sotnien verwandt, die ihre Stammgarnisonen in Orenburg, Orsk und Troizk hatten. Heutzutage stehen von dem Orenburger Heere 40 Sotnien, 2 Bataillone und 2 Batterien in Dienst, von dem Ural'schen Heere 23 Sotnien und 200 Mann Infanterie als Garnison von Uralsk und anderen kleine Steppenforts. Dann stehen allein 17 Sotnien Orenburger Kosaken, die 8½ Sotnien Ablösung erfordern, und 3 Sotnien Uralkosaken mit 1½ Sotnien Ablösung in Turkestan. Demnach ergiebt sich für die Vertheilung der dienstthuenden Kosakentruppen in den verschiedenen Gebieten:

---

*) Der Ataman der Uralkosaken ist der Militärchef des Ural'schen Kreises, General-Lieutenant Werewkin seit 1873; der Ataman der Orenburger Kosaken ist General-Major Boborykin.

Ural-Kosaken.			Orenburger Kosaken.		
Ataman: General-Lieutenant Werewkin, Gebietschef von Uralsk.			Ataman: General-Major Boborykin, Gouverneur von Orenburg.		
Sotnien,	Rotten.		Sotnien,	Bataillone.	Batterien.
In Turkestan mobile	3	—	17	1 (resp. 2-3)	1 à 8 Gesch.
In Orenburg, Ablösung für mobile Sotnien in Turkestan .	1½	—	8½	—	—
Zum Cordondienst . .	—	—	2½		
Lehr-Sotnie	—	—	1		
Für Steppenforts . .	—	—	3½		
- Steppendetachements	18½	2	8½	1—2	1 à 4 Gesch.

Summa: 23 Sotn., 2 Rott. | 41 Sotnien, 2-3 Batl., 2 Batterien.

Man fing nun auch an grösseren Werth auf die Bildung der Kosakenbevölkerung zu legen, indem man mit Recht hierin vor Allem die Grundlage zur Hebung der innern Entwickelung der Kosakenheere erkannte. Aeusserlich suchte man dem irregulären Charakter der Kosakentruppen mehr den Anstrich und die einheitlichen Principien der russischen Kavallerie zu geben, indem man begann, einzelne Reiter zur Ausbildung nach St. Petersburg zu schicken, woraus später die Formation der ständigen Lehrsotnie hervorging, zu der nunmehr alljährlich Commandirungen stattfinden. Vor Allem aber suchte man den Volksunterricht und die Kosakenschulen zu heben. Bis zum Jahre 1819 waren in dem ganzen Gebiete nur 18 niedere Schulen. Im Jahre 1848 bestand schon in jeder grösseren Stanize eine Schule. Gegenwärtig bestehen in dem Gebiete der Orenburger Kosaken im Ganzen 300 Schulen, die von 9000 Knaben besucht werden.

Wie viel in den letzteren Jahren in dem Orenburger Militärbezirk gerade für die Volksbildung gethan wurde, geht aus einer Statistik hervor, die der russische Invalide für das Jahr 1874 von dem Uralkosakenlande giebt. Hiernach wurde im Jahre 1873 für die Schulen allein die Summe von 57.635 Rubeln oder 18 pCt. von den Gesammtausgaben des Uralschen Militärbezirks verausgabt.[*] In den Städten des Bezirks befanden sich 1873 37 Lehranstalten, darunter 2 Gymnasien, 7 Militärvolksschulen, 1 Musik- und 1 geistliche Schule und 8 Privatschulen, in den Stanizen der verschiedenen Kreise 142 Schulen, davon 42 Militärvolks-

---

[*] Russischer Invalide, December 1874.

schulen, der Rest Privatschulen. Das Ergebniss dieser Schulen war, dass bis zum 1./13. Januar 1874 von den ca. 51.000 Individuen männlichen Geschlechts 11.011 lesen und schreiben, 4218 lesen allein konnten, also beinah 30 pCt. Lesende im Ganzen.

Die Officierkorps wurden bis 1841 aus Kindern der Ortsbeamten oder der einfachen Kosaken, welche den Nachweis ihres Schulbesuches bringen konnten, rekrutirt. Nur wenige hiervon aber hatten die Gymnasien, höheren Kreisschulen oder die 1824 gegründete Neplujew'sche Kadettenschule besucht. Erst 1858 trat die Bestimmung in Kraft, dass der Uriadnik, der Kosakenunterofficier, ein Examen machen musste, ehe er als Chorunshi, d. h. als Fähnrich angenommen werden durfte. Obgleich das Examen sehr geringe Anforderungen stellte, konnte es damals Keiner der Kosakenunterofficiere bestehen.*) Diesem Missstande wurde im Jahre 1860 einigermassen durch die Gründung von Stabsschulen für Officierskinder bei den Militärstäben gesteuert, der Mangel an gebildeten Officieren dauerte aber trotzdem fort, bis im Jahre 1867 schliesslich eine Junkerschule in Orenburg gestiftet wurde, in der die Uriadniks eine rein militärische Berufserziehung geniessen. Bis zum Jahre 1867 hatten die Officiere während der freien Zeit ihrer Ablösung keinen Sold bekommen, so dass der unbemitteltere Theil derselben gezwungen war, so lange er nicht im aktiven Dienste stand, sich seinen Unterhalt selbst zu suchen. Es kam hierbei oft vor, dass der Officier Dienste bei reicheren Kosakenfamilien nehmen musste, deren Söhne zum Theil während des Dienstes unter seinem Kommando standen. Die vielfachen Unzulässigkeiten, die durch diese abnormen Verhältnisse namentlich in Bezug auf die Autorität des Officiercorps veranlasst wurden, bewirkten nunmehr die Bestimmung, dass der Officier während der freien Zeit den halben Sold, bei seinem Abschied eine Pension erhalten sollte. Wegen des schlechten Bodens wurde ausserdem dem Officier des Orenburger Heeres der doppelte Satz für Landbesitz bewilligt.**)

Die Reformen von 1865 wirkten im Allgemeinen ungünstig auf die militärische Entwickelung der Orenburger Kosaken. Nachdem in den

---

*) Wojenny Sbornik.
**) Vergleiche Kosakenverhältnisse bei dem Kaukasischen Abschnitt. In den Gebieten der Orenburger Kosaken erhielten die Generäle 3000 Dessiatinen, die Stabs-Officiere 800 Dessiatinen und die Ober-Officiere 400 Dessiatinen Land.

letzten Jahrzehnten die Ordnung in dem Orenburger Gebiete hergestellt, und an den früher so unsicheren Grenzlinien Ruhe und Frieden
dauernd eingetreten war, hatte nunmehr das stete kriegsbereite und mobile Verhältniss in den Kosakenländern aufgehört; ungestört konnte die
jüngere Generation sich nun dem Ackerbau und den Werken des Friedens hingeben. Nur die älteren Kosaken gehörten noch dem alten
kriegerischen Geschlechte an, die Jugend kannte die Zeit der Kriegszüge
und Steppenexpeditionen ihrer Väter nur noch aus Erzählungen. Wenn
hierdurch allein schon der kriegerische Sinn mehr und mehr abhanden
zu kommen begann, so wurde durch die Reform das bürgerliche Element
ausserdem noch mehr beschützt und herangebildet. Der Kosak wurde
nun ein tüchtiger Ackerbauer, aber ein schlechter Krieger, ein besserer
Bürger, aber ein weniger guter Soldat. Ausserdem verwandte die Regierung weniger Sorgfalt und Aufmerksamkeit auf das fern liegende Kosakenheer, dessen Leistungsfähigkeit man für die irreguläre Kriegführung
in Mittelasien für genügend erachtete, als auf alle anderen Kosakenländer. Während der Organisation der Don'schen und Linienkosaken im
Kaukasus, auf deren Verwendung in der russischen Feldarmee auf europäischem Gefechtsfelde man besonderen Werth legte, grosse Sorgfalt und
bedeutende Summen gewidmet wurden, geschah für die Kosaken im fernen
Osten nur wenig. Die Kommandirungen zu der Lehrsotnie erfolgten nur
in sehr beschränktem Masse, die Kommandirten erwarben sich hier kaum
die nöthigen Kenntnisse zum Unterofficiersstande. Der Sotniendienst in
den Stanizen wurde nur lau betrieben und genügte in keiner Weise den
Anforderungen, die man selbst an eine irreguläre Kavallerie zu stellen
hat. Zu alle Dem traten noch die ungünstigen Verhältnisse überhaupt,
unter denen die Entwickelung des Orenburger Kosakenheeres, wie wir
soeben gesehen haben, vor sich gegangen war. Das Orenburger Kosaken-
volk bildete, da es aus den verschiedensten Elementen zusammengesetzt
war, keineswegs wie die Don'schen Kosaken einen festen gleichartigen
Volksbestandtheil. Dazu kamen noch die ungünstigen geographischen
Verhältnisse der Kosakenländer überhaupt, die einer Centralisation der
Verwaltung und des Dienstbetriebes durchaus ungünstig waren. Die
Länder der Orenburger Kosaken ziehen sich in einem langen Streifen
von ca. 1000 Werst von dem Lande der Uralkosaken bis weit hinauf
nach dem Tobolski'schen Gouvernement, während die Breite derselben

von der Kirghisensteppe an gerechnet, an manchen Stellen kaum 10 bis
12 Werst beträgt. Ein so ungünstiges Verhältniss zwischen Länge und
Breite musste in jeder Beziehung nachtheilig wirken, umsomehr als bisher
nur zwei Militärbezirke bestanden, welchen die Administration von über
400 Stanizen oblag.

Es ist hauptsächlich Verdienst des Chefs der Orenburger Kosaken,
des Generalmajors Boborykin, dass man in Erwägung dieser nachtheiligen
Verhältnisse während der letzten Jahre mit weiteren Reorganisationen
begann. Seit 1867 wurden die Kosakenländer in drei Militärbezirke,
Orenburg, Orsk und Troizk eingetheilt. Der Schulunterricht wurde mit
grösserer Sorgfalt überwacht, eine Massregel, deren Erfolg aus vorstehend angegebenen Zahlen zu erkennen ist. Schon in den Kindern
während der Schulzeit begann man den militärischen Sinn zu wecken,
und machte dadurch die Schule zu einer militärischen Vorbereitungs-
Anstalt für den Dienst. In den meisten Schulen befindet sich ein alter
diensttüchtiger Kosak, der die Jugend in Gymnastik, Marschiren, Gewehr-
Uebungen, überhaupt im Frontdienst unterrichtet. Den reicheren Ko-
sakenkindern wird sogar die Gelegenheit geboten, Reitunterricht zu
nehmen. Hauptsächlich aber suchte man durch Regelung des praktischen
Dienstes den militärischen und kriegerischen Geist, der in den langen
Friedensjahren ganz zu verschwinden drohte, aufs Neue zu erwecken
und zu beleben. Es wurde zunächst bestimmt, dass die jungen Kosaken,
bevor sie zu dem Dienst in der Sotnie zugelassen wurden, sich ein Jahr
vorher in der Stanize militärischen Vorübungen hingeben sollten. Sie
erhielten während dieser Vorbereitungszeit keinen Sold, blos eine Entschädigung für die Unterhaltung eines Reitpferdes und mussten sich in
der heimathlichen Stanize dauernd mit Reit- und Schiessübungen unter
Leitung besonderer Instrukteure, die früher den Kursus der Lehrsotnie
durchgemacht hatten, beschäftigen, im Sommer einen Monat in dem betreffenden Centralorte Sotniendienst thun, dann erst wurden die jungen
Kosaken zu dem eigentlichen Dienst in der Sotnie zugelassen. Die Lehr-
zeit in der Sotnie wurde nur auf 16½ Monate festgesetzt, wovon
4½ Wintermonate für den theoretischen Dienst in der Stanize, 9 Sommermonate für den praktischen Sotniendienst im Lager gerechnet wurden.
Besondere Sommerübungen zur Erlernung des Felddienstes fanden nun-

mehr jährlich zu Zeiten statt, wo die Kosaken in der Verrichtung ihrer Feldarbeiten nicht zu sehr gestört wurden.

Die taktische Ausbildung der Kosakenofficiere war bisher nur eine sehr beschränkte gewesen, da im Orenburger Gebiete keine Regiments- und Brigadenverbände bestanden und die Officiere deshalb nur den Dienst bei der Sotnie oder den kleinen Kosaken-Kommandos kennen zu lernen Gelegenheit hatten. Um diesem Uebelstande abzuhelfen, fanden nunmehr häufig Abkommandirungen von Officieren statt. Ausserdem wurde die Bestimmung getroffen, dass Officiere, ehe sie die betreffenden Kosakenbezirke in Folge von Abkommandirungen nach andern Militärbezirken, so z. B. nach Turkestan verliessen, eine einmonatliche Felddienstübung absolvirt haben mussten. Alle diese verschiedenen zweckdienlichen Neuerungen wurden am 2./14. October 1871 bestätigt, sie sollten jedoch nur als provisorisch für die nächsten drei Jahre geltend angesehen werden und die Vorbereitung zu ferneren Reformen bilden, die für das Jahr 1874 in Aussicht gestellt wurden und die nun ja auch in diesem Jahre bei Gelegenheit der allgemeinen Kosaken-Reorganisation vom October 1874 zur definitiven Beschlussnahme eingebracht sind.

Wenden wir uns nun speciell der Equipirung und Uniformirung der Kosaken zu. Der erwähnte Aufsatz im Wojenny Sbornik theilt höchst interessante Details über die historische Entwickelung derselben mit, von denen Einiges wiederzugeben ich nicht unterlassen möchte.

Bei Gründung der Kosakenheere bestand keine bestimmte Uniform, obwohl es im Allgemeinen üblich war, eine gleichförmige Bekleidung zu tragen. Dieselbe bestand damals aus einem langen weiten Ueberrock, Kaftan von blauer Farbe, der mit einem schwarzen Gürtel um die Hüften zusammengehalten wurde, weiten Hosen zum Einstecken in hohe Stiefel und einer Pelzmütze von schwarz gefärbtem Schafsfell mit blauem oder rothem Kolpak.

Im Jahre 1803 wurde der erste Ukas erlassen, der eine bestimmte Uniformirung für das ganze Kosakenheer befahl. Die Uniform bestand nun wie bei den Don'schen Kosaken aus einem dunkelblauen Rock mit rothen Aufschlägen, weiten blauen Pumphosen mit breiten rothen Streifen. Die Gürtel der Kosaken erhielten verschiedene Farben nach den betreffenden Regimentern, die Officiere silberne Schärpen. Als Kopfbedeckung diente ein Schako mit weisser resp. silberner Passpoili-

rung und einem weissen Federbusch (Sultan). Zu der kleinen Montirung
gehört eine Art lederner Cartouche, die wie bei unserer Kavallerie
über die Schulter getragen wurde.

Im Jahre 1833 erhielten die Kosaken statt dunkelblauer Hosen
dunkelgrüne, statt rother Aufschläge hellblaue, statt Sultanen Pompons.
Im Jahre 1856 wurde der Schako abgeschafft und die Pelzmütze, jetzt
unter dem Namen Papacha bekannt, mit blauem Kolpak wieder eingeführt. Ausser Pumphose und Waffenrock hatten die Kosaken nunmehr
noch Reitermäntel von grauem, grobem Stoff, Fussbekleidung und Hals-
binde wie bei den regulären Truppen. Sporen tragen die Kosaken
nicht, statt ihrer führen sie kurze Peitschen, die an Lederriemen um
das rechte Handgelenk geschlungen werden. Die Kosakeninfanterie trägt
in ähnlicher Weise wie Kavallerie und Artillerie Waffenrock, Papacha
und Pumphose. Diese Bestimmungen gelten für beide Kosakenheere, für
die Uralkosaken sowohl wie für die Orenburger. Zur Unterscheidung
der beiden Heere erhielten dagegen erstere rothe Aufschläge, rothen
Hosenbesatz und rothe Kolpaks.*)

Bis zu den dreissiger Jahren bestand die Ausrüstung der Kosaken
aus den verschiedensten und ungleichartigsten Waffen, Feuergewehren
und blanken Waffen, die man bei den Feldzügen in Persien, Ungarn,
dem Kaukasus und der Türkei erbeutet hatte, und die zum Theil auch als
besondere Auszeichnung einzelnen Kosaken speciell zum Geschenke gemacht
worden waren. Bis 1838 führten dann die Kosaken den gewöhnlichen
Kavalleriesäbel, der dann später durch den sog. Kosakenschaschka (in den
russischen Fabriken, so namentlich in Tula gefertigt) ersetzt wurde. Die
Pike wurde zu Anfang dieses Jahrhunderts eingeführt, um namentlich
dem ärmeren Theile der Kosaken einen Ersatz für das Gewehr zu
geben. Als Feuerwaffe benutzten die Kosaken Anfangs das sogenannte
Turkagewehr, das gleichzeitig den Anforderungen des Krieges und der
Jagd genügend, das Schiessen mit Schrot und Kugel gestattete. Später
erhielten die Reiter den Karabiner und zwei Pistolen. Seit 1856 kamen
die Pistolen in Wegfall, man legte nunmehr aber mehr Werth auf die

---

*) Vergl. das illustrirte Prachtwerk „Description ethnographique des Peuples de
la Russie“ par T. de Pauly, St. Petersburg 1861, und die illustrirten Hefte „Col-
lection von Uniformen der Kais. Russ. Armee“, St. Petersburg 1837 (russisch).

Verbesserung des Gewehres. Die Kosaken wurden allmälig mit dem Tanner'schen, dem 6linigen gezogenen Kosakengewehre (Dragonerflinte*) und zum Theile dem 7linigen gezogenen Schützengewehr (der Kaiserlichen Familie) versehen. Ein Theil der berittenen Kosaken führt den Karabiner „kleinen Kalibers". Im Jahre 1873 schliesslich trat der Beschluss in Kraft, sämmtliche Kosaken neu zu bewaffnen. Zu diesem Zwecke wurden 22.000 Berdan-Gewehre**) in Amerika bestellt, die das Eigenthum der Kosaken werden sollen und deren Kosten zum Theil von der Regierung, zum Theil aus der Militärkasse der Kosaken zu bestreiten sind.

Trotz jener vielfachen Veränderungen und neuen Bestimmungen ist im grossen Ganzen die Bewaffnung der Kosakenregimenter des Orenburger Militärbezirks momentan noch eine ziemlich ungleiche, so dass man wohl bei ein und derselben Sotnie verschiedenartige Waffen findet. Nach der allgemeinen Norm für die Ausrüstung hatten die berittenen Kosaken zu Beginn des Jahres 1873 den Schaschka in Lederscheide, Lanze und Bajonnet - Gewehr, welches letztere von dem Reiter über der Schulter getragen wird. Das Bajonnet ist bei umgehängtem Gewehr an der Säbelkoppel befestigt. Die Pike wird im inneren Dienst nicht geführt. Die Officiere tragen ordonnanzmässig Revolver. Die Ausrüstung der Fusskosaken ist bestimmungsgemäss gleich der der regulären Infanterie, Gewehr mit Bajonnet, Tornister, Patronentasche und Kapseltasche. Die Kosakenartillerie schliesslich hat dieselbe Adjustirung wie die Kavallerie. Sie führt Kosakenschaschkas in Lederscheide und Pistolen. Jeder Kosak aller drei Waffengattungen hat die Kriegsausrüstung auf eigene Rechnung zu besorgen. Bei der Kosaken-Infanterie, die den Garnisonsdienst in den kleinen Forts versieht, findet man ein Conglomerat der ältesten und seltsamsten Waffen, wahrscheinlich grösstentheils aus alten Beständen entnommen, die bei der europäischen regulären Armee wohl schon vor langen Jahren ausgeschieden wurden. Als besondere Decorationen, die den Kosaken bei hervorragenden historischen Gelegenheiten von Seiner Majestät dem Kaiser verliehen wurden, führen die Kosaken Fahnen, auf die sie einen

---

*) Vergl. VII. Kapitel des Suworin'schen Kalenders 1875.
**) Wojenny Sbornik 1874.

grossen, fast abergläubischen Werth legen. Die Orenburger Kosaken
besitzen deren 40, die von den verschiedenen Sotnien geführt werden,
da zuletzt keine festen Regimentsverbände bestanden.*)

Dies zur allgemeinen Charakteristik der Kosaken des Orenburger
Gebiets. Wenn wir zu Anfang der Betrachtung behaupteten, dass die
Orenburger Kosaken im Allgemeinen den Ural-Kosaken an Kriegstüchtigkeit und Uebung nachständen, so soll damit doch keineswegs
gesagt sein, dass denselben diese in irgend welcher Weise abginge.
In den russischen Feldzügen des letzten Jahrhunderts haben die Orenburger Kosaken vielfach rühmlichst theilgenommen, wiewohl allerdings
ihr Auftreten bei der regulären Armee nur in geringem Verhältnisse
zu erkennen ist. Im Laufe des 18. Jahrhunderts finden wir die Orenburger Kosaken nicht in der regulären Armee, sondern fast ausschliesslich in dem eigenen Lande, an der Linie und in der Kirghisensteppe
verwandt. Hier stritten sie fast ein Jahrhundert lang mit den wilden
und unbändigen Stämmen der Kirghisen, Kalmüken und Baschkiren,
gegen die Aufrührer im Lande der Jaikkosaken, gegen Pugatschew u. a.,
wie die historische Einleitung gezeigt hat. Die Orenburger Kosaken
hatten zu jenen Zeiten einen strengen und aufreibenden Dienst an der
Linie. Die Unruhen in den Steppen hatten damals solche Proportionen
erreicht, dass der Landmann nur mit Gewehr und Säbel bewaffnet,
ähnlich wie im Kaukasus, seinen Acker bestellen konnte. Damals sah
man den Kosaken mit schleppendem Säbel, mit geladenem Gewehr
seine Ernte einsammeln und unter starker Eskorte nach der heimathlichen Stanize einbringen. Nur in grösseren Trupps konnten dann die
bewaffneten Kosaken zusammen hinaus nach dem Acker ziehen, um
die nöthigsten Arbeiten zu verrichten. Nichts konnte in der Steppe
geschehen, keine Reise, keine wissenschaftliche Expedition unternommen werden, keine Karawane die Handelsstrasse ziehen, ohne
dass ein starkes Kosaken-Commando dieselbe eskortirte. Den feind-

---

*) Die Symbole der Fahnen sind meist religiösen Charakters und werden deshalb
von den strenggläubigen und an den Regeln der Religion genau festhaltenden Kosaken doppelt werth gehalten. In dem Wojenny Sbornik finden wir eine höchst interessante Notiz
über die erste Fahne der Orenburger Kosaken. Die älteste Fahne war im Besitze der
Ufa-Kosaken, auf ihr ist „das Symbol der Gottheit" gemalt und stehen die Worte
geschrieben: „Mit dieser Fahne besiege den Feind!" und „Ich werde deinen Stamm
mehren wie die Sterne am Himmel!"

lichen uncivilisirten Steppenvölkern gegenüber mussten die Kosaken ihre ganze Kraft entwickeln, wodurch sie damals einen hohen Grad von Kühnheit und Kriegstüchtigkeit erlangten. Als später die Ruhe in der Kirghisensteppe hergestellt war, wurden die Orenburger Kosaken, hauptsächlich seit Perowski's Zeiten, in dem turkestanischen Kriege verwandt, wo sie sich vielfach Lorbeeren erkämpften. Seit 1822 finden wir sie auch in den Städten des europäischen Russland, wo sie zu Polizeizwecken benutzt werden.

Bei der regulären Armee erschienen die Orenburger Kosaken zum ersten Male im Kriege gegen Schweden 1790, wo ein kleines Commando von circa 150 Pferden die russischen Truppen begleitete. Im französischen Feldzuge 1807 wurden 2 Regimenter Orenburger Kosaken nach dem Kriegsschauplatz gesandt, die jedoch nicht mehr bei den kriegerischen Operationen auftraten, da sie erst nach der Schlacht von Friedland bei der Armee anlangten. Sie gingen von Frankreich zur Moldau-Armee, wo sie an allen Affairen des Feldzuges theilnahmen und zur Besetzung der Grenzlinie verwandt wurden. Die Leibwache des Generals Kutusow soll damals ausschliesslich aus Orenburger Kosaken bestanden haben.*) Den Cordondienst am Dniester gegen die türkische Grenze versahen diese beiden Regimenter bis zum Jahre 1819. Im Jahre 1813 finden wir ein drittes Regiment in Deutschland. Das zweite Regiment nahm Theil an der Belagerung von Danzig und der Schlacht bei Leipzig. In den folgenden Jahren, so 1829 gegen die Türken, im polnischen Aufstande 1813 und 63, in Ungarn und in der Krim nahmen ebenfalls in den verschiedenen Zeiten neun Regimenter des Orenburger Kosakenheeres an den Gefechten der regulären Armee rühmlichst Theil. Von dem Jahre 1864 an war das Feld ihrer speciellen Thätigkeit ausschliesslich Turkestan und das mittelasiatische Kriegstheater.

Eingehenderes über die taktischen Verhältnisse der Kosakentruppen, namentlich im Vergleich zu der regulären Cavallerie, wird die Betrachtung der gesammten mittelasiatischen Streitkräfte im VII. Kapitel noch bringen.**)

---

*) Wojenny Sbornik 1874.
**) Obwohl sich Verfasser einer eingehenderen Beschreibung der Verhältnisse der russischen regulären Feldarmee, wie sie der kaukasische Militairbezirk vorwie-

Zum Schlusse sei nur noch erwähnt, dass die Kosakenreorganisation, wie sie der Erlass vom 31. Oktober 1874 a. St. für die Don'schen Kosaken vorschreibt, einstweilen noch die Orenburger Kosaken unberührt gelassen hat. Dagegen sollen die Uralkosaken neuerdings reorganisirt werden und eine dem Don'schen Heere ähnliche Verfassung erhalten, die im Laufe des Jahres 1875 zur Vollendung kommen wird.

Was schliesslich den Gesundheitszustand der Truppen in der Kirghisensteppe betrifft, so ist für denselben noch wenig gethan. Nur eine kleine Zahl unzureichender Lazarethe befindet sich an den Hauptorten; an Aerzten fehlt es durchweg. Der Gesundheitszustand ist sonst in der Aralsteppe ein guter, wozu das günstige Klima einerseits und das Campiren der Soldaten in den wohnlichen und praktischen Filzjurten, die hier allgemein als Zelte oder auch statt permanenter Baracken verwandt werden, hauptsächlich beiträgt. Für das Jahr 1872 werden für die Truppen des Orenburger Militärbezirkes 98,4 % Krankheitsfälle und 1,85 % Todesfälle angegeben.[*)]

Die Productions-Fähigkeit und die Ressourcen des General-Gouvernements Orenburg in Bezug auf Armee und Kriegsbedarf.

Im Allgemeinen lässt sich sagen, dass das General-Gouvernement von Orenburg gleichwie der Kaukasus durch seine Production den Kriegsbedarf seiner Truppen selbst deckt. Die Productionsfähigkeit liegt aber hier ausschliesslich in dem europäischen, dem cisuralischen

---

gend vertritt, absichtlich enthalten hat, um die den Feldzug 1873 einleitenden Kapitel nicht allzu umfangreich werden zu lassen, so glaubte er doch, die besonders charakteristischen Kosakenverhältnisse nicht ganz übergehen zu dürfen, da dieselben bei der Entwickelung der mittelasiatischen Truppen von grosser Wichtigkeit waren. Die Kenntniss der Kosakentruppen im äussersten Osten des europäischen Russland möchte auch im Allgemeinen weniger verbreitet sein, als die der viel beschriebenen russischen regulären Armee. Ausserdem hat Verfasser im wirklichen Campagneleben nur geringe Theile der russischen Feldarmee, kaukasische Artillerie und Infanterie bei der Lomakin'schen Colonne, kennen gelernt, während er wochenlang im Stabe des Cavalleriechefs Oberst Leontiew mit den Orenburg-, Ural- und kaukasischen Linien-Kosaken gelebt, gelitten und gefochten hat. Soweit es aber irgend möglich ist, möchte Verfasser doch nur die Verhältnisse zur Darstellung bringen, über die er aus eigener Erfahrung sich ein Urtheil zu bilden im Stande war. —

[*)] Suworin'scher Kalender 1875. *„Die Gesundheit und Mortalität der russischen Armee.“*

Theil des Gouvernements, wenige transuralische Kosakengebiete ausgenommen; der ganze asiatische Theil muss von Norden her versorgt werden. Der Ackerbau in dem europäischen Gebiete steht im Flor, da der Boden eine sehr hohe Ertragsfähigkeit besitzt. Nach Sarauw's Zusammenstellungen ist für die 60er Jahre:

Das Areal der Gouvernements:

Orenburg = 16.509.000 Dess., wovon 3,4 % Ackerland, 16,0 % Wiesen, 29,1 % Wald.
Ufa   = 8.040.000   „   „ 10,3 %   „   9,2 %   „   52,5 %   „ *).

Der Rest des Landes besteht aus Gartenland, Weiden und total unbebautem Boden.

Auf das Gebiet der Orenburger Kosaken kommen 6.837.388 Dess. kulturfähiges und nur 840.816 Dess. unbrauchbares, auf das der Uralkosaken 3.627.811 Dess. culturfähiges und 1.623.814 Dess. unbrauchbares Land. Für die Jahre 1864—66 stellte sich die Kornproduction für das Gouvernement Orenburg auf 2.280 Tausend Tschetwert, für das Gouvernement Ufa auf 4.086 Tausend Tschetwert. Das Gouvernement Orenburg zeichnet sich besonders durch den Ertrag seines Wiesenbaues aus, während sein Tabaksbau nur von geringer Bedeutung geblieben ist. Für das Jahr 1865 ergab letzterer im ganzen Gouvernement auf 5 Dessiatinen angebauten Areals blos 397 Pud Reinertrag. Der Holzertrag der Wälder ist im Allgemeinen sehr im Abnehmen begriffen, da die Waldungen im östlichen Russland bei dem leichtsinnigen Holzverbrauch sich sehr zu lichten beginnen. Für den mittleren und südlichen Theil der Orenburger Gebiete liefern diese Waldungen das einzige und unentbehrliche Brenn- und Baumaterial. Nach dem Suworin'schen Kalender 1875 besitzt das Gouvernement Ufa 538.000 Dess. Kronswälder und ausserdem 5.066.000 Dess. Privatwälder; das Gouvernement Orenburg ein gleiches Areal von Privatwäldern. Nur dem nördlichen Theile und namentlich Theilen des Gouvernements Ufa kommen die Producte der uralischen Steinkohlenformation, die besonders auf dem westlichen Abhange längs der ganzen Länge des Uralgebirges sich hinzieht, zu Nutzen. Zwei Hauptkohlenflötze laufen von Nord nach Süd in paralleler Richtung im Gebiete des General-Gouver-

---

*) Die nachstehenden Angaben des Waldareals für Ufa und Orenburg, die der Suworin'sche Kalender für 1875 macht, stimmen allerdings nicht ganz mit den Sarauwschen Ziffern. (?)

nements.*) Das westlichere derselben beginnt in der Höhe der Stadt
Ufa und zieht sich noch 70 Werst über den Uralfluss nach den südlichen Steppen hinaus, das östlichere reicht nur bis zur Stadt Orsk am
Uralflusse. Die Orenburger Kohle gehört der Jura- und Kreideformation an. Von grosser Bedeutung ist die durch die reichlichen und
guten Weiden florirende Viehzucht in den cisuralischen Gouvernements,
worunter namentlich die Pferdezucht eine grosse Rolle spielt. Für
das Jahr 1864 rechnet Sarauw, für das Jahr 1871 der Suworin-Kalender 1875 auf die Gouvernements:

	Pferde		Rindvieh		Schafe		Schweine		Ziegen
	1864	1871	1864	1871	1864	1871	1864	1871	1864
Orenburg .	567.000	581.000	370.000	441.000	1.092.000	880.000	80.000	65.000	202.000
Ufa . . .	525.000	587.000	310.000	309.000	380.000	380.000	75.000	120.000	80.000
Summa .	1.092.000	1.168.000	680.000	750.000	1.472.000	1.260.000	155.000	185.000	282.000

Aus diesen Zahlen ersieht man, dass die Pferdezucht der beiden
Gouvernements allein die an sich schon ungeheure, früher erwähnte,
Kaukasiens übertrifft, und hier nicht wie dort in Abnahme, sondern im
Zunehmen sich befindet.**) Ausserdem ist bei obenstehender Ziffer die
Zucht in den Gebieten der Kirghisen- und Kalmükensteppe nicht mit
eingerechnet, wo dieselbe zum Theil mit grossem Erfolge betrieben
wird. Die in den genannten beiden Gouvernements gezüchteten Pferde
gehören zum grössten Theile der Race des Kosakenpferdes an, das als
Don'sches Pferd in dem kaukasischen Abschnitte beschrieben wurde.

---

*) Helmerssen, *Geologische Karte von Russland*, St. Petersburg.
**) Nach Wenjukow käme allerdings dieses ungeheure Pferdematerial der euro-
päischen regulären Armee für den Kriegsdienst in normalen Verhältnissen wenig zu
Statten, da, wie er meint, hier „keine einzige gute Race gezogen wird, die den Anforderungen der regulären Cavallerie entsprechen könnte.“ Um so mehr sind die so
gezüchteten Pferde dagegen, von Jugend auf an das Steppenleben, an Futter- und
Wassermangel, an Kälte und lange Ritte gewöhnt, für den Steppendienst und die
Wüstencampagne geeignet. Auch Oberst Iwan Lischin, der Verfasser des Aufsatzes
„Unsere Pferdemittel“ im Wojenny Sbornik (Heft 4 1873) erkennt nur bedingungs-
weise den Werth dieses immensen Pferdematerials für die russische reguläre Armee
an. Wie er sagt, bietet der allerdings bedeutende Pferdereichthum Russlands, der
aus der absoluten statistischen Zifferhöhe der Pferdeproduction hervorgeht, trotzdem
durchaus keine Garantie dafür, dass die Armee bei plötzlicher Mobilmachung in der
nöthigen Zeit mit dem erforderlichen Pferdematerial versehen werden könne, da vor
Allem der Pferdereichthum hauptsächlich in den östlichen, den muthmasslichen Kriegs-
schauplätzen entlegensten Gouvernements vorherrschend sei, wo ausserdem die wirth-
schaftlichen und territorialen Verhältnisse besonders ungünstig erschienen.

Ein gutes Ackerpferd und das sogenannte Bitygenpferd, das namentlich grosse Lasten zu tragen vermag und als besonders tüchtiges Zugpferd in den Wagencolonnen zum Transport der asiatischen Waaren vielfach benutzt wird, wird in zweiter Linie hier gezogen. Das Bitygenpferd, vereint mit dem Kameel und dem grossen Orenburger Zugochsen, vermittelt den gesammten Binnenhandel zwischen Russland und Asien und ist als solches von unschätzbarem Werthe. Im Gouvernement Orenburg rechnet man auf 100 Einwohner ca. 62 Pferde. Im Jahre 1865 gab es im Orenburger Gouvernement 29 Privatgestüte mit 45 Hengsten und 566 Stuten, im Ufa'er Gouvernement 15 Privatgestüte mit 56 Hengsten und 329 Stuten. Auf das Gebiet der Orenburger Kosaken rechnet man 3387 Hengste und 30.049 Stuten, auf das der uralischen Kosaken 2102 Hengste und 18.231 Stuten. Ausserdem befindet sich im Orenburger Bezirk ein ausgedehntes Staatsgestüt, in dem hauptsächlich Remonten für die leichte Cavallerie und die Artillerie gezogen werden. Wir erkennen somit die Production der beiden Gouvernements an Pferden und Rindvieh allein als weit über den Bedarf des Orenburger Militärbezirks. Die Naturalverpflegung der Truppen vermitteln ebenfalls ausschliesslich die europäischen Theile des General - Gouvernements. Die reiche Production an Rindvieh, worunter das Mastvieh Orenburgs vorzugsweise bekannt ist, geht aus genannten Ziffern hervor. Die Mehlfabrication im Gouvernement Orenburg ergab im Jahre 1869 62.700 Rubel und ward durch 144 Mühlen betrieben. Das nöthige Kochsalz ergeben die Steinsalzwerke Iletzka und Saschtschita in reichlichem Masse; Seesalz wird ausserdem im Ural-Gebiet aus den Salzseen des Binnenlandes reichlich gewonnen. Im Ural-Gebiet wurden im Jahre 1872 beinahe 77 Millionen Pfund Steinsalz und 20 Millionen Pfund Seesalz gewonnen. Als Specialität der beiden Gouvernements ist ausserdem noch der Bau der Sonnenblume, die hauptsächlich zur Oelfabrication benutzt wird, und die Gewinnung des Honigs zu erwähnen. Die Baschkiren sind berühmte Bienenzüchter, ja sie haben von dieser ihrer Liebhaberei ihren Namen erhalten.*) Aus dem Honig werden verschiedene Fabri-

---

*) Die Bienenzucht hat hier eine sehr grosse Ausdehnung genommen und ist von grosser Wichtigkeit, weil die Bauern sich des Honigs statt des Zuckers bedienen, ausserdem der Verbrauch von Wachslichtern bei der tief strengen Religiosität der Landbewohner ein unverhältnissmässig grosser ist.

kate und Conserven bereitet, so namentlich die sogenannten Sbiten,
eine Art gewürzten Honigs, die der Soldat liebt und die auf Märschen
und Expeditionen nicht fehlen dürfen. Die Gemüsezucht und Obstcultur
hat nur geringe Ausdehnung gewonnen, wogegen Melonen und Arbusen in vorzüglicher Weise gedeihen.*) Der Bedarf der Truppen
hierauf bezüglich, ebenso was Thee, Zucker, Branntweine u. s. w. betrifft, muss aus dem westlichen Russland bezogen werden. Die Flüsse
des Ural sind von Fischen belebt, die Jagd im Gebirge wie in den
Steppen liefert reichen Ertrag an Fellen und Pelzwerk, was bei dem
rauhen Klima des Winters unentbehrlich ist und von den Truppen in
grossen Quantitäten gebraucht wird. Das langhaarige dichte Fell der
Steppenschafe, meist schwarz gefärbt, bildet gewöhnlich auch für den
Soldaten die Winterbekleidung, ohne die während der Hälfte des Jahres
kein Bewohner des General-Gouvernements existiren kann.

Für die Industrie ist das Uralgebirge reich an mineralischen
Schätzen. Es liefert Gold, Platina, Eisen und namentlich Steinkohlen
und Kupfer.**) Die Kupferproduction bildet im Gouvernement Orenburg
und Ufa die Specialität ganzer Bezirke. Die Industrie, namentlich die
Eisenindustrie hat seit Abschaffung der Leibeigenschaft an Ausdehnung
verloren, da die Arbeitskräfte zu schwer zu beschaffen sind, für militärische Zwecke direct war dieselbe überhaupt nie von grosser Wichtigkeit. Nach Sarauw bestehen:

					Jährlicher Productionswerth.
Im Gouvernement Orenburg	7	Eisengiessereien mit	.	312.000	Rubel,
„	„	Ufa	8	„	„ . 1.038.998 „
„	„	Orenburg	77	Lederfabriken	„ . 320.624 „
„	„	Ufa	69	„	„ . 181.253 „
„	„	Orenburg	5	Wollmanufacturfabr. mit	2.000 „
„	„	Ufa	1	„	„ 52.000 „
„	„	Orenburg	11	Baumwollfabriken	„ 45.000 „

*) Verfasser erinnert sich nicht, während seiner ganzen Reise durch das Gebiet
des General-Gouvernements einen einzigen Obstbaum gesehen zu haben. Der be-
kannte Chiwareisende Basiner schreibt diesen Mangel an Obstzucht den häufigen
Nachtfrösten zu, die nach seiner Beobachtung in Orenburg keinem einzigen Monat
des Jahres fehlen. (Th. F. J. Basiner's „Reise durch die Kirghisensteppe nach
Chiwa"; Beiträge zur Gesch. des russischen Reiches XV. Bd. St. Petersburg 1848.)
**) Der Ertrag der Goldbergwerke ergiebt in den Gouvernements Perm und
Orenburg jährlich ca. 6000 Pfund. Die Eisenproduction der beiden Gouvernements

Direct für militärische Zwecke hat Orenburg nur eine Fabrik für gröbere Tuchsorten und 4 für feinere Sorten, die für die Equipirung der Truppen Stoffe liefern. Wichtiger in jenen Fabriken ist die Fabrikation des Filzes, der zur Herstellung von Zelten, Jurten, Decken und Fussbekleidung für die Truppen unentbehrlich ist. Der Bedarf an Leder für Fussbekleidung und Ausrüstungsgegenstände, namentlich für die Pferdeausrüstung und das Transportwesen wird reichlich durch genannte Fabriken gedeckt. Waffen und die kleinen Montirungsstücke, ebenso wie Pulver und Munition für die Truppen werden, wie im Kaukasus, auch hier aus dem Westen des europäischen Russland, oder dem Auslande bezogen. Für den gewöhnlichen Pulverbedarf in den Laboratorien liefert Samara den Salpeter, während die Pulvermagazine und Depots aus den Fabriken Kasans versehen werden müssen. Magazine und Depots für Pulver, Munition, Waffen u. s. w. bestehen in den Bezirkshauptstädten, die wiederum von der Hauptstadt Orenburg ihren jährlichen Ersatz erhalten.

. Zur Erhaltung des vorhandenen Kriegsmaterials, so zur Instandhaltung schadhaft gewordener Geschütze, Handfeuerwaffen und Munition befinden sich bewegliche Artillerie-Werkstätten und Laboratorien in der Stadt Orenburg, wo auch die Hauptdepots für Medizin-, Apotheker- und Sappeur-Materialien untergebracht sind. Was im Uebrigen den Bedarf der Truppen, resp. der kleinen Garnisonen an Kurzwaaren für ihre kleinen Lebensbedürfnisse betrifft, so wird derselbe leicht von Orenburg aus vermittelt, dem Centrum und Stapelplatz des ausgedehnten früher schon erwähnten Handels zwischen Europa und Asien.

Wir sehen somit, dass die Productionsverhältnisse an Rohstoffen und Kunsterzeugnissen, soweit sie den Bedarf der Truppen betreffen, in dem europäischen Theile des General-Gouvernements bezüglich der geringen Truppenzahl sich verhältnissmässig günstig gestalten. Ganz anders sieht es in dem asiatischen Theile, den transuralischen Gebieten aus, deren Production kaum zur Erhaltung der dieselben bewohnenden oder durchwandernden, zum grössten Theile nomadisirenden Völkerschaften ausreicht. Wir haben den Character der Kirghisensteppe und ihrer Bewohner, soweit er die Gebiete ungefähr zwischen dem 51.

Ufa und Orenburg machte in den Jahren 1863—67 ungefähr 1/10, mit der des Gouvernements Perm zusammen über 2/3 der Gesammtproduction Russlands aus.

und 46.° nördlicher Breite betrifft, zu Beginn des Capitels kennen gelernt und können daraus schon im Allgemeinen auf die Productionsarmuth schliessen. Die Unfruchtbarkeit und Wasserlosigkeit des Bodens, der Mangel an jeder höheren Vegetation einerseits, der Wandertrieb der Steppenbewohner andererseits hat feste Ansiedelungen seit jeher, wenige Kosakencolonien und Steppenforts ausgenommen, unmöglich gemacht. Ackerbau hat deshalb die Kirghisensteppe ausser in der Nähe des Uralflusses und den dort gelegenen Kosakengebieten durchaus nicht. Wiesen und spärliche Grasfluren finden sich nur in geringer Ausdehnung längs der schmalen Wasserläufe und ergeben nothdürftig das Futter für den Winter, wenn Schnee und Eis die Steppe monatelang bedecken. Die Heuvorräthe reichen dann nur eben aus, um das Minimum des Viehbestandes die rauhe Jahreszeit hindurch zu erhalten In der Nähe der Bäche wächst reichlich Schilfrohr, Kamysch genannt, das als Brennmaterial und zu künstlich geflochtenen Matten benutzt wird. In der Steppe selbst, soweit sie den Charakter totaler Sandwüsten und Salzsümpfe trägt, wachsen nur wenige Kräuter, worunter namentlich das Absyntkraut die Hauptnahrung des genügsamen Kameels bildet. Das Steppengras wächst nur in wenigen Büscheln, ist hart und scharf gerändert, so dass es nur von den eingebornen Steppenpferden, Schafen, Ziegen und Kameelen gefressen wird. Waldungen finden sich nur im Norden, aber sehr spärlich und selten. Die Steppe in ihrer ganzen Ausdehnung nach Süden hat fast gar kein Brennholz. Niedriges Gestrüpp, aus dorn- und wachholderartigem Strauchwerk bestehend, selten kleine Saxaul-Gebüsche bieten da nothdürftig das Material zu einem bescheidenen Lagerfeuer. Das gewöhnliche Brennmaterial bildet immer der getrocknete Kameelmist, der auf den begangenen Karawanenstrassen der Steppe stets reichlich zu finden ist.

Ebenso einfach und primitiv, wie die Natur des seltsamen, öden Aralo-Kaspischen Tieflandes, sind auch die Sitten seiner wilden und unstäten Bewohner. Der ganze Besitz des Kirghisen besteht in seiner Filzjurte, seinen Waffen und Hausthieren, dem Kameel, Pferd, Schaf und der Ziege. Der Besitz des Rindviehs gehört zu den Ausnahmen. Die Weiden, wenn man spärlich mit niedrigem Kraut bewachsene, sandige Wüstenstrecken überhaupt so nennen kann, sind Gemeingut der ganzen Völkerschaft und werden von den bestimmten Stämmen zu gewissen Zeiten abwechselnd je nach der Jahreszeit besucht. Die genannten Hausthiere dienen ausschliesslich zum Transport und zur Ernährung des Kirghisen. Fleisch geniesst derselbe nur in den seltensten Fällen, — dasselbe ist für ihn Luxusartikel. Die einzigen Nahrungsmittel bildet sich der Nomade fast ausschliesslich aus der Milch, welche genannte Thiere, Kameel und Pferd nicht ausgeschlossen, ihm liefern. Die verschiedensten Arten von Käse und Butter, die verschiedenartigsten, zum Theil nicht sehr leckern Gerichte wissen die Frauen und Mädchen aus der Milch zu bereiten, so den „Airan", geronnene Schaf- und Ziegenmilch, und „Irimtschik", kleine von der Sonne getrocknete Käsekugeln. Als Getränk ist stark gesäuerte Stuten- oder Kameelmilch, der sogenannte Kumis, sehr beliebt, der neben der bekannten berauschend weinartigen Wirkung vielen Nahrungsstoff und starken Alkoholgehalt besitzt und im Allgemeinen sehr gesund ist. Wie gesagt, die Milchfabrikate bilden ausschliesslich fast das einzige Nahrungsmittel der Steppenbewohner, da Vegetabilien, ausser Knoblauch und Zwiebel, die in der Steppe wild wachsen, nicht existiren, Gewürze, Zucker und Thee (der gewöhnliche Karawanen- oder Klinkerthee, eine gepresste steinige Masse) nur schwierig und mit grossen Kosten von dem armen Nomaden durch die russischen Colonien oder die passirenden Karawanen bezogen werden können. Brod und Gemüse kennen sie nicht. Der Thee wird mit Salz und Hammelfett gekocht. Der Fleischgenuss findet nur bei Festen und Festmahlen, im Winter bei strenger Kälte oder in dem besonderen Falle statt, wo vielleicht ein altes, wohl auch krankes Kameel oder Pferd sich im Lager befindet, das zum Transport nicht mehr zu gebrauchen ist. Das Fleisch der jungen, wenige Wochen alten Kameele ist im höchsten Grade wohlschmeckend und von dem besten Rindfleische kaum zu unterscheiden. Das Fleisch als Rauch- oder Pökelfleisch, wohl auch als Würste, dient zum Vorrath für die rauhe Jahreszeit, wo die Thiere des kargen Futters wegen wenig Milch geben. Das Fleisch der Schafe, der sogenannten Fettschwänze (das Gewicht der Schwänze beträgt oft 20—30 Pfund) ist wohl das feinschmeckendste der Welt, wird aber von den Nomaden nur bei den allerausergewöhnlichsten Gelegenheiten genossen.

Wie einfach und nüchtern die Bedürfnisse der Nomaden sind, geht daraus hervor, dass ihr grösster Genuss bei Freuden- und Festmahlen

der Rausch in Kumis, ihre grösste Delikatesse eine Art Butter ist, der
sogenannte Katyk oder Kaimak, der sich auf einem Gemisch von
Schafskäse mit Schafsmilch durch langes Rütteln absetzt.   Der genannte Schafskäsetrank wird von den Reitern in langen, schmalen
Ledergefässen, die gewöhnlich aus der Haut eines Pferdebeines gefertigt sind, tagelang mit auf den Sattel genommen. Der durch anhalten-
des Reiten sich oben absetzende seltsame, feine Leckerbissen wird dann
mit den schmierigen Fingern herausgeschöpft.   Es gilt als höchste
Freundschaftsbezeugung, wenn dem Fremden eine solche Delikatesse von
dem Kirghisenreiter angeboten und direct von der Hand zum Munde
servirt wird.

Die Manufactur der Kirghisen ist primitiver Natur. Sie beschränkt
sich auf Anfertigung von Filzen aus Kameelhaar, Gerben der Felle von
Schafen, Ziegen und Pferden und den gröbsten und geringsten Gewe-
ben oder Gespinnsten der Schaf- und Ziegenwolle.   Einen sehr feinen
Zwirn zu Stricken fertigen die Kirghisenmädchen aus den Sehnen der
Pferde. Die Kleidung der Männer wie der Frauen ist im gewöhnlichen
Leben einfach.   Die Edlen und Vornehmen tragen meist Gewänder von
Kattun, die aus Orenburg bezogen werden, bei festlichen Gelegenheiten
wohl auch Seidenstoffe aus Turkestan und Buchara.   Die Kleidung der
gemeinen Leute, die zum Theil aus Pferde- oder Schafshäuten, zum
Theil aus Filzstoffen aus Kameelhaar besteht, fertigen die Weiber,
ebenso wie die Kopfbedeckung und Fussbekleidung aus Filz oder Leder
selbst. Fabricirt wird sonst in der Steppe durchaus Nichts und von
Industrie ist hier keine Rede.   Die Hauptbeschäftigung der Kirghisen
und Kalmüken ist die Viehzucht, Jagd und in den südlichen Gebieten
auch der Raub. Die ausgewachsenen und tüchtigen Jünglinge und Männer sind alle beritten und bewaffnet. Sie begleiten die Züge und Karawanen ihrer Stämme als Treiber, Führer und Beschützer. Im Dienste
der Karawane bilden sich besondere gewandte Führer und Krieger aus,
die als hervorragend wohlbewaffnete, ortskundige und tapfere Männer im
Volke bekannt sind und dann, wie schon erwähnt, den Namen Dshigiten führen. Die Jagd liefert im Allgemeinen keine sehr reiche Beute. Die Steppe ist
allerdings, namentlich in der Nähe von Gewässern, reich an wilden Enten,
Gänsen, Schwänen, Schnee- und Steppenhühnern, Kranichen etc., der
Kirghise hält es jedoch des wenigen Fleisches wegen nicht werth, viel

Zeit und Mühe auf die Erlegung des Flugwildes zu verwenden. Die Steppenantilope (Saïga-Antilope), wilde Ziege, der Steppen- oder Springhase wird jedoch mit Passion gejagt, zu welcher Jagd eine besondere Art kleiner Falken mit Vorliebe und grosser Gewandtheit benutzt wird. Die Steppe beherbergt ausserdem Bären, Wölfe, Wildschweine, Füchse, Murmelthiere etc., deren Felle und Häute von den Nomaden benutzt und verarbeitet werden. Eine Anzahl kleiner Schildkröten bevölkern die Ebene, deren Eier die Kinder massenhaft sammeln. Für edle Steine, Schmucksachen in Gold und Silber zeigen die Kirghisenstämme viel Sinn und Neigung. Die Anfertigung derselben verstehen die Steppenbewohner jedoch selbst nicht, obwohl der Steppe die edlen Metalle nicht ganz fehlen. Die Geräthschaften in der Wirthschaft der Nomadenfamilie beschränken sich auf das Allernothwendigste. Sie sind meist aus Holz oder Leder gefertigt, der Gebrauch des Löffels und der Gabel ist nicht bekannt.

Wir sehen, dass bei so primitiven Verhältnissen das Land sowohl wie die Bevölkerung in militärischer Hinsicht einer Truppe nur verschwindend wenig Unterstützung und Ressourcen zu bieten vermag, und dieselbe in den kleinen Garnisonen und Steppenforts, auf Märschen und kleinen Expeditionen in der weiten Fläche isolirt fast ganz auf sich und ihre Communikation nach Norden, dem europäischen Gebiete und hier vornehmlich auf das Gouvernement Orenburg, angewiesen ist. Nur in sehr geringen Quantitäten kann sich eine marschirende Truppe auf den sichern Bezug von Grünfutter im Sommer, an Heu im Winter aus der Steppe selbst verlassen. Sie wird immer den ganzen Bedarf an Fourage, Hafer und Gerste selbst mit sich führen müssen, wenn nicht für besondere Depots und Magazine vorher hinreichend gesorgt ist.*) Wohl aber ist im Allgemeinen die Unterstützung und Hülfeleistung der landeskundigen und gewandten Kirghisen bei militärischen Operationen in der Orenburger Steppe nicht zu gering zu schätzen. Etappen für längere Märsche hat ja die Steppe ausser den wenigen Forts nicht. Die Sta-

---

*) Die Aussage Wenjukow's: „Niemals stiessen wir bei Beschaffung des Futters an unserer ganzen Grenzstrecke, allerdings mit Ausnahme der Steppe im Winter und Hochsommer, auf Schwierigkeiten", scheint etwas viel zu sagen. Die Geschichte der Grenzexpeditionen hat wenigstens zu verschiedenen Malen das Gegentheil bewiesen.

tionen für das tägliche Nachtlager der marschirenden Truppe bildet
stets nur die nackte, kahle Umgebung der Steppenbrunnen, wo alltäg-
lich das Zeltlager von Neuem auf- und abgeschlagen werden muss.
Zur Hülfe bei diesen Lagerarbeiten, zum Aufschlagen der Zelte, Auf-
und Abpacken der Transportthiere, Bewachung und Führung des umfangreichen Viehproviants, Sammeln und Beschaffung des Brennmate-
rials und Wassers etc., zeigten sich die willigen und im Allgemeinen
gefälligen Kirghisen zu allen Zeiten und bei allen militärischen Steppen-
Operationen als unentbehrliche und werthvolle Stützen für den strategischen Vormarsch nach Süden. Der Gesammtbedarf muss aus dem
europäischen Russland über den Uralfluss eingeführt werden. Es bezieht sich dies auf alle Ausrüstungs- und Bekleidungsgegenstände, auf
Waffen und Munition und auf die Verpflegung. Eine Pulver- oder Waf-
fen-Fabrik besteht überhaupt jenseits des Ural im ganzen asiatischen
Russland nicht. Aller Bedarf, sogar die Verpflegungsmaterialien, das
Fleisch nur zum Theil ausgenommen, beziehen die orenburgischen Befestigungen von jenseits des Ural. Bedenkt man den früher beschriebenen Charakter der Steppe, in der keine Wege die Communikation
zwischen den Etappenorten vermitteln, sondern die Verbindung den
grössten Theil des Jahres nur durch Transporte von Kameelen oder
Lastthieren nach gewohnten Karawanenrichtungen hergestellt werden
kann, zieht man in Betracht, dass Wagen wegen des durch Regen und
Schnee durchweichten und sumpfigen Steppenbodens im Frühling und Herbst
fast gar nicht, in der beschränktesten Weise im Sommer, Schlitten im
Winter nur, wenn die Schneedecke fest und hart gefroren ist, zum Transport zu verwenden sind: so kann man sich eine Vorstellung machen,
welche immensen Kosten und Schwierigkeiten der Unterhalt der südlichen
Grenztruppen erfordert, und welchen grossen Werth die Zucht der Lastthiere, Pferde und Kameele Seitens der Nomadenbevölkerung für die russische
Militärverwaltung hat. Nach Wenjukow betragen z. B. die Transportkosten
für 1 Tschetwert oder ca. 4 Scheffel Mehl für den Embaposten 9 Rubel. Das
beste, sicherste und bequemste Transportmittel bleibt immer das Kameel,
das vorzugsweise in den Kalmükendistricten Astrachans gezüchtet wird
und je nach der Jahreszeit 12—16 Pud Lasten zu tragen vermag. Die
Thiere werden von der Verwaltung zu dem Transport sammt Treibern
und Führern von der Bevölkerung gemiethet, der pro Kameel bei ge-

wöhnlichen Verhältnissen in Friedenszeit durchschnittlich 10—20 Rubel für den Monat vergütet wird. Bei der Wichtigkeit dieser Frage für die Verwaltung der Grenzgarnisonen wird es nicht uninteressant sein über die Leistungsfähigkeit der Kirghisensteppe einige Details kennen zu lernen. Es ergiebt die Zucht nach Berichten der Gouverneure:

In der Kirghisen - Steppe 1.045.000 Pferde, 6.360.000 Schafe.

Im Gebiete der Kalmüken 4.038 Hengste, 65.691 Stuten. ⎫
Im Gebiete der Kirghisen 42.367 Hengste, 331.531 Stuten. ⎬ z. Zucht

Im Gouvernement Astrachan, Gebiet der Kalmüken und Kirghisen: 26.000 Kameele,

bei welchen Zahlen allerdings nur ein Theil auf das General-Gouvernement Orenburg zu rechnen ist, da zum Theil die westlich und östlich gelegenen Gebiete, welche zum Astrachaner und den sibirischen Gouvernements gehören, darin miteinbegriffen sind.*) Von welch' grossem Werthe das durch vorstehende Zahlen charakterisirte Pferdematerial der Kirghisengebiete für die russische Militärverwaltung ist, wird die Beschreibung des Kirghisenpferdes speciell bei dem Turkestaner Abschnitt noch eingehend nachzuweisen suchen. Für den Steppengebrauch hat dies Pferd die vorzüglichsten und brauchbarsten Eigenschaften: Ausdauer, Genügsamkeit und Schnelligkeit. In früheren Zeiten wurde das Kirghisenpferd in der russischen Armee nicht verwendet, nur die sich selbst beritten machenden Kosaken pflegten dasselbe mit Vorliebe zu gebrauchen. Neuerdings hat man jedoch die Vorzüge des Kirghisenpferdes auch als leichtes Zugpferd erkannt und beginnt, wie wir später bei dem Turkestaner Abschnitte sehen werden, dasselbe auch bei den regulären Feldtruppen in Turkestan, namentlich zur Bespannung der Artillerie zu verwenden. Die günstigen Erfahrungen, die man im Feldzuge nach Chiwa bei der Artillerie hierauf bezüglich gemacht hat, werden den ausgedehnten Gebrauch des Kirghisenpferdes namentlich auf dem mittelasiatischen Kriegsschauplatze zur Folge haben!

Wie es schliesslich mit den Finanzen des General - Gouvernements steht, wird man schon nach der beschriebenen, kostspieligen Verwaltung der weiten Steppengebiete der Kirghisen, die dem Staate fast nichts

*) Die Transportmittel des Aralsees werden später bei dem General-Gouvernement Turkestan erst zur Sprache kommen, da sie unter dessen Verwaltung stehen, andererseits für den Orenburger Bezirk bis jetzt noch keine Vortheile gebracht haben.

oder doch verhältnissmässig nur sehr wenig einbringen, und der ausgedehnten, steuerfreien Kosakenländer beurtheilen können. Die kurzen
Notizen, die hierüber im Suworin-Kalender 1875 zu finden sind, möchten vielleicht zur richtigen Beurtheilung der ökonomischen Verhältnisse
dienen. Nach dem Kalender betrugen die Staatseinnahmen für die Ki-
bitkensteuern der Inneren und Kleinen Kirghisen - Horde pro 1873 nur
149.350 Rubel, pro 1874 nur 173.607 Rubel, während die Einnahmen
für Immobiliensteuer aus dem Gouvernement Ufa 13.230 Rubel und dem
Gouvernement Orenburg 11.840 Rubel betrugen. Die allerdings wohl
viel beträchtlicher lautende Ziffer für Handelsabgaben, Handelspatente,
Brennereien etc., speciell für das Orenburger General - Gouvernement
berechnet, habe ich leider nicht ermitteln können.

VI. Kapitel.

III. Das General-Gouvernement von Turkestan.
Als Basis für den dritten und östlichen, den turkestanischen
Operationsabschnitt.

Kaum zehn Jahre sind es her, dass Russland die erste Stadt von
grösserer Bedeutung in Turkestan besetzte und damit die Erwerbung
eines weiten, bisher beinah unbekannten, dem slavischen Element durchaus fremdartigen Gebietes begann. Mit Staunen erkennt man aus dem
Gang dieser schnellen Erwerbungen die seltene Gewandtheit des slavischen Stammes, sich in einem fremden Lande als Beherrscher, Verwalter und Culturbringer heimisch zu machen und die heterogensten
Bevölkerungselemente trotz der schwierigsten socialen Verhältnisse assimilirend unter der Machtbefugniss eines gewandten Generalgouverneurs zu einer russischen Provinz zusammenzufassen! Glorreich wenn
auch blutig waren die Eroberungszüge der russischen Truppen. Und
doch wie kaum in einem andern Lande wurden die unvermeidlichen Härten und Gräuel des Krieges durch Zwecke der Humanität,
die die vorstürmenden russischen Truppen gewissermassen als Pioniere der Wissenschaft und Cultur in dem Herzen Mittelasiens erscheinen liessen, gemildert und veredelt! Die Erforschung und Kenntniss
eines wenig bekannten, hochinteressanten Landes folgte dicht der Ferse
des Eroberers, neben dem stürmenden Krieger arbeitete ruhig und unverdrossen der Topograph im Dienste der Wissenschaft. Der blindeste
Fanatismus, die raffinirteste Grausamkeit, der unumschränkteste Despo-

16

tismus, verbunden mit den schlimmsten Lastern, hatten bei der indolenten Tyrannei der muhamedanischen Chanate in dem, von dem grossen Weltgetriebe isolirten Centralasien bis zur Mitte dieses Jahrhunderts unumschränkt gewuchert. Die Völker, zum Theil von nomadisirender Lebensweise, von Tyrannen misshandelt, unter sich uneinig, moralisch verkommen, beraubten und bekämpften sich unter einander. War es da ein Wunder, dass von dem ruhigeren, sesshaften und den Werken des Friedens sich widmenden Theile der Bewohner die Russen, wenngleich Eroberer, als Erlöser begrüsst wurden?

Betrachten wir die ungeheuren Veränderungen, die in den wenigen Jahren seit der russischen Verwaltung in jenem Lande eingetreten sind, die verhältnissmässig geordneten Zustände, welche die russischen Behörden unter dem Völkerchaos geschaffen, und unter der Handel und Wandel in erstaunlicher Weise gedeihen, so muss den Russen der schöne Ruhm völlig zugestanden werden, hier nicht als strenge, rächende Eroberer, sondern als milde Vermittler und wahre Culturträger aufgetreten zu sein. Russland war durch Sibirien und den Kaukasus zu einer asiatischen Macht geworden. Die Steppen Südsibiriens nach China zu, das Kaspische Meer und die turanischen Wüsten im Osten des Kaukasus hatten seinen Einfluss auf die Cultur des innern Asiens bisher begrenzt und auf ein Minimum beschränkt. Turkestan ist nun in dem letzten Decennium in der That zu der ersten Etappe der Civilisation geworden, die Russland ganz entschieden berufen ist, nach dem fernen Osten in das Herz Centralasiens zu tragen!

Materielle Vortheile, ausser militärisch-strategischen, konnte das unruhige, zum grössten Theil von wilden und raublustigen Nomaden durchzogene Land damals der russischen Krone kaum bringen. Erst wenn es den Bemühungen der russischen Behörden gelungen sein wird, vollständig Ruhe und Ordnung im Lande herzustellen, demselben eine gute und landeskundige Administration zu geben, namentlich aber durch letztere die nomadisirende Bevölkerung zu einem geordneten und ansässigen Leben zu bringen, dann erst wird Russland der Hoffnung Raum geben können, sich durch den Besitz Turkestan's für die Zukunft einen grossen materiellen und ökonomischen Gewinn, d. h. eine erste und hochwichtige Etappe für den russisch-asiatischen Handel geschaffen zu haben! Wird es Russland vermögen, durch Turkestan den Schwerpunkt seines auswärtigen Marktes hauptsächlich nach Centralasien zu verlegen, dort

vorzüglich den Absatz für seine Waaren zu finden, gleichzeitig den Ex-
und Import für den ganzen mittleren und östlichen Theil Asiens bei
sich zu centralisiren, so wären allerdings die immensen Opfer noch lange
nicht zu gross, die es der Cultivirung Turkestan's in den letzten Jahren
gebracht hat und noch täglich bringt.

Wie aus den ersten kleinen Besitzungen an der Mündung des Syr-
Darja in den vierziger Jahren allmälig der russische Besitz in Mittelasien zu dem ausgedehnten Turkestaner Okrug, wie er heute besteht,
herangewachsen ist, zeigte eingehend die historische Einleitung. Es bleibt
hier nur noch die Aufgabe, eine kurze Beschreibung der zu dem Generalgouvernement Turkestan zusammengefassten Gebiete zu geben, und
zwar unter Berücksichtigung der, zu Beginn des Feldzuges 1873 bestehenden Verhältnisse. Dieser Zeitpunkt, überhaupt ein bestimmter Zeitpunkt, muss bei der Darstellung angenommen werden, da die ganze Verwaltung und Organisation dort noch so in der Kindheit und im Entstehen begriffen ist, dass fortwährend Aenderungen eintreten, und somit
was für ein Jahr noch richtig war, für das folgende schon nicht mehr
passen würde. Eine total neue Organisation der Verwaltung von Turkestan ist neuerdings in St. Petersburg ausgearbeitet worden und wird
in allernächster Zeit wohl schon zur Ausführung kommen. Für die Betrachtung der Feldzüge von 1873 können nur die Verhältnisse massgebend sein, wie sie damals bestanden haben.

Geographische Lage, Eintheilung und Bevölkerung.

Die Grenzen des Verwaltungsbezirkes für das Generalgouvernement
von Turkestan waren auch zu Beginn des Jahres 1873 noch nicht überall
bestimmt fixirt.*) Selbst die jüngsten russischen Generalstabskarten
vermeiden genaue Grenzen nach dem Aralsee und dem chiwesischen
Gebiete hin anzugeben. Die russischen Grenzfarben sind auf der andern Seite wieder bis zum bucharischen Gebiete um die ganze Wüsten-
fläche Kysyl-Kum gezogen, die zum grössten Theil unumschränkt den
Chiwa unterwürfigen und gleichgesinnten Raubschaaren angehörte und
von den russischen Truppen noch nicht betreten worden war. Bei der,

---

*) Vergl. Ukas vom 11/23. Juli 1867. Kap. II. pag. 67.

jeglicher natürlicher Anhaltspunkte und Grenzobjecte ermangelnden
Wüste mit ihren nomadisirenden, räuberischen Bewohnern war es auch
bisher unmöglich, eine genaue Grenze nach Süden hin anzugeben. Im
Allgemeinen kann man den Aralsee als westliche Begrenzung annehmen.
Das turkestanische Gebiet trifft hier den Bereich des Orenburger Okrug's
am Perowskibusen. Die Grenze zieht sich dann nördlich bis zu der
schon früher erwähnten Grenzstation Dshuljuss an der grossen Strasse
Orenburg-Kasalinsk, um von hier nach Süd-Osten durch die Kara-Kum-
Wüste laufend, am Saumal-See den Akmolinsk'er Oblast zu treffen.
Von hier folgt die Nordgrenze dem Laufe des Tschu, wendet sich dann
in der Höhe des Balchasch-See's nach Nordwesten, um genanntes salziges Binnengewässer in der Mitte durchschneidend bis ungefähr in der
Höhe von Sergiopol nach Norden in den westsibirischen District Semipalatinsk einzuschneiden. Die Ostgrenze für das General-Gouvernement,
speciell für das Gebiet Semirjetschensk bildet China. Die Grenze läuft
zum Theil längs des Ala-Tau-Gebirges, berührt, den Ilifluss überschrei-
tend, das neu erworbene Kuldshagebiet und erreicht schliesslich, an der
Hauptkette des Tian-Schan oder Himmelsgebirges entlang laufend, das
Chanat Chokand in den Quellgebieten des Syr oder Naryn. Die Südgrenze bildet genanntes Chanat und die Kette des Kendür-Tau. Unweit Chodshend läuft die Grenze wieder nach Süden, überschreitet ungefähr 30 Werst östlich Chodshend den Syr-Darja, weiter südlich das
Sarafschanthal und trennt hier das neuerworbene Gebiet Samarkand
von dem souveränen Chanat Buchara. Der Aksai- und Kamanbaran-Tau
bilden zum Theil die südliche natürliche Grenze des Sarafschan-Gebietes
nach Buchara hin. Der russische Besitz folgt dem Sarafschanflusse abwärts bis zu der Stadt Katty-Kurgan. Nach Westen hin, die Kysyl-
Kum Wüste umfassend, bildet der Nuratanyn-Kara-Tau und dessen Ausläufer, die sich in langer Linie hügelförmig bis nach den Bukan'schen
Bergen hinziehen, die äusserste Südgrenze des Turkestanischen Gebietes
gegen Buchara, — wenigstens läuft auf den russischen Generalstabskarten von 1873 die Grenzfarbe längs dieser Höhenzüge nur bis zum
Bukan-Tau und lässt den Raum bis zum Aralsee, der das chiwesische
Gebiet begrenzt, frei!*)

---

*) Vergleiche die Erweiterung der Grenzen nach 1873 in den Anmerkungen bei
nachstehender Tabelle für Turkestan. (Strelbizki's Karte.)

Das so begrenzte Gebiet, das excl. des neu erworbenen Amu-Darja-Gebietes nach der neuesten Zusammenstellung von Strelbizki ein Areal von 16.037 ☐ Meilen umfasst, gehört zur Hälfte ungefähr dem iranischen oder aralokaspischen Tieflande, zur Hälfte dem iranischen Hochlande an. In keinem Lande ist die Bedeutung der Flüsse, der Gewässer über-haupt so gross, wie gerade in Mittelasien. Cultur, Ansiedlung, das ganze Volks- und Staatsleben folgt fast ausschliesslich ihrem Laufe, ist an denselben eng gebunden und durch ihn scharf begrenzt. Wasser ist die erste Lebensbedingung für die ganze Existenz jener Völkerschaften. Wo dieses fehlt, ist culturlose, öde und unbewohnte Wüste. Die Betrachtung der Flusssysteme möchte deshalb vorerst als wichtig erscheinen, umsomehr als an dieselbe sich auch die gouvernementale Eintheilung des turkestanischen Gebietes knüpft.

Das Hauptgewässer des Gebietes bildet der Syr-Darja, der das Syr-Darja-Gebiet durchströmt. Tschu und Ili mit den Binnenseen Balchasch und Issyk-Kul charakterisiren das Gebiet Semirjetschensk, der Sarafschan schliesslich als Nebenfluss des Amu-Darja das neu erworbene Gebiet von Samarkand.

. Der Syr-Darja,*) der Jaxartes der Alten und Seihun der Araber, entspringt in der Nähe der Südostgrenze des russischen Turkestan auf dem Tian-Schan Gebirge. Seinen nördlichen bedeutenden Quellstrom bildet der Naryn, der südlich des Issyk-Kul**) noch auf russischem Gebiete seine Quellen hat. Der Hauptstrom durchfliesst in westlicher Richtung der ganzen Länge nach das Chanat Chokand, dessen Bewässerung und hohe Fruchtbarkeit seine zahlreichen Nebenflüsse allein hervorrufen. Der Hauptstrom fliesst hier fast bis zu seiner Mündung tief in seinem Bette und macht eine günstige Bewässerung der Ufer nicht leicht möglich, weshalb die eigentliche Landescultur, Ansied-

---

*) Die Bezeichnungen Darja Fluss und Tau oder Tagh Berg, Kul (richtiger Köl-) See bleiben meist in unserer Sprache den Namen der Flüsse, Gebirge und Seen beigefügt, wiewohl dieser Gebrauch eine unnöthige Wiederholung veranlasst.

**) Der Name des Sees ist nach russischer Schreibweise Issyk (genau wie in der Wenjukow'schen Uebersetzung von Hptm. Krahmer Issssyk). Kul, wie die Russen schreiben, heisst See. Nach tatarischer Aussprache müsste geschrieben werden Köl, also eigentlich Issyk-Köl. In deutschen Werken ist meist Issi-Kul geschrieben. Um nicht eine zu grosse Verwirrung unter den Benennungen zu veranlassen, ist das seither überall gebrauchte Kul statt des richtigeren Köl trotzdem beibehalten worden.

lungen und Städte meist mehrere Werst vom Ufer entfernt an den kleinen Nebenströmen liegen, deren starkes Gefälle durch die Fülle des süssen Wassers zur Berieselung vortheilhafter ist. Der Strom, obwohl mit dem Netze seiner Nebenflüsse die Cultur und Lebensfähigkeit des ganzen turkestanischen Gebietes bedingend, ist an seinen eigentlichen Ufern öde, vegetationsarm und verlassen. Dieser Charakter bleibt dem Strome fast auf seinem ganzen weiten Laufe nach Westen zu. Der obere Theil des Flusses ist im Allgemeinen noch wenig bekannt. Sein Quellgebiet ist erst durch die umfangreichen Reisen des unermüdlichen Baron Kaulbars in der allerjüngsten Zeit erforscht. Nachdem der Syr unterhalb Chodshend das Chokander Gebiet verlassen hat, wendet er sich nach Norden bis ungefähr in die Höhe der Stadt Turkestan, um von hier in steter nordwestlicher Richtung, immerfort in starken und unzähligen Krümmungen, dem Aralsee zuzufliessen. Von Chodshend an fliesst er in nur einem Bette breit und tief als imposante Wasserrinne in niedrigen, theils thonig-salzhaltigen, theils sandigen Ufern, über welche er bei Hochwasser weit hinaustritt, bis nach dem Fort Perowsk, ohne auf seinem linken Ufer einen einzigen Nebenfluss aufzunehmen. Die wenigen kleinen Bäche, die allerdings im Frühjahr von dem Nuratanyn-Kara-Tau und Maigusar-Tau nach Norden hin abströmen verlaufen sich alle sehr bald im Sande und trocknen in der heissen Jahreszeit meist nach kurzem Laufe ganz aus. Die Ufer des Syr werden nach der Mündung zu mehr und mehr nackt und unfruchtbar, namentlich auf seiner linken Seite erstrecken sich die Sandwüsten von Kysyl-Kum bis dicht an das Ufer heran. In diesen Sandregionen überfluthet dann der Strom die niedrigen Ufer und die Umgebung weithin, oft Hunderte von Werst in die Ebene hinein undurchdringliche Schilflagunen und unpassirbare, schädliche Miasmen ausströmende Sümpfe bildend. Selten nur erheben sich in diesen öden Gebieten kleine niedrige Sandhügel, die mit Tamarix, Saxaul und distelartigem Gestrüpp bewachsen sind. Die überflutheten Strecken bilden nach Ablauf des Hochwassers zum Theil blühende Grasfluren, die den Kirghisen in den Wintermonaten als Weide dienen. Zahlreiche bis 3 Werst lange Inseln theilen vielfach den Strom und sind mit oft undurchdringlichem Gestrüpp bedeckt. Die Breite des Stromes liegt zwischen 150′ und 400′ bei einer Tiefe von 3—6′, die mittlere Stromgeschwindigkeit ist 4—6 Werst.

(Maximum 7 Werst.) Er ist von dem reichlich mitgeführten Sedimente und Triebsand trübe und tief rothgelb, namentlich zur Zeit des Hochwassers, gefärbt. Das stillstehende Flusswasser setzt sich jedoch sehr schnell klar ab und ist dann von vorzüglich angenehmem und süssem Geschmack, sehr gesund und zur Bewässerung besonders geeignet. Von Tschinas ist der Syr schiffbar und wird von kleinen Dampfschiffen ohne besondere Hindernisse befahren.

Auf dem rechten Ufer nimmt er zahlreiche und zum Theil bedeutende Nebenflüsse auf. Der grösste Theil derselben fliesst ihm von dem östlich Taschkend sich hinziehenden Kendür-Tau, ein anderer Theil von dem Kara-Tau zu. Der Charakter jener Gewässer ist der aller jener kleinen Bäche Mittelasiens, die zur Zeit der Schneeschmelze in den Gebirgen überfluthend, reissend und kaum passirbar, in der heissen Jahreszeit aber oft wasserlos oder doch so wasserarm sind, dass sie in den seltensten Fällen überhaupt den Hauptstrom erreichen, sondern vorher entweder im Sande verlaufen oder in den tausend und abertausend kleinen Irrigationskanälen der Rieselfelder und Gärten der Städte und Ansiedlungen verdunsten. Von dem ausgedehnten Wassersystem, das das Taschkender Gebiet umfasst und das vor Allem die hohe Fruchtbarkeit dieser Gegend bedingt, erreicht eigentlich nur der Tschirtschik zu allen Zeiten den Syr, ebenso wie von den Bächen des Kara-Tau nur der Arys. Alle andern gelangen, zum grössten Theile trocken oder dem Austrocknen nahe, nicht bis zu dem Hauptstrome. So haben z. B. die beiden sonst ziemlich bedeutenden Bäche Angiran und Keles aus dem Taschkender Wassernetz in der heissen Jahreszeit kaum Wasser. Zu dieser Zeit sind sie überall leicht zu passiren, während sie dagegen bei Hochwasser, bei plötzlich hereinbrechendem Gewitter geradezu mit ihren heranbrausenden Fluthen gefährlich und oft tagelang nicht überschritten werden können.

Vom Fort Dshulek an hören die Zuflüsse vollkommen auf. Statt eines Wasserzuschusses tritt nun wie bei den meisten mittelasiatischen Binnengewässern eine Wasserverminderung ein. Es beginnt hier die seltsame Deltabildung, die Verzweigung der vielfachen Arme, die theils als Mündungsarme selbstständig ihren Abfluss suchen, zum Theil sich später wieder vor der Hauptmündung vereinigen und im Allgemeinen vielfachen und seltsamen Veränderungen unterworfen sind, die noch heutzutage, so namentlich im Gebiet des Amu-Darja, den Gelehrten die schwierigsten Räthsel zu lösen geben. Zahlreiche Spuren alter Kanäle ziehen sich von dem Hauptstrome ab, ein Zeichen, dass hier an den Ufern früher zahlreiche Ansiedlungen und Culturen bestanden haben. Jetzt sind die Kanäle trocken und zum Theil verfallen, ihre Ufer vegetationslose Sandwüsten. Sie hatten früher in ähnlicher Weise, wenn auch in geringerem Masse, dieselbe Rolle gespielt, wie im Chanat Chiwa der Amu-Darja, dessen Delta, verbunden mit den aus dem Hauptstrom abgeleiteten Kanälen ausschliesslich die Existenz der umgebenden Cultur ermöglicht. Das Verfallen oder Abgraben der Kanäle — die Russen haben zur Verbesserung des Fahrwassers, wie schon früher erwähnt, einen grossen Theil der Bewässerungskanäle selbst verstopft — entriss hier dem Syr am unteren Lauf den Rest seiner Vegetation und Culturen.

Ein Hauptarm des Syr zweigt sich ca. 11 Werst unterhalb Fort Perowsk auf der linken Seite unter dem Namen Dshany-Darja ab, fliesst theils durch mergelartige und salzhaltige Steppen, theils durch Sumpf- und Sandstrecken nach Südwesten an Irki-Bai vorbei, je nach dem Wasserstand seine Fluthen entweder bis zum Aralsee führend, oder, was bei trockenen Jahreszeiten stets der Fall ist, im Kökdsche-Tengis (See), häufiger noch schon vor Irki-Bai in den Sandwüsten, sich verlierend. Den grössten Theil der heissen Jahreszeit scheint er trocken zu liegen, ebenso wie die Reste früherer Irrigationskanäle, die bei seinem oberen Laufe im Jahre 1873 von den Expeditionstruppen noch überall erkannt wurden. Zur Zeit der Fluth und wenn der Syr ausnahmsweise hohen Stand hat, soll der Dshany-Darja wohl einen Wasserlauf von 350 Werst erreichen und dann so mächtig werden, dass er Rohrfähren zum Ueber- setzen verlangt.[*])

Ungefähr 20 Werst weiter unterhalb entsendet der Syr als zwei- ten, kleineren Nebenarm den Kuwan-Darja nach links, der in direct westlicher Richtung dem Aralmeere zufliesst, das er aber, in Sümpfen und trockener Sandwüste sich verlierend, nicht erreicht. Auch

---

[*]) Diese Angabe, die Wenjukow macht, möchte sich wohl nur auf die Zeit be- ziehen, bevor die Russen zur Verbesserung des Fahrwassers die Bewässerungsarme auf dem linken Ufer zum grössten Theile abgegraben hatten. Nach dem, was Ver- fasser von den Bewohnern hörte, sollen beide Arme meistens trocken sein und höch- stens ganz im Beginne ihres Laufes noch stehendes Wasser haben.

dieser Arm ist im Sommer meistens trocken, hat aber dann in seinem Bette zahlreiche Brunnen und Lachen mit süssem Wasser, im oberen Theil sogar Culturen und Ansiedlungen. Zwischen diesen beiden Hauptarmen verzweigen sich noch verschiedene kleine Ausläufer, deren Existenz aber immer sehr wechselnd und von gar keiner Bedeutung ist und die im Sommer ebenfalls alle trocken bleiben. Der Dshaman-Darja, d. h. der nördliche Hauptstrom des Syr, fliesst von Perowsk nach Fort Karmaktschy (No. 2) in zahlreichen engen Krümmungen und Windungen und zweigt seinerseits nach rechts mehrere Nebenarme ab, die, sich vor Fort No. 2 theilweise wieder zu einem Laufe vereinigend, unweit genannter Befestigung in den Hauptstrom zurückfliessen. Der hauptsächlichste dieser nördlichen Nebenarme ist der Karausjak, der die gefürchteten, mit Röhricht und Schilf dicht bewachsenen, früher schon erwähnten Sümpfe zwischen Fort No. 2 und Perowsk nördlich der Taschkender Strasse bildet. Durch die vielfachen Verzweigungen hat der Hauptstrom zwischen den beiden genannten Forts bedeutend an Wasser verloren, so dass die Strömung hier nur gering ist, die Tiefe oft kaum 3—4 Fuss erreicht, ein Umstand, der, verbunden mit den oben erwähnten vielfachen Krümmungen, die Schifffahrt hier sehr erschwert und nur durch kleine, sehr flache Dampfböte von kaum 2 bis 3′ Tiefgang und grosser Wendigkeit ermöglicht. Unterhalb Ft. No. 2 wird der Syr, wenn auch nur noch von geringer Breite, wieder ein guter schiffbarer Fluss bis kurz vor der Mündung in den Aralsee, wo weite Sandbänke sich bis ins Meer hineinziehen, und das kaum 3 Fuss tiefe Fahrwasser einengen. In drei Armen ergiesst sich der Strom in den grossen Binnensee. Nur der mittlere von den drei Mündungsarmen, der bei einer Tiefe von ca. 3—4′ mit schwacher gleichmässiger Strömung zwischen flachen grünenden und blumenbesäten Fluren dem Aralsee zufliesst, ist von Bedeutung. Die beiden anderen Arme sind wasserarm, für die Schifffahrt nicht geeignet und meist überall leicht zu passiren. Obwohl zum Theil durch die geringe Tiefe, zum Theil durch die vielfachen Krümmungen und Veränderungen der weichen Ufer, sowie des schlammigen (reichlich Sedimente mit sich führenden) Bettes für die Schifffahrt nicht besonders geeignet, steht der Syr ungefähr dreiviertel des Jahres den russischen Fahrzeugen von Tschinas an bis zur Mündung offen. Vom 20. November bis zum 20. März

im Mittel friert der Strom zu und ist dann zu Eis passirbar. Besondere
dauernde Uebergänge hat der Fluss auf seinem ganzen Laufe nicht. Die
Kommunikation zwischen den beiden Ufern wird bei Tschinas, Dshulek,
Perowsk, Karmaktschy und Kasalinsk durch stabile Fähren hergestellt,
an vielen anderen Stellen durch kleine Kähne vermittelst gespannter
Handleinen, im oberen Laufe jedoch vielfach durch Kahnflösse, die sogenannten „Salas“, die meist durch vorgespannte schwimmende Kirghisenpferde durch die Strömung gezogen werden.

In frühern Zeiten floss noch südlich des Syr-Darja der kleine Kysyl
oder Jani-Darja, von dem Sarafschan-Gebirge abfliessend quer durch die
Kysyl-Kum-Wüste. Spuren dieses Flusses, der längst vollständig ausgetrocknet ist, sind in der Wüste noch gefunden worden. Im Uebrigen
bildet der Syr-Darja mit seinen Delta-Armen und Nebenflüssen das
einzige Gewässer des besprochenen Gebietes von der äussersten russischen
Ostgrenze bis zum Aralsee hin.

Der Aralsee war vor Begründung der russischen Schifffahrt zu Ende
der vierziger Jahre (siehe historische Uebersicht Cap. II. pag. 53 u. 54)
sehr wenig bekannt. Erst die kühnen und erfolgreichen Fahrten und
Forschungen des Admiral's Butakow brachten eine genauere Kunde von
dem Binnenmeere und seinen Ufern, namentlich was Nord- und West-
küsten betrifft. Obwohl Butakow glücklich in einen Arm des Amudelta
hinauffuhr, blieben die Süd- und Ostküste, namentlich die vor Allem
für die Schifffahrt wichtige Mündung des Amu-Darja trotzdem so wenig
bekannt, dass man bei dem Kriegsplan für 1873 den Aralsee als
günstigste Kommunikationslinie und Operationsbasis kaum berücksichtigte.
Zwar wurden einige Schiffe von der Syrmündung nach dem Amu-Delta
ausgesandt, doch traute man dem Erfolg so wenig, dass man ihnen keine
besonderen Operationsmittel anvertraute. Die kleine Flottille hatte vielmehr den Charakter einer Recognoscirung oder Erforschungsexpedition,
als den einer den Expeditionscolonnen beigegebenen taktischen Unterstützung. Man hielt es allgemein für sehr fraglich, ob die Schiffe
überhaupt ihr Ziel erreichen könnten und war vielfach sehr erstaunt,
dieselben später weit oben im Ulkun-Darja vor Anker zu finden. Die Ergebnisse des Feldzuges von 1873 zeigten, dass das
Aralmeer im Süden überall für die Schifffahrt geeignet ist und dass

es sogar mehrere für grössere Schiffe passirbare Einfahrten im Amu-delta giebt.

Der Aralsee umfasst nach den neuesten russischen Angaben 1216,74 □Meilen excl. eines Inselareals von 22,11 □Meilen.*) Seine grösste Länge von Nord nach Süd beträgt 57 Meilen, seine grösste Breite 35—40 Meilen. Nur die Westseite des See's hat scharf markirte Ufer. Hier fällt der steile Tschink, der Westabhang des Uest-Jurt-Plateaus zum Theil direct in den See hinein, oder ist durch einen nur schmalen sandigen Rand von dem Wasserspiegel getrennt. Nur an einigen Stellen, wo der Tschink breite Terrassen bildet, ist eine be-queme Communication von den Höhen des Plateaus nach dem Ufer möglich. Geringe Erhebungen ziehen sich an einigen Stellen längs des Nordufers hin. Die nördlichen Inseln zeigen ebenfalls nur geringe Er-höhungen. Der ganze übrige Theil der Seeküste im Süden und Westen ist flach und sandig. Hier ist das Wasser weithin seicht. Die Ufer sind durchaus nicht markirt und der oft kaum wenige Zoll tiefe See reicht hier einfach in die flache ebene Sandwüste je nach dem Wasser-stande und den Winden bald mehr bald weniger hinein. Der Wasser-spiegel erscheint dem Auge auf demselben Niveau zu liegen wie die ihn umfassende öde und wüste Steppe, die vor nicht allzulanger Zeit selbst noch Seeboden gebildet zu haben scheint. In diesen Regionen misst sich die Tiefe bis weit in den See hinein kaum nach Fussen, meist nach Zollen. Nur die Westseite des See's hat beträchtliche Tiefen. Die tiefsten Stellen des Seebodens liegen hier bis an 250'. In der Mitte des See's erreicht die Tiefe wohl an 100'. Im Allge-meinen sind die Tiefenangaben nach den zu verschiedenen Zeiten ge-machten Messungen nicht übereinstimmend, was hauptsächlich darin seinen Grund hat, dass das Niveau des See's einem stetigen Schwanken unterworfen ist.

Dieses allmälige Versanden oder Austrocknen des Binnensees, das an verschiedenen untrüglichen Zeichen constatirt ist,**) scheint seinen

---

*) Die Inseln rechnet Strelbizki mit zu dem Gebiet Turgai (General-Gouver-nement Orenburg). Die Angaben des Suworinschen Kalenders für 1875 stimmen auch hier nicht mit Strelbizki überein. Nach Suworin ist das Areal des Aralsees gleich 1267,88 (pag. 56).

**) Die Aralseefrage ist seit jeher für die Wissenschaft eine problematische

Grund darin zu haben, dass die Verdunstung im Allgemeinen grösser
ist als der Zuwachs an Wasser durch den Syr- und Amu-Darja und die

gewesen. Unzweifelhaft hatte der Aralsee früher eine grössere Ausdehnung und ist
einem steten Schwinden unterworfen, wahrscheinlich hat er in vorhistorischen Zeiten
mit dem Kaspischen Meere südlich und nördlich des Uest-Jurt Plateaus in Verbindung gestanden. Beide Meere möchten dann noch früher mit dem Schwarzen Meere
ein grosses Wasserbassin gebildet haben, das seinerseits wieder mit dem Eismeere
Verbindung hatte. Die neuerdings erforschte Fauna des Aralsees, deren Formen
mit denen jener andern Meere noch heute übereinstimmen soll, wird dafür als über-
zeugendes Argument aufgeführt. (Die Versteinerungen aus dem den Aralsee umgebenden Becken, die Verfasser mitbrachte, ergaben eine Fauna, die derjenigen vollständig ähnlich ist, die noch heute am Kaspischen und Schwarzen Meere vorkommt.)
Die Depressionen der Orenburger Steppe nördlich des Aralsee's, sowie der ciskaukasischen Steppe zwischen dem Schwarzen und Kaspischen Meere, der Charakter der
Bodenformation in allen Steppen des ganzen aralo-kaspischen Tieflandes, das überall
das Aussehen eines trocknen Meeresbodens hat, bestärken diesen Gedanken. Die
grosse Anzahl kleiner salziger Binnenseen, die einem stetigen Versumpfen und Austrocknen unterworfen sind und sich sowohl zwischen dem Schwarzen und Kaspischen
Meere als auch in weiten Bogen um den Aralsee und den Uest-Jurt nach dem Kaspischen Meere hinziehen, wären die noch jetzt bestehenden Reste jener Verbindung.
Das Schwinden des Kaspischen Meeres sowie des Aralsees in stetigem Verhältniss
ist an allen seinen Ufern und auch nach Messungen festgestellt. Nur den grossen
Niveau-Unterschied beider Meere hat man bis jetzt sich noch nicht recht erklären
können. Die neusten Nivellirungen, welche die wissenschaftlichen Expeditionen im
Sommer 1874 ausgeführt haben, werden auch darüber wohl Licht bringen:
    Das Kaspische Meer lag nach:

Lenz's Messung   1837 — 81,4 engl. (russ.) Fuss unter Niveau d. Schw. Meeres.
Butakow's Messung   1847 — 84,1   „   „   „   do.
N.Iwaschinzow's M. (1862) 1858 — 88,2   „   „   „   do.
    Der Aralsee lag nach:

Anjou und Duhamel   1826 + 36,2 e.F. üb. d. M., also Aralsee üb. Kaspisee (117,6) e.F.
Butakow   1847 + 26,6   „   „   ,   „   „   110,7   „
Struve   1858 + 24,9   „   „   „   „   „   113,1   „
Tillo (Oberst?) sogar 1874 (unwahrscheinlich)   „   „   250(?) „

    Werden die Messungen der Gelehrten als richtig angenommen, so sind diese
Zahlen ein deutlicher Beweis. Vielfach sind noch andere Argumente für jene Behauptung anzuführen. Auf der Butakow'schen Karte 1848 sind im südlichen Theile
des Aralsees eine Anzahl Inseln verzeichnet, an deren Stelle jetzt trocknes Ufer gefunden wurde. Die Insel Takmak-Aty, die auf den neusten Karten angegeben ist,
sah man bei der Expedition von 1873 durch eine Landzunge mit dem Festlande
verbunden, der ganze Aibugirsee stellte sich als eine trockene mit Schilf und Strauchwerk bestandene Ebene dar, das Cap Urga-Murun lag weit westlich vom Meere ab,
auf trocknem bewachsenem Boden. Die Ostspitze des Kara-Tau-Gebirges nördlich
des Syr-Darja, heutzutage über 60 Meilen von der Ostküste des See's entfernt, das
den Namen Kara-Murun, d. h. schwarzes Cap (Nase) trägt, möchte wohl in vorhistorischen Zeiten ein Cap des damals weit nach Osten sich erstreckenden See's gebildet haben u. a. m.

atmosphärischen Niederschläge. Die Anzeichen des Versandens sind besonders bemerkbar an der Süd- und Ostseite, wo weite Sandbänke

---

Ob obige Niveauangaben der Wirklichkeit, auch nur nach den damaligen Niveauverhältnissen, abgesehen von den seither durch Austrocknungen oder klimatische Verhältnisse bedingten Aenderungen entsprechen, möchte nach den kurzen, abgerissenen Nachrichten und Notizen, die von der Aralo-Kaspischen Expedition von 1874 unter Oberst Tillo's Leitung vor dem Druck dieser Schrift bis nach Deutschland gedrungen waren, fast zweifelhaft erscheinen. Nach den allerdings mit Vorsicht aufzunehmenden Zeitungsnachrichten soll besagte wissenschaftliche Expedition so auffallend bedeutende Differenzen mit den frühern dreifachen Messungen, bei deren Vergleich eine gewisse logische Uebereinstimmung entschieden unverkennbar ist und dadurch die Richtigkeit derselben zu glauben verführt, zeigen, dass vorerst nun jegliche Beurtheilung als unmöglich erscheint.

Die „Augsburger Allgemeine Zeitung" z. B. schreibt Anfangs November 74 wie folgt: „Der Regierungsanzeiger enthält die Mittheilung, dass die Expedition zur Nivellirung des Aralsees und des Kaspischen Meeres und des dazwischen liegenden Landes in Orenburg glücklich wieder angelangt ist. Der Vorsteher der Expedition, Oberst Tillo, hat, nach demselben Blatt, an den Geheimenrath Semenow, Vicepräsident der „Geographischen Gesellschaft", telegraphisch eine kurze Mittheilung über die Resultate der Forschungen der Expedition gelangen lassen. Nach den Nivellements der Expedition befindet sich der Spiegel des Aral-Sees 250 Fuss über dem des Kaspischen Meeres, „das seinerseits 165 Fuss „über" (sic!) dem Meeresspiegel liegt." Bis jetzt haben ausser den jetzigen noch zwei Nivellements (?) stattgefunden, das erste 1826 unter der Expedition Berg, das zweite 1858 unter Struve. Bei dem ersteren wurde die Höhen-Differenz beider Meere auf 117,6 Fuss, bei letzterem auf 132 Fuss festgestellt. Die jetzige genaue Messung weicht also in ihrem Resultat wesentlich von den früheren Ergebnissen ab."

Wie wenig zuverlässig diese Angaben sind, geht aus der seltsamen Behauptung hervor, dass das Kaspische Meer nach der Allgemeinen Zeitung 165 Fuss „über" dem Meeresspiegel liegen soll, während es, wie wenigstens für das Jahr 1858 festgestellt, 88,2 englische Fuss „unter" dem Spiegel des Schwarzen Meeres liegt. Was für Fusse, Pariser, englische oder deutsche Fuss gemeint sind, ist allerdings nicht angegeben. Nach der Augsburger Allgemeinen würde also somit der Aralsee 250 + 165 Fuss = 415 Fuss über dem Meere liegen. (!!)

Aehnliches berichtet die Norddeutsche Allgemeine Zeitung nach einer Original-Correspondenz vom 24. November 1874 aus St. Petersburg: „In der am 18. d. M. (wohl 16. gemeint) hier abgehaltenen Sitzung der Geographischen Gesellschaft zeigte der Sekretär an, dass die wissenschaftlich-technische Amu-Darja-Expedition durch die Rückkehr fast aller ihrer Mitglieder ihr Ende erreicht habe. Der Führer dieser Expedition, Oberst Stoletow und der Geologe Barbot de Marny, waren in der Sitzung zugegen. Letzterer hat bei seinen Forschungen an der Ostseite des Aralsees nur ältere Bildungen angetroffen, welche mit der Kreideformation beginnen. Durch die Nivellements, welche vom Obersten Tillo zwischen dem Kaspischen Meer und dem Aralsee vorgenommen wurden, ist festgestellt, das der Aral 250 Fuss über dem Kaspischen Meer liegt, also bedeutend höher, als frühere Messungen annehmen liessen. Daraus ergiebt sich ein genügender Fall für den alten, später abgestauten und versandeten Lauf des Amu-Darja in das Kaspische Meer." (Usboi wahrscheinlich gemeint? Anm. d. Verf.)

sich in den See hineinziehen und Gegenstände, die Reisende früher als
am Ufer stehende bezeichneten, jetzt weit in's Land gerückt sind. Die

---

Noch · auffallender klingen die kurzen Notizen, die ich in russischen Zeitungen
kürzlich fand. Nach diesen sollen gemäss der Verhandlungen der Sitzung der K. R.
Geogr. Gesellschaft vom 4. Dezember (16. unsern Stils) die Ergebnisse der For-
schungsexpedition vom Sommer 1874 beweisen, dass abweichend von den „frühern"
Messungen, die den Niveau-Unterschied beider Seen auf 250 Fuss angeben (so
wird wörtlich gesagt), derselbe nunmehr 293 Fuss betrage!

Was nun das Richtige ist, ist unmöglich zu sagen. Leider ist die „Iswestija"
der K. R. Geogr. Gesellschaft von der Verhandlung am 16. Dezember 1874, die
sonst stets Mitte des Monats erscheint, noch immer nicht veröffentlicht worden (nunmehr Anfangs Februar).   Dieselbe wird über diesen Zweifel nun erst das Entscheidende bringen. Bekanntlich waren die Haupttheilnehmer an der Aralo-Kaspischen
Expedition die gelehrten Forscher: Oberst Tillo, Barbot de ,Marny, Buttlerow und
Bogdanow, welcher letztere an dem Feldzuge von 1873 im Stabe des Generals
v. Kauffmann theilnahm und dessen höchst interessante Mittheilungen auf verschiedenen Gebieten seither schon bekannt geworden sind.

Die Verschiedenartigkeit der Angaben zwischen den 4fachen Messungen beruhen
nach meiner Ansicht, so gut ich mir solche als Dilettant zu bilden vermochte, nicht
wie meistens behauptet wird auf Ungenauigkeiten der Messungen allein, sondern
hauptsächlich auf dem an den Ufern des Kaspischen Meeres seit Jahrzehnten überall
klar constatirten Umstande, dass das Kaspische Meer, ebenso wie der Aralsee, einem
Schwinden durch stetiges Austrocknen unterworfen ist, ein Umstand, der seiner
Zeit mehrere Gelehrte zu dem Glauben verführte, dass beide Meere trennende Uest-
Jurt-Plateau sei periodischen, resp. sekulären Hebungen unterworfen. (Vergl. meinen
Vortrag in der Geogr. Gesellschaft in Berlin: „Das Uest-Jurt-Plateau und der alte
Lauf des Oxus", Verhandlungen der Geogr. Gesellschaft No. 2, Sitzung vom 7. Februar 1874.) Welcher der beiden Seen nun die stärkere Austrocknung zu erfahren
hat, bei welchem also die Niveauabnahme in gewissen Zeitperioden am grössten ist,
und ob die Voraussetzung, die ich bei Besprechung des Usboi in ebenerwähntem
Vortrage machte, dass möglicherweise der relative Niveau-Unterschied zwischen den
beiden Binnenseen bei den verschiedenen Messungen deshalb immer ein anderer war,
weil die Niveauveränderungen der beiden Gewässer, auf verschiedenen klimatischen
und örtlichen Bedingungen basirt, eben nicht in gleichem Verhältniss bei jedem einzelnen vor sich gehen, Wahrscheinlichkeit beanspruchen kann, wird die
neuste russische Forschung wohl bestimmt beweisen. Vielleicht auch ist der Grad
der Austrocknung zu verschiedenen Zeiten ein wechselnder, so dass derselbe zu einer
Zeitperiode bei dem Kaspischen Meer, zu einer andern bei dem Aralsee der er-
höhtere ist. Die Wasserverhältnisse der Zuflüsse beider Meere, deren Quellensysteme
vollständig getrennte sind, — die Zuflüsse des Kaspischen Meeres entspringen mit
Ausnahme des kleinen unbedeutenden Atrek und Gürgen ausschliesslich dem Kaukasus
und dem mittleren Russland, während der Aralsee durch Syr und Amu-Darja sein
Wasser von dem Hochgebirge Centralasiens ausschliesslich erhält, — ebenso wie
die eigenthümlichen, bisher noch wenig berücksichtigten Irrigationsverhältnisse der
Oase Chiwa, verbunden mit den seltsamen klimatischen und meteorologischen Verhältnissen des wüstenartigen turanischen Tieflandes, schaffen hier eben ganz abnorme
Verhältnisse.

Wollten wir versuchen aus obig erwähnten, wenig authentischen Zeitungs-

Ostufer können auf viele Werst hin durchwatet werden, bei starkem Ost- und Südwinde, der das Wasser weit in den See hineintreibt, sind dieselben sogar trocknen Fusses zu betreten. Hier können natürlich nur die kleinen flachen Kähne der Eingebornen ein Landen ermöglichen. Ebbe und Fluth zeigt der Aralsee nicht, auch hat sein Wasser trotz des Schwindens des Niveaus, geringeren Salzgehalt als das des Oceans. Thiere, namentlich Pferde und Kameele sollen nach Aussage der Eingebornen das Seewasser trinken.*)

Aus den geschilderten Eigenthümlichkeiten der Ufer und des Fahrwassers allein möchte schon zu ersehen sein, dass für die Schifffahrt der Aralsee im Allgemeinen nicht besonders geeignet ist. So entzückend schön und lieblich die wunderbar tiefblaue Fläche des Sees, dessen seltene bezaubernde, bei den Landesbewohnern berühmte Farbe die Veranlassung zu seinem Namen gegeben hat, im Sommer bei stillem Wetter ist, so sanft und still die kaum gekräuselten spiegelklaren Wasser dann an den weichen und sandigen Gestaden spielen, in so wilden Aufruhr, und in so furchtbare Schwankungen vermögen im Herbst .und Frühjahr die namentlich von Norden und Nordosten orkanartig wüthenden Stürme das kleine Bassin zu versetzen! Diese Stürme machen das kleine Binnenmeer für den Seefahrer zu einem der gefährlichsten Gewässer der Welt. Namentlich sind die Aequinoctialstürme gefürchtet, die mit furchtbarster Gewalt gegen Ende September beginnen und ungehindert über die kalten nackten Steppen des Nordens hinsausend übe der Wasserfläche des Sees mit unvergleichlicher Wuth toben. Wie

---

Notizen ein Resultat zu gewinnen, was der Wirklichkeit nur annähernd entsprechen möchte, so könnten wir die seltsame Angabe der Allgemeinen Zeitung vielleicht durch einen Druckfehler erklären. Statt „165 Fuss über dem Meeresspiegel" könnte es vielleicht heissen 165 unter dem Meeresspiegel. Wir erhielten dann für die absolute Höhe des Aralsees über dem Meere 250 — 165 Fuss = 85 Fuss (?), vorausgesetzt, dass wir die, allerdings bei allen Angaben übereinstimmende, Zahl von 250 Fuss für den relativen Niveau-Unterschied der beiden Meere als richtig annehmen.

*) Verfasser hat dies vielfach aussprechen hören und ebenso vielfach bezweifelt. Es möchte sich dies auch nur auf die nüchternen Thiere der Kirghisen, die an das salzige Binnenwasser der Wüsten gewöhnt sind, andererseits aber auf die in der Nähe der Flussmündung gelegenen Theile des See's beziehen, wo das süsse Wasser, so namentlich bei dem Amudelta, sich viele Werst in den See hineinzieht, was durch die verschiedene Farbe deutlich erkennbar ist. Kameele und Schafe der Colonne des General Werewkin wurden in der Nähe des Caps Urga in dem See getränkt, da die Brunnen kaum das nöthige Wasser für Pferde und Mannschaften lieferten.

der Syr-Darja, so friert auch der nördliche Theil des Sees in den Wintermonaten zu, in welcher Zeit die Schifffahrt natürlich gänzlich ruhen
muss. Im Norden sind es hauptsächlich die kleinen Fischerbarken der
Eingebornen, auch wohl von russischen Fischern, im Süden die Kähne
(Kajik) der Karakalpaken, die den See befahren. Die Fischer pflegen
jedoch nur dicht an den Küsten ihre kleinen Segel aufzuspannen, auf
die offene See wagen sie sich nie. Die Perowskischen Schiffe waren
die ersten, die den jungfräulichen Binnensee in seiner ganzen Ausdehnung befuhren! Eine Handels- oder Transportschifffahrt fehlt natürlich
ganz. Denn unsägliche Mühe kostet es, das Schiffsmaterial vom fernen
Norden her herbeizuschaffen. Die russische Kronsflottille hat seit ihrer
Gründung auch nur wenig an Ausdehnung zugenommen. Einen besondern Nutzen und Zweck hat dieselbe bis jetzt, den Schutz der russischen Fischer ausgenommen, noch nicht gehabt. Die öden und wüstenartigen Ufer im Norden und Westen isoliren ja den See nach allen
Seiten hin und machen eine nützliche Verbindung mit Russland oder
dem Kaspischen Meere unmöglich. Anders werden sich diese Verhältnisse gestalten, wenn erst die Flussschifffahrt auf dem Amu-Darja eröff-
net sein wird. Zu Häfen geeignete Orte hat der Aralsee nur wenige.
Besonders günstig sind die Einfahrten in die beiden Binnenflüsse, wie
wir gesehen haben, auch nicht. An der Nordküste ist der Tschubar-
Torans in dem Perowskibusen, an der Südküste die Bucht Tuschtschebas
die einzige Stelle, die zum Hafen geeignet wäre und an der hinlänglich
Trinkwasser zu finden ist.

Die Aralinseln sind wüst und unfruchtbar gleich dem den See umgebenden Festlande und machen die Schifffahrt durch die benachbarten
Sandbänke noch viel gefährlicher, ohne ihr durch geschützte Ankerstellen bei den meist plötzlich, orkanartig hereinbrechenden Stürmen
irgend einen Nutzen zu bringen. Die wichtigsten dieser Inseln sind:
Kos-Aral am Ausfluss des Syr, (von wenig Kirghisen bewohnt)
Jermolow und Nicolai, die höchstens für den Fischfang Bedeutung
haben. Trotz der centralen Lage des Aralsees inmitten der russischen
Gebiete und des Anschlusses an den bis weit hinauf schiffbaren Syr
hat derselbe als Communikationslinie für militärische oder Handels-
und Colonisationsinteressen bisher wenig Bedeutung gehabt. Zu den
im Vorstehenden angeführten Hindernissen für die Schifffahrt, dem

Mangel an Häfen, der schwierigen Einfahrt in die Mündung der Flüsse, dem umständlichen Bau und der theuren Erhaltung des Schiffsmaterials, den durch orkanartige Stürme, schlechtes Fahrwasser und zahlreiche Sandbänke bedingten Gefahren überhaupt, tritt noch die vollständige Vegetationslosigkeit und Einöde seiner Ufer, die feste Ansiedlungen und Culturen durch den Menschen unmöglich zu machen scheint. —

Von dem Aralsee an ziehen sich nun zu beiden Seiten des Syr-Darja die weiten Gebiete der Syr-Darja-Provinz bis und über die Berge des turanischen oder turkestanischen Hochlandes hinaus. Die Ebene des Syr, zu dem aralo-kaspischen Becken gehörend, setzt sich nach Norden, dem Tschuflusse zu, direct in die weite sibirische Tiefebene fort. Das parallel zum Syr von Osten nach Westen laufende Kara-Tau-Gebirge trennt als weit vorgeschobener Ausläufer des turkestanischen Hochgebirges den östlichen Theil des Gebietes von der sibirischen Steppe und schützt es gewissermassen vor dem sterilen Wüstencharakter jener öden salzigen Flächen. Der Charakter dieser Ebene ist ein dreifacher. Der grösste Theil gehört dem eigentlichen Wüstengebiete an. Diesen Charakter zeigen fast ausschliesslich die gesammten Gebiete südlich des Syr-Darja, die als Kysyl-Kum-Wüste bekannt und gefürchtet sind. Die Ebenen nördlich des untern Syr und des Kara-Gebirges haben ebenfalls fast durchweg Wüstencharakter. Im äussersten Westen, an den Ufern des Aralsees beginnend, zieht sich die früher schon erwähnte wasserlose und sandige Wüste Kara-Kum bis weit nach Osten in die Steppe hinein, deren äusserste Ostseite, an das Semirjetschensker Gebiet südlich des Balchasch-Sees angrenzend, die ausgedehnten Wüsten Mojun-Kum und Ak-Kum ausfüllen. Nur die Ränder des Syr-Darja und Theile genannter Steppe werden oasenartig von Landstrecken ausgefüllt, die in gewissen Monaten als üppige Grasfluren und Weiden von den Heerden der Nomaden aufgesucht werden. Im Sommer und Herbst ist die ganze Vegetation vertrocknet und versengt. Dieselbe Steppe, die im Frühjahr einen prächtigen grünenden Teppich voll der duftendsten und lieblichsten Blumen bildete, liegt nun als gelbe, dürre und staubige Wüste monatelang, bis wiederum fruchtbringender Regen von Neuem jenen entzückenden Naturteppich hervorzaubert. Diese vegetationsfähigen Ränder sind auf dem linken Ufer des Syr oft nur wenige Fuss breit, so dass die Wüste Kysyl-Kum wohl bis nahe an den

Fluss herantritt. Im Süden reicht die Kysyl-Kum-Wüste bis zum Nuratanyn - Kara - Tau und dessen Ausläufer nach den Bukan'schen Bergen
hin, lässt nur einen schmalen culturfähigen Rand an den durch die
kleinen Gebirgsbäche (darunter den vielfach im Feldzug 1873 erwähnten Fluss Kly = circa 10' Br.) nothdürftig bewässerten Abhängen
frei und zieht sich dann unter dem Namen Hungersteppe bis weit hinein in die Gegend von Uratübe zwischen mittlerem Syr und Sarafschan.
Die Hungersteppe, zum grössten Theile eben, an ihren Rändern aber
auch hügelig, hat allerdings nicht in so hohem Masse den öden sterilen Charakter der früher beschriebenen Wüstengebiete. Der Boden,
zwar hart, thonig und lehmig, ist im Frühjahr stellenweise von Steppen-
kräutern bewachsen. Die Spuren früherer Cultur und Bewässerung sind
namentlich in der Nähe des Syr noch zu finden, so auch in der Nähe
des früher erwähnten Jany - Darja, die Brunnen sind jedoch selten, ihr
Wasser meist salzig und bitter. Die wenigen russischen Poststationen
zwischen Tschinas und Dshisak bilden hier die einzigen festen Ansiedelungen.*)

Das eigentlich fruchtbare und vegetationsreiche Land, das seit alten Zeiten als das paradiesische Turkestan, als eins der fruchtbarsten
der Welt gepriesen wird, beschränkt sich auf die kleinen Gebiete an
dem rechten Ufer des Syr - Darja, die sich an den Südabhängen des
Kara-Tau oder an den Westabhängen des turkestanischen Hochgebirges,
des Boroldai- und Kendür-Tau hinziehen, zum Theil auf die Ebenen,
welche durch die Nebenflüsse des Hauptstromes durchflossen und be-

---

*) Die Reste früherer Irrigationsarbeiten und Culturen, die man überall in der
Hungersteppe gefunden hat, ebenso wie die Erzählungen der Einwohner, dass vor
Zeiten hier ausgedehnte Ansiedelungen bestanden hätten, hatten die russische Regierung schon vor Jahren auf den Gedanken gebracht, durch Anlage von Kanälen der
Hungersteppe wiederum Wasser aus dem Syr zuzuführen und ihr die alte Fruchtbarkeit und Colonisation zurückzugeben. Im Oktober 1874 hat man mit der Ausführung dieses Planes begonnen, der namentlich für die strategischen und militärischen Communikationsverhältnisse der Provinz von nicht zu unterschätzender Wichtigkeit ist, da bis jetzt die bis 100 Werst breite Wüste ein grosses Hinderniss für
die Verbindung des Syr-Darja und Sarafschan - Gebietes war. Eine Correspondenz
aus Chodshend theilt mit, dass 6000 Arbeiter auf ca. 6 Werst mit der Ausgrabung
eines Syr - Kanals bei Tschinas begonnen haben, der die Hungersteppe quer durchschneidend Tschinas mit Dshisak verbinden und die Basis für die Bewässerung der
ganzen Steppe bilden soll! —

wässert werden. Die Gebiete des Itschik und Aryss (Städte Turkestan und Tschemkend), des Angiran und Tschirtschik (Taschkend) und des von links kommenden Aksu (Uratübe) sind die bedeutendsten und fruchtbarsten in der Syr - Darja - Provinz. Diese angebauten und bewohnten Gebiete bilden jedoch nirgends ein zusammenhängendes Ganze. Steppen- und Wüstenbildung zieht sich überall zwischen den Culturen der Ackerbau-treibenden hin, so dass das eigentlich fruchttragende Land nur dicht an den Flüssen und Kanälen liegt, wo eine Bewässerung möglich ist, und auch dann nur so lange besteht, wie das künstliche Irrigations-system des Flussnetzes in guter Verfassung erhalten wird. Die Hänge der Gebirge sind reich mit Holz und Fruchtbäumen bewachsen und zeigen durchweg fruchtbaren Boden. Tiefer in das Gebirge nach Osten hin beschränkt sich dann die Vegetation wieder auf die Ufer weniger kleiner Gebirgsbäche.

Was das Gebirgsland Turkestan's anbelangt, das den östlichen Theil des Gebietes ausfüllt, so wird dasselbe von den in ihrer Haupt-richtung von Osten nach Westen streichenden Ausläufern des Tian-, Schan oder Himmelsgebirges gebildet, von denen nach Wenjukow sich hauptsächlich acht Ketten unterscheiden lassen, welche alle ein scharf bestimmtes Profil haben und bald durch enge Flussthäler, bald durch breite Niederungen getrennt sind. Zu diesen sind zu rechnen der vor-her schon erwähnte Kara - Tau, dessen äusserste westliche Spitze nach dem Aralsee Kara-Murun genannt wird und dessen höchste Gipfel, ohne die Schneelinie zu erreichen, sich wohl bis zu 7000' erheben. Eine flache Einsenkung, in deren Nähe das Flüsschen Ters entspringt, trennt die Ostseite des Gebirges von dem südlich gelegenen Urtak-Tau-Rük-ken, auch Aksai - Tau genannt, während sich gleichzeitig etwas weiter nach Westen der kleine Gebirgszug Boroldai, bis 3500' hoch, anschliesst und die beiden Flüsschen Aryss und Boroldai trennt. Der Urtak - Tau erhebt sich in seiner ganzen Ausdehnung bis in die Schneelinie, sein höchster Gipfel ist 14.800'. Er bildet die grösste, aber auch am we-nigsten bekannte Bergkette nördlich des Syr-Darja und ist die Wasser-scheide zwischen Tschirtschik und Talass. Der Hauptübergang über das Gebirge ist der Karaburinsche Pass auf einer Höhe von über

1000′.*) Nach Westen hin verflacht sich das Gebirge allmählich bis
zu der Ebene des Aryss. Nördlich des Urtak-Tau, ziemlich parallel zu
dessen Hauptrichtung, zieht sich die schöne, wohl 360 Werst lange
Schneekette des Kirghisen-Ala-Tau, gewöhnlich Alexander-Gebirge genannt, nach Osten bis zu dem Semirjetschensker Gebiet hin und entsendet dem Tschu und Talass zahlreiche Zuflüsse. Die Gipfel dieser Kette
erreichen 12—14.000′. Die übrigen das Syr-Darja-Gebiet durchziehen-
den Gebirge sind, wenigstens was ihre Höhe anbelangt, von geringerer
Bedeutung und topographisch noch sehr wenig bekannt. Die östlichste
aller dieser von dem Urtak nach Südwesten ziehenden Parallelketten
ist das Tschotkal-Gebirge, welches den Naryn und Syr-Darja von dem
Tschirtschik trennt und nach Westen in der Taschkender Ebene in
mehreren Ausläufern endet, die unter den Namen Kurama-, Mongol- und
Kendür-Tau bekannt sind und die früher beschriebenen Gebiete der
Syr-Darja-Provinz begrenzen.

Von dem Syr-Darja-Gebiet durch das kleine Nebenflüsschen des
Tschu, Kurogat, getrennt, erstreckt sich nach Nordosten zwischen der
Hauptkette des Tian-Schan und dem Balchasch-See das Semirjetschensker Gebiet, das wegen seiner Lage zum mittelasiatischen Kriegsschauplatz für unsere Betrachtung in strategischer Beziehung nur von secun-
därer Wichtigkeit ist. Der nördliche Theil gehört dem grosssibirischen
Tieflande an, der ganze südliche Theil ist Gebirgsland, dessen Südostgrenze die mächtige Gebirgskette des Tian-Schan mit seinen 18—20.000′
hohen schneebedeckten Gipfeln bildet. Nördlich dieser Kette durchziehen das Semirjetschensker Gebiet zum Theil mehr oder weniger parallel mit ihr noch mehrere andere, aber minder hohe Gebirgsketten,
die bald steil, bald allmählich mit gebirgigem Vorlande zu den Steppen-
niederungen abfallen. Von Westen anfangend trifft man vorerst die
Doppelkette des transilischen Ala-Tau, an deren Nordseite Wernoje,
die Hauptstadt des Gebietes, liegt und in deren Mitte sich der drei-
köpfige schneebedeckte Riese Tolgarnin-Tal-Tscheku bis über die Höhe
des Montblanc (15.000′) erhebt. Alle Pässe, auf welchen es möglich
wäre, die Kette des transilischen Ala-Tau von Wernoje aus zu über-
sehen, liegen in einer Höhe von 8—10.000′ und wären somit für grös-

---

*) Wenjukow.

sere Truppenmassen kaum zu passiren. Tschu und Ili erhalten von diesem Gebirge zahlreiche Nebenflüsse. Südlich desselben liegt der von Gebirgen rings umschlossene Issyk-Kul-See über 4.000' über dem Meere, dessen Ufer von Ansiedlungen gleich einer Oase mitten in dem Hochlande eingeschlossen sind. Die Ränder des Sees sind fruchtbar und bebaut, weiter vom See ab nimmt die den See umgebende Ebene wieder den vegetationsarmen Charakter der Steppe an. Der See selbst wird von den zahlreichen kleinen Flüsschen und Bächen gespeist, die von den ziemlich nah an die Ufer herantretenden Gebirgen ihm zuströmen, und hat nur einen ganz schwachen Abfluss nach dem Tschu. Der grösste Theil des ihm zugeführten überschüssigen Wassers, das nur schwach salzig und im Nothfall trinkbar ist, verdampft in der heissen Jahreszeit. Das Gebiet südlich des Sees bis zu dem Flusse Naryn und den turkestanischen Grenzen durchziehen mehrere Gebirgsketten des Tian-Schan von durchschnittlich 12—12.500' (bis 16.000'), welche die Quellen des Tschu und Naryn in sich bergen. Die dominirenden Formen dieser Erhebungen sind Hochplateaus von 5—10.000' Erhebung.*) Trotz der Erhebung weit über die Schneegrenze ist Schnee- und Gletscher-Bildung im Allgemeinen gering wegen der auffallend grossen Trockenheit der Luft, die andererseits auch bewirkt, dass die Flora der nördlichen Steppe bis hinauf in das Gebirge sich erstreckt.**) Bis zur Höhe von 7000' besteht die Vegetation fast ausschliesslich in Steppenpflanzen der aralo-kaspischen Pflanzenwelt, nur die Nordabhänge zeigen einen Waldgürtel, über den hinaus dann die Hochplateaus und Gipfel nur noch die ärmlichste Alpenvegetation aufweisen.

Von dem Issyk-Kul weiter nach Nordosten gehend trifft man das zum Altai-System gehörige Tarbagatai-Gebirge und den sogenannten semirjetschenskischen Ala-Tau, dessen Kammhöhe 6000' und dessen Gipfelhöhe die Schneelinie erreicht. Letzterer ist der Wasserspender für das sogenannte „Siebenstromland" (Semirjetschensk), das den bewohntesten und wichtigsten Theil des Flachlandes der Provinz bildet. Dieses sich südöstlich von dem grossen und bittersalzigen Balchasch-

---

*) Expedition von W. A. Poltaratzki und Frhrn. v. Osten-Sacken (Hellwald, „Die Russen in Centralasien") 1867.

**) Wenjukow.

See (6—700' über dem Meere) hinziehende Gebiet wird von zahlreichen, genanntem See zufliessenden Gewässern, unter denen der schiffbare dem Kuldsha - Gebiet entströmende Ilifluss der wichtigste ist, durchströmt, zeigt aber trotzdem zum grössten Theile Wüsten- und Steppen - Charakter, der nach dem Ufer des Sees hin an Sterilität zunimmt. Die Bäche werden hier vielfach zu ausgedehnten Sümpfen, die gefahrbringende Miasmen ausströmen und das Klima zu einem sehr ungesunden machen. Nach Westen begrenzt als Hauptfluss der Tschu dieses Gebiet, das er jedoch bald verlässt, um als Grenzfluss zwischen dem Syr-Darja- und dem Akmolinsker Gebiet die westliche Wüste durchschneidend in dem Saumal-Kul zu enden. Der fruchtbare Rayon der Provinz, in dem sich auch die wichtigsten Städte wie Wernoje, Kopal und Sergiopol befinden, liegt auf dem östlichen, höher gelegenen Theile der semirjetschenskischen Ebene. Das ganze Flachland ist das Gebiet der Grossen Kirghisenhorde, die auch jetzt noch zum grössten Theile nomadisirend, neben den russischen Kosaken und Ansiedlern, dasselbe bevölkert.

Die Perle der russischen Besitzung im Turkestan bildet schliesslich das Thal des zu dem Wassersystem des Amu - Darja gehörigen Sarafschan, das das neuerworbene Gebiet von Samarkand umfasst und vordem zum Chanat Buchara gehörte. Nur der obere Lauf, allerdings der grössere Theil des Flusses gehört Russland, der untere Lauf mit seinen zahlreichen Kanälen und Verzweigungen bildet das fruchtbare Thal Miankale und weiter südlich die Landschaften von Buchara. Der 87 Meilen lange Sarafschan (zu deutsch Goldspender) entspringt, wie die Abramow'sche Expedition ergab, aus einem 7½ deutsche Meilen langen Gletscher etwa unter dem Meridian von Chokand an der Schneegrenze des Fan - Tau - Gebirges und fliesst in aequatorialer Richtung bis zur Stadt Pendshikend in dem engen Thal, das von den beiden Parallelzügen des Asmut- und Fan - Tau gebildet wird. Westlich der Stadt tritt er in ein breites Thal, das hinter Samarkand, der alten Residenz Tamerlan's, sich zu einer breiten Ebene erweitert. Wenige Werst westlich Katty - Kurgan tritt der Fluss in das Chanat Buchara ein. Schon vor Samarkand theilt er sich in die beiden Arme Ak- und Kara-Darja, die mit ihren zahlreichen Verzweigungen und Irrigationskanälen das

Samarkander Gebiet zu dem fruchtbarsten und blühendsten des ganzen russischen Turkestan machen, ein Gebiet, das die Russen mit Recht als „paradiesisch" bezeichnen. Durch das umfangreiche Bewässerungssystem und die zahlreichen Irrigationskanäle Buchara's, dessen Fruchtbarkeit allein von dem Wasserreichthum des Sarafschan abhängt, wird dem Flusse in seinem untern Laufe so viel Wasser entzogen, dass er nur sehr selten als kleines Gewässer den Amu-Darja erreicht und meist in dem kleinen See Kara-Kul (Tengis) endet.*) Die Höhen des Scheidegebirges zwischen Sarafschan und Syr-Darja werden im östlichen Theile zu 15 bis 16.000', einer der Hauptpässe, der Awtschy-Pass, zu 11.200' angegeben. Die Verbindung nach Norden mit dem Syr-Darja-Gebiet vermittelt durch die Hungersteppe hindurch die früher schon erwähnte Tamerlanspforte. Die Strasse von Taschkend nach Samarkand ist für Wagen sowie für Truppen leicht passirbar.

Wir haben nunmehr in kurzen Zügen das General-Gouvernement Turkestan bezüglich seiner geographischen Lage nach den Abschnitten betrachtet, die durch die Hauptsysteme seiner Flüsse naturgemäss gebildet sind. Die gouvernementale Eintheilung des General-Gouvernements hat sich gleichfalls im grossen Ganzen an diese durch die Natur bedingten Abschnitte gehalten. Dieselbe hat in den letzten Jahren vielfach Aenderungen erlitten und scheint auch augenblicklich wieder einer Neugestaltung entgegenzugehen. Nach den neuesten Angaben, wie wir sie in den Arealtabellen Strelbizki's für 1874 finden, gestaltet sich dieselbe wie folgt:

---

*) Auf den neuesten Karten ist der Sarafschan gar nicht als Nebenfluss des Oxus, sondern als Binnenfluss verzeichnet. Dies ist nicht richtig, denn im Jahre 1874 z. B. wird von Samarkand berichtet, dass der Fluss über den Kara-Kul hinaus sich in den Amu-Darja ergossen habe, ein Umstand, der allerdings von der Bevölkerung als ein Phänomen bezeichnet wird, dessen man sich seit Menschengedenken nicht mehr erinnerte.

General-Gouvernement Turkestan.[1])

General-Gouverneur: General-Adjutant v. Kauffmann I.

Gebiete (Oblast)	Kreise (Ujäsd)	Einwohnerzahl d. gleichnam. Städte ohne Besatz.	Areal Geogr. □Meilen	Nomadisirende Bevölkerung Ind. b. G. Qazaq und Kirgis,[3]) Kl., M. u. Gr. Horde (Kibitken à 5 Indiv.)	Sesshafte Bevölkerung Ind. b. G. Sarten, Tadschik, Usbeken, Russen u. a.
1. Syr-Darja-Gebiet Hptst. Taschkend Gouverneur: Gen.-Major Golowatschew	1. Taschkend	78.165	816,98	13.600 K. = 68.000 (Karama)	78.100 Sarten, Russen u. a.
	2. Aulie-Ata	1.000	1247,98	24.000 K. = 120.000 (Karama)	(Stadt) 189.000 Usbek, Sart, Tads.
	3. Kasalinsk	2.950	1156,87	12.000 K. = 60.000	1.400 Russen u. Qazaq.
	4. Perowsk (Ft. No. 1)	3.400	1995,71	20.000 K. = 100.000	3.400 do.
	5. Turkestan (St.)	5.490	1467,79	—	(Chodshend) 66.500 Usbek, Tads., Russ.
	6. Tschem-kend	8.000	1123,00	31.000 K. = 155.000	25.000 Sarten.
	Kurama[4]) Chodshend u. Dshisak-Krs.		7807,91	100.600 K. = 503.000	363.400 Sarten.
2. Semirjetschensk Hptst. Wernoje Gouverneur: Gen.-Lieut. Kolpakowski (excl. Ili-Gebiet mit der Hptstdt. Kuldsha) = circa 1293 □Meilen)	1. Kopal	5.426	1977,70	24.000 K. = 120.000	14.000 Russen, Qazaq.
	2. Wernoje	12.637	1378,08	25.000 K. = 125.000	(in Städten Kossaken-Staniz. 14.000 (Sarten.
	3. Issyk-Kul		782,90	10.000 K. = 50.000	
	4. Sergiopol	1.540	1436,10	24.000 K. = 120.000	Neue An-siedlungen 1.700 (Russen.
	5. Tokmak	1.398	1780,58	25.000 K. = 125.000	29.700
			7304,95	108.000 K. = 540.000	48.000 Kreis Dshisak.
3. Sarafschan-Gebiet Hptst. Samarkand Chef: Gen.-Maj. Abramow	1. Samarkand	30.000	98,74	Kalm., Turkm. u. Usbek.	
	2. Dshisak	3.845	477,59	208.600 = 21.500	441.100 Ind. b. G.
	3. Katty-Kurgan		90,69	15.112,96	
	4. Pendshi-kend		257,94	924,96	163.000 Ind. b. G. (excl. Krs. Dshisak) (für 1870 = 271.000 Ind. b. G.)
				Zusammen = 1.505.600 Indiv. b. G. sesshafter und wandernder Bevölkerung	
	Total des General-Gouvern.		16.037,81 □ M. mit		1.668.600 Ind. b. G.

excl. { Kuldsha-Gebiet = 1293,52 □ M. } General-Gouvern. = 3173,81 □ M.
{ Amu-Darja-Gebiet = 1880,29 □ M. } (Turkestan[2])

Wir ersehen aus dieser Tabelle, dass bei den Bevölkerungsziffern nach Lerch noch die alte Kreiseintheilung zu Grunde gelegt ist, bei

---

[1]) Die Arealangaben incl. innern Gewässer sind laut „Strelbizki" (1874) nach besonderer Reduction der dort angegebenen □Werst in geographische □Meilen, die auch hier kleine Differenzen in den Decimalen ergab, die Bevölkerungsziffern nach „Lerch", das russische Turkestan (Russische Revue I. Jahrgang, 1. und 2. Heft). Die Einwohnerzahl der Städte ist dem St. Petersburger und Suworin-Kalender für 1873/75 entnommen. Die Angaben stimmen allerdings nur zum Theil mit denen Wenjukow's und ergeben für jedes Jahr andere Zahlen, z. B. giebt der Petersburger Kalender 1873 für Dshisak 6250 Einw., der Suworin'sche Kalender 1875 3845 Einw. an. „Für ein und dasselbe Jahr" (1875) rechnet ersterer z. B. für Tschemkend 5422, letzterer 8033 Einw. u. v. a. m.

[2]) Strelbizki rechnet noch als besonderes Gebiet zu Turkestan den durch den Feldzug von 1873 dem russischen Reiche einverleibten Amu-Darja-District (Odjil), welcher aus dem 5. Kreise des Syr-Darja-Gebietes und dem rechten Ufer des Oxus, das anfangs an Buchara abgetreten werden sollte, zusammengesetzt wurde. Der 5. Kreis ist dadurch im Syr-Darja-Gebiet in Wegfall gekommen. Das Areal dieses Gebietes beträgt 1880,29 □ Meilen, worunter für den See Kara-Teren 8,27 □ Meilen, für den See Chodsha-Kul 1,96 □ Meilen mit eingerechnet sind. Die Hauptorte dieses Gebietes sind das früher chiwesische, jetzt russische Fort Nukuss und Fort Petro-Alexandrowsk, das zu Ende des Feldzuges errichtet wurde. Nach den neuesten Nachrichten stehen die beiden neuen Ansiedlungen im besten Flor. Bei dem Fort Petro-Alexandrowsk ist bereits eine kleine Stadt entstanden, in welcher Officiere, verheirathete Soldaten und Kaufleute wohnen. Auch hat man ein Klubhaus für Officiere, sowie eine Schule für Kinder eingerichtet. In dem Fort Nukuss sind ausser der Hauptwache, dem Hospital, den Räumen für Intendantur- und Ingenieur-Vorräthe, Officierwohnungen und Kasernenräume für 350 Soldaten eingerichtet u. s. w. Chef des Amu-Darja-Gebietes ist Oberst Iwanow. Das neue Amu-Darja-Gebiet fiel durch den Friedensschluss mit Chiwa im Juni 1873 an Russland und erweiterte das russische Syr-Darja-Gebiet Chiwa gegenüber bis zum Amu-Darja. Die Westgrenze bildet der Amu-Darja und dessen westlicher Mündungsarm der Taldik. Am Aralsee erreicht die Grenze das Gebiet des Uralsker Kreises und des Transkaspischen Gebietes. Das trockene Bett des früheren Aibugirsees, so wie das Kungrater Gebiet westlich des Taldyk sind im Besitz des Chans von Chiwa verblieben. — Das Amu-Darja-Gebiet zerfällt in die beiden Kreise Nukuss und Petro-Alexandrowsk, deren Hauptorte die seit 1873 errichteten Forts gleichen Namens bilden. Die Bildung eines dritten, des Tschimbeier Kreises, soll in Aussicht stehen. (Vergl. Karte zu den Strelbizkischen Tabellen.)

[3]) Unter diesen Kirghisen sind die sogenannten Berg- oder Kara-Kirghisen verstanden, zum Unterschiede von den Kirghis-Kaissaken.

[4]) Bei Strelbizki ist Taschkend als Landkreis angeführt. Bei Terentjew wird ein Stadtkreis Taschkend und der Kreis Kurama unterschieden(?). Im Suworin'schen Kalender sind die Kreise Kuraminsk und Chodshend ausdrücklich im Syr-Darja-Gebiet angeführt. Strelbizki erwähnt keinen von den beiden Kreisen. Das Ili-Gebiet mit der Hauptstadt Kuldsha, circa 12.000 Kibitken nomadisirender und 10.000 Kibitken sesshafter Bewohner auf circa 1293 □Meilen umfassend, wird von Strelbizki nicht besonders angeführt und ist zu dem Generalgouvernement von Turkestan zu rechnen. —

der im Syr-Darja-Gebiet die Kreise Kurama und Chodshend bestanden
und der Kreis Dshisak mit zu genanntem Gebiete gerechnet wurde.
Die Eintheilung Strelbizki's, wie er sie bei seinen Arealberechnun-
gen giebt, scheint als die neueste wohl die massgebende zu sein. Die
neuerworbenen Gebiete Kuldsha und Amu-Darja sind absichtlich nicht
in vorstehender Tabelle aufgenommen worden. Das Iligebiet ist in den
Strelbizki'schen Tabellen nicht angeführt, ausserdem möchte sein Verbleiben in dem administrativen Verbande des Generalgouvernements
Turkestan zweifelhaft erscheinen. Das Amu-Darja-Gebiet aber verdankt
seine Organisation ja gerade dem Feldzuge, der hier erst zur Beschreibung
gelangen soll. Rechnet man das Areal beider Gebiete zu vorstehend ange-
gebener Gesammtzahl hinzu, so erhält man für das ganze, unter turkestanischer Verwaltung momentan, 1874/75, stehende Ländergebiet die
Zahl von $3173{,}81 + 16.037{,}21 = 19.211{,}02$ g. ☐ Meilen incl. Iligebiet,
oder ohne dasselbe $17.917{,}50$ g. ☐ Meilen.

Zu Beginn des Jahres 1873 standen, wie die nebenstehende Zusammenstellung zeigt, die drei Gebiete Syr-Darja, Semirjetschensk und
Sarafschan oder Samarkand, zu der gemeinsamen Provinz Turkestan
zusammengefasst, unter der fast unumschränkten Oberleitung des Generalgouverneurs, General-Adjutanten v. Kauffmann I. Die Residenz des
Generalgouverneurs, sowie der Sitz der Centralverwaltung ist die im
Flussnetz des Tschirtschik gelegene Stadt Taschkend. Die Verwaltung
ist die jüngste aller Generalgouvernements im asiatischen Russland und
gewissermassen in ihrer jetzigen Form nur als eine provisorische anzusehen, die den politischen Verhältnissen angepasst ist, in denen Russland den das Generalgouvernement begrenzenden souveränen Staaten
Centralasiens gegenüber sich einstweilen noch befindet. Die schnell
aufeinanderfolgenden Eroberungen und Gebietserwerbungen, die fortdauernden Expeditionen und kleinen Feldzüge gegen die unzuverlässigen
Grenznachbaren, die Verarbeitung so vieler neuer den russischen Elementen durchaus fremder Bestandtheile, die schwierigen Communicationsmittel nach dem europäischen Russland, alles dies erschwerte und
verhinderte bisher immer noch eine vollständig geregelte Verwaltung.
Das durch die öden Wüstengebiete fast mehr als durch einen Ocean
von dem russischen Stammlande abgesonderte Turkestan behielt einerseits noch den Charakter einer fernen ausländischen Colonie, anderer-

seits erhielten die abnormen Verhältnisse, die durch den unruhigen, einer geordneten Verwaltung so wenig zugänglichen Charakter der nomadisirenden aus den verschiedensten Bestandtheilen zusammengesetzten Bevölkerung hervorgerufen wurden, und die soeben erwähnten vielfachen kleinen Expeditionen die Verwaltung sowie die dieselbe fast ausschliesslich leitende militärische Besatzung fortwährend in einer Art mobilen Zustandes. Wie in allen neu occupirten Ländern, so musste auch hier die Verwaltung eine rein militärische sein. Wiewohl deshalb im grossen Ganzen die allgemeinen Principien der asiatischen Administration auch in Turkestan beobachtet sind, so ist der rein militärische unumschränkte Charakter einer Occupation doch mehr ausgeprägt, ja selbst schärfer als im Kaukasus. Die Stellen in der Administration sind fast durchweg von Militärs besetzt, so dass eine Trennung der Civil- und Militärverwaltung kaum existirt. Alles liegt in der Hand des Generalgouverneurs, der ein Geldpauschquantum zur Bestreitung der Kosten von der Regierung erhält und damit fast unumschränkt schaltet, so dass Anstellung und Besoldung auch der wenigen Civilbeamten vollständig in seiner Hand liegt. Auch bestimmt abgegrenzte Verwaltungssphären bestehen eigentlich nicht, indem die betreffenden Militärchefs der in den Kreisstädten als Garnison stehenden Truppen meist das umliegende Gebiet, soweit es möglich ist, selbstständig verwalten. Wie gesagt, mehr noch als in den früher beschriebenen Generalgouvernements sind hier Civil- und Militärverwaltung mit einander verbunden, liegen beide vollständig in einer Hand und sind eigentlich identisch.

Die Mission, die der Generalgouverneur gegenüber den benachbarten centralasiatischen Chanaten in politischer Beziehung zu vertreten hat, und die durch diplomatische Beziehungen eine erhöhte politische Thätigkeit verlangt, giebt dem Generaladjutanten v. Kauffmann eine ganz besondere, exceptionelle Stellung. Gesandte von Buchara und Chokand*) sind dauernd in der Residenz Taschkend bei dem Generalgouverneur beglaubigt, eine diplomatische Abtheilung ist seinem Stabe beigegeben. Zahlreiche politische Agenten Centralasiens gehen in

---

*) Der Gesandte von Chokand, ein sehr gewandter liebenswürdiger Asiate, der vollständig europäische Cultur angenommen hat, heisst Mirsa-Chakim.

Taschkend aus und ein. Die ferne Lage von St. Petersburg und die
Schwierigkeit einer sicheren und schnellen Communication mussten der
Stellung und dem politischen Verhalten des Generalgouverneurs den
asiatischen Souveränen gegenüber eine gewisse Selbstständigkeit, eine
erhöhte Machtbefugniss verleihen, wie sie die andern Generalgouverneure
Russlands durchaus nicht besitzen. Die muhamedanischen Sitten, die
an Aeusserlichkeiten und Ceremoniel besonders hängen und eine gewisse persönliche Prachtentfaltung der Machthaber verlangen, wenn
diese Respect und Hochachtung bei der Bevölkerung und den Nachbar-
staaten geniessen sollen, machen auch in der äusseren Stellung des
Generalgouverneurs ein gewisses Gepränge durchaus unvermeidlich,
das dem Generaladjutanten v. Kauffmann eher den Charakter eines
directen Vertreters des Kaisers als den eines Verwaltungsbeamten
giebt. So ist es denn nicht zu verwundern, dass im Volksmunde der
Asiaten der Generalgouverneur nicht anders heisst als der „Jarim oder-
Pol-Padischah“, d. h. Halbsultan oder Vicekaiser. In ganz ähnlicher
Weise wurde er in dem besiegten und occupirten chiwesischen Ländchen begrüsst und ehrfurchtsvoll als der directe und unmittelbare Vertreter der „Weissen Majestät“ gefeiert, eine Thatsache, die dem Gouverneur seine Stellung bei der an die orientalische Tyrannei der ab-
solutistischen Chane und Emirs gewöhnten asiatischen Bevölkerung wesentlich erleichtert.

So schwer selbst für den einsichtigen und landeskundigen Verwaltungschef die Colonisation des neu erworbenen Gebietes von dem fernen
russischen Stammlande her war, ebenso sehr erforderte es auf der anderen Seite die ganze russische Gewandtheit, um die weder an Ordnung und Gesetzmässigkeit, noch an eine unparteiische, stabile Verwaltung gewöhnten, zum grossen Theile unsteten und nomadisirenden
Einwohner mit der geregelten Thätigkeit der Verwaltungsbehörden zu
befreunden. Vor der russischen Besitzergreifung war die Verwaltung
immer eine despotische gewesen. Das Geschick des Einzelnen hing
von dem unumschränkten launenhaften Willen, dem durch Willkür,
Grausamkeit und das sittenverderbliche Haremwesen corrumpirten
Charakter des asiatischen Machthabers ab. Schreckliche Strafen,
mit dem grössten Raffinement erfundene Martern, Verstümmelung, mit
furchtbaren Qualen verbundene Hinrichtungen, die erdenklich scheuss-

lichsten Todesarten erwarteten den armen Unterthan, der in des Emirs
Ungnade gefallen war. Ja selbst einer wirklichen Schuld, einer Ungnade bedurfte es bei vielen der grausamen durch Ausschweifungen
verkommenen Tyrannen nicht. Nur zum Vergnügen, zum Kitzel der
durch Laster aller Art geschwächten und übersättigten Sinne wurden
die unglücklichen Opfer, die für den Beherrscher unter dem Range
seines schlechtesten Reitpferdes standen, vor den schaulustigen Augen
des grausamen Tyrannen verstümmelt und zu Tode gemartert. Im
günstigsten Falle kamen die Unglücklichen mit dem Leben, mit gesun-
den Gliedmassen davon, dann aber harrte ihrer Entehrung jeglicher
Art, plötzliches Elend und Verlust ihres Besitzes. Ein Eigenthum des
Einzelnen existirte in der That kaum, dasselbe stand vollständig der
Laune des Despoten zur Verfügung, der es in den seltensten Fällen
überhaupt nur der Mühe werth hielt, seine despotischen Wünsche durch
den legitimen Vorwand der rechtlichen Bestrafung zu bemänteln. Zu
dieser Willkürherrschaft gesellte sich dann das Intriguen- und Be-
stechungswesen der höhern Beamten, die dem Herrscher als Gehülfen
und Rathgeber zur Seite standen und namentlich das Eintreiben der
Steuern und Gerechtsame zu besorgen hatten, wobei sie in jeder Weise bemüht waren, das Treiben ihres Herrn auf ihre Art nachzuahmen. Die
so lange Zeit unterjochte und tyrannisirte Bevölkerung, in völliger Unkenntniss der europäischen Cultur, musste ja in dem neuen Eroberer
naturgemäss nur einen neuen Despoten, in der neuen Herrschaft nur
einen Wechsel in der alten tyrannischen Bedrückung erblicken. Sie
kannte ja überhaupt keine andere Staatsform als den Despotismus.
Die russischen Verwaltungsmassregeln wurden deshalb anfangs noch
misstrauisch aufgenommen, und erst allmählich begann man den Segen
und den hohen Vortheil einzusehen, den die geordnete europäische Verwaltung in wenigen Monaten schon brachte. Handel und Ackerbau, von
übermässigen Abgaben und Beschränkungen befreit, begannen aufzuleben;
das Abgabewesen wurde geregelt, eine grosse Anzahl Steuern gingen
ein, die früher den Säckel der betrügerischen Beamten gefüllt und den
Wohlstand des Ackerbauers und Gewerbetreibenden untergraben hatten.
Bald schwand das Misstrauen der Bevölkerung, und man begann die
Bestrebungen der russischen Verwaltung anzuerkennen und durch Ge-
fügigkeit zu unterstützen. Diesen Umständen und der dem Slaventhum

eigenen administrativen Klugheit, mit ausserordentlicher Rücksicht, man
könnte fast sagen Selbstverleugnung die Verhältnisse der neu unterworfenen Unterthanen zu regeln und zu gestalten, hat es die russische
Verwaltung zu verdanken, dass sie trotz aller erwähnten Schwierigkeiten nach wenigen Jahren in dem neuen Lande bequem und häuslich
eingerichtet, so zu sagen schon wie zu Hause war. Das System der
Militärcolonien, die militärische Ordnung und Verwaltung bewährte sich
bei diesem Werke der Colonisation und Russificirung ausgezeichnet, indem dasselbe schnell und ohne Widerstand die nomadisirenden Tataren,
Kalmüken, Kirghisen u. s. w. in den Organismus des russischen Staats-
verbandes einzwängte und durch regelmässiges Steuerzahlen an die Anerkennung der obersten Staatsgewalt gewöhnte. Wenn auch die oberste
Verwaltung ausschliesslich in den Händen von Militärs ruht, so werden
doch jährlich mehr und mehr civile Elemente aus der russischen Be-
amtenwelt herangezogen, die die einzelnen Zweige der militärischen
Regierung nach und nach auszufüllen beginnen. Kurz nach den ersten
Erwerbungen, so im Jahre 1867, passirten allein durch Orenburg 250
Beamte, die zur Unterstützung der turkestanischen Administration bestimmt waren. Für die Jahre 1874/75 sind nunmehr schon ausgedehnte
gesonderte Verwaltungsressorts geplant. Besondere Abtheilungen für
das Medizinal-, Ingenieur-, Bau-, Forst- und Bergwesen sollen bei der
Centralverwaltung, besondere Polizei- und Kreisbehörden in den unterstellten Gebieten und Kreisen geschaffen werden.*)

---

*) Auf Veranlassung der Regierung hatte der Generaladjutant v. Kauffmann
zu Beginn des Jahres 1873, bevor er zu dem Chiwafeldzuge ausrückte, Vorschläge
für eine Reorganisation der turkestanischen Verwaltung nach St. Petersburg abgesandt. Nach seinen Projecten sollte die Verwaltung, was allgemeine Administration,
Steuern und Landbesitz betrifft, genau nach dem Muster der im europäischen Russland bestehenden Verhältnisse eingerichtet werden. Nur wenige, durch die abnormen
asiatischen Verhältnisse bedingte Ausnahmen sollten bei den europäischen Einrichtungen statt haben. Kauffmann hielt diese Aenderungen nach europäischem Muster
einerseits für sehr vortheilhaft in materieller Beziehung, da hierdurch Turkestan in
innigere Verbindung und in engeren Zusammenhang mit Russland sehr bald treten
würde, andererseits für leicht ausführbar, da die turkestanische Bevölkerung, mit
Ausschluss der fanatischen Geistlichkeit, mit der russichen Regierung sehr zufrieden
sei, dieselbe achte und schätze, überhaupt die anti-russischen Gesinnungen im Volke
vollständig im Verschwinden begriffen seien.

Grossen Nachdruck legte jedoch Kauffmann andrerseits auf die dringende Nothwendigkeit, die alten Verhältnisse in Bezug auf die Spitzen der Verwaltung nach

Eine Hauptschwierigkeit bei der bisherigen Verwaltung war der Umstand, dass die Meisten der Militärs sowohl wie der Civilbeamten der Landessprache unkundig sind. Wenngleich in den mittelasiatischen Ländern das Dolmetscherwesen in grösstem Masse verbreitet ist — nach der dortigen Sitte wird eine nur einigermassen hochgestellte Persönlichkeit, wenngleich der Landessprache mächtig, nie anders, es sei denn auf Kosten ihrer Würde, mit dem gemeinen Manne als durch einen Dragoman sprechen, — so wird es dem Beamten doch sehr erschwert, sich in die fremden Verhältnisse ohne die nöthige Sprachkenntniss einzuleben und sich ein richtiges Urtheil darüber zu bilden. Trotzdem ist der in Turkestan Reisende erstaunt, in einem Lande, das durch Bewohner, Sitten und äussere Erscheinung durchaus den Eindruck der asiatischen Wildheit und Uncultur macht, überall das Gepräge der russischen Macht, der russischen Verwaltung und Staatsangehörigkeit zu finden, das ihn inmitten der wilden, zum Theil grausamen und räuberischen Nomadenvölker fast eben so ruhig und sicher in seiner Posttelega durch die staubigen Steppen hinfahren lässt, als in den Gouvernements des europäischen Russlands. *) Dass man bei dieser rein militärischen Verwaltung in Turkestan natürlich von einem vollständigen Administrationssystem nach europäischen Begriffen noch weit entfernt ist, dass bei diesem absoluten Militärorganismus mancherlei Beschränkungen, Unregelmässigkeiten und Ungerechtigkeiten auftreten,

---

wie vor bestehen zu lassen. Civil- und Militärverwaltung sollten dauernd in den Händen der Militärchefs ausschliesslich bleiben! —

Die sogenannte „Steppen-Commission" hatte im Jahre 1867 diesen Ausnahmezustand angesichts des feindlichen Verhaltens der centralasiatischen Chanate genehmigt. Die 1874 zur Berathung der Kauffmann'schen Projekte eingesetzte Commission verwarf die gemachten Vorschläge durchaus. Die Einrichtung einer europäischen Verwaltung hielt die Commission in Bezug auf die Entwicklung des Wohlstandes der Provinz einerseits nicht für dringlich, andererseits für viel zu kostspielig. Die Gelder, die eine solche umfangreiche Administration verschlingen würde, könnten besser direct zur Hebung des Landeswohls verwendet werden. Die ausschliesslich militärische Verwaltung hielt die Commission ebenfalls für nicht nothwendig, da die Verhältnisse von 1867 nun nicht mehr massgebend seien. Die meisten der centralasiatischen Staaten (Buchara, Chiwa) seien nunmehr ja getreue und gehorsame Vasallen Russlands. Die Vorschläge des Generalgouverneurs wurden somit abgewiesen und derselbe beauftragt, einen neuen Verwaltungsplan auszuarbeiten. (Vergl. „Moskauer Nachrichten" No. 316. 1874.)

*) Dies die Eindrücke des Verfassers allerdings nach dem glücklichen Ende des chiwesischen Feldzuges.

kann unmöglich erstaunen. Die an die fernliegende Cultur Europa's so
wenig gewöhnte Bevölkerung möchte überdiess Entbehrungen und Härten
darin noch kaum zu entdecken und zu empfinden im Stande sein, um
so weniger als man ihr, so besonders den Nomaden, mit grosser Mässigung ihre traditionellen Volks- und Stammesrechte, ihre Gemeindeverwaltung, die Wahl ihrer Vorsteher, Bei's u. s. w. zum grössten Theile
gelassen hat.

Neben dem Militärcommando, das in der Person des Generalgouverneurs gipfelt, ist das Centrum der civilen Administration Taschkend.
Wenn auch die wichtigsten Stellen der Centralverwaltung durch höhere
Militärs besetzt sind, denen zum Theil auch tüchtige und landeskundige
Vorsteher aus den eingebornen Stämmen attachirt sind, die, mit militärischen Titeln und Auszeichnungen bedacht, für die Kenntniss
und Beurtheilung der Landes- und Volksverhältnisse namentlich in
statistischer Hinsicht wichtige Dienste leisten, so sind den Hauptzweigen
der Verwaltung doch ausserdem noch eine grosse Anzahl Civilbeamten,
Gelehrter u. s. w. beigegeben, welche namentlich zur Erweiterung
der Statistik, der geographischen Kenntniss u. s. w. verwendet werden.
Eine officielle Zeitung wird in Taschkend redigirt, eine Zweigabtheilung
der kaiserlichen geographischen Gesellschaft von St. Petersburg hat
hier ihren Sitz, Clubs und Casinos vermitteln einen anregenden geselligen Verkehr der fern von der europäischen Cultur hier im äussersten
Osten für die Grösse Russlands arbeitenden russischen Militärs. Für
Schulen, Kirchen u. s. w. ist reichlich gesorgt, selbst ein Waisenhaus
und ein turkestanischer „mildthätiger Verein" (1871 gegründet), fehlen
der jungen schnell emporblühenden Provinzialhauptstadt nicht. Eine
grosse neue Kirche ist im Bau begriffen, für die allein die Summe
von 20.000 Rubel jährlich ausgesetzt ist.

Unter dem Generalgouverneur stehen die Militärgouverneurs des
Syr-Darja und des Semirjetschensker Gebietes, die, höhere Officiere,
meist Generäle, für ersteres ihren Sitz in Taschkend selbst, für letzteres
in der Gouvernementshauptstadt Wernoje haben.*) Das Sarafschangebiet hatte 1873 noch keinen selbstständigen Gouverneur und war direct dem Generalgouverneur unterstellt. Unter den Militärgouverneurs

---

*) Vergl. Ukas vom 11./23. Juli 1867. Cap. II. pag. 67.

stehen die Kreischefs als Vorsteher der in der obigen Tabelle aufge-
führten Kreise. Die Kreischefs sind höhere Stabsoffiziere, die in den
betreffenden Kreishauptstädten residiren und denen zur Hülfe noch
jüngere Officiere beigegeben sind. Besondere Officiere verwalten die
in den Kreishauptstädten eingesetzten Kreisgerichte, welche über die
Rechts- und Streitfragen der Nomaden und Eingebornen überhaupt entscheiden, insofern dieselben nicht durch ihre eigenen Stammesgenossen
geschlichtet werden können. In jeder Kreisstadt besteht somit im
Kleinen ein administrativer Stab, ähnlich dem Hauptstab in Taschkend,
dem auch viele eingeborne Elemente beigegeben sind und dem die Con-
trole und Statistik der Nomadenstämme, besonders was ihre Kibitken-
steuern anbelangt, obliegt. Der Chef des Kreises bildet die Spitze für
die Selbstverwaltung der eingesessenen Bevölkerung. Unter ihm stehen
in unmittelbarer Abhängigkeit die von den nomadisirenden Stämmen,
so namentlich von den Kirghis-Kaissaken und den Kara-Kirghisen er-
wählten Aeltesten, Richter oder „Beis". Die Selbstverwaltung der
Kirghisen geschieht nach communalem Princip. Hundert bis zweihundert
„Kibitken" oder Filzzelte, die jedoch nicht immer dicht bei einander
zu stehen brauchen, bilden ein „Aul" oder Nomadendorf, gewissermassen eine Gemeinde, die von einem selbstgewählten Aeltesten nach
Art unserer Gemeindevorsteher verwaltet wird. Mehrere Auls sind zu
einem Wolosst oder Kreise zusammengefasst, welche dann ihrerseits
wieder eigene Richter oder Beï's wählen, die direct dem Kreischef
unterstehen. Die sesshafte oder ackerbautreibende Bevölkerung (Usbek, Tadschik u. a.) wählt nach Gemeinden oder Ortschaften in ganz
ähnlicher Weise ihre sogen. „Graubärtigen", „Axakal" genannt, denen
die communale Polizei und Verwaltung obliegt. Die grösseren Städte
wählen deren oft mehrere. Höhere Chefs wie die Kirghisen hat die
sesshafte Bevölkerung nicht. Sie wählen jedoch ebenfalls ihre eigenen
Richter, hier „Kasi" genannt. In Bagatell- und bürgerlichen Sachen
wird von diesen einheimischen Richtern entschieden. Kriminalsachen
dagegen unterstehen der russischen Justiz. Die Abgaben, Grund-,
Einkommen- und Handelssteuern sind für die sesshafte Bevölkerung
nach der alten Landessitte unverändert bestehen geblieben. Der Ackerbautreibende zahlt die „Geradhsteuer" oder ¹/₁₀ der ganzen Ernte und
ausserdem eine besondere Grundsteuer „Tanapsteuer" genannt, der Han-

18

deltreibende die „Shaketsteuer" oder $2^1/_2$ pCt. vom Ex- und Import. Die nomadisirende Bevölkerung zahlt ähulich wie im Generalgouvernement Orenburg (vergl. pag. 200) 2 bis 2,75 Rubel Kibitkensteuer.

Was nun den Charakter des Landes, der Städte und deren Bevölkerung betrifft, so gilt für Turkestan mit Ausschluss des Semirjetschensker Gebiets, das, von dem mittel-asiatischen Typus durchaus verschieden, mehr an die Verhältnisse des Orenburger Gouvernements erinnert und nur gouvernemental zu dem Generalgouvernement Turkestan gehört, im Allgemeinen dasselbe, was von allen mittelasiatischen Landschaften zu sagen ist; so dass mit wenigen Ausnahmen mit der Beschreibung des russischen Turkestan auch die Charakteristik der Chanate Chokand, Buchara und Chiwa gegeben ist. Da bei dem Chanat Chiwa, als dem für die Betrachtung des Feldzuges wichtigsten Gebiete, eine eingehendere Schilderung der Landesverhältnisse gegeben werden soll, so wird es genügen, von Turkestan nur in ganz kurzen Zügen dem Leser eine Vorstellung zu machen.

Als die Russen in den Besitz Turkestan's gelangten, fanden sie dort dieselben urwüchsigen Verhältnisse in ihrer ganzen asiatischen Eigenartigkeit wie später in Chiwa im Jahre 1873. Interessant möchte hier deshalb nur die Beobachtung erscheinen, wie weit die russische Verwaltung und Colonisation auf die asiatischen Verhältnisse von Einfluss und im Stande war, dieselben in der kurzen Zeit des Besitzes umzuwandeln.

Im grossen Ganzen haben sich die russischen Elemente möglichst dem asiatischen Charakter anzupassen versucht, so dass äusserlich eine grosse Veränderung in dem Aussehen des Landes nicht stattgefunden hat. Die Bevölkerung des flachen Landes, die Einwohner der Städte versehen ihre Beschäftigung, ihre Arbeit nach alter Gewohnheit, nach alten Sitten und Gebräuchen, die Städte und Ortschaften stehen in ihrer alten asiatischen Form wie zuvor und sind nur zum Theil in ihrem Aussehen durch wenige, nach europäischem Muster erbaute Gebäude, wenige gerade und wohl construirte Linien russischer, moderner Befestigung modificirt.

Der Charakter der mittelasiatischen Städte ist fast durchweg derselbe. Hohe, breite, krenelirte Lehmmauern, die ein meist sehr vernachlässigter trockener Graben umzieht und die nur durch grosse, massive, mit Lehmthürmen eingefasste, Holzthore den Eingang nach dem Innern ermöglichen, umwallen einen mehr oder minder grossen Complex von kleinen und niedrigen, kastenförmig gestalteten Lehmhäusern mit flachen Dächern, die durch ein Labyrinth von krummen und engen Strassen getrennt sind. Die Strassen sind meist so eng und verwirrt, dass nur ein Fussgänger sich durch dieselben mühsam hindurchzufinden vermag und sich in dem Gewirr nur zu häufig verirrt; — die russischen Wagen aber nur in den Hauptstrassen durchzukommen vermögen. Zahlreiche Kanäle, meist längs der engen Strassen, durchziehen die Stadt, die, obwohl oft schlimme Gerüche aushauchend, verbunden mit den an ihnen gepflanzten Bäumen angenehme Frische und Kühlung bereiten. Fenster haben die seltsamen Lehmbauten in den seltensten Fällen. Die wenigen fensterartigen Oeffnungen, die Veranda's und offenen Hallen münden alle nach innen in einen hofartigen Raum, der mit Bäumen bepflanzt ist und dem Bewohner Schatten und Schutz vor dem undurchdringlichen Lehmstaub gewährt, der alle Strassen, die ganze Stadt und Umgebung im Sommer meist weithin erfüllt. Nach den im stillen Halbdunkel befindlichen, aber angenehm schattigen Strassen haben die Gebäude ausser der niedrigen Thür selten Oeffnungen und machen hier den Eindruck grosser nebeneinander aufgerichteter unförmlicher Lehmkasten. Die hohen Bäume der innern Höfe, meist Ulmen und Pappeln, geben von Weitem den Städten das Aussehen ausgedehnter Gärten, in denen dann und wann die schlanken Minarets und Medressen (Schulen), die hohen Kuppeln und mit Spitzbogen gezierten Façaden der Moscheen und Kirchhöfe weit hervorragen und der Landschaft oft einen höchst anmuthigen und poetischen Charakter zu verleihen vermögen. Die meisten Städte haben in ihrer Mitte oder an einer der Ecken der Wallmauer grössere Citadellen, die, auf erhöhten Punkten angelegt, die Stadt überragen. Von grösseren öffentlichen Gebäuden zeichnen sich ausser den Moscheen und Schulen die Bazars und Karawanseraien besonders aus. Beides sind umfangreiche Gebäude mit ausgedehnten Höfen, Magazinen und Ställen, die zur Unterkunft von Waaren und Transportmitteln der handeltreibenden Bevölkerung dienen, und den Mittelpunkt für das ganze Leben und Treiben der Stadt bilden. Die ganze Bevölkerung der Umgegend versammelt sich dort an bestimmten Tagen, um die Erzeugnisse des Ackerbaus, die Landesprodukte zu verkaufen und dagegen die Erzeugnisse der Industrie, die in dem Bazar, zum Theil auf offener Strasse für den Kauflustigen in möglichst verführerischer Aufstellung ausgebreitet sind, zu erhandeln. Die Städte sind gewöhnlich nicht an grossen Flüssen erbaut, sondern liegen meist in dem Bewässerungssystem kleiner Gebirgsbäche, die zur Canalisirung günstiger sind. Umgeben sind die Städte von ausgedehnten Anpflanzungen, Gärten und Landhäusern, deren hohes Baumwerk die Stadt ringsum einhüllt und sie dem Reisenden bis dicht vor die Thore verbirgt. Die Kirchhöfe mit ihren zahlreichen Leichenmonumenten und schwungvollen Bauten, zwischen denen lauschige Büsche und dichte Schlingpflanzen wuchernd emporwachsen und die den romantischsten Punkt in der mittelasiatischen Scenerie bilden, liegen zum Theil ungeordnet in der Stadt selbst, zum Theil um die Stadt herum in dem Rayon der Gärten.

Diesen Charakter rein asiatischen Anstrichs haben die meisten grössern Städte Turkestan's, wie Taschkend, Turkestan, Tschemkend, Samarkand etc. Nur die kleinen Forts am Syr-Darja, die von den Russen nach Zerstörung und Einäscherung der früher an derselben Stelle gelegenen chokandischen Befestigungen neu angelegt worden sind, haben den Charakter aller jener Steppenposten, die in dem frühern Abschnitt beschrieben wurden. In Kasalinsk ist die Festungsenceinte mit einstöckigen Häusern europäischer Bauart durchweg ausgefüllt, grössere Verwaltungsgebäude nach russischem Muster ragen schmuck aus dem kleinen Häusercomplex empor und die gerade gezogenen breiten Strassen mit ihren reinlichen Läden und Schaubuden geben dem Städtchen ganz den Charakter eines europäischen Ortes, dem selbst ein kleines, aber verhältnissmässig reinlich gehaltenes Hôtel nicht fehlt.

Die Dörfer bestehen aus kleinen Lehmhütten, die mit wenigen Vorrathsräumen für Getreide und elenden Winterstallungen für das Vieh ohne Ordnung und Eintheilung auf dem durch Kanäle bewässerten Theile des Landes, rings von bebauten Feldern umgeben, zerstreut liegen. Zwischen den Häusern der Dörfer und Städte stehen überall die Jurten und Kibitken der nomadisirenden Bevölkerung, deren Wohnungen auch zum Theil von den ansässigen, nicht nomadisirenden Bewohnern benutzt werden. Die Kibitkenlager der Nomaden, die oft zu mehreren Hunderten weit zerstreut auf günstigem Weidelande liegen, haben keine besondere Ordnung und Eintheilung. Jeder sucht sich seinen Platz,

wie es ihm eben passt, in Uebereinkunft und im Frieden mit seinem
Nachbar. Der Ort dieser Lager wechselt mit der Jahreszeit und je
nachdem die Weiden abgenutzt sind. Eine bestimmte Reihenfolge wird
jedoch bei der Wahl der Lagerplätze Seitens der Nomadenstämme, resp.
der Familien, ebenso wie ein bestimmter Rayon für die Weiden selbst
eingehalten, so dass man, trotzdem jeden Herbst die einzelnen Lager
Hunderte von Werst weit fortziehen, die betreffenden Stämme in den
kommenden Jahren mit ziemlicher Sicherheit wieder auf derselben Stelle
antreffen kann, wo sie in früheren Jahren gelagert hatten. Da sich,
wie schon früher erwähnt wurde, die Steppen, ja sogar die Wüstengebiete überall in das cultivirte und bewässerte Land hineinziehen, so
leben die nomadisirenden Völker in ihren Zelten mit der sesshaften
Bevölkerung in den dauernden Wohnsitzen dicht zusammen und untermischt.

Die wichtigsten Städte, die auch in Zukunft eine grosse Bedeutung
gewinnen werden, sind Taschkend, Samarkand und Chodschend. Taschkend einige Werst nördlich des dem Syr - Darja zuströmenden Tschirtschik gelegen und durch zahlreiche Kanäle aus demselben bewässert,
ist eine der grössten und ältesten Städte Mittelasiens. Die Bevölkerung
der Stadt wird auf 75—80.000 Seelen angegeben, während die das
Stadtgebiet umfassende neunthorige Wallmauer eine Länge von über
1 1/2 Meilen erreicht. Das so umschlossene Stadtgebiet zieht sich in
einem länglichen Oval von Westen nach Osten und birgt in seinem
Innern ein seltsames Gemenge von altasiatischer Cultur mit Elementen
moderner russischer Colonisation und europäischen Anbaus. Beide Elemente liegen hier offenbar noch im Kampfe miteinander; welches von
beiden schliesslich siegen wird, ist wohl keinem Zweifel unterworfen.
Neben dem alten kastenartigen Lehmbau des Usbeken erhebt sich frei
und geräumig ein mit dem russischen Adler geziertes Kronsgebäude,
neben der schwerfälligen, knarrenden und ächzenden zweirädrigen Arba
des Asiaten eilt flüchtig das behende Dreigespann des russischen Offi-
ciers durch die breiten, mit Bäumen zierlich bepflanzten Strassen und
Alleen des europäischen Viertels. Dieses sogenannte europäische Viertel, das bis jetzt nur eine kleine Ecke im südlichen Theile der Stadt
einnimmt und von den Wohnungen, den Kasernen der Garnison, den
Verwaltungsgebäuden und Magazinen ausgefüllt wird, macht in seinen

regelmässigen Anlagen, mit seinen geraden zum Theil sogar gepflaster-
ten Strassen schon ganz den Eindruck einer kleinen russischen Provinzialstadt. Nur die sich zur Seite der Strassen hinziehenden Kanäle erinnern an den asiatischen Ursprung. Am Südende der Stadt liegt die
russische Citadelle. Von dem russischen Stadttheil nach Norden zu,
verschwinden sehr bald die Spuren europäischer Cultur und man tritt
wieder in das vorhin schon beschriebene Gewirr enger, gekrümmter
und staubiger Gässchen, eng zusammengebauter Stadtviertel, d. h. in
den eigentlich asiatischen Theil der Hauptstadt. Doch auch hier
schon waltet der Fortschritt; denn schon beginnen die speculativen
und geschäftsgewandten Sarten der Altstadt nach dem Muster des russischen Viertels Häuser in europäischem Geschmack zu bauen, um sie
mit möglichst hohem Gewinn an die wohnungsbedürftigen Officier- und
Beamtenfamilien zu vermiethen. Die Russificirung des asiatischen Stadttheils schreitet somit auch rüstig fort und jedes Jahr ersteht eine grosse
Anzahl neuer europäischer Bauten, die sich in wachsender Proportion
an Wohnlichkeit und geschmackvollem Aeussern überbieten. Der Sat-
schaulin'sche Platz z. B., der noch vor Kurzem als staubige öde Wüste
ganz dem Charakter des asiatischen Wesens entsprach und höchstens
zum Exerciren der Garnison benutzt werden konnte, liegt jetzt
mitten in dem russischen Viertel und verspricht als eleganter Square
der schönste Theil der Stadt zu werden! Die von den Russen bei
allen Bauten gepflanzten zahlreichen Bäume bilden jetzt schon prachtvolle Alleen und ziehen sich weit in das staubige, schmutzige Gebiet
der Altstadt hinein. Den Glanzpunkt und das Centrum des europäischen
Viertels bildet das Haus und der Garten des Generalgouverneurs. Der
mit allen Gewächsen Mittelasiens und gleichzeitig mit den Zierpflanzen und
prächtigsten Blumen Europas, die hier ausnahmsweise gut und üppig
gedeihen, geschmückte Park macht mit seinen schattigen, durch zahlreiche
Wasserkünste angenehm abgekühlten Gängen, auf denen bei dem Klange
der dreimal wöchentlich hier spielenden Militärmusik elegante Officiers-
damen lustwandeln, die ungeheure Entfernung von dem heimathlichen
Europa fast vergessen. Der Garten, der mit reizenden Anlagen, Teichen
und Pavillons nach modernstem Geschmacke ausgestattet ist, steht der
Garnison zu jeder Zeit offen und dient sehr zur Zierde und An-
nehmlichkeit der im Sommer drückend heissen und staubigen turkestani-

schenResidenz. Zu der Verschönerung des Gartens allein wurde neuerdings noch die Summe von 6000 Rubel bewilligt.*) Ein Officierkasino sorgt für die Bedürfnisse der Officiere und ihrer Familien in einer Weise, die der europäischen kaum nachstehen dürfte. Festbälle, Concerte und mancherlei Lustbarkeiten vereinigen hier die geselligen Elemente der Taschkender Garnison zu Freuden, die in der Originalität ihrer Umgebung und Scenerie diejenige mancher russischen Provinzialstadt übertreffen möchten. Fehlt es doch sogar nicht an einem geräumigen Hôtel mit Garten für den Fremdling, das unter der Firma „Gromow's Hôtel" das äusserste östlich gelegene gastliche Obdach für den nach Centralasien Reisenden bilden möchte!**)

Das Centrum des asiatischen Stadttheils mit seinen kleinen niedrigen Lehmbauten, seinen heissen und staubigen Plätzen, schattigen und kühlen Gässchen, bildet der Taschkender Bazar und die grossen zu Waarendepots bestimmten Karawanserais. Hier concentrirt sich das Leben, vor Allem der Handel und das Gewerbe der Stadt wie der ganzen Umgebung. Der Bazar bildet einen kleinen Stadttheil für sich und besteht aus einem ausgedehnten Complex von geräumigen Hallen und zahlreichen kleinen Strassen und Gängen, die im Sommer mit Stangen und Kamyschmatten***) zum Schutz gegen die Sonne überdacht sind und mit der sie anfüllenden bunten, lauten Menge ein sehr originelles Bild von höchst malerischer Gesammtwirkung darbieten. Jede der Bazarstrassen mit ihren Seitengängen und Hallen hat ihre besonderen Waaren ausgestellt, so dass die Erzeugnisse nach Art und Gattung in den betreffenden Vierteln gewissermassen abschnittsweise geordnet sind und somit von dem Kauflustigen sofort nach Bedarf trotz des unbeschreiblichen Gewirrs und Gedränges mit Leichtigkeit am bestimmten Orte gefunden werden können. Wenn sich unter den Verkäufern des Bazars der Buchare mit dem Perser, Afghanen und Juden in buntem Ge-

---

*) Russischer Invalide, 1874.

**) Mr. Ker giebt in seinem „On the road to Khiva" (1873) allerdings eine nicht sehr verführerische, wenn auch recht humoristische Schilderung von diesem Eldorado mittelasiatischen Hôtelwesens.

***) Matten, die die Kirghisen namentlich sehr zierlich aus dem Schilf, dort Kamysch genannt, fertigen und die bei armen Leuten die Teppiche der Reichen ersetzen.

menge mischt, so bleibt doch der Sarte der dominirende Theil unter dem handeltreibenden Stande. Er ist fast ausschliesslich zum Handeln und Schachern geboren und hat für alles Andere nur wenig Interesse und geringe Anlagen. Blickt man, sagt Ker sehr bezeichnend bei
Beschreibung des Taschkender Bazars, auf die endlose Linie der
schwerfälligen, ausdruckslosen Gesichter und schlotterigen entnervten
Glieder, so beginnt. man zu begreifen, wie so viel Tausende dieser Sarten vor einer Handvoll russischer Schützen die Flucht ergriffen, und man wird lebhaft erinnert an den klassischen Spruch:
„*Many persons, but few men*". Durch den Bazar und die Karawanserai
ist jetzt schon Taschkend das Centrum des asiatischen Handels und
wird es für die Zukunft noch in stets steigendem Masse werden.
Neben dem Hauptbazar befinden sich noch viele kleine Bazare in
der Stadt, die immer geöffnet sind und namentlich für die täglichen
Bedürfnisse der Bewohner dienen. Sie enthalten hauptsächlich häus-
liche Geräthschaften, wie Töpfe und Holzwaaren, Ledersachen, Früchte,
Getreide etc. und befinden sich zum Theil auf offener Strasse, zum
Theil in kleinen Lehmbuden, die nach der Strasse hin offen sind. So
giebt es ausser oben genannten öffentlichen Gebäuden in Taschkend
13 grössere Karawanserais, 700 Moscheen, 16 höhere Lehranstalten, sogenannte Medressen, 700 niedere Schulen, 2 Bazars und eine Menge
Läden und Herbergen, sogenannte Kalenterkhane, wo die Bettelder-
wische übernachten und wo Opium geraucht wird.

Nächst Taschkend ist die wichtigste Stadt des turkestanischen Gebietes Samarkand, die alte Residenz Tamerlan's, dessen Grabstätte hier
liegt, das „irdische Paradies", wie sie von persischen Dichtern genannt
wird. Samarkand ist die Hauptstadt des neu erworbenen fruchtbaren
Sarafschangebietes und umfasst circa 30.000 Einwohner, grösstentheils
Sarten oder Tadschik. Die schon zu Timur's Zeiten hochberühmte und
wegen ihrer Pracht und Grösse bekannte Stadt zeigt heutzutage wenig
von ihrem frühern Glanze. Die kleinen niedrigen Lehmhäuser füllen
auch hier die zum grössten Theil staubige und monotone innere Stadt
aus, deren zahlreiche Moscheen und bunt bemalte Kuppeln und Minarets, sowie ausgedehnte Paläste der frühern Herrscher mehr und mehr
ihren originellen Charakter zu verlieren beginnen, da dieselben zum
grössten Theile für russische Militärzwecke zu Magazinen, Vorraths-

räumen, Kasernen etc. umgeschaffen wurden. Die Moschen werden zum Theil zu russischen Kirchen benutzt. Auch hier beginnt im westlichen Theile sich ein russisches Viertel zu erheben, welches das Casino und die Wohnungen für die Garnison und den Commandanten in sich birgt. Als Handelsplatz einerseits, als südlichster grösserer befestigter Punkt andererseits, ist Samarkand für Russland von grosser Wichtigkeit. Von den übrigen Städten wären als besonders wichtig Chodschend mit 18.000 Einwohnern, Tschinas als Uebergangspunkt des Syr-Darja für die grosse Strasse Taschkend—Samarkand u. a. m. zu erwähnen, die im Allgemeinen dem Charakter der vorher beschriebenen asiatischen Städtetypen entsprechen und deren Bedeutung, wie wir später noch erkennen werden, vorzüglich eine militärisch-strategische ist. Die wichtigsten der kleinen Städte sind ausserdem als Kreishauptstädte in den Uebersichtstabellen angeführt.

Wesentlich verschieden von dem allgemeinen Charakter der mittelasiatischen Gebiete ist das Semirjetschensker Gebiet mit seinen 5 Kreisen. Es hat durchaus Nichts von dem Anstrich der uralten asiatischen Cultur jener südlichen Usbekenstaaten, sondern gleicht vollständig den Gebieten des westsibirischen und Orenburger Gouvernements. Die bewohnten und bebauten Orte verdanken vornehmlich der russischen Colonisation ihren Ursprung, die hier viel früher als in Turkestan begonnen hat. Vorher herrschte in diesen Gebieten ausschliesslich der nomadisirende Stamm der Kirghis-Kaissaken von der Grossen Horde, die keine festen Wohnplätze besitzen. Die russischen Ansiedlungen inmitten der nomadisirenden Bevölkerung werden durch Kosaken- und Militärcolonien gebildet, die in den wenigen Städten und Dörfern zerstreut sind. Nach den neuesten statistischen Zusammenstellungen[*] hatte das Semirjetschensker Gebiet 5 Kreisstädte, 6 Stanizen, 8 grössere Dörfer, 5 Bauerndörfer und 3 Militärpikets an der chinesischen Grenze, in Summa 28 bewohnte Orte. In diesen Orten befanden sich bis zum Jahre 1873 im Ganzen 3 höhere Schulen, 11 Dorfschulen, 1 Missionsschule, 2 tatarische Medressen, 1 Gewerbeschule, in Summa 18 Schulen und 15 Kirchen. Dieselbe Statistik rechnet für das Jahr 1870 auf die 510.000 Köpfe der nomadisirenden Bevölkerung, Kara-

---

[*] Iswestija der Kaiserlich Russ. Geograph. Gesellschaft. 1873.

Kirghisen und Kalmüken, ca. 21.000 Kosaken und 6400 russische Ansiedler, exclusive ca. 5750 Mann Besatzung.*) Ueber die Zukunft des
neu erworbenen Iligebietes in administrativer Beziehung ist noch we-
niges bekannt geworden. Das zu 1293,52 □ Meilen**) angegebene Gebiet scheint einstweilen noch unter der Verwaltung des Gouverneurs
von Semirjetschensk zu bleiben.

Was nun die **Bevölkerung** des turkestanischen Gebietes anbelangt,
so ist eine klare Schilderung derselben kaum möglich. Dieselbe ist
seit jeher und noch immer der Gegenstand der eingehendsten und
scharfsinnigsten ethnographischen Studien und Untersuchungen gewesen,
die aber ähnlich wie auf der kaukasischen Landenge ihre vollständige
Lösung noch nicht gefunden haben.***) Die russische Besitzergreifung
hat bis ·jetzt noch wenig Einfluss auf Charakter und Lebensweise der
Urbevölkerung des Landes auszuüben vermocht. Die europäische Colonisation macht nur langsame Fortschritte und die russischen Bewohner, inclusive der Garnison, bilden einen verschwindend kleinen Bestandtheil unter den altasiatischen Bewohnern. Es sei versucht, nur
einen kurzen Ueberblick über die Bewohner Turkestans zu geben, deren Bestandtheile im grossen Ganzen dieselben sind, wie in den später
zu beschreibenden chiwesischen Gebieten.

Die Bevölkerung Turkestan's kann nach zwei Hauptgesichtspunkten
unterschieden werden, nach ihrer Abstammung und nach ihrer Lebens-

---

*) Unter die russischen Ansiedler rechnet genannte Statistik:
   1149 entlassene Soldaten,
    244 Adelige,
     82 Geistliche,
    466 russische Kaufleute,
   2995   „   Bürger,
   1464   „   Bauern.
**) Vergl. „Die Bevölkerung der Erde“, von Behm und Wagner. Ergänzungs-
heft No. 35 d. Peterm. Mitthlg. 1874: Neue Arealberechnung Inner-Asiatischer Länder, pag. 35.
***) Siehe Lerch, „Das russische Turkestan, seine Bevölkerung und seine äussern
Beziehungen“. Russische Revue 3. H. 1872.

weise. Ihre Lebensweise charakterisirt sie als nomadisirende und als sesshafte Bevölkerung, Unterschiede, wie sie für die Verwaltung und militärischen Interessen, also speciell für die Betrachtung unserer Verhältnisse, von besonderer Wichtigkeit sind. Ethnographisch betrachtet möchte die Bevölkerung aus zwei Hauptracen, der türkisch-tatarischen und der indo-persischen oder arischen (resp. iranischen) zusammengesetzt sein. Die zu ersterer Race gehörigen Stämme, wozu die Kaissaken, Kara-Kirghisen, Usbeken, Kurama und Turkmenen zu rechnen sind, leben in ihrer grössten Masse hauptsächlich am Syr und seinen Nebenflüssen, während die des letzten Stammes ihre Heimath vorzugsweise in dem Flussgebiete des Amu-Darja (Sarafschan) haben. Der iranische Stamm, der unter dem Namen Tadschik zusammengefasst werden möchte, vertritt die alte Urbevölkerung der iranischen Lande. Sie wurde später von den Turkstämmen, so namentlich von den unter dem Namen Usbeken bekannten, unterjocht. Die Usbeken breiteten sich über sämmtliche Chanate Turkestan's bis Chiwa hin aus und blieben seitdem der herrschende Stamm. Vielfache Vermischungen der Eindringlinge mit den früheren Bewohnern und den nomadisirenden Kirghisen waren Folge dieses Herrschaftswechsels. Die vielfachen Verzweigungen dieser zwei Hauptracen, die durch Vermischung aus beiden hervorgegangenen Stämme, bilden durch die verschiedenartigsten Formen und Gruppirungen ein Gewirr, das völlig zu entwirren auch noch heutzutage dem geschicktesten Ethnographen nicht ganz leicht fallen möchte! Eine bestimmte Trennung der Racen ist allein deshalb schon kaum möglich, da in der herkömmlichen und durch den Gebrauch üblich gewordenen Bezeichnungsweise (Sarten, Tadschik und Usbek) die grössten Verschiedenheiten herrschen und je nach der Gegend bald die eine bald die andere dieser drei Benennungen für denselben Volksstamm angewandt wird. Unter den verschiedenen Stämmen, welche bei der russischen Besitzergreifung die Urbevölkerung des Landes bildeten, treten hauptsächlich folgende Namen auf: „Die Qazaq oder Kirghis-Kaissaken, Kalmüken, die Kara- oder eigentlichen Kirghisen, die Usbeken, Sarten, Tadschick's, Kurama's und Turkmenen." Eine Sonderung oder Eintheilung dieser verschiedenen Volkstypen möchte am einfachsten gelingen, wenn wir dieselbe nach ihrer Lebensweise als nomadisirende und als

sesshafte unterscheiden, wenn auch ethnographisch betrachtet eine solche
Zweitheilung keineswegs gerechtfertigt erscheint, indem oben genannte
Volksstämme nicht ausschliesslich, der einen oder andern der beiden
Kategorien, sondern zum Theil beiden zugleich angehören.

Vorwiegend zu dem nomadisirenden Theile der Bevölkerung
gehören die Kirghis-Kaissaken, Kara-Kirghisen, Kalmüken und Turkmenen. Nur wenige Usbeken führen ein nomadisirendes Leben. Die
sesshafte Bevölkerung, d. h. die in Städten, Dörfern und Höfen an-
sässige wird, hauptsächlich durch die Usbeken (Kurama), Tadschik und
Sarten vertreten. In dem Syr-Darja- und Sarafschan-Gebiet bilden die
russischen Ansiedler (excl. der Garnisonen) nur eine verschwindend
kleine Anzahl. In dem Semirjetschensker Gebiet haben die Colonien der
Bauern und Kosaken, wie wir vorher gesehen haben, schon grössere
Ausdehnung gewonnen. In nur geringer Anzahl nehmen die Kirghis-
Kaissaken an der sesshaften Lebensweise der Städte Theil.

Die **Kirghis - Kaissaken**, oder Qazaq, wie sie zum Unterschiede von
den eigentlichen Kirghisen heissen, mit denen sie häufig verwechselt
werden, bilden den grössten Theil der nomadisirenden Bevölkerung
im turkestanischen Generalgouvernement. Die geschichtliche Entwickelung der drei Hauptstämme der Kaissaken, der Grossen, Mittleren
und Kleinen Horde hat die historische Einleitung, den Charakter und
die Lebensweise derselben der Orenburgische Abschnitt zu schildern
versucht. Die dem turkestanischen Gebiete angehörenden Qazaq unterscheiden sich in Nichts von den früher erwähnten Nomaden, die die
öden Gebiete der Kirghisensteppe vom Kaspischen Meere bis weit
hinein nach den Steppen Sibiriens mit ihren Heerden und Filzjurten
durchziehen. Sie gehören alle einem Turkstamme an, der, wie es scheint,
im Laufe der Zeit namentlich durch Vermischung mit mongolischen Elementen (Kalmüken) modifizirt worden ist, wovon die stark ausgeprägten
an die Mongolen erinnernden Züge, starke Backenknochen und länglich
geschlitzte Augen Zeugniss ablegen. Man trifft jedoch unter den Kaissaken je nach den Stämmen und Weideplätzen die verschiedensten
Typen, in denen zum Theil die mongolische Physiognomie durchaus,
zum Theil gar nicht vertreten ist. Die Kaissaken, sowie die Kara-Kirghisen bekennen sich zur muhamedanischen Religion (Sunniten), obwohl sie

weder Kirchen oder Moscheen, noch eigentliche Priester haben.*)
Fahrende Derwische und Mullahs, die bei der sesshaften Bevölkerung
Centralasiens eine grosse Rolle spielen, finden sich nur selten unter
den Auls der Kaissaken ein und spenden hier weniger geistlichen Trost
als physische Hülfeleistung in Krankheitsfällen bei Menschen und Vieh,
da sie im Rufe stehen, neben medizinischen Kenntnissen durch den
hohen Grad ihrer Frömmigkeit übernatürliche Mittel, wie durch Hand-
auflegen, Beten etc., zur Heilung von Gebrechen und Krankheiten zu besitzen. Als russische Unterthanen sind die Kaissaken in Wolosste getheilt, deren Verwaltung auf den für die Steppen Orenburg's und Westsibiriens geltenden Verordnungen beruht. Der grösste Theil des Stammes führt ein Nomadenleben und nur ein kleiner Theil lebt in oder in
der Nähe der turkestanischen Städte in Häusern und Zelten und treibt
in geringem Masse Ackerbau. Der Kaissak liebt leidenschaftlich sein
Wanderleben und entschliesst sich nur im äussersten Nothfalle, d. h.
wenn ihn Armuth und Elend, der Mangel an Kameelen und Vieh verhindert, in die weiten Steppen, sein geliebtes wechselvolles Heimathland zu ziehen, zum Ackerbau und zu dem ruhigeren sesshaften Leben.
Sobald er nur irgend wieder die Mittel hat, sich in den Besitz der zum
Nomadenleben unentbehrlichen Thiere zu setzen, verlässt er seine kärglichen Anpflanzungen und zieht wieder hinaus mit seinen Zelten und
seiner kleinen Heerde. Der Ackerbau ist dem Kaissaken zuwider, die

---

*) Die Religionslosigkeit der Kirghis-Kaissaken findet man bei vielen Schrift-
stellern übereinstimmend erwähnt. Verfasser theilt diese Ansicht, was die Kaissaken
betrifft, welche er in den Steppen östlich und westlich des Chanats Chiwa kennen
und schätzen gelernt hat, durchaus nicht. Er fand bei den Kaissaken des Uest-Jurt
mehrfach Mullahs, die ihren Koran sehr wohl kannten, eine verhältnissmässig hohe
Bildung (Lesen und Schreiben) hatten und einer ganz besondern Achtung bei ihren
Gefährten genossen. Die Kirghis-Kaissaken halten genau an der hergebrachten Form
ihrer Andachtsübungen, ihrer Gebete, die sie mit dem üblichen Hinwerfen und Küssen
der Erde in der Richtung nach Mekka hin mehrere Mal des Tages und selbst während des schrecklichen Marsches durch die glühenden, wasserlosen Wüsten auf das
Strengste verrichteten. Die einzigen festen Bauten der Nomaden, die Leichensteine
und Grabdenkmäler, die oft mit den zierlichsten Sculpturen und heiligen Zeichen des
Koran versehen sind und die Verfasser überall wohlerhalten und selbst vom Feinde
geachtet und verschont fand, zeugen allein von einem Sinn, dem jegliche religiöse
Grundlage unmöglich fehlen kann. (Die Charakterisirung, die Mac-Gahan in seinem
Buche von den gastfreien Kirghisen giebt, stimmt mit dieser Beobachtung voll-
kommen überein.)

sesshafte Lebensweise ihm verächtlich. Der Name „Sarte“, der am
Syr-Darja den Begriff der Städtebewohner umfasst, ist für ihn der
schlimmste Schimpfname. Die turkestanischen Kaissaken halten sich
im Sommer, wenn die Hitze und Trockenheit die Weiden in den Steppen
eingedörrt und verbrannt hat, meist im Gebirge, im Herbst und Frühjahr in der Ebene auf und ziehen im Winter in die mit Schilf und
Saxaul bewachsenen Gebiete des Syr-Darja und dessen Nebenflüsse, um
hier, wo sie wenigstens ein Minimum von Brennholz und Futter für das
Vieh finden, ihre Winterquartiere zu beziehen. Wegen der Nähe des turanischen Hochgebirges sind die Entfernungen, welche die Turkestaner
Kaissaken auf ihren Wanderzügen zurücklegen, im Verhältniss zu denen,
welche die z. B. alljährlich bis zu 1000 Werst zurücklegenden Orenburger
durchmessen, nur gering. Ihre Auls bestehen aus Jurten, die weit in
der Steppe zerstreut liegen und von denen selten mehr als 20—30 dicht
beisammen stehen, ihre Beschäftigung ist ausschliesslich Viehzucht. Im
Allgemeinen ist der nomadisirende Theil der Kaissaken reich, so dass
man durchschnittlich auf jede Jurte ein Kameel, eine Kuh, ein Pferd
und 40 Schafe rechnen kann.*) Die Kibitkensteuer beträgt wie im
Orenburger Generalgouvernement 2,75 bis 3,50 R. pro Jahr. Aermer sind
die ansässigen Ackerbau treibenden Kaissaken, auch Igintschi genannt,
namentlich aber die, welche das linke Ufer des Syr und die Kysyl-
Kum-Wüste durchwandern. Bei letzteren ist der Hang zum Raubwesen
deshalb auch am meisten entwickelt, umsomehr als derselbe den Russen
gegenüber durch die Aufhetzerei der chiwesischen Herrscher stets
unterstützt und angestachelt wurde. Aus ihnen ist der bekannte
Räuber Sadyk, einer der schlimmsten Russenfeinde, der auch in dem
jüngsten Feldzuge eine Rolle spielte, hervorgegangen.

Die Kirghis-Kaissaken des turkestanischen Gebietes gehören zum
grössten Theil der Grossen Horde, zum geringen Theil der Mittleren
und nur ausnahmsweise der Kleinen Horde an. Mit Ausnahme der
Kreisstädte und Forts bilden in den nordwestlichen Theilen des Syr-
Darja-Gebietes, in den Kreisen Kasalinsk und Perowsk die Qazaqen
der Kleinen und Mittleren Horde die ausschliessliche Bevölkerung. In
dem Perowskischen Kreise soll ein Viertel der Gesammtzahl den Acker-

---

*) „Wenjukow, die russisch-asiatischen Grenzlande“, vom Hauptmann Krahmer. 1873.

bau, allerdings in nur sehr kleiner Proportion, betreiben. Die übrige nomadisirende Bevölkerung des Syr-Darja-Bezirks wird hauptsächlich von der Grossen Horde gebildet. Die Ebenen des Semirjetschensker Gebietes bevölkern ausschliesslich Kaissaken der Grossen und Mittleren Horde, während dieselben den gebirgigen südlichen Theil mit den Kara-Kirghisen theilen. Im Syr-Darja-Gebiet rechnet man 93.400 Kibitken oder 467.000 Individuen beiderlei Geschlechts der Grossen, Mittleren und Kleinen Horde, im Semirjetschensker Gebiet 80.000 Kibitken = 400.000 Ind. b. G. der Grossen und Mittleren Horde, zusammen also 867.000 Ind. b. G.

Die **Kara-Kirghisen**, die eigentlichen Quirghiz oder Kirghisen, werden von den Russen Berg- oder Schwarze Kirghisen (Dikokamennyje, d. h. die in den Bergen wohnenden wilden K.), von den Chinesen Buruten genannt. Ihnen allein gebührt der Name Kirghisen, welchen die nach Osten vordringenden Russen später auch den Kaissaken fälschlich beilegten. Die Kara-Kirghisen bilden ein Gebirgsvolk, welches weithin über die südlichen Grenzen Turkestan's hinaus, nach dem Tian-Schan, dem Pamirplateau bis nach den westlichen Gebieten des gewaltigen Kuen-Luen-Gebirges seine Verbreitung hat. Sie bilden ein Volk türkischer Race, das den Karakalpaken und Usbeken stammverwandt sich verhältnissmässig rein, namentlich frei von Vermischung mit den Mongolen erhalten hat*) Sie unterscheiden sich durch die Regelmässigkeit ihrer Züge deshalb äusserlich wesentlich von den mongolisch aussehenden Kaissaken. Die verwandten Karakalpaken, die im Chanat Chiwa namentlich in dem Amudelta nomadisiren, sind sogar bekannt wegen der Schönheit ihres Stammes, namentlich ihrer Mädchen. Gemeinsam mit den Usbeken bilden sie im Chanat Chokand das Geschlecht der Kiptschaken. Die Sprache der Kara-Kirghisen ist ein türkischer Dialekt, ihre Religion wie bei den Kaissaken der sunnitische Muhamedanismus, obwohl auch sie ohne Moscheen und Priester leben. Der Name Kara-Kirghisen, d. h. Kirghisen von schwarzem, gemeinem Gebein, ist ihnen beigelegt worden, weil sie keine Geburtsaristokratie besitzen wie die Kirghis-Kaissaken, deren Sultane sich alle, wenn auch nicht für direkte Nachkommen von Tschingis-Chan, so doch für seine nächsten

---

*) Petzholdt „Turkestan“ pag. 30.

Verwandten halten.*) Sie theilen sich in zwei Hauptvölkerzweige, den
rechten „On" und den linken „Sol", die wiederum in zahlreiche Stämme
und Familien zerfallen. Die im Syr-Darja-Gebiete hausenden gehören
grösstentheils zu ersterem und bilden die Gattung der sogenannten
Sulten. Dieselben leben hauptsächlich an den Bergabhängen und in
den Gebirgsthälern des turkestanischen Hochlandes, zum Theil im Syr-
Darja-, zum Theil im Semirjetschensk'er Gebiete und führen hier ein
weniger ausgeprägtes Nomadenleben als die Kaissaken. Mehr oder weniger sind sie im Gebirge fest angesiedelt und treiben Ackerbau. Die
nomadisirenden Kirghisen, die Viehzucht betreiben, führen auch ein ge-
ordneteres, weniger unstetes Zusammenleben als die Kaissaken, indem
sie ihre Zelte oder Auls meist in grösserer Anzahl vereinigt in denselben Gebirgsthälern dauernd aufschlagen. Sie vertreten hier im Gebirge gewissermassen die Schweizer des turanischen Hochlandes und
werden von ihren Aeltesten oder Manaps, die gleichzeitig gerichtliche
Functionen versehen, verwaltet. Der Charakter der Berg-Kirghisen ist
in höchstem Grade roh, rauh, heftig und mürrisch. Sie bilden entschieden den uncultivirtesten und wildesten Bestandtheil der turkestanischen Bevölkerung- Ihr kriegerischer und unbändiger Sinn ist Veranlassung zu ewigen Räubereien und Streitigkeiten mit den Nachbarn und
unter sich selbst. Muth, Unternehmungskraft und ein scharfer natürlicher Sinn ist ihnen dabei nicht abzusprechen. Obwohl Terentjew sie
als grob und materiell, jeglichen sittlichen Begriffs, jeglicher Moral und
Ehrlichkeit entbehrend schildert, preist er ihren grossen Sinn für epische
Dichtung und ihre Vorliebe für die Erzähler und Versemacher, die den
im Kreise versammelten gespannt forschenden Kriegern von den
Helden und Ruhmesthaten fremder Nationen berichten. Seltsam ist die
Neugierde oder das Interesse dieser Nomaden für die Nachrichten
von neuen Ereignissen und hoch ist der gefeiert, der als Erster eine
fremde Botschaft oder eine Neuigkeit in den Aul bringt. Dieser Erste
wird festlich empfangen und ihm zur Belohnung eine grosse Portion
Rindfleisch, der Leckerbissen des Stammes, vorgesetzt. Jeder sucht
deshalb bei der Verbreitung einer Nachricht der Erste zu sein und erklärlich wird es dadurch, meint Terentjew in seinen fesselnden leben-

---

*) Wenjukow, Russisch-asiatische Grenzlande, von Hauptmann Krahmer.

digen Schilderungen, wie mit der bekannten unglaublichen Schnelligkeit sich Nachrichten in der jeder Communikation entbehrenden Steppe verbreiten.*) Im grossen Ganzen sind die Kara-Kirghisen an Vieh ärmer als die Kaissaken. In dem östlichen Theile des Gebirges züchten sie ein Thier von grossem Nutzen, das Letztere nicht besitzen, den tibetanischen Ochsen; die turkestanischen Sulten beschränken sich auf Kameele, Pferde und Schafe. Im Syr-Darja-Gebiete nomadisiren die Berg-Kirghisen nur wenig und zwar nur in den Kreisen Dshisak, Aulie-Ata und in dem frühern Kreise Chodshend, sie bilden dagegen die Hauptbevölkerung des gebirgigen südlichen Theils des Semirjetschensker Gebietes (Kreise Tokmak, Issyk-Kul und Wernoje). Im Syr-Darja-Gebiet leben nach Lerch 7200 Kibitken, im Semirjetschensker Gebiet 28.000 Kibitken, zusammen also 35.200 Kibitken oder 176.000 Individuen beiderlei Geschlechts.

Die **Kalmüken**, die zu demselben Stamme wie die bei dem Orenburger Abschnitt schon beschriebenen des Kalmükowschen und Astrachaner Gebietes gehören und sich zum Lamaismus bekennen, sind von mongolischer Abkunft und erinnern schon an den chinesischen Typus. Sie werden von den Russen dort Chochly, d. h. Zöpfe resp. Zopfleute genannt. Sie nomadisiren ausschliesslich im Semirjetschensker Gebiet. Nur wenige nehmen an der sesshaften Lebensweise der dortigen Städter und Ansiedler Theil. Ihre Stärke wird zu 13.000 Individuen b. G. angegeben. Diese Zahl wird sich wesentlich vergrössern durch die Hinzuziehung der Kalmüken des neu erworbenen Ili-Gebietes, die nunmehr zu den Unterthanen des russischen Turkestan gehören.

Die **Turkmenen**, auch Turkomanen genannt, wie der Name schon sagt, ebenfalls zu dem früher erwähnten Turkstamm gehörend und stammverwandt mit den Usbeken. Ihre Heimath ist hauptsächlich die transkaspische Steppe nördlich des Atrek und Persiens bis in das chiwesische Chanat hinein. Sie nomadisiren nur in geringer Anzahl, ca. 3500**), man kann sagen als eine Ausnahme, in dem russischen

---

*) Verfasser hat die Kara-Kirghisen selbst nicht kennen gelernt, er entnahm obige Details hauptsächlich dem hochinteressanten Werke von „Terentjew, Statistische Skizzen über das Mittelasiatische Russland". St. Petersburg, 1874. (Ausserdem Lerch, Wenjukow, Petzholdt, Hellwald u. s. w.)

**) Nach Lerch. — Nach Wenjukow 7000 Ind.

Turkestan und zwar nur in dem Sarafschangebiete, namentlich in dem Kreise Dshisak, wo sie sich nach Norden nicht über die Gebirgslinie ausdehnen, die sich westlich bis zu den Bukan'schen Bergen hinzieht. Das Gleiche gilt von den nomadisirenden **Kara-Kalpaks**, deren Heimath vornehmlich das chiwesische Gebiet an dem südlichen Theile des Aralsees bildet. Die eingehende Beschreibung dieser Stämme wird später der chiwesische Abschnitt bringen. —

Usbek, Tadschik und **Sart.** Diese drei Namen vertreten hauptsächlich die sesshafte Bevölkerung des russischen Turkestan. Alle drei Bezeichnungsarten werden, wie schon erwähnt, im Gebrauch nicht immer streng getrennt gehalten. Viele halten die so bezeichneten turkestanischen Bewohner für drei gesonderte selbstständige Volksstämme. Die neusten Forschungen ergeben jedoch, dass ethnographisch nur die Usbeken als zu dem grossen turk-tatarischen Stamme gehörig und die Tadschiks, d. h. die alte eingesessene, von dem türkischen Elemente unterworfene und beherrschte, iranische Urbevölkerung, als getrennte Völker zu betrachten sind, der Name Sart aber keine ethnographische, sondern vielmehr eine culturhistorische Bedeutung hat und sich nicht auf die Abstammung, sondern auf die Lebensweise bezieht.[*]) Der Name Sart wurde von den Kirghisen in verächtlicher Bedeutung allen den Völkern beigelegt, die ein ansässiges Leben führten zum Unterschiede von den Nomaden. Somit kann der Name Sarten sowohl auf Usbeken wie auf Tadschiks bezogen werden, vertritt aber keineswegs eine besondere Volksgattung. Die Bezeichnung Sarten für sesshafte Bewohner tritt deshalb auch namentlich da auf, wo die kirghischen Nomaden mit der festen Bevölkerung Turkestan's in Berührung kamen, so namentlich am untern Syr und in Chiwa, wogegen am obern Syr und Amu-Darja die Stadt- oder Ortsbewohner fast durchweg Tadschik genannt werden.

---

[*]) So „Fedtschenko, Marthe, Lerch, Radlow, Wenjukow, Petzholdt, Robert Shaw". Robert Shaw erklärt die ethnographischen Verhältnisse Turkestans treffend wie folgt: „Unter den verschiedenen Stämmen, welche Turkestan bewohnen, sind zweierlei Gegensätze zu beobachten. Der eine ist der von „Turk" und „Tadschik" oder von „tatarischem" und „arischem" Blute, der andere ist der von „nomadisirender" und „angesiedelter" Bevölkerung oder „Quirghiz" und „Sarten". Zu den ersteren gehören ausser Quirghiz noch Quazaq, Qiptschaq, Qara-Qualpag u. a., zu den letzteren, den Sarten, gehören sowohl die arischen Tadschiks als die tatarischen Usbeken und Andere!" —

Eine Verwechselung der Bezeichnung muss unvermeidlich in beiden Gebieten oft vorkommen, so dass mit „Sart" je nachdem Usbek, Tadschik,
Kurama, ja sogar die in Städten ansässigen Kirghisen bezeichnet werden
können. Ethnographisch wäre deshalb unter der sesshaften Bevölkerung
des russischen Turkestan nur zwischen Usbek und Tadschik, zwischen
den herrschenden und eingewanderten Turk-Tataren und den unterjochten, uransässigen Iraniern zu unterscheiden.

Die Usbeken oder Oesbegen bilden die herrschende Bevölkerung,
die als Eroberer die, in den Fluss- oder Oasengebieten der turkestanischen
Lande eingesessene, iranische oder tadschikische unterjochte. Auch sie
bilden keine besondere Nation oder einen eigenen Volksstamm, sondern
gehören zu der grossen turk-tatarischen Race, der auch die Kaissaken
angehören. Der Name Usbek*) tritt zuerst im XV. Jahrhundert zu
gleicher Zeit mit dem Namen Qazaq, dessen Bedeutung „Vagabund"
ist, in der Geschichte Centralasiens auf, wodurch jedoch in keiner Weise
eine besondere Race bezeichnet wurde. Usbeken nannten sich damals
die türkischen Stämme und Geschlechter, welche in dem Reiche Kiptschak, dem westlichen Mongolenlande, die herrschende Classe bildeten,
aber keineswegs ein besonderes Volk darstellten, sondern aus einem Gemisch
verschiedener asiatischer Völkerschaften zusammengesetzt waren. Seit dem
XVI. Jahrhundert herrschten die Usbeken im turanischen Hochlande,
so in den Chanaten Chokand, Buchara und in Chiwa und sind auch
hier als keine besondere Nation, sondern vielmehr als ein Gemenge
verschiedenartiger türkisch-centralasiatischer Elemente anzusehen, die
nur durch ein historisch-politisches Band, nicht aber durch ihre Abstammung ein Ganzes bildeten und sich von den andern Bewohnern
des Landes durch Sprache, Sitten und Körperbeschaffenheit unterschieden. Die Herrschaft derselben über die eingebornen Tadschiks
war weder auf numerische, noch auf geistige Ueberlegenheit gegründet.
Sie waren die Eroberer und blieben den Unterjochten gegenüber als
mächtige Krieger die Herrscher in politischer und administrativer Hinsicht; ihre Sprache wurde die dominirende im Lande (mit Ausnahme
der Gelehrten). Sie bilden auch jetzt noch den aristokratischen, kriegerischen Bestandtheil der centralasiatischen Bevölkerung, so in Chokand,

---

*) Lerch, desgl. Russische Revue.

Buchara und Chiwa. Aus ihnen wurden ausser den höhern Beamten und Staatsfunctionären, namentlich was Steuer- und Abgabewesen betrifft, die Heere und die Landespolizei gebildet, aus ihnen die Verwaltungschefs, die Gouverneurs und die Führer der Truppen, die Begs u. s. w. entnommen. Dadurch hatten sie politisch und administrativ die Macht und den Einfluss des Landes ausschliesslich in ihren Händen, wodurch sie oft den Beherrschern der Chanate selbst gefährlich wurden und zahlreiche Aufstände gegen die Souveräne hervorzurufen im Stande waren. Die Religion des Usbeken ist der sunnitische Muhamedanismus. Sie zeichneten sich seit jeher durch religiösen Fanatismus aus, der sie ganz besonders zu Feinden der christlichen Fremden (Nemets), namentlich der Russen machte.

Die Usbeken halten viel auf ihre Stammesherkunft und die verschiedenen Stämme und Familien, in die sie sich theilen, geniessen verschiedenen Rang und Ansehen. Einzelne derselben, aus denen hauptsächlich die Stammeshäupter und Beherrscher hervorgegangen sind, halten sich für besser als die andern und bilden somit eine Art Blutsaristokratie. Eine Vermischung mit den unterworfenen Tadschiks trat deshalb nur in beschränktem Masse ein, obwohl dieselben durch ihren regen Fleiss und Sinn für Handel und Gewerbe ihnen social, namentlich was Vermögen anbelangt, überlegen sind. Die Vielweiberei und die Macht des Koran, nach dem alle Rechtgläubigen gleichgestellt sind, haben jedoch auch hier abschwächend auf die absondernde Tendenz der aristokratischen Usbekenfamilien gewirkt, so dass namentlich in Chiwa die Vermischung der Usbeken nicht allein mit Kirghisischen Elementen, sondern auch mit den Tadschiks, dort meistens Sarten genannt, stattgefunden hat. Nach der Lebensweise könnte man drei Classen unter den Usbeken unterscheiden. Den grössten Theil derselben bilden mit den Tadschiks zusammen die Einwohner der Städte und Ortschaften. Nur ein kleiner Theil führt als kriegsbereite Nomaden das Wanderleben der Kirghisen. Ein kleiner dritter Theil schliesslich bildet den Uebergang zwischen dem nomadisirenden und sesshaften Theile, indem er die Lebensweise jener beiden vereinigt. Diese letzteren treiben Ackerbau, und so lange sie die Arbeit der Bodencultur im Sommer und Winter an die bewässerten Gebiete der Flüsse fesselt, führen sie ein sesshaftes Leben zum Theil in Kibitken, zum Theil in kleinen aus Lehm gebauten Höfen und Stallungen, ähnlich den bei den Kaissaken erwähnten Winterquartieren, die übrige Jahreszeit hindurch jedoch ziehen sie mit ihren Heerden und Filzzelten in die Steppe und führen hier das unstete, abenteuerliche, aber gerade deshalb so reizvolle Leben der eigentlichen Nomaden. Der Usbek im Allgemeinen zeigt darin eine Verwandtschaft mit dem Charakter des Kirghisen; er liebt das Kriegs- und Wanderleben und lebt zum Theil in den Städten nur des Interesses wegen. Die Städtebewohner, bemittelt und reich geworden, verlassen häufig ihre Wohnungen, um als Nomaden in die Steppe zu ziehen. Ueberhaupt trägt die Lebensweise des Usbeken noch ganz den Stempel des mongolischen Steppenwesens, das auch dem Kaissaken eigen ist. Alle Arbeit und Sorge ist dem Usbek zuwider. Im öffentlichen Leben überlässt er dies dem strebsamen, fleissigen und geistig überlegenen Tadschik oder Perser, in dem eigenen Hauswesen seinen Sclaven, unter denen seine Frauen ihrer Stellung nach mitzurechnen sind. Um die Erziehung seiner Kinder kümmert er sich nicht eher, als bis sie im Stande sind, als mannhafte Jünglinge Waffen zu tragen, ein Pferd zu tummeln, um von dem Vater auf seinen Reitertouren mitgenommen, zum Krieger oder Waidmann herangebildet zu werden. Jagd, so namentlich die Falkenjagd auf das kleine Steppenwild und Hetzjagden auf die Steppenantilopen einerseits, Kriegsübungen, Scheingefechte und Pferderennen oft zu den höchsten Preisen andererseits gehören zu ihren Lieblingsbeschäftigungen. Ihre besondere Liebhaberei ist die Hundezucht. Im Uebrigen verbringen sie die grösste Zeit ihres Lebens mit einem gewissen beschaulichen, den Orientalen eigenen sinnlichen Nichtsthun im Kreise ihres Harems, das höchstens durch Rauchen aus den Wasserpfeifen oder Opiumgenuss unterbrochen wird (das Opium wird dort in kleinen Stangen als Bonbon genossen). Vielfaches Baden oder Waschen, was als strenge Religionsübung genau nach den Vorschriften des Koran auf das Strengste ausgeführt wird, und copiöse Mahlzeiten, bei denen sie eine nach europäischen Begriffen unglaubliche Quantität Fleisch zu vertilgen vermögen, bilden sonst fast ausschliesslich ihre Beschäftigung. Uebrigens sind sie im Allgemeinen gutmüthige, gastfreie und ehrliche Naturen, wenigstens im Verhältniss zu den hinterlistigen Charakteren, die sonst gewöhnlich mit orientalischer Gesittung verbunden sind.

Obwohl von Grund aus von demselben Blute wie die Kaissaken tragen sie in ihrem Aeussern doch weniger scharf markirt wie jene den mongolischen Typus. Sie sind von grösserer Statur als jene, zeigen stärkeren Haarwuchs, namentlich im Gesichte und sind im Allgemeinen selten von so intensiv hässlichem Aussehen wie die Kirghisen. Sie sind mehr braun wie gelb von Gesichtsfarbe, ihre Augen sind langgezogen und bedeckt, der Körper ist meist muskulös und oft von schönem und regelmässigem Wuchse. Ihr Aeusseres erinnert vielmehr an den Typus der Tadschiks, unter denen man häufig ideale, schöne Gestalten sieht. Dieser Umstand möchte fast zu der Voraussetzung berechtigen, dass die heutigen Usbeken vielfach aus einer Vermischung mit iranischen Elementen hervorgegangen sind.[*)] Was die numerischen Verhältnisse der Usbeken im russischen Turkestan betrifft, so ist es kaum möglich, Genaueres darüber anzugeben, da im Lande selbst, wie schon erwähnt, der Name Usbek sehr verschieden gebraucht wird, so dass einerseits vielfach Usbeken als Sarten, während andererseits wieder die Kurama's als Usbeken gelten. Die nomadisirenden Usbeken sind im Syr-Darja-Gebiet nicht zahlreich, sie scheinen durch die im XVII. Jahrhundert in Taschkend herrschenden Kaissaken aus ihren Weideplätzen verdrängt worden zu sein.[**)] Sie finden sich jetzt nur noch in dem frühern Kreise Chodshend und in dem zum Sarafschangebiet gehörigen Kreise Dshisak bis zu der Höhe von ungefähr 1000 Kibitken oder 5000 Individuen. Die übrigen Usbeken bilden zusammen mit den Tadschik den grössten Theil der Städte- und Dorfbewohner in dem Syr-Darja- und Sarafschangebiet, während sie im Semirjetschensker Gebiet durchaus fehlen. Eine Ausnahme hiervon machen die Ortschaften des Kasalinskischen und Perowskischen Kreises, am meisten sind die Usbeken in dem frühern Chodshender Kreise vertreten. Eine bestimmte Zahl ist hier nicht anzugeben, da sich die Angaben in den verschiedenen Quellen zum Theil noch sehr widersprechen.[***)]

[*)] In den Harems der Usbekengranden sind die persischen Sklavinnen wegen ihrer Schönheit vor Allem geschätzt. Im Chanat Chiwa sind sie vielfach zu dem Rang der legitimen Frau erhoben. Kara-Kalpakenmädchen sind ebenfalls ihrer regelmässigen Gesichtszüge wegen beliebt. Die Favoritin im Harem des regierenden Chans von Chiwa ist die Tochter eines Kara-Kalpaken Chans.

[**)] Lerch, desgl. Russische Revue.

[***)] Wenjukow giebt für das Syr-Darja-Gebiet incl. Sarafschan 115.000 Seelen an, Petzholdt excl. Sarafschangebiet 30.000 Individuen, Lerch für den Chodshender Kreis allein 16.800 (nach Kuschakewitsch).

Die **Tadschik** vertraten, wie schon mehrfach erwähnt, die Urbevölkerung des Landes von iranischem Blute, direct stammverwandt mit den Persern, in dem russischen Turkestan und in den mittelasiatischen Chanaten jedoch vielfach vermischt mit andern Elementen. Der Name Tadschik tritt hauptsächlich in seiner richtigen Bedeutung im oberen Syr- und obern Amu-Gebiet auf, während am untern Syr und untern Amu, so namentlich in Chiwa für die tadschikischen Elemente der Name Sart gebraucht wird. Das wichtigste Volkselement in dem russischen Turkestan bilden entschieden die Tadschiks, an Zahl werden sie nur durch die Kirghis-Kaissaken übertroffen. Obwohl sie den unterjochten, von den Usbeken beherrschten Stamm bilden, so sind sie durch ihren durch Regsamkeit, Gewerbfleiss und Handelseifer erworbenen überlegenen Wohlstand dennoch der einflussreichste und massgebenste Bestandtheil der turkestanischen Bevölkerung. Die Tadschiks sind die fleissigsten keine Mühe scheuenden Ackerbauer, die geschicktesten Handwerker, gleichzeitig die emsigsten Kauf- und Handelsleute. Sie sind deshalb bei der thatlosen Indolenz der Usbeken in jeder Beziehung die Vertreter der mittelasiatischen Cultur und Volksbildung. Mit ganz verschwindenden Ausnahmen sind sämmtliche Tadschiks angesiedelt und wohnen gemischt mit anderen Volkselementen, vorzugsweise in dem Sarafschangebiet und in dem südöstlichen Theile des Syr-Darja-Gebietes, so namentlich in den Städten Taschkend, Turkestan, Tschemkend, Chodshend, Samarkand u. s. w.

Das Aeussere der Tadschiks lässt mehr wie alles Andere ihre arische Abstammung erkennen. Sie erinnern lebhaft an den iranischen Typus, obwohl sie von weniger brauner Farbe sind als die heutigen Perser. Unter den Tadschiks, resp. Sarten findet man ideal schöne Gestalten, deren Regelmässigkeit und Vollkommenheit namentlich im Chanat Chiwa Verfasser mehrfach in Staunen und Verwunderung versetzten und ihn geradezu an europäische Typen erinnerten. Die Tadschiks in Turkestan, die Sarten in Chiwa bilden einen durchaus schönen Menschenschlag mit hoher Stirn, ausdrucksvollen grossen und oft sehr schönen Augen, wohlgeformter und feingeschnittener Nase, schmalen frischen Lippen und dunkelm schönem Haare, namentlich starkem, üppigem Bartwuchse. Die Typen der Tadschiks sind jedoch im Allgemeinen sehr verschieden und zeigen die Spuren vielfacher Vermischung mit anderen Elementen. Neben der persischen Physiognomie sind bei

ihnen die Typen der Usbeken ebenso wie die der Hindus, Araber,
Juden und selbst Russen erkennbar, ein Umstand, der wohl daraus erklärlich ist, dass die Harems der Sarten durch Sklavinnen aus allen
Nachbargebieten rekrutirt werden, und dies verhältnissmässig in grösserem
Massstab als bei den Usbeken, da jene wegen ihres Reichthums und
Schacherlebens in ausgedehntem Masse im Stande sind, sich ihren Harem-
bedarf auch von fernen Märkten zu verschaffen. Der Charakter und
die Eigenschaften der Tadschiks werden zum Theil sehr verschieden und
widersprechend beurtheilt. Soweit ich die Sarten in Chiwa kennen
lernte, bilden sie für mich ganz entschieden den am wenigsten sympa-
thischen Theil der centralasiatischen Bevölkerung, und ziehe ich die
Typen der Kirghisen und Usbeken bei Weitem vor. Die Tadschiks
vertreten, was ihre Thätigkeit anbelangt, in Centralasien gewissermassen die Stelle der Juden in Europa: sie leben nur für ihr Interesse
und ihren Gewinn. Handel und Schacher ist für sie Alles und opfern
sie diesem gern Ehre und Gewissen. Für die Aussicht auf den kleinsten Gewinn machen sie die weitesten Wege, die unermüdlichsten Anstrengungen, verschachern sie Weib und Kind, Ehre und Vaterland. Dabei sind sie von den niedrigsten und gemeinsten Lastern, die es irgend
giebt, beherrscht, geistig wie sittlich verkommen, feige, muth- und
energielos und haben einen unbegreiflichen Abscheu vor dem Waffen-
und Kriegshandwerk. Zur Ergreifung der Waffen von dem Chan gezwungen haben sie stets möglichst bald ihr Heil in der Flucht gesucht
und sind zu Tausenden vor wenigen russischen Bayonneten in wilder
Flucht nach allen Himmelsrichtungen auseinandergestoben. Wenn auch
den Mächtigeren gegenüber, die Gewalt in Händen haben, anscheinend
gutmüthig, dienstfertig und unterwürfig, so sind sie dagegen doppelt
tyrannisch, unerbittlich und viehisch grausam gegen ihre Sklaven. Dem
Grundzuge ihres Charakters nach erscheinen sie nur falsch, betrügerisch
und habgierig, kriechend und schmeichelnd den Machthabern gegenüber,
von deren Gunst sie ihren Vortheil erhoffen. Wenn auch durch ihre
Arbeitsamkeit und ihren Fleiss ruhiger und in politischen Dingen gleich-
gültiger und theilnahmloser als die Usbeken, sind sie desshalb dennoch
politisch viel unzuverlässiger als jene, indem sie ihre Gesinnung nur
nach den Verhältnissen richten und die Fahne stets nach dem Winde
hängen. Von Bedeutung sind sie vor Allem wegen ihres Reichthums

und ihrer daraus hervorgehenden Zahlungsfähigkeit, ein Umstand, der bei den mittelasiatischen Herrschern eine grosse Rolle spielt. Durch Bestechung und grosse Geldopfer gelangen sie auch deshalb vielfach zu hohen Aemtern, in denen sie dann noch weniger ehrlich und noch intriguanter sind, als die Usbekischen Beamten.

Die Religion der Tadschiks ist der Muhamedanismus, obwohl sie, wie es mir scheint, auf die Religionsübung nicht mehr Gewicht legen, als es ihnen für ihr irdisches materielles Interesse von Bedeutung erscheint. Trotz alledem bleiben die Tadschiks leider die Vertreter des civilisirtesten Theils der centralasiatischen Bevölkerung. Sie liefern nicht allein die Vertreter des Handels, der Industrie und der gewerblichen Thätigkeit, sondern ebensosehr die der Gelehrsamkeit, Kunst und Wissenschaft. Sie sind sprachgewandt und meistens des Schreibens und Lesens kundig. Sehr treffend ist die Charakteristik, die Wenjukow über die Tadschiks in seinen Völkerschilderungen giebt. Nach ihm ist das Stammesprincip nur sehr schwach bei denselben vertreten; der Tadschik ist mehr Kosmopolit als der Usbek und Kirghise. Dem entsprechend hat er auch besonders die Fähigkeit, sich fremdem Joche unterzuordnen. Das Gefühl für nationale und persönliche Ehre ist deshalb bei ihm nur schwach vertreten. Er ist prahlerisch aber nicht stolz; er weiht alle seine Geisteskräfte nur dem Erwerbe und beschränkt sich nicht in der Wahl der Mittel, um Reichthümer anzusammeln, wenn man ihn nur nicht einem entschiedenen und drohenden Gegner, dem gegenüber er feige ist, persönlich entgegenstellt. Vor jedem Kampfe, vor Waffen überhaupt hat er eine seltsame unüberwindliche Abneigung, weshalb ihm auch von den kriegerischen und muthigen Turkstämmen, den Usbeken und Kirghisen, der verächtliche Ausdruck „Sart“, auch wohl „Sadyk“ d. h. verfault, beigelegt wird.

Dies zur allgemeinen Charakteristik eines Volksstammes, der trotz der gewinnenden Form seines Aeussern im Vergleich zu den oft abschreckenden Physiognomien der an die Mongolen erinnernden Turkelemente, trotz der vielen Vorzüge, die derselbe in Bezug auf Gewerbthätigkeit, Bildung und Aufklärung besitzt und welche Verfasser während seines kurzen Aufenthaltes in Chiwa im öffentlichen und privaten Leben kennen lernte, bei ihm nur das Gefühl des Ekels und der Widerwärtigkeit erweckt hat. Im öffentlichen Leben der

Hauptstadt des russischen Turkestan begegnet man am meisten dem Tadschik. Sein Eifer, seine Regsamkeit lässt ihn überall geschäftig erscheinen, auf allen Strassen und Plätzen, allen Bazars und Karawanserais treibt er sein Wesen, seinen Schacher und Handel. In seinem Privatleben verbirgt er sich jedoch, total abgeschlossen, hinter seinen Erdwänden, so dass man nur selten einen Einblick in die unförmlichen, schmutzigen und dunklen Lehmkasten gewinnt, die ihm als Behausung dienen. Ebenso, wie bei den Usbeken, wird es bei Tadschiks kaum möglich sein, genaue numerische Angaben zu machen.*)

Die **Kurama** oder **Karaminzen** haben ihren Namen von dem früheren Kurama, jetzt Taschkender Kreise, in dem die Gouvernementshauptstadt liegt. Sie bilden ein seltsames Gemisch der verschiedensten Volkselemente und überwiegend der sesshaften Landbevölkerung des Taschkender Kreises, zum Theil bewohnen sie auch die Hauptstadt selbst. Sie selbst halten sich für Usbeken, wozu sie jedoch kaum berechtigt sind. Sie sollen aus einer Vermischung der armen Kirghisen, die nicht die Mittel hatten, sich von den Heerden zu ernähren, und sich in der Nähe der Sarten, in den Dörfern oder Vorstädten von Taschkend, ansiedelten, mit den Bürgern, d. h. den sesshaften Bewohnern, sowohl Usbeken wie Sarten oder Tadschiks, hervorgegangen sein. Die Zahl der Kurama, die weder zu den Sarten, noch zu den Usbeken oder Kirghisen zu rechnen sind, wird auf 50—60.000 Kibitken im Kreise Taschkend angegeben.**)

Die **Hindu's** sind in kleiner Anzahl über die Länder des turanischen Hochlandes verbreitet, und finden sich in dem russischen Turkestan hauptsächlich in den Städten des Sarafschan-Gebietes als Handeltreibende, wo ihre Zahl nach Wenjukow ungefähr 1000 Seelen erreicht. Ein Theil derselben führt ein unstetes Leben in den angesiedelten Gebieten des Landes, beschäftigt sich mit Ackerbau und Handwerk und bildet gewissermassen die Zigeuner Mittelasiens.

---

*) Wenjukow rechnet auf alle centralasiatischen Länder ca. 900.000 Tadschiks, davon 215.000 auf das russische Gebiet incl. Sarafschan. Petzholdt giebt für das Syr-Darja-Gebiet allein 233.333 Tadschiks an. Lerch in seiner Statistik giebt die Zahlen nur für die Kategorie der sesshaften Bewohner allgemein an, führt dagegen nicht speziell die Usbeken, Tadschiks u. s. w. getrennt auf und giebt damit wohl ein Bild, das der Wahrheit am nächsten kommen möchte.

**) Nach Wenjukow = 49.000, nach Petzholdt 60.000.

Von der semitischen Race wären hier noch die **Araber, Afghanen** und **Juden** zu erwähnen. Die Afghanen sind vornehmlich im Samarkander Gebiete als Händler oder politische Flüchtlinge anzutreffen, ebenso in der Stadt Taschkend. Das Gleiche gilt von einer geringen Anzahl von Arabern, die noch Nachkommen der ersten muhamedanischen Eroberer sind und sich im Sarafschan-Gebiete mit Teppichweberei, Viehzucht und Pferdehandel beschäftigen. Viele sollen auch im bucharischen Heere Dienste nehmen. Die Juden endlich leben als kleine Händler vereinzelt in den meisten Städten Turkestans. Sie sind an den ihnen eigenen kleinen Haarlöckchen, ebenso wie an dem charakteristischen Kaftan, den sie überall streng beibehalten, erkenntlich, stehen im Allgemeinen auf sehr niedriger Stufe und sind von den Eingebornen sehr verachtet. Sie stehen in Mittelasien so niedrig im Ansehen, dass sie sogar auf den Märkten als Sklaven nicht verwerthbar sind. Die Menschenräuber der Steppe halten es meist nicht der Mühe werth, sie als Sklaven zu Gefangenen zu machen und lassen sie frei laufen. Sie zählen im russischen Turkestan kaum 1000 Köpfe.

Die **Perser** treten nur ausnahmsweise im russischen Gebiete auf. Sie bilden zum grössten Theil die Sklaven in den mittelasiatischen Chanaten und wurden bisher zu Hunderten, namentlich von Turkmenen an den persischen Grenzlanden eingefangen und auf die asiatischen Sklavenmärkte geliefert. Der schiitischen Religion wegen sind sie von den rechtgläubigen Sunniten so gehasst, dass man es für ein Gott wohlgefälliges Werk hält, die persischen Sklaven möglichst zu quälen und zu misshandeln. In den russischen Gebieten, wo die Sklaverei abgeschafft ist und streng verfolgt wird, haben sich viele flüchtige und freigelassene persische Sklaven angesammelt, die nun hier, natürlich ohne jegliche Existenzmittel, spärlich und kümmerlich ihren Erwerb suchen. Zum Theil stammen sie auch aus dem Kaukasus und sind über Sibirien nach Turkestan gekommen. Einen Gewinn haben die menschenfreundlichen Principien der Russen, die überall auf das Energischste dem grausamen Sklavenwesen entgegengetreten sind, in Bezug auf die Perser nicht gehabt. Durch Noth und Elend zum Aeussersten gebracht, von den rechtgläubigen Sunniten verachtet und misshandelt, sehen sie sich vielfach zum Räuberleben gezwungen. Mehrere organisirte persische Raubbanden durchziehen seit Jahren schon die südlichen Kreise des

Syr-Darja-Gebietes und haben bereits mehrfach russische Karawanen überfallen und beraubt. Die Rädelsführer sind zum Theil befreite oder flüchtige Sklaven aus Buchara und Chiwa, zum Theil persische Sträflinge aus Sibirien.*)

Schliesslich wären noch die **Russen** und **Europäer** im Allgemeinen zu erwähnen, die excl. der Garnisonen und der wenigen russischen Bewohner der Stadt Taschkend sowie des Semirjetschensker Gebietes nur einen verschwindend kleinen Bestandtheil unter der turkestanischen Bevölkerung ausmachen. Das Semirjetschensker Gebiet gehört zum grössten Theile schon seit einer Reihe von Jahren zu Russland, so dass man hinreichende Zeit hatte, gerade hier nach und nach grössere und kleinere Ortschaften zu gründen und sich in denselben dauernd einzurichten. Trotzdem bildet jedoch auch hier die russische Bevölkerung bis jetzt nur einen kleinen Theil der Gesammtbevölkerung. Wie wir früher gesehen haben, beträgt die Anzahl der russischen Ansiedler dort ca. 27.400 Köpfe. Das Syr-Darja- und Sarafschan-Gebiet hat bis jetzt noch keine Kosakenansiedlung oder doch nur ganz sporadisch; späterhin dürfte eine Art von Colonisation durch die zur Entlassung kommenden und zum Theil verheiratheten Unterofficiere und Soldaten zu erwarten sein. Eine grosse Anzahl Frauen und Mädchen begleitet jährlich den Transport der Ersatzmannschaften von Orenburg nach Turkestan. Den grössten Theil der Einwohner vom Ft. Kasalinsk (2950 Ind. b. G.) und Perowsk (3400 Ind. b. G.), ebenso wie von den kleinen Forts Dshulek (16 Ind. b. G.) und Ft. No. 2 (8 Ind. b. G.), bilden excl. der Garnisonen die Russen. Ausserdem nimmt vor Allem die Bevölkerung der Gouvernements-Hauptstadt an den europäischen Elementen Theil. Nach Lerch umfasste im Jahre 1868 der asiatische Theil von Taschkend 76.092 Individuen beiderlei Geschlechts**), unter denen nur 38 Russen und 610 Tataren aus Russland zu rechnen sind. Das russische Viertel soll nach einer Zählung vom Jahre 1871 2073 Einwohner b. G. beherbergen, worunter 1289 Russen, 110 Deutsche und 18 Polen ohne Garnisontruppen gezählt sind. Ausserdem werden

---

*) Von ihnen rührt der bekannte Raubanfall auf die russische Karawane an der Chokander Grenze im Jahre 1873.

**) 41.377 männlichen und 34.715 weiblichen Geschlechts.

46 Individuen als Dänen, Schweden, Finnen, Franzosen, Engländer, Grusiner, Moldauer, Perser und Baschkiren bezeichnet.*)

Zum Schlusse sei noch bemerkt, dass die in der Uebersichtstabelle angegebene Zusammenstellung des Areals und der Bevölkerung noch durch die neusten Gebietserweiterungen in Turkestan, so im Sarafschandistrikt durch die 1870 nach der Abramow'schen Expedition erfolgte Erwerbung der Gebirgsgaue Farab, Maghian und Kischtud, ferner durch Vergrösserung des Semirjetschensker Distrikts, durch die Erwerbung des Kuldsha- oder Ili-Gebietes im Jahre 1871 ergänzt werden muss. Soweit die Kenntniss ersterwähnter Gebirgsgaue reicht, sind durch sie ċa. 640 Häuser mit ihren Bewohnern unter die Verwaltung Samarkand's gekommen, ausserdem mehrere Gaue in deren Nachbarschaft Russland tributpflichtig geworden. Zu den Völkern des Kuldsha-Gebietes rechnet Lerch die sogenannten Tarantschi, die Dunganen, Chinesen, Mandschu, Sibo, Kalmüken, Kaissaken und Kara-Kirghisen. In Summa möchte ihre Zahl ungefähr 12.000 Familien sesshafter und 10.000 Zelte wandernder Bevölkerung betragen.**)

---

*) Nach Lerch, desgl. Russische Revue:

I. Der asiatische Stadttheil:	II. Das russische Viertel:
74.848 Sarten (Ind. b. G.)	1289 Russen.
610 russ. Tataren.	110 Deutsche.
261 Kaissaken.	18 Polen.
213 Juden.	318 Sarten.
93 Indier.	114 Kaissaken.
38 Russen.	98 Tataren.
25 Afghanen.	80 Juden.
3 Chinesen:	46 von verschiedenen
1 Perser.	Nationen.
Summa 76.092 Ind. b. G.	Summa 2073 Ind. b. G.

Als letzte Totalsumme giebt die Lerch'sche Zusammenstellung 2009 Ind. b. G. an, was wohl ein Druckfehler!

**) Nach Lerch desgl. Russische Revue 1872 nach Angaben Wenjukow's und des „Jahrbuchs", welche beiden Quellen jedoch nicht genau übereinstimmen:

Tarantschi = ca. 8000 Familien	= 40.000 Ind. b. G.
Dunganen = „ 676 Höfe	= 5.500 „ „ „
Chinesen	= 11.000 „ „ „
Mandschu	= 400 „ „ „
Sibo = „ 100 Familien	= 500 „ „ „
Kalmüken	= 20.000 „ „ „
Kaissaken und Kara-Kirghisen	= 22.000 „ „ „

Im Ganzen nimmt Lerch für den sesshaften Theil des Kuldshagebietes 12- bis 13.000 Familien, für den nomadisirenden Theil ca. 10.000 Zelte an, was in Summa ungefähr einer Zahl von 100.000 Köpfen entsprechen möchte.

Fassen wir nun die Zahlenangaben für die vielen und verschiedenartigen Volkselemente zu einem Ganzen zusammen, so erhalten wir für
das gesammte russische Turkestan, wie es zu Beginn des Jahres 1873
bestand, annähernd die Zahl von 1.670.000 Individuen b. G., inclusive
des neuerworbenen Kuldshagebietes: von 1.780.000 Ind. b. G., wobei
die nomadisirende und sesshafte Bevölkerung zusammengerechnet ist.*)
Nach dieser Berechnung würden, vom Iligebiet abgesehen, ca. 104 Individuen auf 1 ☐ Meile zu rechnen sein, bei welchem Verhältniss jedoch
zu beachten ist, dass sich der sesshafte Theil der Bevölkerung fast
ausschliesslich auf die wenigen Städte und bewässerten Landflächen
beschränkt, während das ganze übrige Gebiet in seiner ungeheuren
Ausdehnung nur von den wandernden Nomaden durchzogen wird und
keine festen Wohnsitze in sich schliesst.   Die vorstehende Tabelle
(pag. 264) hat es versucht, in Uebereinstimmung mit den Strelbizkischen Arealangaben und correspondirend mit der Kreiseintheilung die
Bevölkerung nach sesshafter und nomadisirender Lebensweise numerisch
zusammenzustellen.   Durchweg war diese Eintheilung nicht durchzufüh-
ren, da z. B. für das Sarafschangebiet statistische Daten nur über die
Bevölkerung im Allgemeinen ohne Unterscheidung der angesiedelten
und nomadisirenden Bewohner zu finden waren.   Die in der Tabelle
verzeichneten numerischen Angaben, hauptsächlich der Lerch'schen Zusammenstellung entnommen, bezwecken nur ein allgemeines Bild der
turkestanischen Verhältnisse zu entwerfen und können deshalb auf keine
präcise statistische Genauigkeit Anspruch machen, welche für die kurze
Zeit des russischen Besitzes und der russischen Verwaltung noch unmöglich ist.   Die verschiedenen Quellen für die Statistik Turkestan's
stimmen ausserdem noch immer wenig überein.**)

---

*) Diese Angaben beruhen wie gesagt auf muthmasslichen Berechnungen. Die
neueste Statistik z. B., die Terentjew in seinem neuen Werke 1874 „Statistische
Skizzen über Mittelasien" giebt, zeigt wiederum bedeutende Abweichungen von der
in unserer Tabelle nach Lerch gegebenen. Für das Syr-Darja-Gebiet rechnet Terentjew: 650.669 Nomaden,
            279.498 Ackerbautreibende,
              1.394 Ausländer,
             21.639 Europäer und Militärs.
            953.200 in Summa.

**) Als Beispiel für die verschiedenen Angaben in den letzten Jahren mag Fol-
gendes dienen:

Trotz dieses bunten Volksgemenges, trotz der verschiedenen Interessen, der verschiedenartigen Sitten, Neigungen und Gewohnheiten, lässt sich im Allgemeinen von der turkestanischen Bevölkerung sagen, dass sie sich seit ihrer Unterwerfung unter die russische Herrschaft in Ruhe und Ordnung der neuen Regierung gefügt und zum grössten Theile, die fanatische Geistlichkeit ausgenommen, die Vortheile erkannt hat, die ihr durch die europäische Verwaltung geworden sind. Die nomadisirende Bevölkerung hat man mit weiser Mässigung nicht in ihrem Wandertriebe, in ihrem instinktiven Drange nach Freiheit und Selbstverwaltung behindert; sie lebt nach ihren alten Sitten und Stammes-Traditionen fort und erfreut sich nunmehr unter dem russischen Schutze eines gesicherten Besitzes ihres Eigenthums, das endlich der Habgier der Steppenräuber und der Willkür herrschsüchtiger Tyrannen dauernd entzogen ist! Auch Tadschik und Sarten haben durch die Aenderung der politischen Verhältnisse nur gewinnen können. Durch die Hebung des Handels und der Industrie, durch die vielfachen Bedürfnisse der russischen Truppen und Ansiedler ist ihnen in erhöhtem Masse die Aussicht auf neuen Schacher und Gewinn geworden. Missvergnügt möchten allein die ihrer Herrschaft und ihres Einflusses ver-

	Semirjetschensker Gebiet.		Syr-Darja-Gebiet.	
	☐ Meilen.	Ind. b. G.	☐ Meilen.	Ind. b. G.
Nach *beistehender Tabelle* nach Strelbizki 1875 und nach Lerch 1872:	7304,42	569.700	7807,99	866.400
Suworinscher Kalender 1875:	6352	543.094	8595	818.479
Wiener militär-wissenschaftl. Verein „Zur Orientirung über Chiwa":	6200	—	8780	—
Terentjew 1875:	—	—	—	953.200

Petzholdt („Turkestan" 1874) rechnet für das Syr-Darja-Gebiet 1.400.000, für das Samarkander Gebiet 300.000 E. („mit Wahrscheinlichkeit"), unsere Tabelle nach Lerch ergiebt für die beiden ersten Gebiete 1.505.600 Indiv. b. G., für Samarkand 163.000 Ind. b. G., Wenjukow rechnet für die russischen Gebiete des „turanischen Grenzabschnittes" (excl. Semirjetschensk) 826.000 Ind. b. G. (incl. 2000 russischer Ansiedler ohne Garnison), während nach Lenz für dieselben Gebiete 1.085.900 Ind. b. G. zu rechnen wären. Für das ganze Generalgouvernement Turkestan schliesslich ergiebt die Tabelle nach Lerch und Strelbizki 16.037,86 ☐ Meilen mit 1.780.000 Ind. b. G., während z. B. das Organ des Wiener militär-wissenschaftl. Vereins 1873 14.980 ☐ Meilen mit 1.062.200 Seelen rechnet (pag. 21, Zur Orientirung über Chiwa).

Bei allen diesen Quellen ist jedoch nicht zu vergessen, dass überall bei den Zahlenangaben bemerkt ist, dass soweit es möglich ist, nach Wahrscheinlichkeit und Muthmassung die Zusammenstellungen gemacht worden sind. Verfasser glaubte sich an Lerch und Strelbizki als an die authentischsten Quellen halten zu müssen.

lustig gewordenen Usbekenfamilien sein. Zum Theil sind diese, um der
russischen Herrschaft aus dem Wege zu gehen, zum geliebten Wanderleben zurückgekehrt, zum Theil nach den noch souveränen Chanaten
ausgewandert; der Rest schliesslich scheint sich in das Unvermeidliche
gefunden zu haben und lebt nach wie vor in den grösseren Städten
des russischen Gebietes. Im Allgemeinen herrscht Ruhe und Ordnung,
Zufriedenheit und Unterwürfigkeit unter der asiatischen Bevölkerung.
Die Räubereien und Ueberfälle, die in den letzten Jahren vielfach von
den südöstlichen Grenzdistrikten gemeldet wurden, hatten keine politische Bedeutung, sondern rührten, wie früher schon erwähnt wurde,
hauptsächlich von verarmten und verkommenen persischen Flüchtlingen
und befreiten Sklaven her. Nachdem nun ausserdem noch der Heerd
ewiger Unruhen und Aufhetzereien, das Chanat Chiwa mit seinen fanatischen Machthabern dauernd unter russischem Einflusse und militärischer Aufsicht steht, ist zu erwarten, dass die allerdings höchst schwierige
Assimilirung der so gemischten und einheitslosen Bevölkerung Turkestan's,
sowie deren Russificirung ohne Hindernisse in den nächsten Jahren allmälig
und naturgemäss vor sich gehen wird. Es dürfte dies um so schneller erfolgen, wenn es Russland gelingt, durch Hebung des Handels und der Industrie, durch in Folge neuer Bewässerungen und Canalisationen hervor-
gerufene Steigerung des Ackerbaus und der Culturen, sowie durch Bildung und Gesittung vermittelst Schulunterricht den unsteten nomadisirenden Theil der Landesbevölkerung zur Annahme geordneter und ge-
regelter Gewohnheiten und Sitten zu veranlassen. Dass solche Pläne
und Mittel von der Regierung ernstlich in's Auge gefasst werden, geht
aus der emsigen Thätigkeit hervor, die alle Theile der turkestanischen
Verwaltung in den letzten Jahren entwickelt haben! *)

Allgemeine Verhältnisse und Truppenstärke des Turkestaner Militärdistrikts.

Wir haben aus den vorangegangenen Kapiteln erkannt, wie die
Entwickelung der militärischen Verhältnisse in den beiden Militär-

---

*) Der Leser der scharfen Urtheile des Mr. Schuyler, wie sie aus dessen Berich-
ten (7. März 1874) im „Roth-Buche" zu ersehen sind und wie sie in russischen Zeitungen sogar Uebersetzer gefunden haben, mag über diese verhältnissmässig günstige Auffas-

distrikten Kaukasus und Orenburg Hand in Hand ging mit den historischen Ereignissen, welche die Erwerbung beider Provinzen im Verlaufe des letzten Jahrhunderts herbeiführten. Die Organisation, das Wesen und der Charakter der provinzialen Streitkräfte jener Gebiete waren direkte Folgen jener Art der Kriegführung, die die grössere oder geringere Widerstandsfähigkeit und defensiven Mittel des Landes und seiner Bewohner in ihrer ganzen Wildheit und Abnormität bedingten und hervorriefen. Der tapfere Sinn, die kriegerischen Anlagen und Neigungen der fanatischen kaukasischen Bergvölker verlangten in dem unzugänglichen Hochgebirge die ganze Energie einer wohldisciplinirten regulären Armee. Selbst ihr gelang es erst in langen Jahren und nach heissen Kämpfen nur Schritt für Schritt allmälig nach den Schlupfwinkeln des Gebirges vorzudringen. Die Kämpfe im Kaukasus, in denen der Gegner mit Feuergewehren und Geschützen aller Art auftrat und die Vortheile der modernen Waffen mit der russischen Armee wenigstens zum Theil gleichzeitig genoss, zwangen Russland, die besten Elemente seiner regulären Armee hier zu verwenden. Aus diesen Elemen-

---

sung erstaunen. Wenn auch in mancher Beziehung Verfasser von der treffenden Wahrheit der Schuyler'schen Beobachtung und Schilderung frappirt war, so war er jedoch auf der anderen Seite noch viel mehr erstaunt darüber, dass besagter Herr Berichterstatter Angaben als authentisch aufgenommen und als solche officiell berichtet hat, bei denen der Charakter des provinzialen Klatsches unverkennbar erscheint und die er als Fremder zweifellos nur aus dem Munde Missvergnügter und Unzufriedener hat erfahren können.

In Bezug auf die kriegerischen Ereignisse im Jahre 1873 sind die Angaben Mr. Schuyler's geradezu unrichtig. Wie Mr. Schuyler im Monat April 73 an der bucharischen Grenze hat erfahren können, dass Oberst Markosow in den transkaspischen Wüsten „seine Geschütze in den Sand vergraben und seine Waffen weggeworfen" und im Stiche gelassen hat, erscheint geradezu unbegreiflich, da wir im Hauptquartiere Kauffmann's selbst erst Ende Juni bestimmte Nachricht von der Umkehr Markosow's erhalten hatten! Oberst Markosow hat nicht ein einziges Gewehr, nicht einen einzigen Tessak „mit Wissen" zurückgelassen! Dieses eine Faktum, das zur Rechtfertigung der braven kaukasischen Truppen zu konstatiren Verfasser nicht zu unterlassen vermochte, mag allein schon als Massstab zur Beurtheilung der übrigen, zahlreichen Angaben und argen Beschuldigungen in Betreff der Turkestaner Verwaltung dienen, die Herr Schuyler als Gast des Turkestaner Generalgouverneurs glaubt, der Oeffentlichkeit im Auslande übergeben zu müssen.

Ueber die politischen Verhältnisse der turkestanischen Gebiete vergleiche das neueste Werk von Sir Henry Rawlinson: „England and Russia in the East." A series of papers on the political and geographical condition of Central Asia. London 1875. John Murray.

ten hat sich die kaukasische Armee gebildet und durch die langjährigen Kämpfe dauernd zu einer überaus kriegstüchtigen und feldgewand-
ten einheitlichen Truppe entwickelt. Die geringe Stufe der Kriegstüchtigkeit, auf der die Steppenvölker der Orenburger Gebiete standen, erforderte nur in geringerem Masse die Entfaltung einer geordneten regulären Heeresmacht. Wie wir gesehen haben, genügten anfangs die
Kosakenelemente allein, die Grenze zu bewachen und noch weiter nach
Osten hinaus vorzuschieben. Mehr zur Festhaltung, Bewachung und
Verwaltung der erworbenen neuen Steppengebiete sahen wir hier Grenztruppen, Linienbataillone (Cordonsbataillone) auftreten, die weniger zu
offensiven Zwecken formirt wurden, als dazu, gestützt auf die Linie der
Steppenforts, Ruhe und Ordnung in den Provinzen zu erhalten. Elemente der eigentlichen regulären Feldarmee fehlen auch noch heutzutage
den Truppen des Orenburger Generalgouvernements, während auf der
anderen Seite die wohlformirten, ein einheitliches Ganze bildenden, kaukasischen Truppen einen der besten, jedenfalls kriegsgeübtesten Theile
des ganzen russischen Heeres ausmachen.

Die Streitkräfte des turkestanischen Militärdistrikts stehen ihrem
Werthe nach ungefähr in der Mitte zwischen denen der beiden genannten Provinzen. Während im Kaukasus die regulären, im Orenburger
Gebiete neben Lokaltruppen die irregulären Elemente vorwiegend sind,
nimmt Turkestan an beiden charakteristischen Elementen gleichzeitig
Theil, indem es die Bestandtheile der Kosakenheere, der Grenztruppen
oder Linienbataillone mit denen der eigentlichen Feldtruppen mit mo-
dernster Bewaffnung (Turk. Schützen-, Artillerie-Brigade und Sappeur-
compagnie) zu einer ziemlich mobilen und gefechtsfähigen Streitmacht
vereint und durch zahlreiche Expeditionen und Kriegszüge dauernd zu
einer Art taktischem Ganzen zusammengefügt und herangebildet hat.
Die Entwickelung und Organisation der turkestanischen Truppen folgte
ebenfalls durchaus der historischen Entwickelung der russischen Eroberung und Besitzergreifung, die ja der allerjüngsten Zeit, dem letzten
Jahrzehnt angehört und wohl schwerlich so bald ihren Abschluss finden dürfte. Wir stehen hier also auch in militärischer Beziehung Verhältnissen gegenüber, die ebenso wie die früher schon behandelte
Landesverwaltung nur als provisorische anzusehen sind und über die
es im Allgemeinen nicht leicht ist, ein endgültiges Urtheil zu fällen.

Die Einleitung hat den Gang der historischen Ereignisse eingehend behandelt, aus ihm ist die Art der Entwickelung der turkestanischen Truppenverhältnisse direkt zu erkennen. Anfangs unternahm man die kriegerischen Expeditionen am untern Syr mit den Bestandtheilen des Orenburger Bezirkes, der Infanterie der Orenburger Linien- oder Grenz-bataillone, der Cavallerie und Artillerie der Orenburger Kosakenheere. Sehr bald erkannte man jedoch, dass man es an den Ufern des Syr, in dem kultivirten Theile des stark bevölkerten Turkestan mit einem anderen, weit mächtigeren Feinde zu thun hatte, als früher mit den wilden, unbändigen Reiterstämmen der Steppe, die ohne Sinn und Mittel für die Defensive, ihr Heil nur in der Offensive mit blanker Waffe suchten und den Feuerwaffen der russischen Infanterie in keiner Weise Widerstand entgegenzusetzen vermocht hatten. Mit der Besitzergreifung der Syr-Mündung und dem Vordringen der Russen den Fluss aufwärts betrat man den Bereich des Chokander Gebietes, wo die Bewohner schon seit Jahrhunderten in wohlgebauten Städten und Ortschaften, festen Citadellen und Festungen hausten und den russischen Truppen einen verhältnissmässig geordneten Widerstand entgegenzusetzen ver-mochten. Neben den wilden Reiterschaaren der feindlichen Steppen-völker stellten sich hier den Russen grössere compakte Heeresmassen entgegen, denen eine mit Feuergewehren bewaffnete Infanterie, selbst eine Art Artillerie mit allerdings sehr primitiven selbstgefertigten Feuer-schlünden nicht ganz fehlten. Wenn auch zaghaft im offenen Felde, entwickelten diese um ihre Religion und nationale Unabhängigkeit kämpfenden Streitkräfte namentlich dann eine sehr bedeutende Zähig-keit und Energie, wenn sie als Besatzungen der zahlreichen kleinen, sogar mit Kanonen ausgerüsteten Forts zur Verwendung gelangten.

Obwohl diese Forts in Bezug auf fortifikatorischen Werth und Sturmfreiheit kaum den Ansprüchen des Mittelalters vor Erfindung des Schiesspulvers entsprachen, bildeten sie sehr günstige Stützpunkte für die Defensive der mittelasiatischen Heere, die, gleich allen türkischen Truppen, nur in der Defensive hinter festem Wall und Mauern leistungs- und widerstandsfähig, anfangs dem Vordringen der an Zahl und Werth geringfügigen russischen Expeditionstruppen vielfach nicht unbedeutende Hindernisse entgegensetzten. Bei den höchst ungünstigen strategischen Verhältnissen, namentlich der schwierigen Communication nach rück-

wärts — zu Beginn der Operation am untern Syr hatte man keine
Verbindung mit dem damals zu Westsibirien gehörenden Gebiete Semirjetschensk — war der mittelasiatische Feind nicht zu gering anzuschlagen, und wenn er auch nicht mit den zähen, tapfern und hartnäckigen Gebirgsvölkern des Kaukasus zu vergleichen war, verlangte
er doch bei der Abnormität aller strategischen Verhältnisse zunächst
die Formirung eines höchst kriegstüchtigen und geschulten Operations-
corps und später die dauernde Organisation einer widerstandsfähigen
tüchtigen Occupationstruppe, die, in ganz ähnlicher Weise wie früher
im Kaukasus, stets mobil, jeden Augenblick zum Ausmarsche und zum
Kampfe gerüstet sein musste.

Die Elemente, die aus dem Orenburger Militärbezirk entnommen
werden konnten, genügten, wie gesagt, sehr bald nicht mehr. Es wurden somit nach dem Muster der vorhandenen neue, aus der europäischen Armee
und den europäischen Provinzen zusammengestellte und rekrutirte Li-
nien-Bataillone formirt, deren Ausbildung und Ausrüstung sich der der
übrigen russischen Infanterie immer mehr näherte und zu denen schliesslich sogar Schützenbataillone ganz nach Art der europäischen traten,
während die an Zahl nicht ausreichende Kosakenartillerie ebenfalls
durch reguläre Batterien ersetzt wurde. Die Einnahme der festen
Plätze des Landes gelang oft nur nach wiederholtem ernsthaftem Bombardement, zum Theile erst nach längerer Belagerung durch Sturm.
Die Armirung der genommenen oder zur Sicherung der Communikation
und militärischen Occupation der eroberten Gebiete neu errichteten
Forts verlangte eine grössere Anzahl von Festungsgeschützen. So
wurde allmälig ein grösseres Artillerie-Material nach Turkestan eingeführt, das mit der Zeit die Basis einer ganz respectablen Kriegsmacht
zu bilden verspricht.

Die Kavallerie der Kosakenheere allein genügte den Anforderungen
der asiatischen Kriegführung; sie bestand bis zur Gegenwart aus-
schliesslich aus den Polks und Sotnien der Ural'schen, Orenburger
und Semirjetschensker Kosaken. Die schnelle Erwerbung des neuen
Gebietes, die abnormen und fremdartigen socialen Verhältnisse des
Landes waren der russischen Colonisation zu wenig günstig, um eine
Kosakenansiedelung hier im Syr-Darja-Gebiete schnell zu entwickeln.
Eigentliche turkestanische Kosaken giebt es daher bis jetzt nicht. Die

Ergänzung und Rekrutirung der turkestanischen Truppen musste deshalb fast ausschliesslich aus den europäischen Theilen der Monarchie erfolgen, so dass die turkestanische Armee durch ihre Rekruten alljährlich dieselben Elemente in sich aufnimmt, wie im Allgemeinen die ganze reguläre Armee im europäischen Russland. Rechnet man hierzu noch den Einfluss, den die kriegerischen und ereignissvollen Verhältnisse des mittelasiatischen Kriegsschauplatzes auf den Zudrang tüchtiger und thatendurstiger Elemente zu den turkestanischen Officiercorps haben musste, so wird es erklärlich, dass die Truppen des turkestanischen Militärdistrikts, namentlich was Infanterie betrifft, ihrem inneren Werthe und Wesen nach vielmehr dem Charakter der eigentlichen Feldarmee des Kaukasus als dem der Orenburger Grenztruppen entsprechen. Diesen Charakter der regulären Linien- oder Feldtruppen zeigt das turkestanische Heer sowohl in Bezug auf Tüchtigkeit, Uebung und Disciplin, als was Zusammensetzung, Bewaffnung und Ausbildung anbelangt.

Wir möchten sogar fast behaupten, dass auf Veranlassung der von Russland in Centralasien eingeschlagenen Politik die Militärverhältnisse Turkestans sich in den letzten Jahren einer grösseren Sorgfalt seitens der leitenden Militärbehörden in Petersburg zu erfreuen hatten, als die aller andern asiatischen Militärbezirke. Die seit lange als unvermeidlich erkannte und beschlossene Expedition nach Chiwa mag damals schon zu der besonderen Sorgfalt beigetragen haben, die man der turkestanischen Heeresentwicklung zuwandte, während die der Zukunft noch vorbehaltenen, im Laufe der Zeit wohl aber unvermeidlichen weiteren Schritte Russlands in Centralasien fortdauernd Neubildungen, Verbesserungen und Erweiterungen für jetzt und später erwarten lassen.

Wollte man direct einen kritischen Vergleich zwischen den verschiedenen Truppenkörpern der drei Militärbezirke anstellen, die ohne äussern höchsten Truppenverband dennoch gewissermassen charakteristische und eigenthümliche Armeebestandtheile bilden und, sich als „Kaukasische", „Orenburger" und „Turkestanische" Truppen auch im privaten Verkehr besonders unterscheidend, ein gewisses Sonderinteresse sowie eine Art von lokalem Stolz für ihren Militärbezirk zur Schau tragen, so würde uns dies zu weit und in zu grosse Details führen. Den besten Massstab für die Beurtheilung der Leistungsfähigkeit und

Kriegstüchtigkeit wird sich der Leser selbst aus der Geschichte der asiatischen Eroberungszüge bilden.

Wir beschränken uns daher nur auf wenige Worte, wobei wir bemerken, dass die Beurtheilung des den kaukasischen und turkestanischen Truppen von den Landesbewohnern entgegengesetzten und für den grösseren oder geringeren Werth der Truppen entscheidenden Widerstandes in Russland selbst eine sehr verschiedenartige ist, was dem Ausländer den Vergleich um so mehr erschwert.

Ueber die Hartnäckigkeit, Bravour und Kriegsgewandtheit der kaukasischen Bergvölker, über die unsäglichen Anstrengungen, Mühsale und Gefahren, sowie über die Bedeutung der oft heissen und zu gänzlichen Niederlagen führenden Gefechte, welche die unerschrockenen und abgehärteten russischen Truppen in den wegelosen Gebirgen und Schluchten des Kaukasus lange Zeit vergeblich lieferten, hat sich wohl nie ein Zweifel erhoben. Den Ruhm der kaukasischen Truppen hat der Ruf ihrer mächtigen und tapfern Feinde in ganz Europa befestigt, ein Ruhm, der durch die viel beschriebenen Tscherkessenkämpfe selbst bei unserer Schuljugend fortlebt. Anders erscheint es bei Betrachtung der Verhältnisse in Turkestan. Hier wird häufig die Meinung laut, dass von einem ernsthaften Feinde nicht die Rede sein könne und dass die Tausende von Asiaten zählenden Heere stets vor wenigen russischen Bajoneten die schleunige Flucht ergriffen hätten. Hierin geht die öffentliche Meinung entschieden zu weit! Wenn auch die Eroberungszüge in Turkestan nicht Ruhmes- und Heldenthaten aufzuweisen haben, wie die langjährige Geschichte des kaukasischen Bergkrieges, so sind die Leistungen des turkestanischen Heeres in ihrer Weise und nach ihren besonderen Verhältnissen ebenso anerkennenswerth und rühmlich als die des kaukasischen. Man muss bei einem solchen Vergleiche nur immer die speziellen Verhältnisse im Auge behalten, die in beiden Episoden der russischen Machterweiterung obwalteten.

Ueber ein halbes Jahrhundert währten die Kämpfe im Kaukasus; kaum ein Jahrzehnt genügte, um die Erwerbung des Syr-Darja-Gebietes in seiner heutigen Form zu vollenden. Hatten die Truppen im Kaukasus den fast unüberwindlichen Hindernissen des unwirthbaren kaukasischen Hochgebirges zu begegnen, so lag in Turkestan das Gebiet Chokand's und Buchara's zum grössten Theile offen in der Ebene vor ihnen, ein grosser, theilweise schiffbarer Fluss diente als günstige Communicationslinie. Andererseits jedoch lag der Kaukasus dicht an dem europäischen Russland, war zum Theil von ihm begrenzt und hatte durch das Schwarze und Kaspische Meer eine leichte Verbindung mit demselben. Klima und Vegetation waren im Allgemeinen der Operation und Occupation im Kaukasus günstig. Eigentliche Wüstengebiete hatte der Kaukasus nicht. In Turkestan waren alle strategischen Verhältnisse weit schwieriger. Endlose und öde Steppen trennten das Operationsgebiet von dem europäischen Russland, ja selbst von den bevölkerten Theilen des russischen Asiens, so dass fast gar keine oder doch nur eine undenklich schwierige Communication nach rückwärts bestand. Vegetationsarme Gebiete, öde Sandwüsten, die den von den kriegerischen Reiterschaaren der Steppe umkreisten Truppen durchaus keine Stützpunkte gewährten, stellten sich den schwachen Streitkräften der kleinen Expeditionscorps entgegen. Während im Kaukasus das europäische Russland als Basis der operirenden Armee ohne besondere Schwierigkeit neue Zufuhr und Verstärkung zusenden konnte, operirten die turkestanischen Truppen stets völlig isolirt, ohne andern Rückhalt als die kleinen passageren Forts, die sie in aller Eile in der Steppe errichtet hatten. Hier war eine Operationsbasis so gut wie gar nicht vorhanden. Alles musste neu geschaffen, neu ins Leben gerufen werden. Nicht allein, dass es den Truppen anfangs an Zufuhren jeder Art, an Lebensmitteln und Munition, gebrach, litt man sogar Mangel an dem nöthigsten aller Bedürfnisse, am Trinkwasser. Erst als der grösste Theil der Arbeit gethan, als man am Syr in südöstlicher Richtung bis zum Gebirge vorgedrungen war, gestalteten sich die Verhältnisse in dem wohlcultivirten und bewohnten Theile Turkestans besser. Berücksichtigt man die Schwierigkeit der Verhältnisse, wie sie aus allen diesen Umständen selbst für die geringsten und unbedeutendsten Operationen hervorgingen, so möchte der Umstand, dass die Kriegstüchtigkeit und Tapferkeit der mittelasiatischen Völker, wie allerdings erwiesen, nicht sehr gross ist und derjenigen der Kaukasusvölker bei Weitem nachsteht, bei der Beurtheilung der Leistungen der turkestaner Operationstruppen weit weniger in Betracht kommen. Es ist nicht zu läugnen, dass im offenen Felde die Truppen und Heere der an Zahl oft 5—10fach überlegenen Chokander und Bucharen, obwohl sie zum Theil gut bewaffnet, mit Feuergewehren und Geschützen ausgerüstet waren und in ihren Sarbassen Anklänge an reguläre europäische Truppen aufzuweisen hatten, sich stets feige benahmen und anstatt dem energischen Vorgehen der verschwindend kleinen russischen Streitkräfte ernstlichen Widerstand entgegenzusetzen, ihr Heil stets sehr bald in der wildesten Flucht suchten!*) Aehnliches könnte man jedoch auch von den Völkern des Kaukasus sagen; auch sie hielten selten im freien Felde Stand, sondern suchten Schutz in den Schlupfwinkeln und Festen des Gebirges, um von dort aus in Masse über die in weniger guten Positionen befindlichen russischen Truppen herzufallen. In ihren Kastellen und Lehmburgen vertheidigten sich die Chokander und Bucharen vielleicht mit eben so viel Energie und todesmuthiger Verzweiflung wie die Kaukasier in ihren Bergen. Keinenfalls aber trat dort die numerische Ueberlegenheit des Gegners so überwältigend auf, wie in Turkestan, eine Ueberlegenheit, die Momente in der Geschichte des turkestanischen Eroberungskrieges aufweist, die sich den Heldenthaten aller anderen Kriegszüge rühmlich zur Seite stellen können (siehe Affairen von Turkestan und Samarkand).**) Durch das Vordringen der russischen Truppen in die südlichen und östlicheren Gebiete, die dem centralasiatischen Gebirge angehören, hat der Charakter der mittelasiatischen Kriegführung nunmehr in ähnlicher Weise den des erschwerten und mühseligen Bergkrieges angenommen, wie früher im Kaukasus. Vergleicht man die Kriegsmittel, die Stärke der Truppen, über die man in beiden Kriegen zu disponiren hatte, so möchten die Leistungen und schnellen Erfolge der turkestanischen Truppen fast noch mehr Staunen hervorrufen als die durch langjährige mühevolle Kämpfe erst allmälig errungenen Erfolge im Kaukasus!***)

Was nun die Zusammensetzung der turkestanischen Armee betrifft, so besteht dieselbe, wie schon erwähnt, aus den charakteristischen drei Hauptbestandtheilen, die bei den Truppen des russischen Asiens

---

*) Siehe pag. 322 Anmerkung.

Romanowski stand mit kaum 3600 Mann und 20 Geschützen dem Emir von Buchara mit 40.000 Mann und 21 Kanonen gegenüber.

**) Siehe pag. 58 die Vertheidigung der Stadt Turkestan und pag. 63 den Ueberfall der Citadelle von Samarkand, historische Einleitung, II. Kapitel u. a. m.

***) Vergl. Aufsätze von Iwanow, Wojenny Sbornik.

hauptsächlich auftreten, aus regulären Feldtruppen nach dem Muster der europäischen Linien- oder Feld - Armee, aus Grenz- oder Linien-truppen und schliesslich aus Irregulärtruppen der Kosakenheere. Alle drei Elemente bestehen ihrer Art nach jedoch nicht gesondert und getrennt, sondern bilden unter Umständen in Detachementsformation gewissermassen einheitliche, taktische Formen, zu denen die einzelnen Waffengattungen theils aus dem einen, theils aus dem anderen der ver-schiedenen Elemente entnommen werden. Die eigentliche Linien- oder Feldarmee ist durch die turkestanische Schützenbrigade zu 4 Bataillonen à 4 Compagnien, die I. und II. turkestanische Fussartilleriebrigade zu 4 Batterien à 8 Geschützen, und schliesslich die turkestanische Sappeur-Compagnie à 225 Mann vertreten. An Grenztruppen besitzt Turke-stan 12 Linienbataillone, die den Namen turkestanische Linienbataillone mit den Nummern 1 bis 12 führen. An eigenen Kosakentruppen be-sitzt Turkestan nur das kleine Heer der Semirjetschensker Kosaken, 2 Reiter - Regimenter à 6 Sotnien. Von dem Ural- und Orenburger Heer ist jedoch ein grosses Contingent dauernd nach Turkestan ab-kommandirt und steht direkt dem Generalgouverneur v. Kauffmann zur Verfügung. Dieses Contingent liefert ungefähr 20 Sotnien Ural- und Orenburg-Kosaken, die I. Batterie der Orenburger reitenden Kosaken-Artilleriebrigade und an 2—3 Bataillone Kosaken - Infanterie, die ähn-lich der des Orenburger Militärdistrikts ausschliesslich als Lokaltrup-pen in allen kleinen Forts der Provinz zerstreut sind und die soge-nannten Bezirkskommandos bilden. Sibirische Kosaken stehen nur aus-nahmsweise im Dienste des Generalgouvernements. Ausserdem bestehen in Turkestan noch 2 Gouvernementsbataillone: Taschkend und Wjernoje, ein zahlreiches Material der Festungsartillerie, der Intendanz, Stäbe, Trains etc.

Eine genaue Trennung der Feldtruppen, Lokal- und Garnisons-truppen in Bezug auf ihre Verwendung lässt sich hier wie im Kaukasus nicht machen. Zu den Feldtruppen gehören hier eigentlich je nach Bedarf und Dringlichkeit der Umstände alle Truppen, die stets in mo-bilem Verhältnisse stehen. Zu den Feldtruppen sind deshalb alle Grenz-bataillone, die Bestandtheile der regulären Feldarmee, die Kosaken-Cavallerie und Artillerie zu zählen. Zur stabilen Besatzung, mit dem Charakter Lokaltruppen, wäre eigentlich nur die Kosaken-Infanterie zu rechnen, obwohl auch sie im Nothfalle in's Feld ausrücken kann. Bestimmte taktische Verbände für gemischte Waffen, etwa nach Art der preussischen Division, bestehen in Turkestan weder für den Frieden noch für das Feld. Die verschiedenen Elemente, die in den verschiedenen Waffengattungen vertreten sind, die Nothwendigkeit, die Truppen in den zahlreichen kleinen Forts und befestigten Städten, in den Grenzposten und Stationen zu vertheilen und zu zersplittern, machten grössere, permanente Truppenverbände unter höhern Befehlshabern bis jetzt unmöglich. Die einzelnen Truppenkörper, ausser den Schützenbataillonen und den turkestanischen Fussbatterien, die einen Brigadeverband haben, stehen unmittelbar unter dem Gebietschef respective dem Höchstcommandirenden, dem Generalgouverneur, der direct ohne Instanzen über sie disponirt. Die höchste taktische Einheit für die Linien-Infanterie ist das Bataillon, für die Kosaken-Cavallerie die Sotnic (im Semirjetschensker Gebiete tritt die Bezeichnung Kosaken-Regiment auf, ohne aber faktisch einen taktischen Verband zu bezeichnen),*) für die Kosaken-Artillerie die Batterie, die Kosaken-Infanterie sogar nur die Compagnie ohne Bataillonsverband.

Nichtsdestoweniger hat die Praxis mit der Zeit bei den wenig regelmässigen Truppen-Dislocirungen eine Art Usance gebildet, die, ohne officiell Regel oder Vorschrift zu sein, bei allen militärischen Operationen und Dislocirungen ziemlich als Norm dient. Vorschriften giebt es, wie gesagt, darüber nicht, und Verfasser glaubte diese bestimmte Regel nur aus der allgemeinen, sich stets wiederholenden Garnisons- und Cantonnementseintheilung in den Hauptgarnisonorten der Provinz einerseits, aus den Marscheintheilungen der Truppen während des Feldzuges von 1873 andererseits entnehmen zu können. Die Nothwendigkeit höherer Truppenverbände war hier wie überall dringend geboten. Da diese formell nach Vorschrift nicht bestanden, wurden

---

*) Während meiner Anwesenheit in Turkestan war vielfach die Rede davon, die Kosaken-Cavallerie zu vermehren, ihr eine erhöhte Ausbildung und taktische Einheit nach Art der regulären Cavallerie resp. der Don'schen Kosaken zu geben. Es sollten daraus Regimenter und aus diesen eine Cavalleriedivision formirt werden, die einem höheren Cavallerie-Officier dauernd unterstellt bleiben solle. Ob diese Projekte zur Ausführung kommen, mag dahingestellt bleiben. Nach dem Feldzuge von 1873 hat man die turkestanischen Kosaken-Sotnien in Regimentsverbände gebracht; es bestehen nunmehr 4 Regimenter.

sie nach Willkür von den höheren Führern der Expeditionen, resp. dem Generalgouverneur provisorisch geschaffen. Wir finden z. B. solche Truppenverbände von Infanterie, Artillerie und Cavallerie als Garnisonen der Hauptstädte und Forts. Die eigentliche Besatzung dieser festen Plätze bilden sie nicht, diese wird von den Garnisons- und Lokaltruppen und der Festungs - Artillerie formirt. Sie sind eine Art mobil zusammengefügter Truppen, die gewissermassen ein combinirtes Detachement unter dem Befehle des Commandanten oder des höchst chargirten Truppen-Commandeurs bilden und alle Waffengattungen umfassen, deren jede ihren eigenen Befehlshaber hat. Sie sind stets zum Ausrücken bereit und können jederzeit im Felde verwandt werden. Eine ganz ähnliche Detachementsbildung tritt bei allen Expeditionen auf. Ueberall ist das Streben erkennbar, kleine Truppenverbände, Detachements, Echellons, Colonnen, Abtheilungen oder wie man die kleinen Truppenkörper sonst nennen will, zu formiren und sie selbstständig höheren Officieren zu unterstellen, um so den Mangel der festen taktischen Gliederung zu ersetzen.

Als Grundkern für die Zusammensetzung solcher gemischten, aus allen drei Waffengattungen bestehenden Detachements möchte Verfasser das Bataillon annehmen, für die Grenztruppen à 5 Compagnien, für die Schützenbataillone à 4 Compagnien. Auf 1 Bataillon à 5 resp. 4 Compagnien würden circa 2 Sotnien Kosaken (mit wenigen Raketenständern) und 1/2 Batterie Artillerie à 4 Geschützen als allgemeine Norm zu rechnen sein. Ein so zusammengesetzter Truppenkörper unter einem höheren Stabsofficier, Oberst - Lieutenant oder Oberst mit einem Adjutanten und einem kleinen Stabe von Kosaken, möchte das Minimum eines kleinen selbstständigen Detachements oder einer Garnisonstruppe bilden. Die meisten Städte haben grössere Garnisonen; Expeditionscolonnen haben die drei- bis vierfache Stärke, immer aber bleiben die Verhältnisszahlen von 1 Bataillon, 2 Kosakensotnien, 1/2 Batterie die Grundform für die Zusammensetzung ähnlicher gemischter Truppenkörper.

Ist es überhaupt möglich, bestimmte Kategorien unter diesen officiell nicht bestimmten taktischen Formen zu machen, so möchte man nach dem Sachverhalte, wie er während der letzten Jahre bei den turkestanischen Garnisonen und kriegerischen Expeditionen obwaltete, vornehmlich 4 besondere Arten unterscheiden, die aber alle auf genanntem Verhältniss der Zusammensetzung in Bezug auf Infanterie, Cavallerie und Artillerie begründet sind. Zunächst sind darunter die erwähnten Garnisonen der grösseren festen Plätze zu rechnen, die als Minimum ca. ein halbes Bataillon haben.

Neben diesen Friedensformationen zum Garnisondienst und zur Landesoccupation bestehen ähnliche Formationen im Felde zu Operationszwecken. Als höchste taktische Einheit ist hier die eigentliche Operationscolonne, das Expeditionscorps (wohl auch „Colonne" oder Otrjad [spr. Atrad] genannt) zu betrachten. Es steht unter dem direkten Oberbefehl des Commandeurs oder Chefs der Operationstruppen, der mit einem Stabe von höheren Truppenofficieren und Generalstabsofficieren direkt über den einzelnen Waffengattungen steht. Jede Waffengattung hat neben ihren Frontofficieren noch einen speciellen Chef; so die Artillerie und Cavallerie. Bei der Infanterie commandirt der älteste Frontofficier. Ist die Colonne vereinigt, so bestehen ausser den Frontofficieren keine besonderen Unterbefehlshaber, sondern die einzelnen Truppenkörper ressortiren direkt von dem Oberstcommandirenden. Auf dem Marsche und während der Operationen findet aber stets eine Theilung in Unterabtheilungen und Detachements statt. Es werden dann einzelne Echellons formirt, die im Allgemeinen nach erwähnten Verhältnissen aus den drei Waffengattungen gebildet und von einem jedesmal besonders von dem Höchstcommandirenden ernannten Oberofficier befehligt werden. Dieser Verband ist jedoch nur provisorisch und kann ebenso wie der Befehlshaber jeden Tag von dem Commandirenden geändert werden. Der Truppenverband besteht nur so lange, als die Verhältnisse es erheischen. Als normales Verhältniss für die Zusammensetzung solcher Echellons möchte wieder das Bataillon mit 2 Sotnien und 4 Geschützen dienen, obwohl die Echellons auch oft von geringerer Stärke und anders zusammengesetzt sind. Bei dem Marsch im Steppen- und Wüstengebiet, wo der Mangel an Trinkwasser und Futter erfordert, dass die Colonne verschiedene, getrennte Wege einschlägt, tritt die Echellonbildung sehr häufig auf. Oft bestehen solche Truppenverbände nur wenige Tage, je nach den Verhältnissen. Die Echellons vereinigen sich dann wieder zu der Colonne unter dem allgemeinen Oberbefehl des Höchstcommandirenden, die Verbände hören auf und die Oberbefehlshaber treten vollständig in ihre alte Stellung zurück. Seltsam ist es, dass man vielleicht wenige Tage darauf, wenn die Echellonbildung wieder nöthig wird, nicht immer die alten Verbände von Neuem in der alten Weise unter denselben Führern zusammenstellt. Sehr oft treten ganz andere Führer auf, andere Compagnien und Sotnien werden zusammengestellt, die sich vorher nicht gekannt haben und noch nicht zusammen marschirt waren. Die Truppenführer wählt der Höchstcommandirende sehr häufig aus den ihm attachirten höheren Generalstabsofficieren, die oft die Truppen kaum kennen, während die höheren Frontofficiere der betreffenden Feldtruppen jenem unterstellt sind. Die kleinste Norm für das Echellon möchte 1 Compagnie Infanterie mit ½ Sotnie Kosaken und vielleicht 1 Zug Artillerie, auch wohl nur 1 Rohrgeschütz, 2 Mitrailleusen oder eine Raketendivision sein. Cavallerie allein marschiren zu lassen, sucht man im Allgemeinen zu vermeiden. Kann man ihr keine Infanterie wegen der dadurch verzögerten Marschweise beigeben, so wird man ihr stets wenige Geschütze oder zum Mindesten eine Kosaken-Raketen-Division attachiren.

Als dritte Formation möchte schliesslich eine Art kleiner selbstständiger Detachements zu erwähnen sein, die zu bestimmten Gefechtszwecken selbstständig formirt und disponirt werden. Für sie gilt dieselbe Norm wie für die anderen Formationen. Solche Detachements können zur Avantgarde, zum Vorpostendienst, zur Besatzung besonderer wichtiger Punkte vor der Hauptcolonne in deren Flanke oder Rücken verwandt werden. Sie werden in Friedenszeiten zu bestimmten kleineren Expeditionen ausgesandt; sie dienen hauptsächlich in Turkestan zur Besetzung der Grenzen den centralasiatischen Chanaten und Steppen gegenüber und stellen gewissermassen als Gros einen Grenzcordon, eine Vorpostenlinie von Pikets und Doppelposten nach der Grenze aus.*)

In umstehender Uebersicht ist es versucht, ein Bild von der Russland in Mittelasien zur Verfügung stehenden Heeresmacht in soweit zu geben, als es die häufig variirenden Etats ermöglichen:

---

*) Es ist nicht uninteressant zu erkennen, wie auch im fernen Asien unter den wilden, abnormen, von allen europäischen Normen so verschiedenen Truppenverhältnissen, selbst gegen einen Feind, der ohne alle Kriegsgewandtheit und taktische Kenntniss ist, sich das Bedürfniss der Verwendung kleiner gemischter Waffenverbände nach bestimmten taktischen Verhältnissen zusammengesetzt als dringend nothwendig erwiesen hat. (Siehe pag. 322 Anmerkung. Die nachstehende Notiz und Zusammenstellung der Expeditionen in Mittelasien seit 1717, zu Peter des Grossen Zeiten.)

Allgemeine Uebersicht der russischen Streitkräfte in Turkestan für 1873.

(In runden Zahlen, annähernd nach dem Kriegsetat.)

Ober-Chef: General-Gouverneur von Turkestan General-Adjutant v. Kaufmann I.

Unter-Chef im Syr-Gebiete: Gouvernement: General-Major Golowatschew. — Unter-Chef in Turkestan Sarafschan-Gebiete: Gouverneur: General-Major Abramow. — Unter-Chef in Semirjetschensk: Gouverneur: General-Lieutenant Kolpakowski.

Truppengattung.	Waffengattung.	Etats.	Comp.	Kriegs-etat.	Geschütze.	Total.
I. Regulär-Truppen.						
1. Feld-Armee.	1 turkestan. Schützen-Brigade (das 4. Bataillon steht im Orenburger Gouvernement)	zu 4 Bat. à 4 Comp. gleich ca. 813 M. (ohne Officiere)	12	2440 M.		
	1 turkestan. Sappeur-Compagnie	à 225 Combattanten ca. 45 Nichtcombatt.	1	270 „		
	I u. II. turkestanische Fuss-Artillerie-Brigade à 4 Batterien. Batterie à { 8 Geschütze, 8 Munitionswagen }	à 9pfd. Batterie / 4pfd. Batterien / 2 Mitraill.-Batterien (excl. 1 Bergbatterie)		2135 „	8 9pfd. / 32 4pfd. / 16 Mitraill. *)	
	1 Bergbatterie zu der II. turkestan. Fuss-Artillerie-Brigade gehörig (16 Munitionswagen)	à 8 3pfd. Berggeschütze bronzene gezog. Hinterl.	1		8 3pfd. Berg-geschütze.	
2. Grenztruppen.	12 turkestanische Linien-Bataillone No. 1—12 (à ca. 1150 M.)	à 5 Comp. zu ca. 250 M. (m. Offic. u. Nichtcombatt.)	60	13,800 „		
3. Lokaltruppen.	1 turkestanisches Reserve-Bataillon	(?)	4	850 „		
	2 turkest. Gouvernem.-Bat. zu 4 Comp.	(Taschkend — Wernoje)	8	1200 „		
	Turkestanische Festungs-Artillerie	à 700 u. à 500 M.	8	700 „		
	Bezirks-Commandos	Unter Lokaltruppen gerechnet ca. 4300 M.	4	1850 „		
	(Localtruppen ohne Bataillonsverband)	4 Compagnien	6	655 „		
	Officiere, Stäbe, Trains, Intendanz, Sanitätswesen etc.	ca. 6 Comp. Kosaken				
		in Summa ca.	95		64	23,900 M. **)
II. Irregulär-Truppen.	I. Von d. Orenb. u. Ural'schen Heere stehen i. turkest. Gen.-Gouvernem. ab-comm. z. Verf. des General-Gouvern.: 1) ca. 20 Sotnien Kosaken. 2) die I Batterie der Orenburger reitenden Kosaken-Art.-Brigade 3) ca. 6 Comp. Kosaken-Infanterie (oben genannte Bezirks-Commds.)	{ Im Gouvernement Orenburg berechnet. }	20 Sota.		8 4pfd. gezogene bronzene Hinterl.	
	II. Semirjetschensker Heer (1794 M. im Kriegssetat, 675 M. im Friedensetat)	2 Reiter-Regimenter à 6 Sotnien (im Frieden 4½ Sotnie)	12	1800 M.		1800

Gesammt-Streitkräfte in Turkestan: ca. 95 Compagnien, ca. 32 Sotnien und 72 Feldgeschütze = 25,700 M. ***)

Nach dieser, annähernd der Wirklichkeit entsprechenden, Zusammenstellung würde sich somit für das gesammte Generalgouvernement von

*) Die Mitrailleusen - Batterien der beiden turkestanischen Fuss - Artillerie-Brigaden waren zu Beginn des Jahres 1873 noch nicht complet formirt. Einige dieser schnellfeuernden Geschütze kamen erst wenige Tage vor Abmarsch der letzten Echellons 1873 von St. Petersburg in Kasalinsk an. Die Erfahrungen und Versuche, die man mit verschiedenen Systemen des in Russland beliebten Geschützes während des Feldzuges machen wollte, sollten bei der endgültigen Neuformation erst abgewartet werden. Die Raketenbatterien sind hier nicht erwähnt, da diese bisher nicht in den Truppenetats figurirten, sondern speciell für den Feldzug erst formirt wurden.

**) „Registrande des Grossen Generalstabes" für 1873.

***) Bei diesen Zahlen sind die beim Generalgouvernement von Orenburg berechneten Kosaken-Sotnien (nach neuesten Bestimmungen zu 4 Regimentern formirt) und Kosaken - Artillerie, ebenso wie ca. 460 Mann Marinetruppen, die für die Aralflottille bestimmt sind, nicht mitgezählt worden. Eine Vermehrung der Streitkräfte in Turkestan trat ausserdem zu Beginn des Jahres 1873 ein, da der damals bevorstehende Feldzug einen grossen Theil der Truppen für Chiwa in Anspruch nahm, voraussichtlich auch grössere Besatzungen zur Occupation des Landes zur Verwendung kommen würden. (So standen nach dem Friedensschluss 1873 in dem neu errichteten chiwesischen Fort Petro-Alexandrowsk das 8. turkestan. Linienbataillon, das 4. turkestan. Schützenbataillon, 4 Sotn. Orenburg-Kosaken u. 16 Geschütze, von welchen Truppen nur das 4. Schützenbataillon erst im Laufe des Sommers 1874 per Schiff über den Amu-Darja und Aralsee nach dem Syr zurückgekehrt ist.) Die Verstärkungen sind ihrer Zahl nach unbekannt und deshalb nicht berücksichtigt worden. Verfasser begegnete bei seiner Rückreise von Chiwa im Juli 1873 einem Theile derselben auf dem Marsche nach Turkestan zwischen Orsk und Kasalinsk. Diese Umstände mögen erklären, dass abweichend von obiger Gesammttruppenzahl der Suworin'sche Kalender pro 1875 z. B. für die Turkestaner Streitkräfte in Summa 32.010 M. angiebt, worunter jedenfalls Alles in Allem gerechnet ist. Wenjukow giebt die Streitkräfte Turkestans (Syr-Darja- und Sarafschan-Gebiet) in seinen „Russisch-Asiatischen Grenzlanden" 1873 zu 20.000 M., Terentjew in seiner Statistik 1874 diejenige des Semirjetschensker Gebietes zu ca. 5000 M. an.

Eine sehr gute, kurze und übersichtliche Zusammenstellung der allgemeinen Militär- und Truppenverhältnisse des russischen Turkestans giebt der Wiener Militärwissenschaftliche Verein in seiner „Orientirung über Chiwa" 1873, ebenso das authentische Werk „Russlands Wehrkraft im Jahre 1871", Wien. Ausgezeichnete Schilderungen von zum Theil frappanter Lebhaftigkeit, Wahrheitstreue und Anschaulichkeit liefern die zahlreichen Aufsätze Potto's und Iwanow's im russischen Wojenny Sbornik und Invaliden, wie z. B. „Potto's Vorträge über Steppenfeldzüge" im Sbornik 1873, Iwanow's „Skizzen eines Steppensoldaten" Sbornik 1873, desgleichen „Turkestaner Leben" Sbornik 1874. Die letzten Aufsätze sind sogar mit dramatischer Lebhaftigkeit geschrieben und führen uns durch Bilder, die direkt aus dem Leben gegriffen sind, sogar durch Dialoge, die die Soldaten unter sich führen, das turkestanische Soldatenleben in einer Weise vor, die an unsere beliebten Militärschriftsteller wie Winterfeld, Grabowsky und Hackländer erinnern.

„Firks" liefert in seinem Buche „Die militärische Leistungsfähigkeit der europäischen Staaten" gleichfalls in eingehender Weise ein Bild von den turkestanischen Streitkräften, das jedoch nicht überall genau den jetzigen Verhältnissen entspricht.

Turkestan die Truppenstärke von 25.700 Mann incl. Nichtcombattanten, Handwerker, Trains etc. ergeben. In diese Zahl, wie gesagt, sind die zum Orenburger Generalgouvernement gehörigen Kosakentruppen nicht mit eingerechnet, obwohl sie, dauernd nach Turkestan commandirt, eigentlich zum Turkestaner Heer gezählt werden müssen. Um später bei der Zusammenstellung der Streitkräfte der drei Militärdistrikte dieselbe Zahl nicht doppelt berechnet zu finden, sind die Kosakentruppen zusammen in der Orenburger Tabelle angeführt, ebenso wie das 4. Bataillon der turkestanischen Schützenbrigade, das nunmehr nach dem Feldzuge von 1873 als in dem neu angelegten chiwesischen Fort am Amu-Darja, Petro-Alexandrowsk, in Garnison und zu dem jüngst gebildeten Amu-Darja-Gebiet gehörig wieder zu dem Turkestaner Militärbezirk zu rechnen ist. Die 20 Sotnien Ural- und Orenburg-Kosaken, die 1. Batterie der Orenburger Reitenden Kosaken-Artillerie-Brigade, die 6 Kompagnien Kosakeninfanterie und das 4. turkestanische Schützenbataillon möchten ungefähr der Zahl von 4300 M. entsprechen, die zu obiger Truppenstärke also noch hinzuzurechnen wäre und dann die Gesammtzahl von ca. 30.000 ergeben würde. Der Unterschied, der bei dieser Berechnung dann doch noch mit den Angaben des Suworin'schen Kalenders für 1875 = 32.010 Mann besteht, möchte sich schliesslich

---

Das Buch „Russland im 19. Jahrhundert von Theodor von Lengenfeldt" Berlin 1875 giebt eine gute und ausführliche, aber todte Zusammenstellung interessanter Daten und Zahlen. Man glaubt aber aus den Angaben erkennen zu können, dass der Verfasser die mittelasiatischen Verhältnisse nicht aus eigener Erfahrung und Ansicht kannte, sondern nur eine Zusammenstellung der in russischen Zeitschriften veröffentlichten Angaben gemacht hat, die nicht immer mit der Wirklichkeit völlig übereinstimmen. Die spärlichen militärischen Notizen schliesslich, die bei Vambéry und Hellwald in deren zahlreichen Schriften über Centralasien zu finden sind, sind meist den Zeitungsartikeln der Tagespresse entnommen. Hellwald war überhaupt nie in Mittelasien, Vambéry nicht im „russischen" Turkestan. Fr. v. Hellwald giebt in seinen Werken „Die Russen in Centralasien" 1873 und „Centralasien 1874" eine sehr anschauliche und bequeme Zusammenstellung der Ereignisse in Turkestan, wie sie eben russische, deutsche, englische Zeitungen etc. im Laufe der Ereignisse gebracht haben. Aehnliches gilt von Vambéry's „Centralasien" und „Die englisch-russische Grenzfrage." Um so werthvoller sind jedoch die vielen Schriften und Aufsätze Vambéry's, der ein grosser Kenner des centralasiatischen Bodens ist, soweit er nicht im russischen Besitze liegt, für die Kenntniss der mittelasiatischen Chanate. „Das Russische Reich" von Chr. v. Sarauw giebt als statistisches Werk interessante Aufschlüsse über Kosakenthum und Kosakenländer; ein Gleiches gilt von den Aufsätzen „Die Orenburger Kosaken" von . . . .* im Sbornik. 1874.

erklären, wenn man die Mannschaften der Aralflottille (ihr Etat wird zu 460 Marinesoldaten angegeben), die seit 1873 in Turkestan eingetroffenen Verstärkungen, mehrere mittlerweile formirten Festungsverwaltungen und Bezirkscommandos in dem Sarafschangebiet und einige kleine Kosaken-Infanterie-Formationen in Berechnung bringt, die wegen ihrer Unbeständigkeit und unbestimmten Formation nicht näher bekannt sind.

Diese Zahl von ca. 30.000 Mann wäre nun auf die drei Gebiete des Turkestaner Militärbezirks, Semirjetschensk, Syr-Darja und Sarafschan zu vertheilen. Obwohl das Semirjetschensker Gebiet administrativ zum Turkestaner Generalgouvernement gehört, ist es, wie wir früher schon angedeutet haben, strategisch von dem eigentlichen Turkestaner Abschnitt vollständig getrennt und kommt bei dem mittelasiatischen Operationsgebiete kaum in Betracht. Das Semirjetschensker Gebiet, durch das turkestanische Gebirge von dem Syr-Darja-Gebiet getrennt, gehört mehr zu dem sibirisch-chinesischen Abschnitt, ihm fällt mehr die Bewachung der chinesischen Grenze und Kaschgariens zu. Für unsere Betrachtungen, überhaupt für den mittelasiatischen Kriegsschauplatz sind von dem Generalgouvernement Turkestan nur die Provinzen Syr-Darja und Sarafschan von Wichtigkeit. Nur wenige Sotnien Semirjetschensker Kosaken und wenige Grenztruppen stehen in diesen Gebieten. Das Semirjetschensker Contingent von ca. 5000 Mann wäre deshalb separat zu rechnen, und wir erhalten für das eigentliche mittelasiatische Operationsfeld, wenigstens soweit es uns speciell betrifft, für Syr-Darja und Sarafschan die Zahl von ca. 25.000 Mann.

Da, wie wir später sehen werden, der grösste Theil dieser Truppen zur militärischen Occupation und zur Bewachung der Grenzen des Landes nach Süden und Südosten dauernd verwandt werden muss, bleibt nur eine sehr geringe Zahl Truppen übrig, über die der General-Gouverneur als Feldtruppen zu selbstständigen Operationen frei verfügen kann. Wenjukow meint, dass nur 6000 Mann vollständig disponible Feldtruppen vorhanden seien, nach unserer Berechnung von 25.000 Mann würde dies Verhältniss die Zahl 7500 ergeben, was auch in der That der Wirklichkeit entsprechen möchte. Die Zahl erscheint auf den ersten Blick nach europäischen Verhältnissen und Bedürfnissen in Bezug auf Feldgebrauch sehr gering; in Anbetracht der militärischen Verhältnisse Mittelasiens ist sie es keineswegs. Es müssen nämlich

der Charakter und die kriegerischen Mittel der asiatischen Völkerschaften, welche dort die Feinde Russlands bilden, einerseits, andererseits die abnormen strategischen Landesverhältnisse Centralasiens überhaupt berücksichtigt werden. Die modern bewaffnete russische Infanterie und Artillerie in ihrer europäischen taktischen Form ist den
undisciplinirten, unorganisirten Kriegsschaaren der mittelasiatischen
Völker so durchaus überlegen, dass selbst ganz kleine aus den drei
Waffengattungen zusammengesetzte Colonnen schon im Stande sind, es
mit grossen Heeren der feindlichen Chanate aufzunehmen. Die früher
erwähnten selbstständigen Atrjads bestanden, wie die Geschichte des
turkestanischen Eroberungskrieges berichtet, meist aus 3000 Mann,
selten aus mehr als 3—5000 Mann. Ein Gleiches gilt für die jüngste
Expedition nach Chiwa.*)

---

*) Siehe Historische Uebersicht I., II., III. Capitel. Das erste grössere Truppen-
Corps mit Parks und Gepäck, das an 6000 M. zählte und gegen Ura-Tübe und Dshisak
verwandt werden sollte, trat unter Kryshanowski 1866 auf, als das Turkestaner General-Gouvernement noch nicht existirte. Diese bedeutende Zahl entspricht jedoch
weniger der gefechtsfähigen Colonne, wie sie direkt zur Operation verwandt werden
sollte, sondern fasste alle Truppen in sich, die damals zu Besetzungs- und Occu-
pationszwecken am Syr gebraucht wurden. Als Beispiel für das Gesagte mag folgende Zusammenstellung der verschiedenen Truppenformationen, die bei den mittelasiatischen Operationen von Anfang an zur Verwendung kamen, dienen, die gleichzeitig einen Beleg für das liefern kann, was vorher über die taktischen Truppenverbände in Mittelasien gesagt wurde (pag. 316):

Exped. von	Mann Russen	Comp.Inf.	Sotn.Kos.	Gesch.	Anmerkungen.
I. Gegen Chiwa. Bekowitsch 1717 (p. 16) = Irreg.Tr. 3300					(6 Gesch.).
Perowski 18⅔ (p. 36) = 4400		18	17	22	4 Raketengestelle (incl. Etappenbesatzungen).
II. „ Turkestan. Perowski a. unt. Syr 1853 = ca. 3000		7	ca. 20	12	gegen Chokander zu ca. 15.000 M. m. 17 Kan. bei Ak-Medsched.
Tscherniajew 1865 (p. 58) = ca. 2500		16	6	16	gegen d. Heer d. Alim-Kul zu ca 10.000 Mann.
Romanowski (p. 60) = kaum 3600		14	5	20	8 Raketengest. Emir von Buchara zu 40.000 M. 21 Kan. (geg. Abramow später 45.000 Mann.)
III. „ Chiwa und **Turkm.-Steppe.** Staljetow 18⅔ (p. 81) = 600		5	½	4	8 Raketengest. (i. Krassnowodsk am Kasp. M.)
Markosow 1871 (p. 84) = 500		4	½	2	(Krassnowodsk u. Wüstenexpedition.)

Sowie für Turkestan im Feldzuge gegen Chiwa kaum 5500 Mann überhaupt zur Verwendung kamen, so werden auch bei künftigen Operationen nach Süden und Osten selten grössere Truppenformationen nöthig werden, so dass die Zahl von 7500 Mann disponibeln Truppen auch für den Fall allen Bedürfnissen entsprechen möchte, wenn Russland nach mehreren Seiten hin zugleich Front machen müsste. Im Vergleich zu den geringen Streitkräften, mit denen die Operation zu Anfang der sechziger Jahre am unteren Syr begonnen wurden, möchten die jetzigen Truppenzahlen sogar als ganz bedeutende erscheinen. Im Jahre

Exped. von	Mann Russen	Comp.	Kos.	Gesch.	Anmerkungen.
Lomakin 1872 (p. 98) =	3—400	1½	2	2	(Expedit. auf Mangischlak v. Alexandrowsk aus.)
Markosow 1872 (p. 101) =	1450	12	1	14	(Expedit. n. Chiwa-Tschy-kyschlar.)
IV. Gegen Buchara *Kauffmann* 1868 (Samarkand). (Schlacht v. Samarkand) =	4—5000	21½	4	16	geg. Bucharen zu c. 8500 M.
Intervention *Kauffmann's* = (Abramow) i. Buchara geg. Abdul-Melik	ca. 1300	7	2	6	6 Raketengest. geg. 8000 bis 15000 M. d. Abdul-Melik
Dshisaker Colonne } =		12	5½	14	(4 Mörs., 2 Festungsgesch., 1 Raketendivision.)
	5500				
Kasalinsker „ }		9	1½	5	(1 Raketendivision.)
V. Gegen Chiwa 1873. { *Orenburger* „ =	ca. 3500	9	6	8	(4 Mörs., 6 Raketengest.)
Mangischlak „ =	ca. 2000	12	4	6	(Operationstruppen, 3 Raketengestelle.)
Krassnowodsker Col. =	2200	12	4	16	(6 Raketengestelle.)

Die verschiedenen Stärkeverhältnisse für die Compagnie dürfen uns hier nicht wundern. Der Etat derselben für das Feld war zu allen Zeiten verschieden.

Wir ersehen aus den Daten des letzten Feldzuges, dass die Zahlen für die einzelnen Colonnen hier zum Theil noch kleiner sind als die der früheren Feldzüge. Die unvergleichlich grössere Gesammtzahl kann hier nicht in Betracht kommen, da die einzelnen Colonnen vollständig getrennt und selbstständig auf ganz verschiedenen Operationsabschnitten isolirt operirten. Und selbst die Gesammtzahl, die auch schliesslich in Chiwa, dem eigentlichen Gefechtsfelde, zusammengekommen war, ist nicht sehr viel bedeutender als die der frühern. Zunächst kam die Colonne von Krassnowodsk, die zurückkehren musste, in Wegfall. Von den übrigen 4 Marschcolonnen blieben allein über 4000 Mann mit 18 Geschützen zur Besetzung der Etappen unterwegs zurück, so dass vor der Hauptstadt Chiwa in den verschiedenen Lagern nur noch 7639 Mann mit 26 Geschützen zu rechnen sind.

(Turkestan   = 3888 Mann und 16 Geschütze
Mangischlak = 1447   „   „   2   „
Orenburg   = 2304   „   „   8   „   )

(Russischer Feldzug von 1873 nach officiellen Quellen, wo pag. 120 ein Rechenoder Druckfehler stattgefunden haben muss, denn die Gesammtsumme der vor der Hauptstadt angelangten, vorstehend einzeln angegebenen drei Colonnen wird mit 7439 statt 7639 Mann angegeben, was für die Gesammtzahl nicht 12.114, sondern 12.314 machen würde.)

1862 standen unter dem Commandanten der Syr-Linie, der damals noch
dem Generalgouverneur von Orenburg unterstellt war, nur das Oren-
burger Linienbataillon No. 4, das 2. Halbbataillon von No. 5 und zwei
Sotnien Kosaken, in Summa ca. 1570 Combattanten mit Officieren und
Stäben. Aus diesem bescheidenen Detachement ist in wenig über zehn
Jahren das ansehnliche turkestansche Heer herangewachsen, das nun-
mehr das Contingent des Orenburger Generalgouvernements um das
Doppelte übertrifft.*)

Infanterie. Die verschiedenen Etats, sowie die allgemeine Formation
der Schützen- und Linienbataillone sind bei dem kaukasischen Militärbezirk schon erörtert worden. Dasselbe, was dort gesagt wurde, gilt
auch hier. Die **turkestanische Schützenbrigade**, aus dem früheren turkestanischen Schützenbataillon, dem 2., 3. und 8. Armee-Schützenbataillon
hervorgegangen, befindet sich auf dem Kriegsetat und hat somit pro
Bataillon 672 Combattanten, 48 Gemeine ohne Gewehr bei normalem
completem Etat, der aber in Turkestan nie annähernd erreicht wird.
Nach dem normalen Etat hat das Bataillon 23 Stabs- und Ober-Officiere, 72 Unterofficiere, 21 Hornisten, in Summa also 836 Köpfe mit 3
Officier- und 60 Trainpferden,**) ausserdem für den Friedensetat eine
Anzahl Nichtcombattanten, Aerzte, Schreiber, Professionisten, Trainsoldaten und Officierdiener, in Summa 98 Mann. Auf die Compagnie
werden demnach 168 Mann mit 5 Hornisten, ca. 5 Officieren und 18
Unterofficieren, 12 Mann ohne Gewehr und 8 Nichtcombattanten zu
rechnen sein. Diese Ziffern entsprechen im Allgemeinen dem Maximum
der wirklich vorhandenen Etats; im Feldzuge 1873 z. B. betrug der
Etat bei der turkestanischen Colonne pro Compagnie ca. 140 Mann,
12—14 Unterofficiere, 5—6 Stabs- und Oberofficiere und 10 Trainsol-

---

*) Vergl. „Die Kaiserlich Russische Armee im Krieg und Frieden am 1. Jan.
1863" von Brix, Premier-Lieutenant im K. Pr. Schlesischen Ulanen-Regiment No. 2.
Berlin. 1863.

**) Die Etats für die Schützenbataillone überhaupt, die „Russland's Wehrkraft"
Wien 1871, angiebt, sind die normalen, möchten aber in Wirklichkeit für die turkestanischen Verhältnisse durchaus zu hoch gegriffen sein. Den Totalbestand des Bataillons finden wir hier zu 934 Mann, den der Compagnie zu 216 Mann angegeben.
Wie gesagt, selbst die im kaukasischen Abschnitt angegebene Combattantenstärke
von 720 Mann Gemeinen und Gefreiten möchte in Turkestan fast nie erreicht worden sein.

daten und Handwerker. Der normale Bataillonsstab besteht aus einem Oberst oder Oberst-Lieutenant als Commandeur, 1 jüngern Stabsofficier, 1 Adjutanten, 1 Zahlmeister, 1 Quartiermeister und 1 Waffenofficier (Seconde-Lieutenant bis Stabscapitän), 1 bis 2 Aerzten und 1 Bataillons-Hornist. Was das turkestanische Reservebataillon anbelangt, das zur Ausbildung und Completirung der Ersatzmannschaften der Schützenbrigade in verschiedenen militärischen Werken erwähnt wird, so habe ich über dessen Formirung nirgends Näheres finden können. Ob dasselbe nunmehr bei der Auflösung aller Reserve - Truppen, ebenfalls aufgelöst worden ist, muss unentschieden bleiben. Da aber der Turkestaner Militärbezirk überhaupt von allen Reorganisationen der europäischen Armee in der letzten Zeit ausnahmsweise ausgeschlossen blieb (vergl. Artillerie und Kosaken), so lässt sich annehmen, dass das Reservebataillon in irgend einer Form noch heute besteht, um so mehr, als namentlich der ungünstigen Communicationsverhältnisse wegen die Rekrutirung der turkestanischen Feldtruppen an sich schon als besonders schwierig erscheint.

Die Formation der 12 **turkestanischen Linienbataillone** ist genau die beim kaukasischen Abschnitt erwähnte. Die Etats des Bataillonsstabes sind ähnlich den soeben beschriebenen. Während die Schützenbataillone 4 Compagnien haben, zählen die Linienbataillone 5 Compagnien, wovon die 5. die sogenannte Schützencompagnie (Strjelok.) bildet. Das Bataillon hätte somit 2 Stabsofficiere, 1 Adjutanten, 5 Capitäne, 15 Lieutenants, 5 Junker, 5 Feldwebel, ca. 80 Unterofficiere etc. mit 900 Gemeinen und Gefreiten. Der Bataillonsstab besteht aus 65 Köpfen. Der normale Verpflegungsetat (Kriegsetat) der Compagnie ist 1 Capitän, 3 Lieutenants oder Unterlieutenants, 1 Junker, 1 Feldwebel, 16 Unterofficiere, 1 Capitaine d'armes, 180 Mann, 6 Spielleute, 6 Trainsoldaten, in Summa also 215 Mann.

Die turkestanische Feld-**Sappeur-Compagnie** hat einen permanenten Stand von 225 Gemeinen, 112 Sappeuren und 113 Mineuren, 5 Stabs- und Oberofficieren, 20 Unterofficieren und 6 Spielleuten, mit Officiersdienern, Trainsoldaten, Professionisten etc. einen normalen Etat von 276 Mann. Der eigentliche Feldstand der Compagnie ist jedoch viel geringer, da ein grosser Theil des gewöhnlichen Etats in der Garnison zurückbleibt. Im Feldzuge 1873 rückte die Sappeur-Compagnie

mit ungefähr 170 Mann, 14 Unterofficieren, 6 Officieren und 10 Handwerkern, in Summa 200 Mann aus. Einen bestimmt formirten Ingenieur-
park hat die Compagnie nicht. Das nöthige Material befindet sich in
dem Depot von Taschkend; Pontons' und andere Trains werden zum
Feldgebrauch besonders, und zwar mit zum grössten Theil gemietheten
Kameelen und andern Lastthieren, formirt.

Festungsartillerie-Compagnien und Festungsartillerie-Verwaltungen II.
Classe befinden sich in Taschkend, Wjernoje und Tschinas. Der Kriegsetat der Compagnie ist ca. 200 Gemeine mit 5 Officieren und 10 Unterofficieren. Im Fort Perowsk befindet sich ausserdem eine Festungs-
verwaltung III. Classe mit 1 Compagnie à 150 Mann. Die Festungsartillerie-Verwaltung hat 4 Officiere oder Beamten und 25 Mann. Die
erwähnten Compagnien stehen unter der Festungsartillerie-Verwaltung
und bilden die Bedienung der Geschütze und zum Theil die Besatzung
der festen Plätze, wo sie gleichzeitig die Arbeiten in den Laboratorien
verrichten.

Zur Versehung des innern Dienstes, zu Polizeizwecken etc. steht
ein **Gouvernementsbataillon** von 700 Mann à 4 Compagnien permanenten
Etats in Taschkend und eins von 500 Mann à 2 Compagnien in Wiernoje. Die Militärgouverneure der betreffenden Gebiete versehen den
Dienst als Bataillonschefs, ausserdem hat das Bataillon 3 Capitäns und
3 Oberofficiere. Die Bezirks- oder Lokalcommandos in Turkestan sind
fast ausschliesslich aus Kosaken-Infanterie gebildet. Im Semirjetschensker Gebiete stehen 3 Commandos, im Syr-Darja-Gebiete 7 Commandos.
Letztere sind aus den Kosakenbataillonen des Orenburger Militärbezirks
formirt. Ihre Zusammensetzung ist keine bestimmt normirte, und es
würde schwer fallen, genaue Zahlenangaben darüber zu machen. Von
dem Orenburger Kosakenheere stehen ungefähr 2—3 Bataillone im Syr-
Darja-Gebiet ohne Bataillonsverband.

Die reglementsmässige Equipirung der Turkestaner Fusstruppen ist
ähnlich der überhaupt in der ganzen russischen Armee ziemlich uniformen Bekleidung, die, wie wir später erkennen werden, bei den verschiedenen Waffenarten sich nur durch verschiedene Aufschläge und
Knöpfe an den Waffenröcken und durch verschiedenes Lederzeug unterscheidet. Die Leute der Schützenbataillone haben als besondere Abzeichen, zum Unterschiede von der Feldinfanterie, Rockkragen, Paroli

am Mantel und Umlaufsstreifen dunkelgrün, Achselstücke carmoisinroth mit der Nummer des Bataillons, gelbe Knöpfe und schwarzes Lederzeug. Neben dieser reglementarischen Bekleidung hat die turkestanische Infanterie eine bestimmte asiatische Sommermontirung, die sich von der früher beschriebenen leichten Bekleidung der kaukasischen Armee wesentlich unterscheidet. Während dort der Leinwandkittel von Officieren sowohl als von Gemeinen fast nur ausser Dienst und mit vollständiger Beibehaltung der übrigen vorschriftsmässigen Montirungsstücke getragen wird (die kaukasischen Truppen, mit Ausschluss der Officiere und eines Theiles der Unterofficiere, hatten im Feldzuge 73 ihre Kittel nicht einmal mitgenommen), so besteht die Sommermontirung der Turkestaner Infanterie, die ordonnanzmässig im Dienst getragen wird, aus einer ganz besondern, von der reglementarischen Form abweichenden Kleidung. Die abnormen Verhältnisse des Klimas, vornehmlich die grossen Unterschiede der Tages- und Nachttemperatur der mittelasiatischen Gebiete haben hier den russischen Soldaten viele Erleichterungen und Abweichungen von den sonst in den russischen Armeen sehr streng festgehaltenen ordonnanzmässigen Normen verschafft. Die Turkestaner Infanterie wie auch zum Theil die in der südlichen Steppe stehenden Truppen des Orenburger Militärbezirks haben zwei besonders zu unterscheidende Arten dieser modificirten Montirung, die später ausführlich zur Beschreibung kommen werden. Kurz erwähnt sei hier nur, dass die feldmässige Kleidung im Sommer (so im Feldzuge 1873) aus einer roth gefärbten weiten Lederhose, Pluderhose, wie sie die Kirghisen tragen, die in Schaftstiefel eingesteckt wird, und einem weissen oder vielmehr grauen Drillichkittel von der Länge eines kurzen Hemdes besteht, der unserm Fuhrmannskittel vergleichbar, auf den Schultern mit Achselklappen versehen ist, auf denen die Abzeichen der Compagnie resp. des Bataillons angebracht sind. Der Kittel wird um die Hüften durch einen schwarzen ledernen Riemen zusammengehalten, an dem vorne die beiden Patronentaschen, je eine an jeder Seite, befestigt sind. Die Kopfbedeckung bildet ein Käppi mit sehr langem, breitem und eckig geschnittenem Schirm nach französischem Muster, das, wenn von Tuch, zum Schutze gegen die asiatische Sonne mit einem weissen Leinwandüberzug versehen ist, oft auch ganz aus Drillich besteht. Zum Schutze des Nakkens kann an den hinteren Theil des Käppis ein sogenanntes Nackentuch (russ. Fahrtuch), ebenfalls von Leinewand, angeknüpft werden. Seitengewehre haben die so equipirten Infanteristen, mit Ausnahme der Sappeurs, nicht, die meisten derselben tragen jedoch Feldbeile oder andere Lagerinstrumente und einen grösseren Fouragiersack von Leinwand an der Seite. Die übrigen Equipirungsstücke, wie Tornister, Schnaspflasche etc., sind gleich denen der ganzen russischen Armee.

Was die Bewaffnung der Infanterie des turkestanischen Militärbezirks betrifft, so ist diese die beste von allen dreien behandelten Bezirken. Die turkestanische Schützenbrigade und die Sappeur-Compagnie sind mit dem Berdangewehr neuester Construction und kleinen Kalibers (Schussweite 1500 ×) ausgerüstet. Die Linienbataillone führen die Carlegewehre, die zum Theil aus alten Miniévorderladern zu Hinterladern umgearbeitet sind (Schussweite 600 ×); die Schützencompagnien das sogenannte Strjelkigewehr (Schussweite 1000—1200×). Alle Lokaltruppen wie Gouvernementsbataillone und Bezirkscommandos sind mit glatten Vorderladern bewaffnet, die zum grössten Theile alten ausrangirten Beständen der europäischen Feldarmee entnommen sind. Namentlich bei der Kosakeninfanterie findet man oft ein seltsames Gemisch verschiedener alter Systeme. Das Bajonnet wird im Allgemeinen stets an dem Gewehr aufgesteckt getragen, eine Ausnahme davon machen die Schützenbataillone, die seit der Einführung des neuen Berdangewehres das Bajonnet in kleinem Lederfutteral an der Seite tragen und die Sappeurcompagnie, die als Seitengewehr den Tessak, ein zweischneidiges Haumesser ohne Scheide führen. Den Tessak haben ausserdem die Spielleute und Unteroffiziere. Feldwebel und Spielleute haben statt der Gewehre Pistolen; erstere sowie alle Officiere Revolver und Schleppsäbel in schwarzer Lederscheide.

Artillerie.*) Die Equipirung und Ausrüstung der Artillerie ist für die beiden turkestanischen Fussbrigaden sowie für die eine Orenburger Reitende Kosaken-Batterie gleich der früher beschriebenen; die Mannschaften haben auch hier den verkürzten Dragonersäbel, resp. den Kosakenschaschka und Pistolen mit 10 Patronen Munition. Die Kosaken-

---

*) Die Artillerie des turkestanischen sowohl wie des ostsibirischen Militärdistrikts ist von der allgemeinen, früher erwähnten Artilleriereorganisation von Anfang 1873 ausgeschlossen.

batterie hat 8 bronzene gezogene 4 pfündige Hinterlader mit hölzerner Wandlaffete. Die beiden turkestanischen Fussartillerie-Brigaden haben je 4 Batterien zu 8 Feldgeschützen. Die I. Fussartillerie - Brigade hat eine Batterie 9 pfündiger bronzener Hinterlader neuesten Systems mit unserm Zugsystem, dem einfachen prismatischen Broadwell'schen Keil-verschluss und eisernen Wandlaffeten, 2 Batterien 4 pfündige gussstäh-lerne Hinterlader System Krupp mit dem cylindrisch - prismatischen Rundkeil - Verschluss, 1 Batterie Mitrailleusen oder schnellfeuernder Geschütze, Modell Berdan, Kaliber 0,42" mit 10" Stahlläufen, und neuestes verbessertes Modell Nobel, beide Systeme mit sehr leichten gut transportablen stählernen Laffeten und hohen Stahlrädern. Die II. Fuss-Artillerie-Brigade hat dieselbe Zusammensetzung, nur dass statt der 9 pfündigen Batterie eine Bergbatterie zu 8 Berggeschützen, 3 pfün-digen gezogenen Bronze-Hinterladern mit konischem Verschluss und eiserner Laffete vorhanden ist. Die Bergbatterie hat abweichend von den übrigen Batterien 16 Munitionswagen resp. 14 auf Lastthiere zu verpackende Kasten. Die Geschütze beider 8 pfündigen Batterien haben eiserne Wandlaffeten. Die Geschosse der turkestanischen Artillerie sind gleich den im Kaukasusabschnitt erwähnten: Gewöhnliche Granaten mit Perkussionszündern, dem sogenannte „Feldzünder", ganz nach unserem Modell, Brandgeschosse, Shrapnels und Büchsenkartätschen (zum Theil Kartätschen alten Musters mit getrennter Ladung).

Die Festungsartillerie in Turkestan hat keine besonderen Normen für die Geschützarmirung. Man benutzt das vorhandene Material so gut man eben kann. Moderne Festungsgeschütze sind bei den abnormen und schwierigen Communikations-Verhältnissen kaum bis in den fernen Osten zu transportiren; in einzelnen Forts befinden sich sogar alte bu-charische und chokandische Geschütze oder vielmehr Mordinstrumente, die in dem turkestanischen Kriege erbeutet wurden und ungefähr das Kaliber der russischen 12 pfünder haben und bronzene glatte Hinterlader sind, die von den Asiaten selbst nach russischem Muster fabrizirt wur-den. Die Festungsartillerie besteht im grossen Ganzen aus ¼ pudigen oder 10 pfündigen Einhorn- (Jedinorog-) Geschützen, glatten bronzenen Vorderladern alten Systems, ½ pudigen bronzenen Vorderladungs-Mör-sern und 4 pfündigen gezogenen Bronze-Vorderlade-Geschützen System La Hitte, wegen einer aptirten Laffete „erleichterte Geschütze" genannt.

Die Bespannung der Artillerie ist von der unsrigen nicht wesentlich verschieden. Die Orenburger Reitende Batterie ist mit Kosakenpferden bespannt. Die beiden turkestanischen Fussbatterien hatten früher Kosakenpferde, man hat neuerdings jedoch begonnen, sie mit Kirghisenpferden aus Westsibirien zu bespannen, die namentlich für die Steppen- und Wüstencampagne weit ausdauernder und leistungsfähiger sind als die Kosakenpferde. Die normale Bespannung ist für den 9pfünder 6 Pferde, für den 4pfünder und die Berggeschütze 4 Pferde, das schnellfeuernde und das Berggeschütz 3—4 Pferde, die zweirädrigen Munitionswagen 3 Pferde. Für die Wüstencampagne genügt aber oft kaum die doppelte Zahl, oft müssen sogar Kameelvorspanne benutzt werden. Im Feldzuge 1873 waren die 9pfdr. mit 8—10—12 Pferden, die 4pfdr. mit 6—8 Pferden, die erleichterten glatten 4pfdr. mit 4—6 Kameelen bespannt. Nur Berggeschütze und Mitrailleusen brauchten keine Erhöhung bei der Bespannung. Ich sah sogar Berggeschütze mit nur einem Pferd Bespannung.

Eine sehr wichtige Rolle bei der Feldartillerie spielen in Mittelasien die Raketenbatterien. Diese sind in gewöhnlichen Friedenszeiten nicht nach einem besonderen Etat formirt. Das Material, die hölzernen Raketengestelle, die fabrikmässig im europäischen Russland gefertigten Raketen sowie die Lederfutterale zum Transporte durch die Cavallerie liegen bereit. Im Kriegsfalle wird damit die Kosakencavallerie ausgerüstet. Im Felde erhält gewöhnlich 1 Truppe Kosaken unter einem Artillerieofficier 8 Gestelle, die dann eine Raketenbatterie zu 2 Divisionen à 4 Gestellen bilden. 8 Reiter tragen die Gestelle, die übrigen haben die Raketengeschosse in Lederhüllen an Riemen über der Schulter. Bei der Gefechtsthätigkeit der Batterie sitzen die Rotten mit den Gestellen wie zum Gefecht zu Fuss ab, während der Rest des Zuges, die Pferde der abgesessenen Kosaken haltend, gleichzeitig die Bedeckung der Batterie bildet. Diese so formirten Raketenbatterien und Divisionen bilden die unentbehrlichste Waffe in den mittelasiatischen Feldzügen und machen die Kosakencavallerie, überhaupt die asiatische Reiterei, eigentlich erst zu einer selbstständigen gefechtsfähigen Truppe. Vielfach wurde in Russland neuerdings der Vorschlag gemacht, die leichten und sehr beweglichen Mitrailleusen statt der Raketenbatterien bei der Kosakencavallerie zu verwenden. Wenn auch das, namentlich in Russland sehr geschätzte schnellfeuernde Geschütz, von dem man sich für den Feldgebrauch in einem grössern Kriege sehr viel versprechen zu können glaubt, bei einer Bespannung von 2 oder 3 Pferden als leicht transportabel für die Cavallerie von allen anderen Feldgeschützen am ersten geeignet wäre, so erscheint mir dasselbe jedoch durchaus nicht geeignet, in beschriebener Weise in Mittelasien die Raketenbatterien ersetzen zu können. Die Wirkung des Raketengeschosses ist auf dem mittelasiatischen Kriegsschauplatz vor Allem eine moralische. Die ganze Bewaffnung, vornehmlich aber die Gebrauchsweise der Feuerwaffen bei den Asiaten beruht, wie wir später noch erkennen werden, mehr auf dem Bestreben, dem Gegner durch starke Feuerentwicklung, durch viel Lärm und Geräusch Furcht einzuflössen, als auf wirklicher Trefffähigkeit. Die Geschosse ihrer Handfeuerwaffen sowohl wie ihrer Geschütze sind mit besonderen Vorrichtungen versehen, die eine regelmässige Flugbahn, Rasanz und Trefffähigkeit durchaus beeinträchtigend, nur getroffen sind, um auf ihrer Bahn ein möglichst intensives, seltsames Geräusch zu verursachen. Von diesem Gesichtspunkte aus betrachtet, erfüllt allein die Rakete den kriegsunkundigen Steppenbewohnern gegenüber ihren Zweck. Die Wirkung weniger wohlgezielter Raketengeschosse im Feldzuge 1873 war wahrhaft frappant. 3 bis 4 solcher Geschosse, die schon ihre Bahn sehr geräuschvoll durchfliegen, namentlich aber beim Aufschlagen und Krepiren eine starke, aber meist blinde Wirkung haben, genügten oft, Hunderte von Reitern in wilde Flucht zu treiben. Ernstliche Verwundungen oder tödtliche Folgen sah ich während des ganzen Feldzuges dabei nicht ein einziges Mal. Wie gesagt, diese nicht zu unterschätzende moralische Wirkung würden die Mitrailleusen, deren Geschosse doch nur ein intensiveres, verstärktes Infanteriefeuer vertreten, nie hervorrufen! —

Die **Cavallerie** in Turkestan ist ausschliesslich durch Irregulärtruppen vertreten und besteht aus den Sotnien der Orenburg-, Ural- und Semirjetschensker Kosakenheere. Die Beschreibung der Kosakenverhältnisse hat oberflächlich bei dem kaukasischen, eingehender bei dem orenburgischen Abschnitt stattgefunden. Die dort charakterisirten Orenburg- und Ural-Kosaken bilden, wie schon erwähnt, den Hauptbestandtheil der turkestanischen Reiterei. Der Orenburger Militärbezirk repräsentirt gewissermassen den Ort ihrer Heranbildung, Formirung und Ausbildung,

den Stamm und die Reserve, von wo Ersatz und Ablösung erfolgt,
während Turkestan das Feld ihrer Thätigkeit und ihrer Verwendung
vertritt. Da nämlich das Syr-Darja- und Sarafschan-Gebiet keine Ko-
sakenkolonisation besitzt, das Semirjetschensker Heer eine genügende
Zahl Cavallerie nicht zu stellen vermag, so musste zur Beschaffung derselben ausnahmsweise auf die Kosakenländer des benachbarten Militärbezirks zurückgegriffen werden. Die so abcommandirten Kosakensotnien
des Uralischen und Orenburger Heeres stehen in mobilem Verhältniss,
wofür die Dienstzeit in Turkestan auf 2 Jahre festgesetzt ist. Nach
Ablauf dieser Zeit findet die Ablösung vom Orenburger resp. dem
Uralischen Kreise statt. Die Ablösungen müssen in dem Heimathland
formirt, eingeübt und zum bestimmten Termine bereit gehalten werden
und die Hälfte des Präsenzstandes, also ein Drittel des ganzen Etats
bilden. So beträgt die Zahl der nur in Turkestan stehenden Sotnien
des Orenburger Militärbezirks 20 Sotnien: 17 Sotnien Orenburger, 3
Sotnien Ural-Kosaken. Zu den 17 Sotnien activer Orenburg-Kosaken
gehören demnach 8½ Sotnien Ablösung, die alle 2 Jahre mobilisirt
werden und in mobilem Verhältniss nach den betreffenden Ablösungs-
orten hinmarschiren. Hin- und Rückmarsch der Ablösungen erfordert
ca. ein halbes Jahr. Die ablösenden Mannschaften treten den Marsch
auf ihren eigenen Pferden an, so dass die zweijährige Ablösung sich
auch zum Theil auf die Kosakenpferde erstreckt. Ein grosser Theil
der Kosaken setzt sich allerdings bei Antritt des Dienstes durch Kauf
in Besitz der alten Pferde, was im Interesse des Dienstes geschieht,
da die 2 Jahre in turkestanischen Diensten gestandenen Pferde leistungsfähiger und ausdauernder sind, als die neu eingeführten, die sich an
die neuen und fremden Verhältnisse des Klima's, des Futters und
Wassers nur schwer gewöhnen können. Die Kirghisenpferde sind im
Allgemeinen für den Steppen- und Wüstengebrauch tauglicher, weshalb
dieselben mehr und mehr in den Turkestaner Kosakensotnien zur Verwendung kommen. Neuerdings beginnt man auch die Turkmenenpferde
Chiwa's und der südlichen Turkmenensteppen (Argamak-Vollblut und
Karabair-Halbblut) als sehr brauchbar zu benutzen. Absicht des Generalgouverneurs ist es, eine eigene Pferdezucht bei Taschkend ins
Leben zu rufen, durch die besonders für die Steppe geeignete Cavallerie-
pferde gezüchtet werden sollen. Es soll dann eine Kreuzung der Ko-

sakenpferde mit dem Kirghisen- und Turkmenenpferde der Steppe stattfinden. Während des Feldzuges 1873 hat General v. Kauffmann zu
diesem Zwecke eine grosse Anzahl Hengste und Stuten der wegen
ihrer Ausdauer und Schnelligkeit berühmten Turkmenenpferde (Argamak),
so namentlich aus den Gestüten des Chan's angekauft.

Die Reorganisation des Kosakenheeres, die neuerdings im europäischen Russland (Don'sche Kosaken) beschlossen wurde, hat bisher
keinen Einfluss auf die Kosaken des Turkestaner Bezirkes gehabt,
obwohl von verschiedenen Seiten die dringende Nothwendigkeit, auch
dort vielfache Aenderungen zu treffen, erkannt worden ist.*) Namentlich hält man die zweijährige Dienstzeit und Ablösung für ungünstig.
Kaum sind die Mannschaften in dem von den heimathlichen Verhältnissen so abweichenden Dienste in Centralasien warm geworden, so
müssen sie wieder zurück in das Orenburger Gouvernement, um von
jungen Kosaken abgelöst zu werden, denen die asiatischen Zustände,
der asiatische Dienst vollständig fremd sind. Auf der einen Seite wird
dadurch eine von der Regierung doch so dringend gewünschte Kosakencolonisation im Syr-Darja-Gebiet unmöglich gemacht, auf der anderen
Seite werden die häuslichen Verhältnisse, der Ackerbau und die Verwaltung des heimathlichen Besitzes durch die zweijährige Abwesenheit
der Orenburger Kosaken im fernen Süden und Osten in bedenklicher
Weise beeinträchtigt. Die Nothwendigkeit, die geringe Anzahl der
Kosakensotnien als Besatzung auf den zahlreichen kleinen Forts der
Syr-Linie, als Vorposten, Grenzpikets und fliegende Detachements zu
vertheilen und in zahlreiche kleine Trupps aufzulösen, die, selbst aus
dem Sotnienverbande herausgerissen, oft Hunderte von Werst von ein-

---

*) Einstweilen sollen nur die Uralkosaken in ähnlicher Weise reorganisirt wer-
den, wie dies die Bestimmungen vom Herbst 1874 für die Don'schen Kosaken vor-
schreiben. Auch für eine Aenderung der Bekleidung der Turkestaner Kosaken sind
Vorschläge gemacht, wonach sie eine ähnliche Equipirung wie die Linienkosaken
des Kaukasus bekommen sollen. Beschlüsse sind darüber jedoch noch nicht gefasst
worden. Die Aussicht, die malerische und reiche tscherkessische Tracht der kaukasischen Kosaken zu erhalten, erfüllte die Orenburger Kosaken mit Stolz und
Freude. Im Feldzuge 1873 bemerkte ich häufig, wie sehr letztere der Contrast
wärmte, der zwischen der kriegerisch schönen Tscherkesska, den oft reich vergoldeten
und zierlichen Waffen (Schaschka und Kindshal) der Linienkosaken und Daghestaner
Irregulären und ihren blauen unförmlichen Bauernkitteln und schwarzledernen Säbel-
scheiden hervortrat.

ander getrennt ihren Dienst verrichteten und Monate lang sich nicht zu
Gesicht bekamen, hatte bis zu Beginn des Jahres 1873 den Regimentsverband unter den einzelnen Sotnien unmöglich gemacht. Dadurch ging
die Einheit bei den Kosakentruppen total verloren und wurde der
Leitung, der Ausbildung, überhaupt dem ganzen Dienstbetriebe sehr
geschadet. Die Kosaken waren ausserdem von Alters her an den Regimentsverband gewöhnt, sie liebten diesen, alte Traditionen knüpften
sich an die bestimmten Regimenter, an ihre Kriegsthaten und namentlich
an ihre Fahnen, auf die der ehrgeizige Kosak stolz ist und die er nur
ungern entbehrt. Im Laufe des Jahres 1873 wurden deshalb für die
Orenburg- und Ural-Kosaken die Regimentsverbände wieder eingeführt,
so dass nunmehr die 20 Sotnien 4 Kosakenregimenter bilden; die Zahl
und Vertheilung der einzelnen Sotnien ist jedoch noch nicht dauernd
festgesetzt, sondern soll je nach den lokalen Verhältnissen und nach
dem Ermessen des Oberbefehlshabers bewerkstelligt werden. Momentan
(1873—74) ist die provisorische Eintheilung der im Syr-Darja- und Sarafschan-Gebiete stehenden Kosakencavallerie wie folgt:

1stes Orenburg. Kos.-Reg. à 4 Sotnien Orenburg-Kosaken im *Ft. Petro - Alexandrowsk*
(im neu erworbenen Amu-Darja-Gebiet)

2ten　　„　　„　à 5　„　　„　im *Ft. Kasalinsk* ⎫
　　　　　　　　　　　　　　　　　Ft. No. 2 ⎬ Syr-Darja-Geb.
　　　　　　　　　　　　　　　　　Ft. Perowsk ⎭

3tes　　„　　„　à 5　„　　„　in *Taschkend* ⎫
　　　　　　　　　　　　　　　　　Aulie-Ata ⎬ Syr-Darja-Geb.
　　　　　　　　　　　　　　　　　Ft. Dshulek ⎬
　　　　　　　　　　　　　　　　　Turkestan ⎭

4tes CombinirtesRegiment, 3 Orenburg. und 3 Ural'sche Sotnien, wovon die 3 Oren-
burgischen Sotnien in *Ft. Katty Kurgan* ⎫
　　　　　　　　　　　　　　　　　Ft. Kljutschewoje ⎬ Sarafschan-Geb.
　　　　　　　　　　　　　　　　　Ft. Kamennimosst ⎭

5. Das Semirjetschensker Regiment à 4½ Sotnien im Semirjetschensker Gebiet.

In Summa möchten somit in dem Turkestaner Militärbezirke 24½
Sotnien, ohne Ablösungen gerechnet, im Dienste stehen. Diese Zahl
gilt jedoch nur für gewöhnliche friedliche Verhältnisse. Während des
Feldzuges von 1873 waren ausnahmsweise Sotnien von Semirjetschensk
und Westsibirien von dem Generalgouverneur herangezogen worden, so
dass zur Zeit, als ich die Provinz bereiste, bis 33 Sotnien im Dienste
waren. Wie früher schon erwähnt, hatte die Turkestaner Kosaken-
cavallerie, die ihrer Stärke nach ungefähr eine Division formiren könnte,

keinen höheren Cavalleriechef. Von einem solchen, einer Art von
Kriegs-Ataman, wie überhaupt von der Formation einer Cavallerie-Division unter einem höheren Cavallerieofficier der russischen Feldarmee
wurde vielfach als von einem dringenden Bedürfniss in den leitenden
Officierskreisen gesprochen.

Der effective Etat der Turkestaner Sotnien, resp. Kosakenregimenter
lässt sich kaum bestimmt angeben.

Als Norm für den Etat eines ausmarschirenden Orenburger oder
Ural'schen Reiterregiments gilt: 6 Sotnien mit 21 Stabs- oder Oberofficieren, 56 Unterofficieren, 798 Kosaken, 19 Spielleuten, in Summa
894 Pferde oder Combattanten mit ausserdem 30 Nichtcombattanten
und 3 Packpferden. Für die Sotnie ergäbe sich somit als normaler
Etat in Summa: 150 Pferde (Combattanten), worunter 1 Essaul (Rittmeister), 2—3 Sotniks und Chorunshi's (Lieutenant und Fähnrich) und
7 Uriadniks (Unterofficiere) zu rechnen wären. Diesen Etat haben die
mobilen feldmässigen Sotnien aber fast nie. Bei dem Dienste in der
Steppe, so z. B. bei dem Feldzuge nach Chiwa zählten die Sotnien
100—125 Pferde, wohl auch noch weniger.

Die allgemeinen Verhältnisse, so namentlich Entwickelung, Equipirung, Bewaffnung und Bekleidung der Kosaken hat der Orenburger
Abschnitt (Cap. V.) eingehend behandelt. In Bezug auf die Bekleidung
sei hier nur noch erwähnt, dass die überhaupt in Turkestan übliche
Sommermontirung vorwiegend von den Kosaken den grössten Theil des
Jahres in der Garnison sowie im Felde und im Cordondienst getragen
wird. Dieselbe besteht wie bei der Infanterie aus einer weiten roth-
ledernen Pluderhose (Stoff wie Färbemittel sind Specialitäten der dortigen Fabrikation), die in hohe Schaftstiefel ohne Sporen eingesteckt
wird. Statt des Waffenrocks tragen die Kosaken ähnlich wie die Infanterie Kittel theils von blauem oder grauem Drillich, theils von halb-
wollenem grauschwarzem Stoffe, der dem bei uns viel getragenen Baum-
wollstoffe Mixed-Lustre ähnlich sieht und sehr dauerhaft und praktisch
ist (namentlich gegen Nässe). Ein lederner Gurt, an dem ähnlich wie
bei der Feldinfanterie Patrontaschen angebracht sind, hält den Kittel
in Falten um die Hüften zusammen. Der Kittel hat Achselstücke mit
der Farbe des betreffenden Kosakenheeres. Als Kopfbedeckung tragen dann die Kosaken Drillichmützen mit Schirm, ähnlich den russischen

Officiersmützen, an denen im Felde das früher erwähnte Nackentuch angeheftet wird. Die Pferdeequipirung besteht aus dem schon beschriebenen Kosakensattel (Art Bocksattel) mit hohem doppelten Sitzkissen, sehr kurzen Bügeln und dem Gepäck: Unterlegdecke, Schabracke, Mantelsack, 2 Ledertaschen, Fouragierleine und zum Theil Werkzeuge für Lagervorrichtung.

Auf die Zäumung (einfaches Kopfzeug mit kleiner Trense) wird gar kein Werth gelegt, das Gebiss der Trense hängt dem Pferde meist unter der Kinnlade, der Kosak regiert sein Pferd fast ausschliesslich mit dem Munde, den Füssen und vor Allem mit der meist grausam geführten Nagaika oder Peitsche. Taktisch im Felde tritt die Kosakencavallerie, wie schon früher bemerkt, meistens in Verbindung mit reitenden Raketenbatterien auf, die von ihr selbst in kleinen Detachements formirt werden. Ausgerüstet mit dem bequemen praktischen Kittel, der weiten Lederhose, den Stiefeln ohne Sporen, dem über die Schulter am Bandelier getragenen Kosakensäbel und einem Gewehr mit Bajonnet, das dem Infanteriegewehr wenig nachsteht, sind die Kosaken zum Gefecht zu Fuss fast ebenso tüchtig, wie die Infanterie. Wir erkennen somit in der Kosakenreiterei eine sehr zweckmässige und kunstvolle Combination aller drei Waffengattungen, Cavallerie, Artillerie und Infanterie, wie sie für irreguläre Verhältnisse und Anforderungen kaum irgendwo anders so gelungen zu finden ist und wie sie namentlich für den Steppenkrieg sehr tauglich erscheint! Erstaunt war ich, 1873 vielfach die Beobachtung und Erfahrung zu machen, dass der Kosak auf die Infanterietaktik ausserordentlichen Werth legt und fast mehr Infanterist als Cavallerist ist. Jedesmal bei kritischen Momenten, wenn es einer grossen Ueberzahl des Feindes gegenüber Noth an Mann ging, stürzten die Kosaken von den Pferden, um, nachdem sie aus den Pferdekörpern eine Art Schutzmauer gebildet hatten, sich hinter dieselbe niederzuwerfen und mit Hülfe ihrer schnellfeuernden Gewehre quarréartig gegen die von allen Seiten eindringenden, wohl hundertfach überlegenen Reiterschaaren des Feindes Front zu machen. Auch in der Offensive, ja zur Verfolgung, und selbst gegen chiwesische Infanterie sah ich die Kosaken ihre Pferde verlassen, um zu Fuss mit grösserem Nachdruck zu fechten. Es mag dieser seltsame, dem sonst bei allen

Kosaken als Hauptcharakterzug und Wesen bekannten Reitergeiste widerstrebende Umstand darin seine Erklärung finden, dass eben die Reiterschaaren der Centralasiaten, Usbeken, Kirghisen und Turkmenen, was Pferdematerial, numerische Ueberlegenheit und Landeskunde, zum Theil sogar Gewandtheit im Waffengebrauch betrifft, der Kosakencavallerie durchaus überlegen sind. Allein durch das Fussgefecht und die erwähnte Combinirung des Charakters aller drei Waffengattungen wird letztere der feindlichen Cavallerie gewachsen. Immerhin war es auffallend, zu bemerken, wie die Chiwesen, obwohl von panischem Schrecken und ungeheurem Respekt vor der russischen Infanterie und Artillerie erfüllt, die Kosaken gering achteten und sie mehrfach trotz Ueberlegenheit energisch angriffen. Ohne Infanterie und Artillerie würde die Kosakentruppe dauernd in der Steppe Nichts auszurichten vermögen. Ja die russischen Befehlshaber scheuten sich sogar, selbstständige Vorposten oder Rekognoscirungen durch die Kosaken aussetzen und ausführen zu lassen. Patrouillen entfernten sich nie weiter als höchstens 10—20 Werst von dem Gros. Wie von der Infanterie diese Schwäche der Kosaken erkannt und beurtheilt wird, geht aus einem Scherz hervor, den ich häufig unter den Zelten der Fusstruppen aussprechen hörte. Von den Soldaten werden die Kosakenreiter nämlich spottweise „Koschomki" genannt, von Koschma gleich Woylach abgeleitet, und zwar deshalb, weil sie gerne anstatt auf Vorposten alert zu sein, unter den Decken schlafen!

Organisirte Milizen hat Turkestan ebensowenig wie das Orenburger Generalgouvernement. Was dort von den Nomaden gesagt wurde, gilt zum grössten Theile auch hier. Dennoch wird es von Jahr zu Jahr mehr Sitte, dass die von Natur kriegerisch gesinnten Nomadenvölker, wie die Kaissaken, Kara-Kirghisen und Usbeken, Dienste bei den russischen Truppen, namentlich den russischen Officieren nehmen. Fast jeder Officier hat einen Dshigiten; Dshigiten, Führer und dienende Krieger befinden sich bei allen, sogar den kleinsten Stäben. Höhere Kirghisenchefs bekleiden auch wohl Stellen mit Officiersrang. Wenige nur verstehen sich dazu, als Kosaken in den wirklichen Etat der Sotnie einzutreten. Der Kirghise liebt noch immer seine Freiheit und gewöhnt sich ungern an den strengen Zwang der militärischen Disciplin. Von ganz besonderer Tüchtigkeit sind sie jedoch im Dienste als Dshigiten.

Der Turkestaner Dshigit kann sich dem kaukasischen würdig zur Seite stellen. Er ist viel weniger Diener als treuer Waffengefährte, Beschützer und dienender Krieger, der seinem Tiura*) oder Herrn freiwillig, wohl bewaffnet und beritten, als Knappe folgt und wohl auch im Stande ist, sein Leben für jenen zu lassen. Als Ordonnanzen und Staffetenreiter sind die gutberittenen, landeskundigen Dshigiten, von deren Muth, Ausdauer und Aufopferungsfähigkeit manches Schöne erzählt wird,**) von grosser Brauchbarkeit. Im Dienste der russischen Officiere lernen sie sehr schnell russisch und sind dann vielfach als Dolmetscher nützlich. Als Postknechte (Jemtschiks), als Trainpersonal, seltener wohl auch als Bedeckung für Waarentransporte u. s. w. werden die Kirghisen ausserdem verwandt; Sarten und Tadschiks eignen sich höchstens zu Erdarbeitern, Handwerkern, Dolmetschern, Spionen etc. und finden vielfach in den Stäben und bei den Intendanzen oder Proviantämtern Verwendung.

Die Organisation des Hauptstabes in Taschkend, der Gouvernements- und Kreisstäbe in den Hauptprovinzialorten haben wir früher schon kennen gelernt. Das diesen attachirte Militär- und Civilpersonal ist ein sehr bedeutendes und lässt sich durch bestimmte Zahlen kaum angeben. Alle Stäbe haben einen grossen Tross von Ordonnanzen, Dshigiten, Dienern etc., die meist dienstbereit, ihre Pferde am Zügel, vor der Wohnung des allmächtigen Stabschefs lagern, jeden Winks gewärtig. Die höheren Officiere reiten fast nie ohne ein kleines Gefolge, selbst die jungen Officiere sind fast immer von einem Dshigiten gefolgt. In dieser Beziehung treiben die Turkestaner Officiere in noch erhöhterem Masse wie die im Kaukasus einen orientalischen Luxus, eine asiatische Prachtentfaltung. Der General-Gouverneur von Turkestan hat eine besondere Leibwache oder Eskortensotnie, die zu 180 Pferden aus Elitetruppen der Kosakenreiterei zusammengesetzt ist, stets zur Disposition des Generals steht und von der ein Theil dem Wagen desselben bei seinen Ausfahrten im Trabe oder Galopp folgt.

---

*) Tiura ist der allgemeine Ausdruck, mit dem die Nomaden Centralasiens, Kirghisen, Turkmenen, Chiwesen, die russischen Officiere bezeichnen.

**) Vergl. „Turkestaner Leben" von Iwanow; „Russische Sittengemälde" von Karasin, deutsch von H. v. Lankenau. Viel Wahres schildert, wenn auch in romanhafter Form, das Buch „Aus fernem Osten" von demselben Verfasser, 1874.

Die Marine des Turkestaner Militärbezirks.

Die Aralflottille, die hauptsächlich zur Schifffahrt auf dem Syr- und Amu-Darja Verwendung findet, besteht aus folgenden Schiffen:

Dampfer.	im Dienst seit	erbaut in	Geschützen	Pferdekraft	Tonnen	Tiefgang (russ. Fuss)
Perowski, kleines Räderschiff . . .	1853	Schweden mit	3	40	140	3 '
Samarkand, Räderschiff	1866	Belgien „	6	70	154	2 '
Obrutschew, Barkasse	1852	Schweden „	—	12	16	2—3 '
Aral } Räder hinten	1862	Liverpool „	2	40	149	5 '
Syr-Darja }	1862	„ „	1	20	70	4¼ '
Taschkend, Radschiff	1870	Russland „	1	35	95	über 3 '
Summa: 6 Dampfer mit			13	217	624	

Alte Segelschiffe.	im Dienst seit	erbaut in				
Nikolaus, altes Segelschiff (Holz) . .	1847	Orenburg	(I. Schiff auf dem Aralsee.)			
Constantin, „	1849	„	(Butakow'sche Expedition.)			
Michael, (Handelsschiff)	1847	„				
Schwimmendes Dock	1860	„	mit 156 Tonnen.			

9 Barkassen od. Bargen als Schleppsch. f. d. 6 Dampfer (im aktiv. Dienst mit je 1 Gesch. bem).

Summa: 19 Schiffe, worunter aber nur 6 Dampfer mit 217 Pferdekraft und 624 Tonnen und 9 Bargen mit 13 resp. 22 Geschützen, die zum aktiven Dienst seetüchtig sind und die eigentliche Flottille bilden. Der normale Etat für die Equipage ist 460 Mann Marinesoldaten, exclusive Matrosen und Officiere. Die Schiffe, welche die sogenannte Aral-Küstenflottille bilden, sind keine Schlachtschiffe, sondern einfache Kriegsfahrzeuge zur Küstenvertheidigung, zum Transporte von Truppen und Armeematerial und zur Unterstützung militärischer Operationen auf dem Aralsee, dem Syr- und Amu - Darja. Die Dampfer unterscheiden sich kaum von den gewöhnlichen Passagier - Flussdampfern, wie sie auf den meisten europäischen Flüssen im Gebrauche stehen. Die Geschütze stehen frei auf Deck, die Mannschaften haben keine Deckung hinter Brustwehren, Munition und Pulvermagazin liegen über Wasser, der Kessel der Maschinen frei und offen über Deck (Aral und Syr - Darja zum Theil ausgenommen). Das zum Theil ungünstige Fahrwasser des Syr-

und Amu - Darja, das namentlich bei der Einfahrt vom Aralsee in der
trocknen Jahreszeit oft kaum 3 Fuss Tiefe hat und durch die reichlichen Anschwemmungen und Sandbänke ein sehr wechselndes ist, verlangt für die Flussschifffahrt kleine, breite und sehr flache Schiffe, deren Tiefgang höchstens 2—3 Fuss sein darf. Diese flach gehenden, für
die offene See unter normalen Verhältnissen zum Theil total unbrauch-
baren Schiffe müssen nun auch für den Dienst auf dem Aralsee ausschliesslich benutzt werden. Im Vergleich zu dem geringen Nutzen,
den man in Turkestan bisher von der Flottille gehabt hatte, zu den immensen Schwierigkeiten und Kosten, welche, wie früher schon erwähnt,
der Transport der in Stücke zerlegten Schiffe von England und Schweden veranlasste, wäre die Anschaffung von besonderen See- und Fluss-
schiffen wohl an sich schon nicht rathsam gewesen. Die in Dienst-
stellung wirklich seetüchtiger Kriegsfahrzeuge mit bedeutendem Tief-
gange, die allein für den Aralsee brauchbar wären und nicht in den
Syr einlaufen könnten, wäre allein schon deshalb unmöglich gewesen,
weil der Aralsee bis jetzt noch keinen geeigneten Hafen, ja sogar an
seinen Küsten keinen einzigen bewohnten Ort besitzt, an dem die Schiffe
überwintern könnten. Mit Beginn der schlechten Jahreszeit müssen
sämmtliche Schiffe in den Syr-Darja einlaufen, um auf der Rhede von
Kasalinsk zu überwintern. Alle Reparaturen können einzig auf der
Kasalinsker Werft bewerkstelligt werden, wo auch allein die Armirung,
Ausrüstung und Verproviantirung der Schiffe möglich ist. Erinnert
man sich des, bei Beschreibung des Aralsees besprochenen, wilden und
durch furchtbare Stürme und starken Wellenschlag der Schifffahrt höchst ungünstigen Charakters des Binnenmeeres, so lässt sich der geringe Werth
der Aralflottille, die ungünstigen Verhältnisse der dortigen Marine leicht
ermessen. Kohlen fehlen dem Turkestaner Gebiete allerdings nicht.
Die Gruben sind jedoch noch wenig erforscht, der Betrieb derselben
kaum begonnen, die Kosten des Transportes der Kohlen von dem fernen Chodshender Gebiete noch so gross, dass dieselben zur Heizung
der Schiffe am untern Syr und auf dem Aralsee nicht zur Verwendung
kommen. Eigentliche Wälder giebt es nicht. Das einzige Brennmaterial
bildet das zähe, knorrige Holz des Saxaulgesträuches, das allerdings in
genügender Anzahl vorhanden ist, aber der schnellen Brennbarkeit und
der relativ geringen Heizfähigkeit wegen in so grossen Quantitäten an

Bord genommen werden muss, dass die Schiffe selbst mit einer, allein Saxaul geladenen Barge im Schlepptau nur ganz kurze selbstständige Fahrten machen können, sonst aber streng an die unentbehrlichen Holzstationen, die von einzelnen Kirghisen an den Ufern versorgt werden, gebunden sind. Dieser Uebelstand ist auf der offenen See schon gross, kann aber in den seichten, von zahlreichen sogenannten ambulanten Sandbänken durchzogenen Gewässern des Syr, namentlich aber des Amu-Darja sehr peinlich werden, indem nur eine geringe Ueberladung durch Brennholz selbst die kaum 3 Fuss tiefen Schiffe an der freien Durchfahrt verhindert. Bei der jüngsten Erforschungsfahrt auf dem Amu-Darja im Sommer 1874 musste oft die ganze Ladung gelöscht werden, um eine Durchfahrt zu ermöglichen. Obgleich das Saxaul in jeder Beziehung ein ungenügendes Heizmaterial liefert, sind die Kosten zur Beschaffung desselben durch die Nothwendigkeit der Anlage und Unterhaltung von zahlreichen Holzstationen ziemlich bedeutend. Im Syr-Darja-Gebiet wird das Pud (40 Pfund) Saxaul zu 5—7 Kopeken verkauft, im Chanat Chiwa forderte man jedoch 5, 10 bis 15 Kopeken pro Pud. Perowski brauchte auf dem Amu-Darja bei der Staljetowschen Expedition täglich 150—200 Pud, also zum Werthe von ca. 20 Rubel. Vom Fort Nukuss am Amu bis zurück nach Kasalinsk kaufte Perowski im Lande allein 7000 Pud Saxaul, was sonach einem Werthe von 600—900 Rubel entspricht.*) Da die Hauptaufgabe der Aralflottille mehr und mehr die sein wird, die Communication über den Aralsee zwischen dem Amu-Darja und Syr-Darja, den neu angelegten Forts des erworbenen Amu-Darja-Gebietes, Petro-Alexandrowsk und Nukuss, und dem Generalgouvernement Turkestan zu vermitteln und so das von allen Seiten durch unzugängliche Wüsten umgebene Chiwaland aus seiner isolirten Lage zu befreien, so werden die erwähnten Uebelstände in Bezug auf den Tiefgang und die Construction der Schiffe der dortigen Administration noch ernstliche und peinliche Schwierigkeiten bereiten, falls man nicht ganz immense Summen opfern, Häfen bauen, besondere Aral-, Syr- und Amu-Flottillen, jede für sich selbstständig, errichten will. Der Versuch, mit dem „Perowski" den Amu-Darja bis

---

*) Capt. Lieutenant Brjukow, Correspondenz vom Amu-Darja 1874. Russischer Invalide.

zum Fort Petro - Alexandrowsk, also unweit der Hauptstadt Chiwa, zu befahren, ist faktisch allerdings im Sommer 1874 geglückt. — Man hatte aber trotz des geringen Tiefganges des Schiffes derartig schlimme Erfahrungen zu machen, so grosse Schwierigkeiten, namentlich in Bezug auf Brennmaterial, zu überwinden, dass man von einer regelmässigen Verwendung der vorhandenen Aralschiffe Abstand nehmen und mit dem Bau besonderer Amuschiffe wird beginnen müssen. Bevor dies nicht geschieht, wird an eine nutzbringende Schifffahrt auf dem Amu - Darja nicht zu denken sein. Von den angeführten Schiffen der Aralflottille eignen sich zur Fahrt auf dem Amu-Darja nur „Samarkand" und „Perowski", da die übrigen zu grossen Tiefgang haben. Ueberdiess ist der alte „Perowski", der, wie schon erwähnt, mit der kleinen Barkasse „Obrutschew" im Jahre 1853 die Schifffahrt auf dem Syr-Darja eröffnete und lange Jahre — neuerdings mit dem „Samarkand" zusammen — fast einzig den Dienst auf den Flüssen versieht (1873 und 1874 auf dem Amu-Darja), schon so sehr verbraucht und so wenig seetüchtig, dass für die Zukunft der „Samarkand" das einzige Transportmittel für den Amu-Darja sein wird, obwohl er seiner Grösse und Breite wegen für diesen Dienst noch weniger geeignet ist als der „Perowski".

Für den eigentlichen Seedienst werden ausschliesslich „Aral-" und „Syr-Darja", auch wohl „Taschkend" verwandt. Wie weit diese Schiffe aber seetüchtig, ob sie überhaupt alle noch brauchbar sind, möchte zweifelhaft erscheinen. Ich habe keines der Schiffe im aktiven Dienst zu sehen bekommen; einige lagen in Kasalinsk auf der Rhede. Jedenfalls erscheint es auffallend, dass zu der Chiwa-Expedition sowohl wie zu dem Truppen - Transport 1873—75 und der wissenschaftlichen Expedition des Jahres 1874 keines dieser Schiffe verwandt wurde, obwohl dieselben doch die Verbindung zwischen dem Syr - Darja und der Mündung des Amu - Darja hätten herstellen können. Seit dem Jahre 1873 versehen diesen wichtigen Dienst zwischen Kasalinsk und Chiwa ausschliesslich der „Samarkand" und der baufällige „Perowski".

Die Art der Indienststellung dieser beiden, eigentlich nur für die Flussschifffahrt construirten Kriegsdampfer wird in Folge der durch die Nothwendigkeit des geringen Tiefganges und das schlechte Fahrwasser bedingten ungünstigen Verhältnisse eine von den gewöhnlichen Normen total abweichende. Die Schiffe sind kaum im Stande, selbstständige

Fahrten zu unternehmen, sondern an die im Schlepptau geführten ein oder zwei Bargen durchaus gebunden. Bemannung, Armirung, Proviant und Brennmaterial muss, auf das Genaueste abgemessen und berechnet, auf die Bargen vertheilt werden, um so das Hauptschiff zu entlasten und ihm den geringen Tiefgang zu erhalten, der zur Einfahrt in das Amu-Delta und den Hauptstrom aufwärts absolut nothwendig ist. Der grösste Theil der Bemannung, Marinetruppen, Proviant und Heizvorrath muss auf den Bargen untergebracht werden. Die Bargen sind ca. 50 Fuss lange, offene Schleppkähne aus Eisenblech mit 2 Masten und der Takelage eines Segelschiffes. Besondere Unterkunftsräume für Mannschaften, Pferde und Material haben dieselben nicht. Bei Transporten werden namentlich für Pferde besondere hölzerne Verschläge und Gerüste darin angebracht. Die Bargen sind im gewöhnlichen Friedensdienste auf dem Syr-Darja mit je einem Vierpfünder armirt. Das Geschütz steht an dem kleinen Vorderdeck nach der Seite hin gerichtet auf einer kleinen, erhöhten eisernen Laffete.

Die Armirung der Kriegsdampfer besteht aus 4pfündigen bronzenen, gezogenen Vorderladern (La Hitte), die auf einer beweglichen Blocklaffete frei auf Deck stehen. „Perowski" und „Samarkand" haben ausserdem noch kleinere gezogene Geschütze geringeren Kalibers, ähnlich den 3pfündigen Berggeschützen, mit Kartätschgeschossen. Die 4pfündigen Marinegeschütze haben Granat- und Kartätschgeschosse. Die Equipage besteht aus 460 Mann, wovon nur ⅓ Combattanten sind mit ca. 20 Officieren. Die Equipage ist mit gezogenen 7linigen Gewehren und Abordage-Pallaschen bewaffnet und hat eine Sommerbekleidung, die der bei der Turkestaner Infanterie beschriebenen Sommermontirung ähnlich ist. Die Leinwandbekleidung der Matrosen ist ähnlich der überall üblichen. Hitze, Nachtthau, die gefährlichen Ausdünstungen der Flussniederungen und Sümpfe, vor Allem aber unzählige giftige Musquitos und Fliegen machen den Marinedienst in Centralasien zu einem höchst anstrengenden. Der Gesundheitszustand unter den Matrosen soll deshalb kein günstiger sein; die Leute leiden namentlich viel an Fieber und Augenkrankheiten. Chef der Aralflottille mit dem Sitz in Kasalinsk ist der aus dem Feldzuge 1873 rühmlichst bekannte Capitän II. Classe*)

---

*) Mit dem Range eines Oberst-Lieutenants.

Sitnikow, der seinerseits direkt dem Generalgouverneur von Turkestan unterstellt ist. Kasalinsk bildet die einzige Station für die Flottille, hier befindet sich das Flottendepot, Arsenal, Werft, Docks u. s. w. Die Werkstatt zu Reparaturen von Schiffen und Maschinen in Kasalinsk hat eine Dampfmaschine in Betrieb. Das Admiralsschiff vertritt gewissermassen der „Samarkand", der in geradezu eleganter und luxuriöser Weise mit allem ordenklichen Comfort ausgestattet ist und sich mit jedem Salonschiff Europa's messen kann. Das Hauptheizmaterial für die Aral-Fluss-Flottille, das Saxaul, wird durch Holzstationen längs dem Laufe des Syr-Darja beschafft, die Kohlen von Depots, die an den Mündungen des Aryss dauernd angelegt sind, bezogen. Es werden für den Dienst auf dem Aralsee und dem Syr-Darja ungefähr 350.000 Pud Saxaul und 40.000 Pud Kohlen jährlich gebraucht!

Um einen Begriff von der Art der Indienststellung der Turkestaner Kriegsfahrzeuge zu geben, sei hier die Formirung der kleinen Flottille erwähnt, die unter Befehl des unerschrockenen Capitäns Sitnikow im Jahre 1873 am Feldzuge gegen Chiwa theilnahm und glücklich in einen Arm des Amu-Delta's, den Ulkun-Darja, bis in die Nähe des Kuschkana-Tau, ca. 50 Werst von Kungrat, einlief.

Die Flottille bestand aus dem Kanonenboot „Samarkand" mit einer, dem „Perowski" mit zwei Bargen im Schlepptau. Der „Samarkand", ein Raddampfer von breitem, flachen Bau und ausschliesslich für die Flussschifffahrt gebaut, hat die Munitions- und Pulvermagazine über Wasser und den Kessel der Maschine frei über Deck. Er befuhr im Jahre 1873 zum ersten Male den Aralsee, und war mit 6 Geschützen armirt. Zwei 4pfündige gezogene bronzene Hinterlader La Hitte standen je nach einer Seite gerichtet frei auf Vorderdeck, vier kleine Dreipfünder oben auf dem Radkasten. Die Bargen, Zweimaster, hatten 2 Vierpfünder.

Der „Perowski", ebenfalls Raddampfer, ist von längerem und schmälerem Bau als der „Samarkand". Er war ebenfalls mit 2 Vierpfündern und 2 kleinen Dreipfündern armirt und hatte 2 Bargen im Schlepptau, deren jede wiederum mit 2 Vierpfündern ausgerüstet war. Die Bemannung bestand aus dem etatsmässigen, 60 Mann zählenden Matrosenpersonal und 260 mit neuen Gewehren und Revolvern ausgerüsteten Marinesoldaten. Die Chargirung pro Geschütz betrug 175 Schuss, pro Gewehr 250 Schuss. Die Flottille bestand somit aus:

1 Samarkand	mit	2	gez.	4pfdern	und	4 kleinen 3pfdern,	70 Pferdekraft,	154 Tonnen,
1 Barge	„	2	„	„	„	— „	„	— „	30 „
1 Perowski	„	2	„	„	„	2 „	„	40 „	140 „
2 Bargen	„	4	„	„	„	— „	„	— „	60 „

5 Schiffen mit 10 gez. 4pfdern und 6 kl. 3pfdern mit 110 Pferdekraft, 384 Tonnen,
mit ca. 260 M.

Die historische Uebersicht hat im II. Kapitel (pag. 53 und 56) gezeigt, wie im Jahre 184? die Schifffahrt auf dem Aralsee, der im Jahre
1853 die auf dem Syr-Darja folgte, unter Perowski in's Leben gerufen
wurde. Obwohl es Butakow auf dem „Constantin" gelang, in den westlichen Amu-Arm, den Ulkun-Darja und Kitschkin-Darja ungefähr ebenso
weit vorzudringen, wie die Aralflottille im Jahre 1873 und 74, so wurde
er an der Erreichung des Hauptstromes bei Nukuss, die nur durch den
östlichsten Arm des Jany-Su und Kuwandj-Dsherma längs der Daukara
Seen möglich ist, durch grosse Steinblöcke verhindert. Dieselben eng-
ten das Fahrwasser in der Nähe genannter Seen so ein, dass der „Constantin" nicht weiter fahren konnte und man sich damit begnügen
musste, in einem kleinen Boote den einen Mündungsarm weiter zu
verfolgen. Seit Butakow ruhte die Erforschung des Amu-Delta von der
Seeseite her. Die Schifffahrt erstreckte sich hauptsächlich nur auf den
nördlichen Theil des Sees nnd den Syr-Darja von Kasalinsk über die
Forts der Syr-Linie aufwärts bis Tschinas (siehe pag. 249). Eigentliche Häfen gab es, wie gesagt, an den Küsten des Aralsees nicht.
Günstige Ankerstellen bieten im Norden allein der Perowskische (Tschu-
bar-Toraus) und im Süden der Tuschtschebass-Busen, in den sich
der einzig schiffbare, östliche Arm des Amu-Darja, der Jany-Su, ergiesst.
Erst das Jahr 1873, die Erfolge der Aralflottille im letzten Feldzuge und
die Anlage von russischen Befestigungen am linken Ufer des Amu-Darja
erweiterten dauernd den Rayon der Schifffahrt bis in das Amu-Delta,
seit 1874 sogar bis hinauf nach Petro-Alexandrowsk. Als partielle Einfahrt dient der mittlere Arm des Deltas, der Ulkun-Darja, der durch
seinen westlichen Arm, den Kitschkin-Darja, von der Seeseite erreicht
wird.[*] Grosse Schiffe können nur bis an den Kara-Kôl (See) in der
Nähe des Kuschkana-Tau gehen, von wo die Verbindung theils
zu Lande, theils mit den kleinen Kajiks oder flachen Holzbooten der

---

[*] Siehe Karte II. und III.

Eingeborenen (namentlich Karakalpaken), die von letzteren mühsam die starke Strömung aufwärts gezogen werden, mit dem Kungrat - Gebiete einerseits, dem Tschimbaiergebiet und Nukuss, andererseits erreicht werden. Eine dauernde Flottenstation ist deshalb an den Kuschkana'schen Bergen seit Frühjahr 1873 errichtet worden. Die zweite eigentliche Einfahrt zum Hauptstrom des Amu-Darja führt durch den Tuschtschebass-Busen, den Jany-Su aufwärts, bis nach den Daukara-Seen. Durch den Kara-Teren und Kungrat-See, an der kleinen und alten Feste Kilidsch-Kala vorbei, geht die Durchfahrt nach dem breiten Kuwandj - Dsherma und erreicht diesen aufwärts den Amu-Darja wenige Werst südlich Nukuss ungefähr in der Höhe von Chodshaili. Von hier an wird das Fahrwasser sehr schlecht und zweifelhaft, obwohl es im Jahre 1874 dem Dampfer „Perowski" gelang, nach vielen Anstrengungen und Schwierigkeiten bis in die Nähe von Petro - Alexandrowsk hinaufzudampfen. Zur Anlage von Stationen, namentlich für Holz und Proviant, auf dieser Strecke möchte mit der Zeit die Mündung des Jany-Su in den Tuschtschebass-Busen, die Daukara-Seen, Kilidsch-Kala und Nukuss benutzt werden. Die Strecke wird aber erst dann Wichtigkeit erlangen, wenn besonders construirte Dampfboote im Stande sein werden, die Schwierigkeiten des ungünstigen Fahrwassers zu überwinden. Absolute Hindernisse werden dann der Schifffahrt, die jetzt schon durch die zahlreichen Kajiks der Chiwesen eine recht regsame genannt werden kann, in keiner Weise den Amu aufwärts entgegenstehen.*)

Näheres über die Einfahrten in das Amu-Delta wird die Beschreibung des Amu-Darja im II. Theile des Buches bringen. Die hohe Wichtigkeit der Verbindung zwischen Syr - Darja und dem Chanat Chiwa durch diesen Strom lässt grosse Aenderungen und Umbildungen für die kleine turkestanische Marine erwarten; neuerdings soll eine Anzahl eiserner Boote, die speciell für die Befahrung des Amu construirt wurden, über Orenburg nach dem Syr-Darja abgegangen sein. —

---

*) Von den Stromschnellen, der gefährlichen Pforte in der Nähe von Kiptschak, von der Vambéry erzählt und die derselbe mit dem eisernen Thor der Donau seltsamer Weise vergleicht, hat Verfasser auf seiner Fahrt von Jany-Urgensch nach dem Aralsee 1873 nichts mehr sehen können. Die Berichte von der wissenschaftlichen Expedition des Jahres 1874 erwähnen von dieser Stelle ebenfalls nichts.

Nachdem wir es nunmehr versucht haben, einen Ueberblick über die gesammte Land- und Seemacht des Turkestaner Militärbezirks zu geben, würde es zum Schlusse nur noch erübrigen, einige Worte über die dortigen allgemeinen Garnisons- und Cantonnementsverhältnisse zu sagen. Die russischen Garnisonen in Turkestan sind die jüngsten des russischen Reiches. Ihre Gründung datirt aus dem letzten Jahrzehnt, gehört zum grossen Theil sogar den letzten Jahren an. Auch hier sind überall ganz im Entstehen und Werden begriffene Verhältnisse und Zustände. Wir haben früher schon erkannt, wie die entfernte, durch unwirthsame Steppen isolirte Lage der Provinz, die Hindernisse bei Beschaffung des Kriegsmaterials und der Ergänzung der Armee für die Entwickelung der militärischen Verhältnisse ganz ausnahmsweise grosse Schwierigkeiten schuf. Nur die grössten Opfer ermöglichten es, die turkestanische Armee selbst auf den, verhältnissmässig sehr kleinen, momentanen Etat zu bringen und auf solchem nur nach den allerdringendsten Anforderungen zu erhalten. Die ungewisse Haltung einer sehr gemischten, neu unterworfenen Bevölkerung, unter der das russische Element total verschwindend ist, die Nachbarschaft der usbekischen Chanate, deren Gesinnung Russland gegenüber niemals vertrauenerweckend und zuverlässig war, schliesslich die offene, deckungslose Lage der russischen Grenze den unstäten und zum Theil dem Räuberleben ergebenen Steppenvölkern gegenüber, — alles dies verlangte die ganze Wachsamkeit einer strategisch sorgsam dislocirten Occupations-Armee. Die an sich schon numerisch unbedeutenden Streitkräfte mussten auf das ausgedehnte Areal des ganzen Landes vertheilt werden, eine Nothwendigkeit, welche eine Zersplitterung der Kräfte veranlasste, die allein durch strategische Massnahmen, durch Anlage einer grossen Zahl fester Stützpunkte und Forts paralysirt werden konnte. So entstanden die zahlreichen turkestanischen Forts, festen Punkte und Städte, welche ausschliesslich die Garnisonen der Turkestaner Armee bilden, und die es allein der kleinen Armee möglich machten, ihre schwierige und gefahrvolle Aufgabe mit dem besten Erfolge lösen zu können. Die Entstehung der ersten befestigten Etappenlinie am Syr, der sogenannten Syrlinie, hat die historische Einleitung gezeigt. Ihre Erweiterung und Ausdehnung folgte sachgemäss dem weitern Vordringen der russischen Macht nach Osten und Süden. Jetzt erstreckt sich die Syrlinie vom Aralsee bis nach Chodshend und bildet eine fortlaufende Kette von befestigten Etappen, Forts oder durch moderne Fortification befestigten, asiatischen Städten. Die ersten Stützpunkte, wie Ft. Aralskoje, Ft. Kasala (Ft. No. 1), Ft. Kaimaktschy (No. 2), Ft. Perowsk (No. 3), Ft. Dshulek (No. 4), wurden ganz neu angelegt und bilden passagere Befestigungen Vauban'schen Tracés, ausgedehnte und sorgfältig erbaute Erdschanzen. Bei dem weiteren Vordringen nach Osten fand man in den grösseren Städten, die alle mit asiatischer Befestigung, doppelter, oft dreifacher Lehmumwallung, mit Gräben und ziemlich sturmfreier Citadelle versehen waren, geeignete und ausreichende Stützpunkte. Man unterliess es, wie früher am untern Syr, die genommenen feindlichen Forts zu schleifen, der Vernichtung und den Flammen preiszugeben. Im Gegentheil, man suchte die gewonnenen asiatischen Befestigungen möglichst zu schonen, auszubessern und zu erhalten. Zum Theil blieb die Lehmumwallung, sammt der innern Citadelle der Städte in ihrer alten Form vollständig bestehen, zum Theil wurde nur die Citadelle nach russischer Form umgebaut, erweitert und mit modernem Geschütz armirt. So war sehr bald die eigentliche Syrlinie, die zuerst nur aus den Forts No. 1, 2, 3 und 4 bestanden hatte, um die festen Stützpunkte Turkestan (Hasret), Tschemkend, Taschkend, Neu-Tschinas, Chodshend und Ura-Tübe erweitert. An diese Hauptlinie schloss sich dann nach Norden an: die Semirjetschensker Grenzlinie, die durch die festen Punkte Aulie-Ata (Tokmak), Ft. Ak-Su (Kara-Köl am Issyk-Kul), Narynskoje, Wernoje, Iletzk, Neu-Kuldsha, Kopal, Sergiopol und die feste Position am Musart-Pass*) repräsentirt wird, und nach Süden die Sarafschanlinie, durch die Punkte: Dshisak, Samarkand, Pendshikend, Katty-Kurgan, Ft. Kljutschewoje, Ft. Kamennimosst u. s. w. gebildet. In den kleinen Erdschanzen provisorischer Befesti-

---

*) Um den Umfang der Operations- und Marschrouten - Karte III. nicht allzu gross werden zu lassen, war es leider nicht mehr möglich, das Semirjetschensker und Kuldsha-Gebiet zur Darstellung zu bringen. Um sich auch hier zu orientiren, sei dem Leser vor Allem die neueste, ausgezeichnete und elegante Karte Petermann's in dessen „Mittheilungen, Ergänzungsheft No. 42, 1875" empfohlen, das Blatt trägt die Ueberschrift: „Originalkarte des centralen Theiles des Tian - Schan - Gebirgssystems" zur Uebersicht von N. A. Sewerzoff's Reisen 1864—68 von A. Petermann. Massstab: 1 : 1.000.000. — 1875. — Empfehlenswerth ist ebenfalls die Karte, die dem Rawlinson'schen Werke „England and Russia in the East", 1875, beigegeben ist. Die Karte lautet: „Central-Asia", constructed from latest english and russian documents by J. Arrowsmith. London 1872. —

gungsart, die anfangs nur die allernöthigsten Wohnungen für die Officiere, Baracken für die Mannschaften und Magazine für den Proviant
besassen, entwickelte sich sehr bald ein reges Leben. Handwerker und
Handelsleute wurden durch die Garnison und deren Bedürfnisse herangezogen, Schenken, Kaufläden und schliesslich geräumige und bequeme
Wohnungen für Officiere und Beamten entstanden sehr bald, so dass
heutzutage schon ganz ansehnliche Ortschaften die niedrigen Erdwerke
umgeben. Eine ähnliche Umwandlung erfuhren die asiatischen Städte,
wie Taschkend, Samarkand, Tschemkend, Turkestan u. s. w., wie wir
dies zu Beginn des Kapitels schon gesehen haben. Im Allgemeinen
lässt sich sagen, dass die Turkestaner Truppen sich in Anbetracht der
schwierigen socialen Verhältnisse und der kurzen Zeit ihres Aufenthalts
in erstaunlicher Weise in dem fremden Lande heimisch gemacht und
wohnlich eingerichtet haben. Wenn auch die ungewohnte Lebens- und
Nahrungsweise der Asiaten, die Unbequemlichkeiten, welche durch die
alle centralasiatischen Städte charakterisirende, Hitze und den überwäl-
tigenden Staub, zahlreiches giftiges Ungeziefer wie Skorpionen, Phalangen, Schlangen u. s. w. für den Neuling und ungewohnten jungen Soldaten anfangs schwer zu ertragen sein mögen, so macht doch der ganze
Charakter der Truppen in ihrem äussern Leben einen höchst günstigen,
erfreulichen Eindruck, aus dem ein allgemeines Wohlbefinden, eine gewisse heitere Leichtlebigkeit, ein Gefallen an dem abnormen und von
der Einförmigkeit der grossrussischen Heimath so sehr contrastirenden,
geräuschvollen orientalischen Leben unverkennbar ist und den fremden
Officier höchst angenehm berührt.

Es möchte nicht uninteressant sein, sich aus nachstehender Zusammenstellung ein Bild entwerfen zu können, in welcher Weise die
früher beschriebene turkestanische Armee auf die erwähnten festen
Stützpunkte des Landes vertheilt ist. Die Zusammenstellung vermag
vor Allem dem Leser einen Begriff zu machen, wie sehr die geringen
Streitkräfte auf die grossen Entfernungen vertheilt sind, eine Zersplitterung, die, dem erdrückenden Uebergewicht der numerisch so überwältigend überlegenen Landesbevölkerung gegenüber, uns nur mit Staunen
und Bewunderung für die Unerschrockenheit und Gewandtheit der russischen Occupation erfüllen muss.

Die Dislocation der russischen Truppen war zu Beginn des Jahres 1873 ungefähr wie folgt:

Dislocation der Truppen im General-Gouvernement Turkestan.

Chef: Gener. Gouv.: Gen. Adjutant v. Kauffmann I. Hauptstab: Taschkend.

I. Im Syr - Darja - Gebiet.

Chef: Gouverneur: G. M. Golowatschew.

1. **Kasalinsk Fort No. 1** (moderne russische Befestigung).
   VIII. Turk. Lin. Bat. (4 Comp. in Chiwa seit 1873).
   2 Sotn. II. Orenburg. Kosak. Reit. Regiments.
   cr. 1 Comp. Kosaken zu Fuss.
   IV. Bergbatt. der II. Turk. Fuss. Art. Brig.
   III. Mitrailleus.-Batt. d. II. Fuss. Art. Brig. (erst 1873 formirt)
   Die gesammte Marine mit Stab. 460 M. = cr. ¼ Bat. und
   19 Schiffe mit 22 Gesch.
   Local Commando unter 1 Major.

2. **Karmaktschy Fort No. 2** (moderne russ. Befestigung).
   1 Comp. Kosaken zu Fuss (Local Commando)
   1 Sotnie des 2. Orenburg. Kos. Reit. Regiments.

3. **Perowsk Fort No. 3** (moderne russ. Befestigung).
   5 Comp. Kosaken zu Fuss.
   2 Sotnien des 2. Orenburg. Kos. Reit. Regim.
   Festungs-Artill. Verwaltung III. Classe à 150 Mann.
   Kreisstab.

4. **Fort Dshulek** (russ. passag. Erdwerk)
   1 Sotn. des 3. Orenburg. Kos. Reit. Regim.
   Kosaken zu Fuss.

5. **Stadt Turkestan** (asiatische Citadelle)
   1 Sotn. des 3. Orenburg. Kos. Reit. Regim.
   Kosaken zu Fuss.
   Kreisstab.

6. **Stadt Aulie-Ata.**
   1 Sotn. des 3. Orenburg. Kos. Reit. Regim.
   Kosaken zu Fuss.
   Kreisstab.

7. **Tschemkend** (asiatische Citadelle).
   Kosaken zu Fuss.
   Kreisstab.

8. **Taschkend** (asiatische Citadelle mit russ. Befestigung).
   Hauptstab: General-Adjutant v. Kaufmann I.
   Gebietsstab, Gouverneur G. M. v. Golowatschew
   Turkest. Schützenbrig. (1., 2., 3. Bat.) (4. in Orenburg).
   Gouvernement Bat. „Taschkend“.
   4 Sotn. 1. Orenb. Kos. Reit. Regim. (jetzt in Petro-Alexandrowsk)
   1 Leib-Sotn. Escorte des Generalgouverneurs (à 80 Pf.)
   1 Sotn. Semirjetschemks Kosak. Reit. Regim.
   1 Turkest. Sappeur-Comp.
   I. Turk. Fuss-Artillerie-Brigade.
   1 Div. d. I. Batt. d. Orenb. Reit. Kosak. Art. Brig.
   1 Festungsartillerie Verwaltung II. Classe.
   Kreisstab.

	Regulär Truppen				Irregulär Truppen			
	Bataillone	Batterien	Fest.-Commando	Fest.-Geschütze	Sotnien	Rotten	Kreis-Commando	Local-Commando
1.	1	2	—	20 / 22(M)	2	1	1	1
2.	—	—		a 5	1	1	—	1
3.	—	—	1	alt 20	2	4	1	1
4.	—	—		a 5	1	1	—	1
5.	—	—		?	1	?	1	1
6.	—	—	—	?	1	?	1	1
7.	—	—	—	?	—	cir. 2	1	1
8.	4	4½	1	a 20	6	—	1	—
Latus	5	6½	2	c. 92	14	9	6	7

	Regulär Truppen				Irregulär Truppen			
	Bataillone	Batterien	Fest-Commando	Fest-Geschütze	Sotnien	Rotten	Kreis-Commando	Local-Commando
Transport	5	6¼	2	c. 92	14	9	6	7
9. Stadt Chodshend (asiatische Citadelle).								
VII. Turk. Linien-Bataillon.								
1 Sotn. des 3. Orenburg. Kos. Reit. Regim.								
1 Sotn. des combinirten Kos. Reit. Regim.								
1 Fussbatterie der II. Turk. Artill. Brigade.	1	1	—	?	2	—	1	1
10. Ura-Tübe (asiatische Citadelle).								
3. Comp. des 4. Turk. Linien-Bataill.								
½ Sotn. des 3. Orenburg. Kos. Reit. Regim.								
4 Festungsgeschütze.	½	—	—	4	½	—	—	1
11. Neu-Tschinas (kleines russ. Fort).								
2 Comp. des 4. Turk. Lin. Bat.								
½ Sotn. des 3. Orenburg. Kos. Reiter-Regim.								
1 Festungs-Artillerie-Verwaltung II. Classe à cr. 200 M.	½	—	1	c. 10	½	—	—	1
Total im Syr-Darja-Gebiet	7	7¼	3	c. 106	17	9	7	10

II. Sarafschan-Gebiet.
Chef-Gouverneur: G. M. Abramow.

	Bataillone	Batterien	Fest-Commando	Fest-Geschütze	Sotnien	Rotten	Kreis-Commando	Local-Commando
1. Samarkand (asiat. Citadelle mit russ. Befestigung).								
3., 6., 9. Turkest. Lin. Bat.								
1 Sappeur-Abtheilung.								
2 Sotn. des 4. comb. Kos. Reit. Regim.								
1 Batterie der II. Turk. Fuss-Artill. Brigade.								
1 Division der I. Batterie Orenburg. Kos. Art. Brig.								
20 Geschütze (neuerdings 1 Festungsverwaltung?)								
Gebiets- und Kreisstab.	3	1½		20	2	—	1	1
2. Dshisak.								
Local-Commando.								
Kreisstab.	—	—		—	?	1	1	1
3. Katty Kurgan (asiat. Citadelle).								
V. Turk. Linien-Bat.								
1 Sotn. des 4. comb. Kos. Reit. Reg. (Orenburg. Sotn.)								
Kreisstab.	1	—		c. 5	1	—	1	1
4. Fort Klutschewoje (kl. russ. Erdfort).								
2 Comp. 2. Turk. Linien-Bat.								
1 Orenburg. Sotn. des 4. comb. Kos. Reit. Reg.	½	—		c. 5	1	—	—	1
5. Fort Kamennimost (kl. russ. Erdfort).								
2 Comp. 2. Turk. Lin. Bat.								
1 Orenburg. Sotn. des 4. comb. Kos. Reit. Reg.	½	—		c. 5	1	—	—	1
6. Pjendschikend.								
Lokal-Commando.								
Kreisstab.	—	—		—	?	1	1	1
Im Sarafschan-Gebiet	5	1½	—	c. 35	5	2	4	6

III. Semirjetschensker Gebiet.
Chef-Gouverneur: G. M. Kolpakowski.

	Regulär Truppen				Irregulär Truppen			
	Bataillone	Batterien	Fest-Commando	Fest-Geschütze	Sotnien	Rotten	Kreis-Commando	Local-Commando
1. Wiernoje (befestigt seit 1854). 10., 11. Turk. Lin. Bat. Gouvernem. Bat. „Wiernoje“. Festungsartillerie Verwaltung II. Cl. cr. 150 M. Gebiets- und Kreisstab.	3	—	1	c. 20	—	—	1	1
2. Kopal (Fort seit 1854). XII. Turkest. Lin. Bat. Kreisstab.	1	—		c. 4	—	—	1	1
3. Sergiopol. Local-Commando. Kreisstab.	—	—		c. 4	—	—	1	1
4. Tokmak. Local-Commando. Kreisstab.	—	—		c. 4	—	—	1	1
5. Stadt Kara-Köl (Fort Ak-Su, seit 1850). 2 Comp. I. Turkest. Lin. Bat. 1 Bergbatterie (Westsibirien). (¼ Sotn. Sibir. Kosak.)	½	1	—	8	?	—	—	1
6. Fort Narynskoje. 2 Comp. I. Turkest. Lin. Bat. (1873 — 1 Comp. im Dorf Breobrajewsk.) **7. Feste Position am Musrat-Pass.** 1 Comp. I. Turkest. Lin. Bat.	½							
8. Stadt Neu-Kuldsha. (Lehr-Commando No. 1 der Semirjetschensker Kosaken) ? Kosakentruppen.	?	—	—		—	—		
Im Semirjetschensker Gebiet	5	?	1	c. 40	3½	—	5	5
Total*) im General-Gouvernement Turkestan (inclus. Marine-Truppen und Theilen der Sibirischen Streitkräfte, die nicht in der Tabelle Turkestan angeführt wurden.)	17	9	c. 4	c. 181	25½	11	16	c. 21

Der grösste Theil der turkestanischen Truppen hält sich das ganze Jahr über in den genannten Garnisonen auf. Nur wenige Wochen im Sommer wird zum Manöver ausgerückt. Ein ganz kleiner Theil versieht mit regelmässiger Ablösung den Dienst an der Grenze, an der so-

---

*) Seit dem Frieden von 1873 stehen nunmehr in den neuen Forts am Amu-Darja im Amu-Darja-Gebiet unter Oberst Iwanow (nunmehr General-Major):

    8. Turkestan. Lin. Bat.
    4. Turkestan. Schützenbataillon
    4 Sotnien I. Orenburger Kos. Reit. Reg.
    16 Geschütze

in den Forts Nukuss und Petro-Alexandrowsk.

genannten Linie. Alle in obiger Tabelle angeführten Forts und Befestigungen datiren aus der allerjüngsten Vergangenheit und sind ausschliesslich von den turkestanischen Truppen erbaut und bis auf die kleinsten Wohnungen, Unterkunftsräume und Magazine von den Soldaten selbst errichtet worden. Man kann hieraus sich einen Begriff machen, welch' kolossale Arbeit den turkestanischen Truppen neben den eigentlichen Kriegsthaten durch die Neuerrichtung und den Umbau aller dieser Befestigungen und neuen Ansiedlungen erwachsen ist. Kein Ziegelstein, so entnehmen wir der Iwanow'schen Schilderung, den die Soldaten nicht selbst im Schweisse ihres Angesichts geformt und eingemauert, kein Balken, den sie nicht behauen und aufgerichtet, kein Papierfenster, keine Thür, die sie nicht eingesetzt hätten, — um, wenn alles wohnlich eingerichtet war, wieder weiter ziehen und die Arbeit an einem anderen Orte immer wieder von neuem beginnen zu müssen.

Jetzt, nachdem Alles so ziemlich vollendet, die dringendsten Bedürfnisse befriedigt sind, hört man schon vielfach in den kleinen Garnisonen über die Langeweile des einförmigen, abwechselungslosen Garnisonslebens klagen. Die Officiere haben allerdings im Winter einen sehr geringen Dienst und die in den letzten Jahren überall errichteten kleinen Clubs, die kleinen, schmutzigen Schenken, können in den langen Wintermonaten den Beschäftigungslosen nur im beschränkten Masse Zerstreuung bieten. Im Sommer liefert jedoch die benachbarte Steppe, die schilfischen Ufer des an Geflügel so reichen Syr-Darja für den Jagdfreund und Sportsmann eine reiche Quelle der Unterhaltung und Zerstreuung. Die Tigerjagd ist eine der Hauptpassionen der Turkestaner Officiere. Die düsteren Schilderungen, die Iwanow von der geisttödtenden Monotonie der Turkestaner Garnisonen macht, scheinen etwas mit zu starken Farben aufgetragen zu sein, wenigstens waren die Bilder, die mir aus dem dortigen Garnisonsleben in Erinnerung geblieben sind, alle höchst heiterer, gemüthlicher und leichtlebiger Art.

Für den Soldaten, wie gesagt, fehlt es nicht an Beschäftigung. Wie wir früher schon erwähnt haben, sorgt er für alle seine Bedürfnisse selbst, fertigt sich seine grossen Montirungsstücke alle allein an und wird zu allen Handwerksverrichtungen in dem Fort oder in der Garnison herangezogen, da begreiflicherweise Handwerker von Profession sich nur schwer und selten dazu verstehen, ihre europäische Heimath aufzugeben, um einer ungewissen, abenteuerlichen Zukunft in dem fernen, ungläubigen Osten entgegenzugehen. · Die Sommermonate sind durch Exerciren, Scheibenschiessen und kleine Felddienstübungen mit Feldpatronen ausgefüllt. Zu Anfang des Herbstes, der meist schon mit dem August eintritt, beginnen die grösseren Manöver, welche sich dann auf die Monate September und Anfang October ausdehnen, die wegen ihrer weniger drückend heissen Temperatur für diese Uebungen sehr geeignet sind. Das Klima in dieser Zeit ist überhaupt in Turkestan ein überaus günstiges. Verfasser war erstaunt, in den Kasernen die Leute des Nachts bei offenen Thüren und Fenstern schlafend zu finden, trotz der unmittelbaren Nähe der heissen Flussniederung. Auch der Winter bringt für die Mannschaften mancherlei Beschäftigung. Ein grosser Theil des Tages wird mit Instruktionsstunden in allen Fächern des militärischen Dienstes, namentlich in Handhabung des modernen Gewehrs und in Kenntniss der complicirten Verschlusstheile, der grösste Theil des Wintertages aber mit Erlernen von Lesen, Schreiben und Rechnen verbracht. Ein grosser Theil der Leute geht auch in Trupps unter Anführung von Unterofficieren in die weite Steppe hinaus, um dort Gras, Gesträuche, Kameelfutter und Brennmaterial zu sammeln. Die Kosaken treiben ihre Pferde hinaus auf die Weide. So wird oft der ganze Tag draussen im Freien verbracht, draussen gefrühstückt und erst gegen Abend in die Kasernen der Garnison zurückgekehrt. Um die Verbringung der Freistunden ist der russische Soldat, vornehmlich der Infanterist, nie verlegen. Jagd, Fischerei, Kartenspiel, Gesang und Musik, Rauchen, Spiele und Scherze aller Art, bei denen die neugierige und im Allgemeinen gutmüthige Landesbevölkerung oft eine sehr komische und drollige Rolle spielt, machen den leichtlebigen und genügsamen russischen Soldaten sehr schnell die isolirte und abgeschlossene Lage seines Garnisonsortes inmitten der öden Steppe vergessen.

Ein Theil der Turkestaner Truppen befindet sich auch im Frieden andauernd im mobilen Zustande und versieht, feldmässig ausgerüstet, den Dienst an der Grenze. An den bedrohtesten und gefährdetsten Grenzgebieten des Landes sind sogenannte, auf kleine passagere Feldbefestigungen gestützte Vorpostenlinien ausgestellt. Jeder dieser kleinen befestigten Positionen ist ein bestimmter Grenzrayon zugewiesen, der mit einer Art constanten Vorpostenlinie zu besetzen ist. Ein Detachement von ca. 2 Bataillonen, 1 Zug Artillerie und einige Sotnien Kosaken haben den Dienst in einem solchen kleinen Grenzfort zu versehen. Das Detachement setzt dann Pikets und Doppelposten, aus Kosaken und Infanterie bestehend, auf den bedrohtesten Punkten aus. An dem mittleren Syr, so zwischen Tschinas und Dshisak, wo das Flussufer hauptsächlich den Raubanfällen der Turkmenen von der Kysyl-Kumwüste her ausgesetzt ist, haben die Pikets bestimmte, constante Aufstellungsorte, an denen kleine Erdhütten zum Schutz gegen Wind und Wetter für die Wachthabenden angelegt sind. Die befestigten Positionen für das Gros des Grenzcordons sind höchst primitiver Natur. Da bei den in den letzten Jahren so vielfach wechselnden politischen und militärischen Verhältnissen die Rayons der Vorpostenlinie sehr häufig gewechselt wurden, so konnte der Charakter dieser befestigten Stützpunkte immer nur ein passagerer sein, der allein die Befriedigung der allerdringendsten Bedürfnisse zuliess. Die ganze Befestigung besteht gewöhnlich nur aus einem Geschützemplacement, das, auf einer dominirenden Anhöhe in der Steppe errichtet, den Mittelpunkt der kleinen Militärcolonie bildet. Wenige kleine, elende Erdhütten mit flachen Dächern und Fenstern von Papier liegen verlassen, öde und traurig um den Hügel herum. Sie liefern nothdürftigst den Raum für die Officierswohnungen, Lazareth und Kasernements. Der Officier wohnt hier fast ebenso armselig, wie der gemeine Mann. Die Kasernen für die Leute sind sehr schlecht, sie werden meist durch lange, schmale Erdhütten gebildet, die nur kleine, mit Papier verklebte Löcher als Fenster haben und selbst am hellen Tage im steten Halbdunkel sich befinden. Im Sommer sind diese Unterkunftsräume erträglich. Im Winter jedoch leiden die Leute sehr durch Klima, Kälte, Nässe und Langeweile, so dass dann die Lazarethe meist überfüllt sind. Die kleinen, armseligen Erdhütten, die den wenigen Officieren als Wohnung dienen, sind meist Eigenthum der zeitweiligen Inhaber. Bei einem Wechsel der Garnison überlässt der Scheidende dem Nachfolger seine kleine Villa für einen sehr geringen Preis, der kaum 12—15 Rubel übersteigt. Die Leute sind pekuniär gut gestellt. Sie erhalten den doppelten Gehalt der Truppen im europäischen Russland. Der Mann an der Linie empfängt pro 4 Monate 1 Rubel 40 Kop. Montirungsgelder zur Anfertigung seiner Equipirung, und 1 Rub. 77 Kop. für seine kleinen Bedürfnisse; dabei aber Alles frei. Die

Communikation der beschriebenen festen Stützpunkte mit den rückwärts
gelegenen grösseren Forts ist oft eine sehr schwierige, namentlich im
Frühjahr, wo die Steppe durch starken Regen aufgeweicht und kothig
ist. Regelmässige Verbindung mit dem Hinterlande haben sie nur
durch die Verpflegungstransporte, die, meist von ½ Compagnie und einigen Kosaken unter 1 Officier eskortirt, zu gewissen Zeiten den Proviant,
die Gehälter, Post, Zeitungen und Neuigkeiten der verlassenen, kleinen
Garnison bringen.

Der Dienst in der nassen Jahreszeit ist hier oft ein sehr anstren-
gender und der Gesundheitszustand der Mannschaften ein verhältnissmässig sehr ungünstiger. Daraus wird es erklärlich, dass die Statistik
über die Mortalität der russischen Armee für die Truppen des Turkestaner Militärbezirks wenig erfreuliche Resultate ergiebt. Für das
Jahr 1873 betrugen die Erkrankungen bei den Turkestaner Truppen
148 pCt., die Todesfälle 33,5 pCt., mit anderen Worten, wir haben hier
die grösste Todesziffer, die grösste Sterblichkeit von „allen" Militärbezirken Russlands. Die Ursachen hiervon liegen grössten Theils neben den abnormen Verhältnissen des Klimas in den Nahrungsmitteln,
zum Theil auch am Wasser. Grosse Hitze am Tage wechselt mit heftigen, anhaltenden Nachtfrösten. Das Bewässerungssystem des Syr-
Darja mit seinen ausgedehnten Sümpfen und sumpfigen Uferniederungen
ist die Heimath des Fiebers. Namentlich aber tritt Typhus und Dis-
senterie viel im Syr-Darja-Gebiet und den benachbarten Steppengebieten auf. Aus der Witterungstabelle, welche die „Turkestanischen Nachrichten" für das Jahr 1873 veröffentlichten, wird es nicht uninteressant
sein, folgende Details zu entnehmen, die zur Erklärung jener abnormen
Verhältnisse zum Theil dienen können.

Es betrug die monatliche Temperatur nach Celsius

	im Januar	Juli	October	December	Mittl.Jahrestemp.
für *Kasalinsk*	— 13,4°	+ 24,7°	+ 7,1°	— 10,4°	+ 6,2°
„ *Kuldsha*	— 9,8°	+ 24,8°	+ 9,0°	— 3,5°	+ 9,2°
„ *Taschkend*	+ 1,7°	+ 25,8°	+ 12,4°	+ 3,5°	+ 14,0°
„ *Chodshend*	+ 2,4°	+ 28,8°	—	+ 3,4°	—

Dabei ist zu bemerken, dass in den Monaten Mai und Juni die
Tagestemperatur in der Sonne, resp. dem Sande, wohl 40—45° R. misst,
während im Winter an der Mündung des Syr-Darja, so in der Kara-

Kum-Wüste die Temperatur wohl bis — 20 bis — 25° R. herabsinkt. Die Temperaturverhältnisse der das Chanat Chiwa umgebenden Wüsten werden erst im zweiten Theile des Buches ganz besonders Behandlung finden.

Die Productionsfähigkeit und die Ressourcen des General-Gouvernements Turkestan in Bezug auf Armee und Kriegsbedarf.

Die Productionsverhältnisse der verschiedenen Gebiete, die in dem administrativen Verbande des russischen General - Gouvernements Turkestan zusammengefasst sind, zeigen, namentlich was Rohstoffe, Naturproducte, Pflanzenwuchs u. s. w. betrifft, die allergrössten Extreme. Wir haben in den einleitenden Kapiteln gesehen, wie der sterile Character der Gebiete am untern Syr, der Mangel an den unentbehrlichsten Erzeugnissen für die Naturalverpflegung der Truppen hauptsächlich die russische Verwaltung veranlasste, ihre Machtsphäre weiter südöstlich, den Syr aufwärts, nach den fruchtbaren und bewässerten Ufergefilden der, dem Syr von rechts zuströmenden Nebenflüsse zu erweitern. Hier am untern Syr weite, öde Steppen, die bis dicht an den Fluss herantreten, unterbrochen von ausgedehnten Sümpfen und sterilen Wüstenstrecken, — dort in der Umgegend von Taschkend, Chodshend, Tschemkend prachtvoll bewässertes Acker- und Gartenland, das in Bezug auf seine Productionsfähigkeit entschieden den ersten Rang unter allen Gebieten des riesenhaften, russischen Reiches einnimmt. Als die russische Macht noch auf den untern Syr beschränkt war, galten die Productionsverhältnisse der damaligen „Provinz" Turkestan als überaus ungünstig und musste der Bedarf der Truppen bis auf die allerkleinsten Bedürfnisse mit unsäglicher Mühe und grossen Kosten fernher auf der früher beschriebenen, ungünstigen Steppenstrasse importirt werden. Jetzt, wo die Truppen bis in das paradiesische Sarafschan- und Ili-Thal vorgedrungen sind, haben sich die Verhältnisse total zum Vortheil der russischen Besatzung geändert. Heutzutage möchte die Production der Provinz Turkestan den Bedarf der Truppen an Rohproducten, so weit sie die Naturalverpflegung derselben betrifft, in jeder Beziehung decken, wenn man von einzelnen Ausnahmefällen absieht, die durch Miss-

ernten und Viehseuchen, welche in den dortigen Gegenden oft mit sehr
grosser Heftigkeit auftreten, herbeigeführt werden.

Fragen wir uns, worin die Ursachen für diese abnormen Extreme
in der Landeskultur zu suchen sind, so werden wir bei einer genauen
Erwägung der turkestanischen Verhältnisse bald erkennen, dass solche
viel weniger auf dem Naturcharakter, Klima u. s. w. des Landes selbst,
als auf culturhistorischen und topographisch-hydrographischen Bedingungen beruhen. Die ganze Cultur der mittelasiatischen Gebiete basirt
auf der Bewässerung, die durch künstliche Anlagen in dem zur Irri-
gation geeigneten Terrain der Flussnetze geschaffen wird. In wie weit
in dieser Beziehung örtliche Verhältnisse, Charakter und Aenderung der
Flusssysteme einerseits, Volks- und Staatsleben im Lauf der Geschichte
andererseits auf die Höhe der Landeskultur Einfluss hatten, davon
kann man sich annähernd schon einen Begriff machen, wenn man sich
des früher erwähnten Umstandes erinnert, dass nach Gründung der
Schifffahrt auf dem Syr-Darja die russische Verwaltung zur Verbesserung des Fahrwassers eine Reihe Kanäle, die aus dem Hauptstrom zur
Bewässerung von Steppengebieten abgeleitet waren, verstopfen liess und
dadurch die Versandung und Vernichtung ganzer Culturgebiete veranlasste. Die Culturen Mittelasiens sind durchaus an die Flussnetze und
deren Irrigationssysteme gebunden, die auch dann nur productiv sind, so
lange sie durch Menschenhand und Arbeit dauernd in normalem Zustande erhalten werden. Atmosphärische Niederschläge sind in ganz
Mittelasien eine so grosse Seltenheit, dass bei dem Ackerbau darauf
durchaus nicht zu rechnen ist. Man kennt Sommer in den dortigen
Gegenden, wo auch nicht ein Tropfen Regen fällt. Der ganze Feuch-
tigkeitsbedarf des Pflanzenwuchses muss den Feldern und Gärten künstlich zugeführt werden. Wo die Arbeit durch Menschenhand fehlt, da
schwindet Cultur, Fruchtbarkeit und Vegetation, und dieselben Gebiete,
die vor wenigen Jahren noch in vollster, fruchtbringender Blüthe standen, bilden dann wohl oft schon nach wenigen Wochen öde, verlassene
Sandwüsten. Weite Gebiete in dem Flussnetz des Syr-Darja zeigen
Spuren und Ruinen früherer Cultur und früheren Anbaues, wo jetzt
Steppen und Wüstengebiete liegen, die oft kaum den genügsamen Heerden der Nomaden ein kärgliches Futter zu bieten vermögen.

In Bezug auf productiven Charakter könnte man in den turkestanischen Gebieten, soweit sie als zu den Ebenen der Syr-Niederung gehörend unserer Betrachtung unterliegen, vornehmlich drei verschiedene Regionen von Bodencultur unterscheiden: Wüsten-, Steppen- und bewässerte Gebiete. Die eigentlichen Wüstengebiete sind productionslos. Die Steppen dienen der nomadisirenden Bevölkerung als Weideland und liefern durch das zähe und knorpelige Saxaul nothdürftig den Bedarf an Brennmaterial für die Steppenforts, Vorpostenlinien und die Schifffahrt am untern Syr. Die ganze Production des Landes in Bezug auf Ackerbau bleibt ausschliesslich auf die verhältnissmässig kleinen bewässerten Gebiete, so am mittleren Syr und Sarafschan und Ili, beschränkt. In diesen Regionen steht die Cultur auf einer sehr hohen Stufe. Der Ackerbau, der eigentlich mehr den Charakter des Gartenbaues trägt, ist ein ausgedehnter und wird von der sesshaften Landesbevölkerung, so namentlich von den fleissigen, strebsamen Tadschik und Sarten verhältnissmässig gut gepflegt und gehandhabt. Der leichte und poröse Charakter des Bodens, der sich zur Bewässerung besonders eignet, die hohe Temperatur und hohe Wirksamkeit der Sonne, verbunden mit der grossen Gewandtheit der Bevölkerung in dem Irrigationsverfahren, bewirken, dass die Resultate der Landwirthschaft in Mittelasien im höchsten Grade günstig erscheinen. In vielen Jahren wird eine doppelte Ernte erzielt, einzelne Fruchtkräuter, so z. B. die Luzerne (von den Russen Klewer genannt), wird 3 bis 4 Mal in der Umgegend von Tschinas geschnitten. Von den Getreidearten werden in Turkestan hauptsächlich Weizen und Wintergerste gewonnen, dann Reis, Mais, Bohnen, Erbsen, verschiedene Hirsenarten, worunter namentlich Sorgum (Dschugara genannt). Von Futtergewächsen ist das wichtigste vor Allen die Luzerne, die auch fast ausschliesslich im Sommer von den Kosaken als Pferdefutter benutzt wird, und gewissermassen unser Kleefutter vertritt. Hafer wird sehr wenig gesät, die russischen Pferde werden meist mit Gerste gefüttert, auch wohl mit Mais. Unter den Oelgewächsen verdienen vornehmlich Beachtung Hanf, Mohn, Lein, Saflor, Sesam und die Sonnenblume. Wichtig für den Handel, die Equipirung und Bedürfnisse der Truppen ist der Bau der Baumwolle, des Tabaks und Krapps. Massenweise werden in den Gärten und grösseren feldartigen Anpflanzungen die für Mittelasien unentbehrlichen Zuckermelonen und Arbusen (Wassermelonen) in ausgezeichneten Sorten und grosser Vollkommenheit cultivirt, ausserdem verschiedene Arten Kürbisse (die trockene Schale des Flaschen- oder Wasserkürbisses wird zu Gefässen und Wasserpfeifen, Kaljan genannt, benutzt), Zwiebeln, Möhren, rothe und andere Rüben, Rettige, Gurken, rother Pfeffer u. v. a. Der Weizen gedeiht in 4 Arten, seine Ernte ist über dreissigfältig, sein Preis liegt zwischen 25 und 60 Kopeken pro Pud in Turkestan. Vor Allem wichtig für die Bevölkerung ist die Cultur der verschiedenen Hirsenarten, die oft Ernten von 400—500 Korn ergeben und wegen der Billigkeit (20—30 Kop. pr. Pud in Turkestan, in Chiwa wohl nur 10 Kop.) sehr viel gebraucht werden. Hierhin ist namentlich das Sorgum vulgare und cernum, im Lande Dshugara oder Dshuwari, in Chiwa Dshury genannt, zu rechnen, das ungefähr unserer Moorhirse oder dem englischen Guinea Corn entspricht. Sie wird in grossen Massen gebaut und bildet die Haupt- und Lokalpflanze. Die ärmeren Bewohner gewinnen eine Speise daraus, die in Chiva z. B. Kusia genannt wird. Sonst dient die Dshugara als Vieh-, besonders Pferdefutter, und liefert namentlich grosse Quantitäten Stroh. Ein sehr wichtiges Product ist der Reis. Er wird vornehmlich in der Umgegend von Taschkend, Chodshend, Wernoje, Dshisak und Kurama u. s. w. cultivirt und dient ebenso wie bei den Russen so auch bei den Asiaten als Zuthat zu den beliebten Fleischspeisen (Pilaw). Als Proviant für Wüstenexpeditionen ist der Reis von grossem Werthe. Er gedeiht natürlich nur da, wo eine sehr reichliche Bewässerung möglich ist, erzielt durchschnittlich eine dreissigfältige Ernte und wird pr. Pud mit ³/₄ bis 1 Rubel bezahlt. Die europäischen Nährpflanzen, wie Kartoffel, Roggen, Hafer, werden nur ausnahmsweise von wenigen Russen in Gärten gepflanzt. Ich selbst habe während meiner ganzen Reise keine Kartoffel zu Gesicht bekommen; die Asiaten kennen überhaupt diese Pflanze nicht, ebenso wenig wie den Kaffe.

Grösser an Ausdehnung und wichtiger für die kleinen Tagesbedürfnisse des Soldaten als die Erzeugnisse des Turkestaner Feldbaues sind die Producte des Gartenbaues, dem der Tadschik der grösseren Einträglichkeit halber hauptsächlich obliegt. Auch der Gartenbau kann wie der Feldbau nur vermittelst einer künstlichen und wohl unterhaltenen Bewässerung betrieben werden. In der Handhabung und Regelung dieser Bewässerung beruht die ganze Kunst des turkestaner

Gärtners. Von kunstgerechter Pflege weiss man nur wenig, man überlässt Alles dem zugeführten Wasser, der fruchtbringenden, brennenden
Sonne, und erzielt trotzdem die allergünstigsten Resultate. Hauptsächlich wird der Maulbeerbaum cultivirt, der zur Einfassung der Garten-
beete oder auch der Felder meist in langen Reihen, ähnlich wie in
Oberitalien, gepflanzt wird. Er wird hauptsächlich wegen seines Blattes
für die Seidenzucht gezogen, die Früchte haben nur wenig Bedeutung,
obwohl sie, von rother, schwarzer und weisser Färbung, als grosse
Delicatesse namentlich in Chiwa geschätzt werden. Der Weinbau hatte
vor der russischen Besitzergreifung nur wenig Ausdehnung gewonnen,
da der Koran den Genuss des Weines streng verbietet. Die Wein-
traube wird deshalb von dem Asiaten nur frisch oder getrocknet genossen. Die getrockneten Beeren bilden ein beliebtes Naschwerk der
Mittelasiaten, wie auch der russischen Infanteristen. Bei Märschen in
der heissen Steppe soll der Genuss der kleinen Beere den trockenen
Gaumen erfrischen. Trotz dem strengen Gebote Muhammeds fanden
wir in Chiwa wohl bereitete Weine vor, über deren Verwendung der
verlegen lächelnde Besitzer und strenge Koranverehrer uns allerdings
keine Auskunft zu geben vermochte. In Chiwa wird aus der Traube
auch ein feiner Essig gewonnen. In Händen der Russen kann der
turkestanische Weinbau noch eine grosse Ausdehnung gewinnen. Der
turkestanische Wein erinnerte an die Weinproducte Transkaukasiens.
An manchen Orten Turkestans gedeiht die Weinrebe in grosser Vor-
züglichkeit, obwohl das Klima verlangt, dass sie während des Winters
bedeckt wird. Die jährliche Production des Weines belief sich in der
Umgebung von Taschkend, Chodshend und Samarkand in den letzten
Jahren auf ca. 10,000 Wedro.

Sehr reich ist die Obstcultur Turkestans. Die Früchte werden
in solchen Quantitäten gewonnen, dass sie kaum einen Preis haben und
getrocknet zum Exporte gelangen. Hauptsächlich dienen sie zur Berei-
tung von landesüblichen Speisen und werden mit Hammelfleisch, Reis,
Milch u. s. w. zusammen gekocht. Es gedeihen in den turkestanischen
Kunstgärten Kirschen, Birnen, Aepfel, Aprikosen, Pfirsiche, Pflaumen,
Granaten, Feigen, Quitten, Mandeln, Wallnüsse u. a. m. In den Som-
mermonaten, namentlich auf Märschen, Expeditionen und Feldzügen,
consumirt der russische Soldat — Kosak und Infanterist übertreffen sich

hierin in Leistungsfähigkeit — immense Quantitäten. Eine Eigenheit
überhaupt des Soldaten, ganz besonders aber des russischen Soldaten,
ist es, die Früchte total unreif zu verzehren, was vielfach ruhrartige
Krankheiten hervorruft. Im Uebrigen ist der starke Obstgenuss bei
dem Mangel an frischem Gemüse oft von sehr grossem sanitärem Vortheile für die Truppe, die monatelang durch öde Steppen marschirt war,
und nichts anderes als gesalzenes Hammelfleisch und salziges, bitteres
Steppenwasser genossen hat.

Für den Handel und die Industrie Turkestans ist vor Allem die
Cultur der Baumwolle, des verbreitetsten Culturgewächses in den südlichen,
wärmeren Gebieten Turans, von grosser Wichtigkeit. Für die Truppen
hat diese Pflanze einen besondern Werth, weil die aus derselben hergestellten Stoffe, abgesehen von den grösseren Quantitäten, die nach
dem innern Russland exportirt werden, zufolge einer besonderen Ver-
ordnung der turkestaner Militairverwaltung, ausschliesslich statt Lein-
wandgewebe für Marsch- und Sommermontirung (Kittel) der Truppen
verwandt wird. Die Quantität der nach dem europäischen Russland
exportirten Rohbaumwolle ist heutzutage schon eine ziemlich bedeutende,
obwohl die Baumwollenkultur, als vornehmlich noch in den Händen der
Tadschik ruhend, deren Bebauungs- und Bearbeitungsprinzipien doch
immer noch höchst primitiver Art sind, jetzt noch auf einer verhältnissmässig niederen Stufe steht. Wenn dieselbe erst in einer geregelteren,
rationelleren Weise durch die Europäer betrieben werden wird, kann
dieselbe, verbunden mit der der benachbarten Chanate Chokand und
Buchara, für den Handel und die Industrie des europäischen Russlands
mit der Zeit von unberechenbarer Wichtigkeit werden. Die Baumwolle
wird vornehmlich in den Kreisen Samarkand, Chodshend, Dshisak, Taschkend, Tschemkend, Kurama, Kopal und Tokmak gebaut. Als nördlichste Grenze der Baumwollenzone im Syr-Darja-Gebiete wird der Aryss
angegeben. In der Umgegend von Taschkend beginnt man sogar schon
die amerikanische Baumwolle zu pflanzen. Die turkestanische Baumwolle steht der von Buchara und Chokand, welche beiden Chanate grosse
Quantitäten jährlich produciren, bedeutend nach. Die Qualität der ame-
rikanischen Baumwolle vermochte aber bis jetzt die turanische nirgend
zu erreichen, was jedoch hauptsächlich der ungeschickten Behandlungs-
weise, der Unvollkommenheit der Bearbeitung und Reinigung seitens der

Tadschiks zuzuschreiben ist. Trotz der schwierigen und mühsamen Gewinnung der Baumwolle rechnet Wenjukow auf eine Dessiatine Baum-
wollenfeld einen jährlichen Reingewinn von 90 Rubeln. Der Preis
eines Puds Rohbaumwolle wird für Taschkend zu 3—7 Rubel angegeben,
während in Buchara, Chokand und Chiwa derselbe bedeutend geringer
ist. Fast noch wichtiger als die Cultur der Baumwolle in der russischen
Provinz Turkestan ist die bedeutende Einfuhr derselben aus den benachbarten Chanaten. Nach Matthäi *) kann ganz Centralasien mehr als
3 Millionen Pud oder 120 Millionen Pfund Baumwolle produciren:

Buchara = 2.000.000 Pud	Chokand = 300.000 Pud
Chiwa = 500.000 „	Gebiet am Amu = 500.000 „

und ausserdem ca. 160.000 Pud im Thale des Sarafschan. Die grössten
Baumwollenernten fallen auf das Chanat Chiwa, die kleinsten auf die
nördlichen Gebiete der turkestanischen Provinz. —

Der Tabaksbau stand vor der russischen Aera auf einer sehr niedrigen Stufe, da die Asiaten aus ihren Wasserpfeifen nur sehr geringe
und gemeine Sorten rauchen, noch weit geringere Qualitäten schnupfen,
dem Tabaksgenuss aber in jeder Beziehung den des Opiums vorziehen.
Seit die Russen im Lande sind, hat derselbe jedoch solche Fortschritte
gemacht, dass in der Umgegend von Taschkend jetzt schon amerikanische (Maryland) und türkische Sorten (dort Djubek genannt) gepflegt
werden. Tabak wird vorzüglich bei Samarkand gebaut, ausserdem in
den Kreisen Wernoje, Chodshend und Taschkend. Der „Samarkander
Tabak" hat unter diesem Namen besonderen Ruf bei der Bevölkerung.
Nähere statistische Nachrichten fehlen über den turkestanischen Tabaksbau, der aber von Jahr zu Jahr an Bedeutung gewinnt und bei dem
ausgedehnten Bedarf der russischen Officiere und Mannschaften für die
Provinz grosse Wichtigkeit hat. Der Verkauf der Cigaretten in Turkestan ist ein überaus grosser.

Eine bedeutende Schwierigkeit für die turkestanische Entwickelung
liegt in dem Mangel an Bauholz. Eigentliche Wälder fehlen dem turkestanischen Gebiete vollständig. Früher scheint der Baumwuchs auf weit

---

*) „Die Productiv- und Industrie-Verhältnisse Turkestan's". III. Kap. des Aufsatzes:
Die polytechnische Ausstellung in Moskau im Jahre 1872 von F. Matthäi. Russische Revue I. Jahrg. 4 H. 72.

höherer Stufe gestanden zu haben; uralte, mächtig grosse Bäume, Ulmen (in Chiwa Kara-Agatsch genannt), die man noch vereinzelt in der
Umgegend von Taschkend und Chodshend findet, zeugen von einer vergangenen Zeit, wo die Baumcultur wahrscheinlich in Folge vollkomm-
nerer Bewässerung und erhöhterer Luftfeuchtigkeit in grosser Blüthe
gestanden zu haben scheint. Das im Lande producirte Bauholz genügte
bisher in keiner Weise selbst dem geringen Bedarf der kleinen Artillerie - Arsenale und Werkstätten in Taschkend. Um diesem peinlichen
Mangel abzuhelfen, hat man erst ganz in der letzten Zeit begonnen,
wenige Werst von Taschkend ausgedehnte Waldculturen anzulegen.
In den bewässerten Gebieten, in den Feldern und Gärten gedeiht die
Ulme, Platane, Esche, der Faul- und Lotosbaum, der wilde Oelbaum
und verschiedene Arten von Pappeln und Weiden. Im Gebirge weiter
nach Osten hin gedeiht die Tanne, an den Westabhängen des turkestanischen Gebirges auch noch bis weit hinauf Fruchtbäume, Nüsse, Mandeln u. s. w. Weiter nach Osten, nach den Quellen des Naryn zu, nimmt
der Baumwuchs wie überhaupt alle Vegetation sehr ab. In den nicht künstlich
bewässerten und angebauten Gegenden, so an den Ufern der Flüsse und
Bäche gedeihen fast nur Pappeln, Weiden und Tamarisken, sowie eine
grosse Anzahl dornartiger Gewächse; — in den Steppen ausschliesslich
nur das schon mehrfach erwähnte Saxaul. Während somit in Turkestan die
Waldungen gänzlich fehlen, steht dagegen die Cultur der Naturwiesen
besonders auf sehr hoher Stufe. Die Weiden in der Steppe gehören
in gewissen Monaten zu den blühendsten und üppigsten des östlichen
Russlands. Die Produktion an Vieh seitens der im turkestanischen Gouvernement nomadisirenden Völker ist deshalb eine sehr beträchtliche. Der
Viehstand des russischen Turkestan excl. des Sarafschangebietes betrug:*)

	Rinder		Schafe u. Ziegen		Schweine		Pferde		Kameele	
	1872	1874	1872	1874	1872	1874	1872	1874	1872	1874
Syr-Darja-Gebiet ..	387.920	163.000	5.498.086	2.375.600	—	210	423.414	301.540	219.500	158.000
Semirjet-schensker Gebiet ..	62.444	—	3.384.940	—	2741	—	415.672	—	82.809	—
Summa	450.364	—	8.878.026	—	2741	=	839.086	—	302.309	—

*) Die Zahlen pro 1872 giebt Petzholdt in seinem „Turkestan" 1874, die für
1874 Terentjew in seinen „Statistischen Skizzen über Mittelasien" 1874 an. Terentjew erwähnt noch die Zucht von 20,500 Eseln.

Ausser der Produktion dieser Hausthiere, die hauptsächlich auf die Distrikte der Nomaden zu rechnen ist, wäre die von den Tadschik gepflegte Zucht der Seidenraupen zu erwähnen, die bei dem ausgezeichneten Gedeihen des Maulbeerbaums eine grosse Ausdehnung in Turkestan besitzt, obwohl die Qualität der gewonnenen Seide keine sehr gute ist, jedenfalls der der bucharischen und chokandischen nachsteht.

Werfen wir einen Blick zurück auf die durch vorstehende Schilderung charakterisirte Produktivität des turkestanischen Militärdistrikts, so muss es uns erstaunen, wie gering dieselbe im Verhältniss zu dem über 16000 ☐ Meilen umfassenden Areal der Provinz ist (vgl. S. 264). Man muss aber dabei nicht vergessen, dass eben der grösste Theil jenes Areals von Wüsten, Steppen und Gebirgen ausgefüllt ist und die wirklich bewässerten und angebauten Gebiete eigentlich fast nur als Ausnahmen auftreten, gewissermassen Oasen in der sie rings umgebenden Uncultur bilden. Aus dem Umstande, dass man überall im Lande Spuren und Ueberreste früherer Ansiedelung und Bewässerung gefunden hat, wo jetzt längst nur noch Steppe und Wüste ist, glauben optimistische Beurtheiler in Russland schliessen zu können, dass es einer guten Landesverwaltung ohne Schwierigkeit gelingen würde, in nicht allzu langer Zeit jene alten, längst vergessenen Culturen wieder neu in's Leben zu rufen und dadurch die Produktionsfähigkeit Turkestans verdoppeln, ja wohl verdreifachen zu können. Dass man mit der Ausführung dieser Ideen schon begonnen hat, beweisen die früher schon erwähnten Bewässerungsarbeiten in der Hungersteppe, die, wenn vollendet, nach Sobelew den Anbau eines Areals von 176.000 Dessiatinen, eines Areals, das grösser ist als das ganze Sarafschangebiet, zur Folge haben soll. Ob die Berechnung Sobelews praktisch eine richtige ist, wird die Zukunft und der Erfolg der Arbeiten in der Hungersteppe wohl lehren müssen. Jedenfalls hat jedoch die Canalisirung und Bewässerung der Wüstengebiete auf dem linken Ufer des Syr-Darja, namentlich an dessen unterem Laufe, seine grosse Schwierigkeiten und bestimmte Grenzen, die durch Kosten, Arbeitskräfte und vor Allem Wassermenge des Flusses, die jetzt schon für die Flussschifffahrt kaum ausreichend ist, eng gezogen sind. Eine Verdoppelung, ja sogar Verdreifachung der Produktionsfähigkeit des turkestanischen Militärdistrikts möchte daher wohl noch in sehr weiter Zukunft liegen. Wenjukow rechnet nach den jetzt

vorliegenden Verhältnissen auf das ganze Areal des Generalgouvernements, auf die Flussgebiete des Tschu, Aryss, Tschirtschik, Angiran
und Sarafschan nur 223 ☐ Meilen, also ca. 1,₄ pCt., als zur Ansiedlung
geeignet, Sobelew auf das gleiche Areal nur 143 ☐Meilen oder ca. 0,₉ pCt.
angebautes Land, während er alles übrige Land für Steppen, Sandwüsten, Sandberge und Gebirge in Abzug bringt. Berücksichtigt man
ausserdem die nicht seltenen Missernten, die durch allzu grosse Hitze,
Ueberschwemmungen, Ungeziefer, so namentlich durch Mäuse und Heu-
schreckenschwärme, hervorgerufen, oft sehr grosse Dimensionen annehm-
men, andererseits die wohl mit grosser Heftigkeit auftretenden Viehseuchen — im Jahre 1870 starben nach Terentjew in einem Kreise allein 254.583 Stück Vieh an der Seuche — so wird man begreifen, dass
trotz des relativen Produktionsreichthums einzelner Gebiete der Mangel
an Naturalien für die Truppen in manchen Kreisen dagegen so bedeutend werden kann, dass Getreide, Mehl und Vieh aus Russland und
Sibirien eingeführt werden muss. Es bezieht sich dies namentlich auf
die Kreise Kasalinsk und Perowsk, wo ausserdem alljährlich Getreide
in grossen Quantitäten aus dem Chanat Chiwa, so namentlich aus dem
Tschimbeier Gebiete im Amu-Delta importirt wird. Ein ähnlicher Mangel tritt in den östlichen Gebirgslandschaften des turkestanischen Hochlandes auf, wo der Ackerbau nur sehr gering ist und oft das allernöthigste Grünfutter für Pferde und Hausthiere fehlt. Nur die äussersten
Vorberge des Tian-Schan östlich Taschkend machen hiervon zum Theil
eine Ausnahme, da an deren Westabhängen reiche und gute Weiden zu
finden sind, das Getreide sogar ohne Bewässerung gedeiht und in den
tiefer gelegenen Regionen selbst Fruchtbäume, wie Aprikosen, Aepfel,
Wallnüsse, Kirschen und Maulbeeren vorzüglich fortkommen.

Für den Jäger und Fischer bietet Turkestan einen ergiebigen Boden. Zu den grösseren, für den Haushalt zu verwendenden, jagbaren
Thieren gehören der Argali, das Bergschaf, die Antilope, das wilde
Schwein. Von Geflügel ist hauptsächlich der Fasan und viele Arten
wilder Enten und Gänse zu erwähnen, die an den schilfigen Ufern des
Syr-Darja in Unmassen auftreten. Der Syr-Darja ist reich an Fischen,
unter denen Gattungen von solcher Grösse vorkommen, dass bei dem
Volke der Glaube verbreitet ist, es gäbe unter ihnen Exemplare, die
im Stande wären, Menschen unter Wasser zu ziehen, ein Glaube, der

auch in Chiwa verbreitet ist, wo ich allerdings Fische von über 15 Fuss Länge sah. Neben dem Syr-Darja ist vor allen anderen der Tschirtschik ungemein reich an Fischen, unter denen der Skör, Barsch und Plötz die wohlschmeckendsten und zahlreichsten sind. So reich die turkestanischen Gefilde an wohlschmeckendem Wild und Geflügel sind, so zahlreich sind auch die Raubthiere, die dort hausen. Wir treffen den Tiger, den Leoparden, Panther und die Hyäne, Wölfe, Füchse, Schakale, Dachse, wilde Katzen, Marder, Fischottern, die verschiedensten Arten von Schlangen treiben hier in Unzahl ihr Unwesen, alle sie liefern aber ein unschätzbares Material an Pelzen und Fellen, ganz abgesehen von den nicht zu gering anzuschlagenden Jagdfreuden, die sie den durch Abwechselung und Unterhaltung nicht allzusehr verwöhnten Offizieren und Soldaten der kleinen, verlassenen und monotonen Garnisonen in reichem Masse zu bieten im Stande sind. Auch die Raubvögel sind durch verschiedene Arten von Falken, Geiern, Condors, Pelikane, Flamingos, Löffelgänse, Reiher u. s. w. reichlich vertreten. Eidechsen und Schildkröten sind in Turkestan ebenso verbreitet, wie in den Orenburger und überhaupt in allen mittelasiatischen Steppen. Das vorzügliche Gedeihen der giftigen Skorpione, Phalangen, Taranteln u. s. w., deren Biss sehr gefürchtet wird und in manchen Gebieten z. Th. sogar tödtlich sein soll (?), ist früher schon erwähnt worden. Vor allem gefürchtet ist der sogenannte Faden- oder Spulwurm (Filaria medinensis), russisch Rischta genannt, dessen Keim im Trinkwasser sich befinden soll und der erst im menschlichen Organismus zur Entwicklung kommt. Derselbe, fein wie ein Zwirnsfaden, misst oft mehrere Fuss, durchsticht das Muskelfleisch der Menschen und gelangt nach vollständiger Entwicklung, die oft lange Monate erfordert, an irgend einer Stelle der Haut mit dem Kopfe zum Vorschein. Wird der Wurm mit grosser Vorsicht und Behutsamkeit entfernt, gelingt es dem Arzte, denselben vollständig aus dem Fleische zu entfernen, so kommt der Erkrankte mit verhältnissmässig geringen Leiden und dem Schreck davon, bleibt aber nur ein kleiner Theil des Thieres zurück, so entstehen sehr hässliche Geschwüre, welche die schmerzhaftesten Krankheiten zur Folge haben. Nach Aussage der turkestanischen Militairärzte, die an dem Chiwafeldzuge Theil nahmen, soll in der Umgegend von Dhisak, namentlich aber im Sarafschan-Gebiet (Buchara) diese Krankheit unter den Soldaten nicht selten vorkommen. Auch in dem Wasser der chiwesischen Landschaften soll die Rischta vorkommen. Monate lang, längst nach dem heimathlichen und cultivirten Europa zurückgekehrt, verfolgte mich die Idee, dass ich einen ähnlichen Keim in mir trüge, ein Gedanke, der bei jedem Jucken der Haut mich von Neuem beängstigte.

Was die Produktivität des turkestanischen General-Gouvernements an Erzen und Mineralien betrifft, so ist dieselbe im Vergleich zu derjenigen auf dem Gebiete des Pflanzen- und Thierreichs nur sehr gering. Es fehlen dieselben dem Gebirge keineswegs, wohl aber ist die Kenntniss der mineralogischen und geologischen Verhältnisse eine noch sehr geringe, namentlich aber fehlen die Mittel resp. die Unternehmer und Arbeitskräfte, um sie zu Tage zu fördern. Im Allgemeinen scheint jedoch auch der Reichthum an edlen Metallen in Turkestan weit geringer zu sein als in den übrigen Provinzen Russlands, wie z. B. in Sibirien und Kaukasien. Gold findet sich allerdings in dem Bett des oberen Syr und dessen Nebenflüssen, Silber, Blei, Kupfer, Eisen kommen in den meisten Gebirgszügen des Turkestaner Hochlandes vor, an Schwefel, Salpeter und Salz ist kein Mangel. Steinkohlen, Torf und Steinöl treten in verschiedenen Gegenden auf; Rubinen, Jaspis, Türkise und Lapis lazuli werden in grossen Mengen gefunden. Trotz alledem ist man in Turkestan noch von einem regelmässigen Abbauen der Erze, einem normalen Berg- und Hüttenwesen weit entfernt. Am wichtigsten für die Zukunft des Landes ist vor Allem das Auftreten der Steinkohle, deren Vorhandensein eine Garantie bietet, dass Handel, Industrie und Verkehrswesen in der, fast das Herz Asiens bildenden und von den Verkehrscentren Russlands und Europas bis jetzt so durchaus abgelegenen russischen Provinz einstmals zur Blüthe gelangen werden. Wie nahe möglicherweise eine solche Periode der Entwicklung schon bevorsteht, geht aus dem in Russland so eifrig betriebenen Projecte einer centralasiatischen Eisenbahn hervor, welche die Wolga mit dem Orenburger und Turkestaner General-Gouvernement direkt verbinden soll. Abgesehen von dem hohen Werthe, den die turkestanische Steinkohle in der Zukunft für die Entwicklung des Handels und der Industrie wird haben können, ist sie auch schon jetzt ein sehr kostbares Produkt als Brennmaterial, das ja in Turkestan so spärlich ist, dass in der Steppe ge-

trockneter Kuh- und Kameelsmist, in den Städten das Holz der Obst-
bäume zum Brand verwendet wird. Ueber das Vorkommen der Steinkohlen giebt Romanowski im russischen Invaliden (12. 1875) interessante
Aufschlüsse. Die turkestanische Steinkohle gehört der Juraformation an
und findet sich hauptsächlich zwischen Tschemkend und Aulie-Ata, in
der Nähe von Chodshakend, bei Taschkend und bei Chodshend. Die
bis jetzt bekannten Fundorte der Steinkohle liegen sehr hoch, nach
Romanowski bis 1500 Meter über dem Meeresspiegel und bilden keineswegs zusammenhängende Flötze, sondern gewissermassen kleine getrennte
Lager, deren grösste Breite kaum ein Sajen erreicht. Zwischen Taschkend und Turkestan zieht sich eine grosse Anzahl solcher Kohlenlager
auf über 200 Werst hin. Bei Chodshend, im Thale Chokine-Sai wurden
bis jetzt schon 200,000 Pud, oder 8 Millionen Pfund Steinkohlen ge-
fördert. Romanowski rechnet darauf, dass man dort noch 19 Millionen
Pud oder 760 Millionen Pfund wird gewinnen können. Hauptgruben-
unternehmer im Taschkender Kreise ist ein gewisser Tatarinow. In
den Tatarinow'schen Gruben wurden bis jetzt 300.000 Pud oder 12
Millionen Pfund, pro Jahr ungefähr 70.000 Pud gewonnen. Dieselbe
wird hauptsächlich zur Heizung der Syr-Dampfschiffe verwendet und zu
diesem Zwecke von dem Gebirge nach der Mündung des Aryss transportirt. Mit Transportkosten war der Preis dieser Steinkohle loco
Mündung des Aryss ca. 80 Kopeken per Centner. Nach Wenjukow
giebt die Tatarinow'sche Kohle 62 pCt. Coaks, 32 pCt. flüchtige Sub-
stanzen und enthält 3 pCt. Schwefel. Am ungünstigsten gestalten sich
die Resultate der Steinkohlengruben im Kara - Tau, wo die Lager nur
sehr unbedeutend zu sein scheinen und ausserdem schwer abzubauen
sind. Eisenerze, mit bis zu 60 pCt. Eisengehalt, hat man in den turkestanischen Bergen vielfach gefunden; die Bleigruben des Kara-Mosar-
Gebirges ergeben grosse Quantitäten Bleierz, das reich an Silbergehalt
ist. Das in genanntem Gebirge geförderte Mineral ergiebt einen Ertrag
von ca. 60 pCt. reinem Blei. Aus einem Pud Metall wird bis zu 1,5 Solotnik reines Silber gewonnen. Auf der Strasse nach Chodshend in
der Nähe des Dorfes Sangar wird sogar Steinsalz gefunden, das dem
bei Welitschka bei Krakau gewonnenen Salze ähnlich sehen soll
u. a. m.

Trotz dem Vorhandensein der für die grosse Industrie nothwendigen Rohstoffe wird dieselbe ebenso wie die kleinen Gewerbe seitens der Europäer fast gar nicht betrieben. Dieselben ruhen ausschliesslich in den Händen der Landesbevölkerung, vornehmlich der Tadschiks, deren durch Fleiss und Geschick erzielte Resultate in dieser Beziehung um so mehr lobenswerth erscheinen, als sie sich noch immer der seit Jahrhunderten gebräuchlichen, primitiven instrumentalen Hülfsmittel bei ihren Arbeiten bedienen und natürlich von den Fortschritten der europäischen Gewerke kaum eine Ahnung haben. Daher kommt es auch, dass die Erzeugnisse der tadschickischen Manufaktur fast ausschliesslich nur der Landesbevölkerung zu Gute kommen, die Truppen aber, mit Ausnahme des Bedarfs an Stoffen für die Sommermontirung, wie Baumwollgespinnste und Lederfabrikate für Kittel und Sommerbeinkleider, sehr geringen Nutzen von jenen haben. Die Bedürfnisse der Truppen, wie überhaupt aller Europäer müssen von dem europäischen Russland auf der früher beschriebenen, beschwerlichen Post- oder Karawanenstrasse über Orenburg durch die Kirghisensteppe beschafft werden. Eine Ausnahme von Gesagtem macht z. Th. nur das Semirjetschensker Gebiet, wo nach der Iswestija der Kaiserlichen Geographischen Gesellschaft zu Petersburg 1873: 3 Brennereien, 1 Brauerei, 7 Gerbereien und 1 Lichterfabrik, in Summa 13 Fabriken bestehen. Was die erwähnte Landesindustrie der Tadschiks betrifft, so concentrirt sich dieselbe vornehmlich in und um Taschkend. Es bestanden nach Terentjew 1874 in der turkestanischen Hauptstadt:

775 Webereien mit	1550 Arbeitern und 232.500 Rubel Produktionswerth.
86 Gerbereien „	890 „ „ 133.500 „ „
95 Färbereien „	— „ „ 9.000 „ „
174 Reismühlen (Wasserbetr.) mit 348 „ „ 26.000 „ „

Die übrigen Industriezweige sind von geringerer Bedeutung; obwohl auf der Petersburger Manufaktur-Ausstellung 1870 23 turkestanische Industrieklassen vertreten waren. Die Manufaktur erstreckt sich in nur geringem Masse auf Hanf- und Flachsgespinnste; dagegen werden Baumwoll-, Wollen- und Seidenfabrikate in so grossen Qualitäten erzeugt, dass sogar ein bedeutender Export nach dem europäischen Russland stattfindet. Die kleine Industrie erstreckt sich auf alle Gebiete der Gewerbe, erzeugt aber in jeder Beziehung Fabrikate höchst primitiver Natur, die von Jahr zu Jahr mehr von den, namentlich aus Mos-

kau importirten Kurzwaaren verdrängt werden. Der turkestanische
Soldat findet in den Bazaren der grösseren Städte alle Kleinwaaren
der europäischen Märkte ebenso gut wie in seinen Heimathsorte, allerdings zu sehr bedeutend höheren Preisen.*) Der Handel Turkestans
ist deshalb ein sehr reger und nimmt mit jedem Jahre an Ausdehnung
zu. Trotz dem grossen Interesse, das gerade die Handelsverhältnisse
in Centralasien beanspruchen, würde es uns zu weit führen und zu wenig dem Charakter unserer Betrachtungen entsprechen, wollten wir darüber auf genauere Details eingehen. Nur einige, für die Militairverhältnisse speciell interessante Zahlen, die der russischen Revue pro 1874
entnommen sind, mögen dem Leser einen Anhalt für die Beurtheilung
des Taschkender Handels gewähren:

Für **Taschkend.** In dem zweiten Halbjahr von 1873.	Werth der Einfuhr in Rubel.	Werth der Ausfuhr in Rubel.
Getreide	38.002	70.897
Rohe Baumwolle	67.608	105.012
Gesponnene Baumwolle.	170.097	87.603
Thee	170.195	44.575
Zucker	185.497	68.737
Früchte und Colonialwaaren	199.943	91.422
Metalle	152.457	69.282
Tuche	61.821	29.198
Wollenwaaren europäischer Fabrik.	40.221	20.528
Baumwollwaaren „ „	3.360.493	1.456.782
Kleidungsstücke	72.046	161.363
Galanteriewaaren	136.171	8.512
Getränke	190.298	74.445
Vieh (1869 72.055 Schafe allein aus Semirjetschensk) .	657.166	—
Tabak	51.064	4.353
Holz	43.152	—

In Summa betrug für das Halbjahr der Werth der Einfuhr 7.275.310 R.,
der der Ausfuhr 3.356.007 R., so dass der Werth des ganzen Umsatzes
zu 10.641.317 Rubel zu rechnen wäre. Welche Ausdehnung der Handel
in Turkestan in den letzten Jahren gewonnen hat, kann man aus den

---

*) Die Preise für inländische Naturalien sind in guten Jahren dagegen oft von
staunenswerther Billigkeit, ein Umstand, der den mit doppeltem Gehalt versehenen
Soldaten das Leben sehr erleichtert. Nach der Iswestija (181, 1875) z. B. gab es
Jahre, wo in dem Kuldshagebiete 1 Pud der feinsten Qualität Mehl nur 20 Kopeken,
das Pfund also ¹/₂ Kopeke, 1 Pud Reis 80 Kopeken oder das Pfund nur 2 Kopeken
kostete. Das Obst erhält man dort fast umsonst. —

Zahlen ersehen, die Terentjew für die Aprilmesse 1871 in Taschkend
anführt. Der Import entsprach einem Werth von 703.676 Rubeln; der
Export dem von 1.050.334 Rubeln. Der Karawanenhandel für das Semirjetschensker Gebiet ergab nach demselben Autor für das Jahr 1869
allein einen Umsatz von 1.582.757 Rubeln. Der Karawanenhandel des
Syr-Darja-Gebietes mit Russland einerseits, mit dem centralasiatischen
Chanaten Chokand und Buchara andererseits hat in den letzten Jahren
sehr zugenommen, besonders nach den letzten glücklichen Erfolgen der
Russen, welche günstige Handelsverträge mit den Chanaten zur Folge
hatten und den Handeltreibenden und russischen Karawanen Achtung,
Schutz und Gleichberechtigung in den souveränen Staaten verschaffte.
Handelsverträge sind mit Buchara, Chokand, Kaschgarien und Chiwa
abgeschlossen worden; wie die Schuyler'schen Berichte aussagen, soll
die Administration aber so wenig besorgt sein, dieselben mit Nachdruck
und Autorität aufrecht zu erhalten, dass die Handeltreibenden, sehr ge-
drückt und schutzlos, den usbekischen Chanaten gegenüber allen möglichen Chikanen, Zurücksetzungen und namentlich ungerechter Besteuerung ausgesetzt sein sollen. Jedenfalls werden die noch nicht voll-
kommenen Zustände von Jahr zu Jahr besser werden, um so mehr, als
gerade seitens der russischen Kaufmannschaft den turkestanischen Han-
delsverhältnissen in den letzten Jahren grosse Aufmerksamkeit gewidmet
wurde.*) Eine „Gesellschaft zur Belebung von Handel und Industrie,“
die namentlich die Baumwollenkultur Turkestans ins Auge fasst, hat
sich neuerdings in Taschkend constituirt; Ende 1874 ist sogar in St.
Petersburg der Plan zur Beschlussnahme gelangt, in Taschkend eine
Filiale der Kaiserlichen Staatsbank zu etabliren, welches Projekt schon
im Laufe des Jahres 1875 in Kraft treten soll.

Fassen wir die Ergebnisse unserer Betrachtungen über die Produk-
tivität in militairischer Hinsicht zu einem Ganzen zusammen, so erken-
nen wir, dass der Bedarf der turkestanischen Armee in keiner einzigen
Beziehung ganz und vollständig im Lande selbst gedeckt wird. Selbst
Naturalverpflegung und Bekleidung muss zum grossen Theil durch den
Karawanenhandel aus dem europäischen Russland ergänzt werden.
Den Gesammtbedarf der Truppen an grossen und kleinen Montirungs-

---

*) Ueber die Handelsverhältnisse des europäischen Russlands zu Centralasien
vergleiche die Ex- und Import-Tabelle im III. Kapitel pag. 109. Anmerkung.

stücken — die Sommerequipirung zum Theil nur ausgenommen — das ganze Kriegs- und Armeematerial bis auf Pulver und Blei, der ganze Waffenbedarf muss aus Europa bezogen werden. Unter diesen Umständen wird es uns begreiflich, dass, nach Wenjukow, ein einziger Kanonenschuss, der in Taschkend abgefeuert wird, der russischen Krone über 12 Rubel kostet. Welche immensen Kosten müssen da der Verwaltung aus dem Transport der Waffen, Geschütze, Montirung und Munition erwachsen? Zur Aufbewahrung des aus Europa, zum Theil zur Reserve, importirten Kriegsmaterials befinden sich Haupt-Artillerie-Depots in Taschkend, Samarkand und Tschinas, Proviantmagazine in Taschkend, Samarkand, Tschinas, Chodshend, Turkestan, Ura-Tübe, Katty-Kurgan, Aulie-Ata, Klutschewoje und Kamennimost, ein Haupt-Intendantur-Depot in Taschkend.

Um dem Leser einen Begriff von den bedeutenden Kosten der turkestanischen Militärverwaltung zu machen, Kosten, die hauptsächlich durch den kostspieligen Transport hervorgerufen werden, seien zum Schlusse einige Zahlen erwähnt, die das Budget der dortigen Administration für die letzten Jahre charakterisiren:

Budget der turkestanischen Verwaltung.*)

	Einnahmen	Ausgaben	Deficit
pro 1868 —	665.922 R. —	4.522.429 R. —	3.856.507 R.
„ 1869 —	2.356.241 „ —	4.223.482 „ —	1.867.241 „
„ 1870 —	2.957.229 „ —	5.966.321 „ —	3.009.092 „
„ 1871 —	2.113.750 „ —	6.726.441 „ —	4.612.691 „
„ 1872 —	2.022.286 „**)—	7.528.627 „ —	5.506.341 „
In 5 Jahren somit	10.115.428 R. —	28.967.300 R. —	18.851.872 R.

Wir ersehen aus dieser Zusammenstellung, dass in der fünfjährigen Periode von 1868 bis 1872 die Kosten der Administration die Einnahmen annähernd um das Dreifache übertrafen und das Deficit für diesen Zeitraum beinahe 19 Millionen betrug. Bei dieser Berechnung sind jedoch die 400.000 R. Kriegscontribution von Buchara pro 1871

---

*) Die Zahlen sind den Berichten Schuylers zum Theil entnommen; sie stimmen jedoch mit den Angaben z. B. des Suworin-Kalenders nicht durchaus überein, wie aus nachstehenden Ziffern ersichtlich.

**) Nach dem Suworin-Kalender 1.458.820 R (für Steuern und Abgaben).

und ca. 2,5 Millionen R. Einnahmen des Kreises Sarafschan für die fünf-
jährige Periode nicht miteinbegriffen. Nach dem Suworin-Kalender betrugen die Einnahmen für 1873 3.321.888 Rubel, eine Summe, die mit
den in demselben Jahre gemachten Ausgaben inclusive der Gelder, die
auf die Ausrüstung der Dshisaker und Kasalinsker Colonne für den
Chiwa-Feldzug verwendet wurden, ein weit bedeutenderes Deficit für das
Jahr 1873 ergeben würde, als irgend ein Jahr der erwähnten 5jährigen
Periode.*)

Nachdem wir nunmehr die russischen Operationsbasen in Mittelasien,
von Westen nach Osten gehend, einzeln zu beschreiben versucht haben,
würde uns zum Schlusse der, den eigentlichen Feldzug von 1873 einleitenden ·Betrachtungen nur noch übrig bleiben, durch eine kurze Zusammenstellung der wichtigsten Daten aus den die einzelnen Militärbezirke behandelnden Tabellen ein kurzes, übersichtliches Gesammtbild
von den russischen Kriegsmitteln in Centralasien überhaupt zu geben.
Mit dieser Uebersicht sei der I. Theil des Buches und damit überhaupt
die einleitenden Betrachtungen abgeschlossen, so dass nunmehr in dem
II. Theile ausschliesslich nur noch das eigentliche Chiwaland, die Bedingungen, Verhältnisse und Ereignisse des Feldzuges behandelt werden
können.

---

*) Worin ungefähr die Staatseinnahmen in Turkestan bestehen, mag aus fol-
genden statistischen Daten erhellen, welche die Iswestija 1873 über das Semirjetschensker Gebiet für 1869 giebt:

Kopfsteuer der Bürger und Städteeinnahmen . . .	1.368	Rubel
Kibitkensteuer der Nomaden	315.144	„
Steuer auf Brandweine	70.000	„
Auf andere Getränke und Honig	550	„
Gewerbesteuer (Brennereien etc.)	5.500	„
Indirecte Steuern (Tab., Patente, Pässe etc.) . . .	35.661	„

Summa 428.223 Rubel.

Der grösste Theil dieser Einnahmen wird in dem Bereich des Gebietes für Neu-
Anlagen und Unterhaltung von Strassen und Poststationen verwandt.

Uebersicht der Russischen Operations- basen in Mittelasien.	Areal geogr. ☐ Meil.	Bevölkerung	Kriegs-Etat					Jährliche Verwal- tungs- kosten
			Feldtruppen	Milizen Irregulärtrp.	Feld-Gesch.	Marine (Equipage)	Total Kriegsetat	
I. Die Statthalterschaft des Kaukasus als Basis für den I. od. Kasp. Operat.-Abschn.	8.129,₇₃	1871 4.893.332	155.399	40.932	344	Kasp. Meer 1290	197.621	Rubel Maximum 7.111.139
II. Das Generalgouver- nement Orenburg als Basis für den II. od. Orenburg. Oper.Abschn.	22.012,₁₉	1870 3.105.917	8.265	32.204	16	—	40.469	—
III. Das Generalgouver- nement Turkestan als Basis für den III. od. Turkest. Oper.-Abschn.	16.037,₂₁	1.668.600	23.900	1.800	64	460	26.160	Maximum 7.528.627
Total	46.179,₁₃	9.667.849	187.564	74.936	424	1750	264.250	14.639.766

Bei dieser Zusammenstellung sind die neuesten Veränderungen nicht berücksichtigt worden; zu der Zahl für das Gesammt-Areal wäre des- halb noch hinzuzurechnen:

$$
\begin{array}{ll}
\text{Kuldsha-Gebiet} & = 1293,_{52} \ \square \ \text{M.} \\
\text{Amu-Darja-Gebiet} & = 1880,_{29} \ \text{,,} \\
\text{Transkaspisches Gebiet} & = 5939,_{85} \ \text{,,}
\end{array}
\left.\right\} \ \text{seit 1873 russ. Gebiet}
$$

$$\text{Summa} = 9113,_{66} \ \square \ \text{M.}$$

was für das Gesammt-Areal 46.179,₁₃ + 9.113,₆₆ = 55.292,₇₉ ☐ Meilen ergeben würde. Diese Berechnung entspricht den Bedingungen, die wir speciell für die Betrachtung des Feldzuges bei den voraus fixirten Ope- rationsbasen angenommen haben. Geographisch würde sich das Areal für die russischen Länder in Mittelasien nach Strelbizki wie folgt ge- stalten:

	Strelbizki	
Akmolinsk	9.903,94	⎫ Generalgouv. Westsibirien
Semipalatinsk	8.856,66	⎭
Semirjetschensk	7.304,42	⎫
Syr-Darja	7.807,99	⎬ Generalgouv. Turkestan
Sarafschan	924,95	⎭
Turgai (incl. Aralsee). . .	9.510,14	⎫ Generalgouv. Orenburg
Uralsk (asiat Theil) . . .	5.425,14	⎭
Transkaspisches Gebiet. .	5.913,97	unter dem Militär-Commando: Kaukasus
Amu-Darja-Gebiet	1.880,81	„ „ „ „ : Turkestan

Summa 57.527,52 ☐ Meilen mit circa 3.800.628 Einw. b. G.

Hierbei ist zu bemerken, dass die Streitkräfte des Generalgouvernements Westsibirien möglicher Weise bei Operationen in Centralasien mit herangezogen werden könnten. Die Garnisonen der Gebiete Semipalatinsk und Akmolinsk sind absichtlich nicht mit in die Zahl der Truppen aufgenommen worden, da thatsächlich von denselben keine an den Operationen des Jahres 1873 theilgenommen haben.

Anhang.

Kurz vor Schluss des Druckes ist die Iswetija der Kaiserl. Russ. Geogr. Gesellschaft, welche die Ergebnisse der Thilo'schen Aralo - Kaspischen Nivellements berichtet, erschienen. Zur Berichtigung der Anmerkung pag. 254 in Betreff der absoluten Höhe des Aralsees sei hiermit erwähnt, dass nach dem Bericht der Thilo'schen
Expedition der Aralsee 74 Meter oder 243 engl. Fuss über dem Kaspischen See,
also 58 Meter oder 157,4 engl. Fuss über dem Meeresspiegel liegt, ein Ergebniss,
welches die Richtigkeit aller früheren, auf Seite 254 zusammengestellten Messungen
total umstösst.

Druckfehler - Verzeichniss.

Seite 4 Zeile 17 v. o. lies statt Central und Mittelasien — Central oder Mittelasien.
-   9   -   6 v. u. -   -   Lamakin — Lomakin.
- 10 •   16 v. u. -   -   Wassil Joannowitsch II. — W. Jonn. III.
- 12   -   4 v. u. -   -   Chodja-Nafs — Chodja-Nefes.
- 19 Anm. lies statt Wojeny — Wojenny.
- 43 Zeile 6 v. u. lies statt verbundenen — verbundener.
- 46   -   3 v. o. -   -   Plateau — Plateaus.
- 109 Anm. lies statt (Buchara 1867) 10,425 — 10,524.
                     (Chiwa u. Taschkend 1864) 915 — 916.
                     (Khirgisensteppe 1867) 10703 — 10603.
                     (Chiwa 1872) 4285 — 4286.
- 111 Zeile 14 v. u. lies statt Mollah's — Mullah's.
- 114 Anm. lies statt 90 geogr. ☐ Meil. — 90 geogr. Meilen.
- 119 Zeile 4 v. u. lies statt sogenannte — sogenannten.
- 205 Tabelle unter V lies statt 93343 — 9344.
- 218 Zeile 5 v. u. lies statt kleine — kleinen.
- 255   -   2 v. u. -   -   übe — über.

Inhalts-Verzeichniss.

CPSIA information can be obtained
at www.ICGtesting.com
Printed in the USA
LVHW100024181022
730905LV00003B/234